BASTEI LÜBBE

Taschenbücher von ROBERT SILVERBERG
im BASTEI-LÜBBE-Programm:

Die Majipoor-Saga
24 193 Band 1: Lord Valentine
24 199 Band 2: Das Seelenregister
24 205 Band 3: Valentine Pontifex

13 476 Herr der Finsternis

Robert Silverberg

Valentine Pontifex

Die Majipoor-Chroniken

Ins Deutsche übertragen
von Joachim Körber

BASTEI
LÜBBE

BASTEI-LÜBBE-TASCHENBUCH
Band 24 205

Erste Auflage:
Oktober 1995

Deutsche Lizenzausgabe 1995
Bastei-Verlag
Gustav H. Lübbe GmbH & Co.,
Bergisch Gladbach
Originaltitel:
Valentine Pontifex
Copyright der deutschen
Übersetzung 1985 by Verlag
Arthur Moewig GmbH, Rastatt
Lektorat: Stefan Bauer
Titelbild: Jim Burns
by arrangement with
Transworld Publishers Ltd.
Umschlaggestaltung:
Quadro Grafik, Bensberg
Satz: Fotosatz Schell, Hagen a.T.W.
Druck und Verarbeitung:
Brodard & Taupin,
La Flèche, Frankreich
Printed in France

ISBN 3-404-24 205-X

Der Preis dieses Bandes
versteht sich einschließlich der
gesetzlichen Mehrwertsteuer.

Für

KAREN
SANDRA
CATHERINE
JERRY
CAROL
ELLEN
DYANNE
HILARY
DIANA

– Bollwerke in einer stürmischen Zeit

... Es zittern, zittern die Herzen, von großer Furcht durchbebt: daß in schicksalhaftem Einsturz das All erschüttert wanke und abermals über Götter und Menschen komme das gestaltlose Chaos, das abermals Erde, Meer und Feuer und die kreisenden Gestirne des sternenbestickten Firmaments die Natur überflute ... Wir aus so vielen Geschlechtern sind ausersehen, daß uns, aus seinen Angeln gehoben, das Weltall begrabe.

Seneca, *Thyestes*

BUCH EINS

Das Buch des Coronal

KAPITEL 1

Valentine schwankte, stützte sich mit der freien Hand am Tisch ab und bemühte sich, den Wein nicht zu verschütten.

Das ist sehr seltsam, dachte er, diese Benommenheit, diese Verwirrung. Zuviel Wein – die abgestandene Luft – vielleicht ist auch der Sog der Gravitation so tief unter der Oberfläche stärker …

»Sprecht den Trinkspruch, Euer Lordschaft«, murmelte Deliamber. »Zuerst auf den Pontifex, dann auf seine Mitarbeiter, und dann …«

»Ja, ja. Ich weiß.«

Valentine sah unsicher von einer Seite zur anderen, gleich einem gestellten Steetmoy, das von Jägern umzingelt ist.

»Freunde …«, begann er.

»Auf den Pontifex Tyeveras!« flüsterte Deliamber scharf.

Freunde. Ja. Das waren diejenigen, die ihm am nächsten standen, die sich mit ihm versammelt hatten. Fast alle, außer Carabella und Elidath: Sie war unterwegs, um sich im Westen mit ihm zu treffen, und Elidath kümmerte sich in Valentines Abwesenheit auf dem Burgberg um die Regierungsgeschäfte. Aber die anderen waren hier, Sleet, Deliamber, Tunigorn, Shanamir, Lisamon und Ermanar, der Skandar Zalzan Gibor, Asenhart, der Hjort – ja, alle seine Freunde, die Säulen seines Lebens und seiner Herrschaft …

»Freunde«, sagte er. »Hebt die Gläser für einen weiteren Trinkspruch. Ihr alle wißt, daß mir der Göttliche keine ruhige Zeit auf dem Thron vergönnt hat. Ihr alle kennt die Härten, die mir auferlegt wurden, die Herausforderungen, denen ich mich stellen mußte, die Prüfungen, die mir abverlangt wurden, die schwerwiegenden Probleme, die immer noch ungelöst sind.«

»Ich glaube, das ist nicht die richtige Rede«, hörte er jemanden hinter sich murmeln.

Deliamber murmelte wieder: »Seine Majestät der Pontifex! Ihr müßt einen Trinkspruch auf Seine Majestät den Pontifex sprechen!«

Valentine achtete nicht darauf. Die Worte, die aus ihm herausdrangen, schienen es aus eigenem Antrieb zu tun.

»Wenn ich diese unvergleichlichen Schwierigkeiten mit einiger Anmut überstehen konnte«, fuhr er fort, »dann nur, weil ich die Unterstützung, den Rat und die Liebe von Kameraden und wahren Freunden hatte, wie sie nur wenige Regenten gehabt haben. Mit eurer unschätzbaren Hilfe, Freunde, werden wir endlich die Probleme lösen können, die Majipoor quälen, und eine Zeit der Freundschaft und Verständigung schaffen, wie wir sie uns alle wünschen. Und da wir uns nun anschicken, morgen in unser Reich aufzubrechen, begierig und freudig die große Prozession zu unternehmen, bringe ich diesen letzten Trinkspruch des Abends auf euch aus, meine guten Freunde, die ihr mich in all den Jahren unterstützt und unterwiesen habt, und die ...«

»Wie seltsam er aussieht«, murmelte Ermanar. »Ist er krank?«

Entsetzliche Schmerzen durchzuckten Valentine. In seinen Ohren dröhnte ein schreckliches Summen, sein Atem war heiß wie Feuer. Er spürte, wie er in der Nacht versank, in einer Nacht, die so finster war, daß sie alles Licht verschlang und wie eine Woge dunklen Blutes über seine Seele hinwegrollte. Das Weinglas fiel aus seiner Hand und zerschellte; und es war, als wäre die ganze Welt zerschellt und in Tausende Splitter geborsten, die auf irrsinnigen Bahnen in jede Ecke des Universums trudelten. Jetzt war das Schwindelgefühl überwältigend. Und die Dunkelheit ... diese völlige Nacht, die totale Finsternis ...

»Lordschaft!« schrie jemand. Konnte es Hissune gewesen sein?

»Er hat eine Sendung!« rief eine andere Stimme.

»Eine Sendung? Wie das, er ist doch wach?«

»Mein Lord! Mein Lord! Mein Lord!«

Valentine sah nach unten. Alles war schwarz, der See der

Nacht stieg aus dem Fußboden empor. Die Schwärze schien ihn anzuziehen. Komm, sagte eine leise Stimme, hier ist dein Weg, hier ist dein Schicksal: Nacht, Dunkelheit, Untergang. Ergib dich. Ergib dich, Lord Valentine, gewesener Coronal und Pontifex, der niemals sein wird. Ergib dich. Und Valentine ergab sich, denn in diesem Augenblick der Bestürzung und der Lähmung des Geistes konnte er nichts anderes tun. Er starrte in den schwarzen See, der rings um ihn herum emporbrandete, und er ließ sich ihm entgegenfallen. Ohne zu fragen und ohne zu begreifen stürzte er in die allumfassende Dunkelheit.

Ich bin tot, dachte er. Ich treibe auf den Wogen des schwarzen Flusses, der mich zur Quelle zurückträgt, und bald muß ich an Land und die Straße finden, die zur Brücke des Abschieds führt; und dann werde ich in jenen Ort eingehen, wo alles Leben seinen Anfang und sein Ende hat.

Da kam eine seltsame Ruhe über seine Seele, ein Gefühl wundersamer Leichtigkeit und Zufriedenheit, das übermächtige Wissen, daß das ganze Universum in Harmonie war. Ihm war, als ruhe er in einer Wiege, wo er warm eingehüllt lag, endlich befreit von der Folter der Königswürde. Ah, wie gut das war! Ruhig zu liegen und alle Unruhe aus sich entwichen zu lassen! War das der Tod? Dann jedenfalls war der Tod eine Freude!

– *Ihr seid getäuscht worden, mein Lord. Der Tod ist das Ende der Freude.*

– *Wer spricht hier zu mir?*

– *Ihr kennt mich, mein Lord.*

– *Deliamber? Bist du auch tot? Ah, welch sicherer und angenehmer Ort der Tod doch ist, mein Freund!*

– *Ihr seid sicher, ja. Aber nicht tot.*

– *Mir kommt es wie der Tod vor.*

– *Verfügt Ihr über so eine große Erfahrung mit dem Tod, mein Lord, daß Ihr so wissend von ihm sprechen könnt?*

– *Was ist das, wenn nicht der Tod?*

– *Lediglich ein Bann,* sagte Deliamber.

– *Von dir, Zauberer?*

– *Nein, nicht von mir. Aber ich kann euch davon befreien, wenn ihr wollt. Kommt: erwacht. Erwacht.*

– *Nein, Deliamber. Laß mich.*

– *Ihr müßt, mein Lord.*

– *Müssen*, sagte Valentine bitter. *Müssen! Immerzu müssen! Habe ich niemals Ruhe? Laß mich hier, wo ich bin. Dies ist ein Ort des Friedens. Ich habe nichts übrig für den Krieg, Deliamber.*

– *Komm, mein Lord.*

– *Sag mir als nächstes, daß es meine Pflicht ist, zu erwachen.*

– *Ich muß Euch nicht sagen, was Ihr selbst am besten wißt. Kommt.*

Er öffnete die Augen und stellte fest, daß er in der Luft schwebte. Er hing schlaff in Lisamon Hultins Armen. Die Amazone trug ihn gegen ihren gewaltigen Busen gepreßt, als wäre er eine Puppe. Kein Wunder, daß er sich eingebildet hatte, in der Wiege zu liegen oder einen dunklen Fluß hinabzuschwimmen! Neben ihm war Autifon Deliamber, der zusammengepreßt auf ihrer linken Schulter saß. Valentine sah den Zauber, der ihn aus dem Abgrund zurückgeholt hatte: die Spitzen dreier Tentakel des Vroon berührten ihn, einer an der Stirn, einer an der Wange, einer auf der Brust.

Er kam sich unglaublich albern vor und sagte: »Du kannst mich herunterlassen.«

»Ihr seid sehr schwach, Lordschaft«, brummte Lisamon.

»So schwach auch wieder nicht. Laß mich herunter.«

Langsam, als wäre Valentine neunhundert Jahre alt, ließ Lisamon ihn zu Boden sinken. Unverzüglich wogten wieder Schwindelgefühle über ihn hinweg, und er lehnte sich gegen die hünenhafte Frau, die immer noch schützend neben ihm stand. Seine Zähne klapperten. Seine schwere Robe klebte ihm wie ein feuchtes, klammes Leichentuch am Körper. Er fürchtete, der See der Schwärze könnte wieder anschwellen, sobald er nur einen Augenblick die Augen schloß. Er zwang sich, stark zu sein, auch wenn es nur Vortäuschung war. Die alte Ausbildung machte sich bemerkbar: Er konnte nicht zulassen, benommen und elend gesehen zu werden, ganz egal, welche irrationalen Ängste in seinem Schädel dröhnten.

Nach einem Augenblick spürte er, wie er ruhiger wurde, und sah sich um. Sie hatte ihn aus dem großen Saal gebracht. Er befand sich in einem hell erleuchteten Flur, der mit Tausenden ineinander übergreifenden pontifikalen Siegeln verziert war, das ständig wiederholte Labyrinthsymbol spielte den Augen seltsame Streiche. Eine Menge Leute drängten sich um ihn, die ängstlich und fassungslos aussahen: Tunigorn, Sleet, Hissune und Shanamir von seinem Hof sowie einige Leute vom Stab des Pontifex, Hornkast und der alte Dilifon und dahinter ein Dutzend weiterer nickender Köpfe mit gelben Masken.

»Wo bin ich?« fragte Valentine.

»Noch einen Augenblick, dann sind wir in Eurem Gemach, Lordschaft«, sagte Sleet.

»War ich so lange bewußtlos?«

»Nur zwei oder drei Minuten. Ihr seid gestürzt, während Ihr Eure Rede hieltet. Aber Hissune hat Euch aufgefangen. Und Lisamon.«

»Es lag am Wein«, sagte Valentine. »Ich glaube, ich habe zuviel getrunken, ein Kelch hiervon, ein Kelch davon ...«

»Jetzt seid Ihr nüchtern«, erwiderte Deliamber. »Und es sind erst wenige Minuten verstrichen.«

»Laßt mich glauben, daß es der Wein war«, sagte Valentine, »nur noch eine Weile.« Der Flur machte eine Biegung, hinter der die schwere geschnitzte Tür seines Gemachs sichtbar wurde, die als goldene Einlegearbeit das Sternenfächer-Symbol trug, darunter eingeschnitzt sein LVB-Monogramm. »Wo ist Tisana?« rief er.

»Hier, mein Lord«, sagte die Traumsprecherin aus einiger Entfernung.

»Gut. Ich möchte dich bei mir haben. Ebenso Deliamber und Sleet. Sonst niemanden. Ist das klar?«

»Darf ich ebenfalls eintreten?« fragte eine Stimme aus der Gruppe Bediensteter des Pontifex.

Sie gehörte einem großen Mann mit dünnen Lippen und

seltsam aschfarbener Haut, in dem Valentine nach einigen Augenblicken Sepulthrove erkannte, den Leibarzt des Pontifex Tyeveras. Er schüttelte den Kopf. »Ich bin dankbar für Ihre Sorge. Aber ich glaube, Sie sind nicht vonnöten.«

»Ein so unerwarteter Zusammenbruch, mein Lord ... das verlangt nach einer Diagnose ...«

»Daran ist etwas Wahres«, bemerkte Tunigorn leise.

Valentine zuckte die Achseln. »Dann hinterher. Zuerst möchte ich mit meinen Ratgebern sprechen, guter Sepulthrove. Und dann können Sie mir ein wenig auf die Kniescheiben klopfen, wenn Sie es für notwendig halten. Kommt, Tisana ... Deliamber ...«

Mit letzter Kraftanstrengung schleppte er sich in die Suite, wo ihn große Erleichterung überkam, als die schwere Tür ins Schloß fiel und die hektische Aufregung im Flur aussperrte. Langsam ließ er den Atem ausströmen und ließ sich auf dem breiten Sofa nieder, wo er zitternd das Nachlassen der Spannung abwartete.

»Lordschaft?« fragte Sleet leise.

»Wartet. Wartet. Laßt mich einfach.«

Er rieb sich die pochende Stirn und die schmerzenden Augen. Die Anstrengung vorzutäuschen, daß er sich von dem, was beim Bankett über ihn gekommen war, wieder schnell erholt hatte, zehrte mehr als vermutet an ihm. Aber allmählich kehrte seine wahre Stärke zurück. Er sah zur Traumsprecherin. Die robuste alte Frau mit dem kräftigen, starken Körper schien ihm in diesem Augenblick der Ausbund an Trost zu sein.

»Komm, Tisana, setz dich neben mich«, sagte Valentine.

Sie nahm an seiner Seite Platz und legte ihm einen Arm um die Schultern. Ja, dachte er. Oh, ja, gut! Wärme strömte in seine erkaltete Seele, und die Dunkelheit wich zurück. Eine Woge der Liebe ging von ihm zu der kräftigen und zuverlässigen und weisen Tisana, die in den Tagen seines Exils die erste gewesen war, die ihn offen als *Lord* Valentine begrüßte, als er noch damit zufrieden gewesen war, Valentine der Jongleur zu sein. Wie oft in den Jahren seiner wiederhergestellten Regentschaft hatte sie den Traumwein mit ihm genossen, der den Geist öffnete, und ihn in die Arme genommen und ihn von den turbulenten Bildern befreit, die ihn im Schlaf peinigten! Wie oft hatte sie ihm die Last der Königswürde erleichtert!

Sie sagte: »Ich hatte große Angst, als ich Euch fallen sah, Lord Valentine, und Ihr wißt, daß mich so leicht nichts erschreckt. Ihr sagtet, es lag am Wein?«

»Das sagte ich draußen.«

»Ich glaube, es war nicht der Wein.«

»Nein. Deliamber meint, es war ein Bann.«

»Wessen Bann?« fragte Tisana.

Valentine sah zu dem Vroon. »Nun?«

Deliamber wirkte auf eine Weise nervös, wie Valentine es nur selten bei dem kleinen Geschöpf gesehen hatte: Die zahlreichen Tentakel wanden und schlängelten sich aufgeregt, die großen gelben Augen glitzerten seltsam, der vogelähnliche Schnabel führte mahlende Bewegungen aus. »Darauf kann ich keine Antwort geben«, gestand Deliamber schließlich. »Nicht alle Träume sind Sendungen, und so muß auch nicht jeder Bann einen haben, der ihn erschuf.«

»Soll das heißen, manche Bannsprüche schaffen sich selbst?« fragte Valentine.

»Nicht genau. Aber es kann vorkommen, daß ein Bann spontan entsteht – aus dem Inneren, mein Lord, aus einem selbst, aus den geheimen Tiefen der Seele.«

»Was sagst du da? Daß ich mich selbst verzaubert haben soll, Deliamber?«

Tisana sagte sanft: »Träume – Bannsprüche – das ist alles ein und dasselbe, Lord Valentine. Gewisse Augurien machen sich durch einen selbst bekannt. Omen drängen sich selbst ins Blickfeld. Stürme ziehen auf, und das sind erste Vorboten.«

»Das alles siehst du schon so früh? Weißt du, kurz vor dem Bankett hatte ich einen beängstigenden Traum, und der war sicher voller Augurien, Vorboten und Omen. Aber wenn ich nicht im Schlaf gesprochen habe, habe ich dir noch nichts davon erzählt, oder?«

»Ich glaube, Ihr habt vom Chaos geträumt, mein Lord.«

Valentine sah sie an. »Wie kannst du das wissen?«

Achselzuckend sagte Tisana: »Weil das Chaos kommen mußte. Wir alle wissen, daß das wahr ist. Es gibt viel Unvollendetes auf der Welt, und das schreit nach Vollendung.«

»Du meinst die Gestaltveränderer«, murmelte Valentine.

»Ich würde mir nicht anmaßen«, sagte die alte Frau, »Euch in Staatsangelegenheiten Ratschläge zu erteilen ...«

»Hör damit auf. Ich erwarte Rat von meinen Ratgebern, nicht Taktgefühl.«

»Mein Reich ist nur das Reich der Träume«, sagte Tisana.

»Ich träumte von Schnee auf dem Burgberg und einem gewaltigen Erdbeben, das die Welt entzweiriß.«

»Soll ich den Traum deuten, mein Lord?«

»Wie kannst du ihn deuten, wenn du nicht den Traumwein genommen hast?«

»Ein Sprechen ist augenblicklich keine gute Idee«, sagte Deliamber. »Der Coronal hatte Visionen genug für eine Nacht. Er wäre schlecht beraten, würde er im derzeitigen Zustand Traumwein trinken. Ich glaube, das kann warten, bis ...«

»Für diesen Traum braucht man keinen Wein«, sagte Tisana. »Ein Kind könnte ihn deuten. Erdbeben? Die Welt entzwei? Ihr müßt Euch für schwere Zeiten wappnen, mein Lord.«

»Was sagst du?«

Sleet antwortete: »Das sind Omen des Krieges, Lordschaft.«

Valentine wirbelte herum und funkelte den kleinen Mann düster an. »Krieg?« brüllte er. *»Krieg?* Muß ich wieder kämpfen? Ich war der erste Coronal seit achttausend Jahren, der eine Armee ins Feld führte! Muß ich es ein zweites Mal tun?«

»Ihr wißt doch sicher, meine Lordschaft«, sagte Sleet, »daß der Krieg der zweiten Krönung nur ein einleitendes Scharmützel für den wahren Krieg war, der bevorsteht, ein Krieg, der schon viele Jahrhunderte droht, ein Krieg, der sich meiner Meinung nach heute nicht mehr vermeiden läßt.«

»Es gibt keine unvermeidlichen Kriege«, sagte Valentine.

»Glaubt Ihr das, mein Lord?«

Der Coronal sah Sleet ausdruckslos an, antwortete aber nicht. Sie sagten ihm nur, was er sich bereits ohne ihre Hilfe zusammengereimt hatte, aber nicht hören wollte; und als er es dennoch hörte, spürte er eine große Unruhe in seine Seele strömen. Nach einer Weile erhob er sich und begann, langsam im Raum auf und ab zu gehen. Am anderen Ende des Gemachs befand sich eine merkwürdige Skulptur, ein großes Ding, das aus den gekrümmten Knochen von Meeresdrachen angefertigt war, die so verbunden waren, daß sie zwei einander zugewendete, ineinander verschränkte Hände bildeten, vielleicht aber auch die zusammengebissenen Zähne eines Dämonenmauls. Valentine stand lange Zeit davor und strich geistesabwesend über die polierten Knochen. Unvollendetes, hatte Tisana gesagt. Ja. Ja. Die Gestaltveränderer. Gestaltveränderer, Metamorphen, Piruivars, man mochte sie nennen wie man wollte: Die wahren Eingeborenen von Majipoor, denen die Siedler von den Sternen vor vierzehntausend Jahren ihre Welt gestohlen hatten. Acht Jahre, dachte Valentine, habe ich mich bemüht, die Bedürfnisse dieses Volks kennen und verstehen zu lernen. Und dennoch weiß ich überhaupt nichts.

Er wandte sich um und sagte: »Als ich mich erhob, um zu sprechen, dachte ich daran, was Hornkast, der Hohe Redner, gerade gesagt hatte: Der Coronal ist die Welt, und die Welt ist der Coronal. Und plötzlich *wurde* ich zu Majipoor. Alles, was auf der ganzen Welt geschah, strömte durch meine Seele.«

»Ihr habt das schon früher erlebt«, sagte Tisana. »In Träumen, die ich für Euch gedeutet habe: als Ihr sagtet, Ihr saht zwanzig Milliarden goldene Sprößlinge aus dem Boden wachsen, und Ihr hieltet sie alle in Eurer rechten Hand. Und ein weiterer Traum, als Ihr die Arme ausbreitet und die ganze Welt umarmt habt, und ...«

»Das war anders«, sagte Valentine. »Dieses Mal fiel die Welt auseinander.«

»Wie das?«

»Buchstäblich. Sie zerfiel in Bruchstücke. Nichts blieb übrig, nur ein Meer von Dunkelheit ... in die ich fiel ...«

»Hornkast hat die Wahrheit gesagt«, meinte Tisana leise. »Ihr *seid* die Welt, Lordschaft. Dunkles Wissen bahnt sich einen Weg zu Euch, und es kommt von der Umwelt durch die Luft zu Euch. Es ist eine Sendung, mein Lord, nicht von der Lady und nicht vom König der Trume, sondern von der ganzen Welt.«

Valentine sah zu dem Vroon. »Was sagst du dazu, Deliamber?«

»Ich kenne Tisana seit fünfzig Jahren, glaube ich, und ich habe noch niemals erlebt, daß sie die Unwahrheit sagte.«

»Also wird es Krieg geben?«

»Ich fürchte, der Krieg hat bereits begonnen«, sagte Deliamber.

KAPITEL 2

Hissune konnte sich kaum verzeihen, daß er zu spät zum Bankett gekommen war. Sein erstes offizielles Ereignis, seit er zum Stab von Lord Valentine hinzugestoßen war, und er war nicht rechtzeitig dort gewesen. Das war unentschuldbar.

Teilweise war das die Schuld seiner Schwester Ailimoor. Die ganze Zeit, während er versucht hatte, die neue offizielle Kleidung anzuziehen, war sie um ihn herumgelaufen, hatte an ihm herumgezupft, die Schulterkette zurechtgerückt, sich über Länge und Schnitt der Tunika erregt, Flekken auf seinen auf Hochglanz polierten Stiefeln entdeckt, die für alle Augen unsichtbar waren, außer für ihre. Sie war fünfzehn, für Mädchen ein sehr problematisches Alter – bei Mädchen schien *jedes* Alter schwierig zu sein, dachte Hissune manchmal –, und sie schien ihm voreingenommen, stur und von trivialen Haushaltsfragen besessen.

In ihrem Eifer, ihn zum Bankett des Coronal nur recht herauszuputzen, hatte sie nur bewirkt, daß er zu spät kam. Sie beschäftigte sich eine Zeitspanne, die ihm wie zwanzig Minuten vorkam, lediglich mit seinem offiziellen Emblem, der kleinen goldenen Sternenfächer-Epaulette, die er an der linken Schulter in der Schlaufe der Kette tragen sollte. Sie bewegte sie endlos im Bruchteil eines Zentimeters hierhin und wieder dahin, um sie exakter in die Mitte zu rücken, bis sie schließlich sagte: »Schon gut, so wird es gehen. Hier, sieh, ob es dir gefällt.«

Sie reichte ihm ihren alten Handspiegel, der fleckig und rostig war, wo die Politur abblätterte, und hielt ihn ihm hin. Hissune erhaschte einen raschen und verzerrten Blick auf sich, und er sah ganz unvertraut aus, nur Pomp und Prunk, als wäre er für ein Kostümfest herausgeputzt. Das Kostüm kam ihm theatralisch, übertrieben und unwirklich vor. Und doch spürte er eine neue Art von Autorität, die aus dem Kleidungsstück in seine Seele einzuströmen schien. Wie seltsam, dachte er, daß das hastig von einem Schneider vom Platz der Masken angefertigte Kleidungsstück eine solche Wirkung auf seine Persönlichkeit haben konnte – nicht mehr Hissune, der unsichere junge Beamte, sondern Hissune der Pfau, Hissune der Geck, Hissune der stolze Gefährte des Coronal.

Und Hissune der Unpünktliche. Wenn er sich beeilte, konnte er den Großen Saal des Pontifex noch rechtzeitig erreichen.

Doch in diesem Augenblick kam seine Mutter Elsinome von der Arbeit zurück, und das brachte eine weitere kleine Verzögerung. Sie kam in sein Zimmer, eine kleine, dunkelhaarige Frau mit ausgelaugtem Aussehen, und starrte ihn ehrfurchtsvoll und verwundert an, als hätte jemand einen Kometen eingefangen und in den Wänden ihres unscheinbaren Hauses wieder freigelassen, wo er nun umherwirbelte. Ihre Augen leuchteten, ihr Gesicht verströmte einen Glanz, wie er ihn noch niemals zuvor gesehen hatte.

»Wie prächtig du aussiehst, Hissune! Wie prunkvoll!«

Er grinste und drehte sich um, damit sie die Embleme besser sehen konnte. »Es ist fast absurd, nicht? Ich sehe wie ein Ritter aus, der gerade vom Burgberg herabgestiegen ist!«

»Du siehst wie ein Prinz aus. Wie ein Coronal!«

»Ah, ja, Lord Hissune. Aber ich glaube, dafür bräuchte ich eine Hermelinrobe, ein feines grünes Wams und vielleicht ein großes goldenes Sternenfächerzeichen auf der Brust. Aber für den Augenblick wird es auch so gehen, nicht, Mutter?«

Sie lachten, und trotz ihrer Erschöpfung umarmte sie ihn und wirbelte ihn in einem ausgelassenen Tanz herum. Dann gab sie ihn frei und sagte: »Aber es wird spät. Du solltest schon längst unterwegs zum Fest sein!«

»Das sollte ich, ja.« Er ging zur Tür. »Wie seltsam das alles ist, was, Mutter? Mit dem Coronal zu speisen, an seiner Seite zu sitzen ... die große Prozession mit ihm zu machen ... den Burgberg besteigen ...«

»Sehr seltsam, ja«, sagte Elsinome leise.

Sie stellten sich alle in einer Reihe auf – Elsinome, Ailimoor und seine jüngere Schwester Maraune –, und Hissune küßte sie feierlich, drückte ihnen die Hände und wich zur Seite aus, als sie ihn umarmen wollten, da er befürchtete, sie würden seine Kleidung zerknittern; und er merkte, daß sie ihn anstarrten, als wäre er ein gottähnliches Wesen, oder wenigstens der Coronal selbst. Es war fast, als gehörte er nicht mehr zur Familie, als hätte er nie dazugehört, sondern wäre vom Himmel herabgekommen, um an diesem Nachmittag Licht und Glanz in die schäbigen Räume zu bringen. Manchmal empfand er selbst fast so – daß er die ersen achtzehn Jahre seines Lebens nicht in elenden Kammern im ersten Rang des Labyrinths verbracht hatte, sondern Hissune vom Schloß war und immer gewesen war, Ritter und Initiat, Angehöriger des königlichen Hofes, Kenner all seiner Freuden.

Wahnsinn. Überheblichkeit. Man sollte niemals vergessen, wer man ist, ermahnte er sich, und wo man begonnen hat.

Aber es fiel nicht schwer, dachte er weiter, über die großen Veränderungen seines Lebens nachzudenken, während er die endlose Wendeltreppe zur Straße hinabging. So viele hatte sich verändert. Einst hatten er und seine Mutter in den Straßen des Labyrinths gearbeitet, sie hatte von wohlhabenden Passanten Kronenstücke erbettelt, um ihre hungrigen Kinder zu ernähren, er hatte sich an Touristen herangemacht und sie durch das Labyrinth geführt, um ihnen für einen halben Royal die Wunder der unterirdischen Stadt zu zeigen. Und nun war er der junge Protegé des Coronal, und sie war durch seine neuen Beziehungen Weinkellnerin in einem Café am Hof der Masken geworden. All das nur durch Glück, durch außergewöhnliches, unvorstellbares Glück.

Aber war es wirklich nur Glück? fragte er sich. Damals, vor so vielen Jahren, als er zehn war und dem großen, blonden Mann seine Dienste angeboten hatte, war es ihm genug gewesen, daß der Fremde der Coronal Lord Valentine war, den man um den Thron betrogen hatte, und der ins Labyrinth gekommen war, um die Unterstützung des Pontifex zu bekommen, damit er wieder rechtmäßig regieren konnte.

Das an sich hätte auch nirgendwo hinführen können. Hissune fragte sich oft, was an ihm Lord Valentines Aufmerksamkeit erregt hatte, was bemerkenswert genug an ihm war, daß der Coronal sich nach seiner zweiten Krönung an ihn erinnerte und ihn aufspüren und im Haus der Aufzeichnungen arbeiten ließ, und den er nun in den innersten Kreis seiner Administratoren berufen hatte. Möglicherweise seine Respektlosigkeit. Seine Gewitztheit, sein kühles und lässiges Benehmen, seine mangelnde Ehrfurcht vor Coronals und Pontifexen, seine Fähigkeit, sich bereits im Alter von zehn Jahren um sich selbst zu kümmern. Das mußte Lord Valentine beeindruckt haben. Diese Ritter vom Burgberg, dachte Hissune, sind alle so höflich und haben so gezierte Manieren: Er mußte ihm fremder als ein Ghayrog erschienen sein. Und doch ist das Labyrinth voll von zähen kleinen Burschen. Jeder hätte der sein können, der den Coronal am Ärmel zupfte. Aber er war derjenige gewesen. Glück. Glück.

Er betrat die staubige kleine Plaza vor seinem Haus. Vor ihm lagen die schmalen, verschlungenen Gäßchen des Guadeloom-Hof-Bezirks, wo er sein ganzes Leben verbracht hatte; über ihm ragten die hohen verwitterten, tausendjährigen und vom Alter gezeichneten Bauwerke empor, die den Grenzzaun seiner Welt bildeten. Im grellweißen Licht, das fast zu grell war und von elektrischer Energie knisterte – der ganze Ring des Labyrinths war so erleuchtet, anders als das sanfte, goldengrüne Licht der Sonne, die niemals hier in dieser Stadt schien –, verströmten die Fassaden dieser grauen, fleckigen Gebäude eine schreckliche Müdigkeit, eine mineralische Abnutzung. Hissune fragte sich, ob er schon früher einmal bemerkt hatte, wie schrecklich öde und heruntergekommen hier doch alles war.

Die Plaza war voller Menschen. Nicht vielen Menschen des Guadeloom-Hofs behagte es, die Abende in ihren elenden kleinen Baracken zu verbringen, und daher kamen sie in Scharen hierher und promenierten ziellos durch die Straßen. Während sich Hissune in seiner nagelneuen Kleidung einen Weg durch diese Menge bahnte, kam es ihm so vor, als ob jeder, den er früher hier gekannt hatte, ihn böse anfunkelte, kicherte, düster die Stirn runzelte. Er sah Vanimoon, der fast auf die Stunde genau so alt war wie er, und der ihm bisher so etwas wie ein Bruder gewesen war, sowie Vanimoons schlanke, mandeläugige kleine Schwester, die gar nicht mehr so klein war, und Heulan, und Heulans drei bärenhafte große Brüder, und Nikkilone, und Ghisnet mit dem verkniffenen Gesicht, und den perläugigen Vroon, der kandierte Ghumbawurzeln verkaufte, und Confalume, den Taschendieb, und die alten Ghayrog-Schwestern, die jeder eigentlich für Metamorphen hielt, was Hissune selbst nie geglaubt hatte, und diesen und jenen und noch viele mehr. Alle starrten sie ihn an, und alle fragten sie stumm: *Warum gebärdest du dich so, Hissune, warum der Prunk, warum dieser Pomp?*

Er ging unbehaglich über den Platz und war sich niedergeschlagen darüber im klaren, daß das Bankett bereits begonnen haben mußte, er aber noch eine große Entfernung abwärts zurückzulegen hatte. Und alle, die er kannten, standen ihm im Weg und gafften ihn an.

Vanimoon war der erste, der das Wort ergriff. »Wohin gehst du, Hissune, zu einem Kostümfest?«

»Er geht zur Insel, um Neunstock mit der Lady zu spielen!«

»Nein, er geht mit dem Pontifex auf Meeresdrachenjagd!«

»Laßt ihn vorbei! Laßt ihn vorbei!« riefen sie fröhlich, aber keiner trat beiseite.

»Woher hast du denn die tolle Kleidung, Hissune?« fragte Ghisnet.

»Geliehen«, sagte Heulan.

»Du meinst gestohlen«, sagte einer von Heulans Brüdern.

»Er hat einen betrunkenen Ritter in einer Nebenstraße gefunden und ausgeraubt!«

»Geht mir aus dem Weg!« befahl Hissune, der sein Temperament mit mehr als nur geringer Anstrengung unter Kontrolle hielt. »Ich habe etwas Wichtiges vor.«

»Etwas Wichtiges! Etwas Wichtiges!«

»Er hat eine Audienz beim Pontifex!«

»Der Pontifex wird einen Herzog aus Hissune machen!«

»Warum nicht Lord Hissune?«

»Lord Hissune! Lord Hissune!«

Ihre Stimmen hatten einen gehässigen Unterton. Zehn oder zwölf kreisten ihn ein und kamen näher. Neid und Eifersucht beherrschte ihr Denken jetzt. Seine auffällige Kleidung, die Schulterkette, Epauletten, Stiefel, Mantel – das war zuviel für sie, ein arrogantes Unterstreichen der Kluft, die sich zwischen ihm und ihnen aufgetan hatte. Noch einen Augenblick, dann würden sie an seinem Gewand zupfen und an der Kette ziehen. Hissune spürte erste Panik. Es war unsinnig, mit einem Mob reden zu wollen, aber noch unsinniger war der Versuch, sich einen Weg durch ihn hindurchzubahnen. Und in dieser Gegend bestand kaum die Chance, daß imperiale Polizisten patrouillierten. Er war ganz auf sich alleine gestellt.

Vanimoon, der am nächsten stand, griff nach Hissunes Schulter, als wollte er ihm einen Stoß versetzen. Hissune wich zurück, aber vorher gelang es Vanimoon noch, einen schmierigen Fleck auf dem hellgelben Stoff seiner Tunika zu hinterlassen. Plötzliche, erstaunliche Wut wallte in ihm auf. »Faß mich nicht noch einmal an!« rief er und machte Vanimoon zornig das Zeichen des Meeresdrachens. »Faßt mich nicht an, keiner!«

Mit spöttischem Lachen packte Vanimoon ihn ein zweitesmal. Rasch ergriff Hissune sein Handgelenk und drückte es mit aller Kraft nach unten.

»Hoy! Laß los!« grunzte Vanimoon.

Statt dessen zog Hissune Vanimoons Arm hoch und drehte ihn grob herum. Hissune war nie eine Kämpfernatur gewesen – dazu war er zu klein und leicht –, aber er konnte ungeahnte Kräfte mobilisieren, wenn er wütend war. Nun spürte er, wie die Energie des Zorns in ihm pulsierte. Mit leiser, mühsam beherrschter Stimme sagte er: »Wenn ich muß, Vanimoon, werde ich dir den Arm brechen. Ich will nicht, daß du oder sonst jemand mich anfaßt!«

»Du tust mir weh!«

»Wirst du die Hände bei dir behalten?«

»Mann, kannst du denn keinen Spaß mehr verstehen ...«

Hissune drehte Vanimoons Arm so weit herum wie es ging. »Ich werde ihn dir brechen, wenn es sein muß.«

»Laß ... los ...«

»Wenn du mir nicht zu nahe kommst.«

»Gut. Gut!«

Hissune ließ ihn los und atmete tief durch. Sein Herz klopfte, er war schweißgebadet: Er wagte nicht daran zu denken, wie er aussehen mußte. Besonders, nachdem auch Ailimoor endlos an ihm herumgezupft hatte.

Vanimoon trat zurück und rieb sich düster das Gelenk. »Hat Angst, ich werde seine hübschen Kleider beschmutzen. Er mag den Schmutz gewöhnlicher Leute nicht an ihnen haben.«

»Richtig. Und jetzt geht mir aus dem Weg. Ich bin sowieso schon zu spät dran.«

»Zum Bankett des Coronals vermutlich?«

»Ganz recht. Ich komme zu spät zum Bankett des Coronals.«

Vanimoon und die anderen sahen ihn fassungslos an, ihre Gesichter drückten teils Abscheu, teils Bewunderung aus. Hissune drängte sich an ihnen vorbei und überquerte die Plaza.

Der Abend, dachte er, fing ja gut an.

KAPITEL 3

Eines Tages im Hochsommer, als die Sonne bewegungslos über der Spitze des Burgbergs verharrte, unternahm der Coronal Lord Valentines guter Dinge einen Ausritt zu den blühenden Wiesen unter dem Südflügel der Burg.

Er ritt allein und nahm nicht einmal seine Gefährtin mit, die Lady Carabella. Die Mitglieder seines Rats erhoben ernste Einwände dagegen, daß er alleine und ungeschützt irgendwo hinging, selbst innerhalb der Burg, geschweige denn nach draußen, außerhalb der Grenzen des königlichen Sitzes. Wann immer das Thema angeschnitten wurde, schlug Elidath mit der Faust in die offene Hand, und Tunigorn richtete sich zu voller Größe auf, als wollte er Valentine mit dem eigenen Körper den Weg versperren, sollte er gehen, während der kleine Sleet im Gesicht ganz schwarz vor Wut wurde und darlegte, daß es den Feinden einmal gelungen war, den Coronal zu überlisten, und daß es ihnen auch ein zweites Mal gelingen könnte.

»Ah, gewiß bin ich auf dem Burgberg doch überall sicher!« beharrte Valentine.

Aber es ging stets nach ihren Köpfen, bis zum heutigen Tag. Die Sicherheit des Coronals von Majipoor, beharrten sie, hatte unbedingten Vorrang. Und daher war stets Elidath oder Tunigorn oder auch Stasilaine dabei, wenn Lord Valentine ausritt, wie damals, als sie noch Jungs waren, und ein halbes Dutzend Männer der Leibwache des Coronals ritten in respektvoller Entfernung hinterher.

Dieses Mal jedoch hatte Valentine sie alle überlistet. Er war nicht sicher, wie er es gemacht hatte, aber als er am Morgen den dringenden Wunsch nach einem Ausritt verspürt hatte, war er einfach zu den Ställen im Südflügel gegangen, hatte ohne Hilfe sein Reittier gesattelt und war über die grünen Porzellanpflastersteine einer seltsam verlassenen Dizimaule Plaza geritten, rasch unter dem großen Torbogen hindurch und dann in die lieblichen Felder, die die große Prachtstraße Calintanes säumten. Niemand hielt ihn auf. Niemand rief ihn an. Es war, als hätte ein Zauber ihn unsichtbar gemacht.

Frei, wenn auch nur für ein oder zwei Stunden! Der Coronal warf den Kopf zurück und lachte, wie er seit langem nicht mehr gelacht hatte, und schlug seinem Reittier auf die Flanke, worauf er so schnell durch die Wiesen ritt, daß die Hufe des Tiers kaum die Myriaden Blüten rings umher zu berühren schienen.

Ah, das war das Leben!

Er sah über die Schulter. Die phantastische, erstaunliche Masse der Burg fiel rasch hinter ihm zurück, wenngleich sie selbst in dieser Entfernung immer noch eindrucksvoll wirkte und den halben Horizont ausfüllte, ein gewaltiges, unfaßbares Massiv mit vierzigtausend Zimmern, das sich wie ein großes Monstrum auf dem Gipfel des Burgbergs festklammerte. Er konnte sich nicht an ein einziges Mal seit seiner zweiten Krönung erinnern, daß er allein aus der Burg herausgekommen wäre, nicht *ein einziges Mal.*

Aber nun war er draußen. Valentine schaute nach links, wo der dreißig Meilen hohe Felsen des Burgbergs in einem schwindelerregenden Winkel wegkippte, und darunter sah er die Vergnügungsstadt Ober-Morpin glitzern, ein Netzwerk luftiger goldener Fäden. Hinunterreiten und einen Tag bei den Spielen verbringen? Warum nicht? Er war frei! Er konnte auch weiterreiten, wenn er wollte, und durch die Gärten der Tolingar-Barriere streifen, inmitten der Halatingas und Tanigales und Sithereels, um dann mit einer gelben Blüte an der Mütze zurückzukehren, um jedem sein Abenteuer deutlich zu machen? Warum nicht? Der Tag gehörte ihm. Reite nach Furible, um die Fütterungszeit der Steinvögel mitzuerleben, reite nach Stee und trinke goldenen Wein auf dem Thimin-Turm, reite nach Bombifale oder Peritole oder Banglecode ...

Sein Reittier schien solchen Anstrengungen gewachsen zu sein. Es trug ihn Stunde um Stunde ohne zu ermüden. Als er in Ober-Morpin ankam, band er es am Confalumebrunnen fest, wo Säulen gefärbten Wassers Hunderte Fuß in die Höhe schossen, während sie gleichzeitig durch einen Zauber ihre Form behielten, und von dort schlenderte er zu Fuß die Straßen aus dicht geflochtenen Goldkabeln entlang, bis er an den Ort der Spiegelgleitbahnen kam, wo er und Voriax als Jungs so oft ihre Geschicklichkeit erprobt hatten. Aber als er die glänzenden Gleitbahnen betrat, nahm niemand Notiz von ihm, als hielten es alle für unhöflich, den Coronal beim Gleiten zu beobachten, oder als wäre er irgendwie immer noch von dieser merkwürdigen Unsicherheit umhüllt. Das schien seltsam, aber er war wenig besorgt deswegen. Wenn er keine Lust zum Gleiten mehr hatte, konnte er zu den Energiekanälen weitergehen oder zu den Molochen, aber es schien gleichermaßen angenehm, einfach die Reise fortzusetzen, und Minuten später saß er wieder auf dem Reittier und ritt nach Bombifale. In dieser uralten und liebenswertesten aller Städte, wo gekrümmte Wände aus dunkelorange gebranntem Sandstein von hellen Türmen überragt wurden, waren sie eines Tages, vor langer Zeit, als er allein Ferien gemacht hatte, zu ihm gekommen, fünf von ihnen, seine Freunde, und sie hatten ihn in einer Taverne aus Onyx und poliertem Alabaster gefunden, und als er sie voll Überraschung und lachend begrüßte, knieten sie nieder und machten das Sternenfächer-Zeichen und riefen: »Valentine! Lord Valentine! Heil, Lord Valentine!« Und sein erster Gedanke war, daß er verspottet wurde, denn er war nicht der König, sondern der jüngere Bruder des Königs, und er wußte, er würde niemals König sein, was er auch gar nicht wollte. Und wenngleich er ein Mann war, der nicht leicht in Zorn geriet, so wurde er damals doch wütend, daß seine besten Freunde ihn mit einem so schlimmen Scherz verhöhnten. Aber dann sah er, wie blaß ihre Gesichter waren, wie seltsam ihr Blick, und sein Zorn fiel von ihm ab und wich Kummer und Furcht in seiner Seele: Und so erfuhr er, daß Voriax, sein Bruder, tot war, und er an seiner Stelle zum Coronal ausgerufen. Zehn Jahre später, am selben Tag, als er sich wieder in Bombifale aufhielt, kam es ihm so vor, als trüge jeder dritte Mann das Gesicht von Voriax mit dem schwarzen Bart und dem harten Blick und dem kantigen Gesicht, und das bestürzte ihn, daher verließ er Bombifale rasch.

Er machte keinen Halt mehr, denn es gab so viel zu sehen, so viele hundert Meilen zurückzulegen. Er durchritt eine Stadt nach der anderen in abwesender, ungestörter Weise, als würde er schweben, als würde er fliegen. Hin und wieder hatte er von einem Vorsprung einen erstaunlichen Blick auf den ganzen Berg unter sich, und irgendwie waren alle Fünfzig Städte gleichzeitig sichtbar, und auch die zahllosen Städte der Vorgebirge, und die Sechs Flüsse, und die breite Ebene von Alhanroel, die sich bis zum Inneren Meer erstreckte – ein so gewaltiges, unfaßliches Panorama. Majipoor! Dies war sicher die schönste aller Welten, zu der die Menschheit in den Jahrtausenden seit Beginn des großen Aufbruchs von der Alten Erde gelangt war. Und alles war in seiner Hand, unterstand seinem Befehl, eine Verantwortung, vor der er sich niemals drücken würde.

Doch während er weiterritt, spielte sich ein unerwartetes Mysterium in seiner Seele ab. Die Luft wurde kalt und dunkel, was seltsam war, denn auf dem Burgberg wurde das Klima kontrolliert, so daß ständiger, milder Frühling herrschte. Dann traf ihn etwas wie kalter Speichel an der Wange, und er suchte nach dem Angreifer, sah aber keinen, und wurde wieder getroffen, und wieder: Schnee, erkannte er endlich, der mit dem kalten Wind heftig gegen ihn geweht wurde. Schnee auf dem Burgberg? Kalter Wind?

Schlimmer noch: Die Erde brüllte wie ein tobendes Monster. Sein Reittier, das ihm stets gehorcht hatte, wich nun angstvoll zurück, gab einen seltsam klagenden Laut von sich und schüttelte in langsamem Mißfallen den Kopf. Valentine hörte das Grollen fernen Donners, und in der Nähe ein eigentümliches Knirschen, und er sah eine breite Spalte im Boden auftauchen. Alles polterte und hüpfte wild durcheinander. Ein Erdbeben? Der ganze Berg schwankte wie der Mast eines Drachenschiffes, wenn die heißen, trockenen Südwinde wehten. Der Himmel selbst, schwarz und bleiern, schien plötzlich an Gewicht zuzunehmen.

Was ist das? O gütige Lady, meine Mutter, was geschieht mit dem Burgberg?

Valentine klammerte sich verzweifelt an sein bockendes, in Panik geratenes Reittier. Die ganze Welt schien zu zerschellen, zu wanken, zu zerfließen. Es war seine Aufgabe, sie zusammenzuhalten, die gigantischen Kontinente dicht an seine Brust zu pressen, die Meere in ihrem Bett zu halten und die Flüsse zu zähmen, die mit ungezügelter Wildheit über die Städte hereinbrachen ...

Und es gelang ihm nicht.

Es war zuviel für ihn. Gewaltige Kräfte zerschmetterten ganze Provinzen und schleuderten sie gegen ihre Nachbarn. Valentine bemühte sich verzweifelt, sie an Ort und Stelle zu halten, und er wünschte sich, er hätte eiserne Bänder gehabt, um sie zu binden. Aber er konnte es nicht. Das Land bebte und brach auf und klaffte auseinander, schwarze Staubwolken verbargen das Antlitz der Sonne, und er stand der Zerstörung ohnmächtig gegenüber. Ein Mann allein konnte den riesigen Planeten nicht halten und stützen. Er rief seine Kameraden zu Hilfe: »Lisamon! Elidath!«

Keine Antwort. Er rief erneut, aber seine Stimme verlor sich im Dröhnen und Donnern.

Alle Stabilität war aus der Welt verschwunden. Es war, als

stünde er auf den Spiegelbleitbahnen in Ober-Morpin, wo man wild tanzen und hüpfen mußte, wollte man aufrecht stehenbleiben, während die kreisenden Bahnen sich bewegten, aber dies war kein Spiel, dies war das echte Chaos, die Wurzeln der Welt waren entwurzelt. Das Beben warf ihn um und rollte ihn umher, und er grub die Finger verzweifelt ins weiche Erdreich, um nicht in die Spalten zu stürzen, die sich rings um ihn herum auftaten. Schreckliches Gelächter tönte aus den aufbrechenden Spalten, und ein purpurnes Glühen, das von einer Sonne zu kommen schien, welche die Erde verschluckt hatte. Wütende Gesichter schwebten in der Luft um ihn herum, Gesichter, die er fast erkannte, aber sie veränderten sich auf beunruhigende Weise, während er sie betrachtete, Ohren wurden zu Nasen, Nasen zu Ohren. Dann sah er hinter den alptraumhaften Fratzen ein anderes Gesicht, das er kannte, glänzend schwarze Haare, gütige Augen. Die Lady der Insel, die gnädige Mutter.

»Das reicht«, sagte sie. »Erwache jetzt, Valentine.«

»So träume ich?«

»Gewiß! Gewiß!«

»Dann sollte ich bleiben und aus diesem Traum lernen, was ich vermag!«

»Ich glaube, du hast genug gelernt. Erwache jetzt!«

Ja. Es war genug: Weiteres Wissen konnte sein Ende bedeuten. Wie man es ihm vor langer Zeit beigebracht hatte, ließ er sich aus dem unerwarteten Schlaf emporsteigen und richtete sich blinzelnd auf, während er gleichzeitig versuchte, seine Verwirrung so gut es ging zu verheimlichen. Die Bilder eines gewaltigen Kataklysmus echoten noch in seinem Verstand; aber allmählich begriff er, daß hier alles friedlich war. Er lag auf einer rich verzierten Couch in einem mit Grün und Gold geschmückten Raum. Was hatte das Erdbeben aufgehalten? Wo war sein Reittier? Wer hatte ihn hierher gebracht? Ah, *sie* hatten es getan! Neben ihm kauerte ein blasser, hagerer Mann mit weißem Haar, über dessen Wange eine Narbe verlief. Sleet. Und Tunigorn stand direkt dahinter, seine buschigen Augenbrauen waren durch das Stirnrunzeln zu einer einzigen Linie zusammengezogen worden. »Ruhig, ruhig, ruhig«, sagte Sleet. »Schon gut. Ihr seid wach.«

Wach? Also ein Traum, nur ein Traum?

Es schien so. Er war überhaupt nicht auf dem Burgberg. Es hatte keinen Schneesturm gegeben, keine Wolken, die die Sonne verdunkelten. Ein Traum, ja! Aber so ein schrecklicher Traum, furchterregend lebhaft und eindringlich, so übermächtig, daß es ihm nun schwerfiel, in die Wirklichkeit zurückzukehren.

»Wo bin ich hier?« fragte Valentine.

»Im Labyrinth, Lordschaft.«

Wo? Im Labyrinth? Wie das, war er im Schlaf vom Burgberg verschleppt worden? Valentine spürte, wie ihm der Schweiß auf die Stirn trat. Im Labyrinth? Ah, ja, ja. Die Erkenntnis legte sich wie eine Hand um seine Kehle. Im Labyrinth, ja. Jetzt erinnerte er sich: Der Besuch, von dem dies, wofür er dem Göttlichen dankte, die letzte Nacht war. Das gräßliche Bankett lag immer noch vor ihm. Er konnte sich nicht mehr zurückziehen. Das Labyrinth, das Labyrinth, das verfluchte Labyrinth. Er war in seinem Inneren, auf der untersten Ebene überhaupt. Die Wände der Suite waren mit Ansichten vom Burgberg, der Burg selbst und den Fünfzig Städten geschmückt: so liebliche Bilder, daß sie ihm nun wie Hohn erschienen. So fern vom Burgberg, so fern der wärmenden Sonne …

Ah, dachte er, welch niederschmetternde Erkenntnis, aus einem Traum von Zerstörung und Untergang zu erwachen und sich am verabscheuungswürdigsten Ort der Welt wiederzufinden!

KAPITEL 4

Sechshundert Meilen von der glitzernden Kristallstadt Dulorn entfernt, in der marschigen Niederung, die als Prestimion-Tal bekannt ist, wo ein paar hundert Ghayrog-Familien Lusavender und Reis auf weit verstreuten Plantagen anbauten, näherte sich die Mittjahres-Erntezeit. Die glänzenden, prallen Lusavenderdolden, die fast reif waren, hingen dich an gekrümmten Stämmen, die aus den halb überfluteten Feldern herausragten.

Für Aximaan Threysz, die älteste und schlaueste Lusavenderfarmerin des Prestimion-Tals, brachte die bevorstehende Ernte eine Freude wie seit Jahrzehnten nicht mehr mit sich. Das Experiment in Protoplasmaverstärkung, das sie vor drei Jahreszeiten unter Anleitung des Landwirtschaftsberaters der Regierung begonnen hatte, erreichte seinen Höhepunkt. In dieser Saison hatte sie auf der gesamten Plantage die neue Form von Lusavender angepflanzt: Nun waren doppelt so große Dolden als normal zum Abernten bereit! Niemand sonst im Tal hatte gewagt, dieses Risiko einzugehen, bis Aximaan Threysz die Sache durchdacht hatte. Sie hatte es gewagt, und bald würde ihr Erfolg offensichtlich werden; und wie würden sie heulen, wenn sie eine Woche vor allen anderen mit doppelt so großen Dolden auf den Markt kam!

Während sie tief im Schlamm am Rand ihres Feldes stand, die Finger gegen einen Stamm preßte und entschied, wann die erste Ernte beginnen sollte, kam einer der Söhne ihres ältesten Jungen mit einer Nachricht herbeigestürmt: »Vater bat mich, dir zu sagen, daß der Landwirtschaftsberater der Regierung unterwegs nach Mazedone ist, wie er in der Stadt gehört hat! Er ist schon in Helkaplod! Morgen wird er nach Sijaneel weiterreisen.«

»Dann wird er am Zweitag im Tal sein«, sagte sie. »Gut. Perfekt.« Ihre gespaltene Zunge begann zu züngeln. »Geh, mein Kind, lauf zurück zu deinem Vater. Sag ihm, daß ich am Zweitag ein Fest für den Berater abhalten werde, und wir am Viertag mit der Ernte beginnen. Ich möchte, daß sich die ganze Familie in einer halben Stunde im Haus versammelt. Geh jetzt. Lauf!«

Die Plantage befand sich bereits seit Lord Confalumes Zeit im Besitz der Familie. Sie bedeckte eine fast dreieckige Landfläche, die sich an einer Grenze nahezu fünf Meilen entlang dem Lauf des Flusses Havilbove erstreckte, dann südöstlich weiter bis fast zum Mazedone-Waldreservat, und sich schließlich kurvig nach Norden und bis zum Fluß zurück ausbreitete. Innerhalb dieser Zone regierte Aximaan Threysz als absolute Herrscherin über ihre fünf Söhne und neun Töchter, die zahlreichen Enkel und wenigen Liimenschen und Vroons, welche die Farm bevölkerten. Wenn Aximaan Threysz sagte, daß die Zeit des Säens gekommen war, dann gingen sie auf die Felder und säten. Wenn Aximaan Threysz sagte, daß die Erntezeit gekommen war, dann gingen sie auf die Felder und ernteten. In dem großen Haus am Rand des Androdragmahains wurde das Abendessen serviert, wenn Aximaan Threysz zu Tisch kam, wann immer das sein sollte. Selbst die Schlafzeiten der Familie wurden von Aximaan Threysz festgelegt, denn Ghayrogs sind Hibernatoren, aber sie konnten es nicht zulassen, daß die ganze Familie gleichzeitig schlief. Der älteste Sohn wußte, er mußte immer in den ersten sechs Wochen der jährlichen Schlafperiode seiner Mutter wach sein; die verbleibenden sechs Wochen führte die älteste Tochter das Kommando. Die Schlafzeiten der anderen teilte Aximaan Threysz nach Gefühl ein, je nachdem, welche Folge sie für die Bedürfnisse der Plantage am angemessensten erachtete. Niemand stellte ihre Entscheidungen jemals in Frage. Selbst als sie noch jung war – eine unvorstellbar lange Zeit zurück, als Ossier Pontifex und Lord Tyeveras Coronal gewesen war –, war sie diejenige gewesen, an die sich alle anderen wandten, wenn Krisenzeiten kamen, selbst ihr Vater, selbst ihr Mann. Sie hatte beide überlebt, ebenso wie einige ihrer Nachkommen, und mancher Coronal war auf dem Burgberg gekommen und gegangen, aber Aximaan Threysz lebte immer noch. Ihre Schuppenhaut hatte längst allen Glanz verloren und war vom Alter purpurn gefärbt, die sich windenden, fleischigen Schlangen ihres Haars waren nicht mehr schwarz, sondern grau geworden, die kalten, niemals blinzelnden Augen umwölkt und milchig, dennoch hielt sie den Belastungen der Plantage stand.

Abgesehen von Reis und Lusavender, konnte nichts Wertvolles auf dem Land angebaut werden, und selbst hiermit war es nicht leicht. Die Regenstürme der fernen Nordprovinzen gelangten nur zu leicht durch den Graben in die Provinz Dulorn, und wenngleich die Stadt Dulorn selbst in einer Trockenzone lag, war das Gebiet westlich davon gut bewässert und fruchtbar. Aber der Bezirk im Prestimion-Tal, östlich des Grabens, war vollkommen anders, sumpfig und feucht, der Boden ein schwerer, blauschwarzer Schlamm. Mit einem ausgeklügelten Zeitplan war es jedoch möglich, gegen Ende des Winters, kurz vor Einsetzen der Frühlingsflut, Reis anzubauen, im späten Frühling und gegen Ende des Herbstes konnte man auch Lusavender pflanzen. Niemand im ganzen Tal kannte den Rhythmus der Jahreszeiten besser als Aximaan Threysz, und nur die kühnsten oder dümmsten Farmer begannen mit Pflanzen, solange sie nicht angefangen hatte.

So eigenständig sie war, so übermächtig, was Prestige und Autorität anbetraf, hatte Aximaan Threysz doch eine Schwäche, die die Menschen im Tal unverständlich fanden: Dem Landwirtschaftsberater der Provinz gegenüber benahm sie sich, als wäre er der Quell allen Wissens und sie lediglich ein Lehrmädchen. Zwei- oder dreimal jährlich kam der Berater aus der Provinzhauptstadt Mazedone, um eine Rundreise durch die Sumpfländer zu unternehmen, und seine erste Station im Tal war immer die Plantage von Aximaan Threysz. Sie brachte ihn im großen Haus unter, sie servierte ihm Feuerschauerwein und Miyk, sie schickte ihre Enkel zum Havilbove, um die köstlichen kleinen Hiktigans zu fangen, die sich zwischen den Felsen der Stromschnellen aufhielten, und sie bestellte tiefgefrorene Bidlaksteaks, die sie über Zweigen aromatischen Thwales röstete. Und wenn das Fest vorüber war, nahm sie den Berater beiseite und unterhielt sich bis spät in die Nacht über solche Themen wie Kunstdünger und Pflanzenveredelung und Erntemaschinen mit ihm, während ihre Töchter Heynok und Jarnok daneben saßen und jedes Wort notierten.

Es verwunderte jeden, daß jemand wie Aximaan Threysz, die sicher mehr über den Anbau von Lusavender wußte als jeder andere, der je gelebt hatte, sich danach richtete, was ihr ein kleiner Regierungsangestellter sagen konnte. Aber ihre Familie kannte den Grund: »Wir haben unsere Gewohnheiten, und wir fahren gut mit unseren Gewohnheiten«, sagte sie oft. »Wir tun das, was wir immer getan haben, weil es sich immer für uns ausgezahlt hat. Wir pflanzen an, wir hegen die Sprößlinge, wir beobachten das Reifen, wir bringen die Ernte ein, und dann beginnen wir auf dieselbe Weise wieder von vorne. Und wenn die Ernte nicht geringer als beim vorherigen Mal ausfällt, sind wir zufrieden. Tatsächlich haben wir versagt, wenn wir das vorherige Ergebnis nur erreichen. In dieser Welt gibt es keinen Stillstand: Stillzustehen bedeutet, im Schlamm zu versinken.«

So kam es, daß Aximaan Threysz in den landwirtschaftlichen Fachzeitschriften auftauchte, und manchmal sogar eines ihrer Enkelkinder zur Universität schickte, und sie hörte sich stets aufmerksam alles an, was der Landwirtschaftsberater zu sagen hatte. Jahr für Jahr wurde die Methode ihres Ackerbaus kleinen Veränderungen unterzogen, und jedes Jahr war die Menge Lusavender, die Aximaan Threysz zum Markt brachte, ein wenig größer, und in den Lagerhäusern nahm die Menge Reis ebenfalls ständig zu. Denn man konnte immer etwas Neues lernen, und Aximaan Threysz sorgte dafür, daß sie es lernte. »Wir sind Majipoor«, wiederholte sie ständig. »Die großen Städte leben von unserem Getreide. Ohne uns wären Ni-moya und Pidruid und Khyntor und Piliplok Wüsten. Und die Städte werden mit jedem Jahr größer, daher müssen wir immer härter arbeiten, sie zu ernähren, ist es nicht so? Darin haben wir keine Wahl: Das ist der Wille des Göttlichen. Ist es nicht so?«

Inzwischen hatte sie fünfzehn oder zwanzig Berater überdauert. Sie kamen als junge Männer mit den neuesten Erkenntnissen, aber häufig waren sie schüchtern, sie ihr mitzuteilen. »Ich wußte nicht, was ich Ihnen noch beibringen sollte«, sagten sie meist. »Ich bin derjenige, der von Ihnen lernen sollte, Aximaan Threysz!« Sie hatte dieselbe Routine wieder und wieder durchlaufen, sie beruhigt und sie überzeugt, daß sie aufrichtig daran interessiert war, die neuesten Techniken zu lernen.

Es war stets ein Ärgernis, wenn ein alter Berater in den Ruhestand ging und ein jüngerer an seine Stelle trat. Je älter sie selbst wurde, desto schwieriger war es, innerhalb eines vernünftigen Zeitraums eine ernste Beziehung zu den jungen Grünschnäbeln zu finden. Das war kein Problem gewesen, als Caliman Hayn vor zwei Jahren gekommen war. Er war ein junger Mann, dreißig oder vierzig oder fünfzig Jahre alt – heutzutage war jeder unter siebzig ein junger Mann für Aximaan Threysz –, und hatte ein eigenwillig unverblümtes und offenes Benehmen, das ihr gefiel. Er zeigte ihr gegenüber keinerlei übertriebene Ehrfurcht, und er schien nicht daran interessiert, ihr zu schmeicheln. »Man sagte mir, daß Sie die Farmerin sind, die am bereitwilligsten Neues ausprobiert«, sagte er brüsk, kaum zehn Minuten, nachdem sie sich zum erstenmal begegnet waren. »Was würden Sie zu einem Verfahren sagen, mit dem man die Größe von Lusavender verdoppeln kann, ohne dem Geschmack zu schaden?«

»Ich würde sagen, daß ich mißtrauisch wäre«, antwortete sie. »Das klingt einfach zu schön, um wahr zu sein.«

»Dennoch existiert der Prozeß!«

»Schon jetzt?«

»Wir sind bereit, in kleinem Rahmen ins Experimentierstadium zu gehen. Aus den Unterlagen meiner Vorgänger ersehe ich, daß Sie stets zu Experimenten bereit sind.«

»Das bin ich«, antwortete Aximaan Threysz. »Worum handelt es sich?«

Es war, sagte er, etwas, das man Protoplasmaveredelung nannte, wobei man Enzyme verwendete, welche die Zellwände durchdrangen und das genetische Material beeinflussen konnten. Aus einer einzigen Zelle konnte man eine ganze Pflanze mit enorm verbesserten Eigenschaften gewinnen.

»Ich dachte, diese Fähigkeiten wären vor Jahrtausenden auf Majipoor verlorengegangen«, sagte Aximaan Threysz.

»Lord Valentine hat ein Interesse an den alten Wissenschaften ermutigt.«

»Lord Valentine?«

»Der Coronal, ja«, sagte Caliman Hayn.

»Ah, der Coronal!« Aximaan Threysz sah weg. Valentine? Valentine? Sie hätte schwören können, der Name des Coronals wäre Voriax; aber nach einem Augenblick erinnerte sie sich, daß Voriax tot war. Ja, und ein Lord Valentine war sein Nachfolger geworden, erinnerte sie sich, und während sie genauer nachdachte, fiel ihr wieder ein, daß mit diesem Valentine etwas Seltsames geschehen war – war er es nicht, dessen Körper mit dem eines anderen Mannes ausgetauscht worden war? Wahrscheinlich war er das. Aber Menschen wie Coronals bedeuteten Aximaan Threysz wenig, da sie das Prestimion-Tal seit zwanzig oder dreißig Jahren nicht mehr verlassen hatte, und der Coronal und der Burgberg waren für sie so weit entfernt, daß sie auch mythisch hätten sein können. Für Aximaan Threysz zählte nur der Anbau von Reis und Lusavender.

Die imperialen biologischen Labors, berichtete Caliman Hayn ihr, hatten einen vergrößerten Lusavender-Klon erzeugt, der unter normalen Farmbedingungen erprobt werden mußte. Er lud Aximaan Threysz ein, an den Forschungen mitzuwirken – als Gegenleistung wollte er die neue Pflanzenart keinem anderen im Prestimion-Tal anbieten, bevor sie die Chance gehabt hatte, all ihre Felder damit zu bebauen.

Er war unwiderstehlich. Sie bekam eine Packung erstaunlich großer Lusavendersamen von ihm, große glänzende Dinge, so groß wie das Auge eines Skandar, die sie in einem abgelegenen Tal ihres Lands einpflanzte, wo keine Möglichkeit bestand, daß sie sich mit ihren normalen Pflanzen paarten. Die Pflanzen wuchsen rasch und unterschieden sich von den anderen zunächst dadurch, daß ihre Stämme zwei- bis dreimal so umfangreich wie die herkömmlichen Pflanzen waren. Aber als sie blühten, entwickelten sie riesige purpurne Blüten, so breit wie Untertassen, und aus den Blüten wurden ehrfurchtgebietende Früchte, die zur Erntezeit gewaltige Mengen der riesigen Körner lieferten. Aximaan Threysz ließ sich überzeugen und plante, die Herbsternte mit ihnen zu bestreiten und ihr ganzes Land mit den neuen Lusavenderpflanzen zu bebauen, um im Spätherbst eine Rekordernte einzubringen. Aber das konnte sie nicht, denn sie hatte Caliman Hayn versprechen müssen, den größten Teil der übergroßen Dolden zur Untersuchung dem Laboratorium zu überlassen. Er ließ ihr genug, um etwa ein Fünftel des Landes zu bepflanzen. In diesem Sommer aber wurde sie unterwiesen, die größeren Pflanzen zwischen die normalen zu setzen, um eine Vermischung zu gewährleisten: Die vergrößerten Erbanlagen sollten dominant sein, waren aber noch niemals in größerem Umfang erprobt worden.

Obwohl Aximaan Threysz ihrer Familie streng verbot, etwas von dem Experiment zu erzählen, konnte sie es doch nicht allzu lange vor den anderen Farmern verbergen. Die übergroßen Pflanzen der zweiten Generation, die überall auf ihrem Land emporschossen, ließen sich nicht verbergen, und so eilte die Nachricht von dem, was Aximaan Threysz tat, auf die eine oder andere Weise durch das ganze Tal. Neugierige Nachbarn arrangierten geschickt Einladungen und betrachteten die vergrößerten Pflanzen voller Staunen.

Aber sie waren argwöhnisch. »Pflanzen wie diese werden dem Boden in zwei oder drei Jahren sämtliche Nährstoffe entzogen haben«, sagten manche. »Wenn sie weitermacht, wird sie ihr Land in eine Wüste verwandeln.« Andere meinten, die größeren Pflanzen würden doch sicher bittere oder schal schmeckende Früchte hervorbringen. Wenige argumentierten, daß Aximaan Threysz im allgemeinen wußte, was sie tat. Aber selbst sie gaben sich damit zufrieden, sie die Pionierarbeit tun zu lassen.

Ende des Winters brachte sie die Ernte ein. Normale Früchte, die wie gewöhnlich zum Markt gebracht wurden, und übergroße, die sie für die nächste Aussaat aufbewahrte. Die nächste Ernte würde die Stunde der Wahrheit bringen, denn einige der großen Früchte waren vom reinen Klon, die meisten aber wahrscheinlich Mischlinge zwischen normalem und übergrößertem Lusavender; blieb abzuwarten, welche Art von Pflanzen die Hybriden hervorbringen würden.

Spät im Winter kam die Zeit, vor der großen Flut den Reis anzubauen. Nachdem das geschehen war, empfingen die höhergelegenen Landstriche der Plantage die Lusavendersamen; und den ganzen Frühling und Sommer über verfolgte sie, wie die dicken Stämme wuchsen, die riesigen Blüten sprossen und die großen Früchte reiften und dunkel wurden. Von Zeit zu Zeit brach sie eine der Früchte auf und begutachtete die darin enthaltenen grünen Samenkerne. Sie waren groß, daran konnte kein Zweifel bestehen. Aber ihr Geschmack? Was war, wenn sie keinen Geschmack hatten, oder einen üblen? Sie hatte den Ertrag einer ganzen Saison aufs Spiel gesetzt.

Nun, die Antwort würde bald bekannt werden.

Sterntag kam die Nachricht, daß der Landwirtschaftsberater kam und, wie erwartet, am Zweitag die Plantage besuchen würde. Aber gleichzeitig kamen verwirrende und beunruhigende Nachrichten: denn der Berater, der kam, war nicht Caliman Hayn, sondern jemand mit Namen Yerewain Noor. Das konnte Aximaan Threysz nicht begreifen. Hayn war zu jung für den Ruhestand. Und es beunruhigte sie, daß er ausgerechnet so kurz vor dem Ende des großen Experiments verschwand.

Wie sich herausstellte, war Yerewain Noor noch jünger als Hayn, und nervenaufreibend unterwürfig. Er erzählte ihr auf der Stelle, welche Ehre es für ihn war, daß er ihr begegnen konnte, und überschüttete sie mit den altbekannten Höflichkeitsfloskeln, aber sie unterbrach ihn.

»Wo ist der andere Mann?« fragte sie.

Das schien niemand zu wissen, sagte Noor. Er erklärte tonlos, daß Hayn ohne Vorwarnung vor drei Monaten verschwunden war, ohne jemandem etwas zu sagen, und daß er ein unglaubliches Durcheinander hinterlassen hatte. »Wir können uns immer noch nicht alles zusammenreimen. Anscheinend hatte er mit irgendwelchen Experimenten zu tun, aber wir wissen immer noch nicht, wer daran beteiligt war und wo sie stattfanden ...«

»Eines fand hier statt«, sagte Aximaan Threysz kalt. »Erprobung von protoplasmaveredeltem Lusavender.«

Noor stöhnte. »Der Göttliche möge mich verschonen! Über wie viele von Hayns kleinen Privatprojekten werde ich noch stolpern? Protoplasmaveredelter Lusavender, nicht?«

»Das klingt, als hätten Sie noch nie davon gehört.«

»Ich habe schon davon gehört, aber ich kann nicht das geringste damit anfangen.«

»Kommen Sie mit«, sagte Aximaan Threysz und führte ihn durch die Felder, wo der Reis inzwischen hüfthoch stand, bis zu den Lusavenderpflanzungen. Zorn beschleunigte ihre Schritte: Der junge Landwirtschaftsberater konnte ihr kaum folgen. Während sie gingen, erzählte sie ihm von dem Paket großer Lusavendersamen, das er mitgebracht hatte, wie sie die neue Pflanze angebaut hatte, das Kreuzen mit dem normalen Lusavender, wie die Generation neuer Hybridpflanzen herangereift war. Plötzlich blieb sie unvermittelt und voller Entsetzen stehen.

»Die Lady möge uns beschützen!« rief sie.

»Was ist denn?«

»Sehen Sie! *Sehen Sie doch!*«

Zum erstenmal hatte Aximaans Zeitsinn sie im Stich gelassen. Unerwartet hatte der Hybridlusavender begonnen, Samen abzuwerfen, zwei Wochen oder mehr vor dem errechneten Tag. Unter der gnadenlosen Sommersonne begannen die großen Früchte aufzuplatzen, sie barsten mit dem häßlichen Geräusch, als würden Knochen brechen. Die übergroßen Samenkerne wurden fast wie aus Gewehren überall hingeschleudert; sie flogen dreißig oder vierzig Fuß durch die Luft und verschwanden in dem Schlamm, der die überfluteten Felder bedeckte. Es gab keine Möglichkeit, diesen Prozeß aufzuhalten: Innerhalb einer Stunde würden alle Früchte aufgeplatzt und die gesamte Ernte verloren sein.

Aber das war noch lange nicht das Schlimmste.

Aus den Früchten kamen nicht nur die Samenkerne, sondern auch ein feiner brauner Puder, den Aximaan Threysz nur zu gut kannte. Wie von Sinnen rannte sie in das Feld hinein und achtete gar nicht auf die Kerne, die mit ohrenbetäubendem Knallen gegen ihre Schuppenhaut prallten. Sie nahm eine Frucht, die noch nicht aufgeplatzt war, und öffnete sie selbst. Eine Pulverwolke stieg ihr ins Gesicht. Ja. Ja. Lusavendersporen! Jede Frucht enthielt wenigstens eine Tasse voll Sporen; und während immer mehr Früchte in der Wärme aufplatzten, wurde die braune Wolke deutlich sichtbar, eine Luftverschmutzung über dem Feld, die verharrte, bis der leicht Wind sie verwehte.

Auch Yerewain Noor wußte, was geschah. »Rufen Sie Ihre Arbeiter!« rief er. »Das muß alles verbrannt werden!«

»Zu spät«, sagte Aximaan Threysz mit Grabesstimme. »Keine Hoffnung mehr. Zu spät, zu spät. Was kann die Sporen jetzt noch aufhalten?« Ihr Land war unwiederbringlich verseucht. Innerhalb einer Stunde würden sich die Sporen im ganzen Tal verteilt haben. »Es ist aus und vorbei, sehen Sie das denn nicht?«

»Aber die Lusavendersporen müssen schon vor langer Zeit ausgerottet worden sein!« sagte er mit närrischer Stimme.

Aximaan Threysz nickte. Sie erinnerte sich noch gut daran: die Feuer, die Gifte, das Züchten sporenresistenter Hybriden, das Ausmerzen jeder Pflanze, die Anlagen hatte, den tödlichen Pilz in sich zu tragen. Siebzig, achtzig, neunzig Jahre früher – wie hart hatten sie geschuftet, um die

Welt von dieser Bedrohung zu befreien! Und hier war sie wieder, in diesen Hybridpflanzen! Diese Pflanzen waren als einzige auf Majipoor imstande, die Sporen zu beherbergen. Ihre Pflanzen, die mit soviel Liebe und Sorgfalt gezüchtet worden waren. Durch ihre eigene Hand hatte sie die Sporen zurückgebracht und auch auf die Pflanzen ihrer Nachbarn losgelassen.

»Hayn!« brüllte sie. »Hayn! Wo sind Sie? Was haben Sie mir angetan?«

Sie wünschte sich, sie könnte hier, auf der Stelle, sterben, bevor die weiteren, unausweichlichen Ereignisse ihren Lauf nahmen. Aber sie wußte, so glücklich würde sie nicht sein; denn langes Leben war ihr Segen gewesen, und nun war es ihr Fluch. Das Platzen der Früchte dröhnte in ihren Ohren wie Gewehre einer herannahenden Armee, die durch das Tal zog. Sie hatte ein Jahr zu lange gelebt, dachte sie: lange genug, das Ende der Welt zu erleben.

KAPITEL 5

Hissune ging abwärts, schwitzend und unbehaglich und zerknirscht, durch Flure und Gänge, die er seit frühester Kindheit kannte, und bald lag die schäbige Welt des äußersten Ringes hinter ihm. Sein Weg führte ihn an Wundern und Sehenswürdigkeiten vorbei, denen er schon seit Jahren keinen zweiten Blick mehr gegönnt hat: Hof der Säulen, Saal der Winde, Platz der Masken, Hof der Pyramiden, Hof der Kugeln, die Arena, Haus der Aufzeichnungen. Von überall her kamen Menschen, vom Burgberg, aus Alaisor, Stoien, sogar aus dem fernen und angeblich sagenhaften Ni-moya auf dem anderen Kontinent, um benommen und ehrfürchtig und voller Bewunderung umherzuwandern und die Genialität zu loben, welche so bizarre architektonische Wunder unter der Erdoberfläche erdacht hatte. Für Hissune war es nur das schäbige alte Labyrinth. Für ihn hatte es weder Charme noch Geheimnis, es war schlicht und einfach sein Zuhause.

Die große fünfeckige Plaza vor dem Haus der Aufzeichnungen bildete die Untergrenze der öffentlichen Zone des Labyrinths. Darunter war alles Regierungsbüros vorbehalten. Hissune ging unter dem großen, grünschimmernden Bildschirm am Haus der Aufzeichnungen vorbei, wo alle Pontifexe und Coronals aufgelistet waren – die beiden Reihen der Schrift erstreckten sich weiter hoch als das schärfste Auge schauen konnte, irgendwo ganz dort oben waren die Namen von Dvorn und Melikand und Barhold und Stiamot, die vor Jahrtausenden gelebt hatten, und ganz hier unten die Einträge von Kinniken und Ossier und Tyeveras und Malibor und Voriax und Valentine –, und zeigte den beiden maskierten Hjorts seine Identitätskarte, und dann betrat er die tieferen Ebenen des Labyrinths. Vorbei an den Büros der mittleren Beamten, an den Höfen der Hohen Minister vorbei, an den Tunnels der Ventilation vorüber, von denen die ganze Anlage abhängig war. Wieder und wieder wurde er an Wachstationen angehalten und aufgefordert, sich auszuweisen. Hier im imperialen Sektor nahmen sie es mit der Sicherheit sehr genau. Irgendwo in diesen Tiefen hatte der Pontifex selbst sein Quartier – eine gewaltige Glaskugel, so erzählte man sich, in der der greise Monarch, umgeben von den Lebenserhaltungssystemen, saß, die ihn weit über seine Zeit hinaus am Leben erhalten hatten. Fürchteten sie Attentäter? fragte sich Hissune. Wenn alles stimmte, was er gehört hatte, wäre es einem Gnadenakt des Göttlichen gleichgekommen, den Stecker aus den Systemen des Pontifex zu ziehen und den armen Tyeveras endlich zur Quelle heimkehren zu lassen. Hissune konnte keinen vernünftigen Grund sehen, ihn Jahrzehnt für Jahrzehnt so am Leben zu halten, alt und senil und wahnsinnig.

Schließlich erreichte Hissune atemlos und keuchend die Schwelle der Großen Halle auf der untersten Ebene des

Labyrinths. Er kam viel zu spät, vielleicht eine ganze Stunde.

Drei riesige, zottige Skandars in den Uniformen des Coronals versperrten ihm den Weg. Hissune, der unter dem ungerührten und stechenden Blick der vierarmigen Hünen zusammenschrumpfte, mußte den Impuls bekämpfen, auf die Knie zu sinken und sie um Vergebung zu bitten. Irgendwie gewann er einen Bruchteil seiner Selbstachtung wieder und bemühte sich, ihren Blick ebenso ungerührt zu erwidern – was keine leichte Sache war, mußte er doch den Blicken von Geschöpfen standhalten, die neun Fuß groß waren –, und stellte sich als Mitglied von Lord Valentines Stab vor, als geladenen Gast.

Er rechnete fast damit, daß sie in Gelächter ausbrachen und ihn wie ein lästiges Insekt wegscheuchen würden. Aber nein; sie untersuchten ernst seine Epaulette und konsultierten ihre Unterlagen, dann verbeugten sie sich vor ihm und deuteten auf eine große Bronzetür.

Endlich! Das Bankett des Coronals!

Innerhalb der Tür stand ein prächtig herausgeputzter Hjort mit großen goldenen Glubschaugen und einem bizarren orangefarbenen Schnurrbart, der aus seinem rauhhäutigen grauen Gesicht wuchs. Dieses merkwürdig aussehende Individuum war Vinorkis, der Majordomus des Coronals, der nun mit weit ausholender Geste salutierte und ausrief: »Ah! Der Initiat Hissune!«

»Noch nicht ganz Initiat«, versuchte Hissune ihm zu erklären, aber der Hjort war bereits herumgewirbelt und ging mit majestätischen Schritten den Mittelgang hinab, ohne sich noch einmal umzusehen. Hissune folgte ihm benommen.

Er kam sich schrecklich bloßgestellt vor. Es waren schätzungsweise fünftausend Leute anwesend, die an runden Tischen saßen, immer ein Dutzend oder so, und er stellte sich vor, daß aller Augen nur auf ihn gerichtet waren. Zu seinem Entsetzen hatte er noch keine zwanzig Schritte getan, als er Gelächter hörte, anfangs leise, dann herzhafter, und endlich brandeten dröhnende Lachsalven von beiden Seiten auf ihn ein. Er hatte noch niemals zuvor ein so überlautes Donnern vernommen: So, stellte er sich vor, mußte es sich anhören, wenn das Meer sich an einer der wilden nördlichen Küsten brach.

Der Hjort ging immer weiter, scheinbar eine ganze Meile oder noch mehr, und Hissune ging grimmig inmitten dieses Meers der Heiterkeit hinter ihm her und wünschte sich, er wäre nur ein halbes Zoll groß gewesen. Nach einer Weile erst ging ihm auf, daß die Gäste nicht über ihn lachten, sondern über eine Gruppe zwergenhafter Akrobaten, die sich mit vorsätzlicher Ungeschicklichkeit bemühten, eine menschliche Pyramide zu bilden, und sein Unbehagen ließ nach. Dann kam die erhöhte Empore selbst in Sicht, wo Lord Valentine saß, ihm zuwinkte und lächelnd auf einen freien Platz ganz in seiner Nähe deutete. Hissune hätte aus lauter Erleichterung weinen können. Nun würde doch noch alles gut werden.

»Euer Lordschaft!« dröhnte Vinorkis. »Der Initiat Hissune!«

Hissune sank erschöpft und dankbar in den Sessel, als enormer Applaus für die Akrobaten laut wurde, die ihre Nummer beendet hatten. Ein Kellner reichte ihm einen Pokal mit goldenem Wein, und als er ihn an die Lippen führte, hoben andere im Saal ebenfalls die Gläser, um ihn willkommen zu heißen. Gestern morgen, während der kurzen und erstaunlichen Unterhaltung mit Lord Valentine, als der Coronal ihn gefragt hatte, ob er sich zu seinem Stab auf dem Burgberg gesellen wollte, hatte Hissune ein paar dieser Leute aus der Ferne gesehen, aber für ein Bekanntmachen war keine Zeit gewesen. Nun war es tatsächlich so, daß sie ihn begrüßten – ihn! – und sich vorstellten. Aber sie brauchten sich nicht vorzustellen, denn sie waren die ruhmreichen Kämpfer in Lord Valentines Krieg um die Krone, und jeder kannte sie.

Die riesige Kriegerfrau, die an seiner Seite saß, war sicher Lisamon Hultin, die persönliche Leibwächterin des Coronals, die, so berichtete die Legende, Lord Valentine einmal aus dem Magen eines Meeresdrachen herausgeschnitten hatte, nachdem er verschluckt worden war. Und der seltsam blasse kleine Mann mit dem weißen Haar war, wie Hissune genau wußte, kein anderer als Sleet, der Lord Valentine in den Tagen seines Exils das Jonglieren beigebracht hatte; der Mann mit dem stechenden Blick und den buschigen Brauen war Meisterschütze Tunigorn vom Burgberg; und der kleine Vroon mit den Tentakeln mußte der Zauberer Deliamber sein; der Mann, der kaum älter als Hissune selbst war, war der ehemalige Hirtenjunge Shanamir; und dieser schlanke, würdevolle Hjort mußte Großadmiral Asenhart sein – ja, das waren die Berühmtheiten, und Hissune, der sich einst Ehrfurcht gegenüber für immun gehalten hatte, war angesichts ihrer Anwesenheit mehr als ehrfürchtig.

Immun gegen Ehrfurcht? Er selbst war einst zu Lord Valentine getreten und hatte von ihm schamlos eine halbe Krone für eine Führung durch das Labyrinth verlangt, sowie drei weitere dafür, daß er ihm ein Quartier im äußeren Ring beschafft hatte. Damals hatte er keinerlei Ehrfurcht verspürt. Pontifexe und Coronals waren einfach Männer mit mehr Macht und mehr Geld als andere Männer gewesen, und den Thron erhielten sie durch reines Glück, weil sie in die Aristokratie auf dem Burgberg hineingeboren worden waren und den Weg durch die Ränge mit genau der richtigen Portion Glück zurücklegten, die sie nach oben spülte. Man mußte nicht einmal besonders klug sein, um Coronal zu werden, hatte Hissune schon vor Jahren festgestellt. Erst in den vergangene zwanzig Jahren hatte Lord Malibor sich auf Meeresdrachenjagd begeben und dabei auf dumme Weise von einem auffressen lassen; und Lord Voriax war ebenso dumm bei der Jagd im Wald von einem verirrten Pfeil getroffen worden; und selbst Lord Valentine, dem man hinreichende Intelligenz nachsagte, war hirnlos genug gewesen, mit dem Sohn des Königs der Träume auf Zechtour zu gehen, wo man ihn betrunken gemacht, seine Erinnerung ausgelöscht und ihn vom Thron gestoßen hatte. Ehrfurcht vor denen? Im Labyrinth würde man jeden, der seine eigene Sicherheit so leichtfertig aufs Spiel setzte, als hoffnungslosen Idioten ansehen.

Aber Hissune hatte festgestellt, daß sich inzwischen viele seiner ehemaligen Vorbehalte verflüchtigt hatten. Wenn man zehn ist und seit dem Alter von fünf oder sechs nur durch die eigene Schlauheit im Labyrinth überlebt hat, dann fällt es einem nicht schwer, über die Mächtigen die Nase zu rümpfen. Aber er war nicht mehr zehn, und er lebte nicht mehr auf der Straße. Heutzutage war seine Perspektive ein wenig tiefer; er wußte, daß es keine Kleinigkeit war, Coronal von Majipoor zu sein, und keine leichte Aufgabe. Und so kam es, daß Hissune, als er zu dem breitschultrigen blonden Mann hinübersah, der gleichermaßen sanft und streng wirkte und die grüngoldene Robe des zweithöchsten Staatsamtes auf Majipoor trug, und daran dachte, daß der nur wenige Schritte von ihm entfernte Mann der Coronal Lord Valentine war, der ihn unter allen Lebewesen ausgewählt hatte, Mitglied seines Stabes zu werden, einen Schauer verspürte, der ihm über den Rücken lief, und er gestand sich schließlich ein, daß dieser Schauer Ehrfurcht war: gegenüber dem Amt des Königs und der Person Lord Valentines, und gegenüber der merkwürdigen Verkettung von Umständen, die einen kleinen Gassenjungen von Majipoor in diese erlauchte Gesellschaft geführt hatten. Er trank von dem Wein und spürte, wie sich ein warmes Glühen in seiner Seele ausbreitete. Was für eine Rolle spielte der Ärger des frühen Abends? Jetzt war er hier, und er war willkommen. Sollten Vanimoon und Heulan und Ghisnet sich die Herzen aus dem Leib reißen vor Neid! Er war hier bei den Großen und begann seinen Aufstieg zum Gipfel der Welt, und schon bald würde er Höhen erreicht haben, aus denen die Vanimoons seiner Kindheit völlig unsichtbar waren.

Innerhalb weniger Augenblicke aber war dieses angenehme Gefühl des Wohlseins verschwunden, und er stürzte in Verwirrung und Schock.

Als erstes leistete er sich einen kleinen Ausrutscher, der absurd und verzeihlich und eigentlich kaum seine Schuld war. Sleet hatte eine Bemerkung über die offensichtliche Sorge der Wachen des Pontifex gemacht, die deutlich wurde, wenn sie zum Tisch des Coronals sahen. Anscheinend hatten sie große Angst, es könnte Lord Valentine nicht gut genug gefallen. Und Hissune, der den Wein spürte und unendlich glücklich war, an dem Bankett teilnehmen zu können, hatte geantwortet: »Sie haben auch allen Grund dazu! Sie wissen genau, daß sie besser einen guten Eindruck machen, sonst stehen sie draußen in der Kälte, wenn Lord Valentine Pontifex wird!«

Überall am Tisch wurde hörbar eingeatmet. Jeder sah ihn an, als habe er eine monströse Blasphemie ausgesprochen – mit Ausnahme des Coronals, der die Lippen wie jemand zusammenpreßte, der unerwartet eine Kröte in seiner Suppe gefunden hat, und sich abwandte.

»Habe ich etwas Falsches gesagt?« fragte Hissune.

»Pst!« flüsterte Lisamon Hultin eindringlich, und die riesige Amazone stieß ihn in die Rippen.

»Aber ist es nicht so, daß Lord Valentine eines Tages Pontifex sein wird? Und wenn das so ist, wird er nicht einen eigenen Stab haben wollen?«

Lisamon stieß ihn wieder an, diesmal so nachdrücklich, daß er fast vom Stuhl gefallen wäre. Sleet starrte ihn wütend an, und Shanamir sagte mit scharfem Flüstern: »Genug! Du machst es nur noch schlimmer für dich!«

Hissune schüttelte den Kopf. Eine Spur Zorn mischte sich in seine Verwirrung, als er sagte: »Ich verstehe nicht.«

»Ich werde es dir später erklären«, sagte Shanamir.

Störrisch beharrte Hissune: »Aber was habe ich getan? Ich habe gesagt, daß Lord Valentine eines Tages Pontifex sein wird, und ...«

Mit frostiger Stimme sagte Sleet: »Lord Valentine verspürt derzeit keinen Wunsch, sich über die Notwendigkeit zu unterhalten, Pontifex zu werden. Besonders nicht während des Essens. Das ist etwas, worüber man in seiner Gegenwart nicht spricht. Hast du das jetzt verstanden? Ja?«

»Ah. Jetzt schon«, sagte Hissune kleinlaut.

Voll Scham wollte er unter den Teppich kriechen und sich verbergen. Aber woher hätte er wissen sollen, daß der Coronal empfindlich reagierte, wenn man darauf hinwies, daß er eines Tages Pontifex sein würde? Wenn der Pontifex starb, trat automatisch der Coronal an seine Stelle und ernannte seinen Nachfolger, der irgendwann auch einmal ins Labyrinth mußte. Das war das System: So war es schon seit Tausenden von Jahren. Wenn Lord Valentine die Vorstellung, Pontifex zu sein, so wenig zusagte, hätte er besser daran getan, sich zu weigern, Coronal zu werden; ihm erschien es jedenfalls nicht sinnvoll, die Augen vor der Wirklichkeit zu verschließen und zu hoffen, daß sie dadurch verschwand.

Wenngleich der Coronal selbst kühles Schweigen gewahrt hatte, war doch sicher viel Schaden angerichtet worden. Erst war er zu spät gekommen, dann hatte er, gleich als er zum ersten Mal den Mund aufmachte, das Falschestmögliche gesagt – was für ein bejammernswerter Auftakt! Konnte es ungeschehen gemacht werden? Hissune dachte während der ganzen Vorführung irgendwelcher schrecklicher Jongleure darüber nach, und auch während der sich daran anschließenden langweiligen Reden, und er hätte wahrscheinlich den ganzen Abend darüber nachgesonnen, wäre nicht etwas viel Schrecklicheres passiert.

Lord Valentine war an der Reihe, eine Rede zu halten. Aber der Coronal schien seltsam geistesabwesend und beschäftigt zu sein, während er aufstand. Er schien fast schlafzuwandeln – seine Augen waren in unbestimmte Fernen gerichtet, seine Gesten unsicher. Am ersten Tisch begannen die Menschen zu murmeln. Nach einem schrecklich langen Augenblick begann er zu sprechen, aber es war offensichtlich die falsche Rede, und außerdem sprach er sehr unverständlich. War der Coronal krank? Betrunken? Unter einem Zauberbann? Es besorgte Hissune, Lord Valentine in so mißlicher Lage zu sehen. Gerade hatte der alte Hornkast gesagt, daß der Coronal Majipoor nicht nur regierte, sondern in gewissem Sinne Majipoor *war*; und nun stand der Coronal selbst Augenblicke später da, stammelte unverständlich und machte den Eindruck, als würde er jeden Moment fallen ...

Jemand sollte ihn am Arm nehmen und hinsetzen, bevor er stürzt, dachte Hissune. Aber niemand bewegte sich. Niemand wagte es. Bitte, flehte Hissune stumm und sah von Sleet zu Tunigorn, zu Ermanar. Stützt ihn. Stützt ihn. Und immer noch bewegte sich niemand.

»Lordschaft!« rief eine heisere Stimme.

Hissune erkannte, daß es seine eigene war. Und er sprang auf, um den Coronal aufzufangen, als er kopfüber dem polierten Fußboden entgegenstürzte.

KAPITEL 6

Dies ist der Traum des Pontifex Tyeveras:

Hier, in dem Gefilde, das ich jetzt bewohne, hat nichts Farbe, nichts Klang und nichts Bewegung. Die Alabandinablüten sind schwarz, und die Wedel der Semotanbäume sind weiß, und der Vogel, der nicht fliegen kann, singt ein Lied, das man nicht hören kann. Ich liege auf einem Bett aus weichem Gummimoos und schaue auf zu Regentropfen, die nicht herabfallen. Wenn der Wind durch den Sumpf weht, bewegt sich kein Blatt. Der Name des Gefildes ist Tod, und die Alabandinas und Semotans sind tot, und der Vogel ist tot, und der Wind und der Regen sind ebenfalls tot. Und auch ich bin tot.

Sie kommen und stehen um mich herum und sagen: »Bist du Tyeveras, der Coronal von Majipoor und dann Pontifex von Majipoor war?«

Und ich sage: »Ich bin tot.«

»Bist du Tyeveras?« wiederholen sie.

Und ich sage: »Ich bin der tote Tyeveras, der einst euer

König und euer Imperator war. Seht ihr, daß ich keine Farbe habe? Seht ihr, daß ich keinen Laut erzeuge? Ich bin tot.«

»Du bist nicht tot.«

»Hier, zu meiner Rechten, ist Lord Malibor, der mein erster Coronal war. Er ist tot, oder nicht. Hier, zu meiner Linken, ist Lord Voriax, der mein zweiter Coronal war. Ist er nicht tot? Ich liege zwischen zwei toten Männern. Ich bin auch tot.«

»Komm und steh auf, Tyeveras, der Coronal war, Tyeveras, der Pontifex ist.«

»Das ist nicht nötig. Ich darf liegen, denn ich bin tot.«

»Höre auf unsere Stimmen.«

»Eure Stimmen haben keinen Klang.«

»Höre, Tyeveras, höre, höre, höre!«

»Die Alabandinas sind schwarz. Der Himmel ist weiß. Dies ist das Reich des Todes.«

»Komm, stehe auf und wandle, Beherrscher von Majipoor.«

»Wer bist du?«

»Valentine, dein dritter Coronal.«

»Ich begrüße dich, Valentine, Pontifex von Majipoor!«

»Dieser Titel steht mir noch nicht zu. Komm, stehe auf und wandle.«

Und ich sage: »Das verlangt man nicht von mir, denn ich bin tot.« Aber sie sagen: »Wir hören dich nicht, ehemaliger König, jetziger Herrscher«, und die Stimme, die die Stimme dessen ist, der sich Valentine nennt, befiehlt mir wieder: »Komm, stehe auf und wandle«, und die Hand von Valentine liegt auf meiner Hand, in diesem Gefilde, wo sich nichts bewegt, und sie zieht mich hoch, und ich schwebe so leicht wie eine Wolke in der Luft, und ich wandle, ich gehe ohne Bewegung und atme ohne Atem. Gemeinsam überqueren wir eine Brücke, die gekrümmt ist wie ein Regenbogen, welche einen Abgrund überspannt, der so tief ist, wie die Welt durchmißt, und mit jedem Schritt, den ich mache, hallt das Metall wie das Singen junger Mädchen. Auf der anderen Seite ist ein einziges Farbenmeer: Bernstein, Türkis, Korallenrot, Flieder, Smaragdgrün, Ocker, Indigo, Scharlachrot. Die Gruft des Himmels ist jadefarben, die grellen Sonnenstrahlen, welche den Himmel durchschneiden, haben die Farbe von Bronze. Alles fließt, alles ist in Bewegung: Hier gibt es keine Starre, keine Stabilität. Die Stimme sagt: »Das ist das Leben, Tyeveras! Dies ist dein rechtmäßiges Gefilde!« Worauf ich keine Antwort gebe, denn schließlich bin ich tot und träume nur, daß ich lebe: Aber ich fange an zu weinen, und meine Tränen haben die Farbe der Sterne.

Und auch dies ist der Traum des Pontifex Tyeveras:

Ich sitze wie auf dem Thron auf einer Maschine in einer Maschine, rings um mich herum sind Wände aus blauem Glas. Ich höre blubbernde Geräusche, und das leise Ticken komplizierter Mechanismen. Mein Herz schlägt langsam; ich spüre jeden Schwall von Flüssigkeit, der seine Kammern passiert, aber diese Flüssigkeit, denke ich, ist möglicherweise kein Blut. Was auch immer sie aber sein mag, sie bewegt sich durch mich hindurch, und das spüre ich. Daher muß ich am Leben sein. Wie kann das sein? Ich bin so alt; habe ich etwa den Tod selbst überlebt? Ich bin Tyeveras, und ich war unter Ossier Coronal, und ich berührte einst die Hand von Lord Kinniken, als die Burg ihm gehörte und Lord Ossier nur Prinz war und der zweite Pontifex Thimin das Labyrinth besaß. Wenn das so ist, glaube ich, muß ich der einzige Mann aus der Zeit Thimins sein, der immer noch am Leben ist, wenn ich am Leben bin, und ich glaube, ich bin am Leben. Aber ich schlafe. Ich träume. Stille umgibt mich. Die Farbe entweicht aus der Welt. Alles ist schwarz, alles ist weiß, nichts bewegt sich, es gibt keinen Klang. So stelle ich mir das Reich des Todes vor. Seht, hier ist der Pontifex Confalume, und da ist Prestimion, und dort ist Dekkeret! All die großen Herrscher schauen auf zu Regen, der nicht fällt, und mit Worten ohne Klang sagen sie: Willkommen, gewesener Tyeveras, willkommen, müder alter König, komm leg dich zu uns, da du tot bist, so wie wir. Ja. Ja. Ah, wie wunderbar es hier ist! Dort ist Lord Malibor, der Mann aus Bombifale, in den ich irrtümrlich so große Hoffnungen gesetzt habe, und er ist tot, und der mit dem schwarzen Bart und den roten Wangen ist Lord Vorax, aber seine Wangen sind jetzt nicht mehr rot. Und endlich erlaubt man mir, mich zu ihnen zu gesellen. Alles ist still. Alles ist still. Endlich, endlich, endlich! Endlich lassen sie mich sterben, und sei es auch nur, wenn ich träume.

Und so schwebt der Pontifex Tyeveras mitten zwischen zwei Welten. Weder tot noch lebend, und träumt von der Welt der Lebenden, wenn er sich für tot hält, und vom Reich der Toten, wenn er sich daran erinnert, daß er noch lebt.

KAPITEL 7

»Ein wenig Wein, wenn du darauf bestehst«, sagte Valentine. Sleet gab ihm den Pokal in die Hand, und der Coronal trank mit tiefen Zügen. »Ich döste nur«, murmelte er. »Ein Schläfchen vor dem Bankett – und dann dieser Traum, Sleet! Dieser Traum! Hol mir Tisana, ja? Ich muß mir diesen Traum deuten lassen!«

»Mit allem Respekt, Euer Lordschaft, dazu haben wir jetzt keine Zeit«, sagte Sleet.

»Wir sind gekommen, um Euch zu holen«, warf Tunigorn ein. »Das Bankett beginnt gleich. Das Protokoll verlangt, daß Ihr anwesend seid, wenn die Angestellten des Pontifikats …«

»Protokoll! Protokoll! Dieser Traum war fast wie eine Sendung, könnt ihr das nicht begreifen! Eine solche Vision von Zerstörungen …«

»Der Coronal empfängt keine Sendungen, Lordschaft«,

sagte Sleet leise. »Und das Bankett beginnt in wenigen Minuten. Und wir müssen Euch ankleiden und hinbringen. Ihr könnt Tisana und ihre Sprechzeremonie hinterher haben, wenn Ihr wollt, mein Lord. Aber vorerst ...«

»Ich muß den Traum begreifen!«

»Das verstehe ich. Aber es bleibt keine Zeit. Kommt, mein Lord.«

Er wußte, daß Sleet und Tunigorn recht hatten: Ob es ihm gefiel oder nicht, er mußte unverzüglich zum Bankett. Es war mehr als nur ein gesellschaftliches Ereignis, es war ein Höflichkeitsritus, durch den der ältere Monarch dem jüngeren König, der sein adoptierter Sohn und designierter Nachfolger war, seine Ehre bezeugte, und wenngleich der Pontifex senil oder verrückt war, konnte Valentine es sich nicht leisten, die Sache auf die leichte Schulter zu nehmen. Er mußte gehen, und der Traum mußte warten. Kein so packender Traum, der so voller Omen war, konnte einfach mißachtet werden – er brauchte ein Traumsprechen, und wahrscheinlich eine Unterredung mit dem Zauberer Deliamber –, aber das konnte man alles hinterher regeln.

»Kommt, Lordschaft«, sagte Sleet wieder und hielt ihm das Prunkgewand hin.

Der Bann der Vision ließ Valentine nicht los, als er zehn Minuten später die große Halle des Pontifex betrat. Aber es würde nicht gut aussehen, wenn der Coronal von Majipoor anläßlich eines solchen Ereignisses bedrückt oder geistesabwesend aussah, und daher bemühte er sich, einen möglichst teilnahmsvollen Gesichtsausdruck zu machen, als er sich dem ersten Tisch näherte.

Tatsächlich war dies genau das Verhalten, mit dem er sich durch diese entsetzliche Woche des offiziellen Besuchs geschleppt hatte: ein erzwungenes Lächeln, einstudierte Liebenswürdigkeit. Von allen Städten Majipoors war das Labyrinth diejenige, die der Coronal am wenigsten mochte. Für ihn war es ein grimmiger, erdrückender Ort, den er nur dann betrat, wenn die Pflichten seines Amtes es absolut erforderlich machten. Er fühlte sich auf erregendste Weise lebendig, wenn er unter der warmen Sommersonne und dem offenen Himmelszelt durch einen Laubwald ritt und der Wind mit seinem goldenen Haar spielte, aber wenn er diese freudlose unterirdische Stadt betrat, fühlte er sich vor seiner Zeit begraben. Er verabscheute die abwärts strebenden gewundenen Wege, die unendlichen schattigen Ebenen unter dem Erdboden, die klaustrophobische Atmosphäre.

Am meisten aber verabscheute er das Wissen um das unvermeidliche Schicksal, das ihn hier erwartete, wenn er endlich die Nachfolge des Pontifex antreten, das süße Leben auf dem Burgberg aufgeben und den Rest seiner Tage in diesem furchtbaren Grab zubringen mußte.

Besonders heute nacht, dieses Bankett in der Großen Halle in der untersten Ebene des Labyrinths – wie er den Gedanken daran verabscheute! Die niederdrückende Halle selbst, nichts als harte Kanten und gerade Linien und grelles Licht und unheimliche Spiegelungen, und die pompösen Angestellten des Pontifikats mit ihrem übertriebenen Getue und den albernen Gesichtsmasken, die windigen Reden und die Langeweile, und am schlimmsten von allem, das erdrückende Bewußtsein, daß sich das ganze Labyrinth über ihm befand wie eine kolossale Steinmasse, die auf ihn niederdrückte – nur der Gedanke daran erfüllte ihn mit Entsetzen. Der häßliche Traum, dachte er, war vielleicht nur eine Reflexion des Unbehagens gewesen, das ihn angesichts der heutigen Verpflichtungen erfüllte.

Dennoch konnte er sich zu seiner eigenen Überraschung sogar entspannen – was nicht hieß, daß ihm das Bankett besonderes Vergnügen bereitete, kaum, aber wenigstens konnte er es einigermaßen ertragen.

Sie hatten die Halle neu dekoriert. Has half. Leuchtende Banner in Grün und Gold, die Farben des Coronals, waren überall aufgehängt worden und verhüllten die das Auge beleidigenden schroffen Konturen der Halle. Auch die Beleuchtung war seit seinem letzten Besuch verändert worden: Nun schwebten weiche Leuchtschweber anmutig durch die Luft.

Und offensichtlich hatten die Angestellten des Pontifikats weder Kosten noch Mühen gescheut, den Anlaß so festlich wie möglich zu gestalten. Aus den legendären Weinkellern des Pontifex war eine erstaunliche Menge der besten Weine geholt worden, die der Planet zu bieten hatte: goldener Feuerschauerwein aus Pidruid, der trockene Wein von Amblemorn, dann der köstliche Rote aus Ni-moya, gefolgt von einem blumigen, herben Wein aus Muldemar, der schon vor Jahren, zur Zeit von Lord Malibor, eingekellert worden war. Zu jedem Wein gab es selbstverständlich eine dazu passende erlesene Köstlichkeit: gefrostete Thokkabeeren, geräucherten Meeresdrachen, Calimbots nach Art von Narabal, gegrilltes Bilantoon. Und dazu einen endlosenStrom von Unterhaltung: Sänger, Minnen, Harfner, Jongleure. Von Zeit zu Zeit sah ein Angestellter des Pontifikats fragend zum ersten Tisch, als wollte er sagen: *Genügt das? Ist Seine Lordschaft zufrieden?*

Valentine beantwortete jeden dieser Blicke mit einem warmen Lächeln und einem freundlichen Nicken oder einem Heben des Glases, als wollte er seinen Gastgebern versichern: *Ja, ja, ich bin mit allem zufrieden, was für mich getan worden ist.*

»Was für kriecherische kleine Schakale sie sind!« rief Sleet. »Man kann ihren Angstschweiß aus sechs Tischen Entfernung riechen!«

Was zu einer närrischen und schmerzhaften Entgegnung des jungen Hissune über die Wahrscheinlichkeit führte, daß sie alle vor dem Zeitpunkt Angst hatten, an dem Lord Valentine Pontifex werden würde. Diese unerwartete Taktlosigkeit traf Valentine mit der Wucht eines Peitschenschlages, und er wandte sich mit rasendem Herzen und plötzlich trokken gewordener Kehle ab. Er zwang sich dazu, ruhig zu bleiben, lächelte über die Tische hinweg dem Hohen Sprecher Hornkast zu, bedachte den pontifikalen Majordomo mit einem Nicken, strahlte diesen und jenen an, und derweil bemühte sich Shanamor hinter ihm verzweifelt, Hissune die Natur seines Ausrutschers zu erklären.

Nach einem Augenblick ebbte Valentines Ärger ab. Woher hätte der Junge wissen sollen, daß dieses Thema absolut tabu war? Es gab aber keine Möglichkeit, Hissunes Demütigung ein Ende zu machen, ohne dabei zu offenbaren, wie empfindlich er in dieser Sache war, und daher fuhr er mit seinen Unterhaltungen fort, als wäre nichts geschehen.

Die fünf Jongleure traten auf, drei Menschen, ein Skandar und ein Hjort, die willkommene Ablenkung brachten. Sie warfen in wilder, ausgelassener Weise Sicheln, Messer und Flammen und entlockten dem Coronal Applaus und Beifallsrufe.

Selbstverständlich waren sie nur drittklassige Werfer, deren Schludrigkeiten und Fehler Valentines geübtem Auge nur zu offensichtlich waren, aber Jongleure versetzten ihn stets in Aufregung. Unweigerlich erinnerte sich bei ihrem Anblick an die seltsam aufregende Zeit vor vielen Jahren, als er selbst Jongleur gewesen und in Begleitung einer bunt zusammengewürfelten Gruppe von Stadt zu Stadt gezogen war. Damals war er glücklich gewesen, frei von der Bürde der Macht, ein freier Mann.

Valentines Enthusiasmus für die Jongleure entlockte Sleet ein Stirnrunzeln, und er sagte säuerlich: »Ah, Lordschaft, findet Ihr sie wirklich so gut?«

»Sie zeigen einiges Geschick, Sleet.«

»Wie Vieh, das in der Trockenzeit nach Wasser sucht. Aber sie sind ohnehin nur Vieh. Und diese geschickten kleinen Jongleure sind nichts weiter als Amateure, mein Lord.«

»Oh, Slee, Slee, zeige dich gnädig!«

»Es gibt gewisse Anforderungen in diesem Gewerbe, mein Lord. Wie Ihr selbst noch wissen solltet.«

Valentine kicherte. »Das Vergnügen, das mir diese Leute bereiten, hat wenig mit ihrem Geschick zu tun, Sleet. Ihr Anblick weckt Erinnerungen an andere Zeiten, ein einfacheres Leben und verschwundene Kameraden in mir.«

»Ach so«, sagte Sleet erleichtert. »Das ist natürlich eine andere Sache. Das ist Sentimentalität. Ich aber spreche von der Begabung.«

»Dann sprechen wir von verschiedenen Dingen.«

Die Jongleure verabschiedeten sich mit einigen verwegen gewirbelten Würfen, und Valentine lehnte sich fröhlich zurück. Aber der Spaß ist vorbei, dachte er. Zeit für die Reden.

Selbst diese erwiesen sich als überraschend erträglich. Shinaam hielt die erste: der Pontifikale Minister für Innere Angelegenheiten, ein Mann der Ghayrog-Rasse, mit glänzenden Reptilienschuppen und einer ständig hervorschnellenden gespaltenen Zunge. Anmutig und rasch entbot er Lord Valentine den formellen Willkommensgruß, dann seinem Gefolge.

Der Adjutant Ermanar antwortete von seiten des Coronals. Nachdem er fertig war, kam die Reihe an den alten und verschrumpelten Dilifon, den Privatsekretär des Pontifex, der die Willkommensgrüße des höchsten Monarchen übermittelte. Was eine vorgebliche Sache war, wußte Valentine, denn es war allgemein bekannt, daß Tyeveras seit mehr als einem Jahrzehnt kein vernünftiges Wort mehr gesprochen hatte. Aber er akzeptierte Dilifons Ansprache höflich und ließ Tunigorn antworten.

Dann redete Hornkast: der Hohe Sprecher des Pontifikats, plump, feierlich, seit den Jahren der Senilität von Pontifex Tyeveras der wahre Beherrscher des Labyrinths. Sein Thema, verkündete er, war die große Prozession. Valentines Aufmerksamkeit wurde sofort geweckt. In letzten Jahr hatte er fast nur an die Prozession gedacht, diese große Rundreise um Majipoor, die der Coronal unternahm, um sich seinem Volk zu zeigen, sich seine Liebe bekunden zu lassen und seine Ovationen hinzunehmen.

»Manche mögen den Eindruck haben«, sagte Hornkast, »daß es sich um einen angenehmen und erholsamen Vergnügungsurlaub, weg von der Last des Amtes, handelt. Nein! Nein! Denn es ist die Person des Coronals – die tatsächliche, körperliche Person, nicht ein Banner, eine Flagge oder ein Porträt –, die alle weitverstreuten Provinzen von Majipoor zu gemeinsamer Loyalität bindet. Und diese Loyalität wird nur durch die tatsächliche Präsenz der königlichen Person immer wieder erneuert.«

Valentine wandte sich stirnrunzelnd ab. Plötzlich sah er ein beunruhigendes Bild vor seinem geistigen Auge: die Landschaft von Majipoor zerfiel in Bruchstücke, und ein einzelner Mann bemühte sich verzweifelt, alles an Ort und Stelle zu halten.

»Denn der Coronal«, fuhr Hornkast fort, »ist die Verkörperung von Majipoor. Der Coronal ist das personifizierte Majipoor. Er ist die Welt, die Welt ist der Coronal. Wenn er also die große Prozession unternimmt, so, wie Ihr bald, Lord Valentine, zum ersten Mal nach Eurer zweiten Krönung, geht er nicht nur zu der Welt, sondern er geht auch zu sich – eine Reise in seine eigene Seele, eine Begegnung mit den tiefsten Wurzeln der Identität ...«

War das so? Gewiß. Gewiß. Er wußte, Hornkast wiederholte lediglich Standardphrasen, wie Valentine sie nur zu häufig zu hören bekam. Und dennoch schienen ihn die Worte heute auf ganz besondere Weise zu berühren, sie schienen einen großen, schwarzen Tunnel der Geheimnisse zu öffnen. Dieser Traum – der kalte Wind, der über den Burgberg wehte, das Beben der Erde, die zerschmetterte Landschaft – *Der Coronal ist die Verkörperung von Majipoor – er ist die Welt ...*

Einmal während seiner Regentschaft war diese Einheit bereits gestört worden, als man ihm durch Verrat die Macht genommen und ihm seiner Erinnerungen, selbst des eigenen Körpers beraubt und in die Verbannung geschickt hatte. Sollte das wieder geschehen? Ein zweiter Sturz, eine zweite Entmachtung? Oder stand etwas ungleich Schrecklicheres bevor, etwas Gewichtigeres als das Schicksal eines einzelnen Mannes?

Er verspürte den unbekannten Geschmack der Angst. Bankett oder nicht, Valentine wurde klar, daß er auf der Stelle ein Traumsprechen hätte befehlen sollen. Ein schreckliches Wissen suchte Zutritt zu seinem Bewußtsein, daran konnte es keinen Zweifel geben. Etwas stimmte nicht mit dem Coronal – und damit konnte man sagen, etwas stimmte nicht mit der Welt ...

»Mein Lord?« Es war Autifon Deliamber. Der kleine Vroon-Zauberer sagte: »Es ist Zeit, mein Lord, daß Ihr den letzten Trinkspruch ausbringt.«

»Was? Wann?«

»Jetzt, mein Lord.«

»Ah. Wahrhaftig«, sagte Valentine unbestimmt. »Der letzte Trinkspruch, ja.«

Er stand auf und ließ den Blick durch die Große Halle bis in die schattigsten Tiefen schweifen. Plötzlich wurde ihm seltsam zumute, denn er erkannte, daß er völlig unvorbereitet war. Er hatte keine Vorstellung davon, was er sagen sollte, wen er ansprechen mußte und was er eigentlich an diesem Ort zu suchen hatte. Das Labyrinth? War dies tatsächlich das Labyrinth, dieser verabscheuungswürdige Ort dunkler Schatten und unterirdischer Grüfte? Warum war er hier? Was wollten diese Menschen von ihm? Vielleicht war es nur ein neuer Traum, und er hatte den Burgberg niemals verlassen. Er wußte es nicht. Er begriff gar nichts.

Etwas wird geschehen, dachte er. Ich muß nur warten. Aber er wartete, und es geschah nichts, abgesehen davon, daß ihm noch seltsamer zumute wurde. Er spürte ein Pochen in den Schläfen, ein Dröhnen in den Ohren. Und plötzlich hatte er das übermächtige Gefühl, selbst hier im Labyrinth zu stehen und den Mittelpunkt der Welt zu bilden, das Herz des ganzen gigantischen Globus. Aber eine unwiderstehliche Macht riß ihn aus diesem Zentrum fort. Innerhalb eines Augenblicks verließ seine Seele den Körper und raste wie ein Lichtstrahl durch die Schichten des Labyrinths aufwärts zur Oberfläche, wo er ausfächerte und versuchte, die ganze Welt einzuhüllen, selbst die fernen Küsten von Zimroel und dem unter der Sonne glühenden Suvrael, sowie die unbekannte Ausdehnung des Großen Meeres der anderen Hemisphäre. Er hüllte die Welt wie ein leuchtendes Tuch ein. In diesem schwindelerregenden Augenblick spürte er, daß er und die Welt eins waren, daß er selbst die zwanzig Milliarden Lebewesen verkörperte, Menschen, Skandars, Hjorts, Metamorphen und der ganze Rest, die sich wie Blutkörperchen in seinem Blut bewegten. Er war überall gleichzeitig: Er war alle Sorgen der Welt, alle Freude, alles Sehnen und alle Bedürfnisse. Er war alles. Er war ein brodelndes Universum von Widersprüchen und Konflikten. Er spürte die Hitze der Wüste und den warmen Regen der Tropen und die Kälte der höchsten Gipfel. Er lachte und weinte und starb und liebte und aß und trank und tanzte und kämpfte und ritt stürmisch durch unbekannte Berge und tollte in den Feldern herum und schnitt einen Pfad durch dicht verwucherte Dschungel. Im Meer seiner Seele brachen gigantische Meeresdrachen zur Oberfläche durch und stießen laute und brüllende Schreie aus und tauchten wieder zu den unergründlichsten Tiefen hinab. Gesichter ohne Augen schwebten vor ihm, grinsten, höhnten. Knochenhände fuchtelten durch die Luft. Chöre sangen ferne Hymnen. Alles gleichzeitig, alles gleichzeitig, alles mit irrsinniger Simultanität.

Verwirrt und hilflos stand er schweigend da, während sich der Raum wie wild um ihn herum drehte. »Sprecht den Trinkspruch, Euer Lordschaft«, schien Deliamber immer wieder zu sagen. »Zuerst auf den Pontifex, dann auf seine Mitarbeiter, und dann ...«

Reiß dich zusammen, dachte Valentine. *Du bist Coronal von Majipoor.*

Mit äußerster Anstrengung riß er sich von der grotesken Halluzination los.

Der Toast auf den Pontifex, Euer Lordschaft ...«

»Ja, ja. Ich weiß.«

Immer noch quälten ihn Phantombilder. Geisterhafte, fleischlose Finger zupften an ihm. Er befreite sich von ihnen. *Beherrschung. Beherrschung. Beherrschung.*

Er kam sich völlig verloren vor.

»Der Trinkspruch, Lordschaft!«

Trinkspruch? Trinkspruch? Was war das? Eine Zeremonie.

Eine Verpflichtung. *Du bist Coronal von Majipoor.* Ja. Er mußte sprechen. Er mußte etwas zu diesen Menschen sagen.

»Freunde ...«, begann er. Und dann erfolgte der schwindelerregende Sturz ins Chaos.

KAPITEL 8

»Der Coronal möchte dich sprechen«, sagte Shanamir.

Hissune sah verblüfft auf. In der vergangenen halben Stunde hatte er nervös in einem häßlichen Vorzimmer mit Säulen und einer grotesken Kuppeldecke gewartet und sich gefragt, was sich hinter der verschlossenen Tür von Lord Valentines Suite abspielen mochte und ob er ewig hier warten sollte. Mitternacht war bereits vorüber, und in etwa zehn Stunden sollten der Coronal und sein Stab die nächste Etappe der großen Prozession beginnen, wenn nicht die jüngsten Ereignisse zu einer Änderung der Pläne geführt hatten. Hissune mußte immer noch den Weg in den äußersten Ring des Labyrinths unternehmen, seine Habseligkeiten zusammensuchen, sich von seiner Mutter und seinen Schwestern verabschieden und rechtzeitig wieder zurück sein, um sich zu der aufbrechenden Gruppe zu gesellen – und zwischendurch auch noch zu schlafen. Alles war in heillosem Durcheinander.

Nach dem Zusammenbruch des Coronals, nachdem man Lord Valentine weggebracht hatte, nachdem der Bankettsaal geräumt worden war, hatten sich Hissune und ein paar andere Angehörige des Stabs in diesem schäbigen Vorzimmer versammelt. Nach einiger Zeit hatte man die Kunde überbracht, daß sich Lord Valentine gut erholte und sie alle hier warten sollten, um weitere Anweisungen zu erwarten. Dann waren sie einer nach dem anderen zum Coronal gebeten worden – zuerst Tunigorn, dann Ermanar, Asenhart,

Shanamir und der Rest, bis nur noch Hissune mit einigen Mitgliedern der Leibwache des Coronals und weniger bedeutendem Personal übrigblieb. Er wollte keinen dieser Untergebenen fragen, welches Verhalten ihm am besten anstand; aber er wagte auch nicht, sich zu entfernen, und so wartete er, und wartete weiter, und wartete lange.

Er schloß die Augen, als sie zu brennen und schmerzen begannen, aber er schlief nicht. Ein einziger Gedanke raste immer wieder durch seinen Verstand: der Coronal, wie er zusammenbrach und er und Lisamon Hultin aufsprangen, um ihn aufzufangen. Er war außerstande, das Entsetzen dieses unerwarteten und schrecklichen Höhepunkts des Banketts zu vergessen: der Coronal, abwesend, pathetisch, nach Worten suchend ohne die richtigen zu finden, schwankte, strauchelte, fiel ...

Natürlich konnte sich ein Coronal genauso wie alle anderen betrinken und närrisch benehmen. Wenn Hissune in den Jahren im Seelenregister, wo er die Gedankenaufzeichnungen verschiedenster Bewohner Majipoors miterlebt hatte, etwas gelernt hatte, dann die Erkenntnis, daß die Männer, die die Sternenfächerkrone trugen, nichts Übermenschliches an sich hatten. Es schien aber nicht unwahrscheinlich, daß Lord Valentine, der offensichtlich nur äußerst ungern im Labyrinth war, sein Unbehagen mit Wein hatte ertränken wollen, bis er, als die Reihe an ihn kam, eine Rede zu halten, kein zusammenhängendes Wort mehr sprechen konnte.

Irgendwie bezweifelte Hissune aber, daß der Wein für den Zustand des Coronals verantwortlich war, wenngleich Lord Valentine das selbst gesagt hatte. Er hatte den Coronal während der Reden beobachtet, und er hatte überhaupt keinen betrunkenen Eindruck gemacht, sondern lediglich entspannt, freudig und leutselig gewirkt. Und hinterher, nachdem der kleine Vroon-Zauberer ihn durch eine Berührung mit dem Tentakel in die Wirklichkeit zurückgeholt hatte, wirkte er benommen und zitterte, wie man es von jemandem erwarten konnte, der aus einer Ohnmacht erwachte, aber keineswegs betrunken. Niemand konnte so schnell nüchtern werden. Nein, dachte Hissune, wahrscheinlicher war, daß es einen anderen Grund als Trunkenheit gab, einen Zauber, eine tiefe Sendung, die Lord Valentines Geist in diesem Augenblick überkommen hatte. Und der Gedanke war schrecklich.

Er stand auf und ging den gekrümmten Flur zu Lord Valentines Gemächern entlang. Während er sich der mit kostbaren Schnitzereien und den Symbolen des Coronals geschmückten Holztür näherte, öffnete sie sich und Tunigorn und Ermanar kamen heraus. Ihre Mienen waren ernst und erschöpft. Sie nickten ihm zu, dann befahl Tunigorn mit einem raschen Zeichen seines Fingers den Wachen, ihn passieren zu lassen.

Lord Valentine saß an seinem breiten Schreibtisch aus einem seltenen, blutfarbenen und polierten Holz. Die breiten großknochigen Hände des Coronals lagen vor ihm auf der Tischplatte, als stützte er sich damit ab. Sein Gesicht war bleich, die Augen schienen Mühe zu haben, deutlich zu sehen, die Schultern hingen herab.

»Mein Lord …«, begann Hissune unsicher, verstummte dann aber.

Er blieb dicht hinter der Tür stehen und kam sich linkisch, fehl am Platze und aufdringlich vor. Lord Valentine schien ihn gar nicht bemerkt zu haben. Die alte Traumsprecherin Tisana war im Zimmer und Sleet und der Vroon, aber keiner sagte etwas. Hissune war unsicher. Er hatte keine Vorstellung davon, was die Etikette in diesem Fall verlangte, wie er sich dem erschöpften und offensichtlich kranken Coronal nähern sollte. Mußte man sein Mitgefühl bekunden, oder so tun, als ginge es dem Monarchen ausgezeichnet? Hissune machte die Sternenfächer-Geste, und da keine Reaktion erfolgte, machte er sie noch einmal. Er spürte seine Wangen rot werden.

Er suchte nach einem Teil seiner früheren jugendlichen Selbstsicherheit, fand aber keinen. Seltsamerweise schien er sich in Gegenwart Lord Valentines immer unbehaglicher zu fühlen, anstatt umgekehrt, je öfter er den Coronal sah. Das war schwer verständlich.

Sleet rettete ihn schließlich, indem er laut sagte: »Mein Lord, es ist der Initiat Hissune.«

Der Coronal hob den Kopf und sah Hissune an. Das Ausmaß der Müdigkeit, das der glasige Blick seiner Augen verriet, war furchterregend. Und dennoch gelang es Lord Valentine unter Hissunes erstauntem Blick, sich selbst vom Rand der Erschöpfung wegzuziehen, gleich einem Mann, der von einem Sims gestürzt ist, sich an einer Ranke in Sicherheit zieht: mit verzweifelter, unvermuteter Kraft. Es war erstaunlich zu sehen, wie die Wangen Farbe bekamen, der Gesichtsausdruck sich belebte. Es gelang ihm sogar, etwas von der Würde eines Königs zurückzuerlangen, ein Gefühl des Befehlens, und der ehrfürchtige Hissune fragte sich, ob das ein Trick war, den man ihnen auf dem Burgberg beibrachte, wenn man ausgebildet wurde, Coronal zu weden …

»Komm näher«, sagte Valentine.

Hissune machte ein paar Schritte in den Raum.

»Hast du Angst vor mir?«

»Mein Lord …«

»Ich kann es nicht zulassen, daß du Zeit mit Sorge um mich vergeudest, Hissune. Ich habe zuviel zu tun. Und du ebenfalls. Ich glaubte einst, daß du absolut keine Ehrfurcht mir gegenüber verspürst. Habe ich mich getäuscht?«

»Mein Lord, es ist nur, Ihr seht so müde aus – und ich bin ebenfalls müde, nehme ich an – die Nacht war so seltsam, für mich, für Euch, für jeden …«

Der Coronal nickte. »Eine Nacht voller Seltsamkeiten, ja. Ist es schon morgen? Ich kann die Zeit nie schätzen, wenn ich hier bin.«

»Wenig nach Mitternacht, mein Lord.«

»Erst nach Mitternacht? Ich dachte, es wäre schon fast Morgen. Wie lang die Nacht gewesen ist!« Lord Valentine lachte leise. »Aber im Labyrinth ist es immer wenig nach Mitternacht, nicht wahr, Hissune? Beim Göttlichen, wenn du wüßtest, wie sehr ich mich danach sehne, die Sonne wiederzusehen!«

»Mein Lord ...«, murmelte Deliamber taktvoll. »Es ist tatsächlich spät, und es bleibt viel zu tun ...«

»Richtig.« Einen Augenblick waren die Augen des Coronals wieder glasig. Dann erholte er sich und sagte: »Zum Geschäft. Als erstes möchte ich meinen Dank aussprechen. Ich wäre schlimm verletzt worden, wärst du nicht gewesen und hättest mich aufgefangen. Du mußt schon, bevor ich stürzte, auf dem Weg zu mir gewesen sein, was? War es so offensichtlich, daß ich umkippen würde?«

Errötend sagte Hissune: »Das war es, mein Lord, wenigstens für mich.«

»Ah.«

»Aber ich habe Euch genauer beobachtet als alle anderen.«

»Ja, das möchte ich auch meinen.«

»Ich hoffe, Euer Lordschaft leiden nicht unter den Nachwirkungen von ... von ...«

Ein leises Lächeln umspielte die Lippen des Coronals. »Ich war nicht betrunken, Hissune.«

»Ich meinte nicht ... ich meine, ich wollte damit nicht sagen ...«

»Nicht betrunken, nein. Ein Bann, eine Sendung – wer weiß? Wein ist eine Sache, Zauberei eine andere, und ich glaube, ich kann den Unterschied noch nicht feststellen. Es war eine dunkle Vision, mein Junge, und nicht die erste, die ich in jüngster Zeit empfangen habe. Die Vorzeichen stehen düster: Krieg liegt in der Luft.«

»Krieg?« stieß Hissune hervor. Das Wort war unvertraut, fremd, häßlich: es hing in der Luft wie ein böses Insekt, das auf Beute lauert. Krieg? Krieg? In Hissunes Verstand breitete sich ein achttausend Jahre altes Bild aus, das aus den gestohlenen Erinnerungen entsprang, die er sich im Haus der Aufzeichnungen angeeignet hatte: die trockenen Hügel des Nordwestens in Flammen, schwarze Rauchwolken am Himmel, die letzten, schrecklichen Konvulsionen in Lord Stiamots langem Krieg gegen die Metamorphen. Aber das war Frühgeschichte. In den Jahrhunderten seither hatte es keinen Krieg gegeben, abgesehen von Lord Valentines Krieg um die Krone. Und der hatte kaum ein Menschenleben gekostet, wie es Lord Valentines Absicht entsprochen hatte, für den Gewalt etwas Verabscheuungswürdiges war. »Wie kann es Krieg geben?« wollte Hissune wissen. »Wir haben keine Kriege auf Majipoor.«

»Es wird Krieg geben, Junge«, sagte Sleet grob. »Und wenn das geschieht, bei der Lady, dann wird sich keiner verbergen können.«

»Aber mit wem Krieg? Dies ist die friedlichste aller Welten. Welchen Gegner könnte es geben?«

»Es gibt einen«, sagte Sleet. »Seid ihr Leute aus dem Labyrinth so von der Außenwelt abgeschieden, daß ihr das nicht sehen könnt?«

Hissune runzelte die Stirn. »Sie meinen die Metamorphen?«

»Genau, die Metamorphen!« brüllte Sleet. »Die dreckigen Gestaltveränderer, Junge! Glaubst du denn, die könnten wir ewig im Zaum halten? Bei der Lady, der Ärger wird bald losgehen!«

Hissune sah den kleinen, narbengesichtigen Mann fassungslos an, Sleets Augen glänzten. Die Aussicht schien ihn fast zu freuen.

Hissune schüttelte langsam den Kopf und sagte: »Mit allem gebührenden Respekt, Hoher Kanzler Sleet, das ergbit keinen Sinn für mich. Wenige Millionen von ihnen gegen viele Milliarden von uns? Sie haben schon einmal einen Krieg geführt und verloren, und wie sehr sie uns auch hassen mögen, ich glaube nicht, daß sie es noch einmal versuchen werden.«

Sleet deutete auf den Coronal, der ihn kaum zu hören schien. »Und als sie ihre Marionette auf Lord Valentines Thron setzten? Was war das anderes als eine Kriegserklärung? O Junge, Junge, du weißt gar nichts! Die Gestaltveränderer schmieden schon seit Jahrhunderten Pläne gegen uns, und nun ist ihre Zeit gekommen. Die Träume des Coronals bezeugen es! Bei der Lady, der Coronal selbst träumt vom Krieg!«

»Bei der Lady, wahrhaftig, Sleet!« sagte der Coronal mit unendlich müder Stimme. »Es wird keinen Krieg geben, wenn ich es verhindern kann, und das weißt du.«

»Und wenn Ihr es nicht verhindern könnt, mein Lord!« erwiderte Sleet.

Das kalkweiße Gesicht des kleinen Mannes war nun vor Aufregung gerötet; seine Augen leuchteten, er vollführte knappe, hektische Gebärden mit den Händen, als jonglierte er mit unsichtbaren Keulen. Es wäre Hissune niemals in den Sinn gekommen, daß jemand, nicht einmal ein Hoher Kanzler, so unverblümt mit dem Coronal sprechen könnte. Wahrscheinlich geschah es auch nicht oft, denn Hissune sah so etwas wie Zorn über Lord Valentines Gesicht huschen: Lord Valentine, von dem man sagte, daß er niemals die Beherrschung verlor, der sanftmütig und verzeihend versucht hatte, in den letzten Tagen des Kriegs um die Krone selbst die Freundschaft seines Widersachers Dominin Barjazid zu gewinnen. Dann aber wich dieser Zorn wieder erschöpfter Müdigkeit, und der Coronal sah aus wie ein Mann von siebzig oder achtzig Jahren, nicht wie der lebhafte und fast jugendliche Vierzigjährige, den Hissune kannte.

Es folgte ein endloser Augenblick gespannten Schweigens. Schließlich sagte Lord Valentine langsam und deutlich, wobei er die Worte an Hissune richtete, als wäre sonst niemand anwesend: »Ich will nichts mehr von Krieg hören, solange noch Hoffnung auf Frieden besteht. Aber die Omen sind düster genug, das stimmt: wenn es keinen Krieg gibt, dann sicher Katastrophen anderer Art. Ich werde solche Warnungen nicht in den Wind schlagen. Wir haben heute nacht einige unserer Pläne geändert, Hissune.«

»Werdet Ihr die große Prozession absagen, mein Lord?«

»Das wird nicht nötig sein. Ich habe sie immer wieder mit der Begründung verschoben, daß es auf dem Burgberg zuviel Arbeit für mich gab und ich keine Zeit hätte, in der

Welt herumzureisen. Vielleicht habe ich sie zu lange verschoben. Die Prozession sollte alle sieben oder acht Jahre stattfinden.«

»Ist es denn schon länger her, Sir?«

»Fast zehn. Und beim letzten Mal habe ich die Tour auch nicht beendet, wie du weißt, denn in Til-omon gab es die Unterbrechung, als mich jemand kurzzeitig und ohne mein Wissen meines Amtes enthob.« Der Coronal sah an Hissune vorbei in unendliche Fernen. Einen Augenblick schien er in die nebulösen Gefilde der Zeit selbst zu schauen, vielleicht dachte er an die bizarre Verbannung vom Thron, die Barjazid für ihn ausgedacht hatte, und an die Monate und Jahre, die er ohne Erinnerung und Macht durch Majipoor gereist war. Lord Valentine schüttelte den Kopf. »Nein, die große Prozession muß stattfinden. Sie muß sogar ausgedehnt werden. Ich wollte nur durch Alhanroel reisen, aber ich glaube, wir werden beide Kontinente besuchen müssen. Auch die Menschen von Zimroel müssen sehen, daß es einen Coronal gibt. Und wenn Sleet recht hat, daß es die Metamorphen sind, die wir fürchten müssen, dann müssen wir so oder so nach Zimroel, denn dort leben die Metamorphen.«

Damit hatte Hissune nicht gerechnet. Freude überkam ihn. Zimroel! Dieser unvorstellbar weit entfernte Ort der Wälder und gewaltigen Flüsse und großen Städte, der für ihn halb legendär war – magische Städte mit magischen Namen ...

»Ah, wenn das der neue Plan ist, hört er sich großartig an, mein Lord!« sagte er und lächelte breit. »Ich hatte nie damit gerechnet, dieses Land je zu sehen, es sei denn in Träumen. Werden wir nach Nimoya gehen? Und Pidruid, Til-omon, Narabal ...«

»Ich wahrscheinlich schon«, sagte der Coronal mit so sonderbarer Stimme, daß es Hissune wie ein Schlag traf.

»*Ich*, mein Lord?« fragte Hissune plötzlich aufgeschreckt.

Sanft sagte Valentine: »Eine weiter Änderung der Pläne. Du wirst mich nicht bei der großen Prozession begleiten.«

Schreckliche Kälte ließ Hissune erzittern, als würde der

Wind von den Sternen plötzlich ins Labyrinth hineinwehen. Er bebte, seine Seele schrumpfte vor Kälte zusammen, er spürte, wie er zu einer leblosen Hülle wurde.

»Bin ich denn aus Euren Diensten entlassen, Lordschaft?«

»Entlassen? Ganz und gar nicht! Dir wird doch klar sein, daß ich große Pläne mit dir habe!«

»Das habt Ihr mehrmals gesagt, mein Lord. Aber die Prozession ...«

»Sie ist nicht die richtige Vorbereitung auf die Aufgabe, zu der du eines Tages berufen werden wirst. Nein, Hissune, ich kann es nicht zulassen, daß du die nächsten ein oder zwei Jahre an meiner Seite von einer Provinz zur nächsten ziehst. Du wirst so schnell wie möglich zum Burgberg aufbrechen.«

»Zum Burgberg, mein Lord?«

»Um die Ausbildung zu beginnen, die einem Ritter-Initiaten zukommt.«

»Mein Lord?« sagte Hissune erstaunt.

»Du bist ... wie alt, achtzehn? Du bist den anderen um Jahre hinterher. Aber du bist schnell: du wirst die verlorenen Jahre einholen und schon bald zu deiner wahren Ebene aufsteigen. Du mußt, Hissune. Wir haben keine Ahnung, welches Unheil über die Welt hereinbrechen wird, aber ich muß mit dem Schlimmsten rechnen und mich darauf verlassen können, daß mir andere zur Seite stehen, sollte es tatsächlich zum Schlimmsten kommen. Daher wird es für dich keine große Prozession geben, Hissune.«

»Ich verstehe, mein Lord.«

»Ja? Ja, ich glaube schon. Du wirst später Gelegenheit haben, Piliplok, Ni-moya und Pidruid zu sehen, nicht? Aber jetzt ... jetzt ...«

Hissune nickte, wenn er in Wahrheit auch kaum ein Wort von dem begriff, was Lord Valentine ihm sagen wollte. Der Coronal sah ihn lange an; und Hissune hielt dem Blick der müden blauen Augen stand, wenngleich er eine Erschöpfung verspürte, die alles überstieg, was er bisher erlebt hatte. Die Audienz, erkannte er, war zu Ende, auch wenn kein Wort des Abschieds gesprochen worden war. Stumm machte er die Sternenfächergeste und entfernte sich.

Er wollte jetzt nichts weiter als schlafen, eine Woche, einen Monat. Diese seltsame Nacht hatte alle seine Kraftreserven gekostet. Vor zwei Tagen erst hatte ihn derselbe Lord Valentine zu sich bestellt und ihm gesagt, er sollte sich bereit machen, das Labyrinth zu verlassen, denn er sollte zum königlichen Stab stoßen, der sich auf die große Prozession durch Alhanroel vorbereitete, und er hatte ihm einen Platz am ersten Tisch im Bankettsaal zur Verfügung gestellt; und nun hatte das Bankett in geheimnisvollem Chaos geendet, und er hatte den Coronal in seiner Verwirrung und Erschöpfung nur allzu menschlich gesehen, und das Geschenk der großen Prozession war ihm wieder genommen worden, und jetzt – der Burgberg? Ritter-Initiat? Verlorene Zeit aufholen? Wozu? Das Leben war ein Traum geworden, dachte Hissune. Und niemand kann ihn mir deuten.

Im Flur vor der Suite des Coronals packte Sleet ihn unerwartet am Handgelenk und zog ihn dicht an sich. Hissune spürte die seltsame Macht des Mannes, die Energie, die in ihm brodelte.

»Ich wollte dir nur sagen, Junge – ich wollte keine persönliche Feindschaft, als ich dort drinnen so barsch mit dir gesprochen habe.«

»So habe ich es auch nicht aufgefaßt.«

»Gut. Gut. Ich will keine Feindschaft zwischen uns.«

»Ich auch nicht, Sleet.«

»Ich glaube, wir beide werden viel Arbeit bekommen, wenn der Krieg kommt.«

»*Wenn* der Krieg kommt.«

Sleet lächelte nichtssagend. »Daran kann kein Zweifel bestehen. Aber ich möchte diese Diskussion nicht wieder aufwärmen. Du wirst bald genug meine Denkweise übernehmen. Valentine sieht Schwierigkeiten immer erst dann, wenn sie ihm längst im Nacken sitzen – das ist seine Natur, er ist zu weich und glaubt zu sehr an das Gute in anderen, glaube ich. Aber du bist anders, Junge, was? Du gehst mit offenen Augen durch die Welt. Ich glaube, das schätzt der Coronal am meisten an dir. Kannst du mir folgen?«

»Es war eine lange Nacht, Sleet.«

»Das stimmt. Geh schlafen, Junge. Wenn du kannst.«

KAPITEL 9

Die ersten Strahlen der Morgensonne berührten die graue, schlammige und unwirtliche Küste des südöstlichen Zimroel und überzogen das unschöne Küstenland mit einem grünen Schimmer. Der Einbruch der Morgendämmerung löste augenblicklich hektische Aktivität bei den fünf Liimenschen aus, die in einem zerlumpten, häufig geflickten Zelt am Fuß einer Düne ein paar hundert Meter vom Ufer entfernt lagerten. Wortlos erhoben sie sich und rieben sich von dem grobkörnigen feuchten Sand über Arme und Schultern, um das Morgenritual durchzuführen. Nachdem sie das Zelt verlassen hatten, wandten sie sich nach Westen, wo ein paar Sterne immer noch schwach am dunklen Himmel leuchteten, und entboten ihren Salut.

Einer dieser Sterne war vielleicht der, von dem ihre Vorfahren abstammten. Sie hatten keine Ahnung, welcher Stern es sein konnte. Niemand wußte es. Siebentausend Jahre waren vergangen, seit die ersten Liimenschen nach Majipoor gekommen waren, und seit dieser Zeit war vieles Wissen verlorengegangen. Im Verlauf ihrer Wanderung durch Majipoor, immer dorthin, wo es einfache Arbeit zu erledigen galt, hatten sie den Ausgangspunkt ihrer Reise vergessen. Aber eines Tages würden sie ihn wieder kennen.

Der älteste Mann zündete ein Feuer an. Der Jüngste nahm Spieße zur Hand und steckte Fleisch daran. Die beiden Frauen nahmen die Spieße wortlos und hielten sie ins Feuer bis sie das Lied des zischenden Fetts hören konnten. Schweigend reichten sie die Fleischstücke herum, und schweigend nahmen die Liimenschen die einzige Mahlzeit des Tages ein.

Immer noch stumm verließen sie das Zelt, der älteste Mann, dann die beiden Frauen, schließlich die beiden jüngeren Männer: fünf schlanke Wesen mit breiten Schultern, flachen, breiten Köpfen und stechenden Augen, die aus ausdruckslosen Gesichtern starrten. Sie gingen hinunter zum Strand und bezogen Posten auf einer schmalen Erhebung der Küste, die die Brandung nicht erreichen konnte, wie sie es schon seit Wochen jeden Morgen taten.

Dort warteten sie schweigend, und jeder hoffte, daß die Drachen an diesem Tag kommen würden.

Die südöstliche Küste von Zimroel – die große Provinz Gihorna – ist eine von Majipoors obskursten Regionen: ein Land ohne Städte, ein vergessener Ort mit dünnem, grauem Sandboden und feuchten Winden, das in unregelmäßigen Abständen von verheerenden Sandstürmen heimgesucht wird. Hunderte von Meilen entlang der unglückseligen Küste gibt es keinen natürlichen Hafen, nur endlose, flache Hügel, die langsam zu einem flachen Sandstrand hin abfallen, gegen den die Brandung des Inneren Meeres mit monotonem Dröhnen rollt. In den frühen Tagen der Besiedlung Majipoors berichteten Siedler, die sich in das wüste Land verirrten, daß es dort nichts gab, was eines zweiten Blicks wert gewesen wäre, und auf einem Planeten, der so voller Wunder steckte, war das die abfälligste Bemerkung, die man sich nur vorstellen konnte.

Daher wurde Gihorna übergangen, als die Besiedlung des neuen Kontinents voranschritt. Siedlung nach Siedlung wurde gegründet – zuerst Piliplok, an der Ostküste, bei der Mündung des großen Flusses Zimr, und dann Pidruid im fernen Nordwesten, und Ni-moya an der Biegung des Zimr im Landesinneren, und Til-omon und Narabal und Velathys, nicht zu vergessen die leuchtende Ghayrog-Stadt Dulorn, und viele andere. Außenposten wurden zu Dörfern, Dörfer zu Städten, Städte zu Großstädten, von denen aus weitere Außenposten im ganzen großen Zimroel gegründet wurden; aber es gab immer noch keinen Grund, nach Gihorna zu gehen, und so tat es auch niemand. Nicht einmal die Gestaltveränderer waren in das Ödland jenseits des Flusses Steiche vorgedrungen, nachdem Lord Stiamot sie endgültig besiegt und in ein Waldreservat beim Fluß verbannt hatte.

Viel später – Jahrtausende später, als ganz Zimroel fast so zivilisiert wie Alhanroel zu sein schien – drangen endlich ein paar Siedler nach Gihorna vor. Fast alle waren Liimenschen, einfache und anspruchslose Leute, die sich niemals aktiv ins Leben von Majipoor eingemischt hatten. Es schien, als hielten sie sich absichtlich abseits und verdienten hier und da ein paar Gewichte durch den Verkauf von Grillfleisch, als Fischer oder Handlanger. Diesem fahrenden Volk, dessen Leben den anderen Bewohnern von Majipoor trist und farblos erschien, fiel es nicht schwer, sich im öden und farblosen Gihorna heimisch zu fühlen. Sie ließen sich dort in kleinen Ansiedlungen nieder und warfen Netze in die Brandung, um kleine, silberfarbene Fische zu fangen, oder sie hoben Gruben aus und fingen große, glänzende Krabben mit achteckigem Panzer, die zu Hunderten am Strand entlangwuselten, und wenn sie ein Fest feierten, jagten sie ungeschickte Dhumkarts, berühmt wegen ihres zarten Fleisches, die halb vergraben im Schlamm lebten.

Die meiste Zeit des Jahres hatten die Liimenschen ganz Gihorna für sich allein, aber nicht im Sommer, denn der Sommer war die Zeit der Drachen.

Im Frühsommer begannen die Zelte der Sensationslüsternen wie gelbe Calimbots nach einem warmen Regen von einem Punkt südlich von Piliplok bis zu den unpassierbaren Zimr-Marschen entlang der Küste aus dem Boden zu schießen. Das war die Zeit, wenn die Meeresdrachenherden ihre jährliche Wanderung zur Ostküste des Kontinents unternahmen, um zwischen Piliplok und die Insel des Schlafs zu gelangen, wo sie ihre Jungen zur Welt brachten.

Die Küste unterhalb von Piliplok war der einzige Ort von

Majipoor, von wo man die Meeresdrachen gut sehen konnte, ohne auf See zu müssen, denn hier kamen die schwangeren Kühe gern in Ufernähe und fraßen die kleinen Lebewesen, die in den dichten goldenen Wasserpflanzen lebten, die so zahlreich in den Küstenregionen wuchsen. Daher kamen jedes Jahr zur Wanderzeit der Drachen Tausende, um die Drachen zu betrachten, und stellten ihre Zelte auf. Manche waren kleine Paläste für sich, das waren die Unterkünfte der Adligen und Reichen. Manche waren die kleinen, zweckdienlichen Zelte von Kaufleuten und Händlern, manche waren einfach schlichte, kleine Zelte kleiner Leute, die Jahre für diese Reise gespart hatten.

Die Aristokraten kamen zur Drachenzeit nach Gihorna, weil sie es amüsant fanden, den enormen Drachen zuzusehen, wie sie durch das Wasser glitten, und weil es ungewöhnlich und damit interessant genug war, die Ferien an einem so häßlichen und abstoßenden Ort zu verbringen. Die reichen Kaufleute kamen, weil eine solche Reise sicher dazu beitrug, ihren Ruf in ihrer Umgebung zu verbessern, und weil ihre Kinder etwas Nützliches über Majipoor lernen konnten, das ihnen in der Schule weiterhelfen konte. Die gewöhnlichen Leute kamen, weil sie glaubten, daß es ein Leben lang Glück brachte, die großen Drachen vorbeiziehen zu sehen, wenn auch niemand ganz sicher war, weshalb das so sein sollte.

Und dann waren da noch die Liimenschen, für die die Zeit der Drachen weder Vergnügen noch Prestigegewinn, noch Hoffnung auf ewiges Leben bedeutete, sondern von grundlegendster Bedeutung war: eine Zeit der Buße und der Erlösung.

Niemand konnte genau vorhersagen, wann die Drachen sich vor der Küste von Gihorna zeigen würden. Sie kamen zwar stets im Sommer, aber manchmal früh und manchmal spät, und dieses Jahr kamen sie spät. Die fünf Liimenschen, die Tag für Tag ihre Position am Strand bezogen, sahen nichts anderes als das endlose Meer, weiße Gischt, dunkle Stränge von Tang. Aber sie waren kein ungeduldiges Volk. Früher oder später würden die Drachen kommen.

Der Tag, an dem sie sich endlich zeigten, war warm und schwül, ein heißer, feuchter Wind wehte von Westen. Den ganzen Morgen wuselten Krabben und Krustentiere wie Regimenter am Strand entlang, die eine bevorstehende Invasion abwehren wollten. Das war immer ein Zeichen.

Gegen Mittag sahen sie das zweite Zeichen: aus der Brandung taumelte ein großer, fetter Pudding von einer Reißkröte, nichts als Bauch und Maul und messerscharfen Zähne. Sie kroch an Land und ließ sich schnaufend, zitternd und mit den riesigen milchigen Augen blinzelnd im Sand nieder. Eine Sekunde später wurde eine zweite Kröte sichtbar, die sich nicht weit von der ersten entfernt niederließ und sie mißgünstig anglotzte. Dann folgte eine kleine Prozession von Langbeinkrebsen, ein Dutzend oder mehr schlanke blaue und purpurne Geschöpfe, die mit großer Entschlossenheit aus dem Wasser kamen und sich im Sand einbuddelten. Ihnen folgten rotäugige Scallops, die auf drahtigen kleinen Beinen tanzten, dann kleine und eckige Messeraale mit weißen Gesichtern, und sogar ein paar Fische, die hilflos zappelten, während die Krabben über sie herfielen.

Die Liimenschen sahen einander mit zunehmendem Entzücken an und nickten. Nur eines konnte die Geschöpfe des Binnenmeers veranlassen, so massiert an Land zu flüchten. Der moschusartige Geruch der Meeresdrachen, der den Drachen selbst vorausging, mußte im Wasser wahrnehmbar geworden sein.

»Gebt acht«, befahl der älteste Mann knapp.

Von Süden näherte sich die Vorhut der Drachen, zwei oder drei Dutzend der riesigen Bestien, die ihre Flügel hoch in den Wind hielten, deren lange, schlanke Hälse bogenförmig in die Luft ragten. Geschmeidig schwammen sie in die Algenbänke und begannen, sich gütlich zu tun: sie schlugen mit den Flügeln auf die Wasseroberfläche und sorgten so für Unruhe unter den Bewohnern des Algengürtels, um dann alles, was sich ihnen bot, Lebewesen und Algen und Wasser gleichermaßen, mit gierigen Schlucken zu verschlingen. Diese Riesen waren die Männchen. Dahinter schwamm eine kleine Gruppe Weibchen, die in der Art schwangerer Kühe von einer Seite zur anderen rollten, um die geschwollenen Flanken zu zeigen, und hinter ihnen der König der Herde, ein Drache, der so große war, daß er wie der gekenterte Rükken eines Schiffes aussah, und das war nur die Hälfte von ihm, denn die Beine und den langen Schwanz verbarg er unter Wasser.

»Kniet nieder und betet«, befahl der älteste Mann.

Mit sieben ausgestreckten, knochigen Fingern der ausgestreckten linken Hand machte er immer wieder das Zeichen des Meeresdrachen: schlagende Flügel, gebogener Hals. Er beugte sich nach vorne und rieb das Gesicht im feuchten Sand. Er hob den Kopf und sah zum König der Meeresdrachen, der nun keine zweihundert Meter mehr vom Ufer entfernt war, und versuchte durch reine Willenskraft, das riesige Tier an Land zu locken.

– Kommt zu uns … kommt … kommt …

– Die Zeit ist da. Wir haben so lange gewartet. Kommt … rettet uns … führt uns … erlöst uns …

– Kommt!

KAPITEL 10

Mit mechanischer Handbewegung unterzeichnete er das seiner Meinung nach zehntausendste offizielle Dokument des Tages: *Elidath von Morvole, Hoher Kanzler und Regent* Neben den Namen kritzelte er das Datum, dann präsentierte einer von Valentines Sekretären einen neuen Dokumentenstapel und legte ihn vor ihm nieder.

Heute war Elidaths Unterschreib-Tag. Er schien ein notwendiges wöchentliches Opfer zu sein. Seit Lord Valentines Abreise verließ er allwöchentlich an jedem Zweitnachmittag seine eigenen Hauptquartiere am Pinitor-Hof und kam herüber in Lord Valentines offizielle Suite hier in der Inneren Burg, wo er sich an Lord Valentines prunkvollen Schreibtisch niedersetzte, der aus tiefrotem Palisanderholz bestand und eine Maserung hatte, die dem Sternenfächer-Emblem ähnelte, wo er stundenlang saß und sich von den Sekretären Unterlagen und Dokumente zur Unterschrift vorlegen ließ, die aus den verschiedenen Regierungsbüros zur letzten Abzeichung und Genehmigung vorgelegt wurden. Selbst wenn der Coronal zur großen Prozession unterwegs war, drehten sich die Rädchen weiter, und die Folge von Dekreten und Dekreten zu den Dekreten und Widerrufungen der Dekrete nahm nicht ab. Und alles mußte vom Coronal oder seinem designierten Regenten unterschrieben werden, und nur der Göttliche mochte wissen warum. Noch einmal: *Elidath von Morvole, Hoher Kanzler und Regent.* Und das Datum. Hier.

»Das nächste bitte«, sagte Elidath.

Am Anfang hatte er im Übereifer versucht, jedes Dokument zu lesen, wenigstens aber zu überfliegen, das er unterzeichnete. Dann hatte er nur noch die Zusammenfassung überflogen, acht bis zehn Zeilen, die jedem Schriftstück beigeheftet war. Aber auch das hatte er schon lange aufgegeben. Las Valentine sie alle? fragte er sich. Unmöglich. Selbst wenn er nur die Zusammenfassung las, würde er Tag und Nacht damit verbringen, ohne Zeit für Essen, Schlafen und die anderen Verantwortlichkeiten seines Amtes. Inzwischen unterschrieb Elidath die meisten, ohne sie auch nur anzusehen. Es wäre möglich gewesen, daß er eine Proklamation unterschrieb, die das Essen von Würsten am Wintertag verbot, oder eine, die den Regenfall in der Provinz Stoienzar für illegal erklärte, oder sogar eine, die die Beschlagnahmung all seiner Ländereien und ihre Überführung in den Besitz des Rentenfonds für in den Ruhestand versetzte Staatsekretäre anordnete. Er unterschrieb dennoch. Ein König –

und der Stellvertreter eines Königs – mußte Vertrauen in die Fähigkeiten seiner Untergebenen haben, sonst wurde die Aufgabe nicht nur unlösbar, sondern schlichtweg undurchführbar.

Er unterschrieb. *Elidath von Morvole, Hoher Kanzler und …*

»Weiter!«

Trotzdem empfand er noch Schuldgefühle, weil er sie nicht alle las. Aber mußte der Coronal wirklich wissen, daß ein Vertrag zwischen den Städten Muldemar und Tidias abgeschlossen worden war, welcher die Besitzrechte gewisser Weinberge regelte und damit einen Disput beendete, der bereits seit dem siebten Jahr des Pontifex Thimin und des Coronals Lord Kinniken andauerte? Nein. Nein. Unterschreiben und sich Wichtigerem zuwenden, dachte Elidath, und Muldemar und Tidias ihre neue Einigung feiern lassen, ohne den König damit zu behelligen.

Elidath von Morvole …

Als er nach dem nächsten Schriftstück griff und die Stelle zum Unterschreiben suchte, sagte der Sekretär: »Sir, die Lords Mirigant und Divvis sind hier.«

»Sollen hereinkommen«, antwortete er ohne aufzusehen.

Elidath von Morvole, Hoher Kanzler und Regent …

Die Lords Mirigant und Divvis, Kanzler des Inneren Kreises, Cousin und Neffe von Lord Valentine, kamen jeden Nachmittag um diese Zeit zu ihm, so daß er mit ihnen durch die Straßen der Burg laufen und seinen Körper damit von den Anspannungen des Tages befreien konnte, die die stellvertretende Regentschaft mit sich brachte. Heutzutage hatte er kaum eine andere Gelegenheit für körperliche Betätigung: ihre täglichen Ausflüge waren eine Art Sicherheitsventil für ihn.

Es gelang ihm, zwei weitere Dokumente zu unterzeichnen, während sie den riesigen Raum betraten, der so prunkvoll mit Bannikop und Semotan und anderen seltenen Hölzern furniert war, und auf ihn zugingen, wobei ihre Stiefel auf dem reich verzierten Parkettboden hallten. Er griff nach einem dritten Schriftstück und sagte sich, daß dies das letzte für heute sein würde. Es war nur ein einziges Blatt, und irgendwie überflog Elidath es müßig, während er es unterschrieb: nichts Geringeres als eine Erhebung in den Adelsstand, das aus einem glücklichen Gewöhnlichen einen Ritter-Initiaten des Burgbergs machte, da sein großer Wert und seine überragenden Fähigkeiten, und so weiter …

»Was unterschreibst du gerade?« fragte Divvis, der sich über den Schreibtisch beugte und auf das Papier vor Elidath deutete. Er war ein großer Mann mit breiten Schultern und schwarzem Bart, der in seinen mittleren Jahren eine seltsame Ähnlichkeit mit seinem Vater entwickelte, dem ehemaligen Coronal. »Senkt Valentine wieder die Steuern? Oder hat er beschlossen, Carabellas Geburtstag zum freien Tag zu erklären?«

Obwohl er an Divvis' beißenden Humor gewöhnt war, hatte er heute, nach einem öden und anstrengenden Arbeitstag, keinerlei Verständnis dafür. Plötzliche Wut wallte in ihm auf. »Meinst du die *Lady* Carabella?« schnappte er.

Divvis schien verblüfft. »Oh, sind wir heute formell, Hoher Kanzler Elidath?«

»Wenn ich von deinem verstorbenen Vater einfach als *Voriax* sprechen würde, dann könnte ich mir vorstellen, wie du …«

»Mein Vater war Coronal«, antwortete Divvis mit kalter, gepreßter Stimme, »und verdient den Respekt, den wir einem verstorbenen König zollen. Wohingegen die *Lady* Carabella lediglich …«

»Die Lady Carabella, Cousin, ist die Gefährtin unseres derzeiten Königs«, sagte Mirigant scharf und wandte sich mit mehr Zorn an Divvis, als Elidath jemals bei dem ansonsten so freundlichen Mann gesehen hatte. »Und außerdem, möchte ich dich erinnern, ist sie die Frau von deines Vaters Bruder. Aus zwei Gründen ist es daher …«

»Schon gut«, sagte Elidath erschöpft. »Genug von diesen Narreteien. Werden wir heute nachmittag laufen?«

Divvis lachte. »Wenn deine Pflichten als Coronalsvertreter dich nicht zu sehr mitgenommen haben.«

»Nichts wäre mir lieber«, sagte Elidath, »als direkt von hier bis Morvole den Burgberg hinabzulaufen – vielleicht fünf bis sechs Monate mit leichter Gangart würde das dauern – um dann drei Jahre meine Obstgärten zu pflegen und ... ach! Ja, ich werde mitlaufen. Ich möchte nur noch dieses Papier unterzeichnen ...«

»Feiertag an Lady Carabellas Geburtstag«, sagte Divvis lächelnd.

»Eine Erhebung in den Adelsstand«, sagte Elidath, »die uns, wenn ihr lange genug still sein könnt, einen neuen Ritter-Initiaten bescheren wird, einen gewissen Hissune, Sohn von Elsinome, wie hier steht, Bürger des Pontifikalen Labyrinths, in Anerkennung seiner besonderen Verdienste und ...«

»Hissune, Sohn von Elsinome?« brauste Divvis auf. »Weißt du, wer das ist, Elidath?«

»Wie kommst du darauf, daß ich das wissen sollte?«

»Denk zurück an Valentines zweite Krönung, als er darauf bestand, all diese ungewöhnlichen Leute im Confalume-Thronsaal dabei zu haben – diese Jongleure, den Skandar-Kapitän mit dem fehlenden Arm und den Hjort mit dem orangefarbenen Schnurrbart, und alle anderen. Erinnerst du dich an einen Jungen?«

»Du meinst Shanamir?«

»Nein, noch jünger! Ein kleiner, magerer Junge, zehn oder elf Jahre alt, der vor keinem Respekt hatte, ein Junge mit den Augen eines Diebs, der umherging und peinliche Fragen stellte, und der alle Anwesenden bat, ihm die Orden und Auszeichnungen zu überlassen, die er sich an sein Gewand heftete und sich dann endlos im Spiegel betrachtete? Dieser Junge ist Hissune!«

»Der kleine Junge aus dem Labyrinth«, sagte Mirigant, »der sich von jedem versprechen ließ, daß er ihn als Führer anheuern würde, sollte er jemals ins Labyrinth kommen. Ich erinnere mich an ihn, ja. Ein gerissener kleiner Rabauke.«

»Dieser Rabauke ist jetzt Ritter-Initiat«, sagte Divvis. »Oder wird es jedenfalls sein, wenn Elidath dieses Dokument nicht zerreißt, das er mit so leerem Blick anstarrt. Du wirst das doch nicht billigen, Elidath, oder?«

»Selbstverständlich.«

»Ein Ritter-Initiat aus dem *Labyrinth*?«

Elidath zuckte die Achseln. »Mir wäre es gleichgültig, wenn er ein Gestaltveränderer aus Ilirivoyne wäre. Ich bin nicht hier, um die Entscheidung des Coronals anzufechten. Wenn Valentine bestimmt, daß er Ritter-Initiat wird, dann wird er auch Ritter-Initiat, ob er nun ein junger Rabauke, Fischer, Fleischhändler, Metamorph, Düngemittelverkäufer ...« Rasch rieb er das Datum neben die Unterschrift. »So. Erledigt! Nun ist der Junge so adlig wie du, Divvis.«

Divvis richtete sich überheblich auf. »Mein Vater war der Coronal Lord Voriax. Mein Großvater der Hohe Kanzler Damiandane. Mein Urgroßvater war ...«

»Ja. Das kennen wir alles schon. Und dennoch sage ich, der Junge ist ebenso adlig wie du, Divvis. Dieses Dokument sagte es. Wie es ein ähnliches Papier einem deiner Vorfahren bestätigte, ich weiß nicht wann und sicher nicht warum. Oder glaubst du, Adligkeit ist etwas Naturgegebenes, so wie Skandars vier Arme haben?«

»Du bist heute recht übellaunig, Elidath.«

»So ist es. Daher solltet ihr mich aufmuntern, und nicht gar so ermüdend sein.«

»Vergib mir«, bat Divvis, nicht sehr zerknirscht.

Elidath stand auf, streckte sich und sah zu dem großen Bogenfenster vor dem Schreibtisch des Coronals hinaus. Man hatte hier einen herrlichen Ausblick von dem an dieser Seite steil abfallenden Hang des Burgbergs. Zwei mächtige schwarze Raproes, die in den trügerischen Aufwinden zuhause waren, folgen in großen, arroganten Bögen am Himmel aneinander vorbei, und das Sonnenlicht brach sich an den goldenen Kronen ihres Kopfgefieders. Elidath, der die anmutigen, mühelosen Bewegungen der Vögel betrachtete, beneidete sie um ihre Freiheit, daß sie so einfach die grenzenlosen Lüfte durchstreifen konnten. Er schüttelte langsam den Kopf. Die Anstrengung des Tages hatte ihn sentimental gemacht. *Elidath von Morvole, Hoher Kanzler und Regent ...*

Diese Woche war es sechs Monate her, seit Valentine die Prozession begonnen hatte. Ihm kam es wie Jahre vor. War es so, Coronal zu sein? Gefangensein in öder Langeweile? Seit einem Jahrzehnt lebte er nun schon mit dem Wissen, daß er selbst einmal Coronal werden konnte, denn er war eindeutig an nächster Stelle. Das war schon seit dem Tag offensichtlich, an dem Lord Vaoriax im Wald ums Leben gekommen und die Krone so unerwartet seinem jüngeren Bruder zugefallen war. Sollte Lord Valentine etwas geschehen, wußte Elidath, würden sie ihm die Sternenfächerkrone bringen. Oder wenn der Pontifex Tyeveras starb und Valentine ins Labyrinth mußte, dann konnte Elidath auch in diesem Fall Coronal werden. Es sei denn, er war zu dem Zeitpunkt schon zu alt für die Aufgabe, denn der Coronal mußte ein Mann in der Blüte seiner Jahre sein. Elidath hatte die Vierzig bereits überschritten, und es sah so aus, als würde Tyeveras ewig leben.

Ihm war klar, daß er nicht ablehnen wollte, nicht ablehnen konnte. Ablehnen war undenkbar. Aber mit jedem verstreichenden Jahr betete er flehentlicher für ein langes Leben des Pontifex Tyeveras und eine lange und gesunde Herrschaft Lord Valentines. Die Monate als Regent hatten dieses Denken nur noch verstärkt. Als er ein Junge und dies Lord Malibors Schloß gewesen war, war es ihm wie die wunderbarste Sache der Welt erschienen, Coronal zu sein, und sein Neid war groß gewesen, als man den acht Jahre älteren Voriax nach Lord Malibors Tod zu seinem Nachfolger bestimmt hatte. Nun war er nicht mehr sicher, ob es so wunderbar war. Aber er würde sie nicht ablehnen, sollte ihm die Krone angeboten werden. Er erinnerte sich an den alten Hohen Kanzler Damiandane, den Vater von Voriax und Valentine, der einmal gesagt hatte, die beste Wahl für einen Coronal wäre ein Mann, der für die Krone qualifiziert war, sie aber nicht besonders wünschte. Nun, sagte Elidath sich ohne Fröhlichkeit, vielleicht bin ich dann ja eine gute Wahl. Aber vielleicht wird es gar nicht dazu kommen.

»Sollen wir laufen?« fragte er mit erzwungener Herzlichkeit. »Fünf Meilen, und dann einen Schluck goldenen Wein?«

»Nicht schlecht«, sagte Mirigant.

Als sie aus dem Zimmer gingen, blieb Divvis neben der gigantischen Kugel aus Bronze und Silber an der gegenüberliegenden Wand stehen, die die Reisen des Coronals aufzeigte. »Seht«, sagte er und deutete mit dem Finger auf die rubinrote Kugel, die auf der Oberfläche des Globus glühte wie das blutunterlaufene Auge eines Steinaffen. »Er ist schon ein gutes Stück westlich des Labyrinths. Welchen Fluß befährt er gerade? Ist es nicht der Glayge?«

»Ich glaube, es ist der Trey«, sagte Mirigant. »Ich könnte mir denken, daß er nach Tremayne geht.«

Elidath nickte. Er trat an den Globus und strich mit einer Hand sanft über das glatte Metall. »Ja. Und von dort nach Stoien. Und dann, nehme ich an, mit dem Schiff über den Golf nach Perimor, die Küste hinauf bis Alaisor.«

Er konnte die Hand nicht von dem Globus nehmen. Er streichelte die Kontinente, als wäre der Globus eine Frau und die Kontinente Zimroel und Alhanroel ihre Brüste. Wie schön war die Welt, wie wunderbar dieses Abbild davon! Und es war nur eine Halbkugel, denn es bestand keine Notwendigkeit, die andere Hemisphäre von Majipoor abzubilden, die nur aus Meer bestand und kaum erforscht war. Aber auf der einen, abgebildeten gewaltigen Hemisphäre waren die drei Kontinente zu sehen, Alhanroel und die gewaltige, zerklüftete Erhebung des Burgbergs, die emporragte, das bewaldete Zimroel und die Wüsten von Suvrael und dazwischen, im Inneren Meer, die Insel des Schlafs der gesegneten Lady. Viele Städte waren im Detail herausgearbeitet, auch die Berge und größeren Flußläufe. Ein Mechanismus, den Elidath nicht verstand, verfolgte andauernd den Weg des Coronals, und die glühende rote Kugel folgte allen Bewegungen des Coronals, so daß niemals Zweifel an seinem Aufenthaltsort aufkommen konnten. Wie in Trance strich Elidath mit dem Finger die Route der großen Prozession nach, Stoien, Perimor, Alaisor, Sintalmond, Daniup, durch die Kinslain-Kluft nach Santhiskion und auf einem verschlugenen Kurz zurück zum Burgberg ...

»Du wärst gern bei ihm, nicht?« fragte Divvis.

»Oder du würdest gern an seiner Stelle die Reise machen, was?« sagte Mirigant.

Elidath wirbelte zu dem älteren Mann herum. »Was soll das heißen?«

Errötend sagte Mirigant: »Das dürfte eindeutig sein.«

»Ich glaube, du beschuldigst mich ungesetzlicher Ambitionen!«

»Ungesetzlich? Tyeveras lebt schon zwanzig Jahre über seine Zeit. Er wird nur durch irgendeinen Zauber am Leben erhalten ...«

»Durch beste medizinische Pflege meist du«, sagte Elidath.

Achselzuckend sagte Mirigant: »Das ist dasselbe. Ginge es mit rechten Dingen zu, müßte Tyeveras schon längst tot sein, und Valentine Pontifex. Und ein neuer Coronal sollte diese Prozession durchführen.«

»Das sind Entscheidungen, die nicht in unseren Händen liegen«, grollte Elidath.

Divvis sagte: »Richtig. Diese Entscheidungen liegen in Valentines Händen. Und er wird sie nicht treffen.«

»Das wird er, wenn die Zeit gekommen ist.«

»Wann? Noch fünf Jahre? Zehn? Vierzig?«

»Möchtest du den Coronal nötigen, Divvis?«

»Ich würde den Coronal beraten. Das ist unsere Pflicht – deine, meine, Mirigants, Tunigorns, die von uns allen, die vor dem Sturz in der Regierung waren. Wir müssen es ihm sagen: Es ist Zeit für ihn, ins Labyrinth zu ziehen.«

»Ich glaube, es ist Zeit für unseren Lauf«, sagte Elidath steif.

»Hör mir zu, Elidath! Bin ich ein Anfänger? Mein Vater war

Coronal; mein Großvater hatte die Stelle, die du heute hast; ich habe mein ganzes Leben nahe der Macht verbracht. Ich begreife die Dinge so gut wie die meisten. Wir haben keinen Pontifex. Seit acht oder zehn Jahren haben wir nur ein Ding, das mehr tot als lebendig ist, das in einem Glastank im Labyrinth schwebt. Hornkast spricht mit ihm, jedenfalls tut er so, und empfängt Dekrete, oder tut so, aber eigentlich gibt es gar keinen Pontifex. Wie lange kann die Regierung so funktionieren? Ich glaube, Valentine versucht Pontifex und Coronal in einem zu sein, aber das ist einem einzelnen Menschen unmöglich, und darunter leidet das ganze System, alles ist gelähmt ...«

»Genug«, sagte Mirigant.

»... und er weigert sich, das ihm gebührende Amt anzunehmen, weil er jung ist und das Labyrinth haßt, und weil er mit dieser Bande von Jongleuren und Hirtenbengeln aus der Verbannung zurückgekehrt ist, die vom Prunk des Burgbergs so gefesselt sind, daß sie ihm nicht sagen, wo seine wirkliche Verantwortung liegt ...«

»Genug!«

»Einen Moment noch«, sagte Divvis ungerührt. »Bist du blind, Elidath? Erst acht Jahre ist es her, da erlebten wir etwas in unserer Geschichte völlig Ungewöhnliches, ein rechtmäßiger Coronal wurde gestürzt, ohne daß wir etwas davon erfuhren, und ein unrechtmäßiger König nahm seinen Platz ein. Und was war das für ein Mann? Eine Marionette der Metamorphen, Elidath! Und der König der Träume selbst ein Metamorph! Zwei der vier Mächte der Welt verstoßen, und die Burg voll Spitzel der Metamorphen ...«

»Die alle entdeckt und getötet wurden. Und der Thron wurde von seinem rechtmäßigen Besitzer tapfer zurückerobert, Divvis.«

»Richtig. Richtig. Aber glaubst du, die Metamorphen sind höflich in ihren Dschungel zurückgegangen? Ich sage dir, sie planen jetzt im Augenblick, Majipoor zu vernichten und das, was davon übrigbleibt, wieder für sich selbst in Besitz zu nehmen, was wir seit der zweiten Krönung Valentines alle wissen, und was hat er dagegen unternommen? Was hat er dagegen unternommen, Elidath? Er hat ihnen liebend die Arme hingehalten. Er hat ihnen versprochen, daß er alte Fehler und altes Unrecht gutmachen will. Und dennoch schmieden sie Pläne gegen uns!«

»Ich werde ohne dich laufen«, sagte Elidath. »Bleib hier, nimm am Schreibtisch des Coronals Platz, unterzeichne die Dokumente. Das möchtest du doch, Divvis, oder nicht? An seinem Schreibtisch sitzen?« Er drehte sich wütend um und schickte sich an, den Raum zu verlassen.

»Warte«, sagte Divvis. »Wir kommen.« Er eilte hinter Elidath her, holte auf und nahm ihn am Ellbogen. Mit leiser, eindringlicher Stimme, die sich deutlich von seinem üblichen spöttischen Getue unterschied, sagte er: »Ich habe nichts über die Nachfolge gesagt, ich sagte nur, es ist notwendig, daß Valentine endlich ins Labyrinth einzieht. Glaubst du, ich wollte dir die Krone streitig machen?«

»Ich bin kein Anwärter für die Krone«, sagte Elidath.

»Niemand ist je Anwärter auf die Krone«, sagte Divvis. »Aber jedes Kind weiß, daß du größte Chancen hast. Elidath, Elidath ...!«

»Laß ihn«, sagte Mirigant. »Ich dachte, wir wären zum Laufen hergekommen.«

»Ja. Laßt uns laufen, und kein Wort mehr darüber«, sagte Divvis.

»Dem Göttlichen sei Dank«, murmelte Elidath.

Er ging voran, die breite Treppenflucht hinab, deren Stufen durch jahrhundertelange Benutzung abgenutzt waren, an den Wachposten vorbei zum Vildivar-Zirkel, dem Boulevard aus rosa Granitblöcken, die die Innere Burg, die Arbeitsräume des Coronals, mit dem unbegreiflichen Labyrinth äußerer Gebäude verband, die den Gipfel des Berges bedeckten. Ihm war zumute, als hätte man ihm ein glühendes Stahlband um die Stirn gelegt. Erst eine Myriade närrischer Dokumente unterschreiben, dann Divvis verräterisches Geschwätz anhören müssen ...

Und doch wußte er, daß Divvis recht hatte. Die Welt

konnte nicht mehr viel länger so weitermachen. Wenn gewichtige Entscheidungen zu treffen waren, mußten Coronal und Pontifex sich absprechen und ihr gemeinsames Wissen alle Probleme bewältigen lassen. Aber es gab keinen Pontifex im eigentlichen Sinne. Und Valentine, der versuchte, alles alleine zu handhaben, hatte keinen Erfolg damit. Nicht einmal die größten Coronals, nicht Confalume, nicht Prestimion, nicht Dekkeret, hatten sich zugetraut, die Welt allein zu regieren. Und die Herausforderungen, denen sie sich gegenübersahen, waren nichts, verglichen mit denen, mit denen Valentine zu tun hatte. Wer hätte zur Zeit Confalumes geglaubt, daß sich die besiegten und gedemütigten Metamorphen jemals wieder erheben würden, um Vergeltung dafür zu üben, daß man ihnen ihre Welt genommen hatte? Und doch fand der Aufstand schon an geheimen Orten statt. Elidath würde die letzten Stunden des Krieges um den Thron nicht vergessen, als er sich Zutritt zum Raum erkämpfte, wo die Maschinen aufbewahrt wurden, welche das Klima auf dem Burgberg kontrollierten, und Männer in den Uniformen des Coronals niedermetzeln mußte, um die Maschinen zu retten, Männer, die sich im Augenblick des Todes in die schlitzäugigen, nasenlosen Metamorphen verwandelten. Das war acht Jahre her, und immer noch hoffte Valentine, dieses Volk der Unzufriedenen mit seiner Liebe besänftigen zu können und einen ehrbaren und friedlichen Weg zu finden, ihren Zorn zu beschwichtigen. Aber nach acht Jahren konnte er noch keinerlei konkrete Ergebnisse vorweisen; und wer wußte, was die Metamorphen inzwischen wieder alles infiltriert hatten?

Elidath sog die Lungen voll Luft und verfiel in einen schnellen und energischen Trab, mit dem er Mirigant und Divvis binnen weniger Sekunden weit hinter sich zurückließ.

»Holla!« rief Divvis. »Sind das deine Vorstellungen von einem gemütlichen Lauf?«

Er achtete nicht darauf. Der Schmerz in ihm konnte nur durch einen anderen Schmerz vertrieben werden; und daher rannte er verbissen und verlangte seinem Körper das Äußerste ab. Weiter, weiter, weiter, an dem ätherischen fünfgiebeligen Turm von Lord Arioc vorbei, vorbei an Lord Kinnikens Kapelle, vorbei am pontifikalen Gästehaus. Die Guadeloom-Kaskade hinab, um die schwarze, flache Masse von Lord Prankipins Schatzkammer herum, die Neunundneunzig Stufen hinauf, wobei sein Herz anfing zu pochen, dem Vestibül des Pinitor-Hofs entgegen – weiter, weiter, durch Gassen, die er seit dreißig Jahren tagtäglich durchquert hatte, seit er als Kind von Morvole am Fuß des Bergs hierhergekommen war, damit er in den Regierungskünsten unterrichtet wurde. Wie oft waren er und Valentine hier gelaufen, oder Stasilaine oder Tunigorn – die Vier waren einander wie Brüder nahegestanden, vier ausgelassene Knaben, die durch Lord Malibors Burg rannten, wie die damals hieß – ah, wie fröhlich war das Leben damals für sie gewesen! Sie hatten angenommen, daß sie unter Voriax Kanzler werden würden, wenn er Coronal wurde, was, wie jeder wußte, geschehen würde, aber erst in vielen Jahren; und dann war Lord Malibor viel zu früh gestorben, und ebenfalls Voriax, der ihm gefolgt war, und die Krone ging an Valentine, und daraufhin war es für keinen von ihnen jemals wieder so wie früher gewesen.

Und jetzt? *Es ist Zeit für Valentine, ins Labyrinth zu ziehen,* hatte Divvis gesagt. Ja. Ja. Etwas jung, um Pontifex zu sein, aber das war das Schicksal, unter Tyeveras Herrschaft den Thron zu besteigen. Der alte Kaiser verdiente den Frieden des Todes, und Valentine mußte ins Labyrinth, und die Sternenfächerkrone mußte weitergereicht werden an …

An mich? Lord Elidath? Soll dies Lord Elidaths Burg werden?

Der Gedanke erfüllte ihn mit Ehrfurcht und Verwunderung, aber auch mit Furcht. Er hatte in den vergangenen sechs Monaten am eigenen Leib verspüren können, was es hieß, Coronal zu sein.

»Elidath! Du wirst dich umbringen! Du läufst wie ein Verrückter!« Das war Mirigants Stimme von weit unten, wie etwas, das aus einer fernen Stadt emporgeweht wurde. Elidath war fast am Gipfel der neunundneunzig Stufen angekommen. In seiner Brust pochte der Schmerz, sein Blick begann zu verschwimmen, aber er zwang sich dazu weiterzulaufen, die letzten Stufen hinauf und in das schmale Vestibül aus dunkelgrünem Königsstein, das zu den Regierungsbüros des Pinitor-Hofs führte. Blind raste er um eine Ecke, spürte einen betäubenden Aufprall, hörte ein erstauntes Grunzen; dann fiel er und blieb flach liegen und rang mehr als verblüfft keuchend nach Atem.

Er richtete sich auf, öffnete die Augen und sah jemanden – einen jungen Mann, schlank, dunkler Typ, dessen feines schwarzes Haar nach neuester Mode hergerichtet war –, der sich zitternd aufrichtete und auf ihn zukam.

»Sir? Alles in Ordnung?«

»Zusammengeprallt, was? Ich hätte aufpassen sollen, wohin ich gehe ...«

»Ich habe Sie gesehen, aber es war keine Zeit. Sie kamen so schnell gelaufen ... Augenblick, ich helfe Ihnen ...«

»Mir geht es gleich besser, Junge. Ich muß nur zu Atem kommen ...«

Es mißfiel ihm, die Hilfe des jungen Mannes anzunehmen, daher richtete er sich allein auf, staubte seine Kleidung ab – die Hose war an einem Knie zerrissen – und richtete den Mantel. Sein Herz schlug immer noch beängstigend, und er kam sich unsagbar albern vor. Nun kamen auch Divvis und Mirigant die Stufen herauf. Er wandte sich an den jungen Mann und wollte sich eine Entschuldigung zurechtlegen, aber der seltsame Gesichtsausdruck des anderen ließ ihn zögern.

»Stimmt etwas nicht?« fragte Elidath.

»Sind Sie Elidath von Morvole, Sir?«

»Ja, der bin ich.«

Der Junge lachte. »Das merkte ich gleich, als ich Sie näher ansah. Dann sind Sie ja derjenige, nach dem ich gesucht habe! Man sagte mir, ich würde Sie im Pinitor-Hof finden. Ich habe eine Nachricht für Sie.«

Mirigant und Divvis waren inzwischen ebenfalls im Vestibül. Sie kamen zu Elidath, und an ihren Blicken konnte er ermessen, daß er einen schrecklichen Anblick bieten mußte, rot im Gesicht, schwitzend, halb tot nach seinem verrückten Lauf. Er versuchte, alles ins Lächerliche zu ziehen, indem er auf den jungen Mann deutete und sagte: »Ich bin über diesen Botenjungen gestolpert, und zufälligerweise hat er auch gleich eine Nachricht für mich! Von wem ist sie denn, Junge?«

»Lord Valentine, Sir.«

Elidath zuckte zusammen. »Soll das ein Witz sein? Der Coronal befindet sich westlich des Labyrinths auf der großen Prozession.«

»Das stimmt. Ich war bei ihm im Labyrinth, und als er mich zum Burgberg schickte, trug er mir auf, als erstes Sie aufzusuchen und Ihnen mitzuteilen ...«

»Nun?«

Er sah unbehaglich zu Divvis und Mirigant. »Ich glaube, die Nachricht ist nur für Sie bestimmt, Lord.«

»Das sind die Lords Mirigant und Divvis, von königlichem Geblüt. Du kannst vor ihnen sprechen.«

»Nun gut, Sir. Lord Valentine trug mir auf, Elidath von Morvole zu sagen – ich sollte noch erwähnen, daß ich der Ritter-Initiat Hissune, Sohn von Elsinome, bin –, trug mir auf, Ihnen zu sagen, daß er seine Pläne geändert hat, daß er die große Prozession auch auf den Kontinent Zimuol ausdehnt und zuvor seine Mutter auf der Insel des Schlafs besuchen möchte, bevor er zurückkehrt, und daher bittet er Sie, während der ganzen Zeit seiner Abwesenheit als Regent zu fungieren. Die, nach seinen Schätzungen ...«

»Der Göttliche stehe mir bei!« flüsterte Elidath heiser.

»... etwa ein bis eineinhalb Jahre länger als ursprünglich geplant sein dürfte«, sagte Hissune.

KAPITEL

11

Das zweite Anzeichen für Ärger, das Etowan Elacca bemerkte, war das Herabfallen der Blätter von den Niykbäumen am fünften Tag, nachdem der purpurne Regen gefallen war.

Der purpurne Regen selbst war aber nicht das erste Anzeichen bevorstehenden Ärgers gewesen. Am Osthang des Dulorn-Grabens war so etwas nicht ungewöhnlich. Dort gab es bemerkenswerte Vorkommen von feinem Skuvasand von blauroter Farbe. Manchmal kam es vor, daß der Wind aus dem Norden, der Chafer genannt wurde, etwas von diesem Sand erfaßte und in die Höhe wirbelte, wo er die Wolken tagelang färbte und den fallenden Regen lavendelfarben tönte. Nun waren aber Etowan Elaccas Ländereien etwa tausend Meilen westlich dieses Bezirks, am anderen Hang des Grabens, nur wenig landeinwärts von Falkynkip; und die mit Skuvasand beladenen Winde wehten nicht so weit nach Westen. Aber Winde, wußte Etowan Elacca, konnten die Richtung ändern, und vielleicht hatte der Chafer beschlossen, dieses Jahr die andere Seite des Grabens zu besuchen. Wie auch immer, purpurfarbener Regen war kein Grund zur Besorgnis: er hinterließ lediglich überall einen Überzug aus feinem Sand, aber der wurde vom nächsten normalen Regen weggespült. Nein, das erste Anzeichen für heraufziehenden Ärger war nicht der purpurne Regen gewesen, sondern das Absterben seiner Sensitivos im Garten; und das war drei Tage *vor* dem purpurnen Regen geschehen.

Was verblüffend war, aber nicht weiter außergewöhnlich. Es gehörte nicht viel dazu, Sensitivos absterben zu lassen. Es waren kleine, psychosensitive Pflanzen mit goldenen Blättern und unscheinbaren grünen Blüten, die in den Wäldern westlich von Mazadone beheimatet waren, und jede Form psychischer Störungen innerhalb der Reichweite ihrer Rezeptoren – zorniges Rufen, das Knurren kämpfender

Tiere, sogar, behauptete man, die bloße Anwesenheit eines Menschen, der ein schweres Verbrechen begangen hatte – führten dazu, daß sie die Blätter wie betenden Hände zusammenlegten und schwarz wurden. Es war keine Reaktion, die irgendeinen biologischen Nutzen zu haben schien, hatte Etowan Elacca häufig gedacht; aber zweifellos war es ein Geheimnis, das sich einem nach eingehenden Studien offenbaren würde, und eines Tages wollte er diese Studien betreiben. Derweil züchtete er die Sensitivos in seinem Garten, weil ihm ihre goldenen Blätter so gut gefielen. Und da Etowan Elaccas Heim ein Ort der Ruhe und Zufriedenheit war, waren ihm noch niemals Sensitivos abgestorben – bisher. Das war das Rätsel. Wer hatte an der Grenze seines Gartens unfreundliche Worte wechseln können? Welche kämpfenden Tiere hatte die Harmonie in dieser Gegend zahmer Haustiere stören können?

Harmonie war das, was Etowan Elaccas Heim vor allem auszeichnete. Er war ein Gentleman, sechzig Jahre alt, groß, mit geradem Rücken und einem Kopf dichten weißen Haares. Sein Vater war der dritte Sohn des Herzogs von Massissa gewesen, und zwei seiner Brüder hatten in direkter Folge als Bürgermeister von Falkynkip gedient; aber das Regieren hatte ihn selbst noch nie interessiert: kaum hatte er sein Erbe bekommen, hatte er einen ansehnlichen Landbesitz inmitten der rollenden Hügel am westlichen Rand des Dulorn-Grabens gekauft, und hier hatte er ein Miniatur-Majipoor erschaffen, eine kleine Welt, die von einem harmonischen, geruhsamen Geist und außerordentlicher Schönheit gekennzeichnet war.

Er säte das übliche Getreide des Bezirks: Niyk und Glein, Hingamorts und Stajja. Stajja war sein Hauptprodukt, denn die Nachfrage nach dem süßen Brot, das aus dieser Frucht gebacken wurde, ließ nie nach, und die Farmer des Dulorngrabens waren angehalten, stets genug zu säen, um den Bedarf von Dulorn und Falkynkip und Pidruid zu decken, die von annähernd dreißig Millionen Menschen bevölkert wurden, dazu Millionen in den umliegenden kleineren Städten. Etwas oberhalb der Stajja-Felder befand sich die Glein-Plantage, lange Reihen dichter, kuppelförmiger Büsche, zehn Fuß hoch, zwischen deren messerförmigen Blättern Trauben der plumpen, köstlichen blauen Früchte wuchsen. Stajja und Glein wurden allerorten nebeneinander gepflanzt, denn man hatte bereits vor langer Zeit herausgefunden, daß die Wurzeln der Gleinpflanze eine nährstoffreiche Lösung in den Boden abgaben, die sich, wenn das Regenwasser sie abwärts spülte, positiv auf das Wachstum der Stajja auswirkte.

Nach dem Glein kam der Hingamorthain, wo die sukkulenten, pilzähnlichen gelben Finger, angeschwollen mit süßem Sirup, seltsam aus dem Boden emporstießen: sie waren lichtsuchende Auswüchse, die den tief unten liegenden Pflanzen Energie zuführten. Und entlang der ganzen Grenze des Anwesens stand Etowans Elaccas brühmter Niykbaumhain, in dem die Bäume, wie es üblich war, in Fünfergruppen zu einem exakten geometrischen Muster angebaut worden waren. Er liebte es, zwischen ihnen spazierenzugehen und mit den Händen über die glatten Stämme zu streichen, die kaum dicker als ein Männerarm und so glatt wie Seide waren. Ein Niykbaum lebte nur zehn Jahre. In den ersten drei Jahren wuchs er mit erstaunlicher Geschwindigkeit bis zu einer Höhe von vierzig Fuß, im vierten Jahr trug er erstmals die unvergleichlichen goldenen, im Zentrum blutroten Blüten, und von da an gab er ununterbrochen durchsichtige, sichelförmige und wohlschmeckende Früchte, bis der Augenblick seines Todes kam, was stets unvermittelt geschah und innerhalb weniger Stunden aus dem blühenden Baum ein vertrocknetes, lebloses Gerippe machte, das ein Kind abtrennen konnte. Die Frucht war im Rohzustand giftig, aber in den scharfen Stews und Eintöpfen der Ghayrog-Küpche unentbehrlich. Niyk wuchs nur im Graben gut, und Etowan Elacca hatte einen beständigen Markt für seine Erzeugnisse.

Der Ackerbau gab Etowan Elacca das Gefühl, nützlich zu sein; aber er konnte seine Liebe zur Schönheit nicht ganz befriedigen. Daher hatte er auf seinem privaten Grund und Boden einen botanischen Garten angebaut, wo er die faszinierendsten Pflanzen aus allen Teilen der Welt zur Schau stellte, die im feuchten, warmen Klima des Grabens gediehen.

Hier waren Alabandinas vom Zimroel und Alhanroel, in allen natürlichen Farben und auch fast alle Hybriden. Hier gab es Tanigales und Thwales, Nachtblumenbäume aus den Metamorphenwäldern, die in der Wintertagnacht ihre unvergleichliche Blütenpracht enthüllten. Hier gab es Pinninas und Androdragmas, Kugelbusch und Gummimoos, Halatingas von Ablegern direkt vom Burgberg sowie Caramangs, Muornas, Silhornischreben, Sefitongals, Eldirons. Er experimentierte sogar mit so diffizilen Pflanzen wie Feuerschauerpalmen aus Pidruid, die manchmal sechs oder sieben Jahreszeiten überdauerten, aber so weit vom Meer entfernt nie richtig gediehen, und Nadelbäumen aus dem Hochland, die rasch abstarben, da sie die Kälte gewohnt waren, und den seltsam geisterhaften Mondkaktus aus der Velalisier-Wüste, den er vergeblich vor dem allzu häufigen Regen abzuschirmen versuchte. Aber Etowan Elacca mißachtete auch die Pflanzen seiner Heimatregion auf Zimroel nicht, wenngleich sie weniger exotisch waren: er pflanzte die seltsam aufgeblähten Blasenbäume an, die sich ballonförmig auf den dünnen Stämmen wölbten, ebenso wie die böse und gefährliche Maulpflanze aus den Wäldern Mazadones, singende Farne, Kohlbäume, ein paar riesengroße Dwikkas, ein halbes Dutzend prähistorisch aussehender Farne. Zur Verschönerung pflanzte er, wo es ihm angebracht erschien, kleine Gruppen von Sensitivos, denn ihre schüchterne und zerbrechliche Natur schien ihm ein hinreichender Kontrast für die prachtvollen und eindrucksvolleren Pflanzen, die den Kern seiner Sammlung bildeten.

Der Tag, an dem er das Absterben der Sensitivos bemerkte, hatte in mehr als gewöhnlicher Weise begonnen. Letzte Nacht war leichter Regen gefallen; aber die Schauer waren weitergezogen, stellte Etowan Elacca fest, als er seinen üblichen Rundgang durch den Garten machte. Die Dämmerung hatte gerade begonnen, und die Luft war wolkenlos und ungewöhnlich klar, so daß die aufgehende Sonne die glitzernden Granitfelsen im Westen mit grünem Feuer überzog. Die Alabandinablüten glänzten, die Maulpflanzen erwachten und bewegten hungrig die scharfen Zähne und Mahlwerkzeuge im Herzen ihrer gewaltigen Rosetten; winzige scharlachrote Langschnäbel flatterten wie leuchtende Lichtfunken zwischen den Blättern der Androdragmas. Dennoch hatte er unangenehme Vorahnungen – er hatte in dieser Nacht schlecht geträumt, von Skorpionen und Dhiims und anderem Ungeziefer, das die Felder heimsuchte –, und so nahm er fast ohne Überraschung zur Kenntnis, daß die unglücklichen Sensitivos nach einer unbekannten Folter während der Dunkelheit schwarz und leblos am Boden lagen.

Eine Stunde vor dem Frühstück arbeitete er allein und riß die abgestorbenen Pflanzen verbissen aus dem Erdreich. Unter den völlig verdorrten Blättern lebten sie zwar noch, aber es gab keine Rettung mehr für sie, denn die leblosen Blätter würden sich niemals wieder richtig regenerieren, und wenn er sie abschnitt, würde der Schock auch die gesunden Teile der Pflanzen töten. Daher riß er sie zu Dutzenden aus, wobei er erschaudernd feststellte, daß die Pflanzen unter seiner Berührung erbebten und sich wanden, und verbrannte sie. Danach rief er seinen Gärtner und den Vorarbeiter in den Sensitivohain und fragte, ob sich jemand denken konnte, was die Pflanzen so geschockt haben konnte. Aber niemand hatte eine Vorstellung.

Der Zwischenfall versetzte ihn für den Rest des Morgens in düstere Stimmung, aber es lag nicht in Etowan Elaccas Natur, sich lange niedergeschlagen zu geben, und am Nachmittag hatte er bereits hundert Päckchen Sensitivosamen aus dem hiesigen Saatgutladen gekauft. Die Pflanzen selbst konnte er natürlich nicht kaufen, da sie eine Verpflanzung niemals überstehen würden. Den nächsten Tag verbrachte er damit, die Samen persönlich zu setzen. In sechs oder acht

Wochen würde nichts mehr darauf hindeuten, was geschehen war. Er betrachtete den Zwischenfall als unbedeutendes Ereignis, dessen Geheimnis er vielleicht eines Tages lösen konnte oder auch nicht, was wahrscheinlicher war; und damit verdrängte er die Angelegenheit aus seinen Gedanken.

Ein oder zwei Tage später geschah das nächste merkwürdige Ereignis: der purpurne Regen fiel. Eine seltsame Sache, aber harmlos. Alle sagten dasselbe: »Der Wind muß sich gedreht haben, daß er den Skuvva dieses Jahr so weit nach Westen weht!« Die Spuren waren kaum einen Tag zu sehen, dann wurden sie von einem weiteren, gewöhnlicheren Regenschauer fortgespült. Auch diesen Zwischenfall vergaß Etowan Elacca rasch wieder.

Aber die Niykbäume ...

Einige Tage nach dem purpurnen Regen überwachte er die Ernte der Gleinfrüchte, als der erste Vorarbeiter, ein ledrig aussehender, verdrießlicher Ghayrog namens Simoost, in einem für ihn überaus aufgeregten Zustand zu ihm kam, mit wirbelndem Schlangenhaar und nervös hervorschnellender gespaltener Zunge, die aussah, als wollte sie aus seinem Mund springen, und rief: »Die Niyk! Die Niyk!«

Die grauweißen Blätter der Niykbäume sind bleistiftförmig und stehen aufrecht in Büscheln am Ende etwa zwei Zoll messender dunkler Äste, als wären sie durch einen unvermittelten Elektroschock aufgerichtet worden. Da der ganze Stamm sehr schlank ist, und die Zweige so spärlich und so eckig, verleihen ihm diese aufrecht stehenden Blätter ein seltsam dorniges Aussehen, so daß ein Niykbaum auch aus großer Entfernung eindeutig zu erkennen ist. Nun sah Etowan Elacca, während er mit Simoost auf den Hain zueilte, selbst aus einer Entfernung von einigen hundert Metern, daß etwas geschehen war, das er nicht für möglich gehalten hatte: jedes einzelne Blatt an jedem Niykbaum hing nach unten, als handelte es sich nicht um Niyk, sondern um Trauertanigales oder Halatingas!

»Gestern sahen sie noch prächtig aus«, sagte Simoost.

»Heute *morgen* war noch alles in Ordnung. Und jetzt ... jetzt ...«

Etowan Elacca erreichte die erste Gruppe von fünf Niyks und legte die Hand an den ersten Stamm. Er fühlte sich seltsam leicht an. Er stieß dagegen, und der Baum gab nach, trockene Wurzeln brachen mühelos aus dem Boden heraus. Er stieß gegen einen zweiten, einen dritten.

»Tot«, sagte der.

»Die Blätter ...«, sagte Simoost. »Selbst ein abgestorbener Niyk hat die Blätter aufrecht. Und die hier ... so etwas habe ich noch nie gesehen ...«

»Kein natürlicher Grund«, murmelte Etowan Elacca. »Etwas Neues, Simoost.«

Er eilte von Gruppe zu Gruppe und stieß Bäume um; bei der dritten Gruppe eilte er nicht mehr, bei der fünften ging er langsam und mit gesenktem Kopf.

»Tot ... alle tot ... meine wunderschönen Niyks ...«

Der ganze Hain war abgestorben. Sie waren vertrocknet, wie es bei Niyks üblich war, innerhalb weniger Stunden war alle Feuchtigkeit aus den schwammigen Stämmen entwichen; aber eine ganze Niykplantage, deren Bäume zu unterschiedlichen Terminen gesetzt worden waren, konnte nicht auf einmal absterben, und das seltsame Verhalten der Blätter war unerklärlich.

»Das werden wir dem Landwirtschaftsberater mitteilen müssen«, sagte Etowan Elacca. »Und wir müssen Boten aussschicken, Simoost, zu Hagidawns Farm, zu Nismayne, und dem wie-heißt-er-doch-gleich oben am See – wir müssen herausfinden, ob sie auch Probleme mit ihren Niyks hatten. Ich frage mich, ob es eine Pest sein kann. Aber Niyks haben keine Krankheiten – eine neue Pest, Simoost? Die wie eine Sendung des Königs der Träume über uns kommt?«

»Der purpurne Regen, Sir ...«

»Ein wenig purpurner Sand? Wie sollte der solchen Schaden anrichten? Auf der anderen Seite des Grabens fällt ein dutzendmal im Jahr purpurner Regen, und *ihren* Pflanzen macht das nichts aus. Oh, Simoost, meine Niyks, meine Niyks ...!«

»Es war der Regen der östlichen Region. Es war etwas Neues, Sir: ein giftiger Regen, und der hat die Niyks getötet!«

»Und die Sensitivos auch, und zwar drei Tage bevor er tatsächlich gefallen ist?«

»Sie sind sehr empfindlich, Sir. Vielleicht spürten sie das Gift in der Luft, während der Regen auf uns zukam.«

Etowan Elacca zuckte die Achseln. Vielleicht. Vielleicht. Und vielleicht waren die Gestaltveränderer auf Besenstielen oder magischen Flugmaschinen von Piurifaine hergeflogen und hatten in der Nacht einen bösen Zauber über das Land gesprochen. Vielleicht. In der Welt des Vielleicht war alles möglich.

»Was nützen Spekulationen?« fragte er bitter. »Wir wissen gar nichts. Abgesehen davon, daß die Sensitivos gestorben sind und die Niykbäume auch. Was wird als nächstes kommen, Simoost? *Was wird als nächstes kommen?*«

KAPITEL 12

Carabella, die den ganzen Tag über zum Fenster des Schwebers hinausgestarrt hatte, als hoffte sie, sie könnte die Reise durch diese Einöde allein durch die Kraft ihres Blickes beschleunigen, rief voll plötzlicher Freude aus: »Schau, Valentine! Ich glaube, wir haben die Wüste tatsächlich bereits hinter uns!«

»Sicher nicht«, sagte er. »Sicher erst in drei oder vier oder mehr Tagen. Oder fünf, oder sechs, oder sieben ...«

»*Sieh* doch!«

Er legte die Papiere beiseite, die er durchgeblättert hatte, richtete sich auf und sah an ihr vorbei. Ja! Beim Göttlichen, dort draußen war es grün! Nicht das graugetönte Grün der wenigen störrischen Wüstenpflanzen, sondern das strahlend leuchtende Grün der Vegetation von Majipoor, das vor Fruchtbarkeit und Leben zu pulsieren schien. Endlich hatte er den bösen Bann des Labyrinths hinter sich gelassen, und die königliche Karawane verließ die öde Ebene, in der sich die unterirdische Hauptstadt befand. Das Territorium des Herzogs Nascimonte mußte in der Nähe sein – der Elfenbeinsee, Mount Ebersinul, die Thruyol- und Milailefelder, das großen Anwesen, von dem Valentine schon so vieles gehört hatte ...

Sanft legte er Carabella die Hand auf die Schultern und strich ihr mit den Fingern zärtlich über den Rücken, teils Massage, teil Liebkosung. Wie schön es war, sie wieder bei sich zu haben! Sie hatte sich vor einer Woche bei den Ruinen von Velalisier zu ihm gesellt, wo sie die Arbeit der Archäologen verfolgten, die sich bemühten, die gewaltigen Ruinenstadt freizulegen, welche die Metamorphen vor fünfzehnbis zwanzigtausend Jahren verlassen hatten. Ihre Ankunft hatte viel dazu beigetragen, daß seine niedergeschlagene, düstere Stimmung verflog.

»Ah, Lady, es war so einsam im Labyrinth, ohne dich«, sagte er leise.

»Ich wünschte, ich hätte dort sein können. Ich weiß, wie sehr du es haßt. Und als sie mir sagten, du wärst krank – oh, ich empfand solche Schuldgefühle und Scham, daß ich nicht da war, als du ... als du ...« Carabella schüttelte den Kopf. »Ich wäre bei dir gewesen, wenn es möglich gewesen wäre. Das weißt du, Valentine. Aber ich hatte den Leuten in Stee versprochen, daß ich zur Einweihung ihres neuen Museums anwesend sein würde, und ...«

»Ja. Gewiß. Auch die Gefährtin des Coronals kann sich ihrer Verantwortung nicht entziehen.«

»Mir kommt das immer noch so seltsam und fremd vor. ›Die Gefährtin des Coronals ...! Das kleine Jongleurmädchen aus Til-omon, das auf dem Burgberg spazierengeht und Museen einweiht ...«

»Immer noch ›das kleine Jongleurmädchen aus Til-omon‹, nach so vielen Jahren, Carabella?«

Sie zuckte die Schultern und strich mit der Hand durch ihr feines, kurzgeschnittenes dunkles Haar. »Mein Leben besteht nur aus einer Kette seltsamer Zufälle, wie könnte ich das jemals vergessen? Wenn ich nicht mit Zalzan Kavols Jongleurtruppe in dem Wirtshaus gewesen wäre, als du kamst – und wenn man dich nicht deiner Erinnerung beraubt und dich in Pidruid ausgesetzt hätte ...«

»Oder wenn du zu Lord Havilboves Zeit geboren worden wärst, oder auf einer anderen Welt.«

»Mach dich nicht über mich lustig, Valentine.«

»Tut mir leid, Liebes.« Er nahm ihre kleine, kühle Hand in seine. »Aber wie lange möchtest du noch zurückblicken auf das, was einst war? Wann wirst du endlich das Leben akzeptieren, das du jetzt führst?«

»Ich glaube, das kann ich niemals ganz akzeptieren«, sagte sie kläglich.

»Lady meines Lebens, wie kannst du sagen ...«

»Du weißt warum, Valentine.«

Er schloß die Augen. »Ich wiederhole nochmals, Carabella, jeder Ritter auf dem Berg liebt dich, jeder Prinz und jeder Lord – du hast ihre Hingabe, ihre Bewunderung, ihren Respekt, ihren ...«

»Bei Elidath mag das zutreffen, ja. Und bei Tunigorn und Stasilaine und anderen ihren Schlags. Diejenigen, die dich wirklich lieben, lieben mich ebenfalls. Aber für viele andere bleibe ich ein Eindringling, eine Gewöhnliche, ein Emporkömmling, eine Konkubine ...«

»Welche anderen?«

»Du kennst sie, Valentine.«

»Welche anderen?«

»Divvis«, sagte sie nach einem Augenblick des Zögerns. »Und die kleinen Lords und Ritter in Divvis' Kielwasser. Und andere. Der Herzog von Halanx äußerte sich einer meiner eigenen Ladys gegenüber spöttisch über mich – Halanx, Valentine, deine Heimatstadt! Prinz Manganot von Banglecode. Und es gibt noch mehr.« Sie wandte sich ihm zu, und er sah Zorn in ihren dunklen Augen. »Bilde ich mir das ein?

Höre ich Flüstern, wo es sich nur um das Rascheln von Blättern handelt? O Valentine, manchmal glaube ich, daß sie recht haben, ein Coronal hätte niemals eine Gewöhnliche heiraten sollen. ich bin keine von ihnen. Ich werde es nie sein. Mein Lord, ich muß eine ständige Quelle des Kummers sein ...«

»Du bescherst mir Freude, und nichts anderes. Frag Sleet, wie meine Stimmung letzte Woche im Labyrinth war, und wie ich bin, seit du mich auf dieser Reise begleitest. Frag Shanamir ... Tunigorn ... jeden ...«

»Ich weiß, Liebes. Du hast so niedergeschlagen und verbittert ausgesehen, als ich ankam. Ich habe dich kaum erkannt, mit der finsteren Miene und dem düsteren Blick.«

»Ein paar Tage mit dir haben mich geheilt.«

»Und dennoch glaube ich, daß noch nicht wieder ganz derselbe bist. Stehst du immer noch zu sehr unter dem Eindruck des Labyrinths? Oder deprimiert dich die Wüste? Oder die Ruinen?«

»Nein. Ich glaube nicht.«

»Was ist es dann?«

Er studierte die Landschaft vor dem Fenster, das immer saftiger werdende Grün, die wachsende Zahl von Bäumen und Grasflächen, während gleichzeitig das Gelände bergiger wurde. Dieser Anblick allein hätte ausreichen müssen, ihn fröhlicher zu stimmen. Aber ein Gewicht belastete seine Seele, das er nicht abwerfen konnte.

Nach einem Augenblick sagte er: »Der Traum, Carabella – diese Vision, das Omen – das geht mir nicht aus dem Sinn. Oh, welch einen Ehrenplatz in der Geschichte ich bekommen werde! Der Coronal, der seinen Thron verlor und Jongleur wurde, den Thron wiedergewann und hinterher närrisch regierte und die Welt in Chaos und Wahnsinn versinken ließ – ah, Carabella, Carabella, ist es das, was ich tue? Soll ich nach vierzehntausend Jahren der letzte Coronal sein? Wird es noch jemanden geben, der meine Geschichte aufschreibt, was meist du?«

»Du hast niemals närrisch reagiert, Valentine.«

»Bin ich nicht zu weich, zu ausgeglichen, zu sehr darauf bedacht, stets beide Seiten eines Problems zu sehen?«

»Das sind keine Fehler.«

»Da ist Sleet anderer Meinung. Sleet glaubt, daß meine Abscheu vor dem Krieg und jeder Form von Gewaltanwendung mich auf den falschen Weg führt. Das hat er mir schon mehrmals erzählt.«

»Aber es wird keinen Krieg geben, mein Lord.«

»Dieser Traum ...«

»Ich glaube, du nimmst den Traum zu wörtlich.«

»Nein«, sagte er. »Solche Worte bringen mir nur müßige Beruhigung. Tisana und Deliamber stimmen mit mir darin überein, daß wir an der Schwelle eines großen Ereignisses stehen, vielleicht eines Krieges. Und Sleet: Er ist davon überzeugt. Er ist sich sicher, daß die Metamorphen sich gegen uns erheben, einen heiligen Krieg führen, den sie seiner Meinung nach bereits seit siebentausend Jahren planen.«

»Sleet ist zu blutdürstig, und er hat seit seiner Jugend eine irrationale Angst vor den Gestaltveränderern. Das weißt du.«

»Als wir die Burg vor acht Jahren zurückeroberten und sie voller Gestaltveränderer vorfanden, war das auch Einbildung?«

»Was sie damals versuchten, ist mittlerweile gescheitert, oder nicht?«

»Und sie werden es nicht noch einmal versuchen?«

»Wenn deine Politik erfolgreich ist, Valentine ...«

»Meine Politik! Welche Politik? Ich versuche, den Metamorphen entgegenzukommen, und sie weichen mir aus! Du weißt, ich hatte gehofft, ein halbes Dutzend Anführer der Metamorphen bei mir zu haben, als wir letzte Woche Velalisier besuchten. Damit sie sehen könnten, wie wir ihre heilige Stat restaurieren, damit sie die Schätze sehen können, die wir gefunden haben, und damit sie die heiligsten Gegenstände vielleicht mit nach Piurifayne mitnehmen können. Aber ich bekam keine Antwort von ihnen, nicht einmal eine Ablehnung, Carabella.«

»Du hast gewußt, daß die Ausgrabungen in Velalisier zu Komplikationen führen können. Vielleicht gefällt es ihnen nicht, daß wir überhaupt erst dort eingedrungen sind, ganz zu schweigen davon, daß wir wieder alles zusammensetzen. Gibt es nicht eine Legende, wonach sie die Stadt eines Tages selbst wieder aufbauen wollen,«

»Ja«, sagte Valentine ernst. »Nachdem sie wieder die Herrschaft über Majipoor erlangt und uns vertrieben haben. Das hat mir Ermanar einst erzählt. Schön, vielleicht war es ein Fehler, sie nach Velalisier einzuladen. Aber sie haben auch meine sämtlichen anderen Versuche mißachtet. Ich schreibe ihrer Königin, der Danipiur in Ilirivoyne, und wenn sie überhaupt antwortete, dann in einem Brief mit höchstens drei Zeilen – kalt, formell, nichtssagend ...« Er atmete tief durch. »Genug von all dem Elend, Carabella! Es wird keinen Krieg geben! Ich werde einen Weg finden, den Haß zu durchbrechen, den die Gestaltveränderer für uns empfinden, und sie für mich gewinnen. Und was die Lords auf dem Berg anbelangt, die dir gegenüber ungebührlich waren – ich bitte dich, gar nicht auf sie zu achten. Sei so herablasend zu ihnen, wie sie zu dir. Was bedeutet dir schon ein Divvis oder ein Herzog von Halanx? Sie sind Narren, allesamt.« Valentine lächelte. »Ich werde ihnen bald Schlimmeres präsentieren, Liebes, als den Status meiner Lebensgefährtin!«

»Was meinst du damit?«

»Wenn es ihnen schon nicht paßt, daß ihr Coronal mit einer Gewöhnlichen zusammenlebt, was meinst du, werden sie erst sagen, wenn sie einen Gewöhnlichen als Coronal bekommen?«

Carabella sah ihn verständnislos an. »Ich verstehe das nicht, Valentine.«

»Du wirst. Mit der Zeit. Ich möchte der Welt große Veränderungen bescheren – oh, Liebes, wenn sie einst die Geschichte meiner Herrschaft schreiben, wenn Majipoor lange genug fortbesteht, daß sie geschrieben werden wird, dann wird ein Band dafür nicht ausreichen, das verspreche ich dir! Ich möchte so viele Dinge tun – weltbewegende

Dinge ...« Er lachte. »Was meinst du, Carabella. Hör dir meine Prahlerei an! Der gute, sanftmütige Lord Valentine stellt die Welt auf den Kopf. Kann er das? Wird ihm das wirklich gelingen?«

»Mein Lord. Du verwirrst mich. Du sprichst in Rätseln.«

»Vielleicht.«

»Du gibst mir keinen Hinweis auf die Antwort.«

Nach einem Augenblick sagte er: »Die Lösung des Rätsels, Carabella, ist Hissune.«

»Hissune? Der kleine Bengel aus dem Labyrinth?«

»Kein Bengel mehr. Eine Waffe, die ich auf die Burg abgefeuert habe.«

Sie seufzte. »Rätsel über Rätsel.«

»Es ist ein königliches Privileg, in Rätseln zu sprechen.« Valentine zwinkerte, zog sie an sich und preßte die Lippen sanft auf ihre. »Gestatte mir diese kleine Freude. Und ...«

Plötzlich stoppte der Schweber.

»Holla, sieh doch! Wir sind angekommen!« rief er. »Dort ist Nascimonte! Und ... bei der Lady, ich glaube, er hat seine halbe Provinz hier versammelt, um uns zu begrüßen!«

Die Karawane war auf einer Wiese mit kurzgeschnittenem Gras zum Stillstand gekommen, das so intensiv grün war, daß man fast meinen konnte, es mit einer anderen Farbe zu tun zu haben, einem unirdischen Glanz vom Ende des Spektrums. Unter der grellen Mittagssonne fand bereits eine große Festivität statt, deren gesamte Ausdehnung Meilen betragen konnte; Zehntausende Menschen feierten, so weit das Auge reichte. Zum Donnern der Kanonen und den schrillen, hektischen Melodien der Sistirons und doppelsaitigen Galistanes, wurden nacheinander in rascher Folge Tagesfeuerwerke abgeschossen, die erstaunliche Muster aus Schwarz und Violett an den klaren Himmel zauberten. Zwanzig Fuß große Stelzengänger mit riesengroßen Clownsmasken, aufgeblähten Stirnen und geschwollenen roten Nasen staksten fröhlich durch die Menge. Große Pfosten waren aufgestellt worden, von denen Sternenfächerbanner in der sanften Sommerbrise wehten; ein halbes Dutzend Orchester spielten gleichzeitig auf einem halben Dutzend verschiedener Bühnen, Hymnen und Märsche und Choräle wurden gespielt; eine beachtliche Anzahl von Jongleuren war aufgeboten worden, wahrscheinlich alle im Umkreis von sechshundert Meilen, die auch nur das geringste Talent hatten, so daß dauernd Keulen und Messer und brennende Fackeln und grellbunte Bälle und hundert andere Gegenstände in der Luft herumwirbelten, um Lord Valentines liebstem Hobby Achtung zu zollen. Nach der Düsternis des Labyrinths war dies der freudigste und farbenfroheste Anlaß der Prozession: außer Rand und Band, atemlos, auch ein wenig lächerlich, aber dennoch großartig.

Inmitten all dieses Trubels stand ein großer, ruhiger Mann in der Nähe des Haltepunkts der Karawane, dessen Augen mit einem seltsamen Feuer brannten, und dessen kantiges, hartes Gesicht das gütigste Lächeln demonstrierte, dessen es fähig war. Das war Nascimonte, Landbesitzer, der zum Banditen und dann wieder zum Landbesitzer geworden war, einst selbsternannter Herzog von Vornek Crag und Beherrscher der westlichen Marschen, mittlerweile durch Proklamation von Lord Valentine angemessener zum Herzog von Ebersinul ernannt.

»Seht euch das an!« rief Carabella aus und bemühte sich, die Worte zwischen Gelächter hervorzustoßen. »Er hat für uns sein Banditenkostüm angezogen!«

Valentine nickte grinsend.

Als er Nascimonte zum ersten Mal in den verlassenen und namenlosen Ruinen einer Metamorphenstadt südwestlich des Labyrinths begegnet war, trug der Herzog eine bizarre Jacke und Beinkleider aus dem dichten roten Pelz eines rattenähnlichen Wüstengeschöpfs sowie eine auffallende gelbe Fellmütze. Damals war er durch die Bösartigkeit und Niedertracht der Gefolgschaft des falschen Lord Valentine um Titel und Vermögen gebracht worden, als sie durch diese Region kamen, während der Usurpator die große Prozession machte, und so hatte Nascimonte es sich angewöhnt, Wanderer in der Wüste auszurauben. Nun gehörte sein Land wieder ihm, und er konnte sich, wenn er wollte, in Samt und Seide kleiden und sich mit Amuletten und Federmasken und Augenjuwelen behängen, aber er stand in derselben absurden Kleidung vor ihnen, die er während seines Exils getragen hatte. Nascimonte war stets ein Mann mit Stil gewesen, und Valentine glaubte, daß das Tragen solcher Kleidung an einem solchen Tag, aus nostalgischen Gründen, durchaus Zeugnis von diesem Stil ablegte.

Es war Jahre her, seit Valentine und Nascimonte einander zuletzt begegnet waren. Anders als die meisten, die in den letzten Tagen des Krieges um die Krone an Valentines Seite gekämpft hatten, hatte Nascimonte nicht danach gestrebt, auf den Burgberg zu kommen, sondern hatte nur ins Land seiner Vorfahren am Fuß des Mount Ebersinul zurückkehren wollen, etwas oberhalb des Elfenbeinsees. Was nicht einfach zu bewerkstelligen gewesen war, denn der Titel und das Land waren seit Nascimontes unrechtmäßiger Enteignung rechtmäßig einem anderen zugesprochen worden; aber in den ersten Jahren nach der zweiten Krönung hatte die Regierung von Lord Valentine viel Zeit auf das Lösen solcher Rätsel verwendet, und schließlich hatte Nascimonte alles zurückerlangt, was ihm zustand.

Valentine wollte am liebsten aus dem Schweber eilen und seinen alten Waffenbruder umarmen. Aber das Protokoll verbot so etwas natürlich. Er konnte sich nicht einfach in diese wilde Menge stürzen, als wäre er ein gewöhnlicher freier Bürger.

Statt dessen mußte er warten, während die schwerfällige Zeremonie des Aufmarsches der Garde des Coronals ablief: der große, bullig Skandar Zalzan Gibor, Befehlshaber seiner Wachen, brüllte Befehle und winkte geschäftig mit den vier Armen, während die Männer und Frauen in grüngoldenen Uniformen den Schweber verließen und eine lebende Absperrung bildeten, um die staunende Menge zurückzuhalten. Die königlichen Musiker spielten die königliche Hymne, bis schließlich nach vielem Hin und Her Sleet und Tunigorn selbst zum königlichen Schweber kamen und die königlichen Türen öffneten, damit der Coronal und seine Gefährtin ins goldene Tageslicht hinaustreten konnten.

Und schließlich schritt er mit Carabella an der Seite zwischen der Doppelreihe Wachen hindurch halbwegs bis zu Nascimonte, und dort wartete er, während der Herzog näherkam, sich verbeugte, die Sternenfächergeste machte, sich feierlich vor Carabella verbeugte ...

Und Valentine lachte und trat nach vorne und nahm den alten Banditen in die Arme, hielt ihn eng umschlungen und ging dann gemeinsam mit ihm durch die auseinanderstrebende Menge auf den Empfangsstand zu, der das ganze Festgelände überragte.

Nun begann eine große Parade, wie sie bei Besuchen des Coronals üblich waren, mit Jongleuren und Akrobaten und Tänzern und Clowns und wilden Tieren mit furchterregendem Aussehen, die ganz und gar nicht wild waren, sondern sorgfältig domestiziert; und zusammen mit all diesen Darbietungen kamen die gewöhnlichen Bürger, die wahllos herbeispazierten und riefen, wenn sie am Stand vorbeikamen: »Valentine! Lord Valentine! Lord Valentine!«

Und der Coronal lächelte und winkte und applaudierte und tat auch ansonsten alles, was ein Coronal während der Prozession zu tun hatte, und das bedeutete, er mußte Zuversicht und Fröhlichkeit und ein Gefühl für die Einheit der Welt ausstrahlen. Das erwies sich plötzlich als unerwartet schwierig für ihn, wenngleich seine Natur ansonsten sonnig war: die dunkle Wolke, die ihn im Labyrinth eingehüllt hatte, warf immer noch ihre Schatten. Aber seine Ausbildung kam ihm zustatten, und so lächelte er, und winkte, und applaudierte stundenlang.

Der Nachmittag verstrich, und die Stimmung des Festes ebbte ab, denn nicht einmal in Gegenwart des Coronals können Menschen stundenlang mit gleichbleibender Fröhlichkeit jubeln und applaudieren. Nach dem ersten Verpuffen der Hochstimmung kam der Teil, den Valentine am wenigsten mochte, wenn er in den Augen der Menschen ringsum diese verstohlene Neugier sah, die ihn daran erinnerte, daß ein Coronal etwas Merkwürdiges ist, ein heiliges Monster, unverständlich und furchterregend selbst für jene, die ihn nur als Titel kannten, als Krone, als Hermelinmantel, als Person der Geschichte. Auch diesen Teil mußte er überstehen, bis schließlich die ganze Parade passiert war und die überschwengliche Fröhlichkeit nüchternerer Stimmung gewichen war, bis die Bronzeschatten länger und die Luft kühler wurde.

»Sollen wir nun zu mir nach Hause gehen, Lordschaft?« fragte Nascimonte.

»Ich denke, es ist Zeit«, sagte Valentine.

Nascimontes Gutshaus erwies sich als bizarres und wundervolles Gebäude an einem rosafarbenen Granithang und ähnelte einem großen, flügellosen Flugwesen, das sich zu einer kurzen Rast niedergelassen hat. In Wahrheit war es nichts weiter als ein Zelt, aber ein Zelt, von solcher Größe und Seltsamkeit, wie Valentine es sich niemals hätte vorstellen können. Etwa dreißig oder vierzig Pfähle hielten große Bahnen dunklen Stoffs, die in erstaunliche Höhen ragten, dann fast bis zum Boden herabfielen und in steilen Winkeln wieder anstiegen, um das danebengelegene Gemach zu bilden. Es schien, als könnte das Haus binnen einer Stunde abgebaut und an eine andere Stelle versetzt werden; und dennoch strahlte es Majestät und große Stabilität aus, und es erweckte paradoxerweise den Eindruck von Festigkeit und Stabilität, trotz aller Leichtigkeit und Luftigkeit.

Im Inneren verstärkte sich der Eindruck von Stabilität noch, denn in der Dachunterseite waren Teppiche im Stil von Milimorn verwoben, dunkelgrün mit scharlachrotem Muster, die dem Tuch eine undurchdringliche Festigkeit verliehen. Die schweren Stützpfähle waren mit glitzerndem Metall verkleidet, der Boden bestand aus blaßviolettem Schiefer, der auf Hochglanz poliert war. Das Mobiliar war einfach – Diwans, lange, massive tische, ein paar altmodische Waffen und Rüstungen, weiter nicht viel, und alles war auf seine Weise zweckdienlich und nüchtern.

»Ähnelt dieses Haus in irgendeiner Weise dem, das die

Männer des Thronräubers niederbrennen ließen?« wandte sich Valentine an Nascimonte, als sie im Inneren waren.

»Die Konstruktion ist in jeder Beziehung identisch, mein Lord. Das Original wurde, wie Ihr wißt, vom ersten und größten Nascimonte entworfen, immerhin schon vor sechshundert Jahren. Als wir es wieder aufbauten, benützten wir die alten Pläne und veränderten nichts. Einige der Möbel forderte ich von den unrechtmäßigen Eigentümern zurück, andere ließen wir nachbauen. Auch die Anlagen – alles ist so, wie es war, bevor sie kamen und ihr Werk der Vernichtung anrichteten. Der Damm wurde neu gebaut, die Felder trockengelegt, die Obstbäume wieder gepflanzt; fünf Jahre harte Arbeit reichten gerade aus, das Werk einer einzigen Woche auszumerzen. Und das alles verdanke ich Euch, mein Lord. Ihr habt mich wieder heil gemacht – Ihr habt die ganze Welt heil gemacht ...«

»Und so wird es bleiben, bete ich.«

»Das wird es, mein Lord.«

»Ah, glaubst du, Nascimonte? Glaubst du, wir haben die schweren Zeiten überstanden?«

»Welche schweren Zeiten, mein Lord?« Nascimonte berührte sanft den Arm des Coronals und führte ihn auf eine breite Veranda, von wo aus man einen herrlichen Ausblick über das ganze Anwesen hatte. Im sanften Schein der Dämmerung sowie im Licht von Glühkugeln, die sich in den Bäumen verfangen hatten, sah Valentine eine breite Rasenfläche, welche zu elegant angelegten Feldern und Gärten abfiel, und dahinter konnte man die glitzernde Sichel des Elfenbeinsees erkennen, auf dessen heller Oberfläche sich die vielen verkarsteten Erhebungen des Mount Ebersinul spiegelten, der die Szene überragte. Man konnte das ferne Tönen von Musik hören, vielleicht die Gardolans, und einige Stimmen sangen die letzten Lieder des ausklingenden Fests. Hier war alles friedlich und blühend. »Wenn Ihr das betrachtet, mein Lord, könnt Ihr dann glauben, daß schwere Zeiten überhaupt existieren?«

»Ich verstehe, alter Freund. Aber die Welt besteht aus mehr als dem, was wir von deiner Veranda aus sehen.«

»Es ist die friedlichste aller Welten, mein Lord.«

»Das ist schon seit Jahrtausenden so. Aber wieviel länger wird der Frieden noch andauern?«

Nascimonte sah ihn an als sähe er Valentine zu ersten Mal an diesem Tag.

»Mein Lord?«

»Klinge ich düster, Nascimonte?«

»Ich habe Euch noch niemals so ernst gesehen, mein Lord. Ich möchte fast glauben, daß der Trick noch einmal angewendet wurde, daß ein falscher Valentine mit dem ausgetauscht wurde, den ich kenne.«

Mit einem dünnen Lächeln sagte Valentine: »Ich bin der echte Valentine. Aber ein sehr müder, meine ich.«

»Kommt. Ich zeige Euch Euer Gemach, und wenn Ihr bereit seid, wird das Essen serviert werden, in aller Stille, nur ein paar Gäste aus der Stadt werden anwesend sein, höchstens zwanzig, und dazu etwa dreißig Eurer Leute ...«

»Nach dem Labyrinth klingt das fast anheimelnd«, sagte Valentine herzlich.

Er folgte Nascimonte durch die dunklen und geheimnisvollen Windungen des Hauses zu einem Seitenflügel am östlichen Ausläufer der Klippe. Dort, hinter einer ehrfurchtgebietenden Mannschaft von Skandar-Wachen, zu denen auch Zalzan Gibor selbst gehörte, war die königliche Suite. Valentine verabschiedete sich von seinem Gastgeber und fand Carabella allein im Inneren, wo sie in einer in den Boden versenkten Badewanne aus feinen Fliesen aus Ni-moya, ganz in Blau und Gold gehalten, lag. Ihr Körper war unter einem seltsam knisternden Dunst über der Wasseroberfläche kaum zu erkennen.

»Das ist verblüffend«, sagte sie. »Du solltest zu mir hereinkommen, Valentine.«

»Nur zu gerne, Lady.«

Er kickte die Stiefel weg, warf die Tunika ab, streifte die Beinkleider nieder und glitt anmutig zu ihr in die Wanne.

Das Wasser war sprudelnd, fast elektrisch, und nun, da er sich in ihm befand, sah er ein sanftes Glühen über die Oberfläche spielen. Er schloß die Augen, lehnte sich zurück und lehnte den Kopf gegen den gekachelten Rand. Er legte den Arm um Carabella und zog sie an sich. Sanft küßte er ihre Stirn, und dann, als sie sich zu ihm drehte, eine kurz entblößte Brust.

»Was haben sie mit dem Wasser gemacht?« fragte sie.

»Es stammt aus einer natürlichen Quelle. Der Kammerdiener nannte es ›Radioaktivität‹.«

»Das bezweifle ich«, sagte Valentine. »Radioaktivität ist etwas anderes, etwas Mächtiges und Gefährliches. Ich habe sie studiert, daher weiß ich das.«

»Wie ist sie, wenn nicht so?«

»Das kann ich nicht sagen. Dem Göttlichen sei Dank, daß wir auf Majipoor keine haben, was sie auch sein mag. Wenn doch, würden wir sicher nicht darin baden. Das muß eine lebhafte Art Mineralwasser sein.«

»Sehr lebhaft«, sagte Carabella.

Eine Weile badeten sie schweigend. Valentine verspürte neue Vitalität. Das kribbelnde Wasser? Die angenehme Gegenwart Carabellas, das Wissen, endlich von lästigen offiziellen Pflichten und dem Druck des Zeremoniells, den Gefolgsleuten, Bewunderern und jubelnden Bürgern befreit zu sein? Ja, ja, das konnte nur dazu beitragen, ihn aus seinen düsteren Gedanken zu reißen, und gleichzeitig schien seine einstige Frohnatur wieder hervorzukommen und die seltsame, Valentine so unpassende Finsternis zu vertreiben, die ihn bedrückte, seit er das Labyrinth betreten hatte. Er lächelte. Carabella hob die Lippen zu seinen; seine Hand glitt über ihren schlaffen Körper, über die schmale Taille, zu den muskulösen Schenkeln.

»In der Badewanne?« fragte sie verträumt.

»Warum nicht? Dieses Wasser wirkt Wunder.«

»Ja. Ja.«

Sie schwebte über ihm. Ihre Beine umfingen ihn; sie hatte die Augen halb geöffnet, ihre Blicke begegneten einander einen Augenblick, dann schloß sie sie. Valentine nahm ihre strammen Gesäßbacken und zog sie an sich. War es wirklich schon zehn Jahre her, fragte er sich, seit jener ersten Nacht in Pidruid, unter den hohen, graugrünen Büschen auf der mondbeschienenen Wiese, nach dem Fest für diesen anderen Lord Valentine? Kaum zu glauben: zehn Jahre. Das Vergnügen mit ihr war nie geringer geworden. Er schloß die Arme um sie, dann bewegten sie sich in einem Rhythmus, der vertraut, aber niemals Routine geworden war, und er dachte nicht mehr an das erste Mal und alle anderen Male danach, er dachte an gar nichts mehr, nur noch an Wärme und Liebe und Glück.

Hinterher, als sie sich für Nascimontes intimes Abendessen für fünfzig Personen ankleideten, sagte sie: »Ist es dein Ernst, daß du Hissune zum Coronal machen möchtest?«

»Was?«

»Das wolltest du mir doch sicher vorhin sagen – als du in Rätseln sprachst, bevor wir zum Fest kamen. Erinnerst du dich?«

»Ich erinnere mich«, sagte Valentine.

»Wenn du lieber nicht darüber reden ...«

»Nein. Nein. Ich sehe keinen Grund, meinen Plan noch länger vor dir geheimzuhalten.«

»Also *ist* es dein Ernst!«

Valentine runzelte die Stirn. »Ich glaube, er könnte Coronal sein, ja. Der Gedanke kam mir schon, als er nur ein schmutziger kleiner Junge war, der sich im Labyrinth ein paar Kronen und Royals verdiente.«

»Aber kann denn eine gewöhnliche Person Coronal werden?«

»Du, Carabella, eine ehemalige Jongleurin, die zur Gefährtin des Coronals wurde, kannst das fragen?«

»Du hast dich in mich verliebt und eine rasche und ungewöhnliche Entscheidung getroffen, die, wie du weißt, immer noch nicht von allen akzeptiert worden ist.«

»Nur von ein paar närrischen Lords nicht! Der Rest der Welt bewundert dich als meine Lebensgefährtin.«

»Vielleicht. Wie dem auch sei, die Lebensgefährtin ist nicht der Coronal. Und die gewöhnlichen Leute werden niemals einen der ihren als Coronal akzeptieren. Für sie ist Coronal königlich, heilig, fast göttlich. So empfand ich es jedenfalls, als ich noch zu ihnen gehörte, in meinem früheren Leben.«

»Du wurdest akzeptiert. Auch er wird akzeptiert werden.«

»Das erscheint mir so willkürlich – einen Jungen von der Straße zu holen und ihn zu solcher Höhe zu bringen. Warum nicht Sleet? Zalzan Gibor? Jemanden deiner Wahl?«

»Hissune besitzt die Fähigkeiten. Das weiß ich.«

»Das kann ich nicht beurteilen. Aber die Vorstellung, daß dieser kleine Lumpenjunge die Krone tragen soll, erscheint mir seltsam, sogar zu seltsam für einen Traum.«

»Muß der Coronal denn stets derselben kleinen Clique des Burgbergs entstammen? So war es immer, ja, seit Jahrhunderten – vielleicht seit Jahrtausenden. Der Coronal wird immer aus einer der großen Familien des Bergs ausgewählt. Und selbst wenn das nicht der Fall ist – wobei ich dir nicht sagen kann, wann das letzte Mal jemand von außerhalb des Berges gewählt wurde –, muß es jemand von adligem Geblüt sein, der Sohn eines Prinzen oder Herzogs. Ich glaube nicht, daß unser System ursprünglich so gedacht war, weshalb wäre es sonst verboten, die Krone in der Erbfolge weiterzugeben? Und nun, da so gewaltige Probleme sich ankündigen, Carabella, müssen wir außerhalb der Burg nach geeigneten Menschen suchen, die sie lösen können. Wir sind dort oben zu sehr isoliert. Manchmal glaube ich, wir verstehen weniger als nichts. Die Welt ist in Gefahr: es wird Zeit, daß wir neu geboren werden, daß wir die Krone jemandem von außen geben, der nicht zu unserer kleinen, abgeschiedenen Aristrokatie gehört – jemandem mit einer anderen Perspektive, der auch die andere Seite gesehen hat ...«

»Aber er ist noch so jung!«

»Das wird die Zeit ändern«, sagte Valentine. »Ich weiß,

daß es viele gibt, die der Meinung sind, ich hätte bereits Pontifex werden müssen, aber ich werde sie so lange es geht weiter enttäuschen. Zuerst muß der Junge seine Ausbildung haben. Noch werde ich, wie du weißt, Übereifer heucheln, ins Labyrinth zu gelangen.«

»Nein«, sagte Carabelle. »Aber wir reden, als wäre der gegenwärtige Pontifex bereits tot oder läge im Sterben. Aber Tyeveras lebt noch.«

»Ja, das ist richtig«, sagte Valentin. »Wenigstens in einem bestimmten Sinn des Wortes. Ich bete inständig, daß er noch eine Weile weiterleben wird.«

»Und wenn Hissune bereit ist ...?«

»Dann endlich werde ich Tyeveras ruhen lassen.«

»Ich kann mir dich kaum als Pontifex vorstellen, Valentine.«

»Mir selbst fällt es noch schwerer, Liebes. Aber ich werde es tun, weil ich muß. Nur nicht so bald; nicht so bald, darum bitte ich.«

Nach einer Pause sagte Carabella: »Du wirst den Burgberg ganz gewiß aus der Fassung bringen, wenn du das tust. Sollte nicht Elidath der nächste Coronal werden?«

»Er steht mir sehr nahe.«

»Du selbst hast ihn schon viele Male als möglichen Nachfolger bezeichnet.«

»Das habe ich«, stimmte Valentine zu. »Aber Elidath hat sich seit unserer gemeinsamen Ausbildung sehr verändert. Du weißt, Liebes, jeder, der sich verzweifelt wünscht, Coronal zu werden, ist für den Thron ungeeignet. Aber man muß wenigstens bereit sein. Man muß eine Art Ruf vernehmen, ein inneres Feuer haben. Ich glaube, dieses Feuer ist in Elidath verloschen.«

»Du selbst glaubtest, daß es in dir erloschen war, als du Jongleur warst und man dir sagte, daß dir ein höheres Schicksal beschieden sei.«

»Aber es kehrte zurück, Carabella, als mein altes Selbst wieder meinen Geist übernahm. Und es blieb. Ich empfinde die Krone häufig als Last – aber ich habe nie bedauert, sie zu tragen.«

»Würde Elidath das?«

»Ich vermute es. Während meiner Abwesenheit spielt er Coronal. Ich schätze, daß es ihm nicht besonders gut gefällt.

Außerdem ist er schon über vierzig. Der Coronal sollte ein junger Mann sein.«

»Mit vierzig ist man nicht alt, Valentine«, sagte Carabella grinsend.

Er zuckte die Achseln. »Ich hoffe es, Liebes. Aber ich sagte ja, wenn es nach mir geht, wird noch lange kein neuer Coronal berufen werden müssen. Und dann, nehme ich an, wird Hissune bereit sein, und Elidath wird dankbar zurückstehen.«

»Werden das auch die anderen Lords des Bergs akzeptieren?«

»Sie werden es müssen«, sagte Valentine. Er hielt ihr den Arm hin. »Komm: Nascimonte erwartet uns.«

KAPITEL 13

Weil es der fünfte Tag der fünften Woche im fünften Monat war, und demnach der heilige Tag, der den Beginn des Exodus von der uralten Hauptstadt unter dem Wasser markierte, mußte noch ein wichtiges Ritual durchgeführt werden, bevor Faraataa sich an die Aufgabe machen konnte, Kontakt mit seinen Agenten in den umliegenden Provinzen aufzunehmen.

In Piruifayne war die Zeit angebrochen, da der Regen zweimal täglich fiel, einmal um die Stunde vor der Dämmerung, einmal kurz vor Einbruch der Nacht. Es war notwendig, das Velalisier-Ritual im Dunkeln vorzunehmen, aber gleichzeitig im Trockenen, und daher hatte Faraataa sich angewiesen, zur Stunde der Nacht zu erwachen, die als

Stunde des Schakals bekannt ist, wenn die Sonne immer noch auf Alhanroel im Osten ruht.

Ohne die zu stören, die in seiner Nähe schliefen, ging er aus der behelfsmäßigen Hütte, die sie am Vortag aufgebaut hatten – Faraataa und seine Gefolgsleute waren ständig in Bewegung, weil es so am sichersten war –, und verschwand im Wald. Die Luft war feucht und schwül, wie immer, aber noch keine Anzeichen der Morgenregenfälle.

Im schwchen Licht der Sterne, die durch Löcher in der Wolkenbank funkelten, sah er noch andere Gestalten, die auf den Dschungel zustrebten. Aber er sprach sie nicht an, und sie ihn auch nicht. Das Velalisier-Ritual wurde allein durchgeführt: eine private Kulthandlung für öffentlichen Kummer. Man sprach nie davon, man tat es einfach, am fünften Tag der fünften Woche im fünften Monat, und wenn die Kinder das entsprechende Alter erreicht hatten, brachte man es ihnen bei, aber immer voll Scham und Kummer. So geschah es.

Er schritt die vorgeschriebenen dreihundert Schritte in den Wald hinhein. Das brachte ihn zu einem Hain schlanker Gibaroons; aber hier konnte er nicht beten, denn die Luftwurzeln von Leuchtglocken hingen aus jeder Astgabel und verströmten ein grellorangenes Leuchten. Nicht weit entfernt erblickte er einen majestätischen alten Dwikkabaum, der allein stand und vor langer Zeit von einem Blitzstrahl getroffen worden sein mußte: ein tiefer Riß, dessen Kanten von nachgewachsener roter Rinde bedeckt waren, zog sich durch die Länge des Stamms und bildete so einen natürlichen Tempel. Dorthin konnte das Licht der Leuchtglocken nicht dringen.

Er stellte sich nackt in den Schutz der riesigen Narbe des Dwikka und führte die erste der Fünf Wandlungen aus.

Knochen und Muskeln zerflossen, seine Hautzellen veränderten sich, und er wurde zur Roten Frau; danach zum Blinden Riesen; dann zum Gequälten Mann; in der vierten Verwandlung nahm er die Gestalt des Letzten Königs an; dann atmete er tief durch und konzentrierte all seine Macht und wurde zum Kommenden Prinzen. Für Faraataa war die fünfte Wandlung die schwierigste, denn hierzu mußte er nicht nur die Struktur seines Körpers ändern, sondern auch die Konturen seiner Seele, aus der er allen Haß, alle Rachegelüste und alle Zerstörungswut verbannen mußte. Der Kommende Prinz hatte all diese Dinge überwunden. Faraataa selbst hatte keine Hoffnung, das zu erreichen. Er wußte, in seiner Seele existierte nichts anderes als Haß, Rachegelüste und Zerstörungswut; um sie zu überwinden, mußte er zur leeren Hülle werden, und das konnte er nicht. Aber es gab Methoden, sich dem gewünschten Zustand zu nähern. Er träumte von einer Zeit, da alles, wofür er kämpfte, verwirklicht worden war: der Feind vernichtet, die verlorenen Länder zurückerobert, die Riten wieder eingeführt, die Welt neu geboren. Er stellte sich diesen Zustand vor und ließ Freude in seine Seele einströmen. Er verdrängte aus seiner Seele alle Erinnerungen an Niederlagen, Verbannung, Verlust. Er sah die Tabernakel der toten Stadt zum Leben erwachen. Im Griff einer solchen Vision, welche Notwendigkeit der Rache bestand da noch? Ein seltsamer und wundersamer Friede überkam ihn. Der Tag der Wiedergeburt war gekommen; in der Welt war alles friedlich; sein Schmerz war für immer verschwunden, er hatte endlich Ruhe gefunden.

In diesem Augenblick nahm er die Gestalt des Kommenden Prinzen an.

Diese Gestalt behielt er mit einer Disziplin bei, die mit jedem Augenblick weniger anstrengend wurde, und begann, die Steine und Federn hinzurichten, die den Altar bilden sollten. Er fing zwei Echsen und einen Bruul, ein Nachtgeschöpf, die er als Opfer darbrachte. Er gab die Drei Wasser, Speichel, Urin und Tränen. Er sammelte Beeren und legte sie in der Form des Schutzwalls von Velalisier aus. Er sagte die Vier Sorgen und Fünf Kummer auf. Er kniete nieder und aß Erde. Eine Vision der verlorenen Stadt kam ihm in den Sinn: die blaue Steinmauer, der Palast des Königs, der Platz des Nichtveränderns, die Tafeln der Götter, die sechs hohen Tempel, der siebte, der entweiht worden war, der

Schrein des Sturzes, die Straße der Trennung. Er behielt die Gestalt des Kommenden Prinzen immer noch unter Schwierigkeiten bei und erzählte sich die Geschichte vom Untergang Velalisiers, und er erlebte diese dunkle Tragödie, während er immer noch die reine Aura des Prinzen um sich herum verspürte, so daß er den Verlust der gewaltigen Hauptstadt nicht mit Schmerzen erlebte, sondern mit Liebe und ihn als notwenige Zwischenstation auf dem Weg seines Volkes sah. Als er merkte, daß er die Wahrheit dessen akzeptiert hatte, gestattete er sich wieder die Rückverwandlung in den Letzten König, den Gequälten Mann, den Blinden Riesen, die Rote Frau und zuletzt wieder in Faraataa von Avendroyne.

Es war vollbracht.

Er lag ausgebreitet und mit dem Gesicht nach unten auf dem feuchten Boden, als die ersten Morgenregen zu fallen begannen.

Nach einer Weile stand er auf, sammelte die Steine und Federn des kleinen Altars ein und ging zur Hütte zurück. Der Friede des Kommenden Prinzen erfüllte noch immer seine Seele, aber er bemühte sich bereits wieder, die gütige Aura zu verdrängen: es war Zeit, sich an das Tagwerk zu machen. Dinge wie Haß, Vernichtung und Rache mochten der Seele des Kommenden Prinzen fern sein, aber sie waren notwendiges Werkzeug dabei, das Reich des Prinzen aufbauen zu helfen.

Er wartete vor der Hütte, bis genügend andere von ihren eigenen Ritualen zurückgekehrt waren und es möglich wurde, dem Ruf der Wasserkönige zu folgen. Einer nach dem anderen nahmen sie ihre Plätze um ihn herum ein, Aarisiim mit den Händen an Faraataas rechter Schulter, Benuuiab zur Linken, Siimii berührte seine Stirn, Miisiim seine Lenden, und der Rest gesellte sich in konzentrischen Kreisen, mit untergeschlagenen Armen um diese vier.

»Jetzt«, sagte Faraataa, und ihre Gedanken vereinten sich und drängten nach daußen.

– Brüder im Meer!

Die Anstrengung war so groß, daß Faraataa spürte, wie seine Gestalt zerfloß und sich willkürlich verwandelte, wie bei einem Kind, das die Gabe gerade zu nutzen lernt. Ihm wuchsen Federn, Krallen, sechs furchtbare Schnäbel; er wurde ein Bilantoon, ein Sigimoin, ein schnaubender, tobender Bidlak. Die um ihn herum hielten ihn noch fester, wenngleich die Intensität des Signals so stark war, daß einige von ihnen ebenfalls zerflossen, so wie er.

– *Brüder! Hört mich an! Helft mir!*

Und aus den unermeßlichen Tiefen drang das Bild gewaltiger dunkler Schwingen empor, die sich langsam über titanischen Körpern öffneten und schlossen. Und dann erklang eine Stimme wie hundert Glocken zugleich:

– *Ich höre, kleiner Land-Bruder.*

Das war der Wasserkönig Maazmoorn, der sprach. Faraataa erkannte sie alle an der Musik ihrer Gedanken: Maazmoorn die Glocken, Girouz der singende Donner, Sheitoon die langsamen und traurigen Trommeln. Es gab Dutzende der großen Könige, und die Stimme eines jeden war unverkennbar.

– *Trage mich, O König Maarzmoorn!*

– *Komm zu mir, O Land-Bruder!*

Faraataa verspürte den Sog und ergab sich ihm, und er wurde emporgehoben und ließ seinen Körper zurück. Innerhalb eines Augenblicks war er am Meer, nach einem weiteren Augenblick tauchte er darin ein; und dann waren er und Maarzoorn eins. Ekstase überkam ihn: diese Vereinigung war so gewaltig, daß sie durchaus ein Ende für sich sein konnte, ein Entzücken, das alles Sehnen erfüllte, wenn er es zuließ. Aber das würde er niemals zulassen.

Der Sitz der überragenden Intelligenz des Wasserkönigs war selbst wie ein Meer – grenzenlos, allumfassend, unendlich tief. Faraataa sank tiefer und tiefer und tiefer, er verlor sich darin. Aber er verlor nie seine Aufgabe aus den Augen. Durch die Kraft des Wasserkönigs konnte er vollbringen, was ihm alleine nie gelingen konnte. Er sammelte sich, konzentrierte seinen Verstand so gut es ging, und dann schickte er die Botschaft, deretwegen er gekommen war, von dieser warmen und sanften Unendlichkeit aus:

– Saarekkin?

– Ich bin hier.

– Der gesamte Lusavender am östlichen Graben ist vernichtet. Wir haben den Pilz so verteilt, daß er nicht mehr eingedämmt werden kann, und inzwischen breitet er sich von selbst aus.

– Welche Maßnahmen unternimmt die Regierung?

– Sie verbrennt das infizierte Getreide. Das wird vergebens sein.

– Der Sieg ist unser, Saarekkin!

– Der Sieg ist unser, Faraataa!

– Tii–haanimak?

– Ich höre dich, Faraataa.

– Welche Neuigkeiten?

– Der Regen transportierte das Gift, und in ganz Dulorn sind die Niykbäume vernichtet. Es reichert sich nun im Boden an und wird auch Glein und Stajja vernichten. Wir bereiten den nächsten Angriff vor. Der Sieg ist unser, Faraataa!

– Der Sieg ist unser! Iniriis?

– Ich bin Iniriis! Die Wurzelfäule wütet in den Feldern von Zimroel und breitet sich stetig aus. Sie wird Ricca und Milaile zerstören.

– Wann werden die Spuren sichtbar werden?

– Sie sind bereits sichtbar. Der Sieg ist unser, Faraataa!

– Wir haben Zimroel gewonnen. Nun muß sich der Kampf nach Alhanroel verlagern, Iniriis. Du mußt anfangen, die Fäule über das Innere Meer zu schaffen.

– Es wird geschehen.

– Der Sieg ist unser, Iniriis! Y-Uulisaan?

– Folgst du dem Coronal immer noch?

– Ich folge ihm. Er hat Ebersinul verlassen und zieht nach Treymone.

– Weiß er, was in Zimroel geschieht?

– Er weiß nichts. Die große Prozession erfordert all seine Energie.

– Dann erstatte ihm Bericht. Erzähle ihm von der Wurzelpest

im Tal des Zimr, vom Verrotten des Lusavender im Graben, von der Vernichtung von Niyk und Glein und Stajja westlich von Dulorn.

– Ich, Faraataa?

– Wir müssen noch näher an ihn heran. Die Nachricht wird ihn früher oder später durch die üblichen Kanäle erreichen. Soll er sie zuerst von uns erfahren, und das wird unsere Methode sein, uns ihm zu nähern. Du wirst ihn von den Pflanzenkrankheiten in Kenntnis setzen, Y-Uulisaan. Berichte ihm die Neuigkeiten, und unterstützte ihn bei seinen Gegenmaßnahmen. Wir müssen wissen, welche Mittel er anwenden will. Der Sieg ist unser, Y-Uulisaan.

– Der Sieg ist unser, Faraataa!

KAPITEL 14

Die Nachricht war über eine Stunde alt, als sie endlich den Hohen Sprecher Hornkast in seinem Privatgemach außerhalb der Kugel der dreifachen Schatten erreichte:

Wir müssen uns sofort ihm Thronsaal treffen. – Sepulthrove

Der Hohe Sprecher sah die Boten böse an. Alle wußten, daß er nur in den allerdringlichsten Fällen in seinen Gemächern gestört werden durfte.

»Was ist los? Stirbt er? Ist er schon tot?«

»Das wurde mir nicht mitgeteilt, Sir.«

»Schien Sepulthrove ungewöhnlich erregt?«

»Er schien nervös, Sir, aber ich habe keine Ahnung ...«

»Schon gut. Nicht weiter schlimm. Ich werde in einem Augenblick mitkommen.«

Hastig wusch Hornkast sich und kleidete sich an. Wenn es tatsächlich geschieht, dachte er bitter, dann immer in den unpassendsten Augenblicken. Tyeveras hatte wenigstens ein Dutzend Jahrzehnte auf den Tod gewartet, hätte er nicht auch noch zwei Stunden länger warten können? Wenn es wirklich geschehen war.

Die blone Frau, die ihn besucht hatte, sagte: »Soll ich hier auf deine Rückkehr warten?«

Er schüttelte den Kopf. »Ich kann unmöglich sagen, wie lange es dauern wird. Wenn der Pontifex gestorben ist ...«

Die Frau machte das Labyrinthzeichen. »Was der Göttliche verhüten möge!«

»Wahrhaftig«, sagte Hornkast trocken.

Er ging hinaus. Die Kugel der dreifachen Schatten, die hoch über den glänzenden Obsidianwänden der Plaza schwebte, war in ihrer hellsten Phase und warf ein unheimlich blau-weißes Licht, das jeden Eindruck von Dimensionalität oder Tiefe zunichte machte: die Passanten sahen wie Papierpuppen aus, die von einem leichten Wind vorangeweht wurden. Mit den beiden Boten an seiner Seite und verzweifelt bemüht, eine schnelle Gangart anzuschlagen, eilte Hornkast über die Plaza zu einem Privatlift, wobei er sich, wie immer, mit einer Lebhaftigkeit bewegte, die man ihm mit seinen achtzig Jahren nicht zugetraut hätte.

Die Abwärtsfahrt in die kaiserliche Zone schien endlos zu dauern.

Tod? Sterbend? Undenkbar. Hornkast erkannte, daß er nie mit einem unerwarteten und natürliche Tod des alten Tyeveras gerechnet hatte. Sepulthrove hatte ihm versichert, daß die Maschinen nicht versagen würden, daß man den Pontifex, wenn notwendig, weitere zwanzig oder dreißig Jahre am Leben erhalten konnte, vielleicht sogar fünfzig. Und der Hohe Sprecher war allmählich davon ausgegangen, daß sein Tod, wenn er eintrat, das Ergebnis einer sehr sorgfältig getroffenen politischen Entscheidung sein würde, und nicht ein Ereignis, das unerwartet und willkürlich innerhalb eines ansonsten normalen und gewöhnlichen Vormittags eintrat.

Und wenn es geschehen war? Dann mußte Lord Valentine unverzüglich aus den westlichen Provinzen hergeholt werden. Oh, wie er das hassen würde, noch bevor er die große

Prozession richtig angefangen hatte, ins Labyrinth gezerrt zu werden! Ich werde selbstverständlich zurücktreten müssen, dachte Hornkast. Valentine wird seinen eigenen Hohen Sprecher haben wollen: zweifellos den kleinen, narbengesichtigen Mann Sleet, vielleicht sogar den Vroon. Hornkast stellte sich vor, wie es sein würde, einen von ihnen in dem Amt zu unterweisen, das er schon so lange innehatte. Sleet, voller Vorbehalte und Verachtung, den kleinen Vroon-Zauberer, die riesigen glänzenden Augen, der Schnabel, die Tentakel …

Das würde seine letzte Aufgabe sein, den neuen Hohen Sprecher anzuweisen. Und dann werde er gehen, sagte er sich, und ich nehme an, ich werden den Verlust meines Amtes nicht lange überleben. Elidath wird vermutlich Coronal werden. Sie sagen, er ist ein guter Mann, Lord Valentine sehr ergeben, fast wie ein Bruder. Wie seltsam wird es nach den langen Jahren sein, wieder einen echten Pontifex zu haben, der aktiv mit dem Coronal zusammenarbeitet! Aber ich werde es nicht mehr sehen, sagte Hornkast. Ich werde nicht da sein.

In dieser Stimmung böser Vorahnungen und Resignation erreichte er die geschnitzte Tür zum kaiserlichen Thronsaal. Er streckte die Hand in den Identifizierungsschlitz und berührte die kalte Metallkugel darin; und nach dieser Berührung glitt die Tür beiseite und gab den Zugang zum kugelförmigen Thronsaal frei, zu den drei Stufen, die zum Thron emporführten, zu Tyeveras' Lebenserhaltungssystemen, und, innerhalb der Kugel aus hellblauem Glas, die schon so lange sein Zuhause war, zum Pontifex selbst, dessen langgliedrige, fleischlose und ausgezehrte Gestalt, die wie seine eigene Mumie aussah, aufrecht auf den Sessel, die Kiefer zusammengepreßt, die Augen hell, hell von einem unauslöschlichen Feuer.

Die vertraute Gruppe grotesker Gestalten hatte sich um den Thron versammelt: der uralte Dilifon, der zitternde, gebeugte Privatsekretär; die pontifikale Traumsprecherin, die Hexe Narrameer; und Sepulthrove, der hakennasige

Leibarzt, dessen Haut die Farbe von getrocknetem Lehm hatte. Von ihnen, selbst von Narrameer, die sich mit ihrem Zaubermittel jung und schön erhielt, ging eine pulsierende Aura von Alter, Verfall, Tod aus. Hornkast, der diese Menschen seit über vierzig Jahren tagtäglich gesehen hatte, hatte niemals zuvor mit so erschreckender Intensität wahrgenommen, wie furchterregend sie waren. Und er wußte, daß er selbst ebenso furchterregend sein mußte. Vielleicht ist die Zeit gekommen, dachte er, uns alle mit einem einzigen Streich hinwegzufegen.

»Ich machte mich sofort auf den Weg, als die Boten kamen«, sagte er. Er sah zum Pontifex. »Nun? Er stirbt, nicht wahr? Mir scheint er unverändert auszusehen.«

»Er ist weit davon entfernt zu sterben«, sagte Sepulthrove.

»Was geht dann vor?«

»Hör zu«, sagte der Leibarzt. »Er fängt wieder an.«

Das Geschöpf in der lebenserhaltenden Kugel regte sich und schwankte von einer Seite zur anderen. Der Pontifex stieß einen leisen, klagenden Laut aus, dann eine Art halb pfeifenes Schnauben, schließlich ein blubberndes Gurgeln, das nicht mehr aufhören wollte.

Hornkast hatte diese Geräusche schon häufig gehört. Sie waren die private Sprache, die der Pontifex in seiner schrecklichen Senilität erfunden hatte, und mit der nur der Hohe Sprecher allein zurechtkam. Manche waren fast Worte, andere die Geister von Worten, und in ihrem verschwommenen Klang konnte man die ursprüngliche Bedeutung immer noch erkennen. Andere waren im Lauf der Jahre von Worten zu bloßen Lauten geworden, aber Hornkast, der die Evolutionen in den verschiedenen Stadien mitverfolgt hatte, kannte die eigentliche Bedeutung. Manche waren nichts weiter als Wimmern und Seufzen und Weinen ohne Bedeutung. Manche schienen überhaupt keine Wurzel in der menschlichen Sprache zu haben, aber andere besaßen eine gewisse komplexe Form, welche auf Konzepte hinzuweisen schienen, die Tyeveras sich in der langen und schlaflosen Isolation zurechtgelegt hatte und nur ihm allein bekannt waren.

»Ich höre das Übliche«, sagte Hornkast.

»Warte.«

Mit zunehmender Verärgerung wandte Hornkast seine Aufmerksamkeit wieder dem brabbelnden Monolog des Pontifex zu, und plötzlich hörte er starr vor Erstaunen das erste verständliche Wort aus seinem Mund seit Jahren, ein verständlich und vollkommen richtig ausgesprochenes Wort:

»Leben.«

»Gehört?« fragte Sepulthrove.

Hornkast nickte. »Wann hat das angefangen?«

»Vor etwa zwei bis zweieinhalb Stunden.«

»Majestät.«

»Wir haben alles aufgezeichnet«, sagte Dilifon.

»Was hat er sonst noch gesagt, das zu verstehen war?«

»Sieben oder acht Worte«, antwortete Sepulthrove. »Vielleicht sind es noch ein paar mehr, die nur du erkennen kannst.«

Hornkast sah zu Narrameer. »Ist er wach, oder träumt er?«

»Ich glaube, im Zusammenhang mit dem Pontifex ist es falsch, nur vom einem oder anderen zu sprechen«, sagte sie. »Er lebt in beiden Zuständen gleichzeitig.«

»Komm. Stehe auf. Wandle.«

»Das hat er schon mehrmals gesagt«, murmelte Dilifon.

Nun herrschte Stille. Der Pontifex schien eingeschlafen zu sein, wenngleich er die Augen immer noch offen hatte. Hornkast sah ihn grimmig an. Als Tyeveras krank geworden war, früh in der Regentschaft von Lord Valentine, war es logisch gewesen, das Leben des alten Pontifex in dieser Weise zu erhalten, und Hornkast war einer derjenigen gewesen, die den von Sepulthrove vorgeschlagenen Plan am enthusiastischsten gutgeheißen hatten. Niemals zuvor war es geschehen, daß ein Pontifex zwei Coronals überlebt hatte, so daß der dritte Coronal an die Macht kam, als der Pontifex schon ein sehr hohes Alter erreicht hatte. Das hatte die Dynamik des System gestört. Damals hatte Hornkast selbst darauf hingewiesen, daß man Lord Valentine, der jung und unverbraucht war und sich noch kaum an das Leben des Coronals gewöhnt hatte, unmöglich so früh ins Labyrinth schicken konnte. Man stimmte allgemein darin überein, daß der Pontifex noch ein paar Jahre auf dem Thron bleiben mußte, wenn man ihn am Leben erhalten konnte. Sepulthrove hatte eine Möglichkeit gefunden, ihn am Leben zu halten, wenngleich bald augenscheinlich wurde, daß Tyeveras senil geworden war und sich in einem hoffnungslosen und wahnsinnigen Tod-im-Leben-Zustand befand.

Aber dann war der Zwischenfall des Thronraubs gekommen, und anschließend die schwierigen Jahre des Wiederaufbaus, wo der Coronal alle Energie aufwenden mußte, um das Chaos des falschen Valentine zu ordnen. Tyeveras mußte Jahr für Jahr in seinem Käfig bleiben. Zwar bedeutete das verlängerte Leben des Pontifex, daß auch Hornkast länger an der Macht blieb, und seit dem bemitleidenswerten geistigen Zustand des Patienten war diese Macht gewaltig geworden, dennoch war es abstoßend, diese grausame Erhaltung eines Lebens, das schon längst beendet sein sollte, mit ansehen zu müssen. Und dennoch bat Lord Valentine um Zeit, um mehr Zeit, um noch mehr Zeit, um seine Arbeit als Coronal zu Ende zu bringen. Acht Jahre, bisher: war das nicht Zeit genug? Überrascht stellte Hornkast fest, daß er nun fast bereit war, für Tyeveras' Erlösung aus diesem Elend zu beten. Wenn es nur möglich gewesen wäre, ihn schlafen zu lassen!

»*Va ... Va ...*«

»Was ist das?« fragte Sepulthrove.

»Etwas Neues!« flüsterte Dilifon.

Hornkast bedeutete ihnen mit einer Geste zu schweigen.

»*Va ... Valentine ...*«

»Das ist wirklich neu!« sagte Narrameer.

»*Valentine Pontifex ... Valentine Pontifex von Majipoor ...*«

Gefolgt von Stille. Die deutlich gesprochenen Worte hingen schwer in der Luft.

»Ich dachte, er hätte Valentines Namen vergessen«, sagte Hornkast. »Er hielt immer noch Lord Malibor für den Coronal.«

»Offensichtlich nicht«, sagte Dilifon.

»Manchmal kann es geschehen, wenn es zu Ende geht«, sagte Sepulthrove leise, »daß der Verstand sich selbst regeneriert. Ich glaube, seine Vernunft kommt zurück.«

»Er ist so verrückt wie immer!« rief Dilifon. »Der Göttliche möge verhüten, daß er seinen Verstand zurückerlangt und erkennt, was wir ihm angetan haben!«

»Ich glaube«, sagte Hornkast, »er weiß schon immer, was wir ihm antun, und er erlangt nicht seinen Verstand zurück, sondern die Fähigkeit, sich mit Worten verständlich zu machen. Ihr habt es gehört: *Valentine Pontifex*. Er zollt seinem Nachfolger Tribut, und er weiß genau, wer sein Nachfolger sein müßte. Sepulthrove, stirbt er?«

»Die Instrumente zeigen keine körperliche Veränderung an. Ich denke, es könnte noch eine lange Weile so bleiben.«

»Das dürfen wir nicht zulassen«, sagte Dilifon.

»Was schlägst du vor?« fragte Hornkast.

»Daß dies weit genug getrieben wurde. Ich weiß, wie es ist, alt zu sein, Hornkast – und du wahrscheinlich auch, wenngleich bei dir kaum äußere Anzeichen zu bemerken sind. Dieser Mann ist um die Hälfte älter als unsereins. Er leidet, wie wir es uns kaum vorstellen können. Ich sage, machen wir ein Ende. Jetzt. Noch diesen Tag.«

»Dazu haben wir kein Recht«, sagte Hornkast. »Ich sage euch, mir geht sein Leiden ebenso zu Herzen wie euch. Aber es ist nicht unsere Entscheidung.«

»Machen wir dennoch ein Ende.«

»Dafür muß Lord Valentine die Verantwortung übernehmen.«

»Das wird Lord Valentine nie tun«, murmelte Dilifon. »Er wird diese Farce noch weitere fünfzig Jahre andauern lassen.«

»Es ist seine Entscheidung«, sagte Hornkast fest.

»Sind wir seine Diener oder die Diener des Pontifex?« fragte Dilifon.

»Es ist eine Regierung mit zwei Monarchen, und einer von ihnen besitzt die Kompetenz dafür. Wir dienen dem Pontifex, indem wir dem Coronal dienen. Und ...«

Aus dem Lebenserhaltungssystem erklang ein wütendes Bellen und dann ein unheimlich pfeifender Laut, gefolgt von drei barschen Knurrtönen. Danach waren die Worte noch deutlicher als vorher:

»Valentine ... Pontifex von Majipoor ... heil!«

»Er hört, was wir sagen, und es erzürnt ihn. Er bittet um den Tod«, sagte Dilifon.

»Oder vielleicht glaubt er, er sei bereits tot«, schlug Narrameer vor.

»Nein. Nein. Dilifon hat recht«, sagte Hornkast. »Er hat uns gehört. Er weiß, daß wir ihm nicht geben, was er möchte.«

»Komm. Stehe auf. Wandle.« Heulen. Brabbeln. *»Tod! Tod! Tod!«*

Mit einer so tiefen Verzweiflung, wie er sie seit Jahrzehnte nicht mehr gespürt hatte, eilte der Hohe Sprecher zur Kugel des Lebenserhaltungssystem und hatte halb vor, die Kabel und Anschlüsse herauszureißen und allem ein Ende zu machen. Aber das wäre natürlich Wahnsinn gewesen. Hornkast blieb stehen. Er sah hinein, sein Blick begegnete dem von Tyeveras, und er zwang sich dazu, nicht zurückzuweichen, als er die große Traurigkeit feststellte. Der Pontifex hatte verstanden, daß man ihm aus polititschen Gründen den Tod verweigerte.

»Euer Majestät?« fragte Hornkast mit seiner vollsten, wärmsten Stimme. »Euer Majestät, könnt Ihr mich hören? Schließt ein Auge, wenn Ihr es könnt.«

Keine Reaktion.

»Ich glaube dennoch, daß Ihr mich hören könnt, Majestät. Und ich sage dies: wir wissen, was Ihr leidet. Wir werden nicht zulassen, daß es noch lange so weitergeht. Das versprechen wir, Majestät.«

»Leben! Schmerz! Tod!«

Und dann ein Stöhnen und ein Murmeln und ein Pfeifen und ein Kreischen, das wie ein Lied von jenseits des Grabes klang.

KAPITEL 15

»... und das ist der Tempel der Lady«, sagte der Bürgermeister Sambigel und deutete zu einer erstaunlich vertikalen Klippe, die östlich der Stadt aufragte. »Ihr größtes Heiligtum auf der Welt, abgesehen von der Insel selbst, natürlich.«

Valentine sah hinauf. Der Tempel strahlte wie ein einzelnes weißes Auge aus dem dunklen Antlitz der Klippe heraus.

Man schrieb den vierten Monat der großen Prozession, oder den fünften, vielleicht auch den sechsten: Tage und Wochen, Städte und Provinzen, alles verschmolz zu einem ununterscheidbaren Wirbel. Heute war er im großen Hafen Alaisor angekommen, weit oben an der nordwestlichen Küste von Alhanroel. Hinter ihm lagen Treymone, Stoienzar, Vilimong, Estotilaup, Kimoise: Stadt nach Stadt, die in seinem Geist alle zu einer einzigen Metropolis verschmolzen, die wie ein gewaltiges, vielarmiges Monster auf Majipoor saß.

Sambigel, ein kleiner, dicklicher Mann mit schwarzem Bart, der sein Gesicht einrahmte, plapperte immer weiter und hieß den Coronal mit seinen schwülstigen Platitüden willkommen. Valentines Augen waren glasig, sein Geist auf Wanderschaft: er hatte dasselbe schon vorher ständig zu hören bekommen, in Kikil, in Steenorp, in Klai: unvergeßliches Ereignis, Liebe und Dankbarkeit des ganzen Volkes,

Stolz, Ehre des Besuchs. ja, ja. Er fragte sich, welche Stadt ihm ihren berühmten verschwindenden See gezeigt hatte. War es Simbilfant? Und das Luftballett, das war in Montepulsiane gewesen oder etwa in Ghrav? Die goldenen Bienen gehörten unbedingt zu Bailemoona, aber die Himmelkette? Arkilon? Sennamole?

Nicht einmal sah er zum Tempel auf der Klippe. Er übte eine starke Anziehung auf ihn aus. Er sehnte sich danach, in diesem Augenblick dort zu sein, von einem Sturm erfaßt und wie ein trockenes Blatt in die luftige Höhe gewirbelt zu werden.

– *Mutter, laß mich eine Weile bei dir ruhen!*

Es folgte eine Pause in der Ansprache des Bürgermeisters, vielleicht war er auch fertig. Valentine wandte sich an Tunigorn und sagte: »Trefft Vorbereitungen, damit ich heute nacht im Tempel schlafen kann.«

Sambigel schien nicht einverstanden. »Wir hatten geplant, daß Ihr heute nachmittag das Grab von Lord Stiamot besucht, mein Lord, und hinterher einen Empfang im Saal der Topase, gefolgt von einem Dinner in ...«

»Lord Stiamot hat achttausend Jahre auf meinen Besuch gewartet. Ich denke, es wird ihm nichts ausmachen, noch einen weitere Tag zu warten.«

»Selbstverständlich, mein Lord. Es soll geschehen, mein Lord.« Sambigel machte einige hastige Sternenfächergesten. »Ich werde die Hierarchin Ambargarde informieren, daß Ihr heute nacht ihr Gast sein werdet. Und nun, wenn Ihr erlaubt, mein Lord, haben wir eine kleine Vorstellung ...«

Ein Orchester stimmte eine jubilierende Weise an. Aus hunderttausend Kehlen erklangen zweifellos ergreifende Verse, aber er konnte kein Wort davon verstehen. Er stand ungeduldig da, betrachtete die große Menschenmenge, nickte gelegentlich, lächelte, stellte hin und wieder Augenkontakt mit einem ehrfürchtigen Bürger her, der diesen Tag niemals mehr vergessen würde. Ein Gefühl der Unwirklichkeit überkam ihn. Er brauchte kein lebender Mensch zu sein, dachte er, um seinen Teil zu spielen. Eine Statue hätte auch genügt, eine nachgeahmte Marionette, vielleicht sogar eine dieser Wachsnachbildungen, wie er sie einmal während einer Feier in Pidruid gesehen hatte. Wie nützlich wäre es, die Imitation eines Coronals zu solchen Anlässen zu schikken, einen, der imstande war, ernst zuzuhören, bewundernd zu lächeln, herzlich zu winken, vielleicht auch ein paar ergreifende Dankesworte zu sprechen …

Aus den Augenwinkeln heraus sah er, daß Carabella ihn besorgt betrachtete. Er machte eine kleine Bewegung mit zwei Fingern der rechten Hand: ein Geheimzeichen, das sie vereinbart hatten, mit dem er ausdrückte, daß alles in Ordnung war. Aber der besorgte Blick verschwand nicht aus ihrem Gesicht. Und er hatte auch den Eindruck, als wären Tunigorn und Lisamon Hultin nach vorne gekommen, bis sie nun ungebührlich dicht neben ihm standen. Um ihn zu fangen, sollte er stürzen? Bei Confalumes Schnurrbart, glaubten sie etwa, er würde umkippen, so wie damals im Labyrinth?

Er richtete sich noch gerader auf: Winken, lächeln, nikken, lächeln, nicken. Nichts würde passieren. Nichts. Nichts. Aber würde diese Zeremonie niemals enden?

Es dauerte noch etwa eine halbe Stunde. Aber dann war es überstanden, und die königliche Gefolgschaft, die das Fest durch einen unterirdischen Gang verließ, machte sich eilig auf den Weg in die Quartiere, die im Haus des Bürgermeisters an der gegenüberliegenden Seite des Platzes für den Coronal hergerichtet worden waren. Als sie allein waren, sagte Carabella: »Ich hatte den Eindruck, dir würde da oben übel werden, Valentine.«

So leicht er konnte, sagte er: »Wenn Langeweile eine Krankheit ist, dann wurde es mir tatsächlich übel, ja.«

Sie schwieg einen Augenblick. Dann sagte sie: »Ist es unbedingt notwendig, mit dieser Prozession fortzufahren?«

»Du weißt, daß ich keine andere Wahl habe.«

»Ich habe Angst um dich.«

»Warum, Carabella?«

»Es gibt Zeiten, da erkenne ich dich kaum wieder. Wer ist

diese nachdenkliche, düstere Person, die das Bett mit mir teilt? Was ist aus dem Mann namens Valentine geworden, den ich in Pidruid kennengelernt habe?«

»Er ist immer noch da.«

»Das glaube ich auch. Aber verborgen. Wie die Sonne verborgen ist, wenn der Schatten des Mondes auf sie fällt. Welcher Schatten fällt auf dich, Valentine? Welcher Schatten fällt auf die Welt? Etwas Seltsames ist mit dir im Labyrinth passiert. Was war es? Warum?«

»Das Labyrinth ist ein verabscheuungswürdiger Ort für mich, Carabella. Vielleicht fühlte ich mich dort eingesperrt, gefangen, begraben ...« Er schüttelte den Kopf. »Es war seltsam, ja. Aber das Labyrinth liegt weit hinter mir. Als wir in freundlichere Gegenden kamen, da spürte ich, wie mein altes Selbst zurückkehrte. Ich habe wieder Freude, Liebes, ich ...«

»Vielleicht kannst du dich selbst täuschen, aber nicht mich. Du hast keine Freude, jedenfalls momentan nicht. Am Anfang hast du alles in dich hineingetrunken, als könntest du nicht genug bekommen – du wolltest überall hin, alles erleben, alles schmecken, was es zu schmecken gibt – aber jetzt nicht mehr. Ich sehe es in deinen Augen, im Gesicht. Du bewegst dich wie ein Schlafwandler. Möchtest du das abstreiten?«

»Ja, ich werde müde. Das gebe ich zu.«

»Dann brich die Prozession ab! Kehre zum Berg zurück, den du liebst, wo du stets wirklich glücklich warst!«

»Ich bin Coronal. Und der Coronal hat die Pflicht, sich den Menschen zu zeigen, die er regiert. Das bin ich ihnen schuldig.«

»Und was bist du dir selbst schuldig?«

Er zuckte die Achseln. »Ich bitte dich, Liebes! Selbst wenn es mir langweilig ist, und das ist es – ich kann nicht abstreiten, daß ich Stummen im Schlaf höre und endlose Paraden von Jongleuren und Akrobaten sehe –, noch niemand ist an Langeweile gestorben. Die Prozession ist meine Pflicht. Ich muß weitermachen.«

»Dann sag wenigstens die Reise nach Zimroel ab. Ein Kontinent ist mehr als genug. Es wird Monate dauern, bis du wieder zurück auf dem Burgberg bist, wenn du in jeder bedeutenderen Stadt haltmachst. Und dann noch Zimroel? Piliplok, Ni-moya, Til-omon, Narabal, Pidruid – das wird Jahre dauern, Valentine!«

Er schüttelte langsam den Kopf. »Ich habe eine Verpflichtung für alle Lebewesen, nicht nur für die, die in Alhanroel leben.«

Sie nahm seine Hände und sagte: »Das verstehe ich. Aber du verlangst zuviel von dir. Ich bitte dich noch mal: Denk darüber nach, die Reise durch Zimroel abzusagen. Wirst du das tun? Wirst du wenigstens darüber nachdenken?«

»Ich würde noch heute nacht zum Burgberg zurückkehren, wenn ich könnte. Aber ich muß weitermachen. Ich muß.«

»Du hoffst, heute nacht im Tempel mit der Lady, deiner Mutter, zu sprechen, nicht wahr?«

»Ja«, sagte er. »Aber ...«

»Versprich mir eines. Wenn du ihren Geist mit deinem erreichst, dann frag sie, ob du nach Zimroel gehen sollst. Laß dich von ihrem Rat leiten, der dir in so vielen anderen Fällen geholfen hat. Ja?«

»Carabella ...«

»Wirst du sie fragen? Nur fragen?«

»Meinetwegen«, sagte er. »Ich werde sie fragen. Das verspreche ich dir.«

Sie sah ihn schalkhaft an. »Bin ich dir ein böses Weib, dich derartig zu drängen, Valentine? Ich tue es nur aus Liebe zu dir.«

»Das weiß ich«, sagte er, zog sie eng an sich und hielt sie umschlungen.

Sie sprachen nicht mehr darüber, denn es war an der Zeit, die Fahrt zu den Höhen von Alaisor und zum Tempel zu unternehmen. Die Dämmerung senkte sich bereits herab, als sie die gewundene Serpentinenstraße befuhren. Hinter ihnen glitzerten die Lichter von Alaisor wie Millionen wahllos verstreuter heller Edelsteine.

Die Hierarchin Ambargarde, eine große, streng aussehende Frau mit stechendem Blick und schlohweißem Haar, wartete am Eingang des Tempel auf den Coronal. Während ehrfürchtige Schülerinnen ihn mit offenen Mündern anstarrten, bereitete sie ihm ein kurzes, herzliches Willkommen – er war, wie sie sagte, der erste Coronal, der seit Lord Tyeveras' zweiter Prozession den Tempel besuchte – und führte ihn durch eine wunderbar gestaltete Anlage, bis der Tempel selbst sichtbar wurde: ein langes Gebäude, nur ein Stockwerk hoch, aus weißem Stein erbaut und schmucklos, fast kahl, das sich inmitten eines großen, offenen Gartens am Rand der Klippe befand, den eine schlichte, einfache Schönheit auszeichnete. Sein westlicher Rand verlief sichelförmig am Hang der Klippe entlang, von wo aus man das Meer überblicken konnte, und an der inneren Seite erstreckten sich in spitzen Winkeln gegeneinander gebaute Flügel nach Osten.

Valentine ging durch eine luftige Loggia zu einem kleinen Balkon, der am äußersten Rand der Klippe in der Luft zu schweben schien. Dort blieb er lange Zeit schweigend stehen, Carabella und die Hierarchin an seiner Seite, Tunigorn und Sleet nicht weit entfernt. Hier war es herrlich still: er hörte nur das Säuseln des kühlen Windes, der ununterbrochen aus Nordwest wehte, sowie das leise Rascheln von Carabellas scharlachrotem Mantel. Er sah nach Alaisor hinab. Der gewaltige Hafen lag am Fuß der Klippe wie ein ausgebreiteter Fächer, der so weit nach Norden und Süden reichte, daß er die Enden gar nicht mehr sehen konnte. Die dunklen Speichen breiter Prachtstraßen durchzogen die gesamte Länge, die sich an einem fernen, kaum sichtbaren Kreis von Boulevards kreuzten, wo sechs Obelisken in den Himmel ragten: die Gruft von Lord Stiamot, dem Bezwinger der Metarmorphen. Dahinter lag nur noch das Meer, dunkelgrün und von einem tiefhängenden Dunst bedeckt.

»Kommt, mein Lord«, sagte Ambergarde. »Das letzte Tageslicht erlischt. Darf ich Euch Euer Gemach zeigen?«

Heute nacht würde er alleine schlafen, in einem nüchternen kleinen Raum in der Nähe des Tabernakels. Er würde weder essen noch trinken, abgesehen vom Wein der Traumsprecherinnen, der seinen Geist für die Lady öffnete. Nachdem Ambergarde gegangen war, wandte er sich an Carabella und sagte: »Ich habe mein Versprechen nicht vergessen, Liebes.«

»Das weiß ich. Oh, Valentine, ich bete, daß sie dir rät, zum Berg zurückzukehren.«

»Wirst du dich fügen, wenn sie es nicht tut?«

»Wie könnte ich mich einer deiner Entscheidungen widersetzen? Du bist der Coronal. Aber ich bete, daß sie dich zur Umkehr mahnt. Schlaf gut, Valentine.«

»Angenehme Träume, Carabella.«

Sie verließ ihn. Einige Zeit blieb er noch am Fenster stehen und sah zu, wie Ufer und Meer von der Nacht eingehüllt wurden. Irgendwo westlich von hier, wußte er, lag die Insel des Schlafs, die Domäne seiner Mutter, weit jenseits des Horizonts, das Heim der gütigen Lady, die der Welt Weisheit schenkte, wenn sie träumte. Valentine sah angestrengt aufs Meer hinaus, als könnte er inmitten der zunehmenden Dunkelheit und des Nebels die weißen Kreidefelsen der Insel erkennen, wenn er nur genau genug hinsah.

Dann entkleidete er sich und legte sich auf die einfache Pritsche, die das einzige Mobiliar des Raumes bildete. Er nahm den Pokal, der den Traumwein enthielt. Er nahm einen tiefen Zug des süßen Getränks, dann noch einen, dann legte er sich zurück, versetzte sich in die Trance, die seinen Geist für Impulse aus der Ferne öffnete, und wartete auf den Schlaf.

– Komm zu mir, Mutter. Ich bin es, Valentine.

Schläfrigkeit überkam ihn, und bald versank er in Schlummer.

– Mutter –

– Lady –

– Mutter –

Phantome tanzten durch sein Gehirn. Verzerrte Gestalten

platzten wie Blasen aus unterirdischen Quellen und wirbelten empor zum Dach des Himmels. Körperlose Hände wuchsen aus Baumstämmen, Felsbrocken öffneten gelbe Augen, Flüsse wurden haarig, er beobachtete und wartete, während er sich tiefer und immer tiefer ins Reich der Träume gleiten ließ, derweil er seine ganze Seele der Lady entgegenschickte.

Dann erhaschte er einen Blick von ihr, wie sie an einem achteckigen See in ihrem Gemach aus feinem weißen Stein im Inneren Tempel auf der Insel saß. Sie beugte sich nach vorne, als studierte sie ihr Spiegelbild. Er schwebte zu ihr, verweilte hinter ihr, sah hinab und erblickte das vertraute Gesicht im See, dunkles Haar, volle Lippen, warme, gütige Augen, wie immer eine Blume hinter einem Ohr, das Silberband um die Stirn. Er sagte leise: »Mutter? Ich bin es, Valentine.«

Sie wandte sich zu ihm. Aber das Gesicht, das er sah, war das Gesicht eines Fremden: ein blasses, hageres, düsteres, verwirrtes Gesicht.

»Wer bist du?« flüsterte er.

»Aber du kennst mich doch! Ich bin die Lady der Insel.«

»Nein ... nein ...«

»Aber gewiß.«

»Nein.«

»Warum bist du zu mir gekommen? Das hättest du nicht tun dürfen, denn du bist Pontifex, weshalb es angemessener ist, daß ich zu dir komme, statt du zu mir.«

»Pontifex? Du meinst Coronal.«

»Ah, habe ich das gesagt? Das war ein Versprecher.«

»Und meine Mutter? Wo ist sie?«

»Ich bin es, Valentine.«

Tatsächlich war das hagere Gesicht wie eine Maske, die dünner wurde und sich abzuschälen begann wie alte Haut und das wunderbare Lächeln seiner Mutter enthüllte, ihre besänftigenden Augen. Doch auch das schälte sie wieder ab und wurde wieder zu diesem anderen Gesicht, und darunter das der wirklichen Lady, aber diesmal weinte sie. Er griff nach ihr, aber seine Hände glitten durch sie hindurch, und er war allein. In dieser Nacht kehrte sie nicht zu ihm zurück, wenngleich er sie durch vielerlei Visionen verfolgte und dabei in Gefilde solcher Absonderlichkeiten geriet, daß er sich gerne zurückgezogen hätte, wäre es ihm möglich gewesen; und schließlich gab er die Suche auf und sank in einen tiefen und traumlosen Schlaf.

Er erwachte am späten Vormittag. Er badete, trat aus der Kammer und sah Carabella mit gespanntem, nervösem Gesicht draußen warten. Ihre Augen waren blutunterlaufen, als hätte sie überhaupt nicht geschlafen.

»Wie geht es meinem Lord?« fragte sie augenblicklich.

»Ich habe nichts erfahren. Meine Träume waren hohl, und die Lady hat nicht zu mir gesprochen.«

»Oh, Liebster, das tut mir so leid!«

»Heute nacht werde ich es wieder versuchen. Vielleicht habe ich zu wenig Traumwein getrunken, oder zuviel. Die Hierarchin wird mich unterweisen. Hast du schon gegessen, Carabella?«

»Schon lange. Aber ich werde noch einmal mit dir frühstücken, wenn du möchtest. Und Sleet möchte dich sprechen. In der Nacht kam eine dringende Nachricht an, und er wollte auf der Stelle zu dir, aber ich habe es nicht zugelassen.«

»Was für eine Nachricht?«

»Er hat mir nichts gesagt. Soll ich ihn rufen lassen?«

Valentine nickte. »Ich warte dort draußen«, sagte er und deutete zu dem kleinen Balkon, der das äußerste Ende der Klippe überblickte.

Sleet hatte einen Fremden bei sich, als er kam: einen schlanken Mann mit glatter Haut, einem breiten, eckigen Gesicht und großen, ernsten Augen. Er machte eine hastige Sternenfächergeste, danach sah er den Coronal an, als wäre er ein Wesen aus einer anderen Welt. »Lordschaft, das ist Y-Uulisaan, der letzte Nacht von Zimroel kam.«

»Ein ungewöhnlicher Name«, sagte Valentine.

»Er ist bereits seit Generationen in unserer Familie, mein

Lord. Ich gehöre zum Landwirtschaftsministerium in Nimoya, und es ist meine Aufgabe, unglückliche Meldungen von Zimroel zu bringen.«

Valentine spürte Beklemmungen in der Brust.

Y-Uulisaan hielt him einen Stapel Ordner hin. »Hier ist alles genau beschrieben – alle Einzelheiten der jeweiligen Krankheiten, die befallenen Gebiete, das Ausmaß der Schäden ...«

»Krankheiten? Was für Krankheiten?«

»In den landwirtschaftlichen Zonen, mein Lord. In Durlon ist die Lusavenderpest wieder aufgetaucht, westlich des Grabens sind die Niykbäume abgestorben, auch Glein und Stajja sind in Mitleidenschaft gezogen, Ricca und Milaile sind von der Wurzelfäule befallen ...«

»Mein Lord?« rief Carabella plötzlich. »Seht doch nur!«

Er wirbelte zu ihr herum. Sie deutete himmelwärts.

»Was sind denn *das*?«

Valentine sah verblüfft auf. Mit der Brise kam eine seltsame Armee großer, glänzender und transparenter, schwebender Kreaturen, wie er sie noch niemals gesehen hatte. Ihre Körper waren im Durchmesser etwa so groß wie ein Mensch, ihre Gestalt glich der von aufwärts gerichteten Tassen, was ihnen einen besseren Auftrieb gab, und sie hatten lange, haarige Beine, die sie nach allen Richtungen ausstreckten. Ihre Augen, die in Doppelreihen rings um die Köpfe verliefen, waren schwarze Perlen von der Größe einer Männerfaust, die im Sonnenlicht erstaunlich glänzten. Hunderte, vielleicht Tausende der Spinnen zogen vorüber, eine wandernde Prozession, ein Fluß unheimlicher Wesen am Himmel.

Carabella sagte erschaudernd: »Was für monströse Geschöpfe! Wie aus den schlimmsten Sendungen des Königs der Träume.«

Valentine sah voll Erstaunen und Entsetzen zu, wie sie vorüberzogen und mit dem Wind weitersegelten. Mittlerweile waren aufgeschreckte Rufe aus dem Tempelhof zu vernehmen. Valentine bedeutete Sleet, ihm zu folgen, rannte hinein und sah die alte Hierarchin im Zentrum des Rasens stehen, wo sie mit einem Energiewerfer hantierte. In der Luft wimmelte es von den fliegenden Geschöpfen, von denen einige sich auf dem Boden niederlassen wollten, und sie und ein halbes Dutzend Schülerinnen bemühten sich verzweifelt, sie daran zu hindern. Dennoch hatten einige schon den Boden erreicht. Wo immer sie ihn berührten, blieben sie bewegungslos liegen, aber der Rasen unter ihnen verdorrte auf der Stelle auf einem Gebiet, das etwa doppelt so groß wie die Wesen war, und wurde gelb.

Innerhalb weniger Minuten war der Angriff vorüber. Die schwbenden Tiere waren weitergezogen und verschwanden im Osten, aber der Garten und der Hof des Tempels sahen aus, als wären sie mit Flammenwerfern angegriffen worden. Die Hierarchin Ambargarde, die Valentine sah, legte den Energiewerfer weg und kam zu ihm herüber.

»Was waren das für Kreaturen?« fragte er.

»Windspinnen, mein Lord.«

»Ich habe noch nie von ihnen gehört. Sind sie in dieser Gegend beheimatet?«

»Dem Göttlichen sei Dank, nein, mein Lord! Sie kommen von Zimroel, aus den Bergen jenseits von Khyntor. Jedes Jahr, wenn ihre Paarungszeit gekommen ist, werfen sie sich in den Strom der höchsten Winde, und dort, in der Luft, paaren sie sich und werfen die befruchteten Eier, die von den gegenläufigen niederen Luftströmen der Berge in die entgegengesetzte Richtung geweht werden, bis sie an den Schlüpfplätzen landen. Aber die erwachsenen Tiere werden von den Luftströmungen erfaßt und aufs Meer hinausgetragen, und manchmal gelangen sie bis zur Küste von Alhanroel.«

Sleet ging mit einem Ausdruck des Ekels auf eine der herabgefallenen Spinnen zu. Sie lag still und machte nur unmerkliche Bewegungen, ein kaum sichtbares Zucken der Beine.

»Nicht anfassen!« rief Ambargarde. »Sie ist überall giftig!« Sie rief eine Schülerin, die die Spinne mit dem Energiewerfer tötete. Zu Valentine sagte die Hierarchin: »Bevor sie sich paaren, sind sie harmlose Pflanzenfresser. Aber wenn sie ihre Eier verloren haben, verändern sie sich und werden gefährlich. Seht, was sie mit dem Gras gemacht haben. Wir werden alles ausgraben müssen, sonst wird hier nie wieder etwas wachsen.«

»Und das geschieht jedes Jahr?« fragte Valentine.

»O nein, wofür dem Göttlichen gedankt sei! Die meisten verschwinden schon über dem Meer. Nur alle paar Jahre einmal kommen sie so weit. Aber wenn das geschieht – ah, mein Lord, dann ist es stets ein Jahr böser Vorzeichen!«

»Wann sind sie zuletzt gekommen?« fragte der Coronal.

Ambargarde schien zu zögern. Schließlich sagte sie: »Im Jahr, als Euer Bruder Voriax starb, mein Lord.«

»Und davor?«

Ihre Lippen zitterten. »Ich kann mich nicht erinnern. Vielleicht zehn Jahre davor, vielleicht fünfzehn.«

»Nicht zufälligerweise in dem Jahr, als Lord Malibor starb?«

»Mein Lord ... verzeiht mir ...«

»Es gibt nichts zu verzeihen«, sagte Valentine leise. Er entfernte sich von der Gruppe und betrachtete die verbrannten Stellen des Rasens. Im Labyrinth, dachte er, wird der Coronal beim Bankett von dunklen Visionen übermannt. In Zimroel befallen Krankheiten das Getreide. In Alhanroel kommen die Windspinnen, was ein schlechtes Omen ist. Und wenn ich in meinen Träumen meine Mutter rufe, sehe ich ein fremdes Gesicht. Die Botschaft ist eindeutig, oder nicht? Ja. Die Botschaft ist ganz eindeutig.

»Sleet!« rief er.

»Lordschaft?«

»Suche Asenhart, er soll die Flotte bereitmachen. Wir segeln so bald wie möglich.«

»Nach Zimroel, mein Lord?«

»Zuerst zur Insel, damit ich mit meiner Mutter sprechen kann. Und dann nach Zimroel, ja.«

»Valentine?« sagte eine dünne Stimme.

Es war Carabella. Ihr Blick war starr und seltsam, ihr Gesicht bleich. Sie sah fast wie ein Kind aus – ein kleines, verängstigtes Kind, dessen Seele in der Nacht vom König der Träume gepeinigt worden ist.

»Welches Böse geht in deinem Land um, mein Lord?« fragte sie mit einer Stimme, die er kaum hören konnte. »Was wird mit uns geschehen? Sag mir: Was wird mit uns geschehen?«

BUCH ZWEI

Das Buch der Wasserkönige

KAPITEL 1

»Ihre Aufgabe ist es, Ertsud Grand zu erreichen«, hatte der Instruktor gesagt. »Ihre Route führt durch das offene Gelände südlich der Pinitor-Prachtstraße. Ihre Waffen sind Keule und Dolch. Ihre Gegner sind sieben Bestien: Vourhain, Malorn, Zeil, Kassai, Min-Mollitor, Weyhant und Zytoon. Sie sind gefährlich und werden Sie verletzen, wenn Sie sich von ihnen überraschen lassen.«

Hissune verbarg sich hinter einem umfangreichen Ghazanbaum, der so knorrig und in sich gekrümmt war, daß er zehntausend Jahre alt sein konnte, und spähte vorsichtig in das schmale Tal, das vor ihm lag. Er sah keinen der anderen Initiaten, aber auch keine der Bestien.

Es war der dritte Tag der Verfolgung, und er hatte immer noch zwölf Meilen vor sich. Wirklich niederschmetternd aber war das, was vor ihm lag: ein öder Hang mit losen Granitbrocken, die wahrscheinlich in dem Augenblick ins Rollen kommen würden, wenn er hinaustrat, und ihn auf die Felsen des fernen Talbodens schleudern würden. Obwohl dies nur eine Übung der Ausbildung war, wußte er genau, daß er durchaus getötet werden konnte, wenn er sich eine Blöße gab.

Aber der Gedanke umzukehren und einen anderen, weniger gefährlichen Weg zu nehmen, war ebenfalls nicht sehr anziehend. Noch einmal den schrecklichen Weg über den schmalen Sims am Rand des Felshanges zurückzulegen, mit der Aussicht auf einen Sturz in tausend Fuß Tiefe, den ein falscher Schritt bringen konnte, die böse überhängenden Felsen, die ihn gezwungen hatten, mit der Nase am Boden zu kriechen, kaum einen halben Fuß freien Raum über dem Kopf – nein. Da war es schon besser, sich der Herausforderung des Geröllfeldes zu stellen, als noch einmal umzukehren. Außerdem lauerte dort oben immer noch der Vourhain, eine der sieben Bestien. Nachdem er den gekrümmten Krallen und spitzen Fangzähnen einmal entkommen war, verspürte er keinen Wunsch, nochmals ihre Bekanntschaft zu machen.

Er benützte die Keule als eine Art Krücke und trat vorsichtig auf das Geröllfeld hinaus.

Hier, so weit unten am Burgberg, war die Sonne hell und durchdringend, unterhalb des dauernden Wolkenbandes, das den gewaltigen Berg etwa in der Mitte umgab. Der grelle Schein wurde vom Glimmer reflektiert, der in dem scharfen Granit eingebettet war, und schmerzte in seinen Augen.

Er setzte einen Fuß sorgfältig vor den anderen und stellte fest, daß das Geröll unter seinem Fuß stabil war. Er ging noch einen Schritt. Noch einen. Ein paar kleine Felsbrocken lösten sich und fielen polternd den Hang hinab. Während sie sich im Fall umdrehten, blinkten sie wie Spiegel.

Es schien keine Gefahr zu bestehen, daß der ganze Hang ins Rollen kam. Er setzte seinen Abstieg fort. Seine Knöchel und Knie, die noch vom gestrigen Überqueren eines windumtosten Passes schmerzten, protestierten unter der Anstrengung. Die Gurte des Rucksacks schnitten ihm ins Fleisch. Er war durstig und hatte leichte Kopfschmerzen: in diesem Abschnitt des Burgbergs war die Luft dünn. Es gab Augenblicke, da wünschte er sich, wieder wohlbehalten in der Burg zu sein und die Texte über das Verfassungsrecht und Frühgeschichte zu studieren, zu deren Lektüren man ihn während der vergangenen sechs Monate verdammt hatte. Er lächelte bei diesem Gedanken, denn er erinnerte sich daran, wie er in den ermüdenden Tagen seiner Ausbildung verzweifelte darauf gehofft hatte, daß die Tage bald gezählt sein und er von den Büchern befreit sein würde, um sich den abenteuerlichen Tests unterziehen zu können. Augenblicklich, überlegte er, schien die Bibiliothek der Burg kein so unangenehmer Aufenthaltsort zu sein, dieser Test dagegen nichts weiter als eine grausame Strafe.

Er sah auf. Die Sonne schien den halben Himmel auszufüllen. Er hielt die Hand als Schirm über die Augen.

Es war nun fast ein Jahr her, seit Hissune das Labyrinth

verlassen hatte, und immer noch hatte er sich nicht ganz an den Anblick dieses feurigen Dings am Himmel gewöhnt, noch an das Gefühl seiner Strahlen auf der Haut. Es gab Zeiten, da genoß er die unvertraute Wärme – längst hatte er die Blässe des Labyrinths gegen eine gesunde Bräune eingetauscht –, aber manchmal erweckte sie auch Furcht in ihm, und er wollte sich abwenden und sich tausend Fuß unter der Erdoberfläche begraben, wo ihn die Sonne nicht erreichen konnte.

Idiot. Dummkopf! Die Sonne ist nicht dein Feind. Geh endlich weiter.

Am fernen Horizont sah er die Türme von Ertsud Grand im Westen. Der See dunkler Schatten auf der anderen Seite war die Stadt Hoikmar, von der er gekommen war. Seinen optimistischen Schätzungen zufolge hatte er zwanzig Meilen zurückgelegt – durch Hitze und Durst, über Meere aus Staub und alte Seen voll Asche, Vulkanhänge hinab und über Felder metallischer Lava. Er war dem Kassai ausgewichen, einem furchtbaren Ding mit zuckenden Fühlern und Augen wie weißen Untertassen, das ihn vor einem halben Tag verfolgt hatte. Den Vourhain hatte er mit dem alten Trick der falschen Fährte genarrt, indem er ihn dem Geruch seines alten Mantels hinterherlaufen ließ, während er selbst einen Weg nahm, der so schmal war, daß das Tier ihm nicht folgen konnte. Blieben noch fünf Bestien. Malorn, Zeil, Weyhant, Min-Mollitor, Zytoon.

Seltsame Namen. Seltsame Tiere, die nirgendwo beheimatet waren. Vielleicht waren sie synthetisch, wie der Berg selbst mit den Zaubermitteln der alten und vergessenen Wissenschaften erzeugt. Aber weshalb sollte jemand Monster erschaffen? Weshalb sie auf dem Berg freilassen? Einfach nur, um die jungen Adligen zu testen und herauszufordern? Hissune fragte sich, was geschehen würde, sprängen der Weyhant oder das Zytonn plötzlich zwischen dem Geröll hervor auf ihn zu. *Sie werden Sie verletzen, wenn Sie sich von Ihnen überraschen lassen.* Verletzen, ja. Aber töten? Welchen Zweck hatte dieser Test? Die Überlebensfähigkeiten junger

Adliger zu testen oder die ungeeigneten auszusondern? Gleichzeitig, wußte Hissune, befand sich etwa drei Dutzend weitere Ritter-Initiaten wie er selbst in diesem Gelände, entlang der dreißig Meilen der Teststrecke. Wie viele wurden überleben und Ertsud Grand erreichen?

Er auf jeden Fall. Dessen war er sicher.

Langsam, immer mit der Krücke die Festigkeit des Abschnitts vor ihm erprobend, ging er weiter den Hang hinab. Auf halbem Weg passierte ihm das erste Mißgeschick: ein solide aussehender Felsbrocken war nur trügerisch ausbalanciert und gab bei der leichtesten Berührung mit dem linken Fuß nach. Einen Augenblick schwankte er auf entsetzliche Weise und bemühte sich verzweifelt, das Gleichgewicht zu halten, dann kippte er vornüber. Die Keule fiel ihm aus der Hand, während er stolperte, und löste eine Lawine von Geröll aus, und sein rechtes Bein glitt bis zum Schenkel zwischen zwei große Felsen, deren Kanten messerscharf waren.

Er griff nach allem, woran er sich festhalten konnte. Aber die Felsen unter ihm kamen nichts ins Rollen. Höllische Schmerzen breiteten sich in seinem Bein aus. Gebrochen? Gerissene Sehnen? Überdehnte Muskeln? Er begann langsam, es herauszuziehen. Seine Hose war vom Knöchel bis zur Hüfte aufgerissen, aus einer tiefen Schnittwunde strömte Blut. Aber das schien das Schlimmste zu sein, das und ein Pulsieren in der Hüfte, das morgen möglicherweise zu einem lästigen Hinken führen konnte. Er nahm die Keule wieder auf und ging langsam weiter.

Dann veränderte sich der Charakter des Hangs: die großen Felsbrocken wichen feinem Geröll und Schotter, das als Unterlage noch tückischer war. Hissune gewöhnte sich eine langsame, gleitende Gangart an, indem er die Füße seitwärts drehte und sich beim Abstieg fest in die feine Krume stemmte. Sein verletztes Bein machte ihm Schwierigkeiten, und er mußte um die Beherrschung kämpfen. Der Boden des Hangs kam in Sicht.

Zweimal glitt er auf dem Schotter aus. Beim erstenmal

schlitterte er nur ein paar Fuß weit; beim zweitenmal rutschte er mehrere Meter hangabwärts, und er bewahrte sich nur dadurch vor einem ernsten Sturz, daß er die Füße ins Geröll stemmte und fünfzehn bis zwanzig Zentimeter hineingrub und sich verzweifelt mit beiden Händen festklammerte.

Als er wieder aufstand, konnte er den Dolch nicht finden. Er suchte eine Weile erfolglos im Geröll, dann ging er achselzuckend weiter. Gegen einen Weyhant oder einen Min-Mollitor würde das Messer sowieso nichts nützen, dachte er. Aber es würde ihm fehlen, wenn er unterwegs nach Nahrung suchte: um eßbare Wurzeln auszugraben und die Schalen von Früchten abzuschälen.

Am Fuß des Hangs öffnete sich das Tal zu einem breiten Felsplateau, das einen trockenen, abweisenden Eindruck machte und nur hier und da von einem einzelnen, uralt aussehenden Ghazanbaum unterbrochen wurde, aber die waren allesamt blattlos und zu abstoßenden Formen verkümmert. Etwas weiter im Osten aber sah er andere Bäume, schlank, groß und voller Blätter, die dicht zusammenstanden. Alles sprach dafür, daß es dort Wasser gab, und so ging er darauf zu.

Dieser grüne Fleck war aber weiter entfernt, als er vermutet hatte. Nachdem er eine Stunde darauf zugegangen war, schien er ihm immer noch nicht nähergekommen zu sein. Hissunes verletztes Bein schmerzte immer heftiger und wurde langsam steif. Seine Vorräte waren allesamt aufgebraucht. Und als er über eine Hügelkuppe kam, wartete der Malorn auf der anderen Seite.

Es war ein unglaublich bedrohlich aussehendes Geschöpf: ein beutelförmiger ovaler Körper auf zehn sehr langen Beinen, die V-förmig gebogen waren und den Thorax drei Fuß über dem Boden hielten. Acht der Beine endeten in breiten, flachen Gehfüßen. Die beiden vorderen waren mit Klauen und Scheren versehen. Eine Reihe rotfunkelnder Augen verlief reihum um den ganzen Körper. Ein langer, gekrümmter Schwanz war stachelbewehrt.

»Ich könnte dich mit einem Spiegel töten!« sagte Hissune zu ihm. »Ein Blick auf deine Häßlichkeit, und du würdest tot umfallen.«

Der Malorn gab ein leises zischendes Geräusch von sich und bewegte sich langsam auf ihn zu, seine Kiefer mahlten, die Scheren klapperten. Hissune hob die Keule und wartete. Er hatte keinen Grund zur Angst, sagte er sich, wenn er ruhig blieb. Der Zweck dieses Tests bestand nicht darin, die Auszubildenden umzubringen, sondern sie zu stählen, und vielleicht, ihr Verhalten unter Streß zu studieren.

Er ließ den Malorn auf zehn Meter herankommen. Dann hob er einen Stein auf und schleuderte ihn dem Ungeheuer ins Gesicht. Der Malorn schlug ihn mühelos beiseite und kam ungerührt näher. Behende wich Hissune nach links aus, auf einen Hügel in der Ebene. Auf dieser erhöhten Position umklammerte er die Keule mit beiden Händen. Der Malorn sah weder schlau noch schnell aus, aber wenn er versuchte, ihn anzugreifen, dachte Hissune, würde er zumindest bergauf gehen müssen.

»Hissune?«

Die Stimme kam von hinter ihm. »Wer ist da?« fragte Hissune ohne sich zumzudrehen.

»Alsimir.« Ein Ritter-Initiat aus Peritole. Ein oder zwei Jahre älter als er.

»Alles in Ordnung?« fragte Hissune.

»Ich bin verletzt. Der Malorn hat mich erwischt.«

»Schwer verletzt?«

»Mein Arm schwillt an. Gift.«

»Ich komme gleich. Aber zuerst ...«

»Paß auf. Er springt.«

Tatsächlich schien der Malorn die Beine zum Sprung anzuspannen. Hissune wartete, balancierte auf den Fersen und wiegte sich leicht hin und her. Einen unendlich langen Augenblick geschah überhaupt nichts. Die Zeit selbst schien erstarrt zu sein, und Hissune selbst sah geduldig auf den Malorn. Er war völlig ruhig. In seinem Geist war kein Platz für Furcht, für Unsicherheit, für Spekulationen, was als nächstes passieren würde.

Dann endete die seltsame Stasis, und plötzlich sprang das Geschöpf mit einem Sprung aller seiner Beine in die Luft; und gleichzeitig schnellte Hissune nach vorne, den Hang hinunter auf die springende Bestie zu, so daß der Malorn mit seinem gewaltigen Sprung über ihn hinweghüpfen würde.

Als der Malorn gerade über ihm durch die Luft flog, warf sich Hissune zu Boden, um einem Hieb mit dem tödlichen Schwanz zu entgehen. Die Keule mit beiden Händen festhaltend, schlug er heftig aufwärts und hieb so fest er konnte in die weiche Unterseite des Tiers. Er vernahm das Geräusch ausströmender Luft, dann zuckten die Beine des Malorn wütend in alle Richtungen. Seine Klauen berührten Hissune fast, als er stürzte.

Der Malorn landete wenige Schritte entfernt auf dem Rükken. Hissune ging zu ihm und tänzelte zwischen den um sich schlangenden Beinen umher, um die Keule noch zweimal auf den Bauch des Untiers zu schlagen. Dann trat er zurück. Der Malorn bewegte sich immer noch schwach. Hissune nahm den größten Felsbrocken, den er tragen konnte, hielt ihn hoch über den Malorn, ließ ihn fallen. Die zuckenden Beine wurden still. Der mittlerweile schwitzende, keuchende und zitternde Hissune wandte sich ab und stützte sich auf die Keule. Sein Magen drehte sich, ihm wurde übel; dann, nach einem Augenblick, wurde er ruhig.

Alsimir lag etwa fünfzig Fuß hangaufwärts, seine rechte Hand umklammerte die linke Schulter, die auf doppelte Größe angeschwollen zu sein schien. Sein Gesicht war gerötet, die Augen glasig.

Hissune kniete neben ihm nieder. »Gib mir deinen Dolch. Ich habe meinen verloren.«

»Er ist dort drüben.«

Rasch schnitt Hissune Alsimirs Ärmel auf und legte eine sternenförmige Wunde direkt über dem Bizeps frei. Mit der Messerspitze schnitt er ein Kreuz über den Stern, preßte das Blut heraus, saugte, spie aus, drückte erneut. Alsimir zitterte, wimmerte, schrie einmal oder zweimal auf. Nach einer Weile wischte Hissune die Wunde ab und suchte in seinem Rucksack nach einem Verband.

»Das müßte genügen«, sagte er. »Mit etwas Glück sind wir morgen um diese Zeit in Ertsud Grand, wo du eine angemessene Behandlung bekommen wirst.«

Alsimir starrte den gestürzten Malorn voller Entsetzen an. »Ich wollte ihm ausweichen, genau wie du – und plötzlich sprang er mich an und biß mich. Ich glaube, er wollte abwarten, bis ich sterbe, um mich dann aufzufressen. Aber dann bist du gekommen.«

Hissune erschauderte. »Häßliches Tier. Auf den Bildern des Ausbilders sah es nicht halb so ekelhaft aus.«

»Hast du es getötet?«

»Wahrscheinlich. Ich frage mich, ob wir die Bestien töten sollen. Vielleicht brauchen sie sie wieder für die Tests im nächsten Jahr.«

»Das ist ihr Problem«, sagte Alsimir. »Wenn sie uns schon hier heraus schicken und uns solche Monstren auf den Hals hetzen, dann sollten sie sich nicht wundern, wenn wir dabei das eine oder andere töten. Ah, bei der Lady, tut das weh!«

»Komm. Beenden wir die Reise gemeinsam.«

»Das sollen wir nicht tun, Hissune.«

»Na und? Glaubst du, ich werde dich allein hier zurücklassen, noch dazu in deinem Zustand? Sollen sie uns hinauswerfen, wenn sie wollen! Ich habe ihr Malorn getötet, ich habe einen Verwundeten gerettet – schön und gut, dann falle ich eben durch. Aber ich überlebe und du ebenfalls.«

Hissune half Alsimir auf die Beine, worauf sie langsam auf die grünen Bäume in der Ferne zugingen. Er stellte fest, daß er wieder zitterte, eine verspätete Reaktion auf den Schrecken. Das abscheuliche Geschöpf, das über seinem Kopf dahinflog, der Ring roter, starrender Augen, das Klakken der Kiefer, der weiche, bloße Bauch – es würde lange dauern, bis er das vergessen konnte.

Während sie dahinschritten, kam seine Ruhe wieder.

Er versuchte, sich Lord Valentine vorzustellen, wie er in

diesem gottverlassenen Tal mit Malorns oder Zeils oder Zytoons kämpfte, oder Elidath, oder Divvis, oder Mirigant. Sicher hatten sie in ihren Tagen als Ritter-Initiaten dieselben Prüfungen durchstehen müssen, und vielleicht war dies derselbe Malorn gewesen, der vor zwanzig Jahren den jungen Valentine angezischt und ihm die Klauen gezeigt hatte. Hissune kam alles ein wenig absurd vor: was hatte das Besiegen von Monstern mit der Kunst der Regierung zu tun? Zweifellos würde er früher oder später die Zusammenhänge erkennen, dachte er. Inzwischen bereitete ihm Alsimir Sorgen, und ebenso das Zeil, das Weyhant, das Min-Mollitor und das Zytoon. Mit ein wenig Glück kam er nur noch mit ein oder zwei der Bestien in Kontakt. Aber immer noch lagen schätzungsweise zwölf Meilen vor ihm. War das das angenehme Leben auf dem Burgberg? Acht Stunden täglich jedes Dekret eines jeden Coronals oder Pontifex von Dvorn bis Tyeveras studieren, unterbrochen nur von kleinen Ausflügen in die Wildnis, um die Bekanntschaft von Malorns und Zytoons zu machen? Was war mit den Festen und Spielen? Was mit den romantischen Spaziergängen durch die Gärten und Parkanlagen? Er kam zu dem Ergebnis, daß die Menschen des Tieflandes eine unzutreffend romantische Ansicht vom Leben der Adligen auf dem Burgberg hatten.

Hissune sah zu Alsimir. »Wie geht es dir?«

»Ich bin ziemlich schwach. Aber die Schwellung scheint etwas zurückzugehen.«

»Wir werden die Wunde auswaschen, wenn wir die Baumgruppe erreicht haben. Dort muß es Wasser geben.«

»Ich wäre gestorben, wenn du nicht gekommen wärst, Hissune.«

Hissune zuckte die Achseln. »Wenn ich nicht gekommen wäre, wäre jemand anders gekommen. Es ist der einzig logische Weg durch das Tal.«

Nach einem Augenblick sagte Alsimir: »Ich verstehe nicht, warum du diese Ausbildung mitmachen mußt.«

»Was meinst du damit?«

»Daß sie dich all diesen Risiken aussetzen.«

»Warum nicht? Alle Initiaten müssen das tun.«

»Lord Valentine hat besondere Pläne mit dir. Ich habe gehört, wie Divvis das letzte Woche zu Stadilaine sagte.«

»Ich habe ein großes Schicksal vor mir, ja. Meister der Stallungen. Wächter der Meute.«

»Es ist mein Ernst. Divvis ist eifersüchtig auf dich, weißt du. Und er hat Angst vor dir, weil du der Liebling des Coronals bist. Divvis möchte Coronal werden – das will jeder. Und er glaubt, daß du ihm im Weg stehst.«

»Ich glaube, das Gift läßt dich irr reden.«

»Glaub mir, Divvis sieht dich als Bedrohung an, Hissune.«

»Sollte er aber nicht. Die Wahrscheinlichkeit, daß ich Coronal werde, ist auch nicht größer als die, daß es ... Divvis wird. Elidath ist der Favorit. Und Lord Valentine beabsichtigt, so lange als möglich Coronal zu bleiben. Das weiß ich zufällig genau.«

»Ich sage dir ...«

»Hör schon damit auf. Spar deine Energie für den Marsch. Es sind noch ein Dutzend Meilen bis Ertsud Grand. Und unterwegs warten noch vier weitere Bestien auf uns.«

KAPITEL 2

Dies ist der Traum des Piurivar Faraataa:

Es ist die Stunde des Skorpions, und bald wird die Sonne über Velalisier aufgehen. Außerhalb des Stadttores, entlang der Straße, die als Straße des Abschieds bekannt war, von diesem Tag an aber Straße der Wiederkehr heißen wird, nähert sich eine lange Prozession, die sich bis weit zum Horizont erstreckt. Der Kommende Prinz, in eine smaragdene Aura gehüllt, steht am Kopf der Schlange. Hinter ihm stehen vier in den Gestalten der Roten Frau, des Blinden Riesen, des Gequälten Mannes und des Letzten Königs. Dann folgen die vier Gefangenen, die mit Weidenruten gefesselt sind; und anschließend folgt die Vielzahl des Volks der Piurivar: die Wiederkehrenden.

Faraataa schwebt hoch über der Stadt und treibt nach eigenem Willen über das unermeßliche Land, dessen gewaltige Ausdehnung er mit einem einzigen Blick aufnehmen kann. Perfekt. Alles wurde neu gemacht, die Verwüstungen beseitigt, die Schreine wieder errichtet, die gestürzten Säulen ersetzt. Der Brunnen enthält wieder Wasser, die Gärten gedeihen, die Kletterpflanzen, die sich in jede Fuge festgesetzt hatten, wurden entfernt, die Sandverwehungen wurden beseitigt.

Nur der Siebte Tempel wurde belassen wie zur Zeit des Sturzes: eine flache Ruine, kaum mehr als die Fundamente, umgeben von Geröll. Faraataa schwebt genau darüber, und mit dem geistigen Auge reist er zurück durch das dunkle Meer der Zeit, so daß er den Siebten Tempel sehen kann, wie er vor der Zerstörung ausgesehen hat, und man gewährt ihm eine Vision der Entweihung.

Ah! Seht dort! Auf den Tischen Gottes wird das unheilige Opfer vorbereitet. Auf jedem der Tische liegt ein großer Wasserkönig, hilflos unter dem eigenen Gewicht, mit schwach schlagenden Flügeln, gebeugtem Nacken und Augen, die aus Furcht oder Zorn funkeln. Winzige Gestalten bewegen sich zwischen den beiden riesigen Wesen einher, die sich auf die Ausführung verbotener Riten vorbereiten. Faraataa erzittert. Faraataa weint, und seine Tränen fallen wie Kristallkugeln zu Boden. Er sieht die langen Messer blitzen; er hört die Wasserkönige schnauben und brüllen; er sieht, wie ihnen das Fleisch abgeschält wird. Er möchte den Leuten zurufen: *Nein, nein, das ist monströs, wir werden schrecklich bestraft werden*, aber was nützt es, was nützt es? Das alles ist vor Jahrtausenden geschehen. Und so schwebt er, und so sieht er zu. Wie Ameisen wuseln sie durch die Stadt, und sie tragen das Opferfleisch zum Siebten Tempel, und sie werfen es auf die Feuerstelle, und sie singen das Lied der Verbrennung. *Was tut ihr da?* ruft Faraataa ungehört. *Ihr verbrennt eure Brüder!* Und der Rauch steigt schwarz und fettig empor, schmerzt Faraataa in den Augen, und er kann nicht mehr schweben und fällt, und fällt, und fällt, und die Entweihung wird ausgeführt, und der Untergang der Stadt ist besiegelt, und mit ihr geht die ganze Welt verloren.

Nun leuchtet erstes Tageslicht im Osten. Das Licht wandert über die Stadt hinweg und berührt die Mondsichel, welche über der Ruine des Siebten Tempels aufgestellt ist. Der Kommende Prinz hebt den Arm und gibt das Signal. Die Prozession setzt sich in Bewegung. Während sie gehen, verändern sich Die Wiederkehrenden von Augenblick zu Augenblick, was in Übereinstimmung mit dem Buch der Wasserkönige geschieht. Sie nehmen nacheinander die Verkleidungen an, die als die Flamme, der Fluß, das Fallende Blatt, die Klinge, der Sand und der Wind bekannt sind. Und als sie am Platz der Unveränderlichkeit vorbeikommen, nehmen sie ihre ursprüngliche Piurivargestalten an und wahren sie von nun an.

Der Kommende Prinz umarmt jeden der vier Gefangenen. Dann werden sie zum Altar auf den Tischen der Götter geführt. Die Rote Frau und der Gequälte Mann führen den jüngeren König und seine Mutter zum östlichen Tisch, wo vor langer Zeit der Wasserkönig Niznorn in der Nacht der Blasphemie ums Leben kam. Der Blinde Riese und der Letzte König führen den älteren König und denjenigen, der bei Nacht in den Träumen kommt, zum westlichen Tisch, wo der Wasserkönig Domsitor von den Gotteslästerern umgebracht worden ist.

Der Kommende Prinz steht allein auf dem Siebten Tempel. Nun ist seine Aura scharlachrot. Faraataa sinkt herab, gesellt sich zu ihm, vereinigt sich mit ihm, und nun sind sie eins.

»Am Anfang war die Entweihung, als der Wahnsinn uns überkam und wir uns an unseren Brüdern im Meer versündigten«, rief er. »Und als wir erwachten und erkannten, was wir getan hatten, zerstörten wir unsere große Stadt und verteilten uns über das Land. Aber selbst das war nicht ausreichend, und Feinde aus weiter Ferne wurden zu uns geschickt, die uns alles nahmen, was wir hatten, und in die Wildnis schickten, was unsere Strafe war, denn wir hatten gegen unsere Brüder im Meer gesündigt. Unser Weg ging verloren, groß war unser Leid, und der Höchste wandte sein Antlitz von uns ab, bis die Strafe abgebüßt war und wir die Kraft fanden, unsere Unterdrücker zu vertreiben und das zurückzuerobern, was wir durch unsere frühere Sünde verloren hatten. Und es wurde prophezeit, daß ein Prinz zu uns kommen und uns am Ende der Strafe aus der Verbannung führen würde.«

»Das Ende der Strafe ist gekommen!« antwortet das Volk. »Dies ist die Zeit des Kommenden Prinzen!«

»Der Kommende Prinz ist hier!«

»Ich bin der Kommende Prinz!« ruft er. »Nun ist alles vergeben. Alle Schuld wurde zurückgezahlt. Wir haben gebüßt und sind geläutert. Die Instrumente der Strafe wurden aus unserem Land vertrieben. Die Wasserkönige hatten ihre Wiedergutmachung. Velalisier ist wieder aufgebaut. Unser Leben beginnt neu!«

»Unser Leben beginnt neu! Dies ist die Zeit des Kommenden Prinzen!«

Faraataa hebt seinen Stab, der wie ein Feuer im Morgenlicht leuchtet, und gibt denen ein Signal, die auf den beiden Tischen Gottes warten. Die vier Gefangenen werden nach vorne gestoßen. Die langen Messer blitzen. Die toten Könige stürzen, ihre Kronen rollen in den Staub. Mit dem Blut der Eindringlinge werden die Tische reingewaschen. Der letzte Akt wurde gespielt. Faraataa hebt den Stab hoch.

»Kommt nun und erbaut mit mir den Siebten Tempel neu!«

Das Volk der Piurivar eilt vorwärts. Sie sammeln die eingestürzten Steine des Tempels ein und fügen sie nach Faraataas Anweisungen wieder zusammen.

Als alles vollendet ist, steht Faraataa am höchsten Punkt

und blickt über Hunderte Meilen zum Meer, wo sich die Wasserkönige versammelt haben. Er sieht, wie sie die Wasseroberfläche mit den Schlägen ihrer Flügel aufwühlen. Er sieht, wie sie die gewaltigen Köpfe hochheben und schnauben.

»Brüder! Brüder!« ruft Faraataa ihnen zu.

»Wir hören euch, Land-Brüder!«

»Der Feind ist vernichtet. Die Stadt ist wieder aufgebaut. Der Siebte Tempel erstrahlt in altem Glanz. Ist unsere Schuld gesühnt, o Brüder?«

Und sie antworten: »Sie ist gesühnt. Die Welt ist geläutert, ein neues Zeitalter beginnt!«

»Ist uns verziehen?«

»Euch ist verziehen, o Land-Brüder.«

»Uns ist vergeben!« ruft der Kommende Prinz.

Und die Leute halten die Hände hoch zu ihm und verändern ihre Gestalten und werden nacheinander zum Stern, zum Nebel, zur Dunkelheit, zum Glanz, zur Höhle.

Nur eines bleibt noch, nämlich denen zu vergeben, die die erste Sünde begingen, und die seither ohne Unterlaß in Fesseln inmitten der Ruinen geblieben sind. Der Kommende Prinz streckt die Hände aus, er berührt sie und sagt ihnen, daß der Fluch von ihnen genommen wurde und sie frei sind.

Und die Steine des gefallenen Velalisier geben die Toten frei, und ihre Geister erscheinen, bleich und transparent; und sie nehmen Leben und Farbe an; und sie tanzen und verändern ihre Gestalt und stoßen Jubelrufe aus.

Und was sie rufen, ist:

»Preist alle den Kommenden Prinzen, denn er ist der König, der Ist!«

Das war der Traum des Piurivar Faraataa, der auf einem Bett aus Kugelbuschblättern unter einem großen Dwikkabaum in der Provinz Piurifayne lag, während leichter Regen fiel.

KAPITEL

3

Der Coronal sagte: »Y-Uulisaan soll herkommen.«

Karten und Pläne der von Krankheiten heimgesuchten Zonen Majipoors, die deutlich angestrichen und gekennzeichnet waren, lagen überall auf den Tischen in Lord Valentines Kabine an Bord seines Flaggschiffs *Lady Thiin*. Es war der letzte Tag der Reise. Er war mit einer Flotte von fünf Schiffen unter dem Oberbefehl von Großadmiral Asenhart von Alaisor aufgebrochen, ihr Ziel war der Hafen Numinor an der nordöstlichen Küste der Insel des Schlafs. Die Meeresüberquerung würde viele Wochen dauern, selbst mit günstigsten Winden, und im Augenblick waren die Winde alles andere als günstig.

Während er auf das Erscheinen des Landwirtschaftsexperten wartete, betrachtete Valentine noch einmal die Unterlagen, die Y-Uulisaan für ihn vorbereitet hatte sowie diejenigen, die er aus den historischen Archiven angefordert hatte. Seit sie Alaisor verlassen hatten, sah er sie schätzungsweise zum fünfzigstenmal durch, und die Geschichte, die sie erzählten, wurde durch die Wiederholungen nicht weniger melancholisch.

Krankheiten und Seuchen, wußte er, waren so alt wie die Landwirtschaft selbst. Es gab keinen Grund, weshalb Majipoor, ansonsten eine glückliche Welt, frei von ihnen sein sollte, und tatsächlich existierten in den Archiven Aufzeichnungen von Präzedenzfällen der derzeitigen Probleme. In einem Dutzend Regentschaften oder mehr war Getreide ernstlich durch Krankheiten oder Insektenangriffe gefährdet gewesen, wenigstens fünfmal sogar sehr ernst: bei Setiphon und Lord Stanidor, bei Thraym und Lord Vildivar, bei Struin und Lord Guadeloom, bei Kanaba und Lord Sirruth sowie zur Zeit von Signor und Lord Melikant, tief in den nebulösen Fernen der Vergangenheit.

Was heute geschah, schien ungleich bedrohlicher als jede der vorhergehenden Gefahren, dachte Valentine, und das nicht nur, weil es sich um eine gegenwärtige Krise handelte, und nicht um etwas, das sicher in den Archiven ruhte. Die Bevölkerung von Majipoor war zahlenmäßig viel größer als in früheren Zeiten: zwanzig Millarden, wogegen es zu Struins Zeiten, als Beispiel, nur sechs gewesen waren, und zur Zeit Signors, im Vergleich, lediglich eine Handvoll. In einer so großen Bevölkerung konnte leicht eine Hungersnot ausbrechen, wenn die landwirtschaftliche Grundlage gestört wurde. Die Struktur der Gesellschaft selbst konnte zusammenbrechen. Valentine war sich sehr wohl darüber im klaren, daß die Stabilität von Majipoor im Verlauf von Jahrtausenden – anders als bei den meisten anderen Zivilisationen – sich hauptsächlich auf die günstige Natur des Lebens auf dem Riesenplaneten gründete. Weil niemand jemals wirklich Not litt, existierte ein fast universelles Vertrauen in die Ordnung der Dinge und sogar in die Qualität der sozialen Ordnung. Nahm man die Gewißheit eines vollen Bauches weg, dann konnte alles über Nacht in sich zusammenstürzen.

Und dann seine seltsamen Träume, diese Visionen von Chaos, die seltsamen Omen – Windspinnen über Alhanroel und derlei Dinge –, die alle ein Gefühl drohender Gefahren und einzigartiger Bedrohung in ihm erweckten.

»Mein Lord, Y-Uulisaan ist hier«, sagte Sleet.

Der Landwirtschaftsexperte sah beim Eintreten zögernd und unbehaglich aus. Er machte eine linkische Sternenfächergeste, weil es die Etikette verlangte. Valentine schüttelte ungeduldig den Kopf und winkte Y-Uulisaan näher zu sich. Als dieser sich gesetzt hatte, deutete er auf eine rotmarkierte Zone entlang des Dulorn-Grabens.

»Ein wie bedeutendes Getreide ist Lusavender?«

Y-Uulisaan sagte: »Lebenswichtig, mein Lord. Es bildet im ganzen nördlichen und westlichen Zimroel die Grundlage für die Kohlenhydratassimilation.«

»Und wenn es zu ernsten Verknappungen kommen sollte?«

»Dann könnte man Behelfsregionen zusammenstellen, die auf Stajja-Basis angefertigt werden.«

»Aber auch Stajja ist verseucht!«

»Richtig, mein Lord. Und Milaile, das einen ähnlichen Zweck erfüllt, ist von der Wurzelfäule befallen, wie ich Euch gezeigt habe. Daher können wir innerhalb der kommenden sechs bis neun Monate mit ernsten Problemen für die gekennzeichneten Regionen rechnen ...«

Mit der Fingerspitze zog Y-Uulisaan einen Kreis, welcher ein Gebiet einschloß, das von Ni-moya im Osten bis Pidruid an der Westküste und südlich fast bis Velathys reichte. Wie hoch war die Bevölkerungszahl in diesem Gebiet? fragte sich Valentine. Vielleicht zweieinhalb Milliarden? Er versuchte, sich zweieinhalb Milliarden hungrige Menschen vorzustellen, ihre ganzes Leben an Nahrung im Überfluß gewöhnt, die in den Städten Til-omon, Narabal und Pidruid zusammengepfercht waren ...

Valentine sagte: »Die Vorratslager der Regierung werden die Notlage kurzzeitig überbrücken können. Derweil werden wir alles tun, um die Krankheiten unter Kontrolle zu bringen. Lusavenderpest war vor etwa einhundert Jahren ein Problem, und damals wurde sie besiegt.«

»Durch extreme Maßnahmen, mein Lord. Ganze Provinzen wurden unter Quarantäne gestellt. Riesige Farmen abgebrannt und hinterher völlig vom Erdboden getilgt. Die Kosten beliefen sich auf Millionen Royal.«

»Was bedeutet Geld, wenn Menschen hungern? Wir werden es wieder tun. Wenn wir in den Anbaugebieten von Lusavender ein Sofortprogramm beginnen, wie lange wird es deiner Meinung nach dauern, bis die Lage sich wieder normalisiert hat?«

Y-Uulisaan schwieg einen Augenblick und rieb sich mit dem Daumen nachdenklich über die seltsam breiten und vorstehenden Wangenknochen. Schließlich sagte er:

»Fünf Jahre Minimum. Wahrscheinlich zehn.«

»Unmöglich!«

»Die Pest breitet sich rasch aus. Wahrscheinlich sind während der Zeit, die wir heute nachmittag mit Reden verbrachten, bereits wieder tausend Hektar befallen worden. Das Problem wird sein, die Pest aufzuhalten, ehe wir sie ausrotten können.«

»Und die Krankheit der Niykbäume? Breitet die sich ebenso schnell aus?«

»Schneller, mein Lord. Und sie scheint in Zusammenhang mit dem Absterben der Stajjapflanzen zu stehen, die normalerweise zusammen mit den Niyk angebaut werden.«

Valentine sah zur Wand der Kabine und sah lediglich graues Nichts.

Nach einiger Zeit sagte er: »Was auch immer es kostet, wir werden seiner Herr werden. Y-Uulisaan, ich möchte, daß du einen Plan aufstellst, wie wir den Krankheiten begegnen können. Dazu möchte ich einen Vorschlag der Kosten. Kannst du das erledigen?«

»Ja, mein Lord.«

Zu Sleet sagte der Coronal: »Wir werden unsere Bemühungen von nun an mit denen des Pontifikats absprechen müssen. Sage Ermanar, daß er auf der Stelle mit dem Landwirschaftsminister im Labyrinth Kontakt aufnehmen soll – er soll herausfinden, ob dort etwas von dem bekannt ist, was sich in Zimroel abspielt, welche Schritte in Erwägung gezogen werden, und so weiter.«

Tunigorn sagte: »Mein Lord, ich habe soeben mit Ermanar gesprochen. Er hatte bereits Kontakt mit dem Pontifikat.«

»Und?«

»Der Landwirtschaftsminister weiß nichts. Tatsächlich ist der Posten des Landwirtschaftsministers derzeit überhaupt nicht besetzt.«

»Nicht besetzt? Wie das?«

Leise sagte Tunigorn: »Man gab mir zu verstehen, daß seit der Krankheit des Pontifex Tyeveras in den zurückliegenden Jahren viele wichtige Ämter unbesetzt geblieben sind, mein

Lord, und sich so eine deutliche Verlangsamung der Funktion des Pontifikats ergeben hat. Aber in diesem Punkt könnt Ihr viel mehr von Ermanar selbst erfahren, da er der oberste Kontaktmann mit dem Labyrinth ist. Soll ich ihn rufen lassen?«

»Im Augenblick nicht«, sagte Valentine tonlos. Er wandte sich wieder Y-Uulisaans Karten zu. Während er mit einem Finger den Dulorn-Graben entlangstrich, sagte er: »Die beiden schlimmsten Probleme scheinen in diesem Gebiet lokalisiert zu sein. Aber laut den Karten gibt es auch anderswo bedeutende Anbaugebiete von Lusavender, beispielsweise in den Ebenen zwischen Thagobar und den nördlichen Grenzen von Pirifayne, und hier, südlich von Ni-moya bis zu den Grenzbezirken von Gihorna. Ist das richtig?«

»Das ist richtig, mein Lord«, sagte Y-Uulisaan.

»Unsere dringlichste Aufgabe muß daher sein, die Lusavenderpest aus diesem Gebiet fernzuhalten.« Er sah auf und betrachtete Sleet, Tunigron und Deliamber. »Unterrichtet die Herzöge der betreffenden Gebiete auf der Stelle, daß jeglicher Verkehr zwischen den verseuchten und gesunden Lusavenderanbaugebieten zu unterbleiben hat. Man soll alle Grenzen dichtmachen. Wenn ihnen das nicht paßt, laßt sie eine Delegation zum Burgberg schicken, die sich bei Elidath beschweren kann. Oh, und unterrichtet Elidath ebenfalls davon, was hier geschieht. Die Regelung unausgeglichener Zahlungsbilanzen kann vorerst durch pontifikale Kanäle erfolgen. Man sollte Hornkast davon in Kenntnis setzen, daß er sich auf jede Menge Geschrei vorbereiten soll. Weiter: in den Stajja-Anbaugebieten ...«

Nahezu eine Stunde sprudelte ein Strom von Anweisungen aus dem Coronal hervor, bis jeder dringliche Aspekt der Krise erledigt zu sein schien. Er wandte sich häufig an Y-Uulisaan um Rat, und der Landwirtschaftsexperte wußte stets etwas Nützliches beizusteuern. Der Mann hatte etwas seltsam Unausstehliches an sich, dachte Valentine, etwas Abwesendes und Kaltes und allzu Selbstsicheres, aber offensichtlich kannte er sich in den landwirtschaftlichen

Belangen von Zimroel ausgezeichnet aus, und es war ein außerordentliches Glück, daß er gerade zur rechten Zeit in Alaisor aufgetaucht war, um mit dem königlichen Flaggschiff nach Zimroel segeln zu können.

Dennoch blieb Valentine mit einem seltsamen Gefühl der Vergeblichkeit zurück, als die Versammlung aufgelöst wurde. Er hatte Dutzende Befehle gegeben, hatte Botschaften überall hingeschickt, hatte nachdrückliche Maßnahmen angeordnet, um die Seuchen einzudämmen. Und dennoch, und dennoch – er war nur ein Sterblicher in einer kleinen Kabine an Bord eines kleinen Schiffes, das ein unendlich großes Meer überquerte, das selbst nur wie eine Pfütze auf dieser riesigen Welt war, und in diesem Augenblick breiteten sich unsichtbare Organismen über Tausende Hektar Ackerland aus und brachten Pestilenz und Vernichtung, und was konnten noch so nachdrückliche Befehle gegen die Kräfte des Untergangs ausrichten? Wieder verfiel er in eine Stimmung niedergeschlagener Depression, die seiner wahren Natur so fremd war. Vielleicht habe *ich* eine Pestilenz in mir, überlegte er. Vielleicht bin ich von einer Seuche befallen, die mich meiner Fröhlichekt und meines guten Mutes beraubt, und ich bin von nun an dazu verdammt, meine Tage in Niedergeschlagenheit und Elend zu verbringen.

Er schloß die Augen. Wieder suchte ihn das Bild seines Traumes im Labyrinth heim, ein Bild, das ihn ohne Unterlaß verfolgte: gewaltige Spalten klafften in den Fundamenten der Welt, und ganze Landstriche brachen auf und barsten in steilen Winkeln gegen die Nachbarprovinzen, und er befand sich inmitten von alledem und bemühte sich verzweifelt, die Welt zusammenzuhalten. Und scheiterte, scheiterte, scheiterte.

Liegt ein Fluch auf mir? fragte er sich. Warum wurde von all den hundert Coronals, die bisher regiert haben, ausgerechnet ich dazu auserwählt, die Zerstörung unserer Welt mitzuerleben?

Er sah in seine Seele und fand keine dunkle Sünde dort, die die Rache des Göttlichen über ihn und Majipoor bringen konnte. Er hatte nicht nach dem Thron gestrebt, er hatte keine Pläne geschmiedet, seinen Bruder zu stürzen, er hatte die Macht, die er niemals zu erlangen hoffte, nicht fälschlich mißbraucht, er hatte nicht ...

Er hatte nicht ...

Er hatte nicht ...

Valentine schüttelte wütend den Kopf. Das war Narretei und Verschwendung von Geisteskraft. Ein paar zufällig zusammentreffende Probleme mit der Landwirtschaft traten auf, und er hatte ein paar schlechte Träume; es war lächerlich, daraus eine kosmische Misere abzuleiten. Mit der Zeit würde alles in Ordnung kommen. Die Pestilenzen würden eingedämmt werden. Seine Regentschaft würde wegen ungewöhnlicher Schwierigkeiten in die Geschichte eingehen, ja, aber auch wegen Harmonie, Ausgeglichenheit, Glück. Du bist ein guter König, sagte er sich. Du bist ein guter Mensch. Du hast keinen Grund, an dir zu zweifeln.

Der Coronal stand auf, verließ die Kabine und ging an Deck. Es war Spätnachmittag; die angeschwollene, bronzefarbene Sonne stand tief im Westen, im Norden ging gerade einer der Monde auf. Der Himmel war ein Farbenmeer: Braunrot, Türkis, Violett, Bernstein, Gold. Ein Wolkenband hing am Horizont. Er stand einige Zeit allein an der Reling und sog die salzige Luft in die Lungen. Mit der Zeit würde alles gut werden, sagte sich Valentine noch einmal. Aber unwillkürlich spürte er, wie er wieder in Verzweiflung und Niedergeschlagenheit zurückglitt. Er schien dieser Stimmung nicht für lange entkommen zu können. Niemals zuvor in seinem Leben war er so häufig verzweifelt gewesen. Er erkannte den Valentine nicht, zu dem er geworden war, diesen morbiden Mann, der stets am Rand der Traurigkeit stand. Er war sich selbst fremd geworden.

»Valentine?«

Es war Carabella. Er zwang sich dazu, seine Vorahnungen zu verdrängen, lächelte und bot ihr die Hand.

»Was für ein herrlicher Sonnenuntergang«, sagte sie.

»Wunderbar. Einer der besten in der Geschichte. Wenngleich sie sagen, daß es zur Zeit von Lord Confalume einen besseren gab, am vierzehnten Tag von ...«

»Das ist der beste, Valentine. Weil es der ist, der heute nacht uns gehört.« Sie schlang den Arm um ihn und blieb schweigend an seiner Seite stehen. In diesem Augenblick fiel es ihm schwer zu verstehen, warum er noch vor kurzer Zeit so düsterer Stimmung gewesen war. Alles würde gut werden. Alles würde gut werden.

Dann sagte Carabella: »Ist das dort draußen ein Meeresdrache?«

»Meeresdrachen kommen niemals in diese Gewässer, Liebes.«

»Dann habe ich eine Halluzination. Aber eine sehr überzeugende. Siehst du ihn denn nicht?«

»Wohin muß ich schauen?«

»Dorthin. Siehst du dort, wo sich dieser Farbstreifen im Meer spiegelt, purpurn und golden? Und nun nach links. Dort. *Dort.*«

Valentine kniff die Augen zusammen und sah angestrengt aufs Meer hinaus. Zuerst sah er nichts, dann hielt er es für einen riesigen Baumstamm, der im Wasser trieb; und dann erhellte ein Sonnenstrahl, der durch die Wolken drang, das Meer, und nun sah er es deutlich: ein Meeresdrache, ja, zweifellos ein Drache, der langsam nordwärts schwamm.

Er verspürte einen kalten Hauch und legte die Arme um die Brust.

Meeresdrachen, das wußte er, zogen nur in Herden weiter; sie benützten für ihre Wanderungen eine genau bekannte Route um die Welt, immer in den südöstlichen Gewässern, von West nach Ost entlang der unteren Küste von Zimroel, die Küste von Gihorna entlang bis Piliplok, dann ostwärts an der Insel des Schlafs vorbei und an der öden Südküste von Alhanroel entlang, bis sie die unkartographierten Weiten des Großen Meeres erreicht hatten. Und doch war hier ein Drache, der allein nach Norden schwamm. Und während Valentine zusah, entfaltete das gewaltige Tier die Flügel und schlug damit die Wasseroberfläche, ein langsamer, entschlossener Rhythmus, platsch, platsch und platsch, platsch, als wollte es das Unmögliche bewerkstelligen und sich aus dem Meer erheben, um wie ein gigantischer Vogel zu den nebelverhangenen Polarregionen zu fliegen.

»Wie seltsam«, murmelte Carabella. »Hast du jemals so etwas gesehen,«

»Niemals. Niemals.« Valentine zitterte. »Omen folgt auf Omen. Was soll mir mit alledem gesagt werden?«

»Komm. Gehen wir hinein, einen Wein trinken.«

»Nein. Noch nicht.«

Er blieb stehen, als wäre er ans Deck gefesselt, und strengte die Augen an, um das Tier auf dem Meer und vor dem immer dunkler werdenden Hintergrund des Himmels zu erkennen. Immer wieder peitschten die gewaltigen Flügel das Meer, bis der Drache sie schließlich anlegte, den langen Hals streckte, den dreieckigen Kopf zurückwarf und einen dröhnenden Klagelaut ausstieß, der die Dämmerung wie ein Nebelhorn durchschnitt. Dann glitt er unter die Oberfläche und war nicht mehr zu sehen.

KAPITEL 4

Wann immer es regnete, und um diese Jahreszeit regnete es im Pestimion-Tal praktisch immer, stieg der saure Geruch versengter Vegetation von den abgebrannten Feldern auf und durchdrang alles. Als Aximaan Therysz in die Versammlungshalle in der Stadtmitte schlurfte, wobei ihre Tochter Heynok sie behutsam mit der Hand am Ellbogen stützte, mußte sie den Geruch selbst hier wahrnehmen, Meilen von der nächsten niedergebrannten Plantage entfernt.

Man konnte ihm nicht entkommen. Er lag wie Flutwasser über dem Land. Der säuerliche Gestank fand seinen Weg durch jede Tür und jedes Fenster. Er drang in die Keller ein, wo der Wein gelagert wurde, und besudelte die versiegelten Flaschen. Das Fleisch auf den Tischen stank danach. Er setzte sich in den Kleidern fest und konnte nicht mehr ausgewaschen werden. Er drang durch jede Pore in den Körper ein und verdarb das Fleisch. Er verdarb selbst die Seele, wie Aximaan Threysz zu glauben begann. Wenn die Zeit kam und sie zur Quelle zurückkehrte, wenn ihr überhaupt jemals gestattet wurde, dieses scheinbar ewige Leben zu beenden, dann würden die Wächter am Tor, dessen war sie sicher, sie voll Abscheu aufhalten und sagen: »Wir wollen den Geruch verdorbener Asche nicht hier. Geh fort und nimm deinen Körper wieder an.«

»Würdest du gerne hier sitzen, Mutter?« fragte Heyrok.

»Ist mir egal. Irgendwo.«

»Das sind gute Sitze. Von hier wirst du ausgezeichnet hören können.«

Es entstand ein wenig Unruhe in der Reihe, als die anderen zusammenrückten, um ihr Platz zu machen. Inzwischen behandelte sie jeder wie eine tattrige alte Frau. Nun, natürlich war sie alt, abartig alt, ein Relikt aus Ossiers Zeit, so alt, daß sie sich noch daran erinnern konnte, als Lord Tyeveras jung gewesen war, aber daß sie alt war, das war nichts Neues, warum waren sie dann alle auf einmal so väterlich? Sie brauchte keine Sonderbehandlung. Sie konnte gehen; sie sah immer noch hinreichend gut; sie konnte zur Erntezeit immer noch auf die Felder gehen und Getreide einbringen ... und einbringen ... auf die Felder gehen ... die Felder ... und ... einbringen ...

Aximaan Threysz nahm zitternd und ein wenig linkisch ihren Platz ein. Sie hörte begrüßendes Murmeln und bedankte sich in abwesender Weise, denn mittlerweile hatte sie Schwierigkeiten, Namen und Gesichter zuzuordnen. Wenn die Leute aus dem Tal heutzutage mit ihr sprachen, dann stets mit Mitleid in der Stimme, als hätte es einen Todesfall in ihrer Familie gegeben. In gewisser Weise stimmte das auch. Aber nicht der Todesfall, den sie herbeisehnte, und der verweigert wurde, nämlich ihr eigener.

Vielleicht würde er niemals kommen. Ihr schien, als wäre sie dazu verdammt, für immer und ewig durch diese Welt von Untergang und Verzweiflung zu wandeln und den stechenden Geruch mit jedem Atemzug einatmen.

Sie saß stumm da und starrte vor sich hin.

Heynok sagte: »Ich finde, er ist sehr mutig.«

»Wer?«

»Semperturn. Der Mann, der heute nacht reden wird. In Mazedone versuchten sie, ihn aufzuhalten, indem sie sagten, er würde den Verrat predigen. Aber er sprach dennoch, und nun reist er durch alle Farmprovinzen und versucht uns zu erklären, weshalb das Getreide vernichtet wurde. Jeder aus dem Tal ist heute abend hier. Ein sehr bedeutendes Ereignis.«

»Ein sehr bedeutendes Ereignis, ja«, sagte Aximaan Threysz nickend. »Ja. Ein sehr bedeutendes Ereignis.«

Sie verspürte vages Unbehagen angesichts der Gegenwart so vieler Menschen. Es war Monate her, seit sie zuletzt in der Stadt gewesen war. Sie verließ kaum noch das Haus, sondern verbrachte fast den ganzen Tag in ihrem Schlafzimmer, wo sie mit dem Rücken zum Fenster saß, um nicht auf die Plantagen hinausblicken zu müssen. Heute abend hatte Heynok darauf bestanden. Ein sehr bedeutendes Ereignis, hatte sie dauernd gesagt.

»Sieh doch! Da ist er, Mutter!«

Aximaan Threysz hatte abwesend mitbekommen, daß ein Mensch auf die Bühne gekommen war, ein kleiner Mann mit rotem Gesicht und häßlichem schwarzen Haar, wie das Fell eines Tieres. Das war seltsam, dachte sie, wie sie den Ablick von Menschen in letzter Zeit verabscheuen gelernt hatte, ihre weichen, schwabbeligen Leiber, die teigige, verschwitzte Haut, das abstoßende Haar, die wäßrigen Augen. Er winkte mit den Armen und begann mit häßlich krächzender Stimme zu sprechen.

»Volk des Prestimion-Tals – mein Herz empfindet im Augenblick eurer Prüfung mit euch – in dieser dunkelsten Stunde unerwarteter Schicksalsschläge – dieser Tragödie, diesem Kummer ...«

Das also war das bedeutende Ereignis, dachte Aximaan Threysz. Diese Beileidsbezeugungen, dieses Winseln. Ja, zweifellos bedeutend. Nach einem Augenblick hatte sie den Faden dessen verloren, was er sagte, aber es war anscheinend bedeutend, denn die einzelnen Worte, welche zu ihr durchdrangen, hatten einen bedeutenden Klang: »Untergang ... Schicksal ... Strafe ... Übertretung ... Unschuld ... Scham ... Täuschung ...« Aber die Worte, so bedeutend sie sein mochten, schwebten wie durchsichtige Flügelwesen an ihr vorbei.

Für Aximaan Threysz war das bedeutendste Ereignis in ihrem Leben bereits geschehen, und weitere würde es nicht geben. Nach der Entdeckung der Lusavenderpest war ihr Feld das erste, das verbrannt worden war. Der Landwirtschaftsberater Yerewain Noor, der schrecklich bekümmert ausgesehen und sich andauernd bei ihr entschuldigt hatte, hatte am Tor derselben Halle, in der sie augenblicklich saß, ein Schild anschlagen lassen und Arbeiter für die notwenige, unschöne Aufgabe gesucht, und am Sterntagmorgen war jeder Arbeiter des Prestimion-Tals, der dazu imstande war, zu ihrer Plantage gekommen, um sie niederzubrennen. Sie hatten den Brennstoff sorgfältig entlang der Grenzen verteilt, Kreuze bis ins Zentrum der Felder verteilt, die Feuer gelegt ...

Und dann Mikhyains Land, und das von Sobor Simithot, und das von Palver, von Nitikkimal ...

Alles dahin, das ganze Tal, schwarz und verbrannt, Lusavender und Reis. In der nächsten Saison würde es keine Ernte geben. die Silos würden leerstehen, die großen Waagen rosten, die Sommersonne würde ihre Wärme an ein Universum aus Asche vergeuden. Das alles ähnelte sehr stark einer Sendung vom König der Träume, dachte Aximaan Threysz. Man ließ sich zum zweimonatigen Winterschlaf nieder, und dann verfolgten einen schreckliche Visionen der Zerstörung all dessen, was man erarbeitet hatte, und während man dalag, konnte man das volle Gewicht des Königs auf der Seele spüren, der peinigte und niederschmetterte und sagte: *Dies ist deine Strafe, denn du bist schuldig, da du falsch gehandelt hast.*

»Woher sollen wir wissen«, sagte der Mann auf der Bühne, »daß die Person, die wir Lord Valentine nennen, tatsächlich der rechtmäßige, vom Göttlichen gesegnete Coronal ist? Wie können wir dessen sicher sein?«

Aximaan Threysz richtete sich plötzlich auf, ihre Aufmerksamkeit war gefesselt.

»Ich bitte euch, die Tatsachen zu bedenken. Wir kannten den Coronal Lord Voriax, einen dunkelhaarigen Mann, oder etwa nicht? Er regierte uns acht Jahre, er war weise, und wir liebten ihn. Stimmt das nicht? Und dann nahm ihn der Göttliche in seiner uns unverständlichen Gnade viel zu früh von uns, und vom Berg kam die Kunde, daß sein Bruder Valentine unser neuer Coronal wurde, und auch er war ein dunkelhaariger Mann. Das wissen wir. Er kam während einer großen Prozession zu uns – o nein, nicht hierher, aber er wurde in Piliplok gesehen, in Ni-moya, in Narabal, in Til-omon, in Pidruid, und er war ein dunkelhaariger Mann mit leuchtend schwarzen Augen und einem schwarzen Bart, und es konnte kein Zweifel daran bestehen, daß er seines Bruders Bruder und unser rechtmäßiger Coronal war.

Aber was haben wir dann gehört? Ein Mann mit goldenem Haar und blauen Augen kam, und er sagte zum Volk von Alhanroel: ich bin euer wahrer Coronal, der durch Hexerei aus seinem eigenen Körper vertrieben wurde, und der dunkelhaarige ist ein Eindringling. Und das Volk von Alhanroel machte den Sternenfächer und verbeugte sich vor ihm und jubelte ihm zu. Und als man uns in Zimroel mitteilte, daß der Mann, den wir für den Coronal hielten, nicht Coronal war, da akzeptierten auch wir ihn und wir akzeptierten seine Geschichte von der Hexerei und dem Austausch, und so ist er seit acht Jahren auf dem Burgberg und regiert. Ist es nicht so, daß wir den goldenhaarigen Lord Valentine für den dunkelhaarigen Lord Valentine nahmen?«

»Das ist schlicht und einfach Verrat!« rief der Pflanzer Nitikkimal, der nahe bei Aximaan Threysz saß. »Seine eigene Mutter, die Lady, akzeptierte ihn als rechtmäßig!«

Der Mann auf der Bühne sah ins Publikum. »Richtig, die Lady selbst akzeptierte ihn, und auch der Pontifex, und ebenfalls die hohen Lords und Prinzen auf dem Berg. Das bestreite ich nicht. Und wer bin ich zu sagen, daß sie sich geirrt haben? Sie verbeugen sich vor dem goldenhaarigen König. Für sie ist er akzeptabel. Für euch ist er akzeptabel. Aber ist er auch für den Göttlichen akzeptabel, meine Freunde? Ich bitte euch, seht euch um! Heute reiste ich durch das Prestimion-Tal. Wo ist das Getreide? Warum sind die Felder nicht grün und fruchtbar? Ich sah Asche! Ich sah Tod! Die Pest liegt über eurem Land, und mit jedem Tag breitet sie sich weiter aus, schneller als ihr die Felder niederbrennen und den Boden von den tödlichen Sporen befreien könnt. In der nächsten Saison wird es keinen Lusavender geben. Dafür aber leere Mägen in Zimroel. Wer kann sich noch an eine solche Zeit erinnern? Hier ist eine Frau unter uns, deren Leben viele Regentschaften gesehen hat, die die Weisheit vieler Jahre besitzt, hat sie jemals eine solche Zeit erlebt? Ich spreche zu Ihnen, Aximaan Threysz, deren Namen in der gesamten Provinz respektiert wird – Ihre Felder wurden niedergebrannt, das Getreide vernichtet, Ihr Leben wurde in den letzten, ruhmreichen Jahren vergiftet ...«

»Mutter, er spricht von dir«, flüsterte Heynok scharf.

Aximaan Threysz schüttelte verständnislos den Kopf. Sie hatte sich im Fluß der Worte verloren. »Warum sind wir hier? Was sagt er?«

»Was sagen Sie, Aximaan Threysz? Wurde der Segen des Göttlichen vom Prestimion-Tal genommen? Jeder kennt die Antwort! Aber nicht durch Ihre Sünde, nicht durch die Sünde von irgendwem hier! Ich sage euch, der Zorn des Göttlichen ist über die Welt gekommen und nahm dem Prestimion-Tal den Lusavender, Ni-moya das Milaile, Falkynkip das Stajja, und wer weiß, welches Getreide als nächstes befallen sein wird, welche Pest noch über uns kommen soll, und das alles wegen eines falschen Coronals ...«

»Verrat! Verrat!«

»Ein falscher Coronal sitzt auf dem Berg, das sage ich euch, und seine Herrschaft ist falsch – ein goldhaariger Usurpator, der ...«

»Ah, ist der Thron erneut geraubt worden?« fragte Aximaan Thjreysz. »Es ist noch nicht lange her, da hörten wir, daß jemand sich unerlaubt des Thrones bemächtigte ...«

»Ich sage, soll er uns beweisen, daß er der Erwählte des Göttlichen ist. Soll er im Verlauf seiner großen Prozession zu uns kommen, vor uns hintreten und uns zeigen, daß er der echte Coronal ist! Ich glaube, das wird er nicht tun. Ich glaube, er kann es gar nicht! Und ich bin der Meinung, solange wir es zulassen, daß er auf dem Thron sitzt, wird sich der Zorn des Göttlichen immer schlimmer über uns entladen, bis ...«

»Verrat!«

»Laßt ihn sprechen!«

Heynok berührte Aximaan Threysz' Arm. »Mutter, geht es dir gut?«

»Warum sind sie so wütend? Warum das Brüllen?«

»Vielleicht sollte ich dich heimbringen, Mutter.«

»Ich sage, nieder mit dem Usurpator!«

»Und ich sage, ruft die Ordnungshüter. Sie sollen diesen Mann wegen Hochverrats verhaften!«

Aximaan Threysz sah sich verwirrt um. Es schien, als wäre mittlerweile jeder auf den Beinen, und alle brüllten durcheinander. Dieser Lärm! Dieser Aufstand! Und der seltsame Geruch in der Luft – der Geruch von feuchtem, verbranntem lebenden Gewebe, was war das? Er beleidigte ihre Nasenlöcher. Warum brüllten sie alle so?

»Mutter?«

»Wir werden morgen das neue Getreide säen, nicht?

Deshalb sollten wir jetzt nach Hause gehen. Ist es nicht so, Heynok?«

»O Mutter, Mutter ...«

»Das neue Getreide ...«

»Ja«, sagte Heynok. »Wir pflanzen morgen. Wir werden jetzt gehen.«

»Nieder mit allen Thronräubern! Lang lebe der wahre Coronal!«

»Lang lebe der wahre Coronal!« rief Aximaan Threysz plötzlich und sprang auf. Ihre Augen blitzten, die Zunge schnellte hervor. Sie fühlte sich wieder jung, voller Tatendrang, voller Leben. Morgen auf die Felder, das Getreide säen, es hegen und pflegen, Gebete sprechen und ...

Nein. Nein. Nein.

Der Nebel in ihrem Geist klärte sich. Sie erinnerte sich an alles. Die Felder waren verbrannt. Sie mußten drei weitere Jahre brachliegen, hatte der Landwirtschaftsberater gesagt, bis die Sporen ausgerottet waren. Das war der seltsame Geruch; die verbrannten Stiele und Blätter. Seit Tagen wütete Feuer. Der Regen wühlte den Gestank auf und ließ ihn in die Luft steigen. Dieses Jahr würde es keine Ernte geben, und im nächsten auch nicht, und nicht im übernächsten ...

»Narren«, sagte sie.

»Was meinst du, Mutter?«

Aximaan Threysz vollführte eine ausladende Geste mit der Hand. »Sie alle. Sie brüllen gegen den Coronal. Sie glauben, die wäre die Rache des Göttlichen. Glaubst du, der Göttliche würde uns so schwer bestrafen? Wir alle werden hungern, Heynok, weil die Pest das Getreide vernichtet hat, und es ist einerlei, wer Coronal ist. Es ist völlig einerlei! Bring mich nach Hause.«

»Nieder mit dem Usurpator!« ertönte wieder der Schrei, und er hallte wie die Totenglocke in ihren Ohren, während sie die Halle verließen.

KAPITEL 5

Elidath, der sich vorsichtig im Versammlungssaal umsah, sagte zu den versammelten Prinzen und Herzögen: »Die Befehle sind in Valentines Handschrift geschrieben und mit Valentines Siegel versehen, sie sind ohne jeden Zweifel echt. Der Junge soll zum frühestmöglichen Zeitpunkt in den Status eines Prinzen erhoben werden.«

»Und du glaubst, daß diese Zeit gekommen ist?« fragte Divvis kalt.

Der Hohe Kanzler hielt Divvis' wütendem Blick gelassen stand. »Richtig.«

»Welches sind deine Maßstäbe?«

»Seine Lehrmeister sagen mir, daß er alle Aufgaben und Tests hervorragend gemeistert hat.«

»Dann kann er also alle Coronals von Stiamot bis Malibor in der richtigen Reihenfolge aufsagen. Und was beweist das?«

»Der Unterricht umfaßt mehr als die Liste der Könige, Divvis, was du hoffentlich noch nicht vergessen hast. Er hatte die volle Ausbildung, und er hat alles begriffen. Die Synoden und Dekrete, die Balancen, den Kodex der Provinzen, und alles andere auch. Ich gehe davon aus, daß du dich auch noch daran erinnerst? Er wurde auf Herz und Nieren geprüft, und er ist fehlerlos. Sein Verstehen ist tief und weise. Und er hat auch Mut gezeigt. Beim Durchqueren der Ebene der Ghazanbäume hat er den Malorn getötet. Hast du das gewußt, Divvis? Er ist ihm nicht nur ausgewichen, er hat ihn getötet! Er ist außergewöhnlich.«

»Ich glaube, dieses Wort ist zutreffend«, sagte Herzog Elzandir von Chorg. »Ich begleitete ihn zur Jagd in den Wäldern oberhalb von Ghiseldorn. Er bewegt sich rasch und mit natürlicher Anmut. Sein Verstand ist rege. Seine Schlauheit verblüffend. Er weiß genau, welche Lücken ins einem Wissen klaffen, und er gibt sich große Mühe, sie zu schließen. Er sollte unverzüglich erhoben werden.«

»Das ist Wahnsinn!« kreischte Divvis und schlug mehrmals wütend mit der flachen Hand auf den Tisch. »Völliger Wahnsinn!«

»Ruhig, ruhig«, sagte Mirigant. »Dieses Gebrüll ist ungebührlich, Divvis.«

»Der Junge ist zu jung, um Prinz zu sein!«

»Und vergessen wir nicht«, sagte der Herzog von Halanx, »daß er von niederer Geburt ist.«

Leise sagte Stasilaine: »Wie alt ist er, Elidath?«

Der Hohe Kanzler zuckte die Achseln. »Zwanzig. Vielleicht einundzwanzig. Jung, das stimmt. Aber kein Kind mehr.«

»Noch vor einem Augenblick hast du selbst ihn als ›Jungen‹ bezeichnet«, erinnerte ihn der Herzog von Halanx.

Elidath hielt die Handflächen hoch. »Eine Redensart, weiter nichts. Er hat ein jungendliches Aussehen, dem stimme ich zu. Das liegt aber nur daran, daß er so fein gebaut und klein von Statur ist. Knabenhaft, vielleicht, aber kein Knabe mehr.«

»Und auch noch kein Mann«, meinte Prinz Manganot von Banglecode.

»Nach welcher Definition?« fragte Stasilaine.

»Sieh dich in diesem Raum um«, sagte Prinz Manganot. »Hier ist die Definition der Männlichkeit zu sehen. Du, Stasilaine: jeder kann deine Stärke sehen. Geh durch die Straßen irgendeiner Stadt, Stee, Normork, Bibiroon, geh einfach durch die Straßen, und die Menschen werden dir nachschauen, ohne deinen Rang und Namen zu kennen. Dasselbe gilt für Elidath. Divvis. Mirigant. Meinen königlichen Bruder von Dundilmir. Wir sind *Männer.* Er ist es nicht.«

»Wir sind Prinzen«, sagte Stasilaine, »und das seit Jahren. Wir haben uns in der langen Zeit gewisse Verhaltensmuster angewöhnt, das mag sein. Aber waren wir vor zwanzig Jahren auch schon so?«

»Ich glaube schon«, saget Manganot.

Mirigant lachte. »Ich erinnere mich noch an einige von euch in Hissunes Alter. Laut und aufschneiderisch, ja, und wenn das einen Mann ausmacht, dann wart ihr sicher Männer. Aber ansonsten – ah, ich halte alles für einen Kreis, man verhält sich wie ein Prinz, wenn man sich wie ein Prinz fühlt, und wir legen das wie einen Mantel um uns. Betrachtet uns in unseren edlen Gewändern, und dann legt uns Bauernkleidung an und bringt uns in einen Hafen von Zimroel. Wer würde sich dann vor uns verbeugen? Wer wird sich nach uns umdrehen?«

»Er ist jetzt kein Prinz, und er wird niemals einer sein«, sagte Divvis mürrisch. »Er ist ein Lumpenbengel aus dem Labyrinth, mehr nicht.«

»Ich bin immer noch der festen Meinung, daß wir einen zwergenhaften Emporkömmling wie ihn nicht zu unserem Stand erheben können«, sagte Prinz Manganot von Banglecode.

»Man sagt, daß auch Prestimion von kleinem Wuchs war«, bemerkte der Herzog von Chorg. »Dennoch betrachtet man seine Regentschaft im allgemeinen als erfolgreich.«

Der ehrwürdige Cantalis, Neffe von Tyeveras, sah plötzlich auf und sagte nach einer Stunde schweigsamen Zuhörens: »Du vergleichst ihn mit Prestimion, Elzandir? Worum geht es hier eigentlich? Machen wir einen Prinzen, oder wählen wir einen Coronal?«

»Jeder Prinz ist ein potentieller Coronal«, sagte Divvis. »Das sollten wir nicht vergessen.«

»Und die Wahl des nächsten Coronals muß bald erfolgen, daran besteht auch kein Zweifel«, sagte der Herzog von Halanx. »Es ist ein Skandal, daß Valentine den alten Pontifex so lange am Leben ließ, aber früher oder später ...«

»Das steht überhaupt nicht zum Thema«, sagte Elidath scharf.

»Ich glaube doch«, sagte Manganot. »Wenn wir ihn zum Prinzen machen, wird nichts in der Welt Valentine davon abhalten, ihn früher oder später auf den Confalume-Thron zu setzen.«

»Diese Spekulationen sind absurd«, sagte Mirigant.

»Wirklich, Mirigant? Welche Absurditäten haben wir von Valentine noch nicht gesehen? Er nimmt eine Jongleurin zur Frau und bestimmt einen Vroon-Zauberer zu einem seiner höchsten Minister, und der Rest seiner Tingeltangelbande von Wanderern umgibt ihn wie ein Hof am Hof, während wir in den äußeren Ring verdrängt werden ...«

»Sei vorsichtig, Manganot«, warnte Stasilaine. »Es gibt in diesem Raum auch Menschen, die Lord Valentine lieben und achten.«

»Niemand ist hier, der ihn nicht liebt«, antwortete Manganot. »Du wirst dich erinnern, und wenn nicht, kann Mirigant es sicher bestätigen, daß ich nach Voriax' Tod einer seiner stärksten Befürworter war. Meine Verehrung für ihn hält jeder Kritik stand. Aber wir sollten ihn nicht unkritisch verehren. Er kann sich irren, wie wir alle. Und ich sage, es ist falsch, einen kleinen Bengel aus den Gassen des Labyrinths zum Prinzen auf dem Burgberg zu machen.«

Stasilaine sagte: »Wie alt warst du, Manganot, als du zum Prinzen gemacht wurdest? Sechzehn? Achtzehn? Und du, Divvis? Siebzehn, glaube ich, ja? Und du Elidath?«

»Bei uns war das etwas anderes«, sagte Divvis. »Wir sind Hochgeborene. Ich bin der Sohn eines Coronals. Manganot entstammt einer hohen Familie aus Banglecode. Elidath ...«

»Bleibt die Tatsache«, unterbrach ihn Stasilaine, »daß wir alle viel jünger als Hissune waren, als wir seinen Status erhielten. Wie Valentine selbst auch. Es ist keine Frage des Alters, sondern der Qualifikation. Und Elidath versichert uns, daß er qualifiziert ist.«

»Haben wir schon jemals gehört, daß ein Prinz aus einer gemeinen Familie hervorging?« fragte der Herzog von Halanx. »Denkt daran, ich bitte euch, was Valentines neuer Prinz ist. Ein Kind von den Straßen des Labyrinths, ein Bettler, vielleicht ein Taschendieb ...«

»Das kannst du nicht wissen«, sagte Stasilaine. »Ich glaube, du teilst uns nur diffamierende Vorurteile mit.«

»Ist es nicht so, daß er als Bettler im Labyrinth lebte, als Valentine ihm zum ersten Mal begegnete?«

»Damals war er noch ein Kind«, sagte Elzandir. »Und die Geschichte sagt, daß er sich als Führer anbot und ordentlich Gegenwert für das Geld gab, das er erhielt, wenngleich er erst zehn Jahre alt war. Aber das gehört gar nicht zum Thema. Wir sollen nicht beraten, was er war. Unserer Entscheidung unterliegt es, was er sein wird. Der Coronal hat uns gebeten, einen Prinzen aus ihm zu machen, wenn, nach Elidaths Meinung, der rechte Zeitpunkt gekommen ist. Nun sagte uns Elidath, daß der rechte Zeitpunkt gekommen ist. Daher ist diese Diskussion vergebens.«

»Nein«, sagte Divvis. »Valentine ist nicht absolut. Für diese Entscheidung braucht er unser Einverständnis.«

»Ach, und wer könnte sich dem Willen des Coronals widersetzen?« fragte der Herzog von Chorg.

Nach einer Pause sagte Divvis: »Wenn es mein Gewissen verlangt, würde ich es tun, ja. Valentine ist nicht unfehlbar. Es gibt Augenblicke, da bin ich nicht seiner Meinung. Dies ist einer.«

»Seit dem Austausch seines Körpers«, sagte Prinz Manganot von Banglecode, »bemerkte ich auch eine Veränderung seiner Persönlichkeit, einen Hang zum Romantischen, zum Phantastischen, der vielleicht schon vor der Usurpation in ihm vorhanden war, aber niemals nachdrücklich Entscheidungen beeinflußte, sich aber mittlerweile in einem ganzen Berg von …«

»Genug!« sagte Elidath mißbilligend. »Wir sollen die Frage durchdiskutieren, ob der Junge geeignet ist, das haben wir getan, und daher mache ich jetzt ein Ende. Der Coronal bittet uns, den Ritter-Initiaten Hissune, Sohn von Elsinome, mit allen Privilegien in den Stand eines Prinzen zu erheben. Als Hoher Kanzler und Regent ordne ich an, daß diese Erhebung hiermit ausgesprochen und in den Unterlagen festgehalten wird. Wenn es keinen Einspruch gibt, wird die Ernennung rechtsgültig.«

»Einspruch«, sagte Divvis.

»Einspruch«, sagte Prinz Manganot von Banglecode.

»Einspruch«, sagte der Herzog von Halanx.

»Sind noch andere anwesend«, fragte Elidath langsam, »deren Ungehorsam gegenüber einem Befehl des Coronals in den Unterlagen festgehalten werden soll?«

Prinz Nimian von Dundlimir, der vorher nichts gesagt hatte, erklärte nun: »In diesen Worten liegt eine Drohung, gegen die ich mich hiermit verwahren möchte.«

»Das wird zur Kenntnis genommen, die Drohung war jedoch nicht beabsichtigt. Wie stimmst du, Nimian?«

»Einspruch.«

»So sei es. Vier sind dagegen, was keineswegs die Mehrheit ist. Stasilaine, möchtest du Prinz Hissune bitten, das Ratszimmer zu betreten?« Nachdem er sich im Raum umgesehen hatte, sagte Elidath: »Wenn jemand nun seinen Einspruch zurückziehen möchte, noch ist Zeit.«

»Mein Votum steht«, sagte der Herzog von Halanx auf der Stelle.

»Meines ebenfalls«, schloß sich der Prinz von Banglecode an, ebenso Nimian von Dundilmir.

»Und was sagt der Sohn von Lord Voriax?« fragte Elidath.

Divvis lächelte. »Ich ändere meine Meinung. Die Entscheidung ist ohnedies gefallen, soll sie auch meine Zustimmung haben.«

Bei diesen Worten fuhr Manganot aus dem Sessel empor, sperrte verblüfft den Mund auf und wurde dunkelrot im Gesicht. Er begann, etwas zu sagen, aber Divvis brachte ihn mit einer knappen Handbewegung und einem scharfen Blick zum Schweigen. Stirnrunzelnd und fassungslos den Kopf schüttelnd, fügte Manganot sich drein. Der Herzog von Halanx flüsterte Prinz Nimian etwas zu, doch der zuckte nur die Schultern und antwortete nicht.

Stasilaine kam mit Hissune an der Seite zurück. Hissune trug ein schlichtes weißes Gewand mit einem goldenen Emblem an der linken Schulter. Sein Gesicht war etwas gerötet, die Augen unnatürlich glänzend, aber ansonsten war er ruhig und gefaßt.

Elidath sagte: »Durch Berufung von Lord Valentine und Zustimmung der hier versammelten hohen Lords ernennen wir dich zum Prinzen von Majipoor, mit allen damit verbundenen Rechten und Pflichten.«

Hissune beugte den Kopf. »Ich bin über alle Worte hinaus gerührt, meine Lords. Ich kann Ihnen allen kaum meine Dankbarkeit ausdrücken, mir eine solche Ehre zu gewähren.«

Dann sah er auf, und sein Blick wanderte durch den Raum und verweilte kurz bei Nimian, bei Manganot und auf dem Herzog von Halanx, und dann, lange Zeit, auf Divvis, der seinen Blick kühl und mit leichtem Lächeln erwiderte.

KAPITEL 6

Der einsame Meeresdrache, der zur Dämmerung auf so seltsame Weise mit seinem Flügelschlag das Wasser aufgewühlt hatte, erwies sich als Vorbote seltsamer Geschehnisse. In der dritten Woche der Reise von Alaisor zur Insel des Schlafs tauchte plötzlich ein ganzes Rudel der riesigen Geschöpfe an der Steuerbordseite der *Lady Thiin* auf.

Pandelume, die Navigatorin, eine Skandar mit tiefblauem Fell, die sich einst ihren Lebensunterhalt mit der Jagd auf Meeresdrachen verdient hatte, sah sie als erste, als sie kurz nach der Dämmerung vom Beobachtungsdeck Ausschau hielt. Sie brachte Großadmiral Asenhart die Nachricht, der mit Autifon Deliamber konferierte, welcher es auf sich nahm, den Coronal persönlich zu wecken.

Valentine kam unverzüglich an Deck. Inzwischen war die Sonne über Alhanroel aufgegangen und warf lange Schatten über das Wasser. Die Navigatorin reichte ihm ihr Fernrohr, das er ans Auge hielt, und sie stelle es so ein, daß er die

Gestalten erkennen konnte, die sich in der Ferne im Meer tummelten.

Er sah hindurch, wobei er anfangs außer dem wogenden Meer wenig erkannte, dann schwenkte er ein Stück nach Norden und stellte den Fokus neu ein, damit er die Meeresdrachen erkennen konnte: dunkle Schattenrisse, die durchs Wasser schwammen, sich in dichter Formation bewegten und mit seltsamer Zielstrebigkeit vorankamen. Hin und wieder erhob sich ein Hals weit über die Wasseroberfläche, oder gigantische Flügel wurden dicht über dem Wasser entfaltet.

»Es müssen Hunderte sein!« rief Valentine verblüfft.

»Mehr als das, mein Lord«, sagte Pandelume. »Niemals während meiner Zeit als Jäger habe ich eine so große Herde gesehen. Könnt Ihr die Könige sehen? Mindestens fünf an der Zahl. Und ein halbes Dutzend mehr sind fast so groß. Und Dutzende von Kühen und Jungtieren, deren Zahl man kaum noch abschätzen kann ...«

»Ich sehe sie«, sagte Valentine. In der Mitte der Gruppe war eine kleine Phalanx von Tieren von monströser Größe, die fast gänzlich untergetaucht waren, so daß nur die Rükkenknochenplatten herausragten. »Sechs Riesen, würde ich sagen. Monster – noch größer als der, der mein Schiff zum Kentern brachte, als ich auf der *Brangaly* segelte! Und in den falschen Gewässern. Was machen sie hier? Asenhart, haben Sie jemals davon gehört, daß sich eine Herde diesseits der Insel sehen ließ?«

»Niemals, mein Lord«, sagte der Hjort ernst. »Seit dreißig Jahren segle ich zwischen Niminor und Alaisor und habe niemals einen einzigen Drachen zu sehen bekommen. Niemals! Und jetzt eine ganze Herde ...«

»Der Lady sei gedankt, daß sie sich von uns fortbewegen«, sagte Sleet.

»Aber warum sind sie überhaupt hier?« fragte Valentine.

Darauf wußte niemand eine Antwort. Es schien unvernünftig, daß die Routen der Meeresdrachen durch die bewohnten Teile Majipoors sich so plötzlich so drastisch ändern sollten, nachdem die Herden seit Zehntausenden von Jahren stets starr den bekannten Wegen gefolgt waren. Unweigerlich folgte jede Drachenherde immer derselben Route während ihrer Wanderung um die Welt, sehr zu ihrem eigenen Schaden, denn die Jäger aus Piliplok, die wußten, wo sie zu finden waren, fielen jedes Jahr zur entsprechenden Jahreszeit über sie her und schlachteten sie nieder, damit Drachenfleisch und Drachenöl und Drachenmilch und Drachenknochen und viele andere Substanzen mit hohem Profit auf den Märkten der Welt verkauft werden konnten. Dennoch wanderten die Drachen wie immer. Natürliche Gegebenheiten wie Wind und Strömungen konnten manchmal dazu führen, daß sie einige hundert Meilen nördlich oder südlich von ihren normalen Pfaden abwichen, möglicherweise, weil sich die Meeresbewohner, von denen sie sich ernährten, dann anderswo aufhielten, aber etwas wie diese Abweichung war vorher noch niemals beobachtet worden – eine ganze Drachenherde, die die östliche Seite der Insel umkreiste und offensichtlich in die Polargebiete unterwegs war, anstatt zwischen der Südseite der Insel und der Küste von Alhanroel hindurchzupassieren, um das Große Meer zu erreichen.

Noch war dies die einzige solche Herde. Fünf Tage später wurde eine weitere gesichtet, eine kleine Gruppe, nicht mehr als dreißig, ohne Riesen, passierte die Flotte in einer Entfernung von weniger als zwei Meilen. Ungemütlich nahe, sagte Großadmiral Asenhart, denn die Schiffe, die den Coronal und seine Begleiter zur Insel brachten, hatten kaum erwähnenswerte Wafffen bei sich, und Meeresdrachen waren Geschöpfe willkürlicher Launen und großer Stärke, die mitunter dazu neigten, unglückliche Schiffe einfach zu zertrümmern, wenn sie im falschen Augenblick ihre Bahn kreuzten.

Die Reise dauerte noch sechs Wochen. In einem Meer, wo es von Drachen wimmelte, konnte das eine recht lange Zeit sein.

»Vielleicht sollten wir umkehren und die Reise in einer anderen Jahreszeit durchführen«, schlug Tunigorn vor, der noch niemals auf See gewesen war, und dem das Erlebnis schon vorher wenig behagt hatte.

Auch Sleet schien mehr als gewöhnlich besorgt zu sein; Asenhart schien düsterer Stimmung; Carabella verbrachte viel Zeit damit, niedergeschlagen aufs Meer zu schauen, als erwartete sie, daß jeden Moment ein Drache direkt neben der *Lady Thiin* aus dem Wasser auftauchen würde. Aber Valentine hörte nicht auf sie, wenngleich er die Wut der Meeresdrachen aus erster Hand kannte und nicht nur sein Schiff von einem zerschmettert worden war, sondern er auch – das bizarrste Abenteuer aus den Jahren seiner Verbannung, – von einem verschlungen und in dessen Eingeweide gesogen worden war. Es war lebenswichtig weiterzusegeln, beharrte er. Er mußte sich mit der Lady besprechen, er mußte das von Seuchen geplagte Zimroel besuchen; wenn er nach Alhanroel zurückkehrte, sagte er, hieße das für ihn, alle Verantwortung fallenzulassen. Überhaupt, welchen Grund gab es zu der Annahme, daß die versprengten Herden von Meeresdrachen eine Gefahr für die Flotte der Schiffe waren? Sie schienen ihrer geheimnisvollen Route mit großer Schnelligkeit und Zielstrebigkeit zu folgen, und sie schenkten den vorbeiziehenden Schiffen keinerlei Aufmerksamkeit.

Eine Woche nach der zweiten kam die dritte Herde Meeresdrachen. Ihre Zahl betrug etwa fünfzig, und es waren drei Riesen darunter. »Es scheint, daß die Wanderung in diesem Jahr nordwärts führt«, sagte Pandelume. Es gab, erklärte sie, etwa ein Dutzend Drachenpopulationen, welche in unterschiedlichen Zeitabständen um die Welt zogen. Niemand wußte genau, wie lange jede Herde für eine Umkreisung brauchte, aber es konnte sich möglicherweise um Jahrzehnte handeln. Wie es sich ergab, zerfiel jede Population in kleinere Herden, aber alle bewegten sich auf denselben allgemeinen Strecken; anscheinend hatte sich diese ganze Population dieses Jahr für den nördlichen Weg entschieden.

Valentine nahm Deliamber beiseite und fragte ihn, ob ihm

seine Wahrnehmungen Verständnis über die Bewegungen der Meeresdrachen bringen konnten. Die zahlreichen Tentakel des kleinen Wesens schlängelten sich in einer Weise, die Valentine bereits vor langer Zeit als Anspannung zu deuten gelernt hatte; aber er sagte lediglich: »Ich spürte ihre Stärke, und die ist wirklich außergewöhnlich. Ihr wißt, daß es keine dummen Tiere sind.«

»Mir ist klar, daß ein Körper dieser Größe durchaus ein angemessenes Gehirn haben kann.«

»Das ist der Fall. Ich suche und spüre ihre Präsenz, und ich spüre ebenfalls große Entschlossenheit und Disziplin. Aber was sie letztendlich planen, mein Lord, das kann ich derzeit noch nicht sagen.«

Valentine bemühte sich, den Eindruck zu erwecken, als nehme er die Bedrohung nicht so schwer. »Sing mir die Ballade von Lord Malibor«, bat er Carabella eines Abends, als sie bei Tisch saßen. Sie sah ihn seltsam an, aber er lächelte und bestand darauf, und schließlich nahm sie die Taschenharfe und begann die ergreifende alte Weise:

Lord Malibor war stark und kühn
Und liebte das wogende Meer
Lord Malibor kam vom Berg herab
Ein Jäger sein wollt' er.

Lord Malibor, der ging an Bord,
Das Schiff war schön und fein,
Mit Segeln aus gewirktem Gold
Und Masten aus Elfenbein.

Und Valentine, der sich wieder an den Text erinnerte, stimmte ein:

Lord Malibor stand stolz an Deck
bei Wetter und bei Wind
Und sprach: »Meine Reise geht dorthin,
Dort wo die Drachen sind.«

Lord Malibor sprach tapfer dann:
»Zum Kampfe geh' ich allein,
Und die Beute soll kein Geringerer
Als der Drachenkönig sein.«

Tunigorn rutschte unbehaglich in seinem Sessel hin und her und schwenkte den Wein im Glas. »Ich glaube, dieses Lied ist unglücklich gewählt, mein Lord«, murmelte er.

»Keine Bange«, sagte Valentine. »Komm, sing mit uns!«

»Ich höre dich«, der Drache rief,
Und kam über das Meer.
Zwölf Meilen lang und dreie breit
Ein Ungetüm war er.

Lord Malibor, der stand an Deck,
Sein Kampf war tapfer und schwer
Rot war das Blut der Tapferen,
Das vom Deck hinabfloß ins Meer.

Die Navigatorin Pandelume betrat die Schiffsmesse und näherte sich dem Tisch des Coronals, blieb aber mit einem Ausdruck der Mißbilligung auf dem pelzigen Gesicht stehen, als sie das Lied hörte. Valentine gab ihr ein Zeichen, mit einzustimmen, aber ihr Ausdruck wurde noch düsterer, und sie blieb stirnrunzelnd abseits stehen.

Doch Drachenkönige, alt und schlau,
Sind siegreich meist im Kräftemessen,
Und so kam es, daß Lord Malibor
Am Ende ward aufgefressen.

Drum hört, ihr Matrosen auf Drachenjagd
Macht dieselben Fehler nicht auch,
Sonst endet womöglich auch ihr dereinst
Als Futter im Drachenbauch.

»Was ist, Pandelume?« fragte Valentine, nachdem die letzte Strophe verklungen war.

»Drachen, mein Lord, die sich aus dem Süden nähern.«

»Viele?«

»Sehr viele, mein Lord.«

»Seht Ihr?« brauste Tunigorn auf. »Wir haben sie mit dem närrischen Lied angelockt!«

»Dann wollen wir ihnen gleich ein Abschiedslied anstimmen«, sagte Valentine. »Dasselbe noch einmal.« Und er begann:

Lord Malibor war stark und kühn
Und liebte das wogende Meer ...

Die neue Herde war mehrere Hundert stark – eine riesige Versammlung von Meeresdrachen, ein so großer Schwarm, daß er jegliche Vorstellung überstieg, mit neun großen Königen in der Mitte der Herde. Valentine blieb nach außen hin kühl und ruhig, empfand sie aber dennoch als gewaltige Bedrohung und die Gefahr, die von ihnen ausging, so stark, daß sie beinahe spürbar war. Aber sie zogen vorüber, keiner kam der Flotte näher als drei Meilen, und sie verschwanden mit unheimlicher Zielstrebigkeit im Norden.

Tief in der Nacht, als Valentine schlafend niederlag und den Geist der Führung geöffnet hatte, wie nur Träume sie bringen können, erfüllte eine seltsame Vision seine Seele: Inmitten einer breiten Ebene, die mit eckigen Felsen und seltsamen pockennarbigen, steifen und leblosen Pflanzen durchzogen ist, bewegen sich eine Vielzahl von Menschen mit schwebendem, leichten Schritt auf das ferne Meer zu. Er befindet sich unter ihnen, wie sie in ein Gewand aus gazeartigem, federleichtem Stoff gekleidet, der sich von selbst aufbauscht, da kein Lüftchen weht. Keines der Gesichter ringsum ist vertraut, dennoch ist ihm nicht, als befände er sich unter Fremden: er weiß, daß er diesen Menschen sehr nahesteht, daß sie seine Mitpilger während einer Reise sind, welche bereits mehrere Monate andauert, möglicherweise mehrere Jahre. Nun nähert die Reise sich ihrem Ende.

Dort liegt das Meer, vielfarbig, glitzernd, die Oberfläche wogt, als würde sie von gigantischen Wesen aufgewühlt, die sich darunter bewegen, oder vom Sog der Gezeiten, welche der schwer am Himmel ruhenden bernsteinfarbene, geschwollene Mond verursacht. Wie gekrümmte, kristalline Krallen branden gewaltige Brecher ans Ufer, die in völliger Stille zurückfallen und geräuschlos vom Strand abfließen, als wären es nicht eigentliche Wellen, sondern nur die Geister von Wellen. Weiter draußen, außerhalb aller Turbulenzen, ragt eine enorme Gestalt aus der Wasseroberfläche.

Es ist ein Meeresdrache; es ist der Drache, der Lord Kinnikens Drache genannt wird, der der größte seiner Art sein soll, der König der Meeresdrachen, den noch keines Jägers Harpune jemals berührte. Von seinem gewaltigen, knochenplattenbewehrten, gekrümmten Rücken geht eine unwiderstehliche Strahlung aus, ein amethystfarbenes Glühen, das den Himmel erfüllt und dem Meer eine tief violette Färbung verleiht. Das Läuten von Glocken ist zu vernehmen, riesig und tief, die eine feierliche Weise intonieren, ein dunkles Dröhnen, das droht, die Welt vom Herzen aus in zwei Teile zu spalten.

Der Drache schwimmt unaufhaltsam uferwärts, und sein riesiges Maul klafft wie der Zugang zu einer Höhle.

– *Endlich ist meine Stunde gekommen,* sagt der König der Drachen. *Und nun bist du mein.*

Die Pilger, gebannt, gefesselt, fasziniert von dem durchdringenden pulsierenden Licht, das von dem Drachen ausgeht, schweben weiter dem Meer entgegen, auf das offene Maul zu.

– *Ja. Ja. Kommt zu mir. Ich bin der Wasserkönig Maazmoorn, und ihr seid mein!*

Nun hat der Drachenkönig seichte Gewässer erreicht, und die Fluten teilen sich vor ihm, und er bewegt sich rasch und mit Anmut ans Ufer. Das Läuten der Glocken wird noch lauter, beharrlich erobert der schreckliche Lärm die Atmosphäre, auf die er gewaltigen Druck ausübt, so daß die Luft mit einem jeden Schlag dicker zu werden scheint, langsamer, wärmer. Mittlerweile hat der Drachenkönig die gewaltigen Schwingen entfaltet, welche aus Fleischwülsten am Halsansatz entspringen, und die Flügel treiben ihn weiter über den feuchten Sand. Als er seine schwerfällige Gestalt an Land gebracht hat, haben ihn die ersten Pilger erreicht, und hinter ihnen folgen andere nach, eine endlose Prozession williger Opfer, die sich ohne zu zögern in das klaffende Maul ergießen und dem Drachenkönig entgegengehen, der sich seinerseits stetig weiter ihnen entgegenwälzt.

Sie gehen in das große Maul und werden von ihm umhüllt, und Valentine ist unter ihnen, und er geht tief hinab in die Grube des Magens. Er betritt eine Höhlenkammer von endlosen Abmessungen, welche er bereits von der Legion der Verschluckten bevölkert findet, Millionen, Milliarden – Menschen und Skandars und Vroons und Hjorts und Liimenschen und Su-Suheris und Gahrogs, alle die zahlreichen Völkerschaften von Majipoor, die unentrinnbar in den Eingeweiden des Drachenkönigs gefangen sind.

Und immer noch geht Maazmoorn weiter an Land, und immer noch verschlingt der Drachenkönig. Er verschlingt die ganze Welt, schluckt und schluckt und schlingt voller Gier, ganze Städte und Berge, die Kontinente und die Meere, die Ganzheit von Majipoor, bis er schließlich alles verschlungen hat und um den Planeten herum zusammengerollt liegt wie eine Schlange, die ein immenses kugelförmiges Opfer aufgefressen hat.

Die Glocken steigern sich zu einem Crescendo des Triumphs.

– *Nun endlich ist mein Königreich gekommen!*

Nachdem der Traum zu Ende war, kehrte Valentine nicht zum vollen Wachsein zurück, sondern ließ sich in Halbschlaf sinken, einen Zustand sensitiver Empfänglichkeit, und so blieb er liegen, ruhig, still, und durchlebte nochmals den Traum, drang in das offenstehende Maul ein, versuchte zu analysieren, zu interpretieren.

Dann fiel das erste Licht des Morgens auf ihn, und er erwachte zum vollen Bewußtsein. Carabella lag neben ihm; sie war wach und beobachtete ihn. Er legte ihr einen Arm um die Schulter und ließ eine Hand zärtlich und verspielt auf ihrer Brust ruhen.

»War es eine Sendung?« fragte sie.

»Nein, ich spürte weder die Präsenz der Lady noch die des Königs.« Er lächelte. »Du weißt immer, wann ich träume, nicht?«

»Ich konnte sehen, wie der Traum über dich kam. Deine Augen haben sich unter den Lider bewegt; deine Lippen zuckten; deine Nasenflügel bewegten sich wie die eines Raubtiers.«

»Habe ich gequält ausgesehen?«

»Nein, überhaupt nicht. Zuerst hast du vielleicht die Stirn gerunzelt, aber dann hast du im Schlaf gelächelt, und eine tiefe Ruhe kam über dich, als würdest du einem vorbestimmten Schicksal entgegengehen, das du rückhaltlos akzeptiert hast.«

Er lachte. »Oh. Dann werde ich wieder von einem Meeresdrachen verschluckt werden.«

»Hast du das geträumt?«

»Mehr oder weniger. Aber nicht so, wie es tatsächlich geschehen ist. Der Kinniken-Drache kam ans Ufer, und ich marschierte ihm freiwillig ins Maul. Wie alle anderen auf der Welt auch. Und dann verschlang er die ganze Welt.«

»Und kannst du deinen Traum deuten?« fragte sie.

»Nur bruchstückhaft, fragmentarisch«, sagte er. »Seine Ganzheit entzieht sich mir immer noch.«

Er wußte, es war zu einfach, in dem Traum nur das neuerliche Durchleben eines vergangenen Ereignisses zu sehen, als habe er einen Unterhaltungswürfel eingeschaltet und nochmals das seltsame Geschehnis aus den Jahren seines Exils gesehen, als er tatsächlich von einem Meeresdrachen verschluckt worden war, der sein Schiff vor dem Rodamaunt-Archipel zum Kentern gebracht hatte und Lisamon Hultin, ebenfalls mit verschluckt, ihm einen Weg durch die Eingeweide des Tiers ins Freie geschnitten hatte. Selbst ein Kind wußte es besser und nahm keinen Traum auf der buchstäblichsten autobiographischen Ebene wahr.

Aber auch auf einer tieferen Ebene enthüllte sich ihm nichts, abgesehen von einer Interpretation, die so offensichtlich war, daß man sie schon fast trivial nennen konnte: daß nämlich die Bewegungen der Meeresdrachenherden, die sie in letzter Zeit beobachtet hatten, eine weitere Warnung waren, daß sich die Welt in Gefahr befand, daß eine nicht zu unterschätzende Macht die Stabilität der Gesellschaft bedrohte. Das wußte er bereits, es hätte keiner Auffrischung bedurft. Aber warum Meeresdrachen? Welches Geheimnis brannte in seinem Geist, das diese riesigen marinen Säugetiere in eine weltverschlingende Bedrohung verwandelt hatte?

Carabella sagte: »Vielleicht suchst du zu sehr. Laß es einfach sein, dann wird sich dir die Bedeutung erschließen, wenn sich dein Geist mit etwas anderem beschäftigt. Was meinst du? Sollen wir an Deck gehen?«

In den darauffolgenden Tagen sahen sie keine Herden von Meeresdrachen mehr, nur noch ein paar vereinzelte Tiere, und dann gar keine mehr, und Valentines Träume wurden auch nicht mehr von beunruhigenden Bildern heimgesucht. Das Meer war ruhig, der Himmel hell und klar, der Wind wehte günstig aus dem Osten. Valentine verbrachte viel Zeit an Deck und schaute aufs Meer hinaus; und schließlich kam der Tag, an dem aus der Einförmigkeit die weißen Kreidefelsen der Insel emporragten, gleich einem weißen Schild, das sich deutlich vom dunklen Horizont abhob, die Felsen der Insel des Schlafs, des heiligsten und friedlichsten Ortes auf Majipoor, das Heim der gütigen Lady.

KAPITEL 7

Mittlerweile war das Gut größtenteils verlassen. Etowan Elaccas Feldarbeiter waren alle gegangen, der größte Teil des Hauspersonals ebenfalls. Nicht einer hatte sich die Mühe gemacht, formell seine Kündigung bekanntzugeben, und sei es nur, um den noch ausstehenden Lohn zu kassieren: sie verschwanden einfach lautlos, als verabscheuten sie es, noch eine Stunde länger in dem verseuchten Gebiet zu bleiben und fürchteten, er würde sie irgendwie zum Bleiben überreden können, wenn er mitbekam, daß sie gehen wollten.

Simoost, der Ghayrog-Vorarbeiter, war immer noch loyal, ebenso seine Frau Xhama, Etowan Elaccas Chefköchin. Zwei oder drei der Haushälterinnen waren geblieben wie auch einige Gärtner. Es machte Etowan Elacca wenig aus, daß die anderen weggegangen waren – schließlich gab es für die meisten keine Arbeit mehr, noch konnte er es sich leisten, sie anständig zu bezahlen, wenn kein Getreide auf dem Markt verkauft wurde. Und früher oder später wäre es schon ein Problem geworden, sie alle zu ernähren, wenn das stimmte, was er über eine zu erwartende Lebensmittelverknappung in der ganzen Provinz gehört hatte. Dennoch betrachtete er ihr Weggehen als Verrat. Er war ihr Herr; er war verantwortlich für ihr Wohlergehen; er war bereit, sie so lange zu versorgen, wie seine Vorräte reichten. Warum waren sie so versessen zu gehen? Welche Hoffnung hatten sie, diese Landarbeiter und Gärtner, im Viehzuchtzentrum Falkynkip Arbeit zu finden, wohin sie wahrscheinlich gegangen waren? Darüber hinaus war es seltsam, den Ort so ruhig zu sehen, wo einst den ganzen Tag lang geschäftige Regsamkeit geherrscht hatte. Etowan Elacca kam sich manchmal wie ein König vor, dessen Untertanen die Bürgerrechte abgelegt und in ein anderes Land ausgewandert sind, damit nur er im verlassenen Palast zurückblieb und Befehle gab, die niemand hörte.

Dennoch versuchte er, so zu leben, wie er immer gelebt hatte. Gewisse Gewohnheiten konnte man nicht einmal in den größten Notzeiten abstreifen.

In den Tagen vor dem Fall des purpurnen Regens war Etowan Elacca stets vor Sonnenaufgang aufgestanden und war mit Einbruch der Dämmerung hinausgegangen, um eine Inspektion vorzunehmen. Er ging stets denselben Weg, durch den Alabandinahain zu den Tanigales, dann nach links zu dem schattigen kleinen Plätzchen, wo die Caramangs blühten, weiter unter dem ausladenden Thagimolebaum hindurch, aus dessen dickem Stamm sich Zweige sechzig Fuß hoch erstreckten, die manchmal schwer mit wohlriechenden blaugrünen Blüten herniederhingen. Dann begrüßte er die Maulpflanzen, nickte den glänzendne Blasenbäumen zu, verweilte ein wenig, um dem Lied der singenden Farne zu lauschen, und schließlich erreichte er die Grenze der hellgelben Mangahonebüsche, die die Trennlinie zwischen Garten und Farm bildeten, von wo er zu den Feldern mit Stajja und Glein und Hingamorts und Niyk hinübersah.

Von der Farm war gar nichts mehr übrig und vom Garten nur noch sehr wenig, aber dennoch unternahm Etowan Elacca seinen Morgenspaziergang und blieb vor jeder toten und schwarzen Pflanze stehen, als würde sie immer noch blühen und gedeihen. Er wußte, es war eine absurde und pathetische Tat, und jeder, der ihn dabei beobachtete, würde sicher sagen: »Ah, da ist der närrische alte Mann, dessen Kummer ihn verrückt gemacht hat.« Sollten sie es eben sagen, dachte Etowan Elacca. Ihn hatte es nie besonders gekümmert, was andere Leute über ihn sagten, und nun kümmerte es ihn noch weniger. Vielleicht *war* er verrückt geworden, wenngleich er selbst es nicht glaubte. Trotzdem wollte er seine Spaziergänge weiter unternehmen. Was hätte er sonst tun sollen?

In den ersten Wochen nach dem tödlichen Regen hatten

seine Gärtner jede absterbende Pflanze entfernen wollen, aber er hatte ihnen befohlen, alles zu lassen, wie es war, denn er hoffte, daß viele davon nicht ganz abgestorben waren, sondern nur befallen, daß sie nach einiger Zeit wieder treiben würden, wenn sie die Nachwirkungen des Giftstoffes überwunden hatten, den der purpurne Regen mit sich gebracht hatte. Nach einer Weile wurde selbst Etowan Elacca klar, daß die meisten unrettbar verloren waren und aus den Wurzeln kein neues Leben mehr entspringen würde. Aber zu dem Zeitpunkt waren die Gärtner bereits größtenteils verschwunden und nur noch eine Handvoll blieb übrig, kaum ausreichend, um die notwendigen Arbeiten im noch verbliebenen Teil des Gartens auszuführen, geschweige denn, die abgestorbenen Pflanzen wegzuschaffen. Zuerst dachte er, er würde diese melancholische Aufgabe selbst übernehmen, nach und nach, wie es seine Zeit gestattete; aber der Arbeitsaufwand, wurde ihm bald klar, war so immens, daß er beschloß, alles zu lassen, wie es war und aus dem vernichteten Garten eine Art Mahnmal seiner einstigen Schönheit zu machen.

Als er eines Morgens viele Monate nach der Zeit des purpurnen Regens durch seinen Garten ging, fand Etowan Elacca einen merkwürdigen Gegenstand, der aus dem Boden des Pinniabeets hervorragte: den polierten Zahn eines großen Tieres. Es war fünf oder sechs Zoll lang und scharf wie ein Messer. Er hob ihn auf, betrachtete ihn verwirrt und steckte ihn in die Tasche. Ein Stück weiter, zwischen den Muornas, fand er zwei weitere Zähne derselben Größe, die in einem Abstand von etwa zehn Fuß in den Boden gerammt worden waren; und dann sah er den Hang empor zum Feld des abgestorbenen Stajja, wo er drei weitere erblickte, noch weiter auseinander. Danach wieder zwei, dann einer, so daß die ganze Zahngruppe ein diamantförmiges Muster bildete, das einen größten Teil seines Landes bedeckte.

Er ging rasch zum Haus zurück, wo Xhama das Frühstück zubereitete.

»Wo ist Simoost?« fragte er.

Die Ghayrogfrau antwortete ohne aufzuschauen: »Er ist im Niykhain, Sir.«

»Die Niyks sind längst abgestorben, Xhama.«

»Ja. Sir. Er ist trotzdem dort. Er war die ganze Nacht dort, Sir.«

»Geh zu ihm. Sag ihm, daß ich ihn sehen möchte.«

»Er wird nicht kommen. Außerdem brennt das Essen an, wenn ich weggehe.«

Etowan Elacca war über ihre Weigerung so verblüfft, daß er keine Worte finden konnte. Dann wurde ihm klar, daß in dieser Zeit der Veränderungen wohl gerade eine weitere Veränderung stattfinden mußte, und er nickte kurz, wandte sich ab und ging ohne ein weiteres Wort hinaus.

So schnell er den Hang erklimmen konnte, ging er durch die toten Felder mit Stajja, ein Meer gelber, vertrockneter Halme, dann weiter durch die blattlosen Gleinbüsche und die vertrockneten Hüllen, die von den Hingamorts übriggeblieben waren, bis er nach einiger Zeit beim Niykhain angekommen war. Die abgestorbenen Bäume waren so leicht, daß der Wind sie mühelos entwurzeln konnte, und tatsächlich waren viele umgefallen, andere standen in gefährlichen Winkeln, als hätte ein Riese spielerisch mit der Handfläche darüber hinweggestrichen. Zuerst sah Etowan Elacca Simoost gar nicht, dann aber bemerkte er den Vorarbeiter, der willkürlich zwischen den Bäumen hindurchging und von Zeit zu Zeit einen umstieß. Hatte er so die Nacht verbracht? Da Ghayrogs das ganze Schlafpensum eines Jahres innerhalb einiger Monate der Hibernation verbrachten, überraschte es Etowan Elacca nicht, daß Simoost die ganze Nacht durch arbeitete, aber diese Art von Ziellosigkeit sah ihm gar nicht ähnlich.

»Simoost?«

»Ah, Sir. Guten Morgen, Sir.«

»Xhama sagte, du wärst hier. Alles in Ordnung, Simoost?«

»Ja, Sir. Ausgezeichnet, Sir.«

»Sicher?«

»Ausgezeichnet, Sir. Wirklich.« Aber Simoosts Tonfall fehlte die Überzeugung.

Etowan Elacca sagte: »Kannst du mitkommen? Ich muß dir etwas zeigen.«

Der Ghayrog schien sorgfältig über die Bitte nachzudenken. Dann kam er langsam bis zu der Stelle, wo Etowan Elacca wartete. Die Schlangenlocken seines Haars, das niemals ganz still war, bewegten sich mit nervöser Ruckartigkeit, und von seinem kräftigen Schuppenkörper ging ein Geruch aus, den Etowan Elacca, der mit den verschiedenen Gerüchen der Ghayrogs vertraut war, als Anzeichen von Nervosität und Unbehagen deuten konnte. Simoost war seit zwanzig Jahren bei ihm, und noch nie hatte Etowan Elacca diesen Geruch bemerkt.

»Sir?« sagte Simoost.

»Was bekümmert dich, Simoost?«

»Nichts, Sir. Mir geht es ausgezeichnet, Sir. Sie wollten mir etwas zeigen?«

»Das«, sagte Etowan Elacca und nahm den langen, scharfen Zahn aus der Tasche, den er im Pinninabeet gefunden hatte. Er hielt ihn hoch und sagte: »Das fand ich, als ich vor einer halben Stunde meine Runde durch den Garten machte. Ich fragte mich, ob du eine Ahnung hast, was das sein könnte?«

Simoost lidlose Augen flackerten unbehaglich. »Der Zahn eines jungen Meeresdrachen, Sir. Glaube ich.«

»Ist es das?«

»Ich bin ziemlich sicher, Sir. Waren noch andere da?«

»Einige. Noch acht, glaube ich.«

Simoost zeichnete einen Diamanten in die Luft. »In dieser Form angeordnet, Sir?«

»Ja«, sagte Etowan Elacca stirnrunzelnd. »Woher weißt du das?«

»Das ist das übliche Muster. Ah, es droht Gefahr, Sir, große Gefahr!«

Mit verhaltenem Zorn sagte Etowan Elacca: »Du bist

absichtlich geheimnisvoll, nicht? *Welches* übliche Muster? Gefahr von wem? Bei der Lady, Simoost, sag mir mit einfachen Worten, was du hierüber weißt!«

Der Geruch des Ghayrog wurde noch durchdringender, ein Zeichen für extremes Mißfallen, Angst und Verlegenheit. Simoost schien nach Worten zu suchen. Nach einer Weile sagte er: »Sir, wissen Sie, wohin alle gegangen sind, die für Sie arbeiteten?«

»Ich nehme an nach Falkynkop, um Arbeit auf den Zuchtfarmen zu suchen. Aber was hat das ...«

»Nein, nicht nach Falkynkip, Sir. Weiter westlich. Pidruid, dorthin sind sie. Um auf das Kommen der Drachen zu warten.«

»Was?«

»Wie in der Offenbarung, Sir.«

»Simoost ...!«

»Also wissen Sie nichts von der Offenbarung?«

Etowan Elacca verspürte eine Wut, wie er sie in seinem ruhigen und ausgeglichenen Leben bisher selten verspürt hatte. »Nein, ich weiß überhaupt nichts von einer Offenbarung«, sagte er mit kaum beherrschtem Zorn.

»Dann erzähle ich es Ihnen, Sir. Ich erzähle Ihnen alles.«

Der Ghayrog schwieg einen Augenblick, als müßte er sich sammeln und konzentrieren.

Dann atmete er tief durch und sagte: »Es existiert ein alter Glaube, Sir, daß eines Tages große Probleme auf die Welt zukommen und ganz Majipoor in Unruhe geraten wird. Und in dieser Zeit, behauptet der Glaube, werden die Meeresdrachen das Meer verlassen, an Land kommen und ein neues Königreich gründen, und sie werden gewaltige Veränderungen über die Welt bringen. Diese Zeit ist als Zeit der Offenbarung bekannt.«

»Wessen Phantasiegespinst ist das?«

»Ja, Phantasiegespinst ist das zutreffende Wort, Sir. Oder Legende, wie Sie wollen, oder auch Märchen. Nicht wissenschaftlich haltbar. Wir wissen, daß die Meeresdrachen nicht aus dem Wasser herauskommen können. Aber bei vielen

Leuten ist der Glauben weit verbreitet, und er spendet ihnen viel Trost.«

»Bei welechen Leuten?«

»Hauptsächlich bei den Armen. Besonders unter den Liimenschen, aber auch einige Angehörige der anderen Rassen hängen ihm an, Sir. Ich habe gehört, daß bestimmte Gruppen Skandars und einige Hjorts ihn angenommen haben. Bei den Menschen ist er kaum bekannt, besonders nicht bei wohlhabenden wie Ihnen, Sir. Aber ich sage Ihnen, inzwischen gibt es viele, die behaupten, daß die Zeit der Offenbarung gekommen ist, daß die Seuchen und Nahrungsmittelverknappungen die ersten Anzeichen sind, daß Coronal und Pontifex nun bald hinweggeschwemmt werden und die Zeit der Wasserkönige beginnt. Und diejenigen, die das glauben, ziehen nun zu den Küstenstädten, nach Pidruid und Narabal und Til-omon, damit sie die Wasserkönige an Land kommen sehen und zu den ersten gehören, die sie anbeten. Ich weiß, das das stimmt, Sir. Es geschieht überall in der Provinz, soweit ich weiß sogar auf der ganzen Welt. Millionen haben angefangen, zum Meer zu ziehen.«

»Wie erstaunlich!« sagte Etowan Elacca. »Wie unwissend ich hier inmitten meiner kleine Welt doch bin!« Er strich mit dem Finger an dem Drachenzahn entlang bis zur scharfen Spitze und drückte, bis er den Schmerz spürte. »Und sie? Was bedeuten sie?«

»Soweit ich weiß, Sir, hinterlassen sie sie hier und da als Wegweiser zur Küste und Zeichen der Offenbarung. Ein paar Kundschafter eilen der Masse der Pilger voraus nach Westen und verteilen die Zähne, und wenig später folgen die anderen ihrem Pfad.«

»Woher wissen sie , wo die Zähne sind?«

»Sie wissen es, Sir. Ich weiß nicht, wie sie das anstellen. Vielleicht kommt das Wissen in Träumen. Vielleicht strahlen die Wasserkönige Sendungen ab, so wie die Lady und der König der Träume.«

»Dann würden wir in Kürze von einem Heer von Wanderern überrannt werden?«

»Ich glaube, ja, Sir.«
Etowan Elacca schlug mit dem Zahn in die Handfläche. »Simoost, warum hast du die Nacht im Niykhain verbracht?«
»Um den Mut zu finden, Ihnen das alles zu sagen, Sir.«
»Weshalb erforderte das Mut?«
»Weil ich glaube, daß wir fliehen müssen, und ich weiß, daß Sie nicht gehen wollen, und daß ich Sie nicht im Stich lassen möchte, aber ich möchte auch nicht sterben. Und ich glaube, wir werden sterben, wenn wir noch länger hier bleiben.«
»Wußtest du von den Drachenzähnen im Garten?«
»Ich sah, wie sie angebracht wurden. Ich sprach mit den Kundschaftern.«
»Ah. Wann?«
»Um Mitternacht, Sir. Es waren drei, zwei Liimenschen und ein Hjort. Sie sagen, daß vierhunderttausend Menschen aus den Ländern östlich des Grabens in diese Richtung ziehen.«
»Vierhunderttausend Menschen werden über mein Land trampeln?«
»Ich glaube, ja, Sir.«
»Es wird kein Stein mehr auf dem anderen sein, wenn sie vorüber sind, nicht? Sie werden wie die Heuschrecken hier einfallen. Sie werden die Nahrungsmittelvorräte plündern, die wir noch haben, und sie werden das Haus auf den Kopf stellen und jeden töten, der ihnen in den Weg tritt. Nicht aus Bösartigkeit, sondern aus Hysterie. Siehst du das auch so, Simoost?«
»Ja, Sir.«
»Und wann werden sie hier sein?«
»In zwei Tagen, dreien vielleicht, wurde mir gesagt.«
»Dann solltest du noch heute morgen mit Xhama hier weggehen, nicht wahr? Das ganze Personal sollte gehen. Nach Falkynkip, würde ich sagen. Ihr könnt Falkynkip vor dem Mob erreichen, und dann seid ihr in Sicherheit.«
»Werden Sie nicht mitkommen, Sir?«

»Nein.«

»Sir, ich bitte Sie ...«

»Nein, Simoost.«

»Sie werden sterben!«

»Ich bin schon gestorben, Simoost. Warum sollte ich nach Falkynkip fliehen? Was sollte ich dort tun? Ich bin schon gestorben, Simoost, spürst du das denn nicht? Ich bin mein eigener Geist.«

»Sir ... Sir ...«

»Keine Zeit zu verlieren«, sagte Etowan Elacca. »Du hättest deine Frau nehmen und um Mitternacht von hier verschwinden sollen, als du gesehen hast, wie die Zähne angebracht wurden. Geh. Geh. Jetzt gleich.«

Er drehte sich um und ging den Hang hinab, und als er durch den Garten zurückging, steckte er den Zahn wieder dorthin, wo er ihn gefunden hatte, ins Pinninabeet.

Am späten Vortmittag kamen der Ghayrog und seine Frau zu ihm und baten ihn, mit ihnen zu kommen – sie waren den Tränen so nahe, wie Etowan Elacca es bei Ghayrogs noch nie gesehen hatte, denn Ghayrogaugen haben keine Tränendrüsen – aber er blieb fest, und so gingen sie ohne ihn. Er rief die anderen zusammen, die loyal zu ihm gestanden hatten, und entließ sie, wobei er ihnen alles Geld mitgab, das er noch besaß, und das meiste der Vorräte.

In dieser Nacht bereitete er zum ersten Mal in seinem Leben das Essen selbst zu. Er dachte, daß er für einen Anfänger bemerkenswertes Geschick erwies. Er öffnete die letzte Falsche Feuerschauerwein und trank mehr, als er sich normalerweise genehmigt hätte. Was mit der Welt geschah, erschien ihm sehr seltsam, und er hatte Schwierigkeiten, es zu akzeptieren, aber der Wein machte es ein wenig leichter. Wie viele Jahrhunderte hatte Frieden geherrscht! Welch eine perfekte Welt, welch eine gut funktionierende Welt. Pontifex und Coronal, Pontifex und Coronal, eine ununterbrochene Prozession vom Burgberg zum Labyrinth, eine Regierung mit der Zustimmung der meisten zum Wohle aller; und wenngleich sie einigen mehr zum Wohl gereichte als anderen, so hungerte doch niemand, und niemand lebte bedürftig. Nun endete das alles. Giftiger Regen fiel vom Himmel, Gärten und Felder wurden zerstört, neue Religionen hatten Fuß gefaßt, ein wütender Mob wanderte zum Meer. Weiß der Coronal davon? Die Lady der Insel? Der König der Träume? Was wurde getan, die Schäden zu reparieren? Was *konnte* getan werden? Konnten gütige Träume der Lady leere Bäuche füllen? Mahnende Träume vom König den Mob zur Umkehr veranlassen? Würde der Pontifex, wenn es einen Pontifex gab, aus dem Labyrinth kommen und beschwichtigende Reden halten? Würde der Coronal von Provinz zu Provinz reisen und Geduld predigen? Nein. Nein. Nein. Nein. Es ist vorbei, dachte Etowan Elacca. Welch ein Jammer, dachte er, daß dies alles nicht zwanzig oder dreißig Jahre später geschehen konnte, damit ich in Ruhe in meinem blühenden Garten hätte sterben können.

Er hielt in der Nacht Wache, und alles war ruhig.

Am Morgen glaubte er, das erste Dröhnen der herannahenden Horde aus dem Osten zu hören. Er ging durch das Haus und öffnete jede verschlossene Tür, damit sie so wenig Schaden wie möglich anrichten, wenn sie nach seinen Vorräten an Nahrungsmitteln und Wein suchten. Es war ein wunderschönes Haus, und er liebte es und hoffte, daß es keinen Schaden nehmen würde.

Dann ging er hinaus in den Garten, zu den vertrockneten, schwarzen Pflanzen. Vieles hatte tatsächlich den tödlichen Regen überlebt, dachte er, mehr als er geglaubt hatte, denn in den zurückliegenden dunklen Monaten hatte er nur Augen für Zerstörung gehabt; aber die Maulpflanzen blühten noch, wie auch die Nachtblumenbäume und einige der Androdragmas, der Dwikkas, der Sihornishreben, selbst einige der empfindlichen Blasenbäume. Er ging stundenlang zwischen ihnen auf und ab. Er dachte daran, sich in eine der Maulpflanzen zu stürzen, aber das wäre ein häßlicher Tod gewesen, dachte er, langsam und blutig und unelegant, und er wollte, daß man von ihm sagte, selbst wenn es niemanden mehr gab, der es sagen konnte, er wäre elegant bis zum letzten Atemzug gewesen. Statt dessen ging er zu den Sihornishreben, an denen unreife, immer noch gelbe Früchte hingen. Die reife Sihornish gehörte zu den erlesensten Köstlichkeiten, aber die unreife, gelbe Frucht enthielt tödliche Alkaloide. Lange Zeit stand Etowan Elacca an dem Rebstock, ohne Furcht, aber einfach noch nicht bereit. Dann vernahm er Stimmen, und diesmal war es keine Einbildung, barsche, rauhe Stimmen des Stadtvolks, eine große Zahl, die mit der Luft von Osten herübergetragen wurden. Nun war er bereit. Er wußte, es wäre nobler gewesen, sie zu erwarten, sie auf seinem Land willkommen zu heißen und ihnen anzubieten, was die Vorratskammer noch bot; aber ohne sein Personal konnte er wenig tun, und außerdem hatte er Stadtleute noch nie richtig gemocht, besonders dann nicht, wenn sie als ungebetene Gäste kamen. Er betrachtete ein letztes Mal die Dwikkas und Blasenbäume und die wenigen kränklichen Halatinga, die irgendwie überlebt hatten, dann empfahl er seine Seele der Lady und spürte Tränen in sich aufsteigen. Weinen hielt er jedoch für unpassend, und daher nahm er die gelbe Sihornishfrucht an die Lippen und biß in das harte, unreife Fruchtfleisch.

KAPITEL 8

Wenngleich sie lediglich vorgehabt hatte, die Augen ein paar Sekunden auszuruhen, bevor sie das Essen machte, versank Elsinome, als sie sich niederlegte, in einen tiefen Schlaf, der sie in ein wolkiges Gefilde gelber Schatten und gummiartiger rosa Berge versetzte; und wenngleich sie nicht damit gerechnet hatte, während eines kurzen Nickerchens eine Sendung zu erhalten, spürte sie doch einen sanften Druck auf der Seele, als sie immer tiefer in Schlaf sank, und sie wußte, daß es die Anwesenheit der Lady war, die sie verspürte.

In letzter Zeit war Elsinome ständig müde. Sie hatte noch nie so schwer gearbeitet wie in den letzten Tagen, seit die Nachricht von der Krise im westlichen Zimroel das Labyrinth erreicht hatten. Nun war das Café den ganzen Tag von nervösen Angestellten des Pontifikats besucht, die bei einigen Gläsern Wein aus Muldemar oder Dulorn die letzten Informationen austauschten – wenn sie so besorgt waren, dann wollten sie nur vom Besten. Und so rannte sie dauernd hin und her, servierte und bestellte Nachlieferungen bei den Großhändlern. In gewisser Weise war es anfangs sehr aufregend gewesen; sie empfand, als nähme sie selbst aktiv an dieser schweren Zeit der Weltgeschichte teil. Aber inzwischen war es nur noch erschöpfend.

Ihr letzter Gedanke, bevor sie einschlief, galt Hissune: *Prinz* Hissune, sie hatte sich immer noch nicht daran gewöhnt. Sie hatte schon seit Monaten nichts mehr von ihm gehört, nicht mehr seit diesem erstaunlichen Brief, der selbst wie im Traum geklungen, und in dem er ihr mitgeteilt hatte, daß sie ihn in die höchsten Kreise des Burgbergs berufen hatten. Danach hatt er begonnen, unwirklich für sie zu wirken, nicht mehr der gerissene kleine Junge, der ihr geholfen und sie unterstützt hatte, sondern ein Fremder in feinen Gewändern, der seine Zeit mit dem Rat der Großen verbrachte und unvorstellbare Diskussionen über das Schicksal der Welt hielt. Sie sah ein Bild von Hissune, wie er an einem riesigen, auf Hochglanz polierten Tisch saß, umgeben von älteren Männern, die nicht genau zu erkennen waren, in jedem Fall aber eine Aura von Autorität und Macht hatten, und sie alle sahen zu Hissune, während er sprach. Dann verschwand die Szene, und sie sah gelbe Wolken und rosa Berge, und die Lady drang in ihren Geist ein.

Es war eine sehr kurze Sendung. Sie war auf der Insel – das erkannte sie an den weißen Klippen und den steil ansteigenden Terrassen, wenngleich sie noch niemals hiergewesen war, das Labyrinth selbst noch nie verlassen hatte –, und sie bewegte sich in traumhaft schwebender Weise durch einen Garten, der anfangs ordentlich und gepflegt war, dann aber zusehends dunkler und überwucherter wurde. Die Lady war an ihrer Seite, eine dunkelhaarige Frau in weißen Gewändern, die müde und traurig aussah, nicht die starke, warme und beruhigende Person, die Elsinome in früheren Sendungen gesehen hatte: sie hatte sich aufmerksam nach vorne gebeugt, ihre Augen waren trübe, der Blick gesenkt, ihre Bewegungen unsicher. »Gib mir deine Stärke«, murmelte die Lady. Das ist alles falsch, dachte Elsinome. Die Lady kommt zu uns und gibt Kraft, sie sucht sie nicht. Aber die Traum-Elsinome zögerte nicht. Sie war groß und kräftig, ein Nimbus aus Licht flackerte um ihren Kopf und die Schultern. Sie zog die Lady an sich, drückte sie an die Brust und hielt sie an sich gepreßt, und die Lady seufzte und es schien, als würde ein Teil des Leids von ihr genommen. Dann trennten sich die beiden Frauen, und die Lady, die nun leuchtete wie Elsinome selbst, berührte die Lippen mit einem Finger, warf Elsinome einen Kuß zu und verschwand.

Das war alles. Mit erstaunlicher Plötzlichkeit erwachte Elsinome und sah die vertrauten Wände ihrer Wohnung am Guadeloom-Hof. Das Nachglühen der Sendung war zweifellos noch in ihr, aber die Sendungen früherer Jahre hatten sie stets mit einem Sinn für neue Ziele und Wege erfüllt, während diese nur Rätsel brachte. Sie konnte den Zweck einer solchen Sendung nicht begreifen; Aber vielleicht würde er sich ihr im Verlauf der kommenden zwei oder drei Tage erschließen, dachte sie.

Sie hörte Geräusche im Zimmer ihrer Töchter.

»Alilimoor? Maraune?«

Keines der Mädchen antwortete. Elsinome öffnete die Tür und sah sie über einen winzigen Gegenstand gebeugt sitzen, den Maraune rasch hinter dem Rücken verbarg.

»Was habt ihr da?«

»Nichts, Mutter. Nur ein kleines Ding.«

»Was für ein Ding?«

»Eine Art Talisman.«

Etwas in Maraunes Tonfall machte Elsinome argwöhnisch. »Laß es mich sehen.«

»Es ist wirklich nichts weiter.«

»Laß es sehen.«

Maraune warf ihrer älteren Schwester einen raschen Blick zu. Ailimoor, die unbehaglich und linkisch aussah, zuckte nur die Achseln.

»Es ist persönlich, Mutter. Kann denn ein Mädchen nicht ein wenig *Privatsphäre* haben?« sagte Maraune.

Elsinome hielt ihr die Hand hin. Seufzend brachte Maraune einen winzigen Meeresdrachenzahn zum Vorschein, dessen gesamte Oberfläche mit unverständlichen, beunruhigenden Symbolen geschmückt war. Elsinome, die immer noch ein wenig unter dem Einfluß der Sendung stand, fand das kleine Amulett böse und bedrohlich.

»Woher hast du das?«

»Jeder hat eines, Mutter.«

»Ich habe dich gefragt, woher es kommt.«

»Vanimoon. Eigentlich von Vanimoons Schwester Shulaire. Aber sie hat es von ihm. Kann ich es bitte wiederhaben?«

»Weißt du denn, was dieses Ding bedeutet?« fragte Elsinome.

»Bedeutet?«

»Das sagte ich. Was es bedeutet.«

Achselzuckend antwortete Maraune: »Es bedeutet gar nichts. Es ist nur ein Talisman. Ich werde ein Loch durchbohren und es an einer Kette tragen.«

»Soll ich das glauben?«

Maraune schwieg. Ailimoor sagte: »Mutter, ich ...« Sie verstummte.

»Nur weiter.«

»Das ist nur eine Marotte, Mutter. Jeder hat eines. Eine verrückte Vorstellung der Liimenschen macht die Runde, wonach die Meeresdrachen Götter sind, die die Weltherrschaft wollen, daß alle Probleme der letzten Zeit Vorboten dessen sind, was uns bevorsteht. Und die Menschen sagen, wenn wir die Drachenzähne tragen, werden wir gerettet werden, wenn die Drachen an Land kommen.«

Elsinome sagte kalt: »Das ist nichts Neues. Unsinn wie dieser wird schon seit Jahrhunderten erzählt. Aber immer verborgen, immer geflüstert, weil es Irrsinn ist, gefährlich und verrückt und übel. Meeresdrachen sind übergroße Fische, mehr nicht. Der eine, der über uns wacht, ist der Göttliche, der uns beschützt, und der Pontifex, der Coronal und die Lady. Habt ihr das verstanden? Habt ihr das verstanden?«

Mit einer raschen, zornigen Bewegung brach sie den Zahn in zwei Hälften und warf die Bruchstücke Maraune zu, die sie mit einer Wut ansah, wie Elsinome sie noch niemals bei ihrer Tochter festgestellt hatte. Hastig wandte sie sich ab und ging in die Küche. Ihre Hände zitterten, ihr war kalt; und wenn der Frieden der Lady in dieser Sendung über sie gekommen war – der Sendung, die nun schon Wochen zurückzuliegen schien –, dann war er nun völlig aus ihr verschwunden.

KAPITEL 9

Die Einfahrt in den Hafen von Numinor erforderte alles Können einer Navigatorin, denn die Zufahrt war schmal, die Strömungen trügerisch, und manchmal wurden über Nacht sandige Untiefen aufgeschlämmt. Aber Pandelume war eine ruhige, kompetente Person am Steuerrad, die mit klaren, eindeutigen Gesten Signale gab, und so hatte das königliche Flaggschiff nach kurzer Zeit den schmalen Schlauch überwunden und befand sich in dem breiten, sicheren Becken des Ankerplatzes, des einzig möglichen an der Alhanroel zugewendeten Seite der Insel, die einzige Stelle, wo eine Lücke im weißen Kreidefelsen der Ersten Klippe existierte.

»Ich kann die Präsenz meiner Mutter spüren«, sagte Valentine, als sie sich bereitmachten, an Land zu gehen. »Sie kommt zu mir wie der Geruch von Alabandinablüten im Wind.«

»Wird die Lady hier sein, um uns zu begrüßen?« fragte Carabella.

»Das bezweifle ich«, sagte Valentine. »Der Brauch verlangt, daß der Sohn zur Mutter kommt, nicht die Muter zum Sohn. Ich nehme an, daß sie im Inneren Tempel bleiben und ihre Hierarchinnen schicken wird, um uns zu empfangen.«

Tatsächlich wartete eine Gruppe Hierarchinnen, als die königliche Gefolgschaft von Bord gegangen war. Unter den Frauen in den goldenen Gewändern befand sich eine, die er bereits kannte, die ernste, weißhaarige Lorivade, die ihn während des Kriegs um die Krone auf der Reise von der Insel zum Burgberg begleitet und ihn in den Techniken der Trance und geistigen Projektion unterrichtet hatte, wie sie auf der Insel praktiziert wurden. Eine zweite Gestalt der Gruppe kam ihm bekannt vor, aber er erkannte sie erst im selben Augenblick, als sie ihren Namen nannte: gleichzeitig damit kam blitzartig die Erinnerung, dies war Talinot Esulde, die schlanke, rätselhafte Person, die seine erste Führerin während der Pilgerfahrt zur Insel vor langer Zeit gewesen war. Damals hatte sie den Kopf rasiert gehabt, und Valentine konnte ihr Gesicht nicht bestimmen, der Größe nach schien sie männlich zu sein, die Anmut und Leichtigkeit ihrer Bewegungen waren aber die einer Frau, aber seit sie in den Inneren Tempel aufgerückt war, hatte sie ihr Haar wachsen lassen, und die blonden Locken, so hell wie die Valentines, aber ungleich feiner, ließen keinen Zweifel daran, daß sie eine Frau war.

»Wir bringen Nachrichten für Euch, mein Lord«, sagte die Hierarchin Lorivade. »Viele Neuigkeiten, doch wenig gute, befürchte ich. Doch zuerst sollten wir Euch zum königlichen Gemach führen.«

Am Hafen von Numinor gab es ein Haus, das Sieben Wände genannt wurde, ein Name, den keiner verstand, denn es war so uralt, daß der Ursprung in Vergessenheit geraten war. Es stand am Stadtrand und überblickte das Meer, die Front gegen Alhanroel gerichtet, die Rückseite zu den drei steilen Terrassen der Insel, und es war aus massiven Blocks schwarzen Granits aus den Steinbrüchen der Halbinsel von Stoienzar erbaut worden, die ohne Spuren von Mörtel perfekt zusammengefügt worden waren. Sein einziger Zweck war es, dem Coronal Unterkunft zu bieten, wenn er auf der Insel ankam, und daher stand es manchmal jahrelang leer; dennoch war ein fester Personalstamm dafür zuständig, als könnte jeden Augenblick ein Coronal ohne Vorwarnung landen und Quartier benötigen.

Das Haus war sehr alt, so alt wie die Burg selbst, nach Meinung der Archäologen sogar noch älter als alle anderen Tempel und heiligen Terrassen, die sonst noch auf der Insel existierten. Der Legende zufolge war es für den Empfang von Lord Stiamot bei seiner Mutter, der Lady Thiin, erbaut worden, als dieser vor achttausend Jahren nach dem Ende der Metamorphen-Kriege die Insel besuchte. Manche behaupteten, daß der Name Sieben Wände darauf zurückzuführen war, daß man im Fundament des Gebäudes, als es erbaut wurde, sieben Metamorphen eingemauert hatte, welche die Lady bei einem Versuch der Metamorphen, die Insel zu erobern, eigenhändig getötet hatte. Doch im Verlauf der zahlreichen Ausbesserungen an dem Haus war nichts dergleichen zum Vorschein gekommen, tatsächlich erschien es den meisten modernen Historikern auch eher unwahrscheinlich, daß die Lady Thiin, wenngleich eine heldenhafte Frau, beim Kampf um die Insel selbst zur Waffe gegriffen hatte. Einer anderen Legende zufolge hatte im Hof einst eine siebenseitige Kapelle gestanden, die Lord Stiamot zu Ehren seiner Mutter hatte errichten lassen, die dem ganzen Komplex den Namen gegeben hatte. Diese Kapelle, sagte man, war am Tag von Lord Stiamots Tod abgerissen und nach Alaisor verschifft worden, wo die Bausteine zu Lord Stiamots Grab zusammengefügt wurden. Aber auch das war unbewiesen, denn im Hof hatten keine Überreste eines siebenseitigen Gebäudes entdeckt werden können, und die Wahrscheinlichkeit war gering, daß man eines Tages Lord Stiamots Gruft abbauen würde, um zu erfahren, woraus die Steine bestanden. Valentine selbst hatte eine andere Version des ursprünglichen Namens, wonach Sieben Wände lediglich eine Verballhornung der alten Metamorphensprache war, und das ursprüngliche Wort die Bedeutung »Der Ort, wo die Fischschuppen abgeschabt werden«, hatte, was er auf prähistorische Fischer der Gestaltveränderer zurückführte, welche von Alhanroel gekommen waren. Jedenfalls war es unwahrscheinlich, daß die wahre Bedeutung jemals enthüllt werden würde.

Es gab bestimmte Rituale, die der Coronal nach seiner Ankunft in den Sieben Wänden verrichten mußte, um den Übergang von der Welt der Taten, die gewöhnlich sein Reich war, ins Reich des Geistes zu bewerkstelligen, wo die Lady herrschte. Während der Coronal sie absolvierte – zeremonielle Bäder, das Verbrennen von Kräutern, Meditation in einem Privatgemach mit Wänden aus feinstem Marmor –, ließ er Carabella die Nachrichten durchlesen, die bereits für ihn eingetroffen waren, während er wochenlang auf See gewesen war; und als er sauber und erfrischt zurückkehrte, sah er an ihrem Gesichtsausdruck sofort, daß er die Rituale zu früh durchgeführt hatte, und daß er unverzüglich wieder in die wirkliche Welt zurückgeholt werden würde.

»Wie schlimm sind die Nachrichten?« fragte er.

»Sie können kaum schlimmer sein, mein Lord.«

Sie reichte ihm einen Stapel Papiere, die sie bereits sortiert hatte, so daß die Meldung des wichtigsten Ereignisses an erster Stelle kam. Vernichtung der Ernte in sieben Provinzen – ernste Lebensmittelverknappung in vielen Teilen Zimroels – Beginn einer Massenflucht aus dem Herzen des Kontinents zu den Küstenstädten im Westen – plötzliches Aufblühen eines bislang obskuren religiösen Kults apokalyptischer und endzeitlicher Natur, der sich auf dem Glauben begründete, daß Meeresdrachen übernatürliche Wesen waren, die bald an Land kommen und den Beginn einer neuen Epoche verkünden würden ...

Er sah fassungslos auf.

»Das alles in so kurzer Zeit?«

»Und das sind nur fragmentarische Berichte, Valentine. Niemand weiß genau, was im Augenblick dort draußen vorgeht – die Entfernungen sind so riesig, die Verbindungen gestört ...«

Seine Hand suchte ihre. »Alles, was sich mir in meinen Träumen und Visionen offenbarte, geschieht wirklich. Die Dunkelheit kommt, Carabella, und ich bin der einzige, der ihr im Weg steht.«

»Es gibt Menschen, die dir zur Seite stehen, Liebes.«

»Das weiß ich. Und dafür bin ich dankbar. Aber im letzten Augenblick werde ich allein sein, und was soll ich dann tun?« Er lächelte reuevoll. »Es gab eine Zeit, da jonglierten wir im Ständigen Zirkus von Dulorn, erinnerst du dich, und das Wissen um meine wahre Identität kam erst langsam an die Oberfläche. Und ich unterhielt mich mit Deliamber und sagte ihm, daß es vielleicht der Wille des Göttlichen war, daß ich gestürzt wurde, daß es vielleicht besser für Majipoor wäre, wenn der Usurpator meinen Namen und meinen Thron behielt, denn ich verspürte eigentlich keinen Wunsch, König zu sein, und der andere konnte sich als fähiger Herrscher erweisen. Was Deliamber völlig verneinte und meinte, es könnte nur einen einzigen rechtmäßigen König geben, und das wäre ich, und ich müßte an meinen Platz zurückkehren. ›Du verlangst viel von mir‹, sagte ich. ›Die Geschichte verlangt viel‹, antwortete er. ›Die Geschichte hat auf vielen tausend Welten und zu den unterschiedlichen Zeiten verlangt, daß intelligente Wesen sich zwischen Ordnung und Anarchie entscheiden, zwischen Schöpfung und Zerstörung, zwischen Vernunft und Unvernunft.‹ Und weiter: ›Es ist wichtig, mein Lord, sehr wichtig‹, fuhr er fort, ›wer Coronal ist und wer nicht.‹ Ich habe diese Wort nie vergessen, und ich werde sie auch nie vergessen.«

»Und was hast du ihm geantwortet?«

»Ich antwortete ›ja‹, und dann ›vielleicht‹, und er sagte weiter: ›Du wirst noch lange Zeit zwischen *ja* und *vielleicht* schwanken, aber im Endeffekt wird *ja* siegen.‹ Und so kam es, und daher habe ich meinen Thron zurückerobert – und dennoch entfernen wir uns mit jedem Tag weiter von Ordnung und Schöpfung und Vernunft, und nähern uns Anarchie, Zerstörung und Unvernunft.« Valentine sah sie aufgebracht an. »Hat sich Deliamber geirrt? *Ist* es wichtig, wer Coronal ist und wer nicht? Ich glaube, daß ich ein guter Mensch bin, und manchmal halte ich mich auch für einen weisen Herrscher; und dennoch zerfällt die Welt zusehends, Carabella, trotz meiner aufrichtigen Bemühungen, oder vielleicht gerade deswegen. Es wäre vielleicht für alle besser gewesen, wäre ich ein umherziehender Jongleur geblieben.«

»O Valentine, was ist das für ein Unsinn!«

»Wirklich?«

»Willst du damit sagen, wenn du Dominin Barjazid hättest regieren lassen, hätte es dieses Jahr eine gute Lusavendecernte geben? Wie kannst du dich für Erntekatastrophen in Zimroel verantwortlich machen? Es sind Naturkatastophen, mit natürlichen Ursachen, und du wirst einen weisen Weg finden, damit fertigzuwerden, denn Weisheit ist deine Stärke, und du bist vom Göttlichen auserwählt.«

»Ich wurde von den Prinzen auf dem Burgberg ausgewählt«, sagte er. »Sie sind menschlich und fehlbar.«

»Der Göttliche spricht durch sie, wenn ein Coronal gewählt wird. Und der Göttliche wollte nicht, daß du zum Instrument von Majipoors Untergang wirst. Die Berichte sind ernst, aber nicht furchtbar. In einigen Tagen wirst du mit deiner Mutter sprechen, und sie wird dich stärken, wo die Erschöpfung dich schwach macht; dann werden wir nach Zimroel weiterreisen, wo du alles ins Lot bringen wirst.«

»Das hoffe ich, Carabella. Aber ...«

»Das weißt du, Valentine! Ich sage es noch einmal, mein Lord, ich erkenne kaum den Mann in dir, den ich kennenlernte, wenn ich dich so niedergeschlagen sehe.« Sie pochte auf die Papiere. »Ich will das nicht verniedlichen. Aber ich glaube, wir können eine Menge tun, die Dunkelheit aufzuhalten, und das werden wir auch.«

Er nickte langsam. »Meistens denke ich auch so. Aber dann wieder ...«

»Manchmal ist es besser, gar nicht zu denken.« Es klopfte an der Tür. »Gut«, sagte sie. »Wir werden unterbrochen, und ich bin dankbar dafür, denn ich höre dich ungern so düstere Worte sprechen, Liebster.«

Sie ließ Talinot Esulde herein. Die Hierarchin sagte: »Mein Lord, Eure Mutter, die Lady, ist gekommen, und wünscht Euch im Smaragdzimmer zu sehen.«

»Meine Mutter ist hier? Aber ich erwartete, sie morgen zu sehen, im Inneren Tempel!«

»Sie ist zu Euch gekommen«, sagte Esulde ungerührt.

Das Smaragdzimmer war eine Studie in Grün: Wände aus grünem Serpentin, Böden aus grünem Onyx, durchsichtige grüne Jadeplatten anstelle von Fensterscheiben. Die Lady stand in der Mitte des Zimmers zwischen zwei großen Tanigales in Töpfen, die in metallischgrüner Blütenpracht erstrahlten und die einzige Einrichtung des Raumes bildeten. Valentine ging rasch auf sie zu. Sie streckte ihm die Hände entgegen, und als ihre Fingerspitzen sich berührten, spürte er das vertraute Pulsieren der Macht, die von ihr ausging, die sich, wie Wasser in einem Brunnen, in den Jahren ihres intimen Kontakts mit den Milliarden Seelen von Majipoor in ihr aufgestaut hatte.

In Träumen hatte er oft mit ihr gesprochen, aber er hatte sie seit Jahren nicht mehr gesehen, und er war unvorbereitet für die Veränderungen, die die Zeit ihr angetan hatte. Sie war immer noch wunderschön, daran hatten auch die verstrichenen Jahre nichts ändern können. Doch das Alter hatte seinen Schleier über sie gebreitet, der Glanz ihres Haares war verschwunden, die Wärme ihres Blicks ein wenig erloschen, die Haut schien irgendwie den straffen Sitz über dem Fleisch verloren zu haben. Dennoch bewegte sie sich so würdevoll wie immer, und sie war wie immer in Weiß gekleidet und trug eine Blume hinter dem Ohr sowie das silberne Band der Macht um die Stirn: eine Gestalt voll Anmut und Grazie, voll Macht und unendlicher Güte.

»Mutter. Endlich.«

»So lange, Valentine! So viele Jahre!«

Sie berührte sanft sein Gesicht, seine Schultern, seine Arme. Die Berührung ihrer Finger war federleicht, aber dennoch hinterließ sie ein Kribbeln, so stark war die Macht in dieser Frau. Er mußte sich daran erinnern, daß sie keine Göttin war, sondern aus Fleisch und Blut, daß sie vor langer Zeit einmal die Frau des Hohen Kanzlers Damiandane gewesen war, daß sie zwei Söhne gebar, von denen er einer war, daß er sich einst an ihrer Brust gekuschelt und glücklich ihrem leisen Singen gelauscht hatte, daß sie es war, die den Sand von seinen Wangen abgewischt hatte, wenn er vom Spielen nach Hause kam, daß er in den stürmischen Tagen der Kindheit in ihren Armen geweint hatte und von ihr getröstet worden war. Das alles lag lange zurück; es schien fast einem anderen Leben anzugehören. Als das Zepter des Göttlichen über die Familie gekommen war und Voriax auf den Confalume-Thron gebracht hatte, hatte derselbe Schicksalsschlag die Mutter von Voriax zur Lady der Insel gemacht, und selbst innerhalb der Familie konnte fortan keiner von ihnen mehr als gewöhnlicher Sterblicher betrachtet werden. Damals wie heute fiel es Valentine sichtlich schwer, sie lediglich als seine Mutter anzusehen, denn sie hatte sich das Silberband übergestreift und war zur Insel gegangen, und dort herrschte sie in Majestät als die Lady, und den Trost, den sie früher ihm allein gespendet hatte, teilte sie nun mit der ganzen Welt, die mit Ergebenheit und Ehrfurcht zu ihr aufsah. Auch als ein zweiter Schicksalsschlag Valentine auf den Thron gebracht, und auch ihn damit über die gewöhnlichen Sterblichen erhoben, ihn gewissermaßen zu einer mythischen Gestalt gemacht hatte, war seine Ehrfrucht ihr gegenüber geblieben, denn sich selbst gegenüber empfand er keine Ehrfurcht, Coronal oder nicht, und er konnte sich mit seiner inneren Vision selbst nicht mit der Ehrfurcht sehen, die andere für ihn empfanden, oder er für diese Lady.

Dennoch sprachen sie von familiären Dingen, bevor sie sich ernsteren Problemen zuwandten. Er erzählte ihr, was er von ihrer Schwester Galiara und ihrem Bruder Sait von Stee wußte, und von Divvis und Mirigant und den Töchtern von Voriax. Sie fragte ihn, ob er oft den alten Stammsitz der Familie in Halanx besuchte, und ob er auf dem Burgberg glücklich war, und ob er und Carabella einander immer noch so aufrichtig liebten. Die Spannung in ihm ließ nach, und er fühlte sich fast, als wäre er eine reale Person, ein kleiner Lord des Bergs, der seiner Mutter einen Höflichkeitsbesuch machte, da sie sich in einem anderen Landstrich niedergelassen hatte, aber immer noch darauf brannte, Neuigkeiten aus der Heimat zu erfahren. Aber es war unmöglich, den Zwängen ihrer Stellung lange zu entfliehen, und als die Unterhaltung gekünstelt und gezwungen zu klingen begann, sagte er in einem etwas anderen Tonfall zu ihr: »Du hättest mich in angemessener Weise zu dir kommen lassen sollen, Mutter. Es ziemt sich nicht, daß die Lady den Inneren Tempel verläßt und Sieben Wände besucht.«

»Derlei Formalitäten sind derzeit unklug. Die Ereignisse überstürzen sich: Es muß gehandelt werden.«

»Dann hast du Neuigkeiten aus Zimroel?«

»Gewiß.« Sie berührte das Stirnband. »Das bringt mir Nachrichten von überall, und zwar mit der Schnelligkeit der Gedanken. O Valentine, daß unser Wiedersehen in so unglücklichen Zeiten stattfinden muß! Ich hatte mir vorgestellt, daß du freudig hierher kommen würdest, wenn du die Prozession machst, und nun bist du hier, aber ich empfinde nur Schmerz in dir, und Zweifel und Angst vor der Zukunft.«

»Was siehst du, Mutter? Was steht uns bevor?«

»Glaubst du, ich könnte in die Zukunft sehen?«

»Du siehst die Gegenwart mit großer Klarsicht. Wie du sagtest, du erhältst Nachrichten von überall.«

»Was ich sehe, das ist dunkel und umwölkt. In der Welt

gehen Dinge vor sich, die sich meinem Verständnis entziehen. Wieder ist die Ordnung der Gesellschaft bedroht. Und der Coronal ist verzweifelt. Das sehe ich. Warum verzweifelst du, Valentine? Warum bist du so voller Furcht? Du bist der Sohn von Damiandane und der Bruder von Voriax, und sie waren Männer, die keine Verzweiflung kannten, und auch meiner Seele ist Verzweiflung fremd; wie deiner, glaubte ich.«

»Es steht schlimm um die Welt, wie ich erfuhr, als ich hier ankam, und es wird ständig schlimmer.«

»Ist das ein Grund zu verzweifeln? Es sollte deinen Willen bestärken, alles wieder einzurenken, so wie früher.«

»Zum zweiten Mal während meiner Herrschaft kommt Unglück über Majipoor. Was ich sehe«, fuhr Valentine fort, »ist, daß meine Herrschaft unter keinem günstigen Stern steht, und sie wird noch unglücklicher werden, wenn Pestilenz und Hungersnöte und panische Völkerwanderungen andauern. Ich fürchte, daß ein Fluch auf mir lastet.«

Er sah kurz Zorn in ihren Augen aufflackern, und wieder wurde er an die ungewöhnliche Kraft ihrer Seele erinnert, an die eisige Disziplin und Hingabe, an die Pflicht, die sich unter ihrer gütigen und sanften Erscheinung verbarg. Auf ihre Weise war sie eine ebenso verbissene Kämpferin wie die berühmte Lady Thiin aus alter Zeit, die auf die Barrikaden gegangen war und selbst mitgewirkt hatte, die anstürmenden Metamorphen zurückzuschlagen. Auch diese Lady konnte zu solchen Ruhmestaten fähig sein, sollte sich die Notwendigkeit ergeben. Sie hatte keine Toleranz, das wußte er, für Schwäche in ihren Söhnen oder Selbstmitleid oder Niedergeschlagenheit, weil sie selbst das alles nicht empfinden konnte. Nachdem er sich das vergegenwärtigt hatte, fiel ein Teil seiner Niedergeschlagenheit von ihm ab.

Sie sagte sanft: »Du nimmst grundlos Schuld auf dich. Wenn auf dieser Welt ein Fluch lastet, was meiner Meinung nach der Fall ist, dann liegt das nicht an unserem edlen und gutherzigen Coronal, sondern an uns allen. Du hast keinen Grund zu Schuldgefühlen: du am allerwenigsten, Valentine. Du bist nicht der Träger des Fluchs, sondern derjenige, der ihn wahrscheinlich am besten von uns nehmen kann. Aber dazu mußt du handeln, und zwar rasch.«

»Um was für einen Fluch handelt es sich?«

Sie legte die Hand an die Stirn und sagte: »Du hast ebenfalls ein Silberband, das zu meinem paßt. Hast du es auf diese Reise mitgenommen?«

»Es begleitet mich überall hin.«

»Dann bring es her.«

Valentine verließ das Zimmer und sprach mit Sleet, der draußen wartete; kurz darauf kam ein Attaché und brachte das juwelenverzierte Kästchen, in dem sich das Silberband befand. Die Lady hatte es ihm gegeben, als er das erste Mals als Pilger zur Insel gekommen war. Durch das Band hatte er die letztliche Bestätigung erhalten, daß der arme Jongleur aus Pidruid und Lord Valentine ein und dieselbe Person waren, denn mit Unterstützung seiner Mutter und des Bandes waren alle Erinnerungen zurückgekommen. Hinterher hatte ihm die Hierarchin Lorivade beigebracht, wie er mittels des Bandes die Trance herbeiführen konnte, die es ihm gestattete, ins Denken anderer einzudringen. Seit der zweiten Krönung hatte er es wenig benützt, denn das Band gehörte der Lady, nicht dem Coronal, und es war ungebührlich, daß sich eine Macht von Majipoor in die Belange der anderen einmischte. Nun endlich legte er das Metallband wieder an, während die Lady ihm, wie vor langer Zeit auf dieser Insel, ein Glas des schweren würzigen Traumweins einschenkte, der dazu diente, seinen Geist zu öffnen.

Er trank es in einem Zug leer, und auch sie leerte ein Glas, dann warteten sie einen Augenblick, bis der Wein Wirkung zeigte. Er versetzte sich in den Trancezustand, der ihm größtmögliche Empfänglichkeit sicherte. Dann nahm sie seine Hände und preßte die Finger sanft zwischen seine, um den Kontakt herzustellen, und plötzlich strömte eine solche Flut von Bildern und Eindrücken in seinen Verstand, daß er momentan verblüfft war, wenngleich er gewußt hatte, was ihn erwartete.

Das war das, was die Lady seit vielen Jahren jeden Tag erlebte, wenn sie und ihre Helferinnen den Geist in die Welt hinauswandern ließen, um diejenigen zu suchen, die Hilfe brauchten.

Er sah keinen individuellen Geist: die Welt war zu groß und dicht bevölkert für Präzision dieser Art, außer bei äußerster und angestrengter Konzentration. Was er statt dessen empfing, während er wie ein heißer Windstoß auf den thermischen Wellen des Himmels ritt, waren Enklaven von Gefühlen: hier Widerwillen, dort Furcht, Scham, Schuld, eine unvermutete, scharfe Zone des Wahnsinns, eine graue Decke der Verzweiflung. Er ging tiefer und sah die Beschaffenheit der Seelen, schwarze Klüfte, mit scharlachroten Streifen durchzogen, nadelspitze Erhebungen, turbulente Straßenzüge aus knisterndem, enggeflochtenem Material. Er flog hoch empor in die entrückte Gefilde des Nichtseins; er überquerte öde Wüsten, die ein betäubendes Pochen der Isolation verströmten; er wirbelte über die glitzernden Schneefelder des Geistes und Wiesen, deren einzelne Grashalme, jeder für sich, eine unerträgliche Schönheit besaßen. Und er sah Orte der Pest, Orte des Hungers, Orte, wo das Chaos regierte. Entsetzen stieg wie ein heißer Wind über den großen Städten empor; und eine unbekannte Kraft dröhnte unüberhörbar in den Meeren; er verspürte das überwältigende Gefühl drohender Gefahr und bevorstehenden Desasters. Ein unerträgliches Gewicht lastete auf der Welt und zerdrückte sie, wie Valentine sah, langsam und beständig, wie eine sich schließende Faust.

Sein Führer durch all das war die gütige Lady, seine Mutter, ohne deren Hilfe er wahrscheinlich im Sog des Welt-Geistes ertrunken wäre. Aber sie blieb an seiner Seite, führte ihn behutsam durch die dunkleren Stellen und leitete ihn weiter zur Schwelle des Verstehens, die vor ihm sichtbar war wie das immense Dekkeret-Tor von Normork, das größte aller Tore, das nur geschlossen wird, wenn die Welt in Gefahr ist und diejenigen zu Zwergen macht, die es passieren. Aber als er an dieser Schwelle ankam, war er allein, und er mußte sie ohne Unterstützung überschreiten.

Auf der anderen Seite gab es nur Musik, sichtbar gemachte Musik, eine einzige bebende Note, die sich wie die schwächste aller Hängebrücken über den Abgrund spannte, und er sah Flecken heller Klänge, welche den Strom der Substanz darunter verunstalteten, sowie die messerscharfen Spuren rhythmischen Pulsierens darüber, und eine Linie unendlich zurückweichender roter und grüner Bögen, die ihm am Horizont ihr Lied sangen. Dann wich das alles einem einzigen, durchdringlichen Klang, ein Gewicht jenseits des Erträglichen, ein schwarzer Klang-Moloch, der alle Töne in sich vereinte und auf das Universum zurollte und es gnadenlos niederdrückte. Und Valentine verstand.

Er öffnete die Augen. Die Lady, seine Mutter, stand ruhig zwischen den eingetopften Tanigales, sah ihn an und lächelte, wie sie auf ihn herabgelächelt haben mochte, als er noch ein schlafende Baby war. Sie nahm ihm das Band ab und legte es in das juwelenbesetzte Kästchen zurück.

»Hast du es gesehen,« fragte sie.

»Es ist das, was ich schon lange vermutete«, sagte Valentine. »Was in Zimroel geschieht, sind keine zufälligen Ereignisse. Es gibt einen Fluch, ja, und er lastet schon seit Jahrtausenden auf uns. Mein Vroon-Zauberer Deliamber sagte einst zu mir, daß wir es hier auf Majipoor weit gebracht haben, ohne einen Preis für die Erbsünde der ersten Eroberer bezahlen zu müssen. Auf dem Konto, sagte er, wachsen die Zinsen. Und nun wird uns die Rechnung präsentiert. Was begonnen hat, das ist unsere Strafe, die Abrechnung, der Ausgleich der Schuld.«

»So ist es«, sagte die Lady.

»War das der Göttliche selbst, den wir gesehen haben, Mutter? Der die Welt im Griff hatte und immer fester zudrückte? Und der Klang, den ich hörte, dieses schreckliche Gewicht: war das auch der Göttliche?«

»Die Bilder, die du gesehen hast, entsprangen dir selbst, Valentine. Ich habe etwas anderes gesehen. Den Göttlichen kann man nicht auf konkrete Bilder reduzieren. Aber ich glaube, du hast die Essenz des Problems gesehen, ja.«

»Ich sah, daß die Gnade des Göttlichen von uns genommen wurde.«

»Ja. Aber nicht unwiederbringlich.«

»Bist du sicher, daß es nicht schon zu spät ist?«

»Ich bin ganz sicher, Valentine!«

Er schwieg einen Augenblick. Dann sagte er: »So sei es. Ich erkenne, was getan werden muß, und ich werde es tun. Wie angemessen, daß ich in den Mauern der Sieben Wände verstehen lernte, die die Lady Thiin zu Ehren ihres Sohnes erbauen ließ, nachdem er die Metamorphen bezwungen hatte! Ah, Mutter, Mutter, wirst du mir ein ähnliches Bauwerk errichten, wenn ich erfolgreich damit fertig bin, die Früchte von Lord Stiamots Wirken aus der Welt zu schaffen?«

KAPITEL 10

»Noch einmal«, sagte Hissune und drehte sich zu Alsimir und dem anderen Ritter-Initiaten um. »Greift mich noch einmal an. Dieses Mal beide gleichzeitig.«

»Beide?« sagte Alsimir.

»Beide. Und wenn ich feststelle, daß ihr mich schonen wollt, dann verspreche ich euch, daß ich euch einen Monat lang die Stallungen ausmisten lasse.«

»Wie willst du uns beiden standhalten, Hissune?«

»Ich weiß noch nicht, ob ich es kann. Aber ich möchte es herausfinden. Kommt, dann werden wir sehen.«

Er schwitzte und sein Herzschlag raste, aber sein Körper fühlte sich ausgeglichen und wohl. Er kam jeden Tag mindestens eine Stunde hierher, in die höhlenartige Turnhalle im

Ostflügel der Burg, so drückend auch andere Verpflichtungn sein mochten.

Es war lebenswichtig, glaubte Hissune, daß er den Körper stärkte und entwickelte, seine physische Leistungsfähigkeit steigerte und seine bereits überdurchschnittliche Behendigkeit noch verbesserte. Täte er das nicht, wäre er bei der Verfolgung seiner Pläne hier deutlich benachteiligt. Die Prinzen des Burgbergs wollten alle Athleten sein, was sie wie einen Fetisch verehrten und was zu dauerndem Kräftemessen führte: Reiten, Wettlauf, Ringen, Jagen, all diese einfältigen alten Beschäftigungen, denen Hissune in seiner Jugend im Labyrinth nie nachgehen konnte. Nun hatte Lord Valentine ihn mit diesen energischen, durchtrainierten Männern zusammengebracht, und er wußte, er mußte sie mit ihren eigenen Waffen schlagen, wenn er sich einen dauerhaften Platz in ihrer Hierarchie sichern wollte.

Selbstverständlich gab es keinen Weg, seinen leichten, schlanken Körper in etwas der robusten, muskulösen Statur eines Stasilaine Ebenbürtiges zu verwandeln, eines Elidath oder eines Divvis. Sie waren große Männer, was er nie sein würde. Aber er konnte sich auf seine Weise hervortun. Dieses Spiel Baton zum Beispiel: noch vor einem Jahr hatte er gar nichts davon gehört gehabt, und inzwischen, nach vielen Stunden des Übens, war er fast ein Meister. Es erforderte einen raschen Blick und schnelles Handeln, nicht körperliche Stärke und daher konnte man es in gewisser Weise als Metapher dafür ansehen, wie er alle Probleme des Lebens anging.

»Fertig«, rief er.

Er stand im Gleichgewicht, teilweise niedergekauert, aufmerksam, bereit, und hatte die Arme ausgestreckt, auf denen das Baton, ein dünner, langer Stab aus Nachtblumenholz mit einem tassenförmigen Korb an einem Ende, ruhte. Sein Blick glitt von einem Gegner zum anderen. Sie waren beide größer als er, Alsimir zwei bis drei Zoll, sein Freund Stimion noch mehr. Aber er war schneller. Keiner war an diesem Morgen dazu gekommen, ein Baton zu landen. Aber mit zweien auf einmal konnte die Sache schon anders aussehen …

»Angriff!« rief Alsimir. »Achtung! Los!«

Sie kamen auf ihn zu, und während sie näher kamen, brachten sie die Batons in Angriffsposition.

Hissune atmete tief durch und konzentrierte sich darauf, eine kugelförmige Verteidigungszone um sich herum aufzubauen, die undurchdringlich war, ein in einen Panzer gehülltes Stück Freiraum. Das war zwar rein imaginär, aber das spielte keine Rolle, Thani, sein Batonmeister, hatte ihm das gezeigt: Halte deine Verteidigungszone aufrecht, als wäre es eine Stahlwand, dann kann nichts durchkommen. Das Geheimnis lag allein im Außmaß der eigenen Konzentration.

Alsimir erreichte ihn einen Sekundenbruchteil vor Stimion, wie Hissune erwartet hatte. Alsimirs Baton schnellte empor und erkundete den nördlichen Quadranten von Hissunes Verteidigung, dann suchte er einen tieferen Durchgang. Als er sich der Grenze von Hissunes Verteidigungsraum näherte, führte Hissune sein Baton mit einer blitzschnellen Bewegung abwärts, parierte Alsimirs Stoß und wirbelte in derselben Bewegung herum – denn er hatte das bereits kalkuliert, wenn auch nicht in bewußter Weise – und wehrte den Stoß von Stimion ab, der aus Nordosten erfolgte.

Man vernahm das knirschende Geräusch von Holz auf Holz, als Hissune sein Baton halb an Stimions entlangstreifte, dann machte er einen Ausfall und ließ Stimions mit großer Wucht geführten Stoß ins Leere gehen, dessen Wucht ihn vorwärts trug. Das alles dauerte nur einen Augenblick. Der überrascht grunzende Stimion stolperte über die Stelle, wo Hissune gerade noch gestanden hatte. Hissune tippte ihn mit dem Baton leicht am Rücken an, dann wandte er sich wieder Alsimir zu. Alsimir hatte das Baton hochgerissen und setzte zum zweiten Hieb an. Hissune blockte ihn mühelos ab und konterte mit einem eigenen, den Alsimir ebenfalls abwehrte. Der Abwehrschlag war so fest, daß Hissune ihn von der Hand bis hoch zum Ellbogen spüren konnte.

Aber Hissune erholte sich rasch wieder, wich Alismirs nächstem Versuch seitlich aus und tänzelte dann weiter beiseite, um Stimions Stoß zu entgehen.

Nun befanden sie sich in einer neuen Konfiguration, denn Stimion und Alsimir standen zu beiden Seiten von Hissune, und nicht mehr vor ihm. Sicher würden sie gleichzeitige Schläge versuchen, überlegte Hissune. Das konnte er nicht zulassen.

Thani hatte ihn gelehrt: *Die Zeit muß immer dein Diener sein, niemals dein Herr und Meister. Wenn du nicht genügend Zeit für deine Bewegung hast, dann unterteile jeden Augenblick in kürzere Augenblicke, und du wirst hinreichend Zeit für alles haben.*

Ja. Nichts geschieht wirklich gleichzeitig, dachte Hissune.

Wie er es sich in den zurückliegenden Monaten mühsam beigebracht hatte, stellte er sich auf die Wahrnehmungsmethode der Zeitzerlegung ein, die Thani ihm beigebracht hatte: Er stellte sich jede Sekunde als Summe ihrer zehnten Teile vor, und dann ließ er sich in jeder Zehntelsekunde verweilen, so wie sich jemand in zehn aufeinanderfolgenden Nächten beim Durchqueren einer Wüste in zehn Höhlen aufhalten kann. Nun hatte sich seine Perspektive deutlich gewandelt. Er sah, wie sich Stimion mit ruckhaften Bewegungen voranbewegte und wie ein schlecht eingestellter Automat versuchte, das Baton zu heben und nach ihm zu schlagen. Mit größter Mühelosigkeit nutzte Hissune den Intervall zwischen zwei Bruchteilen eines Augenblicks aus und schlug Stimions Baton beiseite. Der Schlag von Alsimir war bereits im Gange, aber Hissune hatte Zeit genug, sich aus Alsimirs Reichweite zu entfernen, und als Alsimirs Arm ganz ausgestreckt war, versetzte Hissune ihm einen leichten Schlag mit seiner Waffe, knapp oberhalb des Ellbogens.

Nachdem er wieder zum normalen Wahrnehmungsmodus zurückgekehrt war, konfrontierte Hissune nun Stimion, der erneut zum Stoß ansetzte. Anstatt sich zum Parieren fertig zu machen, beschloß Hissune, nach vorne zu gehen und in die Verteidigungszone des verblüfften Stimion zu treten. Aus dieser Position führte er einen aufwärtsgerichteten

Schlag und berührte Alsimir nochmals, dann drehte er sich um und erwischte Stimion mit der Spitze, bevor der seine Verwirrung überwinden konnte.

»Berührt und doppel berührt«, rief Hissune. »Sieg.«

»Wie hast du das gemacht?« fragte Alsimir und ließ das Baton sinken.

Hissune lachte. »Ich habe keine Ahnung. Aber ich wünschte, Thani hätte hiersein und es sehen können!« Er ließ sich auf die Knie sinken, Schweiß troff ihm von der Stirn auf die Matte. Es war eine neue, eine erstaunliche Zurschaustellung seiner Fähigkeiten gewesen. Noch niemals zuvor hatte er so gut gekämpft. Zufall, ein seltener Augenblick des Glücks? Oder hatte er tatsächlich Meisterschaft erlangt? Er erinnerte sich daran, Lord Valentine erzählen gehört zu haben, wie er das Jonglieren anfing, beiläufig, um sich seinen Lebensunterhalt zu verdienen, als er verloren und ohne Erinnerung durch Zimroel wandelte. Das Jonglieren, hatte der Coronal gesagt, hatte ihn gelehrt, wie er seine geistigen Fähigkeiten richtig konzentrieren konnte. Lord Valentine war sogar so weit gegangen zu behaupten, daß er seinen Thron vielleicht nicht wiedererlangt hätte, hätte sein Jonglieren ihm nicht die notwendige Disziplin verschafft. Hissune wußte, daß er selbst kaum das Jonglieren anfangen konnte – das wäre dem Coronal zu offensichtlich geschmeichelt gewesen, eine zu unverblümte Geste der Imitation –, aber er fing an zu begreifen, daß ihn das Führen des Baton eine ähnliche Disziplin lehren konnte. Eindeutig hatte ihm sein eben stattgefundener Kampf in bemerkenswerte Gefilde der Wahrnehmung geführt. Er fragte sich, ob er es wiederholen konnte. Er sah auf und sagte: »Sollen wir es noch einmal versuchen, einer gegen zwei?«

»Wirst du denn nie müde?« fragte Stimion.

»Natürlich. Aber warum sollte man aufhören, nur weil man müde ist?«

Er nahm den Stab wieder zur Hand und wartete auf sie. Noch fünfzehn Minuten, dachte er. Dann schwimmen, dann zum Pinitor-Hof, einige Arbeit erledigen und dann ...

»Nun? Kommt schon«, sagte er.

Alsimir schüttelte den Kopf. »Es wäre sinnlos. Du wirst zu gut.«

»Kommt«, sagte Hissune. »Fertig!«

Widerstrebend begab sich Alsimir in Duellposition und bedeutete Stimion, dasselbe zu tun. Aber während die drei noch gelöst dastanden und versuchten, die erforderliche Konzentration zu erreichen, kam ein Bediensteter der Turnhalle herbei und rief Hissunes Namen. Eine Nachricht für den Prinzen, sagte er, vom Regenten Elidath; Prinz Hissune wird gebeten, sich auf der Stelle beim Regenten im Büro des Coronals zu melden.

»Morgen wieder?« sagte Hissune zu Alsimir und Stimion.

Er kleidete sich rasch an und machte sich auf den Weg durch die verschlungenen Straßen der Burg, über Plätze und durch Alleen, an Lord Ossiers Turm und seinem erstaunlichen Ausblick über die Hänge des Bergs vorbei, an Kinnikens Observatorium und dem Musikzimmer von Lord Prankipin vorbei, vorbei auch an Lord Confalumes Gartenhaus und den Dutzenden anderer Gebäude, die sich wie Wucherungen ans Herz der Burg klammerten. Schließlich erreichte er den zentralen Sektor, wo sich die Regierungsbüros befanden, und er trat ein in die geräumige Suite, wo der Coronal arbeitete, die während Lord Valentines Abwesenheit vom Hohen Kanzler Elidath bewohnt wurde.

Der Regent ging wie ein unruhiger Bär vor der Reliefkarte der Welt gegenüber von Lord Valentines Schreibtisch auf und ab. Stadilaine war bei ihm, er saß am Ratstisch. Er schaute grimmig drein und nahm Hissunes Ankunft nur mit einem beiläufigen Nicken zur Kenntnis. Auf abwesende, zerstreute Weise gab Elidath Hissune durch Zeichen zu verstehen, er solle sich neben ihn setzen. Einen Augenblick später kam Divvis, der formell mit Augenjuwelen und Federnmaske bekleidet war, als hätte der Ruf ihn auf dem Weg zu einem offiziellen Staatsempfang ereilt.

Hissune spürte wachsendes Unbehagen in sich. Welchen Grund konnte Elidath haben, so unerwartet und so ungewöhnlich eine Versammlung einzuberufen? Und warum nur wir wenigen, von allen Prinzen? Elidath, Stasilaine, Divvis – das waren die aussichtsreichsten Kandidaten für Lord Valentines Nachfolge, der innerste der Inneren Kreise. Etwas Bedeutendes muß geschehen sein, dachte Hissune. Vielleicht ist der alte Pontifex gestorben. Oder gar der Coronal ...

Laß es Tyeveras sein, betete Hissune. *O bitte, laß es Tyeveras sein!*

Elidath sagte: »Nun gut. Es sind alle hier. Wir können anfangen.«

Mit saurem Grinsen sagte Divvis: »Was ist denn los, Elidath? Hat jemand einen zweiköpfigen Milufta nach Norden fliegen sehen?«

»Wenn das heißen soll, ob es eine Zeit böser Omen ist, dann lautet die Antwort ja«, antwortete Elidath ernst.

»Was ist geschehen?« fragte Stasilaine.

Elidath pochte auf einen Stapel Papiere auf dem Schreibtisch. »Zwei bedeutende Entwicklungen. Zunächst einmal sind neue Meldungen aus dem westlichen Zimroel eingetroffen, wo die Situation ernster ist als wir ahnten. Der gesamte Sektor um den Graben ist in Aufruhr, und zwar von Mazadone bis zu einem Punkt westlich von Dulorn, und das Krisengebiet weitet sich aus. Das Getreide geht an geheimnisvollen Seuchen zugrunde, die Grundnahrungsmittel sind knapp, Hunderttausende Menschen, vielleicht Millionen, haben begonnen, zur Küste zu ziehen. Die dortigen Beamten tun alles in ihrer Macht Stehende, um Notrationen an Lebensmitteln aus noch unbetroffenen Gebieten heranzuschaffen – bisher gab es um Narabal, Ni-moya und Khyntor keine Schwierigkeiten –, aber die Entfernungen sind so gewaltig und die Situation kommt so unverhofft, daß bisher wenig Erfolg zu sehen ist. Gleichzeitig stellt sich die Frage nach einem neuen religiösen Kult, der sich dort ausgebreitet hat, etwas mit Anbetung der Meeresdrachen ...«

»Was?« sagte Stasilaine, und die Fassungslosigkeit zauberte Farbe auf sein Gesicht.

»Ich weiß, daß es verrückt klingt«, sagte Elidath. »Aber in den Meldungen steht, daß sich die Meinung durchsetzt, die Drachen wären eine Art Götter, die beschlossen haben, das Ende der Welt sei gekommen oder sonst ein Unsinn und ...«

»Das ist kein neuer Kult«, sagte Hissune leise.

Die drei anderen wandten sich ihm zu. »Weißt du etwas darüber?« fragte Divvis.

Hissune nickte. »Ich habe davon gehört, als ich noch im Labyrinth lebte. Es war stets eine sehr diffuse Sache, stets im geheimen, die, soweit ich weiß, nie besonders ernst genommen wurde. Und nur auf die unteren Bevölkerungsschichten beschränkt, etwas, von dem man hinter den Rücken der Reichen munkelte. Einige meiner Freunde wußten ein wenig darüber, vielleicht auch mehr als ein wenig, aber ich selbst habe mich nie darauf eingelassen. Ich erinnere mich, ich habe einmal meiner Mutter davon erzählt, und sie sagte, das wäre gefährlicher Unsinn, von dem ich mich fernhalten sollte, was ich getan habe. Ich glaube, es hat unter den Liimenschen angefangen, vor langer Zeit, und hat sich allmählich durch die ganzen Unterschichten der Bevölkerung ausgebreitet. Ich glaube, nun kommt der Glaube langsam zur Oberfläche wegen der überall herrschenden Schwierigkeiten.«

»Und wie sieht der Glaube genau aus?« fragte Stasilaine.

»Mehr oder weniger so, wie Elidath ihn geschildert hat: eines Tages werden die Drachen an Land kommen, die Regierung übernehmen und allem Elend und Leid ein Ende bereiten.«

»*Welchem* Elend und Leid?« fragte Divvis. »Ich weiß von keinem großen Elend und Leid auf der Welt, es sei denn, man hört auf das Winseln und Klagen der Gestaltveränderer, und die ...«

»Glaubst du denn, daß jeder so lebt wie wir auf dem Burgberg?« wollte Hissune wissen.

»Ich glaube, daß niemand bedürftig ist, daß für alles gesorgt wird, daß wir glücklich und wohlhabend sind, daß wir ...«

»Das stimmt alles, Divvis. Dennoch gibt es einige, die leben in Schlössern, und einige, die müssen den Dung der Reittiere von der Straße fegen. Es gibt Menschen, denen gehören große Anwesen, und solche, die auf der Straße um Münzen betteln. Es gibt ...«

»Erspar mir das. Von dir brauche ich keine Lektionen über soziale Ungerechtigkeit.«

»Verzeih mir, wenn ich dich langweile«, schnappte Hissune. »Ich dachte, du wolltest wissen, warum es Menschen gibt, die darauf hoffen, daß die Wasserkönige sie aus ihrer Not erlösen.«

»Wasserkönige?« sagte Elidath.

»Meeresdrachen. So werden sie von denen genannt, die sie anbeten.«

»Nun gut«, sagte Stasilaine. »In Zimroel herrschen Hungersnöte, ein beunruhigender Kult breitet sich in den unteren Klassen aus. Du sagtest, daß es zwei bedeutende Entwicklungen gibt. Sind das die beiden, die du meinst?«

Elidath schüttelte den Kopf. »Sie sind beide zwei Seiten derselben Medaille. Das andere wichtige Ereignis betrifft Lord Valentine. Ich habe die Nachrichten von Tunigorn, der sich große Sorgen macht. Der Coronal, sagt er, hatte während des Besuchs bei seiner Mutter eine Art Offenbarung und befindet sich nun in einer Hochstimmung, einer sehr seltsamen Stimmung, in der man ihn nicht mehr einschätzen kann.«

»Was für eine Offenbarung?« fragte Stasilaine. »Weißt du etwas darüber?«

»In Trance unter Führung der Lady«, sagte Elidath, »hatte er eine Vision, die ihm zeigte, daß die Schwierigkeiten in Zimroel das Mißfallen des Göttlichen bezeugen sollen.«

»Wer könnte denn etwas anderes denken?« rief Stasilaine. »Aber was hat das mit ...«

»Laut Tunigorn ist Valentine inzwischen der Meinung, daß die Seuchen und Versorgungsengpässe – die, wie wir inzwischen wissen, weit ernster sind als unsere ersten

Berichte vermuten ließen – eine übernatürliche Herkunft haben ...«

Divvis schüttelte langsam den Kopf und ließ die Luft mit einem Stoßseufzer entweichen.

»... eine übernatürliche Herkunft haben«, fuhr Elidath fort. »Tunigorn sagt, seit dem Tag der Offenbarung ist er kontaktscheu und sieht fast nur noch die Lady selbst und Carabella, und manchmal Deliamber oder die Traumsprecherin Tisana. Sleet und Tunigorn können nur noch unter Schwierigkeiten zu ihm, und wenn er sie empfängt, dann nur, um Routineangelegenheiten mit ihnen zu besprechen. Er scheint sich eine unvorstellbare neue Idee in den Kopf gesetzt zu haben, ein wirklich unfaßbares Projekt, über das er sich nicht mit ihnen unterhalten möchte.«

»Das klingt nicht nach dem Valentine, den ich kenne«, sagte Stasilaine düster. »Was er auch sonst sein mag, irrational ist er nicht. Klingt fast so, als wäre ein Fieber über ihn gekommen.«

»Oder er wurde wieder zum Wechselbalg«, sagte Divvis.

»Was fürchtet Tunigorn?« frage Hissune.

Elidath zuckte die Achseln. »Er weiß es nicht. Er glaubt, daß Valentine tatsächlich etwas sehr Bizarres ausdenken könnte, einen Einfall, den er und Sleet wahrscheinlich ablehnen würden. Aber er gibt ihnen keinerlei Hinweise.« Elidath ging zur Weltkarte und deutete auf die hellrote Kugel, die den Aufenthaltsort des Coronals markierte. »Valentine befindet sich immer noch auf der Insel, aber er wird bald zum Festland aufbrechen. Er wird in Piliplok an Land gehen und dann den zimr hinauf bis Ni-moya reisen, anschließend in die notleidenden Provinzen im Westen. Aber Tunigorn argwöhnt, daß er seine Meinung geändert hat, daß er unter der Zwangsvorstellung leidet, wir würden unter der Rache des Göttlichen leiden, und daß er ein spirituelles Vorhaben plant, eine Pilgerfahrt, eine Restrukturierung der Gesellschaft in einer Richtung weg von rein weltlichen Werten ...«

»Was wäre, wenn er in den Meeresdrachenkult verstrickt wurde?« fragte Stasilaine.

»Ich weiß nicht«, gestand Elidath. »Alles scheint möglich. Ich kann nur sagen, daß Tunigor aufs äußerste besorgt schien und mich gedrängt hat, so schnell wie irgend möglich zur Prozession des Coronal hinzuzustoßen, da er hofft, ich könnte ihn davon abhalten, etwas Vorschnelles zu tun. Ich glaube, ich könnte etwas erreichen, wo selbst Sleet und Tunigorn keinen Ausweg wissen.«

»Was?« rief Divvis. »Er ist Tausende Meilen von hier entfernt! Wie könntest du ...«

»Ich breche in zwei Stunden auf«, antwortete Elidath. »Eine Kette schnellster Schweber wird mich westwärts durch das Glaygetal bis Treymone bringen, wo ich einen Kreuzer besteige, der mich nach Zimroel bringt, und zwar über die südliche Route und den Rodamaunt-Archipel. Derweil wird Tunigorn versuchen, die Abreise des Coronals von der Insel so lange wie es geht hinauszuzögern, und wenn er mit Großadmiral Asenhart zusammenarbeiten kann, dann wird er zusehen, daß die Überfahrt langsam vorangeht. Mit etwas Glück werde ich nur etwa eine Woche nach Valentine in Piliplok sein, und dann wird es vielleicht noch nicht zu spät sein, ihn wieder zur Vernunft zu bringen.«

»Das wirst du nie schaffen«, sagte Divvis. »Er wird schon den halben Weg nach Ni-moya zurückgelegt haben, bevor du das Innere Meer überquert hast.«

»Ich muß es versuchen«, sagte Elidath. »Ich habe keine andere Wahl. Wenn du wüßtest, wie besorgt Tunigorn ist, Valentine könnte eine verrückte und gefährliche Vorgehensweise einschlagen ...«

»Und die Regierung?« fragte Stasilaine leise. »Was ist damit? Du bist der Regent, Elidath. Wir haben keinen Pontifex, du erzählst uns, daß der Coronal zu einem von einer Vision erfüllten Verrückten geworden ist, und nun möchtest du auch noch die Burg ohne Führung zurücklassen?«

»Falls ein Regent sich von der Burg entfernen muß«, sagte Elidath langsam, »liegt es in seiner Macht, einen Regierungsrat zu bilden, der während seiner Abwesenheit die

Geschäfte erledigt, die der Coronal zu tun hat. Das habe ich vor.«

»Und die Mitglieder dieses Rats?« fragte Divvis.

»Drei. Du bist einer davon, Divvis. Du ebenfalls, Stasilaine. Und du, Hissune.«

Der verblüffte Hissune richtete sich starr auf. *»Ich?«*

Elidath lächelte. »Ich muß gestehen, anfangs verstand ich nicht, warum Valentine einen Mann aus dem Labyrinth wählte, noch dazu einen so jungen, und ihn so rasch ins Zentrum der Macht befördern ließ. Aber allmählich wurde mir sein Plan klar, während diese Krise über uns hereinbrach. Wir hier auf dem Burgberg haben den Kontakt mit der Wirklichkeit Majipoors verloren. Wir sitzen hier oben in unserem Elfenbeinturm, und rings um uns herum sind Geheimnisse entsprungen, ohne daß wir etwas davon mitbekommen haben. Ich hörte dich sagen, Divvis, du würdest glauben, daß jeder auf der Welt glücklich ist, vielleicht abgesehen von ein paar Metamorphen, und ich muß gestehen, daß ich dasselbe dachte. Und doch hat sich anscheinend eine neue Religion unter den Unzufriedenen ausgebreitet, und wir wissen nichts davon, und nun marschiert eine hungrige Armee nach Pidruid, um seltsame Götter anzubeten.« Er sah zu Hissune. »Da sind viele Dinge, die du weißt, die wir erst lernen müssen. In den Monaten während meiner Abwesenheit wirst du neben Divvis und Stasilaine im Regierungsrat sitzen, und ich bin überzeugt, daß du wertvolle Anregungen geben wirst. Was meinst du, Stasilaine?«

»Ich glaube, du hast eine weise Entscheidung getroffen.«

»Und du, Divvis?«

In Divvis' Gesicht leuchtete kaum beherrschte Wut. »Was kann ich sagen? Du hast die Macht. Du hast deine Entscheidung getroffen. Ich muß mich fügen, oder nicht?« Er stand steif auf und hielt Hissune die Hand hin. »Meinen Glückwunsch, Prinz. Du hast es in kurzer Zeit sehr weit gebracht.«

Hissune begegnete Divvis' Blick kalt. »Ich freue mich darauf, mit dir im Rat regieren zu dürfen, Divvis«, sagte Hissune mit großer Formalität. »Deine Weisheit wird mir ein Vorbild sein.« Und er nahm Divvis' Hand.

Divvis' beabsichtigte Antwort schien ihm im Hals steckenzubleiben. Langsam löste er die Hand aus Hissunes Griff, sah sich böse um und verließ den Raum.

KAPITEL 11

Ein heißer, heftiger Wind wehte aus dem Süden, ein Wind, den die Kapitäne der Drachenfängerschiffe »die Sendung« nannten, weil er von dem öden Kontinent Suvrael herüberwehte, wo der König der Träume seinen Sitz hatte. Es war ein Wind, der die Seele peinigte und einem das Herz schwermachte, aber Valentine schenkte ihm keine Aufmerksamkeit: sein Geist befand sich anderswo und dachte an die Aufgaben, die vor ihm lagen, und neuerdings konnte er stundenlang an Deck der *Lady Thiin* stehen und zum Horizont sehen, ob bereits erste Anzeichen des Festlands sichtbar wurden, ohne auf die wütenden Windstöße zu achten, die ihn umwehten.

Die Reise von der Insel nach Zimroel begann endlos auszusehen. Asenhart hatte von einem trügerischen Meer und widrigen Winden gesprochen, von der Notwendigkeit, die Segel zu raffen und eine weiter südlich gelegene Route zu nehmen und weitere solche Probleme. Valentine, der kein Seemann war, konnte diese Entscheidungen nicht beurteilen, aber er wurde ungeduldiger mit jedem Tag, der den wesentlichen Kontinent nicht sichtbar werden ließ. Mehr als einmal waren sie gezwungen, den Kurs zu ändern, um Meeresdrachenherden auszuweichen, denn auf dieser Seite der Insel wimmelte das Wasser geradezu von ihnen. Manche der Skandars behauptete, dies wäre die größte Wanderung seit fünftausend Jahren. Ob das stimmte oder nicht, der Anblick war sicher schrecklich und furchteinflößend: Valentine hatte nichts Derartiges gesehen, als er beim letztenmal diese Gewässer durchquert hatte, vor vielen Jahren, auf dieser unter ungünstigen Vorzeichen stehenden Reise, als der gewaltige Meeresdrache über Kapitän Gorzvals Schiff *Brangalyn* hergefallen war.

Im allgemeinen wanderten die Meeresdrachen in Gruppen von vierzig oder fünfzig, mit mehreren Tagen Distanz zwischen den Gruppen. Aber manchmal konnte man auch besonders riesige Exemplare, stattliche Drachenkönige, zielstrebig allein schwimmen sehen, langsam und bedächtig, wie in tiefer Meditation versunken. Nach einer Weile wurden dann gar keine Drachen mehr gesehen, weder große noch kleine, und der Wind wehte stärker, was die Flotte eiliger dem Hafen von Piliplok entgegentrieb.

Und eines Tages erklang dann der Ruf von Deck: »Piliplok!«

Der bedeutende Seehafen ragte unvermittelt und in seiner sinnverwirrenden und ehrfurchtgebietenden Pracht aus dem Felsplateau über dem südlichen Ufer der Zimr-Mündung auf. Hier, wo der Fluß unvorstellbar breit war und das Meer für viele hundert Meilen mit den Schwemmstoffen dunkel färbte, die er aus dem Landesinneren mit sich führte, lag eine Stadt mit elf Millionen Einwohnern, die starr nach einem komplexen, aber meisterlichen Entwurf angelegt war, präzise Straßen, breite Boulevards, die vom Wasser weg verliefen. Es war, dachte Valentine, eine Stadt, in die man sich nur schwer verlieben konnte, trotz der Schönheit ihres breiten, eindrucksvollen Hafens. Doch während er die Stadt noch betrachtete, sah er den Skandar Zalzan Gibor neben sich stehen, einen Einwohner von Piliplok, und der sah mit einer Mischung aus Staunen und Bewunderung auf seinem Gesicht hinüber.

»Die Drachenschiffe kommen!« rief jemand, als sich die *Lady Thiin* etwas näher am Ufer befand. »Seht, das muß die gesamte Flotte sein!«

»O Valentine, wie schön!« sagte Carabella, die dicht neben ihm stand, leise.

Schön, wahrhaftig. Bisher hatte Valentinge nie gedacht, daß die Boote, mit denen die Seefahrer von Piliplok auf Drachenfang gingen, in irgendeiner Form schön sein konnten. Sie sahen bedrohlich aus, mit aufgeblähten Bäuchen, die grotesk mit Stacheln und dämonischen Galionsfiguren geschmückt waren, dazu noch mit aufgemalten Zahnreihen und gelben Augen an den Flanken versehen; und jedes für sich sah eher barbarisch und abstoßend aus. Und doch, die ganze Flotte – und es sah aus, als wäre jedes Drachenschiff auf See, um den Coronal zu begrüßen – erweckte alles in allem einen seltsamen ruhmreichen Eindruck. Den ganzen Horizont entlang blähten sich schwarz und scharlachrot gestreifte Segel im Wind wie festliche Banner.

Als sie näher kamen, schwärmten sie in sicher minutiös vorgeplanter Weise um das königliche Flaggschiff herum aus und hißten die Wahrzeichen des Coronals, und die Matrosen brüllten grölend in den Wind: »Valentine! Lord Valentine! Heil, Lord Valentine!« Die Musik von Trommeln und Trompeten und Sistirons und Galistanes klang über das Wasser, zwar verschwommen und undeutlich, dennoch erkennbar triumphierend und ergreifend.

Ein ganz anderer Empfang, dachte Valentine trocken, als beim letzten Besuch in Piliplok, als er und Zalzan Gibor und der Rest der Jongleure demütig von einem Schiffskapitän zum nächsten gegangen waren und um Überfahrt zur Insel des Schlafs gebeten hatten, bis sie schließlich, nach vielen vergeblichen Versuchen, eine Passage auf dem schäbigsten und kleinsten und unglücklichsten Kahn bekommen hatten. Aber seither hatte sich vieles verändert.

Das prächtigste der Drachenschiffe näherte sich der *Lady Thiin*, setzte ein Beiboot aus, auf dem sich eine Skandar und zwei Menschen befanden. Als sie sich an der Schiffshülle befanden, wurde ein Schwebekorb hinabgelassen, um sie an Bord zu nehmen, aber die Menschen blieben im Boot, und nur die Skandar kam herauf.

Sie war alt, vom Wetter gezeichnet und machte einen zähen Eindruck, zwei der großen Schneidezähne fehlten, und ihr Pelz sah grau aus. »Ich bin Guidrag«, sagte sie, und nach einem Augenblick erinnerte Valentine sich an sie: die älteste und ruhmreichste Drachenjägerin, und eine derjenigen, die sich geweigert hatten, die Jongleure als Mitreisende auf ihrem Schiff mitzunehmen. Aber sie hatte ihre Weigerung freundlich ausgesprochen und sie an Kapitän Gorzval und seine *Brangalyn* empfohlen. Er fragte sich, ob sie sich an ihn erinnerte. Wahrscheinlich nicht. Wenn man die Kleidung des Coronals trägt, hatte Valentine schon vor langer Zeit festgestellt, dann wird der Mann, der in ihnen steckt, unsichtbar.

Guidrag hielt eine schlichte, aber freundliche Willkommensansprache in ihrem Namen und dem ihrer Kameraden, dann überreichte sie Valentine ein kostbar geschnitztes Diadem aus ineinander verschlungenen Meeresdrachenknochen. Hinterher dankte er ihr für das prächtige Schauspiel und fragte sie, warum die Flotte der Drachenschiffe müßig im Hafen weilte, statt auf den Meeren zu jagen; worauf sie erwiderte, daß die ungewöhnlich großen Herden der diesjährigen Wanderungen es den Schiffen ermöglicht hätte, die diesjährigen Fangquoten bereits in den ersten Wochen der Jagdzeit zu erfüllen; und daher hatte die Saison fast so schnell geendet wie sie begonnen hatte.

»Es war ein seltsames Jahr«, sagte Guidrag. »Und ich fürchte, uns wird noch viel mehr Seltsames bevorstehen, mein Lord.«

Die Eskorte der Drachenschiffe blieb bis zur Hafeneinfahrt dicht bei ihnen. Das königliche Schiff legte am Malibor-Pier an, im Zentrum des Hafens, wo ein Begrüßungskomitee wartete: der Herzog der Provinz mit großem Gefolge, der Bürgermeister der Stadt mit einem ebenso großen Schwarm Beamten sowie eine Delegation von Drachenkapitänen der Schiffe, die den Coronal ans Ufer geleitet hatten. Valentine ließ die Zeremonien und offiziellen Begebenheiten über sich ergehen wie einer, der träumt, daß er wach ist: er reagierte ernst und höflich und stets rechtzeitig, er benahm sich würdevoll und angemessen, und dennoch war ihm, als befände er sich inmitten von Phantomen.

Die Straße vom Hafen zur großen Stadthalle, wo Valentine untergebracht war, war mit dicken, scharlachtroten Seilen abgesperrt, um die Zuschauer zurückzuhalten, und überall waren Wachen aufgestellt. Valentine, der mit Carabella an seiner Seite in einem offenen Schweber fuhr, war der Überzeugung, daß er sein ganzes Leben noch nicht solchen Lärm vernommen hatte, ein ständiges, brüllendes und tobendes Jubilieren des Willkommenheißens, das so überschwenglich war, daß es seinen Geist zumindest vorläufig von den Gedanken an die Krise ablenken konnte. Aber die Ablenkung war nur von kurzer Dauer, denn kaum war er in seinen Quartieren, bat er darum, ihm die neuesten Meldungen zu bringen, und die Neuigkeiten, die sie mitteilten, waren alles andere als positiv.

Die Lusavenderpest, erfuhr er, hatte sich irgendwie bis in die unter Quarantäne gestellten unbefallenen Bezirke ausgebreitet. Die Stajjaernte würde in diesem Jahr nur halb so gut ausfallen wie im Jahr zuvor. Ein Schädling namens Drahtwurm, den man längst für ausgerottet gehalten hatte, war in den Regionen aufgetaucht, wo Thuyol angebaut wurde, ein wichtiges Futtergetreide: das würde langfristig die Fleischversorgung gefährden. In den Weinländern von Khyntor und Ni-moya war ein Pilz aufgetreten, der bewirkte, daß die Trauben unreif von den Reben fielen. Mittlerweile war jeder Teil Zimroels von irgendeiner Seuche befallen, abgesehen vom fernen Südwesten, dem Gebiet um Narabal.

Als Valentine ihm die Meldungen gezeigt hatte, sagte Y-Uulisaan ernst: »Damit wird nicht genug sein. Das sind ökonomisch miteinander zusammenhängende Ereignisse: Zimroels Nahrungsmittelversorgung wird völlig gestört werden, mein Lord.«

»In Zimroel leben acht Milliarden Menschen!«

»Richtig. Und wenn die Seuchen sich nach Alhanroel ausbreiten ...?«

Valentine verspürte Eiseskälte. »Halten Sie das für möglich?«

»Ah, mein Lord, ich halte es sogar für wahrscheinlich! Wie viele Schiffe verkehren jede Woche zwischen den Kontinenten? Wieviel Vögel und sogar Insekten überqueren das Meer? Das Innere Meer ist kein ernstes Hindernis, und die Insel und der Archipel bilden zusätzliche nützliche Zwischenstationen.« Mit seltsam hintergründigem Lächeln sagte der Landwirtschaftsexperte: »Ich sage Euch, mein Lord, nichts wird die Katastrophe aufhalten können. Es wird Hungersnöte geben. Es wird Seuchen geben. Majipoor wird entvölkert werden.«

»Nein. Gewiß nicht.«

»Könnte ich Euch beruhigende Worte geben, würde ich es tun. Aber ich habe keinen Trost, Lord Valentine.«

Der Coronal sah in Y-Uulisaans seltsame Augen. »Der Göttliche hat diese Katastrophe über uns gebracht«, sagte er. »Der Göttliche wird sie auch wieder von uns nehmen.«

»Vielleicht. Aber vorher wird es noch große Schäden geben. Mein Lord, ich bitte um Erlaubnis, mich zurückziehen zu dürfen. Könnte ich diese Unterlagen noch etwa eine Stunde oder so studieren?«

Nachdem Y-Uulisaan gegangen war, blieb Valentine noch einige Zeit stumm sitzen und dachte über das nach, was er zu tun hatte, und das nun dringender denn je schien, angesichts der schrecklichen neuen Geschehnisse. Er befahl Sleet und Tunigorn und Deliamber zu sich.

»Ich werde die Route der großen Prozession ändern«, sagte er ohne Einleitung.

Sie sahen einander ergeben an, als hätten sie bereits seit Wochen mit einer unangenehmen Überraschung gerechnet.

»Wir werden nicht gleich nach Ni-moya gehen. Sagt alle Termine für Ni-moya und darüber hinaus ab.« Er sah, daß sie ihn finster und ablehnend betrachteten, und er wußte, er würde ihre Unterstützung nicht ohne eine lange Diskussion gewinnen. »Auf der Insel des Schlafs«, fuhr er fort, »wurde mir offenbart, daß die Plagen, die über Zimroel gekommen sind, und die in nicht allzu ferner Zukunft auch auf Alhanroel übergreifen werden, ein direkter Ausdruck des Mißfallens des Göttlichen sind. Du, Deliamber, hast dich schon vor langer Zeit mit mir über dieses Thema unterhalten, als wir die Ruinen von Velalisier besuchten, und daß die Probleme, die sich aus der Usurpation meines Throns ergaben, nur das Vorspiel der Rache für die Unterdrückung der Metamorphen sein könnten. Wir haben es auf Majipoor weit gebracht, sagtest du, ohne für die Erbsünde der ersten Eroberer bezahlen zu müssen, und nun kam das Chaos über uns, weil die Vergangenheit uns endlich die Rechnung präsentiert, mit Zins und Zinseszins.«

»Ich erinnere mich. Das waren fast genau meine Worte.«

»Und ich sagte«, fuhr Valentine fort, »daß ich meine Herrschaft der Wiedergutmachung dieser frühen Untaten widmen wollte, die an den Metamorphen begangen wurden. Das habe ich noch nicht getan,. Ich war mit anderen Problemen beschäftigt, und ich habe mich nur in oberflächlichster Weise bemüht, die Gestaltveränderer zu verstehen. Und während ich zögerte, wurde unser Strafmaß erhöht. Nun, da ich in Zimroel bin, werde ich unverzüglich nach Piurifayne gehen ...«

»Nach *Piurifayne*, mein Lord?« sagten Sleet und Tunigorn wie aus einem Munde.

»Nach Piurifayne, in die Gestaltveränderehauptstadt Ilirivoyne. Ich werde zu Danipur gehen. Ich werde mir ihre Forderungen anhören und mich darum kümmern. Ich ...«

»Noch kein Coronal hat sich bisher auf das Gebiet der Metamorphen begeben«, warf Tunigorn ein.

»Doch, ein Coronal«, sagte Valentine. »In meiner Zeit als Jongleur war ich dort und gab eine Vorstellung vor Metamorphen und sogar der Danipur selbst.«

»Das war etwas anderes«, sagte Sleet. »Als Jongleur konntet Ihr noch tun, was Euch beliebte. Als wir bei den Gestaltveränderern waren, habt Ihr selbst kaum geglaubt, daß Ihr Coronal seid. Aber nun seid Ihr zweifellos Coronal ...«

»Ich werde gehen. Als Pilgerschaft der Versöhnung, als Anfang einer Völkerverständigung.«

»Mein Lord ...!« stotterte Sleet.

Valentine lächelte. »Nur zu, sag alle Gegenargumente auf. Ich habe lange damit gerechnet, daß wir deswegen eine lange und zähe Verhandlung führen würden, und nun ist der Zeitpunkt gekommen. Aber vorher möchte ich eines klarstellen: wenn wir fertig sind, dann werde ich nach Piurifayne gehen.«

»Und nichts wird Euch erschüttern?« fragte Tunigorn. »Wenn wir von den Gefahren sprechen, vom Bruch des Protokolls, den möglicherweise ernsten politischen Konsequenzen, den ...«

»Nein. Nein. Nein. Nichts kann mich erschüttern. Nur indem ich vor der Danipur niederknie, kann ich die Katastrophen abwenden, die über unsere Welt hereingebrochen sind.«

»Seid Ihr sicher, mein Lord«, sagte Sleet, »daß es so einfach sein wird?«

»Es ist unbedingt einen Versuch wert. Davon bin ich überzeugt, und von dieser Überzeugung wird mich nichts abbringen.«

»Mein Lord«, sagte Sleet. »Es waren die Gestaltveränderer, die Euch vom Thron gehext haben, soweit ich mich erinnere, und ich glaube, Ihr erinnert Euch auch noch daran. Nun steht die Welt an der Schwelle des Wahnsinns, und Ihr habt vor, Euch in ihren ungangbaren Wäldern in ihre Hände zu begeben. Erscheint das nicht ...«

»Weise? Nein. Notwendig? Ja, Sleet. Ja. Ein Coronal mehr oder weniger ist ohne Bedeutung. Es gibt viele andere, die meinen Platz einnehmen können und vielleicht genausogut sind oder besser. Aber das Schicksal von Majipoor ist von eminenter Bedeutung. Und deshalb muß ich nach Ilirivoyne gehen.«

»Ich bitte Euch, mein Lord ...«

»Ich bitte *euch*«, sagte Valentine. »Wir haben genug geredet. Mein Entschluß steht fest.«

»Ihr werdet nach Piurifayne gehen«, sagte Sleet ungläubig. »Ihr werdet Euch den Gestaltveränderern ergeben.«

»Ja«, sagte Valentine. »Ich werde mich den Gestaltveränderern ergeben.«

BUCH DREI

Das Buch des gebrochenen Himmels

KAPITEL 1

Millilain würde den Tag niemals vergessen, als der erste der neuen Coronals sich selbst ernannte, denn das war der Tag, an dem sie fünf Kronen für eine Wurst zahlte.

Sie war am Nachmittag unterwegs zu ihrem Mann Kristofon, der sich in seinem Laden an der Esplanade der Khyntor-Brücke aufhielt. Es war der Beginn des dritten Monats des Notstands. Das war die offizielle Bezeichnung, die jeder in Khyntor dafür verwendete, der Notstand, aber Millilain hatte einen realistischeren Namen dafür: *die Hungersnot*. Niemand hungerte – noch nicht –, aber es hatte auch niemand genügend zu essen, und die Situation schien sich täglich zu verschlechtern. Vorletzte Nacht hatten sie und Kristofon nichts anderes Ghumbawurzel gekocht hatte. Das heutige Essen würde Stajjapudding sein. Und morgen – wer konnte das sagen? Kristofon sprach davon, kleine Tiere zu jagen, Mintuns, Droles, derlei Geschöpfe, die den Prestimion-Park bevölkern. Mintunfilet? Roastbeef vom Drole? Millilain erschauerte. Als nächstes würde wahrscheinlich Eidechsengoulasch kommen. Mit gekochten Kohlblättern als Beilage.

Sie kam den Ossier Boulevard zu der Stelle herunter, wo er sich mit dem Zimr-Weg kreuzte, der zur Brücke führte. Und als sie gerade am Büro der Ordungshüter vorbeiging, roch sie das unverwechselbare, unwiderstehliche Aroma von Würsten.

Ich halluziniere, dachte sie. Oder ich träume.

Einst hatten Dutzende Fleischhändler und Grillbuden entlang der Esplanade gestanden, aber inzwischen nicht mehr. Millilain hatte seit Wochen keinen mehr gesehen. Fleisch war heutzutage schwer zu bekommen: angeblich hungerte das Vieh in den Zuchtgebieten im Westen aufgrund einer Futterknappheit, und die Lieferungen von Lebendvieh aus Suvrael, wo immer noch alles bestens zu stehen schien, wurden durch die umherziehenden Herden der Meeresdrachen gestört, die die Meere durcheilten.

Aber der Geruch war authentisch. Millilain sah in alle Richtungen und suchte nach der Quelle.

Ja! Dort!

Keine Halluzination. Kein Traum. Unglaublicher- und erstaunlicherweise war ein fahrender Wursthändler auf der Esplanade erschienen, ein kleiner Liimensch mit hängenden Schultern und einem verbeulten Wagen, auf dem lange Räucherwürste über einem Holzkohlefeuer hingen. Er stand da, als wäre alles auf der Welt noch genauso, wie es immer gewesen war. Als gäbe es keinen Notstand. Als hätten die Lebensmittelgeschäfte nicht nur drei Stunden täglich offen, weil das die normale Zeit war, in der sie alle neuen Zuteilungen verkauft hatten.

Millilain begann zu laufen.

Auch andere eilten auf den Händler zu. Von allen Seiten der Esplanade rannten sie auf den Liimenschen zu, als würde er Zehn-Royal-Stücke verteilen. Tatsächlich war das, was er zu bieten hatte, wertvoller, als jede Silbermünze es sein konnte.

Sie rannte wie noch niemals zuvor in ihrem Leben, mit rudernden Armen, ausholenden Schritten und wehenden Haaren. Wenigstens hundert Menschen strebten auf den Liimenschen und seinen Wagen zu. Er konnte unmöglich genügend Würste für alle haben. Aber Millilain war näher als alle anderen: sie hatte die Beute als erste gesehen und lief am schnellsten. Eine langbeinige Hjortfrau war dicht hinter ihr, und ein Skandar in einem absurd aussehenden Geschäftsanzug kam schnaufend von der Seite hergestürzt. Wer hätte sich eine Zeit vorstellen können, dachte Millilain, da man *rannte*, um bei einem fahrenden Händler ein paar Würste kaufen zu können?

Der Notstand – die Hungersnot – hatte im Westen begonnen, in der Gegend des Grabens. Zuerst war Millilain alles unwirklich und unbedeutend erschienen, da es weit entfernt geschah, an Orten, die ihr selbst unwirklich waren. Sie war noch nie westlich von Tagobar gewesen. Als die ersten Meldungen eintrafen, hatte sie ein seltsam abstraktes Mitleid mit den Menschen von Zazadone und Dulorn und Falkynkip gehabt, die hungern würden, aber es fiel schwer zu glauben, daß es tatsächlich geschah – schließlich hungerte nie jemand auf Majipoor –, und wann immer eine neue Schreckensmeldung über eine Krise im Westen kam, ein Aufstand, Massenflucht, eine Seuche, war das für sie unendlich weit entfernt gewesen, nicht nur in der Entfernung, sondern auch in der zeitlichen Distanz, nicht etwas, das derzeit geschah, sondern etwas aus den Geschichtsbüchern, ein Ereignis aus, nun, etwa Lord Stiamots Zeit, zehntausend Jahre zurückliegend.

Dann mußte Millilain eines Tages feststellen, daß bestimmte Dinge wie Niyk und Hingamorts und Glein knapp waren, wenn sie einkaufen ging. Aufgrund der Mißernten im Westen, erklärten ihr die Händler. Aus den landwirtschaftlichen Anbaugebieten beim Graben kam nicht mehr viel, und es dauerte lange und war teuer, Grundnahrungsmittel aus anderen Gegegenden einzuführen. Danach wurden lebensnotwendige Dinge wie Stajja und Reis plötzlich rationiert, wenngleich sie hier angebaut wurden und es in der Gegend von Khyntor noch nicht zu Zwischenfällen gekommen war. Dieses Mal lautete die Erklärung, daß Überschüsse zu den betroffenen Regionen im Westen gebracht wurden. In Krisenzeiten wie diesen müssen wir alle Opfer bringen, et cetera, et cetera, sagte der Beamte, der das Dekret verlas. Dann kam die Nachricht, daß die Pflanzenseuchen in Khyntor aufgetreten waren, und auch östlich von Khyntor, bis hinunter nach Ni-moya. Die Zuteilungen von Thuyol und Ricca und Stajja wurden halbiert, Lusavender wurde gar nicht mehr angeboten, Fleisch wurde immer seltener. Man redete davon, Nachschub von Alhanroel und Suvrael einzuführen, wo anscheinend noch alles normal verlief. Aber Millilain wußte, daß das nur Gerede war. Es gab auf der anderen Welt nicht genügend Frachtschiffe, um alle Nahrungsmittel in den erforderlichen Mengen von einem

Kontinent zum anderen zu transportieren, und selbst wenn, würden die Kosten untragbar sein. »Wir werden alle hungern«, sagte sie Kristofon.

Und so war die Hungersnot nach Khyntor gekommen.

Der Notstand. *Die Hungersnot*.

Kristofon glaubte nicht daran, daß wirklich jemand hungern würde. Er war stets optimistisch. Irgendwie wird sich die Lage verbessern, sagte er. Irgendwie. Und nun rannten hundert Menschen verzweifelt auf eine Wurstbude zu.

Die Hjortfrau versuchte, an ihr vorbeizukommen. Millilain versetzte ihr einen heftigen Stoß mit der Schulter, und sie stürzte und fiel hin. Sie hatte noch nie jemanden geschlagen. Sie verspürte ein seltsam beschwingtes Gefühl, während sich ihr gleichzeitig die Kehle zuschnürte. Die Hjort brüllte Flüche hinter ihr her, aber Millilain rannte mit klopfendem Herzen und schmerzenden Augen weiter. Sie stieß jemand anderen beiseite und drängte sich in die Schlange, die sich bildete. Weiter vorn teilte der Liimensch mit der seiner Rasse eigenen typischen Ungerührtheit Würste aus, und es schien, als würde ihm der tobende Mob vor seiner Bude nicht das geringste ausmachen.

Gespannt wartete Millilain in der sich langsam voranbewegenden Schlange. Sieben oder acht vor ihr – würde es für sie überhaupt noch Würste geben? Es war schwer zu sehen, was dort vorne passierte, ob neue Würste übers Feuer gelegt wurden, wenn die alten verkauft waren. Würde eine für sie übrigbleiben? Sie kam sich wie ein gieriges Kind vor, das sich fragt, ob genügend übrigbleiben wird. Ich bin ja völlig verrückt, dachte sie. Warum liegt mir soviel an einer Wurst? Aber sie kannte die Antwort. Sie hatte seit drei Tagen kein Fleisch mehr gegessen, abgesehen von fünf Streifen salzigem gepökelten Meeresdrachenfleisch, die sie beim Suchen im Vorratsschrank gefunden hatte, wenn man das überhaupt als Fleisch bezeichnen konnte. Das Aroma dieser zischenden Würste war überaus verlockend. Plötzlich war es das wichtigste für sie, die Würste kaufen zu können, die *einzige* Sache der Welt, die zählte.

Sie erreichte das Ende der Schlange.

»Zwei Würste«, sagte sie.

»Eine pro Kunde.«

»Dann eine!«

Der Liimensch nickte. Seine drei großen, glühenden Augen betrachteten sie mit geringem Interesse. »Fünf Kronen«, sagte der Liimensch.

Millilain keuchte. Fünf Kronen waren für sie ein halber Tageslohn. Vor dem Notstand, erinnerte sie sich, hatte eine Wurst zwanzig Gewichte gekostet. Aber immerhin war das vor der Notlage gewesen.

»Das kann nicht Ihr Ernst sein«, sagte sie. »Nicht einmal in Zeiten wie diesen können Sie das Fünfzigfache des alten Preises verlangen.«

Hinter ihr rief jemand: »Zahlen oder verschwinden, Lady!«

Der Liimensch sagte ruhig: »Heute fünf Kronen. Nächste Woche acht Kronen. Übernächste Woche einen Royal. Woche danach fünf Royal. Nächsten Monat Würste unbezahlbar. Möchten Sie eine Wurst? Ja? Nein?«

»Ja«, murmelte Millilain. Ihre Hände zitterten, als sie ihm die fünf Kronen gab. Eine weitere Krone brachten ein Glas Bier, abgestanden und schal. Gedemütigt und mit dem Gefühl, besudelt zu sein, entfernte sie sich von dem Stand.

Fünf Kronen! Vor nicht allzu langer Zeit hätte sie das für ein komplettes Menu in einem vornehmen Restaurant bezahlt. Aber die meisten Restaurants waren inzwischen geschlossen, und bei denen, die noch geöffnet hatten, waren die Wartelisten für Tischreservierungen auf Wochen ausgebucht. Und der Göttliche mochte wissen, welche Preise sie inzwischen verlangten. Aber das war Irrsinn. Eine Wurst fünf Kronen! Sie empfand Schuldgefühle. Was sollte sie Kristofon erzählen? Die Wahrheit, beschloß sie. Ich konnte nicht widerstehen, würde sie sagen. Es war ein Impuls, ein verrückter Impuls. Ich roch den Bratenduft, und ich konnte nicht widerstehen.

Und was, wenn der Liimensch statt dessen acht Kronen

verlangt hätte? Einen Royal? Fünf Royal? Das konnte sie nicht beantworten. Sie nahm an, sie hätte ihr letztes Geld hergegeben, so übermächtiig war der Wunsch gewesen.

Sie biß in die Wurst, als befürchtete sie, jemand könnte sie ihr aus der Hand reißen. Sie war erstaunlich gut: saftig, würzig. Sie fragte sich, welche Fleischsorte dafür verwendet worden war. Am besten gar nicht darüber nachdenken, sagte sie sich. Kristofon war vielleicht nicht der einzige, der auf die Idee gekommen war, im Park Kleintiere zu jagen.

Sie trank einen Schluck Bier und hob die Wurst wieder zum Mund.

»Millilain?«

Sie sah überrascht auf. »Kristofon!«

»Ich hoffte, ich würde dich hier finden. Ich schloß den Laden und kam nachsehen, was die Menge so aufregte.«

»Ein Wursthändler tauchte plötzlich auf. Als hätte ein Zauberer ihn herbeibeschworen.«

»Ah. Ja, ich verstehe.«

Er starrte die halb aufgegessene Wurst in ihrer Hand an.

Millilain zwang sich zu lächeln. »Tut mir leid, Kristofon. Möchtest du auch etwas?«

»Nur einen Bissen«, sagte er. »Ich nehme an, es hat keinen Zweck, sich in die Schlange einzureihen.«

»Nicht mehr lange, dann wird alles ausverkauft sein.« Sie reichte ihm die Wurst, wobei sie ihren Widerwillen nur mühsam verbarg. Gespannt sah sie zu, wie er ein kleines Stück von der Wurst abknabberte, und sie verspürte mehr als Erleichterung und ein wenig Scham, als er sie ihr wieder zurückgab.

»Bei der Lady, war das gut!«

»Kann man wohl auch verlangen. Sie hat fünf Kronen gekostet.«

»*Fünf* ...«

»Ich konnte nicht anders, Kris. Als ich den Geruch wahrnahm ... Ich war wie ein wildes Tier, als ich in die Schlange drängte. Ich stieß, rempelte Leute weg, kämpfte. Ich glaube, ich hätte jeden Preis bezahlt. Oh, Kris, es tut mir so leid!«

»Du mußt dich nicht entschuldigen. Wofür soll man das Geld sonst ausgeben? Außerdem wird sowieso bald alles anders werden. Hast du heute morgen die Nachrichten gehört?«

»Welche Nachrichten?«

»Über den neuen Coronal! Er wird jede Minute hier sein. Direkt hier, er wird die Khyntor-Brücke überqueren.«

Verwirrt sagte sie: »Demnach ist Lord Valentine Pontifex geworden?«

Kristofon schüttelte den Kopf. »Valentine ist ohne Bedeutung. Sie sagen, er ist verschwunden – von den Metamorphen verschleppt, oder sonst etwas. Jedenfalls wurde vor einer Stunde verkündet, daß Sempeturn der neue Coronal ist.«

»Sempeturn? Der Prediger?«

»Genau der. Er kam letzte Nacht in Khyntor an. Der Bürgermeister hat ihn unterstützt, und der Herzog ist, wie ich hörte, nach Ni-moya geflohen.«

»Das ist unmöglich, Kris! Ein Mann kann nicht einfach aufstehen und sagen, daß er Coronal ist! Er muß auserwählt sein, er muß befähigt sein, und er muß vom Burgberg stammen ...«

»Das glaubten wir bisher. Aber die Zeiten sind anders. Sempeturn ist ein wirklicher Mann des Volkes. Das brauchen wir jetzt. Er weiß, wie wir die Gunst des Göttlichen zurückgewinnen können.«

Sie sah ihn ungläubig an. Die Wurst baumelte vergessen in ihrer Hand. »Das kann nicht sein. Es ist Wahnsinn. Lord Valentine ist unser rechtmäßiger Coronal. Er ...«

»Sempeturn sagt, daß er ein Schwindler ist, daß er die Geschichte mit den vertauschten Körpern nur vorgab, und wir werden mit Seuchen und Hungersnöten bestraft, um seine Sünden zu sühnen. Die einzige Möglichkeit, uns selbst zu retten, ist die, den falschen Coronal abzusetzen und den Thron jemandem zu geben, der uns auf den rechten Weg zurückführen kann.«

»Und Sempeturn sagt, er sei dieser Mann, und daher sollen wir niederknien, uns verbeugen und ihn akzeptieren und ...«

»Er kommt!« rief Kristofon.

Sein Gesicht war gerötet, die Augen seltsam. Millilain konnte sich nicht erinnern, ihren Mann jemals so aufgeregt gesehen zu haben. Er war fast fertig. Sie selbst fühlte sich ebenfalls fiebrig, verwirrt, benommen. Ein neuer Coronal? Dieser kleine, rotgesichtige Unruhestifter Sempeturn auf dem Confalume-Thron? Das konnte sie nicht fassen. Es war, als würde man ihr sagen, daß Rot grün ist oder daß das Wasser künftig berauf fließen würde.

Plötzlich erklang Musik. Eine marschierende Kapelle, deren Mitglieder grün- und goldfarbene Kostüme und das Sternenfächer-Emblem des Coronals trugen, kam über die Brücke auf die Esplanade. Dann kam der Bürgermeister, schließlich die anderen Beamten der Stadt; und dann, in einer prunkvollen offenen Karosse, ein kleiner, rosig aussehender Mann mit dickem, störrischem dunklen Haar, der den Beifall einer Menge entgegennahm, die ihm aus Heiß-Khyntor, auf der anderen Seite der Brücke, folgte. »Sempeturn!« brüllte die Menge. »Sempeturn! Heil dem Lord Sempeturn!«

»Heil dem Lord Sempeturn!« brüllte auch Kristofon.

Das ist ein Traum, dachte Millilain. Eine schreckliche Sendung, die ich nicht verstehe.

»Sempeturn! Lord Sempeturn!«

Jeder auf der Esplanade rief es nun. Eine Art Hysterie breitete sich aus. Millilain nahm benommen den letzten Bissen ihrer Wurst, den sie hinunterschlang ohne etwas zu schmekken. Die Welt schien sich unter ihren Füßen zu drehen. Kristofon brüllte immer noch mit einer Stimme, die langsam heiser wurde: »Sempeturn! Lord Sempeturn!« Die Prozession ging nun an ihnen vorbei, nur etwa zwanzig Meter lagen zwischen ihr und dem neuen Coronal, wenn er das tatsächlich war. Er drehte sich um und sah Millilain direkt in die Augen. Und mit Verblüffung und ständig wachsendem Entsetzen hörte sie sich rufen: »Sempeturn! Heil dem Lord Sempeturn!« Wie alle anderen auch.

KAPITEL 2

»*Wohin* geht er?« fragte Elidath fassungslos.

»Ilirivoyne«, sagte Tunigorn noch einmal. »Er ist vor drei Tagen aufgebrochen.«

Elidath schüttelte den Kopf. »Ich höre deine Worte, aber ich verstehe sie nicht. Mein Verstand will sie einfach nicht akzeptieren.«

»Bei der Lady, meiner ebenfalls nicht! Aber deswegen ist es nicht weniger zutreffend. Er möchte vor die Danipur treten und Vergebung für alle unsere Sünden an den Metamorphen erbitten, oder sonst einen Irrsinn.«

Es war erst eine Stunde her, seit Elidaths Schiff in Piliplok eingelaufen war. Er war unverzüglich zur großen Stadthalle geeilt und hatte gehofft, Valentine noch anzutreffen, oder schlimmstenfalls gerade auf dem Weg nach Ni-moya. Aber in der Halle hielt sich niemand von der königlichen Gefolgschaft auf, abgesehen von Tunigorn, den er in einem kleinen Büro aufspürte, wo er in niedergeschlagenster Stimmung Unterlagen durchblätterte. Und dann die Geschichte, die Tunigorn zu erzählen hatte – die große Prozession unterbrochen, der Coronal allein unterwegs im wilden Dschungel, wo die Gestaltveränderer lebten – nein, nein, das war zuviel, es überstieg jegliche Vernunft!

Müdigkeit und Verzweiflung drückten wie riesige Felsen gegen Elidaths Verstand, und er spürte, wie er langsam unter der erdrückenden Last zusammenbrach.

Mit hohler Stimme sagte er: »Ich habe ihn um die halbe Welt verfolgt, um etwas Derartiges zu verhindern. Kannst du dir vorstellen, wie meine Reise war, Tunigorn? Tag und Nacht mit dem Schweber zur Küste, ohne jemals einen Augenblick Rast. Und dann über ein stürmisches Meer voller Drachen, die dreimal unserem Kreuzer gefährlich nahe kamen, und ich glaubte, sie würden uns versenken. Und schließlich komme ich halb tot vor Erschöpfung in Piliplok an und erfahre, daß ich ihn um drei Tage verfehlt habe, daß er sich auf dieses absurde und gefährliche Abenteuer eingelassen hat, daß ich ihn noch erreicht hätte, wäre ich einige Tage früher aufgebrochen oder vielleicht noch ein bißchen schneller gereist ...«

»Du hättest ihn nicht umstimmen können, Elidath. Niemand hätte das. Deliamber nicht, Carabella nicht ...«

»Nicht einmal Carabella?«

»Nicht einmal Carabella«, sagte Tunigorn.

Elidaths Verzweifelung wuchs. Er kämpfte nachdrücklich dagegen an, da er sich nicht von Furcht und Zweifel überkommen lassen wollte. Nach einiger Zeit sagte er: »Dennoch wird Valentine mich anhören, und ich werde imstande sein, seine Ansichten ins Wanken zu bringen, da bin ich ganz sicher.«

»Ich glaube, du täuschst dich, alter Freund«, sagte Tunigorn traurig.

»Weshalb hast du mich dann gerufen, wenn dir die Aufgabe unlösbar erscheint?«

»Als ich dich gerufen habe«, antwortete Tunigorn, »hatte ich keine Ahnung, was Valentine vorhatte. Ich wußte nur, daß er innerlich sehr aufgeregt war und über seltsame Vorgehensweisen nachdachte. Ich glaubte, du könntest ihn beruhigen und von seinen Plänen abbringen, wenn du ihn während der Prozession begleitest. Als er uns seine Absichten endlich offenbarte und nachdrücklich bekräftigte, daß ihn nichts umstimmen könne, warst du längst unterwegs nach Westen. Deine Reise war vergebens, und ich kann dir nur mein Bedauern aussprechen.«

»Ich werde dennoch zu ihm gehen.«

»Ich fürchte, du wirst nichts erreichen.«

Elidath zuckte die Schultern. »Ich bin ihm bis hierher gefolgt; wie könnte ich nun von meinem Vorhaben ablassen? Vielleicht kann ich ihn doch irgendwie wieder zur Vernunft bringen. Du sagst, daß du ihm morgen folgen möchtest?«

»Um die Mittagszeit, ja. Sobald ich mit den letzten Anweisungen und Dekreten fertig bin, die sich angesammelt haben.«

Elidath beugte sich eifrig nach vorne. »Nimm sie mit dir. Wir müssen noch heute nacht aufbrechen!«

»Das wäre unklug. Du selbst hast mir gesagt, daß dich die Reise erschöpft hat, und ich sehe dir die Müdigkeit deutlich an. Bleiben wir diesen Abend noch in Piliplok, wo du gut essen kannst, ausschlafen, angenehm träumen, und morgen ...«

»Nein!« rief Elidath. »Heute nacht, Tunigorn! Jede Stunde, die wir hier vergeuden, bringt ihn tiefer ins Gebiet der Gestaltveränderer. Bist du dir denn nicht über das Risiko im klaren?« Er sah Tunigorn kühl an. »Ich werde auch ohne dich aufbrechen, wenn es sein muß.«

»Das würde ich nicht zulassen.«

Elidath zog eine Braue hoch. »So erfordert meine Reise also deine Erlaubnis?«

»Du weißt genau, was ich sagen will. Ich kann dich nicht völlig auf dich gestellt ins Niemandsland reisen lassen.«

»Dann komm heute nacht mit mir.«

»Nur noch bis morgen warten?«

»Nein!«

Tunigorn schloß einen Moment die Augen. Nach einer Weile sagte er leise: »Nun gut, so sei es. Heute nacht.«

Elidath nickte. »Wir mieten einen kleinen, schnellen Schweber, und mit etwas Glück können wir ihn noch einholen, bevor er Ni-moya erreicht.«

Tunigorn sagte tonlos: »Er reist nach Ni-moya, Elidath.«

»Ich verstehe nicht. Der einzige Weg von hier nach Ilirivoyne, den ich kenne, verläuft am Fluß entlang über Ni-moya hinaus bis Verf, und von Verf südwärts zum Piurifayne-Tor.«

»Ich wünschte nur, er *hätte* diesen Weg genommen.«

»Welchen anderen Weg sollte es denn geben?« fragte Elidath überrascht.

»Keinen sinnvollen. Er hat ihn sich selbst ausgewählt:

südwärts nach Gihorna, dann über den Steiche ins Land der Metamorphen.«

Elidath sah ihn an. »Wie kann das sein? Gihorna ist ein ödes Land. Der Steiche ist ein unüberquerbarer Fluß. Er weiß das, und wenn nicht er, dann auf jeden Fall der kleine Vroon.«

»Deliamber gab sich alle Mühe, ihm die Sache auszureden. Valentine hörte ihm nicht zu. Er wies darauf hin, daß er, wenn er durch Ni-moya und Verf ginge, er in jeder größeren Stadt bleiben und an den üblichen Zeremonien der großen Prozession teilnehmen müßte, und so lange wollte er seine Reise ins Metamorphenland nicht hinauszögern.«

Elidath spürte Mißbilligung und erste Panik in sich aufsteigen. »Und daher möchte er durch die Sandstürme und Unbilden von Gihorna ... und dann einen Fluß überqueren, in dem er schon einmal fast ertrunken wäre ...«

»Ja, und all das nur, um mit den Wesen zu sprechen, die ihn vor zehn Jahren erfolgreich vom Thron gestoßen haben ...«

»Wahnsinn!«

»Wahrhaftig, Wahnsinn«, sagte Tunigorn.

»Bist du einverstanden? Heute nacht?«

»Heute nacht, ja.«

Tunigorn streckte die Hand aus, und Elidath nahm sie und hielt sie eine Weile schweigend.

Dann sagte Elidath: »Nun beantworte mir eine Frage, Tunigorn.«

»Nur zu.«

»Du hast mehr als einmal das Wort ›Wahnsinn‹ gebraucht, als du von Valentines Eskapaden gesprochen hast, und ich ebenfalls. Und das ist es auch. Aber ich habe ihn seit über einem Jahr nicht mehr gesehen, du jedoch warst seit dem Aufbruch vom Burgberg bei ihm. Sag mir: Glaubst du wirklich, daß er wahnsinnig geworden ist?«

»Wahnsinnig? Nein, ich glaube nicht.«

»Den jungen Hissune zum Prinzen machen? Pilgerfahrten zu den Metamorphen?«

Nach einiger Zeit sagte Tunigorn: »Das sind keine Taten, die du oder ich vollbracht hätten, Elidath. Aber ich hatte sie dennoch nicht für Anzeichen von Wahnsinn bei Valentine, sondern von etwas anderem, Güte, Verständnis, eine Art von Heiligkeit, die du und ich nicht ganz begreifen können. Wir haben Valentine immer gekannt, und er unterscheidet sich in vielerlei Hinsicht von uns.«

Stirnrunzelnd sagte Elidath: »Lieber heilig als verrückt, schätze ich. Aber diese Güte, diese Heiligkeit, glaubst du, das sind Eigenschaften, die der Coronal von Majipoor brauchen kann, wenn Not und Unheil die Welt beherrschen?«

»Darauf habe ich keine Antwort, alter Freund.«

»Ich auch nicht. Aber ich habe gewisse Befürchtungen.«

»Ich ebenfalls«, sagte Tunigorn. »Ich ebenfalls.«

KAPITEL 3

Y-Uulisaan lag still und gespannt in der Dunkelheit und lauschte dem Wind, der über die Wüste von Gihorna wehte: ein dünner, schneidender Wind aus dem Osten, der ständig feuchten Sand aufwirbelte und unaufhörlich gegen die Seiten des Zelts warf.

Die königliche Gefolgschaft, mit der er nun schon so lange unterwegs war, befand sich mittlerweile viele hundert Meilen östlich von Piliplok. Der Fluß Steiche lag nur wenige Tagesreisen entfernt, und dahinter lag Piurifayne. Y-Uulisaan sehnte sich verzweifelt danach, den Fluß zu überqueren und die Luft seiner Heimatprovinz zu atmen, und je näher die Karawane ihr kam, desto übermächtiger wurde der Wunsch. Wieder daheim unter den Seinen zu sein, frei von der Belastung dieser endlosen Maskerade ...

Bald ... bald ...

Aber irgendwie müssen wir zuvor Faraataa von Lord Valentines Plänen unterrichten.

Es war nun sechs Tage her, seit Faraataa zum letzten Mal Kontakt mit Y-Uulisaan aufgenommen hatte, und vor sechs Tagen hatte Y-Uulisaan noch nicht gewußt, daß der Coronal vorhatte, die Pilgerschaft ins Reich der Piurivar zu unternehmen. Faraataa mußte diese Informationen unbedingt bekommen. Aber Y-Uulisaan hatte keine zuverlässige Methode, ihn zu erreichen, weder durch konventionelle Kanäle, die in diesem öden und unbewohnten Land sowieso nicht zur Verfügung standen, noch via Kommunikation mit den Wasserkönigen. Es erforderte viele Bewußtseinsinhalte, die Aufmerksamkeit der Wasserkönige zu erlangen, und Y-Uulisaan führte seine Mission allein aus.

Dennoch konnte er es versuchen. Wie in jeder der drei zurückliegenden Nächte, konzentrierte er die Energien seines Geistes und sandte sie aus, um den Kontakt mit dem Anführer der Rebellion herzustellen, der sich Tausende Meilen entfernt aufhielt.

-Faraataa? Faraataa?

Vergebens. Ohne Unterstützung der Wasserkönige als Übermittler war eine Übertragung dieser Art unmöglich. Y-Uulisaan wußte das. Dennoch versuchte er es weiter. Vielleicht – machte er sich selbst glauben – bestand doch die geringe Chance, daß ein vorbeiziehender Wasserkönig die Impulse auffing und sie verstärkte. Eine kleine Chance, eine winzige Chance, aber dennoch eine Chance, die man sich nicht entgehen lassen sollte.

-Faraataa?

Y-Uulisaans Gestalt flimmerte leicht unter der Anstrengung. Seine Beine wurden länger, die Nase verschwand fast. Grimmig korrigierte der die Abweichungen, bevor andere im Zelt sie bemerken konnten, und nahm wieder die menschliche Gestalt an. Seit seiner Ankunft in Alhanroel hatte er nicht ein einziges Mal gewagt, seine Gestalt zu verändern, damit sie ihn nicht als Spion der Piurivar entlarven konnten. Was einen Druck in ihm aufstaute, der mittlerweile fast unerträglich geworden war; aber er hielt an der gewählten Gestalt fest.

Er fuhr fort, die Macht seiner Seele in die Nacht abzustrahlen.

-Faraataa? Faraataa?

Nichts. Schweigen. Einsamkeit. Das Übliche.

Nach einer Weile gab er die Bemühungen auf und versuchte zu schlafen. Der Morgen lag noch in weiter Ferne. Er schloß die schmerzenden Augen.

Aber der Schlaf floh ihn. Er schlief selten während dieser Reise. Bestenfalls gelang ihm ein unruhiges, wachsames Dösen. Es gab zu viele Gefahrenquellen und Ablenkungen: das Heulen des Windes, das Prasseln des Regens gegen die Zeltleinwand, das gedämpfte Schnaufen der Begleiter des Coronals, die dieses Zelt mit ihm teilten. Und über allem das ständige Bewußtsein seiner Isolation unter den Angehörigen der feindlichen Rasse. Nervös, angespannt und unruhig wartete er auf die Dämmerung.

Dann vernahm er plötzlich irgendwann zwischen der Stunde des Schakals und der Stunde des Skorpions dröhnende, eindringliche Musik in seinem Geist. Er war so nervös, daß dieses unerwartete Eindringen ihn einen Augenblick die Kontrolle über seine Gestalt verlieren ließ: er flimmerte unbeherrscht durch eine Reihe von Gestalten, ahmte dabei zwei der neben ihm schlafenden Menschen nach, dann glitt er einen Sekundenbruchteil in die Piurivargestalt, bevor er sich wieder beherrschen konnte. Er richtete sich auf, sein Herzschlag raste, sein Atem ging keuchend, und er suchte erneut nach der Musik.

Ja. Da. Ein trockener, winselnder Ton, der auf seltsame Weise die Tonleiter hinauf und hinab oszillierte. Er erkannte ihn jetzt als Gedankenlied eines Wasserkönigs, dessen Timbre und Eigenheit unverkennbar war, wenngleich er das Lied dieses speziellen Wasserkönigs bisher noch nie vernommen hatte. Er öffnete den Geist für den Kontakt, und einen Augenblick später hörte er zu seiner immensen Erleichterung die Gedankenstimme von Faraataa:

-Y-Uulisaan?

-Endlich, Faraataa! Wie lange ich auf diesen Ruf gewartet habe!

-Er kommt zum verabredeten Zeitpunkt, Y-Uulisaan.

-Ja, das weiß ich. Aber ich hatte dringende Angelegenheiten mit dir zu besprechen. Ich habe dich Nacht für Nacht gerufen und versucht, Kontakt herzustellen. Hast du nichts gehört?

-Ich habe nichts gehört. Dies ist der verabredete Ruf.

-Ah.

-Wo bist du, Y-Uulisaan. Und welches sind die dringenden Angelegenheiten?

-Ich bin irgendwo in Gihorna, weit von der Küste von Piliplok entfernt im Landesinneren, fast beim Steiche. Ich reise mit dem Gefolge des Coronals.

-Wie kann es sein, daß ihn die große Prozession nach Gihorna geführt hat?

-Er hat die große Prozession aufgegeben, Faraataa. Er reist jetzt nach Ilirivoyne, um eine Konferenz mit der Danipur abzuhalten.

Als Antwort darauf folgte ein Schweigen, eine so gespannte Stille, daß sie wie elektrische Entladungen knisterte, die von einem leise zischelnden Geräusch untermalt waren. Nach einiger Zeit fragte sich Y-Uulisaan, ob der Kontakt allgemein unterbrochen worden war. Aber schließlich meldete sich Faraataa wieder:

-Die Danipur? Was will er von ihr?

-Vergebung.

-Vergebung wofür, Y-Uulisaan?

-Für alle Verbrechen seines Volkes an unserem.

-Dann hat er den Verstand verloren?

-Manche seiner Anhänger glauben das. Andere sagen, daß es einfach Valentines Art entspricht, Haß mit Liebe zu begegnen.

Wieder folgte ein längeres Schweigen.

-Er darf nicht mit ihr sprechen, Y-Uulisaan.

-Das ist auch meine Meinung.

-Dies ist nicht die Zeit der Vergebung. Dies ist die Zeit des Kampfes, sonst wird es keinen Sieg geben. Ich werde ihn von ihr fernhalten. Er darf nicht zu ihr. Er wird versuchen, einen Kompromiß mit ihr zu schließen, und das darf nicht sein!

-Ich verstehe.

-Der Sieg ist fast unser. Die Regierung bricht zusammen. Die festgefügte Ordnung zerbricht. Weißt du, Y-Uulisaan, daß drei falsche Coronals ihren Aufstieg begonnen haben? Einer hat sich in Khyntor selbst zum Coronal ernannt, einer in Ni-moya, ein anderer in Dulorn.

-Stimmt das?

-Eindeutig. Weißt du nichts davon?

-Nichts. Und ich glaube, auch Valentine weiß nichts davon. Wir sind hier sehr weit von der Zivilisation entfernt. Drei falsche Coronals! Füre sie ist das der Anfang vom Ende, Faraataa!

-Das glauben wir auch. Alles läuft bestens für uns. Die Seuchen breiten sich weiter aus. Mit deiner Hilfe, Y-Uulisaan, waren wir imstande, auf die Gegenmaßnahmen des Coronals zu reagieren und die Lage noch zu verschlechtern. Zimroel ist im Chaos. Und auch in Alhanroel kommt es zu ersten Problemen. Der Sieg ist unser!

-Der Sieg ist unser, Faraataa!

-Aber wir müssen dem Coronal den Weg nach Ilirivoyne abschneiden. Gib uns seinen genauen Aufenthalt durch, wenn du kannst.

-Wir sind mit dem Schweber seit drei Tagen von Piliplok in südwestlicher Richtung zum Steiche unterwegs. Ich hörte heute abend jemanden sagen, daß der Fluß noch zwei Tagesreisen entfernt ist, vielleicht weniger. Gestern machten sich der Coronal und einige Getreue auf den Weg und reisten der Hauptgruppe voraus. Sie müssen inzwischen fast dort sein.

-Und wie möchte er ihn überqueren?

-Das weiß ich nicht. Aber ...

»Jetzt! Pack ihn!«

Bei dem plötzlichen Aufschrei ging der Kontakt mit Faraataa verloren. Zwei riesige Gestalten ragten drohend in der Dunkelheit auf. Der verblüffte und unvorbereitete Y-Uulisaan keuchte überrascht.

Er stellte fest, daß es die große Kriegerfrau Lisamon Hultin und der zottige Skandar Zalzan Gibor waren, die ihn packten. Der Vroon Deliamber hielt sich mit schlängelnden Tentakeln is sicherer Entfernung.

»Was soll das bedeuten?« fragte Y-Uulisaan. »Das ist ein Affront!«

»Ah, das kann man wohl sagen«, antwortete die Amazone fröhlich. »Das kann man wohl sagen.«

»Laßt mich sofort los!«

»Keine Chance, Spion!« brummte der Skandar.

Verzweifelt bemühte sich Y-Uulisaan, sich aus dem Griff seiner Angreifer zu befreien, aber er war eine Puppe in ihren Händen. Panik überkam ihn, und er spürte, wie er die Beherrschung verlor. Er konnte nichts dagegen tun, wenngleich er damit verriet, was er wirklich war. Sie hielten ihn fest, während er nacheinander eine Vielzahl von Gestalten durchlief und sich wand und krümmte, und dabei mal zu dieser oder jener Lebensform wurde, mal zu dieser Masse aus Knochen und Knoten und mal zu jenem schlangenförmigen Wesen. Er konnte sich nicht befreien, und seine Energie war durch die Unterhaltung mit Faraataa so verbraucht, daß er keinerlei Verteidigungsmaßnahmen treffen konnte, Elektroschocks und dergleichen, daher kreischte und tobte er ohnmächtig, bis ihm der Vroon plötzlich einen Tentakel an die Stirn preßte und einen knappen, aber erstaunlich heftigen Schlag führte. Y-Uulisaan blieb schlaff liegen und verlor fast das Bewußtsein.

»Bringt ihn zum Coronal«, sagte Deliamber. »Wir werden ihn in Gegenwart von Lord Valentine verhören.«

KAPITEL 4

Während er sich mit der Vorhut des königlichen Gefolges den ganzen Tag westlich auf den Steiche zu bewegte, bemerkte Valentine, daß die Landschaft stündlich drastischen Veränderungen unterlag: das nüchterne Gihorna wich allmählich dem mysteriösen, üppigen Grün der Regenwälder von Piurifayne. Hinter ihm lag eine kahle Küste mit Dünen und Sandverwehungen, spärlichem Gestrüpp und messerscharfen Grashalmen sowie kleinen, verkümmerten Bäumen mit gelben Blättern. Nun war der Boden nicht mehr sandig, sondern wurde immer dunkler, immer fruchtbarer, und ermöglichte dichten, üppigen Pflanzenwuchs; die Luft hatte nicht mehr den scharfen Geruch des Meeres, sondern das süße, moschusartige Aroma des Dschungels. Und doch war dies nur Übergangsland, wie Valentine wußte. Der wirkliche Dschungel lag noch vor ihnen, jenseits des Steiche, ein Gefilde des Nebels und allerlei Seltsamkeiten, dunkles, dichtes Grün, nebelverhangene Berge und Hügel: das Königreich der Gestaltveränderer.

Etwa eine Stunde vor Einbruch der Dämmerung erreichten sie den Fluß. Valentines Schweber war der erste, der dort ankam, die beiden anderen tauchten wenige Minuten später auf. Er gab den Kapitänen Signal, am Ufer zur Parallelformation aufzufahren. Dann stieg er selbst aus und begab sich ans Ufer.

Valentine hatte guten Grund, sich an diesen Fluß zu erinnern. Er hatte schon einmal an seinem Ufer gestanden, in den Jahren seines Exils, damals, als er und seine Jongleure dem Zorn der Gestaltveränderer von Ilirivoyne entflohen waren. Nun, als er an dem reißenden Gewässer stand, reisten seine Gedanken in die Vergangenheit zurück, und er erinnerte sich wieder an die wilde Fahrt durch das vom Regen aufgeweichte Piurifayne und die blutigen Scharmützel mit den Heckenschützen de Gestaltveränderer in den Tiefen des Dschungels, sowie an den kleinen affenähnlichen Waldbewohner, der sie gerettet hatte, indem er sie zum Steiche führte. Und dann kam die schreckliche, unter keinem günstigen Stern stehende Floßfahrt den reißenden Strom hinab, zwischen den bedrohlichen Felsen und Stromschnellen hindurch, um wenn möglich die sichere Zuflucht Nimoya zu erreichen …

Aber hier gab es keine Stromschnellen, und keine Felsen ragten aus der Wasseroberfläche heraus. Der Strom floß rasch an dieser Stelle, aber er war breit und ruhig und überwindbar.

»Kann das wirklich der Steiche sein?« fragte Carabella. »Es scheint kaum derselbe Fluß zu sein, der uns so große Schwierigkeiten bereitete.«

Valentine nickte. »Das alles liegt nördlich von hier. Dieser Abschnitt scheint ruhiger zu sein.«

»Aber nicht ruhig genug. Können wir hinüber?«

»Wir müssen«, sagte Valentine und sah zum fernen westlichen Ufer und dem dahintergelegenen Piurifayne.

Langsam senkte sich die Dämmerung herab, und in der zunehmenden Dunkelheit schien die Provinz der Metamorphen unnahbar, unfaßbar und hermetisch. Die Stimmung des Coronals wurde wieder ernst. War sie unsinnig, fragte er sich, diese verwegene Expedition in den Dschungel? War das Unternehmen absurd, lächerlich, zum Scheitern verurteilt? Vielleicht. Vielleicht war das einzige Ergebnis der überstürzten Expedition, die Vergebung der Königin der Gestaltveränderer zu erlangen: Scharm und Spott und Demütigung. Und vielleicht täte er dann besser daran, die Krone abzulegen, die er im Grunde genommen niemals gewollt hatte, um einen brutaleren und entschlosseneren Mann die Regierungsgeschäfte zu übertragen.

Vielleicht. Vielleicht.

Er stellte fest, daß ein langsames, unbeholfenes Geschöpf am anderen Ufer aus dem Wasser gekommen war und langsam dort entlangkroch – ein langes, sackförmiges Ding mit blauer Haut und einem einzigen, traurig blickenden Auge auf dem kugelförmigen Kopf. Während Valentine zusah und von der Schwerfälligkeit und Häßlichkeit des Wesens abgestoßen war, preßte es das Gesicht gegen das schlammige Erdreich des Ufers und begann, sich von einer Seite zur anderen zu wiegen, als wollte es mit dem Kinn eine Grube ausheben. Sleet kam näher. Valentine, der völlig vom Anblick des seltsamen Tieres fasziniert war, ließ ihn einen Augenblick warten, bevor er sich ihm zuwandte.

Valentine hatte den Eindruck, daß Sleets Miene düster

war, vielleicht sogar besorgt. Er sagte: »Werden wir hier das Nachtquartier aufschlagen, Lordschaft, ist das richtig? Und bis morgen warten, um festzustellen, ob die Schweber über so schnell fließendes Wasser passieren können?«

»Das habe ich vor, ja.«

»Bei allem Respekt, mein Lord, Ihr könntet daran denken, den Fluß noch heute nacht zu überqueren, wenn es möglich ist.«

Valentine runzelte die Stirn. Er fühlte sich eigentümlich losgelöst: Sleets Worte schienen aus großer Ferne zu kommen. »Soweit ich mich erinnere, entsprach es unserem Plan, morgen in der Frühe mit den Schwebern zu experimentieren, aber auf dieser Seite des Flusses zu warten, bis der Rest der Karawane eingetroffen ist, bevor wir uns tatsächlich nach Piurifayne begeben. Ist es nicht so?«

»Ja, mein Lord, aber ...«

Valentine unterbrach ihn. »Dann sollte man Befehl geben, das Lager aufzuschlagen, bevor es dunkel wird, was, Sleet?« Der Coronal verdrängte das Thema aus seinem Denken und wandte sich wider dem Fluß zu. »Siehst du dieses seltsame Tier am anderen Ufer?«

»Ihr meint den Gromwark?«

»Ist es das? Was meinst du, tut es da, wenn es das Gesicht so am Boden reibt?«

»Ich würde sagen, es gräbt einen Unterschlupf. Um sich zu verbergen, wenn der Sturm kommt. Normalerweise lebt es im Wasser, aber es glaubt wahrscheinlich, daß der Fluß zu sehr aufgewühlt wird, und ...«

»Sturm?« fragte Valentine.

»Ja, mein Lord. Ich versuchte, es Euch zu sagen, mein Lord. Betrachtet den Himmel, mein Lord!«

»Der Himmel wird dunkel. Die Nacht kommt.«

»Ich meinte, schaut nach Osten«, sagte Sleet.

Valentine drehte sich um und sah in Richtung Gihorna. Die Sonne mußte fast untergegangen sein, er rechnete damit, um diese Tageszeit einen dunkelgrauen, möglicherweise fast schwarzen Himmel zu sehen. Statt dessen sah er einen unheimlichen Sonnenuntergang im Osten, der der Natur zuwiderlief: ein seltsames, pastellfarbenes Glühen zauberte gelbe und rosa Streifen an den Himmel, der Horizont leuchtete hellgrün. Die Farben hatten eine merkwürdig pulsierende Intensität, als würde der Himmel flackern. Die Welt schien ungewöhnlich still: Valentine hörte das Rauschen des Flusses, aber sonst nichts, nicht einmal die Abendlieder der Vögel oder die beharrlichen hohen Töne der kleinen scharlachroten Baumfrösche, die es hier zu Tausenden gab. Die Luft war trocken wie in der Wüste geworden, als wäre sie leicht entflammbar.

»Sandsturm, mein Lord«, sagte Sleet leise.

»Bist du sicher?«

»Er muß derzeit bereits an der Küste wüten. Der Wind wehte den ganzen Tag über aus Osten, und von dort kommen die Stürme in Gihorna, vom Meer. Ein trockener Wind vom Meer, Lordschaft, könnt Ihr das begreifen? Ich nicht.«

»Ich hasse den trockenen Wind«, murmelte Carabella. »Er ähnelt dem Wind, den die Drachenjäger, ›die Sendung‹ nennen. Er schmerzt in meinen Nervenenden.«

»Ihr kennt diese Stürme, mein Lord?« fragte Sleet.

Valentine nickte nervös. Die Ausbildung eines Coronals umfaßt jede Menge Geographie. Die gewaltigen Sandstürme von Gihorna traten selten auf, waren deshalb aber nicht weniger berüchtigt: gnadenlose Winde, die die Dünen wie Messer häuteten, Tonnen Sand aufwirbelten und sie mit sich trugen zu den Regionen im Landesinneren. Sie traten nur zwei- bis dreimal pro Generation auf, aber niemand konnte sie schnell wieder vergessen.

»Was wird mit unseren Leuten dort?« fragte Valentine.

Sleet sagte: »Der Sturm ist sicher bereits über ihnen. Wenn nicht, wird er es bald sein. Die Stürme in Gihorna sind schnell. Hört, Lordschaft: Hört!«

Der Wind heulte.

Valentine hörte, noch weit entfernt, ein zischendes Geräusch, das sich erst allmählich aus der unnatürlichen Stille herauskristallisierte. Es war wie das erste leise Flütern der langsam steigenden Wut eines erwachenden Riesen, das offensichtlich bald einem ehrfurchteinflößenden, furchtbaren Dröhnen weichen würde.

»Und was wird aus uns?« fragte Carabella. »Wird er bis hierher kommen?«

»Der Gromwark scheint dieser Meinung zu sein, Lady. Er sucht unter der Erde Zuflucht.« Zu Valentine sagte er: »Darf ich Euch einen Rat geben, mein Lord?«

»Wenn du möchtest.«

»Wir sollten den Fluß jetzt überqueren, solange wir noch können. Wenn der Sturm über uns kommt, dann könnte er die Schweber vernichten oder sie so stark beschädigen, daß sie das Wasser nicht mehr überqueren können.«

»Meine halbe Eskorte befindet sich noch in Gihorna!«

»Wenn sie noch leben, ja.«

»Deliamber ... Tisana ... Shanamir ...!«

»Ich weiß, mein Lord. Aber wir können jetzt nichts für sie tun. Wenn wir diese Expedition überhaupt fortsetzen sollen, dann müssen wir den Fluß überqueren, was später unmöglich sein könnte. Am anderen Ufer können wir uns im Dschungel verbergen und dort lagern, bis die anderen zu uns stoßen, wenn sie jemals wiederkommen. Aber wenn wir hierbleiben, stecken wir vielleicht auf Dauer fest und können weder vor noch zurück.«

Schlechte Aussichten, dachte Valentine. Aber möglich. Dennoch zögerte er, da er noch nicht bereit war, nach Piurifayne aufzubrechen, solange so viele seiner teuersten Freunde sich einem ungewissen Schicksal unter den Peitschenhieben des sandgeschwängerten Windes von Gihorna ausgesetzt sahen. Einen Augenblick lang verspürte er den unbezähmbaren Wunsch, die Schweber wenden und nach Osten zurückfahren zu lassen, um nach dem Rest des königlichen Gefolges zu suchen. Ein Augenblick des Nachdenkens überzeugte ihn, wie närrisch das gewesen wäre. Wenn er in diesem Augenblick umkehrte, erreichte er gar nichts, brachte aber weitere Menschenleben in Gefahr. Der Sturm kam vielleicht nicht so weit westlich; in welchem Fall es besser war abzuwarten, bis das schlimmste Wüten vorüber war, und dann nach Gihorna zurückzukehren und nach Überlebenden zu suchen.

Er stand stumm und still da und sah mit leeren Blick nach Osten ins Reich der Dunkelheit, das von den tobenden Energien des Sandsturms nun auf so seltsame Weise erleuchtet wurde.

Der Wind nahm an Stärke zu. Der Sturm wird uns erreichen, erkannte Valentine. Er wird über uns hinwegfegen und wahrscheinlich bis tief in die Dschungel von Piurifayne eindringen, ehe seine Wut nachläßt.

Dann kniff er die Augen zusammen, blinzelte überrascht und streckte die Hand aus. »Seht ihr auch Lichter näher kommen?« fragte er. »Schweberscheinwerfer?«

»Bei der Lady!« murmelte Sleet heiser.

»Sind sie hier?« fragte Carabella. »Glaubst du, daß sie dem Sturm entkommen sind?«

»Nur ein Schweber, mein Lord«, sagte Sleet leise. »Und keiner der königlichen Karawane, glaube ich.«

Valentine wurde dasselbe im selben Augenblick klar. Die königlichen Schweber waren gewaltige Fahrzeuge, die viele Passagiere und eine Menge Gepäck aufnehmen konnten. Was sich aus Gihorna ihnen näherte, schien mehr ein kleiner Privatschweber zu sein, ein Modell für zwei oder vier Passagiere: er hatte lediglich zwei Frontscheinwerfer, die keine besonders hellen Lichtkegel warfen, wohingegen die größeren Modelle leuchtstarke Lampen hatten.

Der Schweber kam kaum dreißig Fuß vom Coronal entfernt zum Stillstand. Lord Valentines Wachen eilten unverzüglich darauf zu und umkreisten ihn, wobei sie die Energiewerfer bereitmachten. Die Tür des Schwebers ging auf, und zwei von Anstrengung und Erschöpfung gezeichnete Männer kamen heraus.

Valentine schrie überrascht auf. »Tunigorn? Elidath?«

Es schien unmöglich: ein Traum, ein Trugbild. Tunigorn hätte in diesem Augenblick noch in Piliplok sein und sich mit der Routine der Regierungsangelegenheiten beschäftigen müssen. Und Elidath? Wie konnte Elidath hier sein? Elidath sollte Tausende Meilen entfernt auf dem Burgberg sein. Valentine hatte nicht mehr damit gerechnet, ihm hier zu begegnen, in den dunklen Wäldern an der Grenze von Piurifayne, als seiner Mutter, der Lady.

Und dennoch war der Mann mit den buschigen Brauen und dem tief gekerbten Kinn eindeutig Tunigorn; und der andere, noch größer, mit durchdringendem Blick und dem starken, knochigen Gesicht, war unzweifelhaft Elidath. Es sei denn ... Es sei denn ...

Der Wind nahm an Heftigkeit zu. Valentine hatte den Eindruck, daß bereits erste Sandwehen herbeigetragen wurden.

»Seid ihr real?« wollte er von Tunigorn und Elidath wissen. »Oder nur ein Paar erstaunliche Imitationen der Gestaltveränderer?«

»Real, Valentine, ganz und gar real!« rief Elidath und streckte dem Coronal die Hände entgegen.

»Beim Göttlichen, das ist die Wahrheit«, bestätigte Tunigorn. »Wir sind keine Nachahmungen, und wir sind Tag und Nacht gereist, mein Lord, um dich hier zu erreichen.«

»Ja«, sagte Valentine. »Ich glaube, ihr seid real.«

Er wäre auf Elidaths ausgestreckte Arme zugegangen, aber seine eigenen Wachen drängten sich unsicher dazwischen. Zornig winkte Valentine sie beiseite und nahm Elidath in die Arme. Dann trat er zurück und betrachtete seinen ältesten und besten Freund. Es war schon über ein Jahr her, seit sie einander zuletzt begegnet waren; aber Elidath schien in diesem Zeitraum um zehn Jahre gealtert zu sein. Er sah verbraucht, erschöpft und übermüdet aus. War es die Bürde des Regierens, die ihm das angetan hatte, fragte sich Valentine, oder lag es nur an der Müdigkeit nach der langen Fahrt durch Zimroel? Einst war er Valentine wie ein Bruder gewesen, denn sie waren gleich alt und in ihrer Denkweise sehr ähnlich; und nun hatte sich Elidath plötzlich in einen ausgelaugten alten Mann verwandelt.

»Mein Lord, der Sturm ...«, begann Sleet.

»Einen Augenblick«, sagte Valentine und winkte ihn brüsk fort. »Ich muß vieles erfahren.« Zu Elidath sagte er: »Wie kommt es, daß du hier bist?«

»Ich kam her, mein Lord, um zu bitten, daß du dich nicht weiter in Gefahr begibst.«

»Wie kamst du darauf, daß ich in Gefahr bin oder mich noch weiter hineinbegebe?«

»Man teilte mir mit, daß du vorhast, nach Piurifayne zu gehen und mit den Metamorphen zu sprechen«, sagte Elidath.

»Diese Entscheidung wurde erst kürzlich getroffen. Du mußt den Berg Wochen oder gar Monate, bevor ich diesen Einfall hatte, verlassen haben.« Mit gewisser Verärgerung sagte Valentine: »Dienst du mir auf diese Weise, Elidath? Du verläßt deinen Platz in der Burg und reist ungebeten um die halbe Welt, um dich in meine Politik einzumischen?«

»Mein Platz ist bei dir, Valentine.«

Valentine sah ihn finster an. »Auch ich wünschte, du wärst nicht hier.«

»Ich ebenfalls«, sagte Elidath.

»Mein Lord«, sagte Sleet behaarlich. »Der Sturm kommt immer näher. Ich flehe Euch an ...«

»Ja, der Sturm«, sagte Tunigorn. »Ein Gihorna-Sandsturm, schrecklich in seiner Wut. Wir hören ihn schon an der Küste wüten, als wir uns auf den Weg machten, Euch zu folgen. Noch eine Stunde, vielleicht nur eine halbe Stunde, dann wird er hier sein, mein Lord.«

Valentine spürte, wie sich ihm die Brust zuschnürte. Der Sturm, der Sturm, der Sturm. Ja, Sleet hatte recht: sie mußten etwas unternehmen. Aber er hatte so viele Fragen, es gab so vieles, das er wissen mußte ...

Zu Tunigorn sagte er: »Du mußt das andere Lager gesehen haben. Lisamon, Deliamber, Tisana – sind sie in Sicherheit?«

»Sie werden sich so gut schützen, wie es geht. Und wir müssen dasselbe tun. Weiter nach Westen, wir müssen im

Dschungel Zuflucht suchen, bevor das Schlimmste kommt ...«

»Genau meine Worte«, sagte Sleet.

»Nun denn«, sagte Valentine. Er sah Sleet an und sagte: »Die Schweber sollen sich für die Überfahrt fertigmachen.«

»Es soll geschehen, mein Lord.« Er eilte davon.

Zu Elidath sagte Valentine: »Wer regiert in der Burg?«

»Ich habe drei zum regierenden Rat ernannt: Stasilaine, Divvis und Hissune.«

»Hissune?«

Elidaths Wangen wurden rot. »Ich glaubte, du würdest sein rasches Vorwärtskommen in der Regierung wünschen.«

»Das war wahrhaftig mein Wunsch. Du hast wohlgetan, Elidath. Aber ich vermute, einige waren mit dieser Wahl nicht ganz so zufrieden.«

»Richtig. Prinz Manganot von Bangelcode und der Herzog von Halanx und ...«

»Spar dir die Namen. Ich kenne sie«, sagte Valentine: »Ich glaube aber, mit der Zeit werden sie ihre Meinung ändern.«

»Wie ich. Der Junge ist erstaunlich, Valentine. Nichts entgeht seiner Aufmerksamkeit. Er lernt verblüffend schnell. Er ist zielsicher. Und wenn er einen Fehler macht, dann weiß er genau, was er daraus lernen kann. Er erinnert mich etwas an dich, als du in seinem Alter warst.«

Valentine schüttelte den Kopf. »Nein, Elidath. Er ist ganz und gar nicht wie ich. Ich glaube, das ist das, was mir am meisten an ihm gefällt. Wir sehen dieselben Dinge, aber wir sehen sie mit sehr unterschiedlichen Augen.« Er nickte und nahm Elidath am Unterarm und lächelte einen Augenblick. Leise sagte er: »Du weißt, was ich mit ihm vorhabe?«

»Ich glaube schon.«

»Und macht es dir etwas aus?«

»Du weißt, daß es mir nichts ausmacht, Valentine.« Elidaths Blick war starr.

»Ja. Ich weiß es«, sagte der Coronal.

Er grub die Finger in Elidaths Arm, dann ließ er ihn los

und wandte sich ab, bevor Elidath das plötzliche Glänzen in seinen Augen sehen konnte.

Der Wind heulte inzwischen lauter und wirbelte mehr Sand mit sich als vorher. Er wehte durch den Hain schlanker Bäume im Osten und zerschnitt die breiten Blätter wie ein unsichtbares Messer. Valentine spürte, wie ihm Sandkörner mit zunehmender Heftigkeit ins Gesicht geweht wurden, und er wandte sich ab und zog den Mantel höher, um sich zu schützen. Die anderen taten dasselbe. Am Flußufer, wo Sleet die Umrüstung der Schweber von Land- auf Wasserbetrieb überwachte, herrschte rege Betriebsamkeit.

Tunigorn sagte: »Es gibt viele seltsame Neuigkeiten, Valentine.«

»Dann sprich!«

»Der Landwirtschaftsberater, der seit Alaisor mit uns reist ...«

»Y-Uulisaan? Was ist mit ihm? Ist ihm etwas geschehen?«

»Er ist ein Spion der Gestaltveränderer, mein Lord.«

Die Worte trafen Valentine wie Fausthiebe.

»Was?«

»Deliamber hat es in der Nacht entdeckt: der Vroon spürte irgendwo etwas Merkwürdiges und suchte so lange, bis er Y-Uulisaan fand, der mit einem weit entferneten Partner Gedankensprache hielt. Er befahl dem Skandar und der Amazone, seiner habhaft zu werden, und nachdem sie ihn gestellt hatten, begann Y-Uulisaan seine Gestalt zu verändern wie ein gefangener Dämon.«

Valentine spie wütend aus: »Das übersteigt mein Fassungsvermögen! Wir haben die ganze Zeit über einen Spion bei uns, weihen ihn in all unsere Pläne ein, der Seuchen Herr zu werden ... Nein! Nein! Was haben sie mit ihm gemacht?«

»Sie hätten ihn noch in dieser Nacht zum Verhör zu dir gebracht«, sagte Tunigorn. »Aber dann kam der Sturm, und Deliamber hielt es für klüger, im Lager abzuwarten.«

»Mein Lord!« rief Sleet vom Flußufer. »Wir sind bereit, die Überquerung zu versuchen!«

»Das war nicht alles«, sagte Tunigorn.

»Komm. Berichte mir während der Überfahrt.«

Sie eilten zu den Schwebern. Der Wind war inzwischen gnadenlos, und die Bäume beugten sich unter seinem Ansturm fast halbwegs bis zum Boden. Carabella, die neben Valentine ging, strauchelte und wäre gestürzt, hätte er sie nicht gehalten. Er legte einen Arm fest um sie: sie war so zierlich, so zerbrechlich, daß ein heftiger Windstoß sie fortgeweht hätte.

Tunigorn sagte: »Die Nachricht von neuem Chaos erreichte Piliplok gerade zur Zeit unseres Aufbruchs. In Khyntor hat sich ein Mann namens Sempeturn, ein Wanderprediger, selbst zum Coronal ernannt, und einige Leute haben ihn anerkannt.«

»Ah«, sagte Valentine leise, als hätte man ihn in den Magen geschlagen.

»Das ist noch nicht alles. Ein weiterer Coronal tauchte in Dulorn auf, sagte man: ein Ghayrog namens Ristimaar. Und wir erhielten Kunde von einem weiteren in Ni-moya, nur sein Name wurde nicht mitgeteilt; und gleichzeitig brachte jemand die Botschaft, daß mindestens ein falscher Pontifex in Velathys erschienen ist, möglicherweise auch Narabal. Wir sind nicht sicher, mein Lord, denn die Kommunikationsverbindungen sind weitgehend gestört.«

»Das genügt«, sagte Valentine im Tonfall tödlicher Gefaßtheit. »Der Göttliche hat sich wahrhaftig von uns abgewendet. Die Regierung ist so gut wie funktionsunfähig. Der Himmel selbst ist gebrochen und wird auf uns herabfallen.«

»In den Schweber, mein Lord!« rief Sleet.

»Zu spät«, murmelte Valentine. »Nun wird es keine Vergebung mehr für uns geben.«

Als sie in die Fahrzeuge stiegen, brach der Sturm mit voller Wucht über sie herein. Zuerst erfolgte ein seltsamer Augenblick der Stille, als wäre die Atmosphäre selbst voll Schrecken vor dem bevorstehenden Einbruch der Naturgewalten geflohen und hätte alle Fähigkeit zur Schallwellenübertragung mit sich genommen; aber im nächsten Augenblick ertönte so etwas wie ein Donnerschlag, doch dumpf und ohne Resonanz, wie ein rascher Schlag ohne Hall. Und ihm auf den Fersen folgte der Sturm, kreischend und brüllend, und machte die Luft trüb mit dem Sand, den er mit sich trug.

Valentine war nun schon im Schweber, Tunigorn mit ihm, und Elidath nicht weit dahinter. Das Fahrzeug, das unbeholfen schwankte und an ein großes Amorfibot erinnerte, das man aus dem Dösen auf einer Düne gestört hat, schwebte flußwärts und glitt hinaus über das Wasser.

Die Dunkelheit war hereingebrochen, und in dieser Dunkelheit lag ein unheimlich glühendes Herz dunkelgrünen Leuchtens, das von der Gewalt von Luft, die über Luft hinwegstreicht, erzeugt worden schien. Der Fluß war völlig schwarz geworden, und seine Oberfläche kräuselte sich, wenn unvermutete Veränderungen des Luftdrucks darüber an ihr zogen oder dagegen preßten. Sand regnete in wilden, zyklonischen Böen darauf herab und ätzte Pockennarben in die wogende Oberfläche. Carabella kreischte und würgte, Valentine bekämpfte eine übermächtige Übelkeit; der Schweber bäumte sich in unnatürlicher Weise auf, wobei der Bug dauernd schwer auf dem Wasser aufschlug und wieder emporschoß, um dann erneut aufzuschlagen, *platsch, platsch, platsch*. Der wirbelnde Sand ätzte Muster von seltsamer Schönheit in die Scheiben, aber bald wurde es unmöglich, durch sie hindurchzusehen, wenngleich Valentine den verschwommenen Eindruck hatte, daß der Schweber links von seinem einen erstarrten Augenblick lang in einer unmöglichen Position auf dem Heck stand, bevor er sich an die Überquerung des Flusses machte.

Dann wurde alles außerhalb des Schwebers unsichtbar, und man konnte nur noch das Heulen des Windes und das stete, monotone Prasseln des Sandes gegen die Außenwände hören.

Ein seltsam kribbelndes Mißbehagen begann von Valentine Besitz zu ergreifen. Er hatte den Eindruck, als würde der Schweber mittlerweile rhythmisch entlang der Längsachse schwanken, und zwar in immer heftigeren Stößen.

Wahrscheinlich, überlegte er, verloren die Bodenrotoren das bißchen Halt, das sie auf der wogenden Wasseroberfläche noch gehabt hatten, und in kurzer Zeit würde das Fahrzeug sicher umkippen.

»Dieser Fluß ist verflucht«, sagte Carabella.

Ja, dachte Valentine. So schien es. Der Fluß lag unter einem finsteren Bann, andernfalls war der Steiche selbst ein dunkler Geist, der seinen Untergang suchte. Und nun werden wir alle ertrinken, dachte er. Aber er war erstaunlich gefaßt.

Dieser Fluß, der mich schon einmal fast verschluckt hätte, mich aber wieder an Land spie, hat die ganze Zeit auf eine zweite Chance gewartet. Und nun hat er sie bekommen.

Es war unwichtig. In letzter Analyse war alles unwichtig. Leben, Tod, Frieden, Krieg, Freude, Traurigkeit: sie waren alle ein und dasselbe: Worte ohne Bedeutung, Geräusche, leere Hüllen. Valentine bedauert nichts. Sie hatten ihn gebeten zu dienen, und er hatte gedient. Er hatte gewiß sein Bestes getan. Er hatte keine Verantwortung gescheut, kein Vertrauen verraten, kein Versprechen nicht eingelöst. Nun würde er zur Quelle zurückkehren, denn die Winde hatten den Fluß wild gemacht, und der Fluß würde sie alle verschlingen, und so sollte es geschehen: Es war unwichtig. Es war unwichtig.

»Valentine!«

Ein Gesicht, Zentimeter von seinem entfernt. Augen sahen in seine. Eine Stimme rief einen Namen, den er zu kennen glaubte, rief nochmals.

»Valentine! Valentine!«

Eine Hand umklammerte seinen Arm. Schüttelte ihn, stieß ihn.

Wessen Gesicht? Wessen Augen? Wessen Stimme? Wessen Hand?

»Er scheint in Trance zu sein, Elidath!«

Eine andere Stimme. Heller, klarer, nahe bei ihm. Carabella? Ja. Carabella. Wer war Carabella?

»Hier ist nicht genügend Luft drinnen! Die Ventile sind

vom Sand verstopft. Wir ersticken, wenn wir nicht ertrinken!«

»Können wir hinaus?«

»Durch die Notschleuse. Aber wir müssen ihn zu sich bringen. Valentine! *Valentine*!«

»Wer ist da?«

»Elidath. Was ist denn los?«

»Nichts. Überhaupt nichts.«

»Du scheinst halb zu schlafen. Hier, laß mich deinen Sicherheitsgurt lösen. Steh auf, Valentine! *Steh auf*! Der Schweber wird in fünf Minuten sinken!«

»Ah.«

»Valentine, bitte hör auf ihn!« Das war die andere Stimme, die hellere, die Carabella-Stimme. »Wir überschlagen uns. Wir müssen hier raus und ans Ufer schwimmen. Das ist die einzige Hoffnung, die wir haben. Einer der Schweber ist bereits gesunken, und den anderen kann ich auch nicht mehr sehen, und ... o Valentine, bitte! Steh auf! Atme tief durch! So ist es gut. Noch einmal. Hier, gib mir deine Hand ... nimm die andére, Elidath; wir müssen ihn zur Schleuse führen ... so, immer bewegen, Valentine ...«

Ja. Immer bewegen. Valentine bemerkte plötzlich einen kühlen Luftzug im Gesicht. Er hörte das leise Prasseln von Sand, der von oben herabfiel. Ja. Ja. Hier hinaufklettern, hieran vorbeibeugen, den Fuß hierhin setzen, den anderen hier ... Stufe ... Stufe ... Festhalten ... Ziehen ... *Ziehen*.

Er bewegte sich eckig wie ein Automat und bekam immer noch nur am Rande mit, was vor sich ging, bis er die Spitze der Notleiter erreichte und den Kopf durch die Sicherheitsluke streckte.

Eine plötzliche Böe frischer Luft – heiß, trocken, voll Sand – wehte ihm brutal ins Gesicht. Er keuchte, atmete Sand ein, schluckte Sand, hustete, spie aus. Aber er war wieder wach. Er klammerte sich ans Geländer, das die Schleuse umgab, und schaute in die sturmgepeitschte Nacht. Die Dunkelheit war fast greifbar; das unheimliche Glühen war größtenteils verschwunden; immer noch wurde Sand unbarmherzig durch die Luft geweht, ein heulender Wirbel nach dem anderen griff seine Augen, die Nasenflügel, die Lippen an.

Es war fast unmöglich zu sehen. Sie waren irgendwo in der Mitte des Flusses, aber weder das östliche noch das westliche Ufer waren zu sehen. Der Schweber hing in einer instabilen und gefährlich geneigten Weise im Wasser, nur noch etwa die Hälfte ragte aus dem Chaos der Fluten hervor. Von den anderen Schwebern war nichts zu sehen. Valentine glaubte, Köpfe im Wasser zu erkennen, war aber nicht sicher: der Sand war allgegenwärtig, und es war eine Plage, die Augen zu öffnen.

»Hier herunter. Spring, Valentine!« Elidaths Stimme.

»Wartet«, rief er. Er sah zurück. Carabella stand unter ihm auf der Leiter, bleich, furchtsam, fast betäubt. Er streckte ihr den Arm hin, und sie lächelte, als sie sah, daß er ins Leben zurückgekehrt war; und er zog sie zu sich hoch. Sie kam mit einem einzigen schnellen Sprung und balancierte an seiner Seite vor der Schleuse, agil wie ein Akrobat und nicht weniger gewandt wie in ihrer Zeit als Jongleurin.

Der Sand in der Luft war unerträglich. Sie hakten die Arme ineinander und sprangen.

Der Aufprall auf dem Wasser glich dem auf einer festen Oberfläche. Einen Augenblick klammerte er sich an Carabella fest, aber im Moment des Aufschlags wurden sie getrennt. Valentine tauchte im Wasser unter, bis er völlig davon umgeben war; dann trat er nach unten und erkämpfte sich wieder einen Weg hinauf. Er rief nach Carabella, Elidath, Sleet, aber er sah keinen von ihnen, und selbst hier unten gab es kein Entrinnen vor dem Sand, der wie fester Regen fiel und den Fluß tükisch und dickflüssig machte.

Ich könnte fast ans Ufer gehen, dachte Valentine.

Links von sich konnte er den gewaltigen Umriß des Schwebers ausmachen, der langsam im Wasser versank: er enthielt immer noch genügend Luft, die ihm einen gewissen Auftrieb verlieh, und die bizarre, kleisterähnliche Konsistenz des Wassers bot seinem Sinken ebenfalls Widerstand, dennoch stand außer Frage, daß der Schweber sank, und wenn er ganz untergegangen war, wußte Valentine, würde er einen gewaltigen Sog erzeugen. Er bemühte sich, davon wegzukommen, während er ununterbrochen nach seinen Gefährten Ausschau hielt.

Der Schweber versank. Eine gewaltige Flutwelle stürzte über ihm zusammen.

Er ging unter, kam kurz wieder an die Oberfläche und sank ein zweites Mal unter, als die zweite Woge über ihn hinwegspülte, dann spürte er, wie der Wirbel an seinen Beinen zog. Er wurde nach unten gezogen. Seine Lungen brannten: voll Wasser, voll Sand? Die Apathie, die ihn in dem zum Untergang verdammten Schweber überkommen hatte, war völlig verschwunden; er strampelte, trat aus und kämpfte darum, oben zu bleiben. Er stieß in der Dunkelheit mit jemandem zusammen, klammerte sich an ihm fest, verlor ihn wieder aus dem Griff und ging wieder unter. Diesmal überkamen ihn Übelkeit und der Gedanke, daß er nie mehr auftauchen würde; aber er spürte, wie ihn starke Arme festhielten und emporzogen, und er gab jede Gegenwehr auf, denn er begriff, daß sein wilder Widerstand gegenüber dem Fluß grundverkehrt war. Er atmete leichter und kam auch leichter zur Oberfläche. Sein Retter gab ihn frei und verschwand in der Dunkelheit, aber Valentine sah nun, daß er sich dicht an einem Flußufer befand, und so quälte er sich auf langsame, mühselige Weise vorwärts, bis seine Stiefel Grund berührten. Langsam, als wartete er durch einen Sirup-Fluß, stapfte er uferwärts, betrat den schlickigen Uferstreifen und fiel mit dem Gesicht voran hin. Er wünschte sich, er könnte sich wie der Gromwark im feuchten Boden eingraben, bis der Sturm vorüber war.

Nach einiger Zeit, als er wieder zu Atem gekommen war, setzte er sich auf und sah sich um. Die Luft war immer noch voll Sand, aber nicht mehr so sehr, daß er das Gesicht verhüllen mußte, und der Wind schien tatsächlich nachzulassen. Ein paar Dutzend Meter flußabwärts lag einer der Schweber gestrandet; von den beiden anderen sah er nichts. Drei oder vier leblose Gestalten lagen in der Nähe: er konnte nicht sagen, ob sie noch lebten oder tot waren. In der Ferne ertönten leise, kaum verständliche Stimmen. Valentine vermochte nicht zu sagen, ob er auf der Piurifayne-Seite des Flusses war oder auf der von Gihorna, doch er vermutete, daß es sich um Piurifayne handelte, denn er hatte den Eindruck, als würde gleich hinter ihm eine Mauer fast undurchdringlichen Pflanzenwuchses aufragen.

Er stand auf.

»Lordschaft! Lordschaft!«

»Sleet? Hier!«

Die kleine, zierliche Gestalt von Sleet tauchte aus der Dunkelheit auf. Carabella war bei ihm, Tunigorn nicht weit dahinter. Valentine umarmte alle feierlich. Carabella zitterte unkontrolliert, wenngleich die Nacht warm war, und nachdem der Wind nachgelassen hatte, war es recht schwül geworden. Er zog sie an sich und versuchte, den feuchten Sand von ihrer und seiner Kleidung abzuwischen, wo er eine Art Kruste gebildet hatte.

Sleet sahte: »Mein Lord, zwei der Schweber sind verloren, und ich glaube, der größte Teil der Besatzung mit ihnen.«

Valentine nickte grimmig. »Das befürchte ich auch. Aber gewiß nicht alle!«

»Es gibt einige Überlebende, ja. Als ich hierherkam, hörte ich ihre Stimmen. Ein paar – ich weiß nicht wie viele – wurden entlang des Ufers verstreut. Aber Ihr, mein Lord, müßt Euch auf Verluste vorbereiten. Tunigorn und ich sahen mehrere Leichen am Ufer, und zweifellos wurden viele von der Strömung mitgerissen und sind stromabwärts ertrunken. Wenn der Morgen kommt, werden wir mehr wissen.«

»Wahrhaftig«, sagte Valentine und schwieg eine Weile. Er saß mit überkreuzten Beinen auf dem Boden, einem Schneider ähnlicher als einem König, und verharrte in langem Schweigen, während er mit den Händen müßig durch den Sand strich, welcher bis zu einer Tiefe von einigen Zoll wie eine Art seltsamer Schnee am Ufer lag. Er hatte eine Frage, die er nicht zu stellen wagte, aber nach einiger Zeit konnte er sie nicht mehr länger für sich behalten. Er sah auf zu Sleet und Tunigorn und sagte: »Welche Neuigkeiten gibt es von Elidath?«

»Keine, mein Lord«, sagte Sleet sanft.

»Keine? Überhaupt keine? Hat man ihn weder gesehen noch etwas von ihm gehört?«

Carabella sagte: »Er war neben uns im Wasser, Valentine, bevor unser Schweber untergegangen ist.«

»Ja. Daran erinnere ich mich. Aber danach?«

»Nichts«, sagte Tunigorn.

Valentine sah ihn prüfend an. »Wurde seine Leiche gefunden, und wollt ihr es mir nicht sagen?«

»Bei der Lady, Valentine, du weißt soviel wie ich über Elidaths Verbleib!« stieß Tunigorn hervor.

»Ja. Ja. Ich glaube dir. Es ängstigt mich, nicht zu wissen, was aus ihm geworden ist. Du weißt, daß er mir viel bedeutet, Tunigorn.«

»Glaubst du, das müßtest du mir sagen?«

Valentine lächelte traurig. »Verzeih mir, alter Freund. Diese Nacht hat meinen Geist irgendwie durcheinandergebracht, glaube ich.« Carabella legte ihre kühle und feuchte Hand auf seine, er legte die andere auf ihre. Leise sagte er nochmals: »Verzeih mir, Tunigorn. Und du, Sleet. Und du, Carabella.«

»Verzeihen, mein Lord?« fragte Carabella verblüfft. »Was?«

Er schüttelte den Kopf. »Laß es dabei bewenden, Liebes.«

»Gibst du dir die Schuld an dem, was heute nacht geschehen ist?«

»Ich gebe mir an vielem die Schuld«, antwortete Valentine, »wovon die Geschehnisse der heutigen Nacht nur einen kleinen Teil ausmachen, wenngleich sie für mich eine gewaltige Katastrophe bedeuten. Die Welt wurde meiner Führung anvertraut, und ich habe sie in den Untergang geführt.«

»Valentine, nein!« rief Carabella.

»Mein Lord«, sagte Sleet. »Ihr seid viel zu streng mit Euch selbst.«

»Wirklich?« Er lachte. »Hungersnöte in halb Zimroel, drei falsche Coronals haben sich selbst ernannt, vielleicht sogar vier, die Metarmorphen kommen hervor, um ihre längst überfällige Rache zu nehmen, und wir sitzen hier an der Grenze von Piurifayne, von Kopf bis Fuß voll Sand, die Hälfte unserer Leute ertrunken, und wer weiß, welches Schicksal über die anderen gekommen ist, und ... und ...« Seine Stimme wurde krächzend. Mit einiger Anstrengung brachte er sie wieder unter Kontrolle, beherrschte sich und fuhr ruhiger fort: »Dies war eine schreckliche Nacht, und ich bin sehr müde, und es besorgt mich, daß Elidath noch nicht aufgetaucht ist. Aber ich werde ihn nicht finden, wenn ich so rede, nicht? Nicht? Kommt, laßt uns ausruhen bis zum Morgen, und wenn der Morgen gekommen ist, wollen wir versuchen zu retten, was noch zu retten ist. Ja?«

»Ja«, sagte Carabella. »Das ist weise, Valentine.«

Es war unmöglich zu schlafen. Er und Carabella und Sleet und Tunigorn lagen dich beisammen auf dem Sand, und die Nacht verstrich schlaflos und untermalt von den Geräuschen des Waldes und dem ständigen Rauschen des Flusses. Allmählich machte sich über Gihorna die Dämmerung am Himmel bemerkbar, und im ersten grauen Tageslicht konnte Valentine die schrecklichen Verwüstungen sehen, welche der Sturm angerichtet hatte. Auf der Gihorna-Seite des Flusses sowie eine kurze Strecke in Piurifayne hinein war jeder Baum seines Blattwerks beraubt worden, als hätte der Wind Feuer geatmet, und nur die kahlen, nackten Äste waren geblieben. Der ganze Boden war mit Sand bedeckt, an manchen Stellen nur dünn, an anderen hoch zu Miniaturdünen aufgetürmt. Der Schweber, mit dem Tunigorn und Elidath gekommen waren, lag immer noch am Flußufer, aber die Metallhülle glänzte nicht mehr, sondern war matt und vom Sand abgeschmirgelt. Der Schweber, der von Valentines Karawane übriggeblieben war, lag wie ein an Land geschwemmter toter Meeresdrache auf der Seite.

Eine Gruppe von Überlebenden, vier oder fünf, saßen ein Stück weiter am Ufer beisammen; ein weiteres halbes Dutzend, hauptsächlich Skandars der persönlichen Leibwache des Coronals, lagerten ein wenig unterhalb des Uferhangs; einige konnte man etwa hundert Meter nördlich gehen sehen, wo sie offensichtlich nach Toten suchten. Ein paar der Toten waren in einer Reihe neben dem umgestürzten Schweber hingelegt worden. Valentine sah Elidath nicht dabei. Aber er hatte wenig Hoffnung für seinen alten Freund, und er spürte keine Gefühlsregung, nur ein kaltes, betäubtes Gefühl unter dem Brustbein, als wenig später, kurz nach der Dämmerung, einer der Skandars kam und den Leichnam Elidaths so leicht in seinen vier Armen hielt wie ein Kind.

»Wo war er?« fragte Valentine.

»Eine halbe Meile stromabwärts, mein Lord, vielleicht ein wenig weiter.«

»Leg ihn nieder, und dann kümmern wir uns um Gräber. Wir werden heute morgen noch alle Toten auf dieser kleinen Erhebung über dem Fluß begraben.«

»Ja, mein Lord.«

Valentine sah auf Elidath hinab. Seine Augen waren geschlossen, die Lippen etwas geöffnet, als würde er lächeln, wenngleich es auch eine Grimasse sein konnte, dachte Valentine. »Er sah letzte Nacht so alt aus«, sagte er zu Carabella. Und zu Tunigorn sagte er: »Hattest du nicht auch den Eindruck, als wäre er im Verlauf diese Jahres stark gealtert? Aber jetzt scheint er wieder jung zu sein. Die Furchen sind aus seinem Gesicht verschwunden: er sieht aus, als wäre er nicht älter als vierundzwanzig. Erscheint es dir nicht auch so?«

»Ich gebe mir die Schuld an seinem Tod«, sagte Tunigorn tonlos.

»Wie das?« fragte Valentine scharf.

»Ich habe ihn vom Burgberg hierher gerufen. Komm, schrieb ich ihm, eile zu uns. Valentine plant seltsame Dinge, wenngleich ich nicht weiß, welche, und du allein kannst sie ihm ausreden. Und er kam. Und jetzt sieh ihn dir an. Wenn er auf dem Burgberg geblieben wäre ...«

»Nein, Tunigorn. Hör auf damit.«

Aber Tunigorn fuhr in ungerührter, träumerischer Weise, scheinbar unkontrolliert, fort: »Er wäre Coronal geworden, wenn du ins Labyrinth gehst, und er hätte lange und glücklich in der Burg leben können, und weise regieren, und jetzt ... statt dessen ... statt dessen ...«

Sanft sagte Valentine: »Er wäre nicht Coronal geworden, Tunigorn. Das wußte er, und er war zufrieden. Komm, alter Freund, mit deinem närrischen Geschwätz machst du seinen Tod nur noch schlimmer für mich. Er wird heute morgen noch zur Quelle zurückkehren, was ich ihm aufrichtigen Herzens auch die kommenden siebzig Jahre nicht gewünscht hätte, aber es ist geschehen, und es läßt sich nicht rückgängig machen, so sehr wir auch davon sprechen mögen, was hätte sein können und was nicht. Und wir, die wir diese Nacht überlebt haben, haben viel Arbeit. Also, laß uns anfangen, Tunigorn, ja? Ja? Sollen wir anfangen?«

»Welche Arbeit, mein Lord?«

»Zuerst die Begräbnisse. Ich werde sein Grab selbst graben, mit eigenen Händen, und soll keiner etwas dagegen sagen. Und wenn das alles getan ist, mußt du selbst den Rückweg über den Fluß finden, mit dem Schweber nach Osten aufbrechen, nach Gihorna, und nachsehen, was aus Deliamber und Tisana und Lisamon und dem Rest geworden ist, und wenn sie noch leben, dann mußt du sie hierherführen und zu mir bringen.«

»Und du, Valentine?« fragte Tunigorn.

»Wenn wir den anderen Schweber herrichten können, werde ich tiefer in Piurifayne vordringen, denn ich muß immer noch zur Danipur und ihr gewisse Dinge sagen, die schon längst hätten gesagt werden müssen. Du wirst mich in Ilirivoyne finden, wie es ursprünglich meiner Absicht entsprach.«

»Mein Lord ...«

»Ich bitte dich. Kein Reden mehr. Kommt, ihr alle! Wir

müssen Gräber ausheben und Tränen vergießen. Und dann müssen wir unsere Reisen fortsetzen.« Er sah noch einmal zu Elidath, und dabei dachte er: Ich kann noch nicht glauben, daß er tot ist, aber ich werde es bald glauben müssen. Und dann wird es noch etwas geben, für das ich um Verzeihung bitten muß.

KAPITEL 5

Am frühen Nachmittag, noch vor den regelmäßigen Ratsversammlungen, wanderte Hissune durch die äußeren Bezirke der Burg und erkundete ihre scheinbar unendliche Komplexität. Er lebte schon so lange auf dem Berg, daß der Ort ihn nicht mehr einschüchterte, tatsächlich betrachtete er ihn schon fast als seine wahre Heimat: sein Leben im Labyrinth schien mittlerweile ein definitiv abgeschlossenes Kapitel der Vergangenheit, das eingekapselt, versiegelt und in der Ablage seiner Erinnerung gespeichert war. Aber er wußte auch, selbst wenn er fünfzig Jahre in der Burg blieb, oder zehnmal fünfzig, würde er niemals wirklich vertraut mit ihr werden.

Das war niemand. Und das war auch nie jemand gewesen, wie Hissune argwöhnte. Man sagte, daß sie vierzigtausend Zimmer hatte. Stimmte das? Hatte sie jemand tatsächlich gezählt? Jeder Coronal seit Lord Stiamot hatte hier gelebt und versucht, seinen Eindruck zu hinterlassen, und die Legende sagte, daß jedes Jahr fünf Zimmer angebaut wurden, und seit Lord Stiamot die Residenz auf dem Berg bezogen hatte, waren achttausend Jahre vergangen. Also konnte es wirklich vierzigtausend Zimmer geben – oder fünfzigtausend, oder neunzigtausend. Wer konnte das sagen? Man konnte täglich hundert Zimmer betreten, und ein Jahr würde nicht ausreichen, sie alle anzusehen, und am Jahresende würden irgendwo fünf neue Zimmer angebaut worden sein, daher würde es notwendig sein, sie aufzusuchen und der Liste anzufügen. Unmöglich. Unmöglich.

Für Hissune war die Burg der wundersamste Ort auf der Welt. Früh in seiner Laufbahn hier hatte er sich darauf konzentriert, den inneren Kreis kennenzulernen, wo sich der Hof und die königlichen Büros befanden sowie die berühmtesten Gebäude, Stiamots Verlies und Lord Prestimons Archiv und Lord Ariocs Wachturm und Lord Kinnikens Kapelle und die großen Festsäle, welche das erlauchte Zentrum umgaben, in dessen Mitte sich der Confalume-Thron des Coronals befand. Wie jeder Touristengrünschnabel aus dem Hinterland von Zimroel hatte Hissune diese Orte immer wieder besucht, eingeschlossen ein paar, die kein Touristengrünschnabel je zu sehen bekommen würde, bis er sie alle in jedem Winkel ebensogut kannte wie die Führer, die ein Jahrzehnt darauf verwendet hatten, Besucher hindurchzuführen.

Wenigstens der innere Bezirk der Burg blieb für alle Zeiten konstant, niemand konnte dort noch etwas Bedeutendes erbauen, ohne zuvor etwas zu entfernen, das ein früherer Coronal erbauen ließ, und so etwas war undenkbar. Lord Malibors Trophäenraum war, soweit Hissune das beurteilen konnte, das letzte Gebäude gewesen, für das in der inneren Zone Raum gewesen war. Während seiner kurzen Regentschaft hatte Lord Voriax lediglich ein paar Spielstätten weit draußen an der Ostflanke der Burg erbauen lassen, und Valentine war bislang noch gar nicht imstande gewesen, nennenswerte Räumlichkeiten anbauen zu lassen, wenngleich er häufig davon sprach, einen großen botanischen Garten anzulegen, der all den wunderbaren Pflanzen Platz bieten sollte, die er während seiner Wanderungen durch Majipoor gesehen hatte – sobald, sagte er, der Druck der Regierungsgeschäfte so weit nachließ, daß er dem Projekt ernsthaftes Nachdenken widmen konnte. Bedachte man die Schreckensmeldungen, die derzeit aus Zimroel eintrafen, konnte man den Eindruck gewinnen, daß Lord Valentine ein wenig zu lange gewartet hatte, das Vorhaben in Angriff zu nehmen, dachte Hissune: die Seuchen dort rotteten nicht nur die Nutzpflanzen aus, schien es, sondern auch viele der sonstigen seltenen Gewächse der unberührten Wildnis.

Als er die innere Zone zu seiner Zufriedenheit gemeistert hatte, dehnte Hissune seine Erkundungen auf die erstaunliche und fast unendliche Anlage außerhalb davon aus. Er besuchte die unterirdischen Anlagen, in denen sich die Wettermaschinen befanden – entworfen in uralten Zeiten, als wissenschaftliche Fragen auf Majipoor noch besser verstanden wurden –, durch die der ewige Frühling auf dem Burgberg erhalten wurde, obwohl der Gipfel des Bergs sich dreißig Meilen über Meereshöhe in den kalten Weltraum bohrte. Er wanderte durch die riesige Bibliothek, die sich in serpentinenhaften Schleifen von einem Ende der Burg zum anderen erstreckte, und der man nachsagte, daß sie jedes Buch enthielt, das im zivilisierten Teil des bekannten Universums veröffentlicht worden war. Er durchstreifte die Stallungen, wo die königlichen Reittiere untergebracht waren, prachtvolle synthetische Tiere, die wenig Ähnlichkeit mit ihren Vettern hatten, den schwerfälligen Lasttieren, die jede Farm in Majipoor besaß, und ständig ungeduldig schnoben und austraten, während sie auf den nächsten Ritt warteten. Er entdeckte Lord Sangamars Tunnel, eine Reihe miteinander verbundener Kammern, die sich wie eine Kette aus Würsten spiralförmig am westlichen Hang des Berges erstreckten und deren einzelne Kammern ein seltsames Leuchten von sich gaben, ein Raum Mitternachtsblau, ein anderer ein kräftiges Zinnoberrot, einer ein pastellfarbenes Aquamarin, einer ein grelles Gelb, einer ein ernstes, pochendes Rostbraun, und so weiter: niemand wußte, warum die Tunnel erbaut worden waren oder woher das erstaunliche Leuchten kam, das sie erfüllte.

Wo immer er hinging, wurde er ohne Fragen eingelassen. Er war schließlich einer der drei Beherrscher dieses Reichs: ein Surrogatcoromal, in gewisser Weise, wenigstens ein Teil davon. Aber die Aura der Macht hatte ihn, schon lange bevor Elidath ihn als einen Zugehörigen des Triumvirats berufen hatte, umgeben. Überall spürte er die Blicke auf sich. Er wußte auch, was die durchdringenden Blicke zu bedeuten hatten: *Das ist Lord Valentines Favorit. Er kam von nirgendwo, und jetzt ist er schon Prinz, seinem Aufstieg sind keine Grenzen gesetzt. Respektiert ihn. Gehorcht ihm. Schmeichelt ihm. Fürchtet ihn.* Anfangs hatte er geglaubt, er könnte angesichts dieser Aufmerksamkeit ganz der alte bleiben, aber das war unmöglich. *Ich bin immer noch nur Hissune, der Touristen durch das Labyrinth führte, der im Haus der Aufzeichnungen Akten sortierte, der von seinen eigenen Freunden gemieden wurde, weil er es zu etwas brachte.* Ja, das würde immer stimmen; aber gleichzeitig war es so, daß er eben keine zehn Jahre mehr alt war, daß ihn die Erfahrung, in die Leben von anderen Männern und Frauen, welche ihre Erinnerungen im Seelenregister gespeichert hatten, hineinschauen zu können, gewaltig verändert hatte, wie auch die Ausbildung auf dem Burgberg und die Ehren und die Verantwortung – besonders die Verantwortung –, die ihm während Elidaths Herrschaft zuteil wurden. Er bewegte sich heute ganz anders: nicht mehr der verschlagene Junge aus dem Labyrinth, der ständig in sechs Richtungen gleichzeitig Ausschau hielt, um einen ratlosen Fremden zu erspähen, den er ausnehmen konnte; noch der überarbeitete kleine Beamte, der pflichtbewußt auf seinem Platz verharrte, während er sich gleichzeitig emsig um die Beförderung in eine höhere Position bemühte, noch der schüchterne und linkische Emporkömmling, den es unter die Mächtigen der Welt verschlagen hatte, zwischen denen er sich vorsichtig bewegte, sondern nun der aufstrebende junge Lord, der selbstbewußt und selbstsicher durch das Labyrinth schritt und sich seiner Stärke, seiner Ziele und seines Schicksals wohl bewußt war. Er hoffte, daß er nicht arrogant, selbstgefällig oder überheblich geworden war; aber er akzeptierte sich selbst ruhig und gelassen und ohne viel Aufhebens darum zu machen, was aus ihm geworden war und was aus ihm werden würde.

Heute führte ihn sein Weg in einen Teil des Schlosses, den er bisher selten besucht hatte, in den Nordflügel, welcher sich über eine lange und abgerundete Schnauze des Berges erstreckte, die auf die fernen Städte Huine und Gossif deutete. Hier befanden sich die Wohnquartiere der Wachen sowie eine Reihe von Bienenstöcken nicht unähnlichen Bauwerken, die aus Gründen, die heute keiner mehr wußte, zu Lord Dizimaules und Lord Ariocs Zeiten erbaut worden waren, und nicht zuletzt eine Gruppe flacher, vom Wetter angegriffener Komplexe ohne Dächer, die überhaupt niemand verstand. Bei seinem letzten Besuch in dieser Zone, vor zwei Monaten, hatte ein Archäologenteam hier Ausgrabungen gemacht, zwei Ghayrogs und ein Vroon hatten eine Gruppe Skandararbeiter beaufsichtigt, die den Sand nach Resten von Tongefäßen durchsiebten, und damals hatte ihm der Vroon erzählt, daß die Gebäude die Überreste einer alten Festung aus der Zeit von Lord Damlang waren, Stiamots direktem Nachfolger. Hissune war heute hergekommen, um festzustellen, ob sie immer noch arbeiten, und eventuell etwas über ihre Ergebnisse zu erfahren; aber der Platz lag verlassen da, die Aushebungen vom Graben waren zugeschüttet worden. Einige Zeit stand er auf einer uralten, halb verfallenen Mauer und sah zum unglaublich fernen Horizont, der von der Masse des Berges teilweise verdeckt wurde.

Welche Städte lagen in dieser Richtung? Gossif, etwa fünfzehn bis zwanzig Meilen tiefer, und darunter Tenag, und dann, dachte er, entweder Minimool oder Greel. Und dann sicher Stee, mit den dreißig Millionen Einwohnern, der von allen Städten nur noch Ni-moya gleichkam. Er hatte noch keine dieser Städte gesehen, und vielleicht würde er sie auch nie sehen. Valentine selbst gestand manchmal, daß er sein ganzes Leben auf dem Burgberg verbracht hatte, ohne jemals Stee zu besuchen. Die Welt war zu groß, als daß jemand sie in einer Lebensspanne hinreichend hätte erforschen können: sie war sogar zu groß, sie völlig zu verstehen.

Und die dreißig Millionen Bewohner von Stee, und die

dreißig Millionen von Ni-moya, und die elf Millionen von Pidruid, und die weiteren Millionen in Alaisor, Treymone, Piliplok, Mazadone, Velathys, Narabal: wie ging es ihnen augenblicklich, fragte sich Hissune. Bei allen Hungersnöten, der Panik, den Rufen neuer Propheten und selbsternannter neuer Könige und Kaiser? Die Situation derzeit war kritisch, das wußte er. Die Lage in Zimroel war so verworren, daß es unmöglich war herauszufinden, was genau dort augenblicklich vorging, aber es war sicher nichts Gutes. Und vor nicht allzu langer Zeit waren erste Meldungen von Wurzelfäule und Seuchen und Krankheiten und was sonst noch allem eingetroffen, das sich in den Landbauzonen von Alhanroel breitzumachen begann; daher war es nicht unwahrscheinlich, daß der Hauptkontinent bald in denselben Wahnsinn verfallen würde. Man hörte bereits erste Gerüchte: in Treymone und Stoien sollte offen die Anbetung von Meeresdrachen erfolgen, geheimnisvolle neue Orden wurden gegründet, so tauchten in Städten wie Amblemorn und Normork und auf dem Burgberg selbst die Ritter Dekkerets und die Gefolgschaft des Bergs auf. Unheilverkündende Vorboten größerer Probleme, die kommen würden.

Es gab viele, die glaubten, daß Majipoor eine vererbte Immunität gegenüber dem unausweichlichen Lauf des Universums besaß, da sich das Gesellschaftssystem, seit es vor vielen Jahrtausenden begründet worden war, praktisch überhaupt nicht verändert hatte. Aber Hissune hatte ausreichend Geschichte studiert, und zwar die von Majipoor und der Mutterwelt Erde, um zu wissen, daß eine ausgeglichene Gesellschaft wie die Majipoors, die seit Jahrtausenden stabil und zufrieden war und eingelullt wurde von der landwirtschaftlichen Fruchtbarkeit und dem milden Klima, die eine fast grenzenlose Zahl von Bewohnern ernähren konnten, mit erstaunlicher Geschwindigkeit in Anarchie und völlige Auflösung versinken konnte, wenn die Stabilität plötzlich nicht mehr gewährleistet war. Dieser Prozeß hatte bereits begonnen, und es würde noch schlimmer werden.

Warum waren die Seuchen ausgebrochen? Hissune hatte

keine Ahnung. Was wurde getan, um ihnen zu begegnen? Offensichtlich nicht genug. *Konnte* denn etwas getan werden? Wozu waren Herrscher da, wenn nicht, um den Wohlstand und das Wohlergehen ihres Volkes zu sichern? Er stand hier, eine Art Herrscher, wenigstens im Augenblick, in der Isolation des Burgbergs, hoch über der verfallenden Zivilisation: schlecht informiert, fern, hilflos. Aber selbstverständlich lag die letztendliche Verantwortung für die Bewältigung der Krise nicht bei ihm. Aber was war mit Majipoors tatsächlichen Herrschern? Hissune hatte sich den Pontifex, der in den Tiefen des Labyrinths begraben war, stets als blinden Maulwurd vorgestellt, der unmöglich wissen konnte, was in der Welt geschah – selbst ein Pontifex, welcher, anders als Tyeveras, noch bei bester geistiger und körperlicher Gesundheit war. Eigentlich mußte der Pontifex auch gar keinen engen Kontakt mit den Geschehnissen haben: dazu hatte er den Coronal, lautete die Theorie. Aber Hissune sah nun ein, daß auch der Coronal fern der Wirklichkeit war, wenn er sich hier oben in der nebelverhangenen Höhe des Berges aufhielt, ebenso wie der Pontifex in seiner unterirdischen Grube. Aber wenigstens unternahm der Coronal von Zeit zu Zeit die große Prozession, um den Kontakt mit der Welt nicht zu verlieren. Doch war das nicht gerade das, was Lord Valentine derzeit tat, und welche Hilfe war das, um die Wunde zu heilen, die sich im Herzen der Welt immer mehr ausdehnte? Wo war Valentine in diesem Augenblick überhaupt? Welche Maßnahmen, wenn überhaupt, unternahm er? Wer in der Regierung hatte in letzter Zeit ein Wort von ihm gehört?

Wir alle sind weise und erleuchtete Menschen, dachte er. Und mit dem besten Willen machen wir alles falsch.

Es war beinahe Zeit für die tägliche Versammlung des Regierungsrates. Er wandte sich um und ging mit raschen Schritten ins Innere der Burg.

Als er die neunundneunzig Stufen hinaufging, erblickte er Alsimir, den er jüngst zu seinem obersten Attaché ernannt hatte, der ihm von oben wild zuwinkte und rief.

Zwei oder drei Stufen auf einmal nehmend, rannte Hissune hoch, während Alsimir fast ebenso schnell herunterkam.

»Wir haben dich überall gesucht!« stieß Alsimir atemlos hervor, als er noch ein halbes Dutzend Stufen entfernt war. Er schien erstaunlich aufgeregt.

»Jetzt habt ihr mich gefunden«, sagte Hissune. »Was ist denn los?«

Alsimir blieb stehen, um sich zu sammeln, dann sagte er: »Große Aufregung überall. Vor etwa einer Stunde kam eine lange Nachricht von Tunigorn in Gihorna ...«

»Gihorna?« Hissune sah ihn an. »Was, im Namen des Göttlichen, treibt er denn *dort*?«

»Das kann ich dir nicht sagen. Ich weiß nur, daß er von dort die Nachricht geschickt hat, und ...«

»Schon gut. Schon gut.« Er packte Alsimir am Arm, dann sagte Hissune scharf: »Sag mir, was er berichtet!«

»Glaubst du, das wüßte ich? Denkst du denn, sie würden einen wie mich in wichtige Staatsangelegenheiten einweihen?«

»Also handelt es sich um eine wichtige Staatsangelegenheit?«

»Divvis und Stasilaine konferieren schon seit fünfundvierzig Minuten im Sitzungssaal, und sie haben Boten in alle Ecken der Burg geschickt, um dich zu finden, und die Hälfte aller hohen Lords sind zu dem Treffen gegangen, und die andere Hälfte ist unterwegs, und ...«

Valentine muß tot sein, dachte Hissune fröstelnd.

»Komm mit mir«, sagte er und eilte weiter die Stufen empor.

Vor dem Ratszimmer sah er eine Szene wie im Irrenhaus: dreißig oder vierzig der weniger bedeutenden Lords und Prinzen nebst ihren Attachés liefen aufgeschreckt hin und her, und mit jedem Augenblick kamen neue hinzu. Als Hissune kam, machten sie ihm automatisch Platz und öffneten eine Gasse, durch die er ging wie ein Segelschiff, das sich mühelos seinen Weg durch ein Meer von Drachengras bahnt. Er ließ Alsimir beim Tor warten und wies ihn an, alle

Informationen zu sammeln, die er bekommen konnte, dann trat er ein.

Stasilaine und Divvis saßen am hohen Tisch: Divvis mit ausdruckslosem Gesicht und grimmig, Stasilaine ernst, bleich und ungewöhnlich niedergeschlagen, die Schultern herabhängend, eine Hand strich nervös durch sein dichtes Haar. Bei ihnen waren die meisten der hohen Lords: Mirigant, Elzandir, Manganor, Cantalis, der Herzog von Halanx, Nimian von Dundilmir, und fünf oder sechs andere, darunter einen, den Hissune selbst nur einmal gesehen hatte, den alten und gebeugten Prinzen Chizmaile, der Enkel des Ponitfex Ossier, der vor Tyeveras im Labyrinth gewesen war. Alle Augen wandten sich Hissune zu, als er eintrat, und einen Augenblick blieb er von den Blicken dieser Männer gebannt stehen, deren jüngster zehn bis fünfzehn Jahre älter war als er und die allesamt ihr Leben in den innersten Bereichen der Macht verbracht hatten. Sie sahen ihn alle an, als besäße nur er die Antwort auf eine schreckliche und womöglich verwirrende Frage.

»Meine Lords«, sagte Hissune.

Divvis schob ihm stirnrunzelnd einen Stapel Papiere über den Tisch zu. »Lies das«, murmelte er, »wenn du es nicht schon weißt.«

»Ich weiß nur, daß es eine Nachricht von Tunigorn gibt.«

»Dann lies.«

Zu Hissunes Ärger zitterten seine Hände, als er nach den Papieren griff. Er starrte seine Finger wütend an, als würden sie gegen ihn rebelieren, und zwang sie, ruhig zu bleiben.

Wortgruppen sprangen ihm vom Papier in die Augen.

-Valentine nach Piurifayne gegangen, um die Danipur um Vergebung zu bitten-

-ein Spion der Metamorphen wurde im engsten Gefolge des Coronals entlarvt-

-das Verhör selbigen Spions ergab, daß die Metamorphen die Seuchen und Krankheiten in den landwirtschaftlichen Gebieten verbreitet haben-

-ein schwerer Sandsturm – Elidath tot, und viele andere – der Coronal in Piurifayne verschwunden-

-Elidath tot-

-der Coronal verschwunden-

-die Metamorphen haben die Seuchen selbst verbreitet-

-der Coronal verschwunden-

-Elidath tot-

-der Coronal verschwunden-

-der Coronal verschwunden-

-der Coronal verschwunden-

Hissune sah entgeistert auf. »Wie sicher ist, daß diese Nachricht authentisch ist?«

»Daran kann gar kein Zweifel bestehen«, sagte Stasilaine. »Sie kam über die geheimen Sendekanäle. Der Kode war korrekt. Der Stil ist eindeutig der von Tunigorn, dafür garantiere ich. Vertraue darauf Hissune: Das ist alles echt.«

»Dann müssen wir uns nicht mit einer Katastrophe befassen, sondern mit drei oder vier«, sagte Hissune.

»So scheint es«, sagte Divvis. »Was denkst du über diese Sache, Hissune?«

Hissune betrachtete den Sohn von Lord Voriax lange und nachdenklich. In dieser Frage schien kein Spott verborgen zu sein. Hissune hatte den Eindruck, daß Divvis' Eifersucht und Geringschätzung ihm gegenüber in den Monaten ihrer Zusammenarbeit nachgelassen hatten, daß Divvis endlich einen gewissen Respekt für seine Fähigkeiten empfand; aber dies war das erste Mal, daß Divvis so weit gegangen war und tatsächlich das aufrichtige Bedürfnis ausgedrückt hatte, Hissunes Standpunkt zu erfahren – sogar vor den anderen hohen Lords.

Vorsichtig sagte er: »Als erstes gilt es zu bedenken, daß wir es nicht mit einer ungeheuren Naturkatastrophe zu tun haben, sondern mit einem gesteuerten Angriff. Tunigorn berichtet uns, daß der Metamorph Y-Uulisaan beim Verhör durch Deliamber und Tisana gestanden hat, die Verantwortung für die Seuchen trügen die Metamorphen. Ich glaube, wir können Deliambers Methoden vertrauen, und wir alle wissen, daß Tisana in Seelen sehen kann, selbst in Metamorphenseelen. Die Situation ist demnach genauso, wie Sleet es dem Coronal darlegte, als sie zu Beginn der großen Prozession im Labyrinth waren – was der Coronal, wie ich selbst hören konnte, nicht akzeptieren wollte: Die Gestaltveränderer führen Krieg mit uns.«

»Und doch«, sagte Divvis, »berichtet Tunigorn, daß der Coronal darauf reagiert, indem er nach Piurifayne aufbrach, um der Danipur seine königliche Entschuldigung für alles Unrecht zu überbringen, das wir ihrem Volk im Lauf der Jahrhunderte angetan haben. Wir alle wissen ganz genau, daß Valentine sich als einen Mann des Friedens betrachtet: die sanfte Behandlung derer, die ihn vor Jahren vom Thron gestürzt hatten, hat das bewiesen. Das war eine noble Geste. Aber ich habe heute nachmittag hier gesagt, daß das, was Valentine jetzt getan hat, nichts mehr mit Pazifismus zu tun hat, sondern Wahnsinn ist. Ich sage, der Coronal ist, wenn er überhaupt noch lebt, wahnsinnig geworden. Wir haben also einen verrückten Coronal und einen verrückten Pontifex, und das alles, während uns ein tödlicher Feind an die Kehle möchte. Was meinst du dazu, Hissune?«

»Daß du die Tatsachen fehlinterpretierst, die Tunigorn mitteilt.«

Überraschung und etwas wie Zorn blitzte in Divvis' Augen auf; aber er hatte die Stimme eisern unter Kontrolle, als er sagte: »Ah, glaubst du?«

Hissune tippte auf die Papiere. »Tunigorn berichtet, daß der Coronal nach Piurifayne gegangen ist *und* daß ein Spion gefaßt worden ist und gestanden hat. Nirgends steht, daß Lord Valentine *nach* dem Geständnis des Spions nach Piurifayne gegangen ist. Ich glaube, man könnte argumentieren, daß es sich in Wahrheit genau anders herum verhält: Lord Valentine beschloß, eine Friedensmission zu unternehmen, ein Unternehmen, dessen Weisheit wir durchaus in Frage stellen können, das aber in allem seinem Charakter entspricht, und während er schon aufgebrochen war, kamen die anderen Informationen ans Licht. Vielleicht wurde es

Tunigorn wegen dem Sturm unmöglich, mit dem Coronal zu konferieren, wenngleich man meinen möchte, Deliamber könnte einen Weg finden.« Hissune sah zur großen Weltkugel von Majipoor an der gegenüberliegenden Wand und sagte: »Welche Informationen haben wir eigentlich über den derzeitigen Aufenthaltsort des Coronals?«

»Keine«, murmelte Stasilaine.

Hissune riß die Augen auf.

Das hellrote Licht, das Lord Valentines Bewegungen nachvollzog, war ausgegangen.

»Das Licht ist erloschen«, sagte Hissune. »Was kann das bedeuten? Daß er tot ist?«

»Das könnte es bedeuten«, sagte Stasilaine. »Vielleicht wurde auch nur der Sender beschädigt, den er bei sich trägt und der seine Position übermittelt.«

Hissune nickte.« Und es gab eine gewaltigen Sturm, der viele Opfer forderte. Wenngleich es in der Nachricht nicht eindeutig zum Ausdruck kommt, möchte ich gerne glauben, daß Lord Valentine selbst vom Sturm überrascht wurde, als er nach Piurifayne unterwegs war, das er wahrscheinlich von Gihorna aus betrat, wo er Tunigorn und ein paar andere zurückließ, um ...«

»Und er verschwand entweder in dem Sturm, oder der Sender ging verloren; das können wir nicht herausfinden«, sagte Divvis.

»Hoffen wir, daß der Göttliche das Leben des jungen Valentine geschont hat«, sagte Prinz Ghizmaile plötzlich mit einer Stimme, die so brüchig und dünn war, daß sie kaum einem lebenden Wesen zu gehören schien. »Aber wir müssen uns mit einem Thema beschäftigen, ob er tot ist oder nicht, und das ist die Wahl eines neuen Coronals.«

Hissune empfand großes Erstaunen angesichts der Worte, die der älteste der Lords auf dem Burgberg gerade ausgesprochen hatte.

Er sah sich im Saal um. »Habe ich richtig gehört? Besprechen wir heute den Sturz eines Königs?«

»Deine Worte sind zu heftig«, sagte Divvis glatt. »Wir

besprechen lediglich, ob es richtig ist, daß Valentine weiter als Coronal dient, denn mittlerweile wissen wir von den feindseligen Absichten der Gestaltveränderer, und wir alle kennen Valentines Methoden, sich mit unangenehmen Dingen auseinanderzusetzen. Wenn wir im Krieg sind – und das bezweifelt hier wohl niemand mehr –, dann könnte man getrost sagen, Valentine ist vielleicht nicht ganz der richtige Mann, uns in dieser Zeit zu führen, falls er noch leben sollte. Ihn zu ersetzen heißt noch lange nicht, ihn zu stürzen. Es gibt eine legale konstitutionelle Möglichkeit, Valentine vom Comfalume-Thron zu entfernen, ohne dabei Majipoor zu schaden oder einen Mangel an Liebe und Respekt ihm gegenüber zu zeigen.«

»Du meinst, der Pontifex Tyeveras muß sterben.«

»Genau. Was meinst du dazu, Hissune?«

Hissune antwortete nicht gleich. Wie Divvis und Ghizmaile und wahrscheinlich die Mehrzahl der Versammelten hier, war auch er widerstrebend und unbehaglich zu der Einsicht gekommen, daß Lord Valentine von einem entscheidungsfreudigeren, entschlossereren Mann ersetzt werden mußte. Diese Gedanken machte er sich heute nicht zum ersten Male, wenngleich er sie bisher für sich behalten hatte. Und eindeutig gab es einen einfachen und bequemen Weg, das Machtverhältnis zu verändern, indem man Valentine, ob er wollte oder nicht, ins Pontifikat erhob.

Aber Hissunes Loyalität zu Lord Valentine – seinem Führer, seinem Mentor, dem Architekten seiner Karriere – war aufrichtig und tief verwurzelt. Und er begriff wahrscheinlich besser als alle anderen hier das Entsetzen, das Valentine bei dem Gedanken befiel, ins Labyrinth versetzt zu werden, was der Coronal nicht als Beförderung betrachtete, sondern als Abstieg in die tiefsten Tiefen. Und ihm das hinter seinem Rücken anzutun, während er einen wohlmeinenden aber irregeleiteten Versuch unternahm, den Weltfrieden wiederherzustellen, ohne zu den Waffen greifen zu müssen ... nein, das war Grausamkeit, wahrhaftig, die monströseste Grausamkeit, die man sich vorstellen konnte.

Dennoch verlangten die Staatsgeschäfte es. Konnte es eine Lage geben, in der die Staatsangelegenheiten Grausamkeit rechtfertigten? Hissune wußte, was Lord Valentine darauf antworten würde. Aber er war nicht sicher, wie seine eigene Antwort ausfallen würde.

Nach einiger Zeit sagte er: »Es mag sein, daß Valentine für diese Zeit nicht der richtige Coronal ist. Dieser Meinung kann ich mich eventuell anschließen, aber ich wüßte gerne mehr, bevor ich eine Antwort gebe. Ich sage euch, daß ich es nicht gerne sehen würde, würde er gewaltsam aus seinem Amt verdrängt – ist so etwas je auf Majipoor geschehen? Ich glaube nicht –, aber glücklicherweise wird es vielleicht gar nicht nötig sein, die Sache so zu handhaben, wie wir alle wissen. Ich glaube jedoch, daß wir Valentines Eignung zur Bewältigung dieser Krise zu einem anderen Zeitpunkt wieder aufnehmen können. Was wir jedoch überlegen sollten, auch schon zu diesem Zeitpunkt, ist die Nachfolge.«

Plötzlich wurde die Nervosität im Sitzungssaal spürbar. Divvis' Augen suchten Hissune, als wollte er in die Geheimnisse seiner Seele eindringen. Der Herzog von Halanx lief rot an; der Prinz von Banglecode richtete sich steif auf; der Herzog von Chorg beugte sich eifrig nach vorne; nur die beiden ältesten Männer, Cantalis und Chizmaile, blieben ruhig, als wäre das Problem, eine bestimmte Person zum neuen Coronal zu machen, von nur geringer Bedeutung für jemanden, der nur noch eine kurze Zeit zu leben hat.

Hissune fuhr fort: »In dieser Diskussion haben wir es vorgezogen, einen bedeutsamen Aspekt in Tunigorns Bericht auszuklammern: daß Elidath, der lange Zeit als Nachfolger Lord Valentines betrachtet wurde, tot ist.«

»Elidath wollte nicht Coronal werden«, sagte Stasilaine mit einer so leisen Stimme, daß man sie kaum hören konnte.

»Das mag sein«, erwiderte Hissune. »Er zeigte sicher keine übertriebene Gier nach dem Thron, nachdem er erst einmal herausgefunden hatte, was es bedeutet, Regent zu sein. Ich wollte nur darlegen, daß der tragische Verlust von Elidath uns den Mann nimmt, dem die Krone sicher angeboten worden wäre, wäre Lord Valentine nicht mehr Coronal. Nachdem er nicht mehr ist, ist die Frage der direkten Nachfolge offen, und es könnte durchaus sein, daß wir morgen von Lord Valentines Tod erfahren oder daß die Ereignisse es erforderlich machen, Valentine seines derzeitigen Amtes zu entheben. Wir sollten uns auf alle Eventualitäten vorbereiten. Wir sind diejenigen, die den nächsten Coronal wählen müssen: wissen wir, wer das sein wird?«

»Verlangst du von uns, daß wir uns jetzt und hier über die Nachfolge entscheiden?« wollte Prinz Manganot von Banglecode wissen.

»Die scheint eindeutig zu sein«, sagte Mirigant. »Der Coronal ernannte einen Regenten, als er die große Prozession begann, und auch der Regent berief drei weitere – ich nehme an mit Lord Valentines Billigung –, als er die Burg verließ. Diese drei haben uns seit einigen Monaten regiert. Wenn wir einen neuen Coronal brauchen, sollten wir ihn nicht unter den dreien auswählen?«

Stasilaine sagte: »Du machst mir angst, Mirigant. Einst hielt ich es für etwas Großartiges, Coronal zu sein, wie die meisten von euch wahrscheinlich auch als Jungen. Heute bin ich kein Junge mehr, und ich habe mit ansehen müssen, wie Elidath sich veränderte, aber nicht zum Besseren, als die volle Bürde des Amtes auf ihm lastete. Ich werde der erste sein, der vor dem neuen Coronal niederkniet, aber ich bitte euch, laßt ihn nicht Stasilaine sein!«

»Der Coronal!« sagte der Herzog von Chorg, »sollte kein Mann sein, der zu sehr auf die Krone versessen ist. Aber ich glaube, er sollte auch keiner sein, der sie verabscheut.«

»Ich danke dir, Elzandir«, sagte Stasilaine. »Ich bin kein Kandidat, ist das eindeutig?«

»Divvis? Hissune?« fragte Mirigant.

Hissune spürte einen Muskel an seiner Wange zucken sowie eine Art Lähmung an Armen und Schultern. Er sah zu Divvis. Der ältere Mann zuckte lächelnd die Schultern und sagte nichts. Ein Dröhnen klang in Hissunes Ohren, seine Schläfen pochten. Sollte er sprechen? Was sollte er sagen?

Nun, da es endlich zur Konfrontation gekommen war, konnte er vor diese Prinzen treten und unbescheiden verkünden, daß er bereit war, Coronal zu werden? Er spürte, daß Divvis' Manöver plante, die sich seinem eigenen Verständnis entzogen; und zum ersten Mal seit er das Ratszimmer betreten hatte, hatte er keine Ahnung, welchen Weg er einschlagen sollte.

Die Stille schien endlos.

Dann hörte er seine eigene Stimme – ruhig, ausgewogen, beherrscht – sagen: »Ich glaube, wir müssen nicht weitermachen. Zwei Kandidaten haben sich herauskristallisiert: nun scheint eine Entschätzung ihrer Fähigkeiten angebracht. Nicht hier. Nicht heute. Im Augenblick haben wir genug getan. Was meinst du, Divvis?«

»Du sprichst weise und mit tiefem Verständnis, Hissune. Wie immer.«

»Dann beantrage ich eine Vertagung«, sagte Mirigant, »während wir die Sachverhalte überdenken und auf weitere Nachrichten vom Coronal warten.«

Hissune hielt die Hand hoch. »Noch etwas.«

Er wartete, bis er ihre Aufmerksamkeit hatte.

Dann sagte er: »Ich wünsche schon seit geraumer Zeit, zum Labyrinth zu reisen, um meine Familie zu besuchen und alte Freunde zu sehen. Außerdem halte ich es für nützlich, wenn jemand von uns Kontakt mit den Beamten des Pontifikats aufnimmt und sich aus erster Hand über Tyeveras' Gesundheitszustand informiert, denn es könnte sein, daß wir einen Coronal und einen Pontifex wählen müssen, und wir sollten für ein derartig einmaliges Ereignis vorbereitet sein, wenn es in den kommenden Monaten eintritt. Ich schlage daher vor, daß ein Botschafter vom Berg ins Labyrinth geschickt wird, und ich biete mich an, den Posten dieses Botschafters zu übernehmen.«

»Einverstanden«, sagte Divvis.

Es folgten weitere Diskussionen und Abstimmungen, und nachdem das geschehen war, wurde die Versammlung aufgelöst und zerfiel in kleinere Gruppen. Hissune stand alleine und fragte sich, wann er aus alledem erwachen würde. Nach einem Augenblick merkte er, daß der große, weißhaarige Stasilaine neben ihm stand und gleichzeitig lächelte und die Stirn runzelte.

Leise sagte Stasilaine: »Vielleicht ist es ein Fehler, die Burg zu einem solchen Zeitpunkt zu verlassen, Hissune.«

»Vielleicht. Mir jedenfalls schien es richtig zu sein, und daher möchte ich das Risiko auf mich nehmen.«

»Dann ernenne dich zum Coronal, bevor du gehst.«

»Soll das dein Ernst sein, Stasilaine? Und wenn Valentine immer noch lebt?«

»Wenn er noch lebt, dann weißt du, wie du es anstellen mußt, daß er Pontifex wird. Wenn er tot ist, Hissune, mußt du die Herrschaft erlangen, ehe es zu spät ist.«

»Das werde ich nicht tun.«

»Du mußt! Andernfalls könntest du Divvis auf dem Thron finden, wenn du zurückkehrst!«

Hissune grinste. »Damit kann man leicht fertig werden. Wenn Valentine tot ist und Davvis hat ihn ersetzt, dann werde ich dafür sorgen, daß Tyeveras endlich die wohlverdiente Ruhe erhält. Dann wird Divvis sofort Pontifex und muß ins Labyrinth, während wieder ein neuer Coronal gebraucht wird und nur ein Kandidat zur Verfügung steht.«

»Bei der Lady, du bist erstaunlich!«

»Wirklich? Für mich scheint das auf der Hand zu liegen.« Hissune nahm die Hand des älteren Mannes fest in seine. »Ich danke dir für deine Unterstützung, Stasilaine. Und ich sage dir, daß am Ende alles gut werden wird. Wenn ich Coronal des Pontifex Divvis sein muß, dann sei es: er und ich können zusammenarbeiten. Aber vorerst wollen wir beten, daß Lord Valentine in Sicherheit ist und Erfolg hat, und alle Spekulationen beiseite lassen. Ja?«

»Unbedingt«, sagte Stasilaine.

Sie umarmten einander flüchtig, worauf Hissune das Ratszimmer verließ. Draußen, auf dem Flur, herrschte dasselbe Chaos wie zuvor, wenngleich mittlerweile fast einhundert der weniger bedeutenden Lords versammelt waren, die ihn mit ungewöhnlichen Blicken bedachten, als er vorüberging. Aber Hissune sagte zu keinem etwas, noch sah er einen direkt an, als er durch die Menge ging. Er fand Alsimir am Rand der Menge, wo er ihn mit weit aufgerissenen Augen anstarrte. Hissune winkte ihn zu sich und teilte ihm mit, daß er sich für eine Reise ins Labyrinth fertigmachen sollte. Der junge Ritter betrachtete Hissune voller Ehrfurcht und sagte: »Ich sollte Euch sagen, mein Lord, daß vor einigen Minuten gesagt wurde, man hätte Euch zum Coronal gemacht. Könnt Ihr mir sagen, ob das stimmt?«

»Lord Valentine ist unser Coronal«, sagte Hissune brüsk. »Und jetzt bereite dich auf den Aufbruch vor. Ich möchte mit Einbruch der Dämmerung ins Labyrinth aufbrechen.«

KAPITEL 6

Sie war immer noch ein Dutzend Blocks von zu Hause entfernt, als Millilain das rhythmische Rufen in den Straßen vor ihr zu hören begann: *»Jahtah, jah-tah, jah-tah, wumm«*, oder so etwas, unsinnige, stammelnde Laute, die wiederholt aus voller Kehle von tausend Wahnsinnigen hervorgestoßen zu werden schienen. Sie blieb stehen und drückte sich ängstlich gegen eine alte, verfallene Steinmauer, wo sie sich umzingelt fühlte. Hinter ihr, auf dem Platz, zogen ein paar Betrunkene herum, warfen Fensterscheiben ein und belästigten Passanten. Irgendwo im Osten hielten die Ritter Dekkerets eine Versammlung zu Ehren von Lord Sempeturn ab. Und nun dieser neue Wahnsinn. *Jah-tah, jah-tah, jah-tah, wumm.* Es gab kein Entkommen. Es gab kein Versteck. Sie wollte nur eines, nämlich wohlbehalten ihr Haus erreichen und die Türen verrammeln. Die Welt war verrückt geworden. *Jah-tah, jah-tah, jah-tah, wumm.*

Es war wie in einer Sendung vom König der Träume, nur dauerte dies Stunde für Stunde, Tag für Tag, Monat für Monat an. Selbst die schlimmste Sendung, die einen zwar bis in die Wurzeln der Seele erschüttern konnte, dauerte nur kurze Zeit. Aber dies endete niemals. Und es wurde immer schlimmer.

Dauernd Überfälle und Plünderungen. Kein Essen, nur Krusten und Abfälle, hin und wieder vielleicht ein Stück Fleisch, das man den Marsch-Männern abkaufen konnte. Sie kamen mit den Tieren, die sie getötet hatten, von den Bergen herunter, und verkauften das Fleisch zu ruinösen Preisen an die, die noch bezahlen konnten, und anschließend betranken sie sich vom Profit und zogen pöbelnd durch die Straßen. Ständig tauchten neue Schwierigkeiten auf. Die Meeresdrachen, sagte man, versenkten jedes Schiff, das aufs Meer hinausfuhr, daher war der Handel zwischen den Kontinenten praktisch zum Erliegen gekommen. Man hörte das Gerücht, daß Lord Valentine tot war. Und in Khyntor gab es mittlerweile nicht nur einen neuen Coronal, sondern zwei, Sempeturn und den Hjort, der sich Lord Stiamot nannte. Und jeder hatte seine eigene kleine Armee, die umhermarschierte, Parolen brüllte und Ärger machte: Sempeturn mit den Rittern Dekkerets, der andere mit dem Orden vom dreifachen Schwert, so oder ähnlich war ihr Name. Kristofen war zum Ritter Dekkerets geworden. Sie hatte ihn seit zwei Wochen nicht mehr gesehen. In Ni-moya gab es einen weiteren Coronal, und ein paar Pontifexe waren gleichfalls auf der Bildfläche erschienen. Und nun das. *Jah-tah, jah-tah, jah-tah, wumm.*

Was auch immer das war, sie wollte nichts damit zu tun haben. Sehr wahrscheinlich war es ein neuer Coronal mit einem neuen Mob hysterischer Gefolgsleute. Millilain sah sich verstohlen um und fragte sich, ob sie den Mut aufbringen würde, die Dizimaule-Straße hinabzugehen und die Abkürzung durch die entlegenen Alleen zur Malamola-Straße zu nehmen, die ein paar Blocks unterhalb der Voriax-Überführung in ihre Straße einmündete. Das Problem waren die Nebenstraßen – sie hatte Geschichten darüber gehört, was sich in letzter Zeit in diesen Nebenstraßen abspielte …

Die Nacht brach herein. Ein leichter Regen, kaum mehr als feuchter Nebel, begann zu fallen. Der Hunger machte sie benommen und schwindlig, aber daran gewöhnte sie sich allmählich. Aus dem Süden, aus dem Vorort Heiß-Khyntor, wo sich alle geothermischen Formationen befanden, kam das plötzliche Donnern des Confalume-Geysirs, pünktlich wie immer, das den Beginn der neuen Stunde anzeigte. Automatisch sah Millilain hinüber und erblickte eine gewaltige, himmelwärts schießende Dampfsäule, die von einem ausladenden Mantel gelber Schwefeldämpfe umgeben war und den halben Himmel auszufüllen schien. Ihr ganzes Leben lang hatte sie die Geysire von Heiß-Khyntor betrachtete und sie als naturgegeben betrachtet, aber irgendwie ängstigte der heutige Ausbruch sie mehr als zuvor, und sie machte immer wieder das Zeichen der Lady, bis er nachließ.

Die Lady. Wachte sie immer noch über Majipoor? Was war aus ihren gütigen Sendungen geworden, die guten Rat, Wärme und Beruhigung brachten? Und wo war der König der Träume? Einst, in ruhigeren Zeiten, hatten diese Mächtigen das Leben aller in Ausgeglichenheit gehalten, hatten beraten, unterwiesen, wenn nötig bestraft. Vielleicht regierten sie immer noch, dachte Millilain, aber die Situation war inzwischen so außer Kontrolle geraten, daß weder König noch Lady damit fertig werden konnten, wenngleich sie von morgens bis abends arbeiteten, um die Lage wieder zu verbessern. Es war ein System, das entworfen worden war und zufriedenstellend in einer Welt funktionierte, wo die meisten Menschen ergeben das Gesetz respektierten. Heute respektierte kaum mehr jemand das Gesetz. Es *gab* kein Gesetz.

Jah-tah, jah-tah, jah-tah, wumm.

Und von der anderen Seite:

»Sempeturn! Lord Sempeturn! Heil, heil, heil, Lord Sempeturn!«

Der Regen hatte zugenommen. Verschwinde von hier, ermahnte sie sich. Marsch-Männer in den Straßen, der Göttliche mag wissen, was für Wahnsinnige vor dir, und die Ritter Dekkerets hinter dir – überall Ärger. Und selbst wenn Kristofen sich bei den Rittern Dekkerts befand – sie wollte ihn nicht sehen: vor Demut und Hingabe glasige Augen, die Hände zu einer neuen Form des Sternenfächer-Saluts erhoben. Sie begann zu laufen. Über Malibor zur Dizimaule, die Dizimaule hinab die die kleine Nebenstraße, die die Verbindung zur Malamola herstellte – wagte sie es?

Jah-tah, jah-tah, jah-tah, wumm.

Plötzlich kam eine Marschformation durch die Dizimaule-Straße auf sie zu! Sie marschierten wie seelenlose Maschinen, neun oder zehn in einer Reihe, die Arme schwangen steif auf und ab, rechts, links, rechts, links, und der Gesang strömte endlos von ihren Lippen. Sie würden sie einfach niedertrampeln, ohne sie überhaupt zu sehen. Rasch schlüpfte sie in die Nebenstraße, wo eine Horde Männer und Frauen in gün-goldenen Uniformen am anderen Ende standen und einen Lobgesang auf den neuen Lord Stiamot anstimmten.

Gefangen! Heute nacht schienen alle Wahnsinnigen gleichzeitig auf den Beinen zu sein!

Millilain sah sich verzweifelt um und entdeckte eine halboffene Tür auf der linken Seite der Nebenstraße, in der sie rasch Zuflucht suchte. Sie befand sich in einem dunklen Korridor, hörte leises Singen und roch das Aroma eines seltsamen Weihrauchs vom anderen Ende des Flurs. Vielleicht eine Kirche. Vielleicht einer der neuen Kulte. Wenigstens war es unwahrscheinlich, daß man hier etwas tun würde. Sie konnte hierbleiben, bis die verschiedenen Mobs draußen in andere Stadtviertel weitergezogen waren.

Vorsichtig schritt sie den Korridor hinab und sah in den Flur am anderen Ende. Dunkel. Voller Gerüche. An einer Seite befand sich eine Art Bühne, zu beiden Seiten davon etwas, das wie kleine getrocknete Meeresdrachen auf zwei Pfoten aussah. Zwischen ihnen stand ein ernster, feierlicher Liimensch, dessen drei Augen wie glühende Kohlen leuchteten. Millilain glaubte ihn zu erkennen: der Straßenhändler, der ihr einst eine Wurst für fünf Kronen verkauft hatte. Vielleicht auch nicht. Immerhin fiel es schwer, einen Liimenschen vom anderen zu unterscheiden.

Eine Gestalt mit Kapuze, die wie ein Ghayrog roch, kam zu ihr und flüsterte: »Du kommst gerade recht zur Kommunion, Schwester. Willkommen, und möge der Friede der Wasserkönige mit dir sein.«

Der Wasserkönige?

Der Ghayrog nahm sie sanft am Ellbogen und schob sie ebenso sanft in den Raum, so daß sie sich inmitten der knienden und murmelnden Versammelten niederlassen konnte. Niemand sah sie an; niemand sah irgendwen an; aller Augen ruhten auf dem Liimenschen zwischen den beiden kleinen, getrockneten Meeresdrachen. Auch Millilain sah zu ihm. Sie wagte nicht, sich die Gestalten rechts und links von ihr anzusehen, da sie fürchtete, sie könnte Freunde von sich hier finden.

»Nehmt ... trinkt ... vereinigt euch ...«, befahl der Liimensch.

Sie reichten Weinkelche von Reihe zu Reihe. Aus den Augenwinkeln sah Millilain, daß jeder Gläubige die Lippen an den Pokal führte und einen kräftigen Schluck nahm, so daß die Pokale ständig nachgefüllt werden mußten, während sie weitergereicht wurden. Augenblicklich war der nächste vier oder fünf Reihen vor ihr.

Der Liimensch sagte: »Wir trinken. Wir vereinigen uns. Wir umarmen den Wasserkönig.«

Wasserkönige nannten die Liimenschen die Meeresdrachen, erinnerte sich Millilain. Sie beteten die Drachen an, sagte man. Nun, dachte sie, vielleicht ist etwas dran. Alles andere hat versagt, also übergeht die Welt den Meeresdrachen. Der Weinkelch, sah sie, war zwei Reihen vor ihr und wurde langsam weitergegeben.

»Wir begaben uns unter die Wasserkönige und jagten sie und holten sie aus dem Meer«, sagte der Liimensch. »Wir aßen ihr Fleisch und tranken ihre Milch. Und das war ihre Gabe an uns, ihr bereitwilliges Opfer, denn sie sind Götter, und für Götter ist es recht und angemessen, daß sie ihr Fleisch und ihre Milch den niederen Wesen geben, um sie zu ernähren und sie selbst wie Götter zu machen. Und nun ist die Zeit der Wasserkönige gekommen. Nehmt. Trinkt. Vereinigt euch.«

Der Kelch wurde durch Millilains Reihe gegeben.

»Sie sind die Großen dieser Welt«, intonierte der Liimensch. »Sie sind die Meister. Sie sind die Monarchen. Sie sind die wahren Mächtigen, und wir gehören ihnen. Wir und alle anderen, die auf Majipoor leben. Nehmt. Trinkt. Vereinigt euch.«

Nun trank die Frau links von Millilain von dem Wein. Unbeherrschte Ungeduld überkam sie – sie war so hungrig, sie war so durstig! –, und sie konnte sich kaum zurückhalten, um der Frau den Pokal nicht aus der Hand zu reißen, da sie befürchtete, für sie selbst könnte nichts übrigbleiben. Aber sie wartete, und dann war der Pokal in ihren Händen. Sie sah hinein: ein dunkler Wein, schwer, funkelnd. Er sah seltsam aus. Zögernd nahm sie einen Schluck. Er schmeckte nach Gewürzen und war schwer auf der Zunge, und anfangs erschien er ihr nicht wie ein Wein, den sie jemals gekostet hatte, dennoch hatte er etwas Vertrautes. Sie nahm noch einen Schluck.

»Nehmt. Trinkt. Vereinigt euch.«

Das war ja der Wein, den Traumsprecherinnen benützen, wenn sie ihren Geist mit deinem verbanden und einen Traum deuteten, der dir zu schaffen machte! Sicher, das war Traumwein. Millilain war erst fünf- oder sechsmal bei einer Traumsprecherin gewesen, und das lag schon Jahre zurück, dennoch erkannte sie den Geruch ohne Zweifel. Aber wie konnte das sein? Nur Traumsprecherinnen war gestattet, ihn zu trinken, auch nur zu besitzen. Er war eine starke Droge. Er durfte nur unter Aufsicht einer Sprecherin eingenommen werden. Aber irgendwie hatten sie in dieser unscheinbaren Kapelle ganze Fässer davon, und die Versammelten schütteten ihn wie Bier hinunter …

»Nehmt. Trinkt. Vereinigt euch.«

Sie merkte, daß sie die Weitergabe des Kelchs aufhielt. Mit einem dümmlichen, entschuldigenden Grinsen wandte sie sich an den Mann rechts von ihr, aber der schenkte ihr keinerlei Aufmerksamkeit und starrte geradeaus; daher nahm sie den Kelch achselzuckend an die Lippen und trank einen tiefen Schluck, und dann noch einen, und reichte den Pokal weiter.

Sie spürte die Wirkung fast auf der Stelle. Sie schwankte, blinzelte und mußte sich anstrengen, den Kopf nicht auf die Knie sinken zu lassen. Das liegt daran, daß ich ihn auf leeren Magen getrunken habe, sagte sie sich. Sie kauerte sich zusammen, beugte sich nach vorne und begann zusammen mit den Versammelten zu singen, ein leises, immer wiederkehrendes wortloses Murmeln, das so sinnlos war wie der Schlachtruf der anderen auf der Straße, *oo wah vah mah, oo wah vah mah,* aber irgendwie sanfter, ein leiser, flehender, weinerlicher Ruf, *oo wah vah mah, oo wah vah mah.* Und während sie das sang, hatte sie den Eindruck, als würde die leise Musik singen, unheimlich, unirdisch, der Klang vieler weit entfernter Glocken, die sich zu verschiedenen, einander überlappenden Klangmustern vereinten, denen man unmöglich folgen konnte, da eine Melodie stets nahtlos in die nächste überging und die wiederum in die nächste. *Oo wah vah mah,* sang sie, und sie vernahm den Klang der Glokken, und dann hatte sie das Gefühl, als wäre etwas sehr Großes in unmittelbarer Nähe, vielleicht sogar in diesem Raum, etwas Kolossales und Geflügeltes und Uraltes und Intelligentes, etwas, dessen Intellekt weit außerhalb ihres Begreifens lag, so wie ihr eigener Verstand im Vergleich zu dem eines Vogels. Es kreiste und kreiste und kreiste auf einer weiten Bahn, ohne Eile, und bei jeder Drehung entfaltete es die gigantischen Schwingen und breitete sie bis ans Ende der Welt aus, und wenn es sie wieder zusammenfaltete, strichen sie über die Pforten von Millilains Verstand – nur ein Kitzeln, die sanfteste aller Berührungen, wie von einer Feder, und dennoch fühlte sie sich davon verwandelt, aus ihrem Selbst gehoben, zum Teil eines Organismus mit vielen Wesen gemacht, der unvorstellbar und gottähnlich war. *Nehmt. Trinkt. Vereinigt euch.* Mit jeder Berührung der Schwingen wurde die Vereinigung vollkommener. *Oo wah vah mah, oo wah vah mah.* Sie war verloren. Es gab keine Millilain mehr. Nur noch den Wasserkönig, dessen Ruf das Läuten von Glocken war, und der vielschichtige Verstand, von dem die frühere Millilain ein Teil geworden war. *Oo. Wah. Vah. Mah.*

Es machte ihr angst. Sie wurde auf den Grund des Meeres gezogen, und ihre Lungen füllten sich mit Wasser, und die Schmerzen waren schrecklich. Sie kämpfte dagegen an. Sie wollte sich nicht von den großen Schwingen berühren lassen. Sie wich zurück und schlug mit den Fäusten um sich, und sie erkämpfte sich einen Weg hinauf, hinauf zur Oberfläche …

Öffnete die Augen. Sie richtete sich entsetzt und verwirrt auf. Der Gesang ringsumher ging ununterbrochen weiter. *Oo, wah, vah, mah.* Millilain erschauerte. Wo bin ich? Was habe ich getan? Ich muß hier raus, dachte sie. In Panik richtete sie sich auf und stolperte die Reihe entlang zum Mittelgang. Niemand hielt sie auf. Der Wein wirkte immer noch, denn sie taumelte, schwankte und mußte sich an den Wänden abstützen. Sie war jetzt aus dem Zimmer heraus. Stolperte den langen, von Gerüchen erfüllten Korridor hinab. Die Schwingen schlugen immer noch um sie herum, hüllten sie ein und griffen nach ihrem Verstand. Was habe ich getan, was habe ich getan?

Hinaus auf die Straße, in die Dunkelheit, in den Regen. Marschierten sie immer noch hier herum, die Ritter Dekkerets und der Orden vom dreifachen Schwert und alle anderen? Es kümmerte sie nicht. Sollte kommen, was da kommen mochte. Sie begann zu laufen, ohne auf den Weg zu achten. In der Ferne vernahm sie ein dumpfes Poltern, von dem sie hoffte, daß es der Confalume-Geysir war. Andere Geräusche dröhnten in ihren Ohren: *Jah-tah, jah-tah, jah-tah, wumm. Oo, wah, vah, mah.* Sie spürte, wie sich die Schwingen um sie schlossen. Sie lief, und stolperte und fiel, und stand auf und lief weiter.

KAPITEL 7

Je tiefer sie in die Provinz der Gestaltveränderer vordrangen, desto vertrauter erschien Valentine alles. Und dennoch wuchs die Überzeugung in ihm, daß er einen unverzeihlichen und schrecklichen Fehler machte.

Er erinnerte sich an den Geruch dieses Ortes: voll, moschusartig, komplex, das süße, schwere Aroma von Wuchstum und Verfall, die im warmen, ständigen Regen mit gleicher Geschwindigkeit verliefen, eine eigenwillige Geruchsmischung, die mit jedem Atemzug die Nase mit betäubender Intensität überfiel. Er erinnerte sich an die feuchte Luft, die sich überall festsetzte, die fast stündlichen Regenfälle, die auf das Blattwerk hoch oben prasselten und von Blatt zu glänzendem Blatt rannen, bis ein wenig davon den Boden berührte. Er erinnerte sich an das phantastische Wachstum der Pflanzen, fast alles sproß und gedieh beim Zusehen, und dennoch schien alles seltsam diszipliniert, alles paßte sich in ein wohlgeordnetes Muster ein – die größten der schlanken Bäume waren bis in eine Höhe von sieben Achteln ihrer Gesamtgröße ohne Äste, dann verbreiterten sie sich wie Regenschirme, und ihre Blätter verfilzten zu einem dichten Baldachin mit Ranken und Kletterpflanzen und Epiphyten, und unterhalb dieser Ebene, kürzer, runder, voller, Bäume, die den Schatten vorzogen, und darunter wiederum dichtes Gestrüpp und Buschwerk, und letztendlich der Waldboden, dunkel, geheimnisvoll, alles andere als kahl, eine Schicht feuchter, fruchtbarer Erde, die unter den Schuhen nachgab. Er erinnerte sich an die unerwarteten Lichtsäulen, die in unvorhersehbaren Intervallen durch den Baldachin der Blätter herabfielen und rasche, verblüffende Augenblicke der Klarheit in der ansonsten herrschenden Düsternis schufen.

Aber die Regenwälder von Piurifayne beanspruchten eine Fläche von Tausenden von Quadratmeilen im Herzen von Zimroel, und ein Teil war vom anderen nicht zu unterscheiden. Irgendwo hier befand sich Ilirivoyne, die Hauptstadt der Gestaltveränderer: aber welchen Grund habe ich zu der Annahme, fragte sich Valentine, daß ich in ihrer Nähe bin, nur weil Gerüche und Geräusche und die Beschaffenheit dieses Dschungels mir noch aus früheren Jahren in Erinnerung sind?

Damals – als er mit wandernden Jongleuren gereist war und sie die verrückte Vorstellung gehabt hatten, sie könnten ein paar Royals verdienen, wenn sie zum Erntedankfest der Metamorphen auftraten – war wenigstens Deliamber dabeigewesen, der mit ein paar vroonischen Zaubersprüchen mitgeholfen hatte, die rechte Gabelung des Weges zu finden, sowie die kundige Lisamon Hultin, die sich ebenfalls gut im Dschungel auskannte. Aber beim zweiten Ausflug nach Piurifayne war Valentine ganz auf sich allein gestellt.

Deliamber und Lisamon befanden sich, wenn sie überhaupt noch lebten – und diesbezüglich war er pessimistisch, denn er hatte seit Wochen keinen Kontakt mehr mit ihnen gehabt, nicht einmal in Träumen –, irgendwo Hunderte Meilen hinter ihm, auf der anderen Seite des Steiche. Auch von Tunigorn, den er zurückgeschickt hatte, um nach ihnen zu sehen, hatte er nichts mehr gehört. Er reiste nur mit Sleet und Carabella und einer Leibwache von Skandars. Carabella war mutig und hart im Nehmen, aber sie war keine Fährtenleserin, und die Skandars waren stark und tapfer, aber nicht besonders schlau, und der stets rege und wissende Sleet war, bei all seiner Schläue, in dieser Gegend stets wie gelähmt von Furcht vor den Gestaltveränderern, die ihm in einem Traum auferlegt worden war, als er noch jung war, und die er niemals richtig hatte überwinden können. Es war völlig närrisch, daß der Coronal von Majipoor mit einem so kleinen Gefolge durch den unwirtlichen Dschungel reiste, aber Narretei schien zum Markenzeichen der letzten Coronals geworden zu sein, dachte Valentine, bedachte man, daß seine beiden Vorgänger, Malibor und Voriax, von einem frühen und gewaltsamen Tod ereilt worden waren, als sie unterwegs waren und närrische Dinge taten. Vielleicht wurde der Leichtsinn der Könige zur Gewohnheit.

Er hatte den Eindruck, als würde er Ilirivoyne Tag für Tag weder näher kommen noch sich davon entfernen; in diesem Dschungel lag sie überall und nirgends. Vielleicht war die ganze Stadt selbst aufgebrochen und eilte ihm immer ein wenig voraus und wahrte eine konstante Distanz, die er niemals überwinden konnte. Denn die Hauptstadt der Gestaltveränderer, erinnerte er sich von früher, war ein Ort ätherischer, haltloser Gebäude, nur wenige davon befestigt, und schon damals war sie ihm wie eine behelfsmäßige Phantomstadt erschienen, die aus einer Laune der Bewohner heraus von einem Ort zum anderen ziehen konnte: eine Nomadenstadt, eine Traumstadt, ein Irrlicht des Dschungels.

»Schau hier«, sagte Caraballa. »Ist das ein Pfad, Valentine?«

»Vielleicht schon«, sagte er.

»Vielleicht auch nicht?«

»Vielleicht auch nicht, ja.«

Sie hatten bereits Hunderte ähnlicher Pfade gesehen. Kaum wahrnehmbare Narben auf dem Dschungelboden, die unlesbaren Abdrücke früherer Geschehnisse, Abdrücke von letztem Monat, vielleicht auch aus der Zeit von Lord Dekkeret, vor tausend Jahren. Hin und wieder ragte ein Stab aus dem Boden, an dem Federn befestigt waren, oder auch ein Stück Band; oder sie sahen eine Schleifspur, als wäre vor einiger Zeit etwas hier entlanggeschleppt worden; manchmal war auch nichts Sichtbares vorhanden, nur eine psychische Spur, die geheimnisvolle Aura des Vorbeiziehens intelligenter Wesen. Aber nichts davon hatte sie irgendwo hingeführt. Früher oder später wurden alle Zeichen unsichtbar und führten nur in ein unberührtes Dschungelland.

»Sollen wir das Lager errichten, mein Lord?« fragte Sleet.

Weder er noch Carabella hatten bisher ein Wort gegen diese Expedition gesagt, so verrückt sie ihnen auch vorkommen mußte. Begriffen sie überhaupt, fragte sich Valentine, wie wichtig und dringend ihm das Treffen mit der Königin der Gestaltveränderer war? Oder schwiegen sie aus Furcht vor dem Zorn des Königs und Ehemanns in all den Wochen ziellosen Umherziehens, wenngleich sie der Meinung waren, daß man diese Zeit besser in zivilisierten Bereichen verbracht hätte, um sich dort mit den schrecklichen Krisen auseinanderzusetzen? Oder wollten sie ihn nur – was am schlimmsten gewesen wäre – bei Laune halten, während er sich durch den dichten Regenwald kämpfte? Er wagte nicht zu fragen. Er überlegte nur, wie lange er die Suche fortsetzen würde, ungeachtet der wachsenden Erkenntnis, daß er Ilirivoyne niemals finden würde.

Als sie sich für die Nacht eingerichtet hatten, streifte er das Silberband der Lady über und versetzte sich wieder in Trance, öffnete den Geist und ließ seine Seele auf der Suche nach Deliamber und Tisana ausschweifen.

Er hielt es für wahrscheinlich, daß er die Gedanken dieser beiden leichter als die anderer erreichen konnte, da sie der Zauberei der Träume gegenüber empfänglicher waren. Aber er hatte es Nacht für Nacht versucht, sie zu erreichen, ohne daß jemals ein Kontakt zustande gekommen wäre. Lag das Problem in der Entfernung? Ohne Unterstützung durch Traumwein hatte Valentine noch niemals versucht, seine Gedanken über größere Strecken zu senden, aber er hatte keinen bei sich. Vielleicht hatten die Metamorphen eine Möglichkeit, seine Sendungen zu stören. Vielleicht kamen seine Sendungen nicht durch, weil die Empfänger tot waren. Oder ...

-Tisana – Tisana-

-Deliamber-

-Valentine ruft euch – Valentine – Valentine – Valentine-

-Tisana-

-Deliamber-

Nichts.

Er versuchte, Tunigorn zu erreichen. Tunigorn lebte sicher noch, welches Schicksal auch immer die anderen ereilt haben mochte; und wenngleich sein Geist abgeschirmt und gut verteidigt war, bestand doch immerhin die Möglichkeit, daß er sich Valentines Drängen öffnete. Oder Lisamons. Oder Zalzan Gibors. Einen von ihnen zu berühren, die vertraute Antwort eines vertrauten Geistes zu spüren …

Er fuhr noch einige Zeit fort, dann nahm er das Band wieder ab und verstaute es traurig in seinem Kästchen. Carabella sah ihn fragend an. Valentine zuckte die Achseln und schüttelte den Kopf. »Sehr still dort draußen«, sagte er.

»Abgesehen vom Regen.«

»Ja. Abgesehen vom Regen.«

Der Regen trommelte wieder leise auf den Baldachin des Waldes. Valentine sah düster in den Dschungel, aber er sah nichts: der Scheinwerfer des Schwebers war eingeschaltet, und er würde auch die ganze Nacht eingeschaltet bleiben, aber außerhalb des goldenen Lichtkegels lag nur eine Mauer der Schwärze. Tausend Metamorphen konnten sich ringförmig um das Lager versammelt haben. Er wünschte, es wäre so gewesen. Alles – selbst ein Überraschungsangriff – wäre besser als dieses wochenlange Umherwandern in einer unbekannten und unerforschlichen Wildnis.

Wie lange, fragte er sich, will ich diese Farce noch weiterbetreiben?

Und wie wollen wir jemals wieder den Rückweg finden, wenn ich zu dem Ergebnis komme, daß die Suche absurd ist?

Er lauschte ernst dem wechselnden Rhythmus des Regens, bis er endlich einschlief.

Und fast augenblicklich spürte er den Beginn eines Traums.

Anhand der Intensität und einer gewissen Lebhaftigkeit und Wärme konnte er erkennen, daß es sich um keinen gewöhnlichen Traum handelte, sondern eher um eine Sendung der Lady, die erste, seit sie die Küste von Gihorna verlassen hatten; doch während er auf ein erkennbares Zeichen der Präsenz seiner Mutter wartete, wurde er zunehmend verblüffter, denn sie hatte sich nicht zu erkennen gegeben, und tatsächlich schienen die Impulse, die in seine Seele eindrangen, aus einer völlig anderen Quelle zu kommen. Dem König der Träume? Selbstverständlich besaß auch er die Macht, aus der Ferne in einen Geist einzudringen; aber nicht einmal in so seltsamen Zeiten würde der König der Träume es wagen, sein Instrument auf den Coronal zu richten. Wer dann? Valentine, der selbst im Schlaf wachsam war, skandierte die Grenzen seines Traums und suchte, fand aber keine Antwort.

Der Traum war fast völlig ohne narrative Struktur: Er war ein Ding formloser Gestalten und stummer Leute, der durch rein abstrakte Mittel ein Gefühl ablaufender Ereignisse schuf. Aber allmählich brachte ihm der Traum bewegte Bilder und seltsame Stimmungsumschwünge, die zur Metapher für etwas sehr Konkretes wurden: die windenden, ineinander verschlungenen Tentakel eines Vroon.

-Deliamber?

-Ich bin hier, mein Lord.

-Wo?

-Hier. Nahe bei Euch. Ich komme auf Euch zu.

Dies wurde keineswegs durch eine Art Sprache übermittelt, mental oder sonstwie, sondern ausschließlich durch eine Grammatik veränderlicher Muster vonLicht und Bewußtseinszuständen, welche unzweifelhafte Bedeutungen übermittelten. Nach einer Weile endete der Traum, und er blieb still liegen, weder wach noch schlafend, und dachte darüber nach, was er empfangen hatte; und zum ersten Mal seit Wochen verspürte er wieder so etwas wie Hoffnung.

Am Morgen, als Sleet das Lager abbrechen wollte, sagte

Valentine: »Nein. Ich plane, noch einige Tage hierzubleiben. Vielleicht länger.«

Ein Ausdruck des Zweifels und der Verwirrung, augenblicklich unterdrückt, aber dennoch kurz zu erkennen, huschte über Sleets Gesicht. Aber er nickte nur und entfernte sich, um den Skandars zu sagen, daß sie die Zelte stehenlassen sollten.

Caraballa sagte: »Diese Nacht hat Neuigkeiten gebracht, mein Lord. Das sehe ich deinem Gesicht an.«

»Deliamber lebt. Er und die anderen folgen uns und versuchen, mit uns aufzuschließen. Aber wir sind so oft unterwegs und bewegen uns so rasch, daß sie uns nicht einholen können. Sobald sie eine Spur von uns haben, gehen wir in eine andere Richtung. Wenn wir an Ort und Stelle bleiben, werden sie uns finden.«

»Also hast du mit dem Vroon gesprochen?«

»Mit seinem Ebenbild, seinem Schatten. Aber es war der richtige Schatten, das authentische Bild. Er wird bald bei uns sein.«

Daran hatte Valentine tatsächlich keine Zweifel. Aber der Tag verstrich, und noch einer, und noch einer, und in jeder Nacht legte er das Stirnband an und sandte ein Signal aus, aber ohne Erfolg. Die Skandarwachen schlichen wie unruhige Tiere durch den Dschungel; Sleet wurde nervös und ungehalten und entfernte sich manchmal, trotz der Furcht vor den Metamorphen, die er empfand, stundenlang allein vom Lager. Carabella, die bemerkte, unter welcher nervlichen Anspannung alle zu leiden hatten, machte den Vorschlag, daß sie, in Erinnerung an alte Zeiten und um sich Ablenkung zu verschaffen, wieder einmal jonglieren sollten; aber Sleet sagte, er wäre nicht mit dem Herzen dabei, und Valentine, der sich durch ihr Drängen zu einem Versuch bewegen ließ, hatte aufgrund mangelnder Übung so ungeschickte Finger bekommen, daß er den Versuch nach den ersten fünf Minuten wieder aufgegeben hätte, wäre Carabella nicht so beharrlich gewesen. »*Natürlich* bist du eingerostet!« sagte sie. »Glaubst du denn, die Fähigkeit bleibt ohne Übung? Aber sie kommt wieder, wenn du daran arbeitest. Hier, Valentine: Fang! Fang! Fang!«

Tatsächlich hatte sie recht. Ein klein wenig Anstrengung, und er begann wieder das alte Gefühl zu verspüren, daß die Einheit von Hand und Auge ihn an einen Ort tragen konnte, wo die Zeit keine Bedeutung hatte und der Raum zu einem einzigen endlosen Punkt wurde. Die Skandars, die eigentlich gewußt haben müßten, daß das Jonglieren einst Valentines Beruf gewesen war, waren dennoch mehr als erstaunt, den Coronal so etwas tun zu sehen, und sie starrten mit offenen Mündern und unverhohlener Neugier herüber, während Valentine und Carabella sich ein wirbelnde Galaxie von Gegenständen zuwarfen.

»Hoy!« rief sie, und: »Hoy!« und »Hoy!«, während sie ihm immer komplexere Würfe abverlangte. Sie waren nichts im Vergleich mit den Tricks, die sie in alten Zeiten routinemäßig beherrscht hatten, denn ihre Fähigkeiten waren wirklich überragend gewesen, und sie waren sogar trivial verglichen mit der Kunstfertigkeit, die Valentine, wenngleich er niemals Carabellas Meisterschaft erreichte, damals besessen hatte. Aber es ging hinreichend gut, dachte er, für jemanden, der seit fast einem Jahrzehnt nicht mehr jongliert hatte. Nach einer Stunde fühlte er sich, wenngleich naß von Regen und Schweiß, besser, als er sich seit Monaten gefühlt hatte.

Sleet kam näher, und während er ihnen zusah, schienen Ängstlichkeit und Niedergeschlagenheit von ihm abzufallen; nach einer Weile kam er näher, und Carabella warf ihm ein Messer, eine Keule und ein Beil zu, die er auffing und beiläufig in eine beschwingte, spielerische Kaskade wob, in die er noch drei weitere Gegenstände eingliederte, welche Valentine ihm zuwarf. Sleets Gesicht drückte dabei eine Anstrengung aus, wie sie vielleicht vor zehn Jahren noch nicht sichtbar gewesen wäre – abgesehen davon vielleicht, wenn er sein berühmtes blindes Jonglieren vorführte –, aber ansonsten demonstrierte er, daß seine Fähigkeiten in keiner Weise nachgelassen hatten.

»Hoy!« rief er und warf Valentine Keule und Beil wieder

zu, und dann schickte er gnadenlos auch die anderen Dinge auf den Weg, bevor der Coronal noch die ersten aufgefangen hatte. Dann jonglierten er und Valentine und Carabella wirklich mit großem Ernst, als wären sie wieder umherziehende Jongleure, die einen Auftritt vor dem königlichen Hof probten.

Sleets Zurschaustellung von Virtuosität inspirierte Carabella ihrerseits zu einigen meisterlichen Würfen, was Sleet in Zugzwang brachte und zu noch komplizierteren Manövern anspornte, und so dauerte es nicht lange, bis Valentine an den Grenzen seines Könnens angelangt war. Dennoch versuchte er, so lange es ging mitzuhalten, und damit war er ziemlich erfolgreich, und er ließ nur gelegentlich etwas fallen, bis er von beiden Seiten von einer lachenden Carabella und einem kühlen, aufmerksamen Sleet bombardiert wurde: und plötzlich schien er nur noch Ellbogen zu besitzen, und keine Finger mehr, und er ließ alles zu Boden fallen.

»Ah, mein Lord, so geht es nun aber wirklich nicht!« dröhnte eine strenge und wunderbar vertraute Stimme.

»Zalzan Gibor?« rief Valentine überrascht und erfreut.

Der riesige Skandar stapfte auf ihn zu, machte rasch den Sternenfächersalut und hob dann alles auf, was Valentine fallengelassen hatte, und dann begann er mit manischem Entzücken, alles Sleet und Carabella zuzuwerfen in der wilden, vierarmigen Weise, die jeden menschen Jongleur, egal wie seine Fähigkeiten aussahen, an die Grenzen seines Könnens führten.

Valentine sah tiefer in den Dschungel und erblickte die anderen, die durch den Regen rannten: Lisamon Hultin, auf deren Schulter der Vroon saß, Tunigorn, Tisana, Ermanar, Shanamir und viele weitere, die einer nach dem anderen aus einem verbeulten und schlammverschmierten Schweber herausgeklettert kamen, der nicht weit entfernt parkte. Alle waren gekommen, erkannte Valentine – alle, die er in Gihorna zurückgelassen hatte, womit die ganze Gesellschaft endlich wieder vereint war. »Holt den Wein!« rief er. »Das muß gefeiert werden!«

Er eilte zwischen ihnen umher, umarmte diesen und jenen, er stellte sich auf Zehenspitzen, um die Riesin zu umarmen, stieß den pummeligen Shanmir voll Freude an, schüttelte dem würdigen Ermanar feierlich die Hand und umklammerte Tunigorn mit einem Griff, der einen schwächeren Mann erdrückt hätte.

»Mein Lord!« rief Lisamon, »so lange ich lebe, werdet Ihr niemals mehr alleine irgendwo hingehen! Mit allem Respekt, mein Lord. Niemals wieder! Niemals!«

»Wenn ich gewußt hätte, mein Lord«, sagte Zalzan Gibor, »daß es einen Sturm geben würde, als Ihr sagtet, daß Ihr uns einen Tag zum Steiche vorausreist, und daß wir Euch viele Wochen lang nicht wiedersehen würden ... ah, mein Lord, für welche Wachen haltet Ihr uns, Euch so entkommen zu lassen? Und als Tunigorn sagte, daß Ihr den Sturm überlebt hättet, aber nach Piurifayne aufgebrochen wart, ohne auf uns zu warten – ah, mein Lord, mein Lord, wenn Ihr nicht mein Lord wärt, dann hätte ich euch etwas erzählt, da ich Euch nun wiedergefunden habe, glaubt mir das, mein Lord!«

»Wirst du mir diese Eskapade verzeihen?« fragte Valentine.

»Mein Lord, mein Lord!«

»Du weißt, daß es nie meiner Absicht entsprach, mich so lange von euch zu trennen. Darum habe ich Tunigorn zurückgeschickt, damit er euch findet und ihr mir folgen könnt. Und jede Nacht sandte ich Botschaften aus – ich streifte das Band über, ich bemühte mich mit der ganzen Stärke meines Verstandes, euch zu erreichen, dich, Deliamber, und dich, Tisana ...«

»Diese Botschaften erreichten uns, mein Lord«, sagte Deliamber.

»Tatsächlich?«

»Nacht für Nacht. Wir waren sehr erfreut zu sehen, daß Ihr am Leben wart.«

»Und ihr habt nicht geantwortet?« fragte Valentine.

»Ah, mein Lord, wir antworteten jedesmal«, sagte der Vroon. »Aber wir wußten, wir kamen nicht durch, meine Kraft war nicht ausreichend, diese Entfernung zu überbrükken. Wir versuchten dringend, Euch zu übermitteln, daß Ihr stehenbleiben und auf uns warten solltet, damit wir Euch einholen können; aber Ihr gerietet mit jedem Tag tiefer in den Dschungel, und nichts konnte Euch aufhalten, und wir konnten Euch nicht einholen, und ich konnte Euren Geist nicht erreichen, mein Lord. Ich konnte Euren Geist nicht erreichen.«

»Aber schließlich bist du durchgekommen.«

»Mit der Hilfe Eurer Mutter, der Lady«, sagte Deliamer. »Tisana suchte sie im Schlaf auf und erhielt eine Sendung von ihr, und die Lady verstand; und sie machte ihren eigenen Geist zum Kurier für meinen und trug mich dorthin, wohin ich nicht selbst gehen konnte. Und so konnten wir endlich mit Euch sprechen. Mein Lord, es gibt so vieles zu erzählen!«

»Wahrhaftig«, sagte Tunigorn. »Und du wirst erstaunt sein, Valentine. Das garantiere ich dir.«

»Dann setze mich in Erstaunen«, sagte Valentine.

Deliamber sagte: »Tunigorn hat Euch gesagt, daß wir den Landwirtschaftsexperten Y-Uulisaan als Spion der Metamorphen entlarven konnten?«

»Das hat er mir gesagt, ja. Aber wie wurde es entdeckt?«

»Am Tag Eurer Abreise zum Steiche, mein Lord, fanden wir Y-Uulisaan in tiefer Trance und in Kontakt mit dem Bewußtsein einer weit entfernten Person. Ich spürte seine Gedanken suchen; ich spürte die Kraft der Vereinigung. Und ich bat Zalzan Gibor und Lisamon Hultin sofort, seiner habhaft zu werden.«

Valentine blinzelte. »Wie konnte Y-Uulisaan denn eine solche Kraft aufbringen?«

»Weil er ein Gestaltveränderer war, mein Lord«, sagte Tisana, »und die Gestaltveränderer können ihre Gedanken miteinander verbinden, indem sie die großen Meeresdrachenkönige gewissermaßen als Treffpunkt verwenden.«

Wie ein Mann, der von zwei Seiten gleichzeitig angegriffen wird, sah Valentine von Tisana zu Deliamber, und dann wieder zu der alten Traumsprecherin. Er bemühte sich, den Sinn dessen zu verarbeiten, was er gesagt hatte, aber es lag so viel Seltsames darin, so viel Unglaubliches, daß er anfangs nur wenig begreifen konnte. »Es erstaunt mich«, sagte er, »zu hören, daß die Metamorphen durch die Meeresdrachen miteinander sprechen. Wer hätte vermuten können, daß die Drachen über eine solche Geisteskraft verfügen?«

»Wasserkönige, mein Lord, nennen sie sie«, sagte Tisana. »Und es scheint, als verfügten die Wasserkönige tatsächlich über gewaltige geistige Kräfte. Was es dem Spion ermöglichte, seine Berichte mühelos abzusetzen.«

»Berichte worüber?« fragte Valentine unbehaglich. »Und an wen?«

»Als wir Y-Uulisaan während dieser Unterhaltung erwischten«, sagte Deliamber, »ergriffen Lisamon und Zalzan Gibor ihn, worauf er fast auf der Stelle die Gestalt zu verändern begann. Wir hätten ihn zum Verhör zu Euch gebracht, aber Ihr hattet den Fluß überquert, und der Sturm begann, und wir konnten Euch nicht folgen. Daher haben wir ihn selbst verhört. Er gestand, daß er ein Spion war, mein Lord, der Euch helfen sollte, Maßnahmen gegen die Seuchen zu finden, um diese Maßnahmen dann sofort weiterzumelden. Was den Metamorphen eine große Hilfe war, als sie die Ausbreitung der Seuchen planten.«

Valentine schluckte. »Die Metamorphen ... haben die Seuchen verursacht ... haben sie ausgebreitet ...?«

»Ja, mein Lord. Y-Uulisaan hat uns alles gesagt. Wir waren ... äh ... nicht gerade sanft mit ihm. Hier in Piurifayne haben die Metamorphen seit Jahren Kulturen aller Getreideschädlinge entwickelt. Und als sie bereit waren, machten sie sich in tausend Verkleidungen auf – einige von ihnen, mein Lord, gingen sogar in der Maske von Landwirtschaftsberatern der Regierung zu den Farmern und boten ihnen Möglichkeiten, die Ernteerträge zu steigern, und insgeheim verteilten sie das Gift auf ihren Feldern, während sie sie begutachteten. Andere Erreger wurden durch die Luft übertragen, durch Vögel, welche die Metamorphen freiließen. Oder Gifte wurden versprüht und wurden wandernde Wolken ...«

Verblüfft blickte Valentine zu Sleet und sagte: »Also hatten wir Krieg und wußten gar nichts davon!«

»Jetzt wissen wir es«, sagte Tunigorn.

»Und ich bin durch das Land meines Feindes gereist und habe närrisch geglaubt, ich müßte nur sanfte Worte sprechen, die Arme liebend öffnen, und dann würde die Danipur lächeln und der Göttliche uns wieder gnädig sein. In Wahrheit haben die Danipur und ihr Volk einen schrecklichen Krieg gegen uns angefangen, und ...«

»Nein, mein Lord«, sagte Deliamber. »Nicht die Danipur. Soweit wir herausfinden konnten, nicht.«

»Was sagst du da?«

»Derjenige, dem Y-Uulisaan dient, heißt Faraataa, ein haßerfülltes Wesen, ein wilder Mann, der die Danipur nicht zur Unterstützung seines Plans bewegen konnte und ihn daher mit seinen Anhängern selbst in Angriff nahm. Es gibt zwei Parteien unter den Metamorphen, mein Lord, versteht ihr? Dieser Faraataa ist Anführer der Radikalen, der Kriegslüsternen. Ihr Plan ist es, uns bis zum Zusammenbruch auszuhungern und so zu bewegen, Majipoor zu verlassen. Wogegen die Danipur offener zu sein scheint, auf jeden Fall weniger besessen.«

»Dann muß ich unbedingt nach Ilirivoyne und mit ihr sprechen.«

»Ihr werdet Ilirivoyne niemals finden, mein Lord«, sagte Deliamber.

»Und warum?«

»Sie haben die Stadt auseinandergenommen und tragen sie auf dem Rücken durch den Dschungel. Ich spüre ihre Präsenz, wenn ich meine Zaubersprüche aufsage, aber es ist eine Präsenz, die sich bewegt. Die Danipur flieht vor Euch, mein Lord. Sie möchte sich nicht mit Euch treffen. Das ist vielleicht politisch zu gefährlich – vielleicht kann sie ihr eigenes Volk nicht mehr beherrschen und fürchtet, alle könnten in Faraataas Lager überwechseln, wenn sie Euch gegenüber Gunst zeigt. Aber ich stelle nur Mutmaßungen an, mein Lord. Wir werden sie jedoch nie finden, das kann ich sicher sagen, und selbst wenn wir diesen Dschungel tausend Jahre durchsuchen.«

Valentine nickte. »Wahrscheinlich hast du recht, Deliamber. *Sicher* hast du recht.« Er schloß die Augen und versuchte verzweifelt, das Wirbeln seiner Gedanken zu bremsen. Wie falsch hatte er die Lage eingeschätzt, wie wenig hatte er gewußt! »Diese Kommunikationen der Metamorphen durch die Meeresdrachen, wie lange geht das schon?«

»Möglicherweise schon längere Zeit, mein Lord. Die Meeresdrachen scheinen intelligenter zu sein, als wir vermutet haben – und es scheint eine Art von Allianz zwischen ihnen und den Metamorphen zu geben, jedenfalls mit ein paar Metamorphen. Das ist alles ziemlich unklar.«

»Und Y-Uulisaan? Wo ist er? Wir sollten ihn weiter befragen.«

»Tot, mein Lord«, sagte Lisamon Hultin.

»Wie das?«

»Als der Sturm über uns hereinbrach, war alles in großer Aufregung, und da unternahm er einen Fluchtversuch. Wir konnten ihn wieder einfangen, aber dann entriß der Wind ihn mir, und wir erwischten ihn nicht mehr. Seine Leiche fanden wir am nächsten Tag.«

»Kein großer Verlust, mein Lord«, sagte Deliamber. »Wir hätten nicht mehr viel aus ihm herausbekommen können.«

»Dennoch hätte ich gerne Gelegenheit gehabt, mit ihm selbst zu sprechen«, antwortete Valentine. »Nun, es sollte eben nicht sein. Und ich glaube, ich werde auch nicht mit der Danipur sprechen. Aber es fällt mir schwer, diese Idee fallenzulassen. Gibt es denn gar keine Hoffnung, Ilirivoyne zu finden, Deliamber?«

»Ich glaube nein, mein Lord.«

»Ich betrachte sie als eine Verbündete: erscheint euch das nicht seltsam? Die Königin der Metamorphen und der Coronal vereint im Kampf gegen die, die uns mit biologischer Kriegführung niederzwingen wollen. Irrsinn, was, Tunigorn? Komm, sprich offen, du hältst es für Irrsinn.«

Tunigorn zuckte die Achseln. »Dazu kann ich wenig sagen, Valentine. Ich weiß nur, daß ich glaube, daß Deliamber recht hat: die Danipur möchte sich nicht mit uns treffen und möchte sich nicht finden lassen. Und ich glaube, noch mehr Zeit mit der Suche nach ihr zu verbringen ...«

»Wäre närrisch. Ja. Wahrhaftig Irrsinn, wo es anderswo so vieles zu tun gibt.«

Valentine schwieg. Abwesend nahm er Zalzan Gibor einige der Jonglierutensilien weg und begann abwesend, sie von einer Hand zur anderen zu werfen. Seuchen, Hungersnöte, falsche Coronals, dachte er. Wahnsinn. Chaos. Biologische Kriegführung. Der Tat gewordene Zorn des Göttlichen. Und der Coronal zieht endlos durch den Dschungel, eine Narrenmission? Nein. Nein.

Zu Deliamber sagte er: »Hast du eine Vorstellung, wo wir jetzt sind?«

»Soweit ich schätzen kann etwa neunzehnhundert Meilen südwestlich von Piliplok, mein Lord.«

»Wie lange bräuchten wir, um dorthin zu gelangen?«

Tunigorn sagte: »Ich würde jetzt nicht gerade nach Piliplok gehen, Valentine.«

Stirnrunzelnd sagte Valentine: »Warum nicht?«

»Die Gefahr.«

»Gefahr? Für einen Coronal? Ich war erst vor ein oder zwei Monaten dort, Tunigorn, und ich habe keine Gefahr gesehen.«

»Die Lage hat sich geändert. Piliplok hat sich zur freien Republik erklärt, wie wir erfahren haben. Die Bürger von Piliplok, die immer noch über genügend Nahrungsmittelvorräte verfügten, hatten Angst, daß wir diese Vorräte für

Khyntor oder Ni-moya bestimmen könnten; und so ist Piliplok aus dem Commonwealth ausgetreten.«

Valentine sah ihn an, als blicke er in einen endlosen Schacht. »Ausgetreten? Eine freie Republik? Diese Worte haben keinen Sinn!«

»Für die Bürger von Piliplok scheinen sie durchaus Sinn zu haben. Wir haben keine Ahnung, was für einen Empfang man dir heute dort bereiten würde. Ich würde es für klüger halten, anderswo hinzugehen, bis sich die Situation geklärt hat«, sagte Tunigorn.

Wütend antwortete Valentine: »Wie kann ich mich davor fürchten, eine meiner eigenen Städte zu betreten? Piliplok würde im Augenblick meiner Ankunft zum alten Status zurückkehren!«

Carabella sagte: »Kannst du dessen so sicher sein? Piliplok ist voll Stolz und Eigennutz. Und nun kommt der Coronal mit einem halb auseinandergefallenen Schweber und in Lumpen gekleidet. Werden sie dich willkommen heißen, was meinst du? Sie haben Verrat begangen, und das wissen sie. Wahrscheinlich verteidigen sie sich lieber, anstatt sich milde deinem Urteil zu unterwerfen. Ich würde sagen: Betritt Piliplok erst wieder als Anführer einer Armee!«

»Ich ebenfalls«, fügte Tunigorn hinzu.

Valentine sah mißfallend zu Deliamber, zu Sleet, zu Ermanar. Sie begegneten seinem Blick stumm, feierlich, traurig, leer.

»Dann bin ich wieder vom Thron gestürzt?« wandte sich Valentine an niemand Bestimmten. »Ich bin nicht mehr als ein zerlumpter Wanderer, ja? ich kann nicht wagen, nach Piliplok zu gehen? Ich kann es nicht *wagen*? Und falsche Coronals in Khyntor und Ni-moya: sie haben Armeen, nehme ich an, und ich habe keine, also darf ich auch nicht wagen, dorthin zu gehen. Was soll ich tun, zum zweiten Mal Jongleur werden?« Er lachte. »Nein, ich glaube nicht. Coronal bin ich, und Coronal werde ich bleiben. Ich dachte, es wäre endgültig vorbei, daß ich mir meinen rechtmäßigen Platz in der Welt erkämpfen muß, aber scheinbar nicht.

Führt mich aus diesem Dschungel heraus, Deliamber. Sucht mir einen Weg zu einer Küstenstadt, die immer noch in Treue zu mir hält. Und dann werden wir nach Verbündeten suchen, um die Dinge wieder ins rechte Lot zurücken, ja?«

»Und wo sollen wir diese Verbündeten finden, mein Lord?« fragte Sleet.

»Wo immer wir sie finden können«, sagte Valentine achselzuckend.

KAPITEL 8

Während der ganzen Reise vom Burgberg durch das Tal des Glayge bis zum Labyrinth hatte Hissune überall Anzeichen des Ungemachs gesehen, das über sie gekommen war. Zwar war die Situation in dieser milden und fruchtbaren Region von Alhanroel noch nicht so schlimm geworden wie weiter westlich oder in Zimroel, dennoch herrschte eine sichtbare, fast greifbare Spannung: verschlossene Türen, furchtsame Augen, verbissene Gesichter. Aber im Labyrinth selbst, dachte er, schien sich nicht viel verändert zu haben, was vielleicht daran lag, daß das Labyrinth schon immer ein Ort verschlossener Türen, furchtsamer Augen und verbissener Gesichter gewesen war.

Das Labyrinth hatte sich vielleicht nicht verändert, aber Hissune schon; und diese Veränderung wurde ab dem Augenblick spürbar, als er durch den Mund der Wasser trat, das prunkvolle zeremonielle Tor, das üblicherweise von den Mächtigen von Majipoor benützt wurde, wenn sie in die Stadt des Pontifex kamen. Hinter ihm lag der warme, dunstige Nachmittag des Glayge-Tals, wohlriechende Brisen, grüne Hügel, das angenehme Pulsieren des Sonnenlichts. Vor ihm lag die ewige Nacht der geheimnisvollen Windungen des Labyrinths, der harte Glanz des künstlichen Lichts, die seltsame Leblosigkeit einer Luft, die nie die Berührung von Wind oder Regen kennengelernt hatte. Als er von einer Region in die andere überwechselte, hatte Hissune für einen Augenblick das Gefühl, als würde ein schweres Tor hinter ihm ins Schloß fallen, daß eine unüberwindbare Barriere ihn nun von allem Schönen in der Welt trennte; und er verspürte kalte Furcht.

Es überraschte ihn, daß nur ein oder zwei Jahre auf dem Burgberg diese Veränderung in ihm bewirkt haben konnten – daß das Labyrinth, das er vielleicht nicht immer geliebt hatte, wo er sich aber stets heimisch gefühlt hatte, so abstoßend für ihn geworden war. Und gleichzeitig erkannte er, daß er bis zu diesem Augenblickk nicht die Abscheu verstanden hatte, die Lord Valentine für diesen Ort empfand: aber nun hatte Hissune eine Vorstellung davon, den Hauch einer Ahnung, genug jedenfalls, ihn begreifen zu lassen, welches Entsetzen die Seele des Coronals belastete, wenn er sich an den Abstieg machte.

Hissune hatte sich auch noch in anderer Weise verändert. Als er das Labyrinth hinter sich gelassen hatte, war er ein Niemand gewesen – sicher, ein Ritter-Initat, aber das war nichts Besonderes, schon gar nicht für die Bewohner des Labyrinths, die sich von weltlichem Pomp ohnedies kaum beeindrucken ließen. Nun, wenige Jahre später, kehrte er als Prinz Hissune, Mitglied des Regierenden Rats, wieder zurück. Die Bewohner des Labyrinths mochten von Prunk und Pomp nicht besonders beeindruckt sein, aber sie waren es von der Macht, besonders wenn einer aus den eigenen Reihen sie erlangt hatte. Tausende von ihnen säumten die Straße, die vom Mund der Klingen zum äußeren Ring des Labyrinths führten, und sie drängten und stießen sich an, um nach vorne zu kommen, damit sie ihn besser sehen konnten, als er an Bord des großen Schwebers mit dem Wappen des Coronals in die Stadt einzog, und mit eigenem Gefolge, ganz so, als wäre er der Coronal selbst. Sie brüllten und jubelten und riefen seinen Namen nicht. Die Menschen des Labyrinths taten so etwas nicht. Aber sie starrten ihn an. Stumm, offensichtlich von Ehrfurcht gebannt, wahrscheinlich neidisch, betrachteten sie ihn faszinierend, wenn er vorüberzog. Er bildete sich ein, seinen alten Spielgefährten Vanimoon in der Menge zu sehen und Vanimoons jüngere Schwester, und Ghisnet und Heulan und ein halbes Dutzend andere der alten Bande vom Guadeloom-Hof. Vielleicht auch nicht: vielleicht ließ nur ein Trick seines Verstandes sie dort erscheinen. Er erkannte, daß er sie dort sehen *wollte*, damit sie die Prinzengewänder und den königlichen Schweber sehen konnten, der unscheinbare kleine Hissune vom Guadeloom-Hof, der sich in den Prinzregenten Hissune verwandelt hatte, um den die Aura der Burg wie das Licht einer fremden Sonne knisterte. Hin und wieder konnte man schon derlei stolze Gedanken hegen, nicht? fragte er sich selbst. Und er antwortete: Ja, ja, warum nicht? Ab und zu kann man sich ein wenig Engstirnigkeit leisten. Sicher fühlen sich selbst Heilige manchmal zufrieden, und du bist zeit deines Lebens noch kein Heiliger gewesen. Laß es zu, tu es, und dann zurück zu deinen Aufgaben. Eine ständige Diät aus Überheblichkeit bläht die Seele auf.

Pontifikale Beamte mit den offiziellen Masken erwarteten ihn an der Grenze des äußeren Rings. Mit großer Feierlichkeit begrüßten sie Hissune und führten ihn sofort zu dem den Mächtigen und ihrem Gefolge vorbehaltenen Lift, der ihn rasch in die kaiserlichen Bereiche des Labyrinths hinab brachte.

Nach kurzer Zeit wurde er in eine Suite geführt, die fast so üppig und verschwenderisch wie jene war, die ständig für den Coronal reserviert wurde. Alsimion und Stimion und Hissunes anderen Attachés wurden elegante Räumlichkeiten neben seinen eigenen zugewiesen. Nachdem die Liaisonoffiziere des Pontifakts aufgehört hatten, sich emsig um Hissunes Wohlergehen zu kümmern, verkündete ihr Chefsprecher: »Der Hohe Sprecher Hornkast wird hocherfreut sein, heute abend mit Euch dinieren zu können, mein Lord.«

Hissune verspürte ungewollt einen Schauer der Verblüffung. *Hocherfreut.* Er hatte immer noch genug vom Labyrinthbewohner in sich, Hornkast mit einem an Furcht grenzenden Respekt zu betrachten: als wahren Herrscher des Labyrinths, als Puppenspieler, der die Fäden des Pontifex zog. *Hocherfreut, heute abend mit Euch dinieren zu können, mein Lord.* Wirklich? Hornkast? Es war schwer vorstellbar, daß der alte Hornkast überhaupt wegen etwas hocherfreut sein konnte, dachte Hissune. Dennoch, *mein Lord.* Gut, gut, gut.

Aber er konnte es sich nicht leisten, Hornkast gegenüber Ehrfurcht zu zeigen, keine Spur. Er gab vor, noch nicht fertig zu sein, als die Bediensteten des Hohen Sprechers kamen, und er machte sich mit zehnminütiger Verspätung auf den Weg. Als er das private Eßzimmer des Hohen Sprechers betrat – einen Saal von so prunkvoller Ausstattung, daß selbst ein Pontifex es vielleicht übertrieben gefunden hätte –, mußte Hissune sich zurückhalten, um nicht einen Salut oder eine Geste der Ehrerbietung auszuführen, wenngleich er den Impuls dazu durchaus verspürte. Das ist *Hornkast*! dachte er und wollte auf die Knie sinken. Aber du bist *Hissune*! mahnte er sich wütend und blieb in würdevoller, leicht geneigter Haltung stehen. Hornkast war, vergegenwärtigte sich Hissune immer wieder, nichts weiter als ein Diener des Volkes, wogegen er eine Person von Rang war, ein Prinz vom Berg, und darüber hinaus noch Mitglied des regierenden Rates.

Dennoch fiel es schwer, von Hornkasts Erscheinung und Ausstrahlung von Macht nicht überwältigt zu sein. Er war alt – sogar uralt –, dennoch machte er einen robusten, wachsamen und energischen Eindruck, als wären durch Zauberei dreißig oder vierzig Jahre von ihm genommen worden. Seine Augen waren listig und unergründlich, sein Lächeln entwaffnend vieldeutig, seine Stimme tief und fest. Mit ausgesuchter Höflichkeit führte er Hissune zum Tisch und bot ihm einen seltenen, funkelnden Wein an von tiefroter Farbe, von dem Hissune verächtlich nur dann und wann einen kleinen Schluck nahm. Die Unterhaltung verlief anfangs liebenswürdig und allgemein, dann wurde sie ernster, blieb aber stets unter Hornkasts Kontrolle, und Hissune tat nichts dagegen. Sie sprachen zuerst von den Problemen in Zimroel und im westlichen Alhanroel – Hissune hatte den Eindruck, daß Hornkast all diese Dinge, ungeachtet der besorgten Miene, mit der er sie vortrug, da sie außerhalb des Labyrinths stattfanden, nicht ernst nahm, als geschähen sie auf einer anderen Welt –, und dann schnitt der Hohe Sprecher die Frage von Elidaths Tod an und bat Hissune, seine Kondolenzen zu überbringen, wenn er zum Berg zurückkehrte; und Hornkast sah Hissune unverwandt an, als wollte er sagen: *Ich weiß, daß Elidaths Tod die Frage der Nachfolge entscheidend beeinflußt hat, was dich in eine mächtige Position brachte, Kind des Labyrinths, und daher werde ich dich sehr sorgfältig beobachten.* Hissune rechnete damit, daß Hornkast, da er von Elidaths Tod in Übersee erfahren hatte, sich nun nach dem Befinden von Lord Valentine erkundigen würde; doch zu seiner großen Überraschung schnitt der Hohe Sprecher zunächst völlig andere Themen an, die mit gewissen Verknappungen zu tun hatten, welche sich dazwischen auch im Labyrinth bemerkbar machten. Zweifellos war das ein Thema, das Hornkast stark beschäftigte, dachte Hissune, aber es war nicht Zweck seiner Reise gewesen, sich vordringlich darüber zu unterhalten. Als der Hohe Sprecher einen Augenblick schwieg, ergriff Hissune endlich die Initiative und sagte: »Aber vielleicht wird es Zeit, das meiner Meinung nach kritischste Ereignis anzuschneiden, nämlich das Verschwinden von Lord Valentine.«

Zum ersten Mal schien Hornkasts Gelassenheit zu verfliegen: seine Augen blitzten, die Nasenflügel bebten, seine Lippen zuckten überrascht.

»Verschwinden?«

»Während Lord Valentine durch Piurifayne reiste, verloren wir den Kontakt mit ihm, und seither konnten wir ihn nicht wieder herstellen.«

»Darf ich fragen, was der Coronal in Piurifayne tat?«

Hissune zuckte andeutungsweise die Achseln. »Eine Mission großer Feinfühligkeit, gab man mir zu verstehen. Er wurde im selben Sturm von seinen Begleitern getrennt, der Elidaths Leben kostete. Seither haben wir nichts mehr gehört.«

»Und Ihr glaubt, der Coronal ist tot?«

»Ich habe keine Ahnung, und Mutmaßungen sind wertlos. Ihr könnt sicher sein, daß wir alle Anstrengungen unternehmen, um wieder Kontakt mit ihm zu erhalten. Aber ich denke, wir müssen zumindest die Möglichkeit einräumen, daß Lord Valentine tot sein könnte, ja. Wir haben uns auf der Burg bereits über diese Frage unterhalten. Ein Plan der Nachfolge kristallisiert sich heraus.«

»Ah.«

»Und selbstverständlich ist der Gesundheitszustand des Pontifex etwas, das wir fest in unsere Pläne einbauen müssen«, sagte Hissune.

»Ah. Ja. Ich verstehe.«

»Der Zustand des Pontifex, nehme ich an, ist unverändert?«

Hornkast antwortete nicht gleich, sondern sah Hissune lange Zeit mit geheimnisvoller und beunruhigender Intensität an, als wäre er dabei, komplizierte politische Berechnungen anzustellen.

Nach einiger Zeit sagte er schließlich: »Würdet Ihr Seine Majestät gerne sehen?«

Das war vielleicht nicht das letzte, was Hissune vom Hohen Sprecher zu hören erwartet hatte, aber es kam ihm sehr nahe. Ein Besuch beim Pontifex? Das hätte er sich nie träumen lassen! Er brauchte einen Augenblick, seine Überraschung zu überwinden und die Gelassenheit wiederzufinden. Dann sagte er, so kühl es ihm möglich war: »Das wäre ein großes Privileg.«

»Dann laß uns gehen.«

»Jetzt?«

»Jetzt«, sagte Hornkast.

Der Hohe Sprecher gab ein Zeichen; Diener kamen und begannen, die Überreste der Mahlzeit abzuräumen; Augenblicke später befand sich Hissune an Bord eines kleinen Schwebers mit schmaler Schnauze, Hornkast saß an seiner Seite, und gemeinsam fuhren sie einen schmalen Tunnel bis zu einem Punkt hinab, von dem sie nur noch zu Fuß gehen konnten, und nach dem der Weg alle fünfzig Schritte von schweren Bronzetüren versperrt wurde. Hornkast öffnete alle Türen, indem er die Hand in einen entsprechenden Schlitz steckte, bis schließlich die letzte Tür, die mit einem goldenen Labyrinth und dem Monogramm des Kaisers geschmückt war, sich Hornkasts Signal öffnete und ihnen Zugang in den kaiserlichen Thronsaal verschaffte.

Hissunes Herz klopfte rasend schnell. Der Pontifex! Der alte, verrückte Tyeveras! Sein ganzes Leben lang hatte er nie richtig geglaubt, daß so eine Person tatsächlich existierte. Als Kind des Labyrinths, das er war, hatte er den Pontifex stets als übernatürliches Wesen betrachtet, das sich hier in der Tiefe verbarg, der zurückgezogene Herr der Welt; und selbst jetzt, wo Hissune es gewöhnt war, Umgang mit Prinzen und Herzögen und dem Haushalt des Coronals und dem Coronal selbst zu pflegen, betrachtete er den Pontifex als eigenes Wesen, das sich in einer völlig anderen Region aufhielt, unsichtbar, unbegreifbar, unwirklich, unglaublich weit von der Welt der gewöhnlichen Sterblichen entfernt.

Aber er war hier.

Es war genau so, wie es die Legende berichtete. Die Kugel aus blauem Glas, die Röhren und Leitungen und Drähte und Klammern, die farbigen Flüssigkeiten, die in die Lebenserhaltungskammer hinein und wieder hinaus blubberten, und der alte, alte Mann im Inneren, der seltsam aufrecht auf dem drei Stufen erhobenen Thron saß. Die Augen des Pontifex waren offen. Aber sahen sie? Lebte er überhaupt noch?

»Er redet überhaupt nicht mehr«, sagte Hornkast. »Das ist die letzte Veränderung. Aber der Arzt Sepulthrobe sagt, daß sein Verstand noch arbeitet und sein Körper die Vitalität zurückerlangt. Geht noch einen oder zwei Schritte vorwärts. Ihr könnt ihn Euch genauestens ansehen. Seht Ihr?

Seht Ihr? Er atmet. Er blinzelt. Er lebt. Er lebt ganz eindeutig.«

Hissune fühlte sich wie in Gegenwart von etwas aus einem anderen Zeitalter, einem prähistorischen Geschöpf, das auf wunderbare Weise konserviert worden war. Tyeveras! Coronal des Pontifex Ossier, vor wie vielen Generationen? Überlebender aus historischen Zeiten. Dieser Mann hatte Lord Kinniken mit eigenen Augen gesehen. Er war bereits alt gewesen, als Lord Malibor ins Schloß einzog. Und immer noch war er hier: er lebte, ja, wenn man das tatsächlich leben nennen konnte.

Hornkast sagte: »Ihr dürft ihn begrüßen.«

Hissune kannte den Brauch: man gab vor, den Pontifex nicht direkt anzusprechen, sondern richtete die Worte an den Hohen Sprecher und tat so, als würde der Hohe Sprecher sie dem Monarchen übermitteln, was aber in der Praxis nicht geschah.

Er sagte: »Ich bitte Euch, überbringt Seiner Majestät Grüße von seinem Untertanen Prinz Hissune, Sohn von Elsinome, der demütig seine Ehrerbietung zum Ausdruck bringt.«

Der Pontifex antwortete nicht. Der Pontifex machte nicht den Eindruck, als ob er überhaupt etwas gehört hatte.

»Einst«, sagte Hornkast, »gab er Geräusche von sich, die ich als Antwort auf das, was man ihm sagte, interpretieren konnte. Nicht mehr. Er hat seit Monaten nicht mehr gesprochen. Aber wir sprechen dennoch zu ihm.«

Hissune sagte: »Dann sagt dem Pontifex, daß er von aller Welt geliebt wird und daß sein Name ständig in unseren Gebeten erwähnt wird.«

Stille. Der Pontifex war bewegungslos.

»Teilt dem Pontifex ebenfalls mit«, sagte Hissune, »daß die Welt sich weiterdreht, daß Probleme kommen und gehen, daß die Größe von Majipoor bewahrt werden wird.«

Stille. Keine Antwort.

»Fertig?« fragte Hornkast.

Hissune sah durch den Raum zu der rätselhaften Gestalt

im Glaskäfig. Er sehnte sich danach, daß der Pontifex segnend die Hände ausbreiten, daß er prophetische Worte sprechen würde. Aber das, wußte Hissune, würde nicht eintreten.

»Ja«, sagte er. »Ich bin fertig.«

»Dann kommt.«

Der Hohe Sprecher führte Hissune aus dem Thronsaal. Draußen bemerkte Hissune, daß seine feinen Gewänder schweißgetränkt waren und seine Knie zitterten. Tyeveras! Und wenn ich so alt werde wie er, dachte Hissune, werde ich dieses Gesicht niemals vergessen, die Augen, die blaue Glaskugel.

Hornkast sagte: »Das ist eine neue Phase, dieses Schweigen. Sepulthrove meint, daß er immer noch stark ist, vielleicht. Aber das ist möglicherweise der Anfang vom Ende. Trotz aller Maschinen muß es eine Grenze geben.«

»Glaubt Ihr, daß sie bald erreicht sein wird?«

»Ich bete dafür, aber ich kann es nicht sagen. Wir tun nichts, um das Ende zu beschleunigen. Diese Entscheidung liegt in den Händen von Lord Valentine – oder in denen seines Nachfolgers, falls Valentine nicht mehr lebt.«

»Wenn Lord Valentine tot ist«, sagte Hissune, »dann müßte der neue Coronal auf der Stelle Pontifex werden. Es sei denn, auch er beschließt, das Leben von Tyeveras zu verlängern.«

»Richtig. Und wenn Lord Valentine wirklich tot ist, wer, glaubt Ihr, wird dieser neue Coronal sein?«

Hornkasts Blick war gnadenlos und durchdringend. Hissune spürte, wie er im Feuer dieses Blickes schmolz, und seine schwer aufrechterhaltene Überheblichkeit, sein Wissen darum, wer er war und was er erreichen wollte, fielen von ihm ab und hinterließen ihn verletzbar und ungeschützt. Er sah sich selbst in einer plötzlichen, wilden Vision, wie er von den Mächtigen emporkatapultiert wurde, am Morgen Coronal wurde, am Nachmittag den Befehl gab, die Maschinen abzuschalten und in der Nacht die Stelle des

Pontifex einnahm. Aber das war natürlich absurd, sagte er sich in Panik. *Pontifex? Ich? Nächsten Monat?* Das war ein Witz. Es war völlig lächerlich. Er bemühte sich um Gelassenheit und konnte sich nach einem Augenblick wieder auf die Strategie besinnen, die ihm in der Burg so offensichtlich erschienen war: wenn Lord Valentine tot ist, dann muß Divvis Coronal werden, und dann endlich muß Tyeveras sterben und Divvis mußte ins Labyrinth. So mußte es gehen. Es mußte.

Hissune sagte: »Selbstverständlich kann die Nachfolge erst dann definitiv geregelt werden, wenn wir ganz sicher sind, daß der Coronal tot ist, und wir beten täglich für seine Sicherheit. Aber sollte Lord Valentine tatsächlich einem schlimmen Schicksal zum Opfer gefallen sein, dann wird es den Prinzen des Burgbergs wohl eine Ehre sein, den Sohn von Lord Voriax zu bitten, den Thron zu besteigen.«

»Ah.«

»Und wenn dies eintreten sollte, gibt es viele unter uns, die der Meinung sind, daß es dann wünschenswert wäre, den Pontifex Tyeveras endlich zur Quelle heimkehren zu lassen.«

»Ah«, sagte Hornkast. »Ah, ja. Ihr macht Euer Anliegen deutlich genug, nicht wahr?« Sein Blick begegnete dem Hissunes zum letztenmal: kalt, durchdringend, allsehend. Dann wurde er milder, als hätte man ihm einen Schleier über die Augen gezogen, und plötzlich schien der Hohe Sprecher nichts weiter zu sein als ein erschöpfter alter Mann am Ende eines langen und ermüdenden Tages. Hornkast wandte sich ab und ging langsam auf den wartenden Schweber zu. »Kommt«, sagte er. »Es wird spät, Prinz Hissune.«

Es war tatsächlich spät, aber Hissune konnte keinen Schlaf finden. Ich habe den Pontifex gesehen, sagte er immer wieder. Ich habe den Pontifex gesehen. Er lag die halbe Nacht wach und wälzte sich herum, und das Bildnis des alten Tyeveras leuchtete in seinem Verstand; und auch als der Schlaf endlich kam, verblaßte das Bild nicht, sondern leuchtete noch heller, der Pontifex in seiner Glaskugel auf dem Thron. Und weinte der Pontifex? fragte sich Hissune. Und wenn er weinte, um wen weinte er?

Am Nachmittag des nächsten Tages machte sich Hissune in Begleitung einer offiziellen Eskorte auf den Weg in den oberen Teil des Labyrinths, zum Guadeloom-Hof, zu der elenden kleinen Baracke, wo er so lange gewohnt hatte.

Elsinome hatte darauf bestanden, daß es falsch war, wenn er hierher kam, daß es ein schwerwiegender Bruch der Etikette war, wenn ein Prinz vom Burgberg einen so schäbigen Ort wie den Guadeloom-Hof besuchte, und sei es nur, um seine eigene Mutter zu besuchen. Aber Hissune hatte ihre Einwände nicht gelten lassen. »Ich werde zu dir kommen«, hatte er gesagt. »Du mußt nicht zu mir kommen, Mutter.«

Sie schien sich in den Jahren, seit sie einander zuletzt gesehen hatten, nicht sehr verändert zu haben. Wenn überhaupt, dann sah sie kräftiger, größer, lebhafter aus. Aber sie hatte eine unbekannte Behutsamkeit an sich, dachte er. Er breitete die Arme aus, aber sie hielt sich unsicher zurück, fast so, als würde sie ihren eigenen Sohn nicht erkennen.

»Mutter?« sagte er. »Du kennst mich doch, Mutter?«

»Ich möchte es glauben.«

»Ich habe mich nicht geändert, Mutter.«

»Wie deine Haltung jetzt ist ... der Blick deiner Augen ... die Kleidung, die du trägst ...«

»Ich bin dennoch Hissune.«

»Prinzregent Hissune. Und du sagst, du hast dich nicht geändert?«

»Alles hat sich geändert, Mutter. Aber einige Dinge bleiben gleich.«

Dabei schien sie sich ein wenig zu entspannen, ihn zu akzeptieren. Er ging zu ihr und umarmte sie.

Dann trat sie zurück. »Was wird aus der Welt werden, Hissune? Wir hören so schreckliche Neuigkeiten! Sie sagen, daß ganze Provinzen verhungert sind. Neue Coronals haben sich selbst ernannt. Und Lord Valentine ... wo ist Lord Valentine? Wir hier unten wisssen so wenig von dem, was draußen geschieht. Was wird aus der Welt werden, Hissune?«

Hissune schüttelte den Kopf. »Alles liegt in den Händen des Göttlichen, Mutter. Aber ich kann dir eines sagen: wenn es einen Weg gibt, die Welt vor der Katastrophe zu retten, dann finden wir ihn.«

»Ich fange an zu zittern, wenn ich dich *wir* sagen höre. Manchmal sehe ich dich in Träumen auf dem Burgberg, inmitten der hohen Prinzen und Lords – ich sehe, wie sie dich anschauen, wie sie deinen Rat wollen. Aber kann das sein? Ich fange an, bestimmte Dinge zu begreifen – die Lady besucht mich häufig, wenn ich schlafe, wußtest du das? –, aber dennoch gibt es noch so viel zu verstehen, so viel zu lernen ...«

»Die Lady besucht dich häufig, sagst du?«

»Manchmal zwei- oder dreimal pro Woche. Das ist ein großes Privileg. Aber es besorgt mich auch: sie so müde zu sehen, um mir zu helfen, weißt du, und doch habe ich manchmal das Gefühl, als müßte ich ihr helfen, daß ich ihr meine Stärke geben und sie stützen sollte ...«

»Das wirst du, Mutter.«

»Verstehe ich dich richtig, Hissune?«

Er antwortete lange Zeit nicht. Er sah sich in dem kleinen, häßlichen Raum um und betrachtete die vertrauten Gegenstände seiner Kindheit, die geflickten Vorhänge, die abgenutzten Möbel, und dann dacht e er an die Suite, in der er die Nacht verbracht hatte, sowie an die anderen Räumlichkeiten, die ihm auf dme Burgberg zur Verfügung standen.

Er sagte: »Du wirst nicht mehr lange hier bleiben, Mutter.«

»Wohin werde ich gehen?«

Wieder zögerte er.

Leise sagte er: »Ich glaube, sie werden mich zum Coronal machen, Mutter. Und wenn sie das tun, dann mußt du zur

Insel gehen und eine neue und schwierige Aufgabe übernehmen. Verstehst du, was ich sage?«

»Jawohl.«

»Und bist du bereit, Mutter?«

»Ich werde tun, was ich tun muß«, sagte sie zu ihm und lächelte und schüttelte ungläubig den Kopf. Und schüttelte den Unglauben ab und nahm ihn in die Arme.

KAPITEL 9

»Und nun laßt uns gehen«, sagte Faraataa.

Es war die Stunde der Flamme, die Mittagsstunde, und die Sonne stand hoch über Pirifayne. Heute würde es nicht regnen: Regen war heute ausgeschlossen, denn heute war der Tag der Verbreitung des Worts, und das mußte unter einem regenlosen Himmel ausgeführt werden.

Er stand auf einem Gerüst und überblickte die große Lichtung im Dschungel, die seine Anhänger angelegt hatten. Tausende Bäume waren gefällt worden, eine gewaltige Narbe im Antliz des Landes; und in diesem großen Freiraum standen seine Leute Schulter an Schulter, so weit er sehen konnte. Zu beiden Seiten erhoben sich die steilen Pyramidenformen der neuen Tempel, die fast ebenso ätherisch wirkten wie sein Gerüst. Sie waren aus Baumstämmen erbaut worden, die nach uralten Plänen zusammengefügt worden waren, und von ihren höchsten Gipfeln wehten die Banner der Befreiung, rot und gelb. Dies war Neu-Velasier, hier im Dschungel. Nächstes Jahr um diese Zeit, da war Faraataa sicher, würden diese Riten im wahren Velalisier, jenseite des Meeres, ausgeführt werden, wenn es endlich wieder aufgebaut war.

Nun führte er die fünf Wandlungen aus, mühelos und

ohne Probleme schlüpfte er von einer Gestalt in die andere: die Rote Frau, der Blinde Riese, der Gequälte Mann, der Letzte König; jede Verwandlung wurde von einem zischenden Aufschrei der Zuschauer begleitet, und als er sich der fünften Wandlung unterzog und in der Gestalt des Kommenden Prinzen vor ihnen stand, war der Lärm überwältigend. Sie riefen seinen Namen in ständig gesteigerten Crescendos: »Faraataa! *Faraataa!* FARAATAA!«

»Ich bin der Kommende Prinz und der Seiende König!« rief er, wie er so oft in seinen Träumen gerufen hatte.

Und sie antworteten: »Heil dem Kommenden Prinzen und dem Seienden König.«

Und er antwortete: »Gebt euch die Hände, vereinigt den Geist, und dann laßt uns die Wasserkönige rufen.«

Und sie vereinten ihre Geisteskräfte und reichten sich die Hände, und er spürte, wie ihre Kraft durch ihn strömte, als er seinen Ruf aussandte:

-Brüder im Meer!

Er hörte ihre Musik. Er spürte ihre großen Körper, die sich in der Tiefe regten. Alle Könige antworteten: Maazmoorn, Girouz, Sheitoon, Diss, Narain und mehr. Und vereinten sich ebenfalls, und gaben ihre Stärke, und machten sich zum Sprachrohr für seine Worte.

Und seine Worte erklangen in jedem Land und für alle, die sie hören konnten.

-Ihr, die ihr der Feind seid, hört zu! Wisset, daß euch der Krieg erklärt wurde und daß ihr bereits besiegt seid. Die Zeit der Abrechnung ist gekommen. Ihr könnt uns nicht widerstehen. Ihr könnt uns nicht widerstehen. Euer Untergang hat begonnen, und es gibt keine Rettung mehr für euch.

Und die Stimmen seines Volkes erhoben sich ringsumher. »Faraataa! Faraataa! Faraataa!«

Seine Haut begann zu leuchten. Seine Augen verströmten einen seltsamen Glanz. Er war zum Kommenden Prinzen geworden, er war zum Seienden König geworden.

-Vierzehntausend Jahre lang gehörte diese Welt euch, und nun haben wir sie zurückgewonnen. Verlaßt sie, Fremde! Geht in eure

Schiffe und kehrt zu den Sternen zurück, von denen ihr gekommen seid, denn diese Welt gehört wieder uns. Geht!

»Faraataa! Faraataa!«

-Geht, oder ihr bekommt unseren gewaltigen Zorn zu spüren! Geht, oder ihr werdet ins Meer getrieben! Geht, oder wir werden keine von euch verschonen!

»Faraataa!«

Er breitete die Arme aus. Er öffnete sich den strömenden Energien all derer, die vor ihm standen, und der Wasserkönige, die seine Helfer und Verbündeten waren. Die Zeit der Verbannung und des Leids, wußte er, ging zu Ende. Der Heilige Krieg war fast gewonnen. Diejenigen, die diese Welt gestohlen und sich wie ein Schwarm gefräßige Insekten auf ihr ausgebreitet hatten, würden zerschmettert werden.

-Hört mich, Feinde. Ich bin der Seiende König!

Und die stummen Stimmen riefen mit unwiderstehlicher Macht:

-Hört ihn, Feinde. Er ist der Seiende König!

-Eure Zeit ist gekommen! Euer Ende ist nah! geht fort von unserer Welt!

-Geht fort von unserer Welt!

»Faraataa!« riefen sie laut. »Faraataa! Faraataa!«

»Ich bin der Kommende Prinz. Ich bin der Seiende König!«

Und sie antworteten ihm: »Heil dem Kommenden Prinzen, dem Seienden König!«

BUCH VIER

Das Buch des Pontifex

KAPITEL

1

»Ein seltsamer Tag, mein Lord, wenn der Coronal als Bettler zum König der Träume kommen muß«, sagte Sleet, der die Hände vor das Gesicht hielt, um sich gegen den mörderischen Wind zu schützen, der ihnen unbarmherzig von Suvrael entgegenwehte. Noch ein paar Stunden, dann würden sie in Tolaghai, der größten Hafenstadt des südlichen Kontinents, anlegen.

»Nicht als Bettler, Sleet«, sagte Valentine leise. »Als Waffenbruder, der Unterstützung gegen einen gemeinsamen Feind erbittet.«

Carabella wandte sich ihm überrascht zu. »Waffenbruder, Valentine? Ich habe dich noch niemals zuvor in so kriegerischer Weise von deiner Person sprechen hören.«

»Wir sind doch im Krieg, oder nicht?«

»Also willst du kämpfen? Und du willst Leben mit deiner eigenen Hand nehmen?«

Valentine sah sie eindringlich an und fragte sich, ob sie ihn irgendwie verspotten wollte, aber nein, ihr Gesicht war so sanft wie immer, ihr Blick verständnisvoll. Er sagte: »Du weißt, daß ich nie Blut vergießen werde. Aber es gibt noch andere Methoden der Kriegführung. Ich habe schon einmal einen Krieg gefochten, als du an meiner Seite warst; habe ich da ein Leben genommen?«

»Aber wer waren damals die Gegner?« wollte Sleet ungeduldig wissen. »Eure eigenen treuesten Freunde, die durch die Täuschung der Gestaltveränderer genarrt worden waren! Elidath ... Tunigorn ... Stasilaine ... Mirigant – sie alle traten gegen Euch an. Natürlich wart Ihr gnädig mit ihnen! Ihr verspürtet keinen Wunsch, solche wie Elidath oder Mirigant zu erschlagen: Ihr wolltet sie nur für Eure Seite gewinnen.«

»Dominin Barjazid war kein teurer Freund von mir. Ich

verschonte ihn ebenfalls, und ich glaube, darüber werden wir jetzt froh sein.«

»Eine Tat großer Gnade, ja. Aber jetzt haben wir es mit einem anderen Gegner zu tun – Gestaltveränderergesindel, grausames Pack ...«

»Sleet!«

»Aber so sind sie, mein Lord! Kreaturen, die sich geschworen haben, all das zu vernichten, was wir auf unserer Welt geschaffen haben.«

»Auf *ihrer* Welt, Sleet«, sagte Valentine. »Vergiß nicht: dies ist ihre Welt.«

»*War*, mein Lord. Sie verloren sie an uns. Sie sind nur ein paar Millionen auf einer Welt, die groß genug ist für ...«

»Muß diese unnütze Unterhaltung schon wieder sein?« platzte Carabella heraus, die sich keine Mühe gaba, ihren Zorn zu verbergen.

»Warum? Ist es nicht schon schwer genug, die Luft zu atmen, die aus Suvrael hergeweht wird, auch ohne die Lungen durch das unnütze Gerede anzustrengen?«

»Ich wollte nur sagen, meine Lady, daß der Krieg um die Krone ein Krieg war, der mit friedlichen Mitteln gewonnen werden konnte, mit offenen Armen und einer herzlichen Umarmung. Wir haben es jetzt mit einem anderen Gegner zu tun. Dieser Faraataa ist haßerfüllt. Er wird erst ruhen, wenn wir alle tot sind: Wird er sich durch Liebe überzeugen lassen? Was meint Ihr, mein Lord?«

Valentine sah weg. »Wir werden alle Mittel anwenden, die angemessen sind«, sagte er, »nur Unheil von Majipoor abzuwenden.«

»Wenn Ihr ehrlich meint, was Ihr sagt, dann müßt Ihr bereit sein, den Feind zu vernichten«, antwortete Sleet düster. »Ihn nicht nur in den Dschungel zu treiben, wie Lord Stiamot es getan hat, sondern ihn auszulöschen, ihn auszumerzen, die Bedrohung für immer aus der Welt zu schaffen, die er für unsere Zivilisation ...«

»Auslöschen? Ausmerzen?« Valentine lachte. »Du klingst prähistorisch, Sleet!«

»Er meint es nicht wörtlich, mein Lord«, sagte Carabella.

»Oh, doch, doch! Oder nicht, Sleet?«

Achselzuckend sagte Sleet: »Ihr wißt, daß meine Abscheu vor den Metamorphen nicht allein bei mir liegt, sondern mir in einer Sendung auferlegt wurde – einer Sendung aus eben dem Land, das vor uns liegt. Aber davon abgesehen glaube ich, daß sie ihr Leben verwirkt haben wegen dem, was sie uns angetan haben. Ich entschuldige mich nicht für diese meine Überzeugung.«

»Und du würdest Millionen Wesen wegen der Fehler unserer Führer töten? Sleet, Sleet, *du* bist für unsere Zivilisation eine größere Bedrohung als zehntausend Metamorphen!«

Sleets bleiche, fleischlose Wangen röteten sich, aber er sagte nichts.

»Nun bist du beleidigt«, sagte Valentine. »Ich wollte dich nicht beleidigen.«

Mit leiser Stimme sagte Sleet: »Der Coronal muß den blutrünstigen Barbaran nicht um Verzeihung bitten, der ihm dient.«

»Ich wollte dich nicht verspotten. Ich wollte dir nur widersprechen.«

»Dann widersprich mit«, sagte Sleet. »Wenn ich Coronal wäre, würde ich sie alle umbringen.«

»Aber ich bin Coronal – wenigstens in einigen Teilen der Welt. Und solange ich Coronal bin, werde ich nach Möglichkeiten suchen, diesen Krieg auch ohne Ausrottung und Auslöschung zu gewinnen. Ist das akzeptabel für dich, Sleet?«

»Was immer der Coronal wünscht, ist akzeptabel für mich, und das wißt Ihr, mein Lord ... Ich sagte nur, was ich tun würde, wenn ich Coronal wäre.«

»Möge der Göttliche dir dieses Schicksal ersparen«, sagte Valentine mit einem feinen Lächeln.

»Und Euch, mein Lord, die Notwendigkeit zur Gewaltanwendung, denn ich weiß, daß sie nicht in Eurer Natur liegt«, antwortete Sleet mit einem noch feineren Lächeln. Er entbot eine formellen Salut. »Wir werden in Kürze in Tolaghai ankommen«, sagte er, »und ich muß erhebliche Vorbereitungen für Euren Empfang treffen. Darf ich mich zurückziehen, mein Lord?«

Als Sleet sich entfernte, sah Valentine ihm einen Augenblick nach; dann beschattete er die Augen vor dem grellen Schein der Sonne und starrte in den Wind zum südlichen Kontinent, der sich nun als dunkle, massive Formation am Horizont herausschälte.

Suvrael! Allein der Name ließ ihn erschauern!

Er hatte nie damit gerechnet, hierherzukommen: zum Stiefkind unter Majipoors Kontinenten, das vergessen und häufig vernachlässigt wurde, ein wenig besiedelter Ort kahler und feindlicher Wüsten, fast völlig öde und unzugänglich, ganz anders als der Rest von Majipoor, so daß der Kontinent fast das Stück eines anderen Planeten zu sein schien. Wenngleich sich Millionen Menschen hier aufhielten, zusammengedrängt in zwölf Städten, die in den am wenigsten lebensfeindlichen Regionen lagen, hatten über die Jahrhunderte hinweg nur die lockersten Bande Suvrael mit den beiden Hauptkontinenten verbunden. Wenn Beamte der Zentralregierung mit Aufträgen hierhergeschickt wurden, betrachteten sie das als Strafaktion. Wenige Coronals waren jemals hier gewesen. Valentine hatte gehört, daß Lord Tyeveras während seiner großen Prozessionen hier gewesen war, und er glaubte sich zu erinnern, daß Lord Kinniken einst dasselbe getan hatte. Und selbstverständlich war da noch die legendäre Reise von Dekkeret, der in Begleitung des Begründers der Barjazid-Dynastie durch die Wüste der gestohlenen Träume gereist war, aber das war lange vor seiner Ernennung zum Coronal gewesen.

Aus Suvrael kamen nur drei Dinge, die Einfluß auf das Leben von Majipoor ausübten. Eines war der Wind: von Suvrael wehte das ganze Jahr über ein Strom heißer Luft, der die Südküsten von Alhanroel und Zimroel heimsuchte und sie fast so unwirtlich wie Suvrael selbst machte. Das zweite war Fleisch: an der Westseite des Kontinents stieg Nebel vom Meer auf und zog landeinwärts, wodurch eine Zone fruchtbaren Grüns entstand, wo Vieh zum Export zu den anderen Kontinenten gezüchtet wurde. Und der dritte bedeutende Exportartikel Suvraels waren Träume. Inzwischen schon tausend Jahre hielten die Barjazids von ihrem großen Anwesen abseits von Tolaghai die Macht über ihr Gefilde in Händen: mit Hilfe ihrer gedankenverstärkenden Erfindung, deren Geheimnis sie eifersüchtig hüteten, schickten sie ihre Sendungen in die Welt, mahnende und beängstigende Infiltrationen der Seele, die jeden suchten und fanden, der einem Mitbürger ein Leid angetan hatte oder es plante. In ihrer barschen und bedrohlichen Weise waren die Barjazids das Gewissen der Welt, und sie waren seit langem der Stock und die Peitsche, mit deren Hilfe der Coronal, der Pontifex und die Lady der Insel ihre gütigere Herrschaft aufrechterhalten konnten.

Als die Metamorphen ihren ersten, fehlgeschlagenen Versuch unternahmen, Valentine vom Thron zu stürzen, hatten sie die Macht des Königs der Träume schnell erkannt, und als der Kopf der Barjazids, der alte Simonan erkrankt war, hatten sie schnell einen ihrer eigenen mit dem sterbenden Mann ausgetauscht. Was schließlich zur Usurpation von Valentines Thron durch Simonans jüngsten Sohn Dominin führte, wenngleich er niemals vermutet hatte, daß derjenige, der ihn zu diesem waghalsigen Abenteuer verleitet hatte, nicht sein wirklicher Vater gewesen war, sondern ein Spion der Metamorphen.

Und ja, dachte Valentine, Sleet hatte recht: wie seltsam war es, daß sich der Coronal nun ausgerechnet um Barjazids Unterstützung bemühte, als sein Thron erneut in Gefahr war.

Er war fast zufällig nach Suvrael gekommen. Bei ihrem Rückzug aus Piurifayne hatten Valentine und seine Leute eine südöstliche Route zum Meer eingeschlagen, denn es wäre natürlich unklug gewesen, nordöstlich zum rebellischen Piliplok zu ziehen, und der zentrale Teil der Küste Gihornas war völlig ohne Hafenstädte. Schließlich erreichten sie die südöstliche Spitze von Zimroel, die isolierte Provinz mit dem Namen Bellatule, ein feuchtes tropisches Land mit messerscharfem Gras, Sümpfen mit aromatisch riechendem Schlamm und gefiederten Schlangen.

Das Volk von Bellalute bestand größtenteils aus Hjorts: ernste, düstere Leute mit Glubschaugen und Müdnern voll gummiartiger Kauknorpel. Die meisten von ihnen verdienten sich den Lebensunterhalt im Handelsgewerbe, indem sie fertige Waren aus der ganzen Welt bezogen, die sie als Gegenleistung für Schlachtvieh nach Suvrael verschifften. Da die jüngsten weltweiten Notstände zu einem starken Absinken der Fertigung von Gebrauchsgütern geführt hatten und der Verkehr zwischen den Provinzen fast völlig zum Erliegen gekommen war, stagnierte auch der Handel der Kaufleute von Bellalute; aber wenigstens hatte es keine Hungersnöte gegeben, da die Provinz in der Nahrungsmittelbeschaffung weitgehend autark war und fast ausschließlich vom Fischfang an der Küste existierte, und Landwirtschaft nur in minimalem Umfang betrieben wurde, weshalb die Seuchen anderer Regionen hier keine Auswirkungen zeigten. Bellalute war ruhig und stand loyal zur Zentralregierung.

Valentine hatte gehofft, ein Schiff zur Insel zu finden, um mit seiner Mutter strategische Fragen diskutieren zu können. Aber die Schiffskapitäne warnten ihn ernst davor, die Reise zur Insel gerade jetzt zu unternehmen. »Kein Schiff ist in den letzten Monaten nach Norden aufgebrochen«, informierten sie ihn. »Daran sind die Drachen schuld: Sie vernichten alles, was an der Küste entlang oder zum Archipel segelt. Solange das so ist, wäre eine Reise nach Norden oder Osten Selbstmord, und sonst nichts.« Es konnte noch sechs oder acht Monate dauern, glaubten sie, bis die letzten Drachenschwärme, die zuletzt die südöstliche Ecke von Zimroel umrundet hatten, ihre Reise in die nördlichen Gewässer beendet hatten und die Seewege wieder frei waren.

Die Aussicht, im abgelegenen und obskuren Bellatule festzusitzen, behagte Valentine nicht. Nach Piurifayne zurückzukehren schien vergeblich, und eine Reise ins Herz des

Kontinents um die Provinz der Metamorphen herum würde zeitraubend und gefährlich sein. Aber es gab noch eine andere Möglichkeit. »Wir können Euch nach Suvrael bringen, mein Lord«, sagte der Schiffseigner. »In die südlichen Gewässer sind die Drachen noch nicht vorgedrungen, diese Route ist ungefährlich.« *Suvrael?* Im ersten Augenblick erschien ihm die Vorstellung bizarr. Aber dann dachte Valentine: *Warum nicht?* Die Unterstützung der Barjazids konnte wertvoll sein, sicherlich aber sollte man sie nicht von der Hand weisen. Und vielleicht gab es vom südlichen Kontinent einen gefahrlosen Weg zur Insel, oder nach Alhanroel, der an der von den Meeresdrachen bedrohten Zone vorbeiführte. Ja. Ja.

Also dann: Suvrael. Die Reise verlief rasch. Und nun begann die Flotte der Kaufleute von Bellatule, die ständig südwärts gegen den schneidenden Wind kreuzte, ihre Einfahrt in den Hafen von Tolaghai.

Die Stadt schwelte unter der nachmittäglichen Hitze. Sie war ein abstoßender Ort, eine Ansammlung lehmfarbener Gebäude, einen oder zwei Stockwerke hoch, die sich entlang der Küste und zu den niederen Hügeln erstreckten, welche die Grenze zwischen der Küstenebene und den gnadenlosen Wüsten des Landesinnern bildeten. Als der Coronal und seine Gefolgschaft ans Ufer geführt wurde, warf Carabella Valentine einen konsternierten Blick zu. Er schenkte ihr ein ermutigendes Lächeln, aber ohne viel Überzeugung. In diesem Augenblick schien der Burgberg nicht zehntausend Meilen entfernt zu sein, sondern zehn Millionen.

Aber fünf prächtig hergerichtete Schweber mit Streifen in Gelb und Purpur, den Farben des Königs der Träume, warteten im Innenhof des Zollamts. Vor ihnen standen Wachen in Livreen derselben Farben; und während Valentine und Carabella näher kamen, trat ein großer, kräftig aussehender Mann mit dichtem schwarzen, von grauen Strähnen durchzogenen Bart hervor und begann mit leichtem Hinken auf sie zuzugehen.

Valentine erinnerte sich genau an dieses Hinken, denn einst war es sein eigenes gewesen. Wie auch der Körper, den der Mann mit dem schwarzen Bart jetzt hatte, denn dies war Dominin Barjazid, der ehemalige Usurpator, auf dessen Befehl hin Lord Valentine in den Körper eines unbekannten blonden Fremden verbannt worden war, damit Barjazid, der sich Valentines eigenen Körpers bemächtigte, als Valentine auf dem Burgberg regieren konnte. Das Hinken ging auf eine Verletzung des jungen Valentine zurück, als dieser das Bein bei einem törichten Unfall gebrochen hatte, als er mit Elidath den Pygmäenwald bei Amblemorn durchritt.

»Mein Lord, willkommen«, sagte Dominin Barjazid mit großer Herzlichkeit. »Ihr erweist uns eine große Ehre mit diesem Besuch, auf den wir lange Jahre gewartet haben.«

Er entbot Valentine den Sternenfächergruß, mit zitternden Händen, wie Valentine bemerkte. Auch der Coronal selbst war tief bewegt. Denn es war ein seltsames Erlebnis, wieder den eigenen Körper zu sehen, der nun einem anderen gehörte. Er hatte das Risiko nicht auf sich genommen, diesen Körper zurückzubekommen, nachdem Dominin besiegt war, dennoch verwirrte es ihn nicht wenig, die Seele eines anderen aus seinen Augen blicken zu sehen. Gleichzeitig bewegte es ihn, den ehemaligen Umstürzler inzwischen so geläutert, von seinem Verrat befreit und in herzlicher Übereinstimmung zu sehen.

Manche wollten Dominin wegen seines Verbrechens zum Tode verurteilt sehen. Aber Valentine hatte sich von derlei Forderungen nie beeindrucken lassen. Vielleicht hatten die Barbarenkönige auf fernen, prähistorischen Planeten ihre Feinde hinrichten lassen, aber kein Verbrechen – nicht einmal ein Angriff auf den Coronal selbst – hatte auf Majipoor jemals eine so drastische Strafe nach sich gezogen. Außerdem war der gefallene Dominin dem Wahnsinn verfallen, sein Verstand wurde niedergeschmettert von der Erkenntnis, daß sein Vater, der angebliche König der Träume, ein Agent der Metamorphen war.

Es wäre vergebens gewesen, ein so erniedrigtes Geschöpf

zusätzlich zu bestrafen. Valentine, der seinen Thron wieder bestiegen hatte, hatte ihn Angehörigen seiner Familie übergeben, die ihn nach Suvrael zurückbrachten. Dort erholte er sich langsam wieder. Einige Jahre später hatte er gebeten, zum Burgberg kommen und die Vergebung des Coronals erflehen zu dürfen. »Ich habe bereits vergeben«, hatte Valentine geantwortet; aber Dominin war dennoch gekommen, und am Audienz-Tag kniete er aufrichtig zerknirscht und reuig im Confalume-Thronsaal vor ihm und befreite seine Seele von der Last des Verrats.

Nun, dachte Valentine, sind die Umstände wieder völlig verändert: denn dies ist Dominius ureigenstes Reich, und ich bin wenig mehr als ein Flüchtling.

Dominin sagte: »Mein königlicher Bruder Minax hat nach mir geschickt, mein Lord, um Euch zum Barjazid-Palast zu bringen, wo Ihr sein Gast sein sollt. Werdet Ihr mit mir im ersten Schweber reisen?«

Der Palast lag außerhalb von Tolaghai in einem öden, häßlichen Tal. Valentine hatte ihn hin und wieder in Träumen gesehen: ein geheimnisvolles, bedrohlich wirkendes Bauwerk aus schwarzem Stein mit einer fantastischen Anordnung von spitzen Türmchen und eckigen Minaretts. Offensichtlich war er entworfen worden, um das Auge zu beleidigen und Angst einzuflößen.

»Wie schrecklich!« flüsterte Carabella, während sie näher kamen.

»Abwarten«, sagte Valentine. »Einfach abwarten.«

Sie durchfuhren das große Portal und kamen in eine Anlage, die im Inneren keinerlei Ähnlichkeit mit dem abstoßenden und unnahbaren Äußeren aufwies. Die sanfte Musik von Springbrunnen hallte in luftigen Innenhöfen, kühle und wohlriechende Brisen ersetzten die bittere Hitze der Außenwelt. Als Valentine mit Carabella an der Hand aus dem Schweber ausstieg, sah er Kellner mit geeisten Weinen und Sorbets warten, er hörte Musiker auf feinen Instrumenten spielen. In der Mitte von alledem warteten zwei Gestalten, die in lose weiße Gewänder gehüllt waren, einer mit weichen Zügen, rundlichem Bauch und blaß; der andere groß, mit raubvogelartigem Gesicht und von der Wüstensonne fast schwarz gebrannt. Auf der Stirn trug der Dunkle das glitzernde goldene Diadem, das ihn als einen der Mächtigen von Majipoor kennzeichnete. Man mußte Valentine nicht sagen, daß dies Minax Barjazid war, der als Nachfolger seines verstorbenen Vaters König der Träume geworden war. Der andere, sanftere Mann war aller Wahrscheinlichkeit nach sein Bruder Christoph. Beide machten die Sternenfächergeste, und Minax trat vor, um Valentine eigenhändig ein Glas eisgekühlten blauen Wein anzubieten.

»Mein Lord«, sagte er, »Ihr seid in beunruhigenden Zeiten zu uns gekommen. Dennoch begrüßen wir Euch voller Freude, so ernst der Augenblick auch sein mag. Wir stehen tief in Eurer Schuld, mein Lord. Was unser ist, gehört auch Euch. Was wir haben, soll Eurem Befehl unterstehen.« Es war eindeutig eine Rede, die er mit großer Sorgfalt vorbereitet hatte, und die Resonanz und Glätte des Vortrags zeugte von längerem Üben. Aber dann beugte sich der König der Träume nach vorne, bis seine funkelnden Augen nur noch Zentimeter von denen des Coronals entfernt waren, und mit einer anderen, tieferen und vertraulicheren Stimme sagte er: »Ihr mögt hier Zuflucht suchen, so lange Ihr wollt.«

Leise antwortete Valentine: »Ihr mißversteht, Hoheit. Ich bin nicht gekommen, um Zuflucht zu suchen, sondern um Eure Unterstützung im bevorstehenden Kampf zu erbitten.«

Das schien den König der Träume zu überraschen. »Selbstverständlich steht Euch jede Unterstützung zur Verfügung, die ich geben kann. Aber seht Ihr tatsächlich eine Möglichkeit, dem Untergang auszuweichen, dem wir entgegentaumeln? Ich muß Euch sagen, mein Lord, daß ich die Welt hiermit genauestens studiert habe« – er berührte das Stirnband der Macht – »und ich selbst sehe keine Hoffnung, mein Lord, überhaupt keine Hoffnung.«

KAPITEL 2

Eine Stunde vor der Dämmerung begann unten in Ni-moya wieder das Singen: Tausende, vielleicht sogar Hunderttausende Stimmen brüllten aus voller Kehle: »Thallimon! Thallimon! Lord Thallimon! *Thallimon! Thallimon!*« Der Klang dieses nachdrücklichen Jubelrufs rollte über den angrenzenden Bezirk Gimbeluc hinweg und hallte über die weiten Flächen des Tierparks wie eine gewaltige, unaufhaltsame Flutwelle.

Es war drei Tage her, seit die Feiern für den neuesten der neuen Coronals begonnen hatten, und der Tumult der heutigen Nacht war der schlimmste bisher. Wahrscheinlich wurde er von Aufständen, Plünderungen und großen Zerstörungen begleitet. Aber das kümmerte Yarmuz Khitain kaum. Dies war bereits der entsetzlichste Tag gewesen, den er in seiner langen Zeit als Kurator des Parks hatte überstehen müssen, ein Angriff auf alles, was er für angemessen, vernünftig und geistig gesund hielt, warum sollte er sich jetzt noch über etwas Lärm aufregen, den ein paar Narren in der Stadt machten?

Als der Morgen dieses Tages graute, war Yarmuz Khitain von einem sehr jungen Assistenzkurator geweckt worden, der ihm schüchtern erzählt hatte: »Vingole Nayila ist zurückgekommen, Sir. Er wartet am Ost-Tor.«

»Hat er viel mitgebracht?«

»O ja, Sir! Drei Transportschweber voll, Sir!«

»Ich komme gleich«, sagte Yarmuz Khitain.

Vingole Nayila, der Chef-Zoologe des Parks, hatte in den vergangenen fünf Monaten Untersuchungen in den heimgesuchten Gegenden des nördlichen Zentralzimroel angestellt. Er gehörte nicht zu denen, von denen Yarmuz Khitain besonders viel hielt, denn er neigte dazu, eitel und selbstgefällig zu sein, und wann immer er sich bei der Suche nach einem seltenen Tier in tödliche Gefahr begab, stellte er sicher, daß auch jeder ganz genau erfuhr, wie tödlich die

Gefahr gewesen war. Aber in seinem Fach war er ein Meister, ein außergewöhnlicher Sammler wilder Tiere, und als solcher unüberwindlich und furchtlos. Als die ersten Meldungen über unbekannte und groteske Tiere auftauchten, die in der Gegend zwischen Khyntor und Dulorn ihr Unwesen trieben, hatte Nayila keine Zeit verloren, eine Expedition zusammenzustellen.

Und offensichtlich auch eine erfolgreiche. Als Yarmuz Khitain das Ost-Tor erreichte, sah er auf der anderen Seite des Energiefeldes, das Eindringlinge draußen und die wilden Tiere drinnen hielt, wie sich Nayila emsig zu schaffen machte. Jenseits der Zone des rosa Nebels überwachte Nayila das Entladen einer großen Zahl von Holzkisten, aus denen alle Arten von Zischen und Fauchen und Brummen und Kreischen erklangen. Als Khitain erschien, blickte Nayila herüber und rief:

»Khitain! Sie werden nicht *glauben*, was ich mitgebracht habe!«

»Werde ich es denn wollen?« fragte Yarmuz Khitain.

Anscheinend hatte der Aufnahmeprozeß bereits begonnen: der gesamte Stab, sofern er noch übriggeblieben war, hatte sich eingefunden, um Nayilas Tiere in ihren Kisten durch das Tor und zum Empfangsgebäude zu tragen, wo man sie alle in Käfigen unterbringen und ihre Gewohnheiten studieren konnte, bis man genügend von ihnen wußte, daß man sie in die offenen Gehege entlassen konnte. »Vorsicht!« brüllte Nayila, als zwei Männer, die sich mit einer besonders großen Kiste abmühten, diese beinahe auf die Seite fallen ließen. »Wenn dieses Tier freikommt, wird es uns allen leid tun – aber zuerst Ihnen!« An Yarmuz Khitain gewandt, sagte er: »Eine echte Horror-Show. Raubtiere – alles Raubtiere –, Zähne wie Messer, Krallen wie Rasierklingen –, ich frage mich, wie ich überhaupt lebend zurückkommen konnte. Mindestens ein halbes dutzendmal dachte ich, es wäre aus mit mir, dabei hatte ich nichts hiervon für das Seelenregister aufgezeichnet. Welch eine Verschwendung wäre das gewesen. Welch eine Verschwendung! Aber ich bin wieder da. Kommen Sie ... Sie müssen sich diese Tiere ansehen ...!«

Eine Horror-Show, ja. Den ganzen Vormittag über und bis spät in den Nachmittag hinein betrachtete Yarmuz Khitain eine Prozession des Unmöglichen, Bösen und völlig Unakzeptablen: Freaks, Monster, abscheuliche Anomalien.

»Die liefen frei in den Bezirken um Mazadone herum«, sagte Nayila und deutete auf ein paar kleine, wütend schnaubende Tiere mit feurigen roten Augen und drei scharfen Hörnern, die drei Zoll lang aus den Stirnen hervorragten. Anhand ihres dicken roten Pelzes konnte Yarmuz Khitain sie als Haigus erkennen – aber er hatte noch nie einen Haigus mit Horn gesehen, noch welche, die so entschlossen bösartig waren. »Bösartige kleine Killer«, sagte Nayila. »Ich habe zugesehen, wie sie ein Balve angegriffen und es innerhalb von fünf Minuten töteten, indem sie einfach gegen seinen Bauch sprangen. Ich konnte sie, während sie fraßen, einfangen, und dann kam dieses Ding, um das restliche Aas zu beseitigen.« Er deutete auf einen Canavong mit dunklen Schwingen, einem bedrohlichen schwarzen Schnabel und einem einzigen tückischen Auge auf der Stirn: ein harmloser Aasfresser hatte sich auf geheimnisvolle Weise in ein Ding aus einem Alptraum verwandelt.

»Haben Sie jemals etwas so Häßliches gesehen?«

»Ich möchte nie etwas Häßlicheres sehen«, antwortete Yarmur Khitain.

»Aber das werden Sie. Das werden Sie. Häßlicher, gefährlicher, bösartiger – sehen Sie nur her, was aus diesen Kisten kommt.«

Yarmuz Khitain war nicht sicher, daß er es wissen wollte. Er hatte sein ganzes Leben mit Tieren verbracht, sie studiert, ihre Lebensweisen erforscht, sich um sie gekümmert. Er hatte sie im wahrsten Sinne des Wortes geliebt. Aber diese ... diese ...

»Und dann sehen Sie sich das an«, fuhr Nayila fort. »Ein Zwergdhumkiar, vielleicht ein Zehntel seiner Normalgröße, und fünfzigmal so schnell. Es ist nicht damit zufrieden, hier im Sand zu sitzen und mit der Schnauze nach seiner Nahrung zu wühlen. Nein, es ist ein böses, schnelles Geschöpf, das einen verfolgt und einem schneller den Fuß am Knöchel abnagen würde als es zum Atmen braucht. Oder dies: ein Manculain, würden Sie nicht auch sagen?«

»Gewiß. Aber es gibt in Zimroel keine Manculains.«

»Das habe ich auch gedacht, bis ich diesen Kameraden an einer Bergstraße in Velathys sah. Große Ähnlichkeit mit den Manculains von Stoienzar, nicht? Aber mit wenigstens einem Unterschieu.« Er kniete neben dem Käfig nieder, der das rundliche, vielbeinige Tier enthielt, und knurrte es tief an. Das Manculain knurrte sofort zurück und begann auf bedrohliche Weise die langen, dolchähnlichen Stacheln aufzuplusteren, die ihm am ganzen Körper wuchsen, als wollte es sie durch das Drahtgeflecht auf ihn abfeuern. Nayila sagte: »Es begnügt sich nicht mit Stacheln. Die Stacheln sind *vergiftet*. Ein Kratzer, und der Arm ist hinterher wochenlang geschwollen. Ich weiß es. Ich weiß nicht, was geschehen wäre, wäre der Stachel tiefer eingedrungen. Und ich möchte es auch nicht wissen, Sie?«

Yarmuz Khitain zitterte. Es machte ihn krank, sich vorzustellen, daß diese schrecklichen Geschöpfe im Tierpark bleiben sollten, der vor Jahren für alle, meist zahmen und friedlichen Tiere geschaffen worden war, die vom Aussterben bedroht waren, als die Zivilisation von Majipoor sich immer weiter ausgebreitet hatte. Selbstverständlich besaß der Park auch eine Reihe von Raubtieren, und Yarmuz Khitain hatte nie etwas gegen sie einzuwenden gehabt: schließlich waren auch sie das Werk des Göttlichen, und wenn sie töten mußten, um zu leben, so taten sie das nicht aus reiner Mordlust heraus. Aber diese ... diese ...

Diese Tiere sind böse, dachte er. *Sie sollten getötet werden.*

Diese Gedanken setzten ihn in Erstaunen. Noch niemals war ihm etwas Derartiges in den Sinn gekommen. Tiere böse? Wie konnten Tier böse sein? Er konnte sagen: *Ich glaube, dieses Tier ist sehr häßlich,* oder: *Ich glaube, dieses Tier ist sehr gefährlich,* aber böse? Nein. Nein. Tiere waren nicht imstande, böse zu sein, nicht einmal diese. Das Böse mußte irgendwo anders sein: in ihren Schöpfern. Nein, auch sie nicht. Auch sie haben ihre Gründe, diese Geschöpfe in der Welt freizulassen, und diese Gründe können nicht in reiner Bösartigkeit um ihrer selbst willen bestehen, es sei denn, ich würde mich gewaltig täuschen. Wo aber ist dann das Böse? Das Böse, sagte sich Khitain, ist überall, ein gestaltloses Ding, das zwischen den Luftmolekülen hindurchschlüpft, die wir atmen. Es ist eine universelle Korruption, an der wir alle teilhaben. Außer den Tieren.

Außer den Tieren.

»Wie ist es möglich«, fragte Yarmuz Khitain, »daß die Metamorphen die Fähigkeit haben, solche Dinge zu züchten?«

»Die Metamorphen haben viele Fähigkeiten, die zu lernen wir uns nie die Mühe gemacht haben, scheint es. Sie saßen jahrelang in Piurifayne und züchteten solche Tiere, von denen sie sich insgeheim einen großen Vorrat zulegten. Können Sie sich vorstellen, wie die Aufbewahrungsorte ausgesehen haben müssen – ein Horror-Zoo, von Monstern bevölkert? Und nun hatten sie die Freundlichkeit, sie mit uns zu teilen.«

»Aber können wir sicher sein, daß diese Tiere aus Piurifayne stammen?«

»Ich habe die Distributionsvektoren sehr sorgfältig studiert. Die Linien verlaufen strahlenförmig aus einer Region südwestlich von Ilirivoyne hervor. Das ist das Werk der Metamorphen, daran kann kein Zweifel bestehen. Es kann einfach nicht sein, daß gleichzeitig zwei oder drei Dutzend abscheuliche neue Tierarten durch spontane Mutation in Zimroel auftauchen. Wir wissen, daß wir Krieg haben: das sind die Waffen, Khitain.«

Der ältere Mann nickte. »Ich glaube, Sie haben recht.«

»Das Schlimmste habe ich mir bis zuletzt aufgehoben. Kommen Sie: sehen Sie sich das an.«

In einem Käfig aus so fein geflochtenem Metallgitter, daß er durch die Wände hindurchsehen konnte, beobachtete

Khitain eine aufgeregte Horde kleiner geflügelter Kreaturen, die sich gegen die Wände des Käfigs warfen, wütend mit den ledrigen Flügeln dagegenschlugen, zurückfielen und zu neuen Versuchen ansetzten. Es waren pelzige kleine Biester, etwa acht Zoll lang, mit unproportional großen Mündern und perlartigen, glitzernden roten Augen.

»Dhiims«, sagte Nayila. »Ich habe sie in einem Dwikkawald bei Borgax gefangen.«

»Dhiims?« fragte Khitain heiser.

»Dhiims, ja. Sie fraßen gerade ein kleines Waldbrethren, als ich sie fand, das sie vermutlich selbst getötet hatten. Sie waren so mit Fressen beschäftigt, daß sie mich gar nicht kommen sahen. Ich setzte sie mit dem Fangspray außer Gefecht und sammelte sie ein. Ein paar von ihnen wachten auf, bevor ich sie alle im Käfig hatte. Ich kann von Glück sagen, daß ich noch alle Finger besitze, Yarmuz.«

»Ich kenne Dhiims«, sagte Khitain. »Sie sind zwei Zoll lang und ein halbes Zoll breit. Die hier haben die Größe von Ratten.«

»Ja. Fliegende Ratten. Fleischfressende Ratten. Fleischfressende Riesendhiims, was? Dhiims, die nicht nur nagen und knabbern, sondern Dhiims, die ein Waldlebewesen innerhalb weniger Minuten bis auf die Knochen abnagen können. Sind sie nicht reizend? Stellen Sie sich einen Schwarm davon über Nimoya vor. Eine Million, zwei Millionen – wie Moskitos in der Luft. Sie stoßen herab. Sie fressen alles, was ihnen im Weg ist. Eine neue Heuschreckenplage – fleischfressende Heuschrecken ...«

Khitain spürte, wie er ganz ruhig wurde. Er hatte heute zuviel gesehen. Sein Verstand war vom Entsetzen überfordert.

»Sie würden das Leben recht schwierig machen«, sagte er milde.

»Ja. Sehr schwierig, was? Wir müßten uns Rüstungen anziehen.«

Nyila lachte. »Die Dhiims sind ihre Meisterwerke, Khitain. Man braucht keine Bomben, wenn man fliegende, tödliche kleine Nagetiere auf den Feind hetzen kann, was? Was?«

Yarmuz Khitain antwortete nicht. Er betrachtete den Käfig mit den wütenden Dhiims, als blickte er in eine Grube, die bis zum Herzen der Welt reichte.

Aus weiter Ferne hörte er wieder, wie das Rufen begann: »Thallimon! Thallimon! Lord Thallimon!«

Nayila runzelte die Stirn, legte den Kopf schief und bemühte sich, die Worte zu verstehen. »Thallimon? Ist das ihr Ruf?«

»Lord Thallimon«, sagte Khitain. »Der neue Coronal. Der *neue* neue Coronal. Sein Aufstieg begann vor drei Tagen, und seitdem veranstalten sie jede Nacht große Versammlungen für ihn vor dem Nissimorn-Projekt.«

»Hier arbeitete einmal ein Thallimon. Ist das ein Verwandter von ihm?«

»Derselbe«, sagte Khitain.

Vingole Nayila sah ihn erstaunt an. »Was? Vor sechs Wochen mistete er noch die Zoo-Käfige aus, und heute ist er Coronal? Ist das möglich?«

»Heute kann jeder Coronal werden«, sagte Yarmuz Khitain tonlos. »Wenn, scheint es, auch nur für ein oder zwei Wochen. Vielleicht sind Sie bald an der Reihe, Vingole.« Er kicherte. »Oder ich.«

»Wie konnte das geschehen, Yarmuz?«

Khitain zuckte die Achseln. Mit einer ausladenden Geste deutete er auf Nayilas neu gesammelten Tiere, die schnaubenden, dreihornigen Higus, den Zwerg-Dhumkar, den einäugigen Canavong, die Dhiims; alles bizarr und angsteinflößend, alles voll verzehrendem Hunger und Wut. »Wie konnte das geschehen?« fragte er. »Wenn solch seltsame Geschöpfe auf die Welt losgelassen werden, warum sollten dann Tierwärter nicht Coronal werden können? Erst Jongleure, dann Tierwärter, dann vielleicht Zoologen. Nun, warum nicht? Wie hört sich das an? ›Vingole! Lord Vingole! Heil dem Lord Vingole!‹«

»Hören Sie auf, Yarmuz.«

»Sie waren mit Ihren Dhiims und Ihren Manculains im Wald beschäftigt. Ich mußte hierbleiben und mit ansehen, was hier passiert ist. Ich bin sehr müde, Vingole. Ich habe so vieles gesehen!«

»Lord Thallimon! Muß man sich mal vorstellen!«

»Lord dies, Lord das, Lord sonstwer – jeden Monat eine Pest von Coronals, und auch ein paar Pontifexe. Sie halten sich meist nicht lange. Hoffen wir, daß Thallimon bleibt. Der wird wenigstens den Park beschützen«, sagte Khitain.

»Wogegen?«

»Angriffe des Mobs. Dort unten leben hungrige Menschen, und wir hier oben füttern immer noch die Tiere. Man sagte mir, die Aufwiegler sagen den Leuten, sie sollen hier einbrechen und alles Fleisch beschlagnahmen, das eßbar ist.«

»Ist das Ihr Ernst?«

»*Ihrer* scheinbar schon.«

»Aber diese Tiere sind unersetzlich wertvoll ...!«

»Sagen Sie das einem Hungernden«, meinte Khitain leise.

Nayila sah ihn an. »Glauben Sie wirklich, Lord Thallimon wird den Mob aufhalten, wenn sie den Park stürmen wollen?«

»Er hat einst hier gearbeitet. Er weiß, wie bedeutend das ist, was wir hier haben. Er muß doch die Tiere ein wenig lieben, glauben Sie nicht?«

»Er hat nur Käfige gesäubert, Yarmuz.«

»Dennoch ...«

»Er könnte selbst hungrig sein, Yarmuz.«

»Die Situation ist schlecht, aber nicht verzweifelt. Noch nicht. Und überhaupt, was nützt es, ein paar magere Sigimoins und Dimilions und Zampidoons zu essen? Eine Mahlzeit für ein paar hundert Menschen, und das mit solchem Verlust für die Wissenschaft?«

»Ein Mob handelt nicht vernünftig«, sagte Nayila. »Und Sie überschätzen wahrscheinlich ihren Tierwärter-Coronal. Vielleicht hat er diesen Ort gehaßt, seine Arbeit, Sie, die Tiere. Außerdem könnte er der Überzeugung sein, daß es politische Punkte bringt, wenn er seine Anhänger zu einem Festmahl hier auf den Hügel führt. Er weiß doch, wie er durch die Tore gelangen kann, nicht?«

»Nun ... ich denke ...«

»Der ganze Stab weiß Bescheid. Wo die Schlüssel sind, wie man das Feld neutralisieren muß, damit man passieren kann ...«

»Das würde er nicht tun!«

»Er könnte schon. Treffen Sie Maßnahmen, Yarmuz. Bewaffnen Sie Ihre Leute.«

»*Bewaffnen?* Womit denn? Glauben Sie, wir haben Waffen hier oben?«

»Dieser Ort ist einzigartig. Wenn die Tiere fort sind, sind sie unwiederbringlich dahin. Sie tragen die Verantwortung, Yarmuz.«

Aus der Ferne – aber nicht mehr so fern wie vorher, dachte Khitain – erklang der Ruf: »Thallimon! Lord Thallimon!«

Nayila sagte: »Sie kommen, nicht?«

»Das wagt er nicht. Das *wagt* er nicht.«

»Thallimon! Lord Thallimon!«

»Scheint viel näher zu sein«, sagte Nayila.

Am anderen Ende der Halle herrschte Aufregung. Ein Wärter kam hereingestürmt und rief atemlos und mit wild rollenden Augen Khitains Namen. »Hunderte von Menschen!« rief er. »Tausende! Sie ziehen alle nach Gimbeluc!«

Khitain spürte Panik in sich aufsteigen. Er sah die Mitglieder seines Stabes an. »Überprüft die Tore. Stellt sicher, daß alles fest verschlossen ist. Dann schließt die inneren Tore – die Tiere, die draußen im Park sind, sollen so weit es geht in den nördlichen Abschnitt getrieben werden. In den Wäldern dort können sie sich besser verbergen. Und ...«

»Das wird nicht klappen«, sagte Vingole Nayila.

»Was kann ich sonst tun? Ich habe keine Waffen, Vingole. Ich *habe keine Waffen!*«

»Aber ich.«

»Was meinen Sie damit?«

»Ich habe tausendmal mein Leben riskiert, um die Tiere in diesem Park zu sammeln. Besonders für die, die ich heute mitgebracht habe. Ich werde sie verteidigen.« Er wandte sich von Yarmuz Khitain ab. »Hier! Helfen Sie mir bei diesem Käfig!«

»Was haben Sie vor, Vingole?«

»Unwichtig. Sehen Sie nach den Toren.« Ohne auf Hilfe zu warten, schob Nayila den Käfig mit den Dhiims auf den kleinen Schweber, mit dem er ihn hergebracht hatte. Plötzlich begriff Khitain, welche Waffe es war, die Nayila anwenden wollte. Er eilte herbei und zog den jüngeren Mann am Arm. Nayila stieß ihn mühelos beiseite und rollte den Schweber ins Freie, ohne auf den heiseren Protest Khitains zu hören.

Der Pöbel von der Stadt, der immer noch den Namen seines Anführers brüllte, schien immer näher zu kommen. Der Park wird zerstört werden, dachte Khitain fassungslos. Und doch ... wenn Nayila wirklich beabsichtigt ...

Nein. Nein. Er eilte aus dem Gebäude, starrte in die Dämmerung, erblickte Vingole Nayila weit unten am Ost-Tor. Der Ruf war noch lauter geworden: *Thallimon! Thallimon!*«

Khitain sah, wie sich der Mob auf den Platz jenseits des Tores ergoß, wo jeden Morgen das Publikum die Öffnungszeit abwartete. Die phantastische Gestalt mit der seltsamen roten Robe und den weißen Borten – war das nicht Thallimon? Er stand auf einem fahrbaren Podest, winkte wild mit den Armen und drängte die Meute zum Weitergehen. Das Energiefeld, das den Park umgab, konnte ein paar Menschen zurückhalten, oder ein oder zwei Tiere, aber es war nicht dazu geschaffen, den Ansturm eines zahlenmäßig starken Mobs standzuhalten. Hier mußte man sich normalerweise wegen eines Mobs keine Sorgen machen. Aber jetzt ...

»Kehrt um!« rief Nayila. »Bleibt weg! Ich warne euch!«

»Thallimon! Thallimon!«

»Ich warne euch! Bleibt von hier weg!«

Sie achteten nicht auf ihn. Sie trampelten wie eine Herde

wahnsinnig gewordener Bidlaks weiter, ohne auf das zu achten, was vor ihnen war. Während Khitain angstvoll zusah, gab Nayila einem der Torwärter ein Zeichen, der das Energiefeld kurz desaktivierte, gerade lange genug, damit Nayila den Käfig mit den Dhiims hinausschieben, den Bolzen entfernen, der die Tür verschloß, und wieder in die Sicherheit des eingeschalteten rosa Nebels flüchten konnte.

»Nein«, murmelte Khitain. »Nicht einmal, um den Park zu retten ... nein ... nein ...«

Die Dhiims strömten mit einer solchen Schnelligkeit aus ihrem Käfig, daß ein kleines Tier mit dem nächsten verschwamm, bis sie zu einem ununterbrochenen Strom goldener Pelze und wild schlagender schwarzer Flügel wurden.

Sie flogen in die Höhe, dreißig, vierzig Fuß, und dann stießen sie mit schrecklicher Gewalt und voller Gefräßigkeit herab und stürzten sich auf die Vorläufer des Mobs, als hätten sie seit Monaten nichts mehr zu fressen bekommen. Die Angegriffenen schienen anfänglich gar nicht zu bemerken, was mit ihnen geschah; sie versuchten, die Dhiims mit schnellen Handbewegungen zu verscheuchen, wie man lästige Insekten verscheuchen würde. Aber die Dhiims ließen sich nicht so leicht verscheuchen. Sie stießen herab, schnappten, und stießen wieder herab. Der neue Lord Thallimon, der aus einem Dutzend Wunden blutete, taumelte von seinem Podest und fiel zu Boden. Die Dhiims schlugen erneut zu, konzentrierten sich dabei auf diejenigen in den ersten Reihen, die bereits verletzt waren, und bissen wieder und immer wieder zu, wobei sie die Zähne tief in die Opfer schlugen und Stränge bloßgelegter Muskeln und das weichere Gewebe darunter herausrissen.

»Nein«, sagte Khitain wiederholt, der immer noch an derselben Stelle hinter dem Zaun stand. »Nein. Nein. Nein.« Die wütenden kleinen Bestien waren gnadenlos. Der Mob floh, Menschen schrien und stoben in alle Richtungen, ein Chaos zusammenstoßender Leiber, die den Rückweg nach Ni-moya suchten, und die Gestürzten lagen in scharlachroten Seen, in die die Dhiims ständig herabstießen. Manche waren bis auf die Knochen abgenagt – nur noch Lumpen und einzelne Fleischstücke waren übrig, und auch sie wurden immer wieder zerrissen. Khitain hörte ein Schluchzen, und nach einem Augenblick merkte er, daß er es selbst war.

Dann war alles vorbei. Eine seltsame Stille senkte sich über den Platz. Der Mob war geflohen; die Opfer am Boden stöhnten nicht mehr; die satten Dhiims schwebten noch einen Augenblick über der Szenerie, wobei ihre Schwingen surrten, und dann stieg einer nach dem anderen in die Nacht hinauf und verschwand, der Göttliche allein mochte wissen wohin.

Der erschütterte und bebende Yarmuz Khitain ging langsam vom Gang weg. Der Park war gerettet. Der Park war gerettet. Er wandte sich um und sah zu Vingole Nayila, der mit ausgebreiteten Armen und leuchtenden Augen wie ein Racheengel dastand.

»Das hätten Sie nicht tun sollen«, sagte Khitain mit einer vor Schock und Entsetzen so erstickten Stimme, daß er die Worte kaum herausbrachte.

»Sie hätten den Park zerstört.«

»Ja, der Park ist gerettet. Aber ... sehen Sie ... sehen Sie ...«

Nayila zuckte die Achseln. »Ich hatte Sie gewarnt. Wie konnte ich sie alles zerstören lassen, was wir hier aufgebaut haben, nur damit sie ein wenig Frischfleisch bekommen?«

»Sie hätten es dennoch nicht tun sollen.«

»Glauben Sie? Ich bedaure nichts, Yarmuz. Nichts.« Er dachte einen Augenblick nach. »Ah: da ist doch etwas. Ich wünschte, ich hätte noch Zeit gehabt, ein paar Dhiims für unsere Sammlung beiseite zu nehmen. Aber dazu war keine Zeit, und nun sind sie alle weit weg, und ich habe keine Lust, nach Borgax zurückzukehren, nach anderen zu suchen. Sonst bedaure ich nichts, Yarmuz. Und ich hatte keine andere Wahl, als sie freizulassen. Sie haben den Park gerettet. Wie hätten wir ihn durch diese Wahnsinnigen zerstören lassen sollen? Wie, Yarmuz? Wie?«

KAPITEL 3

Obgleich die Dämmerung kaum verstrichen war, erhellte bereits grelles Sonnenlicht die breiten und sanften Kurven des Glayge-Tals, als Hissune, der früh aufstand, ans Deck des Flußschiffes trat, das ihm zum Burgberg zurückbrachte.

Im Westen, wo der Fluß eine Biegung zum Bezirk der terrassenförmigen Canyons machte, war alles nebelverhangen und verborgen, als wäre dies der erste Morgen der Zeit. Aber wenn er nach Osten schaute, sah Hissune die mit roten Ziegeln gedeckten Dächer der großen Stadt Pendiwane im frühen Licht leuchten, und weiter flußabwärts kam gerade der gekrümmte Schatten des Hafengebiets von Makroposopos in Sicht. Dahinter lagen Apocrune, Stangard Falls, Nimivan und die restlichen Städte des Tals, die fünfzig Millionen Menschen oder mehr beherbergten. Glückliche Orte, wo das Leben leicht war; aber nun hin die beunruhigende Aura von bevorstehendem Unheil über diesen Städten, und Hissune wußte, daß überall die Leute am Glayge warteten, sich Fragen stellten, sich fürchteten.

Er wollte ihnen vom Bug des Flußschiffes die Arme entgegenstrecken, sie alle in warmer Umarmung umfangen und ihnen zurufen: »Fürchtet nichts! Der Göttliche ist mit uns! Alles wird gut werden!«

Aber stimmte das?

Niemand kennt den Willen des Göttlichen, dachte Hissune. Aber, da uns dieses Wissen fehlt, müssen wir unser Schicksal selbst so formen, wie wir es für richtig halten. Wie Bildhauer formen wir unser Leben aus dem rohen Stein der Zukunft, Stunde für Stunde, wobei wir der Vorstellung folgen, die uns vorschwebt; und wenn diese Vorstellung vernünftig und die Bildhauerei gut ausgefallen ist, dann mag das Resultat angenehm aussehen, wenn der letzte Schlag geführt ist. Aber wenn unsere Vorstellung achtlos und die Arbeit schlampig ist, dann werden die Proportionen unschön und die Ausgewogenheit dahin sein. Und wenn wir selbst so fehlerfrei arbeiten, können wir dann behaupten, daß es der Wille des Göttlichen gewesen ist? Oder, daß unser Plan unglücklich erstellt war?

Mein Plan, sagte er sich, darf nicht unglücklich erstellt sein. Und dann wird alles gut werden; und dann wird man sagen können, daß der Göttliche mit uns war.

Während der ganzen Reise auf dem Fluß gestaltete er ihn immer wieder neu, modifizierte ihn etwas, während sie an Jerrik und Ghiseldorn und Sattinor vorbeizogen, wo der Glayge von den Vorgebirgen des Burgbergs herabfloß. Zu der Zeit, als er Amblemorn erreichte, die südwestliche der Fünfzig Städte des Burgbergs, war der Plan, den er entworfen hatte, stark und klar in seinem Geist.

Von hier an war es unmöglich, die Reise weiter mit dem Schiff fortzusetzen, denn bei Amblemorn wurde der Glayge aus einer Vielzahl von kleineren Flüssen geboren, die vom Berg herabflossen, und keiner dieser kleineren Flüsse war schiffbar. Danach ging es mit dem Schweber weiter den Hang des Berges empor, durch die Ringe der Hangstädte, der Freien Städte und der Schutz-Städte, vorbei an Morvole, wo Elidath geboren worden war, und Normork mit der großen Mauer und dem großen Tor, vorbei an Huyn, wo die Blätter der Bäume scharlachrot oder karmesinrot oder rubinrot oder purpurrot waren, vorbei an Greel mit der Kristallpalisade und Hoch-Sigla mit den fünf vertikalen Seen, und immer noch weiter, zu den Inneren Städten, Banglecode und Bombifale und Peritole und dem Rest, weiter, weiter, weiter zog die Kolonne der Schweber den gewaltigen Berg empor.

»Das ist mehr, als ich glauben kann«, sagte Elsinome, die diese Reise an der Seite ihres Sohnes unternahm. Sie hatte das Labyrinth zuvor noch niemals verlassen gehabt, und den ersten Ausflug in die Welt gleich mit einer Reise zum Berg zu beginnen, das war schon etwas. Ihre Augen waren so groß wie die eines Kindes, bemerkte Hissune schmunzelnd, und es gab Tage, da die Wunder sie so zu überwältigen schienen, daß sie kaum sprechen konnte.

»Warte nur ab«, sagte er immer wieder. »Das war noch gar nichts.«

Über den Peritole-Paß erreichten sie die Ebene von Bombifale, wo die entscheidende Schlacht des Krieges um die Krone gefochten worden war, an den wundersamen Türmen von Bombifale selbst vorbei, und dann wieder eine Ebene höher in die Zone der oberen Städte – die Bergstraße aus glänzenden roten Pflastersteinen führte von Bombifale nach Ober-Morphin, dann durch Felder leuchtend bunter Blumen entlang der Prachtstraße Calintanes vorbei, und immer höher und höher, bis schließlich Lord Valentines Burg ein überwältigendes Bild auf dem Gipfel bot, wo sie ihre Tentakel aus Backsteinen und Mauerwerk in tausend Richtungen durch die Klüfte und Erhebungen erstreckte.

Als sein Schweber in die Dizimaula Plaza einfuhr, stellte Hissune erstaunt fest, daß er von einer Delegation willkommen geheißen wurde. Stasilaine war da, und Mirigant und Elzandir, sowie ein Schwarm Untergebener. Aber nicht Divvis.

»Sind sie gekommen, um dich als Coronal zu begrüßen?« fragte Elsinome, worauf Hissune lächelte und den Kopf schüttelte.

»Das bezweifle ich sehr«, sagte er.

Als er über die Pflastersteine aus grünem Porzellan auf sie zuging, fragte er sich, welche Veränderungen sich während seiner Abwesenheit hier zugetragen hatten. Hatte Divvis sich zum Coronal erklärt? Waren seine Freunde hier, um ihm zur Flucht zu raten, solange es noch Zeit war? Nein, nein, sie lächelten, sie drängten sich um ihn und begrüßten ihn jubelnd.

»Welche Neuigkeiten?« fragte Hissune.

»Lord Valentine lebt!« rief Stasilaine.

»Dem Göttlichen sei Dank! Wo ist er jetzt?«

»Suvrael«, sagte Mirigant. »Er ist Gast im Palast Barjazid. Das teilte der König der Träume persönlich mit, und gerade heute erhielten wir die Bestätigung von Lord Valentine persönlich.«

»Suvrael!« wiederholte Hissune verwundert, als hätte man ihm gesagt, daß Valentine auf einen unbekannten Kontinent inmitten des Großen Meeres geflohen war, oder zu einer ganz anderen Welt. »Warum Suvrael? Wie gelangte er dorthin?«

»Er reiste von Piurifayne ins Land Bellatule«, antwortete Stasilaine, »die Drachenwanderungen hielten ihn davon ab, nach Norden zu segeln; und Piliplok schied aus, weilt dort, wie du weißt, Rebellion herrscht. Daher brachten ihn die Fischer von Bellatule zum südlichen Land, wo er seine Allianz mit den Barjazids geschlossen hat, deren Macht dazu beitragen soll, daß die Welt wieder vernünftig wird.«

»Ein kühner Zug.«

»Wahrhaftig. Er bricht in Kürze zur Insel auf, um wieder mit der Lady zu sprechen.«

»Und dann?« fragte Hissune.

»Das steht noch nicht fest.« Stasilaine sah Hissune eindringlich an. »Der Verlauf der kommenden Monate ist uns unklar.«

»Mir ebenfalls, glaube ich«, sagte Hissune. »Wo ist Divvis?«

»Er ging heute auf die Jagd«, sagte Elzandir. »In den Wäldern bei Frangior.«

»Aber, das ist ein unglücklicher Ort für seine Familie!« sagte Hissune. »Fand dort nicht sein Vater, Lord Voriax, den Tod?«

»So ist es«, sagte Stasilaine.

»Ich hoffe, er ist vorsichtiger«, sagte Hissune. »Große Aufgaben erwarten ihn. Und es überrascht mich, ihn nicht hier zu sehen, wußte er doch, daß dies der Tag meiner Rückkehr aus dem Labyrinth ist.« Zu Alsimir sagte er: »Geh, hole den Lord Divvis. Sag ihm, daß der Regierungsrat unverzüglich zusammentreten muß und daß ich ihn erwarte.« Dann wandte er sich an die anderen und sagte: »Ich habe mir eine große Unhöflichkeit zuschulden kommen lassen, meine

Lords, da mich die Freude des Wiedersehens übermannte. Denn ich ließ diese gute Frau hier stehen, ohne sie vorzustellen, und das gehört sich nicht. Dies ist die Lady Elsinome, meine Mutter, die zum erstenmal in ihrem Leben sieht, was außerhalb des Labyrinths liegt.«

»Meine Lords«, sagte sie, und Farbe tönte ihre Wangen, ansonsten zeigte ihr Gesicht aber keinerlei Spuren von Verwirrung oder Verlegenheit.

»Lord Stasilaine ... Prinz Mirigant ... Herzog Elzandir von Chorg ...«

Jeder grüßte sie mit dem größten Respekt, fast so, als wäre sie die Lady selbst. Und sie erwiderte die Grüße mit einer Gelassenheit und Haltung, die Hissune Schauer des Entzükkens über den Rücken laufen ließ.

»Laßt meine Mutter«, sagte er, »zum Pavillion der Lady Thiin bringen, wo man ihr eine Suite geben soll, wie sie einer großen Hierarchin der Insel würdig ist. Ich werde in einer Stunde im Ratszimmer sein.«

»Dem Lord Divvis wird es kaum möglich sein, in einer Stunde von der Jagd zurückzukehren«, sagte Mirigant milde.

Hissune nickte. »Das ist mir klar. Aber es ist nicht meine Schuld, daß sich der Lord Divvis den heutigen Tag für einen Ausflug in den Wald ausgesucht hat; und es gibt so vieles zu tun, daß wir meiner Meinung nach schon vor seiner Rückkehr anfangen müssen. Mein Lord Stasilaine, ist das auch deine Meinung?«

»Gewiß.«

»Dann stimmen zwei der Regenten überein. Das dürfte ausreichend sein. Meine Lords, in einer Stunde im Ratszimmer.«

Sie waren bereits alle da, als Hissune fünfzig Minuten später, gebadet und in frischen Gewändern, den Saal betrat. Er nahm seinen Platz am hohen Tisch neben Stasilaine ein, dann sah er die versammelten Prinzen an und sagte: »Ich habe mit Hornkast gesprochen, und ich habe den Pontifex Tyeveras mit eigenen Augen gesehen.«

Im Raum kam Unruhe auf, die Spannung stieg.

Hissune sagte: »Der Pontifex lebt immer noch. Aber es ist kein Leben, wie ihr oder ich es begreift. Er spricht nicht mehr, nicht einmal in dem Kreischen und Heulen, das bisher seine Sprache war. Er lebt in einem anderen Gefilde, weit entfernt, und ich glaube, es ist das Gefilde, das eben noch diesseits der Brücke des Abschieds liegt.«

»Und wie bald wird er der Wahrscheinlichkeit zufolge sterben?« fragte Nimian von Dundilmir.

»Oh, noch nicht so bald«, antwortete Hissune. »Sie haben ihre Hexerei, die ihn noch ein paar Jahre am Leben halten könnte, glaube ich. Aber ich glaube nicht, daß man ihm den Tod noch lange verwehren kann.«

»Das ist Lord Valentines Entscheidung«, sagte der Herzog von Halanx.

Hissune nickte. »Richtig. Darauf werde ich bald zu sprechen kommen.« Er stand auf, ging zur Weltkarte und legte die Hand auf das Herz von Zimroel. »Während ich zum Labyrinth und zurück reiste, erhielt ich die regelmäßigen Mitteilungen. Ich weiß von der Kriegserklärung, die der Piurivar Faraataa gegen uns ausgesprochen hat, wer immer das auch sein mag. Ich weiß auch, daß die Metamorphen inzwischen nicht mehr nur Pflanzenkrankheiten in Zimroel verbreiten, sodnern auch abscheuliche neue Tiere, die schreckliche Verheerungen anrichten und für Angst sorgen. Ich weiß von der Hungersnot im Bezirk Khyntor, der Sezessin von Piliplok, den Aufständen in Ni-moya. Was westlich von Dulorn geschieht, weiß ich nicht, aber das tut wahrscheinlich niemand diesseits des Grabens. Ich weiß, daß im westlichen Alhanroel fast schon dieselben chaotischen Zustände herrschen wie auf dem anderen Kontinent und daß sich das Unheil rasch weiter nach Osten ausbreitet, fast bis zum Vorgebirge des Berges. Angesichts dessen haben wir bisher sehr wenig Konkretes unternommen. Die Zentralregierung scheint völlig verschwunden zu sein, die Herzöge der Provinzen verhalten sich, als wären sie völlig unabhängig voneinander, und wir sitzen auf dem Burgberg zusammen, hoch über den Wolken.«

»Und was schlägst du vor?« fragte Mirigant.

»Verschiedenes. Zuerst die Aufstellung einer Armee, die die Grenzen von Piurifayne besetzt und den Dschungel abriegelt, damit wir diesen Faraataa und seine Anhänger suchen, was, das versichere ich euch, keine leichte Aufgabe sein wird.«

»Und wer wird diese Armee befehligen?« fragte der Herzog von Halanx.

»Gestattet mir, in einem Augenblick darauf zu sprechen zu kommen«, sagte Hissune. »Um fortzufahren: weiter müssen wir eine zweite Armee aufstellen, die ebenfalls in Zimroel rekrutiert werden und Piliplok besetzen muß – friedlich, wenn möglich, andernfalls mit Gewalt –, um es wieder dem Bund und der Zentralregierung anzugliedern. Als drittes müssen wir einen Rat aller Provinzherrscher einberufen, der eine vernünftige Rationierung und Verteilung von Lebensmitteln gewährleistet, wobei die noch nicht befallenen Provinzen das, was sie haben, mit den stark geschädigten teilen – wobei man selbstverständlich verdeutlichen muß, daß wir ein Opfer verlangen, aber kein Opfer, das nicht gebracht werden könnte. Die Provinzen, die nicht teilen wollen, sollte es welche geben, werden vom Militär besetzt.«

»Eine große Zahl von Armeen«, sagte Manganot, »für eine Gesellschaft, die so wenig militärische Tradition hat.«

»Wenn Armeen benötigt wurden«, sagte Hissune, »waren wir bisher immer imstande, sie aufzustellen. Das traf zu Lord Stiamots Zeit zu, und auch als Lord Valentine sich den Thron zurückerobern mußte, und diesmal wird es wieder so sein, da wir keine andere Wahl haben. Ich möchte darauf hinweisen, daß bereits verschiedene Armeen existieren, nämlich die unter dem Befehl der verschiedenen selbsternannten Coronals. Wir können uns diese Armeen zunutze machen, wie auch die neuen Coronals selbst.«

»Und zu Verrätern machen?« rief der Herzog von Halanx.

»Wir werden uns alle zunutze machen, die wir brauchen können«, sagte Hissune. »Wir werden sie fragen, ob sie sich auf unsere Seite schlagen wollen; wir werden ihnen einen hohen Rang anbieten, wenn auch nicht den Rang, den sie sich selbst gegeben haben; und wir werden ihnen klarmachen, daß wir sie vernichten, wenn sie nicht kooperieren.«

»Vernichten?« sagte Stasilaine.

»Das ist das richtige Wort.«

»Selbst Dominin Barjazid wurde verziehen, und er wurde zu seinen Brüdern zurückgeschickt. Leben zu nehmen, selbst das Leben eines Verräters ...«

»Ist keine weltbewegende Sache«, sagte Hissune. »Ich möchte diese Männer benützen, nicht töten. Aber ich denke, wir werden sie töten müssen, wenn sie sich nicht benützen lassen wollen. Ich möchte jedoch darum bitten, uns ein andermal über diesen Punkt zu unterhalten.«

»*Ihr* wollt diese Männer benützen?« fragte Prinz Nimian von Dundilmir. »Ihr sprecht wie ein Coronal.«

»Nein«, sagte Hissune. »Ich spreche als einer von zweien, von denen, nach Übereinkunft aller, eine Entscheidung getroffen werden muß. Und in der unglücklichen Abwesenheit meines Lords Divvis spreche ich vielleicht ein wenig zu nachdrücklich. Aber ich möchte eines sagen, ich habe lange über diese Pläne nachgedacht, und ich sehe keine Alternative als ihre Verwirklichung, ganz gleich, wer herrschen wird.«

»Lord Valentine herrscht«, sagte der Herzog von Halanx.

»Als Coronal«, bestätigte Hissune. »Aber ich denke, wir waren uns darüber einig, daß in der derzeitigen Krisensituation ein wirklicher Pontifex vonnöten ist, wie auch ein wirklicher Coronal. Lord Valentin, wurde mir gesagt, segelt zur Insel, um mit der Lady zu sprechen. Ich möchte dieselbe Reise unternehmen und mit dem Coronal sprechen, wobei ich ihn davon überzeugen möchte, wie wichtig es ist, das Pontifikat zu übernehmen. Wenn er die Validität meiner Argumentation einsieht, dann wird er die Frage seiner Nachfolge einmütig klären. Der neue Coronal, glaube ich, muß dann die Aufgabe übernehmen, Piliplok und Ni-moya zu befrieden und die Unterstützung der falschen Coronals zu gewinnen. Der andere von uns, würde ich vorschlagen, befehligt die Armee, die das Land der Metamorphen besetzen wird. Mir persönlich ist es nebensächlich, wer die Krone tragen wird, Divvis oder ich, aber ich halte es für wichtig, daß wir die Aufgabe unverzüglich in Angriff nehmen und mit der Wiederherstellung der Ordnung beginnen, die längst überfällig ist.«

»Und sollen wir nun eine Royalmünze werfen?« erklang plötzlich eine Stimme von der Tür.

Divvis, verschwitzt und unrasiert und immer noch in Jagdkleidung, stand Hissune gegenüber.

Hissune lächelte. »Ich bin erfreut, dich wiederzusehen, mein Lord Divvis.«

»Ich bedaure, daß ich den größten Teil des Treffens versäumt habe. Stellen wir heute Armeen auf und wählen Coronals, Prinz Hissune?«

»Lord Valentine muß den Coronal bestimmen«, antwortete Hissune ruhig. »Dir und mir wird die Aufgabe zufallen, Armeen aufzustellen und zu befehligen. Und es wird eine Weile dauern, glaube ich, bis sich einer von uns wieder das Vergnügen der Jagd leisten kann, mein Lord.« Er deutete auf den freien Sessel am hohen Tisch. »Möchtest du dich setzen, mein Lord Divvis? Ich habe der Versammlung einige Vorschläge unterbreitet, die ich dir gerne wiederholen möchte, wenn du mir ein paar Augenblicke Zeit dazu läßt. Und dann müssen wir einige Entscheidungen treffen. Möchtest du dich also hersetzen und zuhören, mein Lord Divvis? Möchtest du dich setzen?«

KAPITEL
4

Wieder einmal: übers Meer. Durch Hitzeflimmern und Schwüle, mit dem heißen Wind von Suvrael im Rücken und einer raschen Strömung aus dem Südwesten, die die Schiffe schnell den nördlichen Ländern entgegenbrachte. Valentine selbst spürte andere turbulante Strömungen, die seine Seele aufwühlten. Die Worte des Hohen Sprechers Hornkast beim Bankett hallten ihm noch in den Ohren, als hätte er sie erst gestern gehört und nicht schon vor scheinbar tausend Jahren.

Der Coronal ist die Verkörperung von Majipoor. Der Coronal ist das personifizierte Majipoor. Er ist die Welt; die Welt ist der Coronal.

Ja. Ja.

Und während er sich auf dem Antlitz der Welt hin und her bewegte, vom Burgberg zum Labyrinth, vom Labyrinth zur Insel, von der Insel nach Piliplok, nach Piurifayne, nach Bellatule, von Bellatule nach Suvrael, und nun von Suvrael wieder zur Insel, öffnete sich Valentines Geist immer weiter vom Zorn von Majipoor, sein Verstand wurde immer empfänglicher für den Schmerz, die Verwirrung, den Wahnsinn, das Entsetzen, die nun die bisher friedlichste und glücklichste aller Welten zerrissen. Tag und Nacht wurde er von der Ausstrahlung von zwanzig Milliarden gequälter Seelen heimgesucht. Und bereitwillig empfing er alles; und eifrig absorbierte er alles, was Majipoor in ihn ergoß; und willentlich suchte er nach Wegen, diesen Schmerz zu lindern. Aber die Anstrengung erschöpfte ihn. Zuviel stürmte auf ihn ein; er konnte nicht alles aufnehmen und verarbeiten, und häufig verblüffte und überwältigte es ihn; und es gab kein Entkommen davor, denn er war einer der Mächtigen der Welt, und dies war eine Aufgabe, der er sich nicht entziehen konnte.

Den ganzen Nachmittag stand er an Deck und starrte geradeaus, und niemand wagte, sich ihm zu nähern, nicht einmal Carabella, so undurchdringlich war die Sphäre der Isolation, die er geschaffen hatte. Als sie sich ihm nach langer Zeit doch näherte, zögernd, schüchtern, geschah das schweigsam. Er lächelte und zog sie an sich, ihre Hüfte berührte seinen Schenkel, ihre Schulter war unter seiner Achselhöhle, sie sprach aber immer noch nicht, denn er befand sich in einem Reich jenseits der Worte, wo er ruhig war, wo die erodierten Stellen seiner Seele zu heilen beginnen konnten. Er wußte, er konnte sich darauf verlassen, daß sie nicht in sie eindringen würde.

Nach einer Weile sah sie nach Westen und atmete hastig und überrascht ein, sprach aber immer noch nicht.

Er sagte wie aus weiter Ferne: »Was siehst du, Liebes?«

»Eine Gestalt dort draußen. Ich glaube, eine Drachengestalt.«

Er antwortete nicht.

Sie sagte: »Kann das möglich sein, Valentine? Sie sagten uns, um diese Jahreszeit würde es hier keine Drachen geben. Aber was sehe ich dann?«

»Drachen sind überall, Caraballa.«

»Bilde ich mir das ein? Vielleicht nur ein Schatten im Wasser ... vielleicht eine treibende Masse Seetang ...«

Er schüttelte den Kopf. »Du siehst einen Drachen. Einen Drachen-König, einen der Großen.«

»Das sagst du ohne hinzusehen, Valentine.«

»Ja. Aber der Drachen ist da.«

»Spürst du das?«

»Das spüre ich, ja. Die große, schwere Präsenz des Drachen. Die Kraft seines Verstandes. Die Schärfe seiner Intelligenz. Ich habe ihn gespürt, bevor du es gesagt hast.«

»Du spürst jetzt so vieles«, sagte sie.

»Zuviel«, sagte Valentine.

Er sah weiter nach Norden. Die unermeßliche Seele des Drachen lag wie ein Gewicht auf seiner. Seine Sensitivität war in den Monaten voller Streß gestiegen; er konnte seinen

Geist nun fast ohne Anstrengung schweifen lassen, tatsächlich konnte er es kaum verhindern. Wach oder schlafend, er durchforschte die Tiefe der Seele der Welt. Entfernung schien keine Barriere mehr zu bilden. Er spürte alles, selbst die grimmigen, bitteren Gedanken der Gestaltveränderer, selbst die langsamen, pulsierenden Ausstrahlungen der Meeresdrachen.

Carabella sagte: »Was will der Drache? Wird er uns angreifen, Valentine?«

»Das bezweifle ich.«

»Bist du sicher?«

»Ich bin niemals sicher, Carabella.«

Er konzentrierte sich auf das große Tier im Meer. Er bemühte sich, seinen Verstand mit seinem zu erreichen. Einen Augenblick kam so etwas wie ein Kontakt zustande – ein Gefühl der Berührung, ein Gefühl des Öffnens. Dann wurde er wie von einer mächtigen Hand beiseite geschoben, aber nicht ärgerlich, nicht abweisend. Es war, als wollte der Drache sagen: *Nicht jetzt, nicht hier, noch nicht.*

»Du siehst so seltsam aus«, sagte sie. »Wird der Drache angreifen?«

»Nein. Nein.«

»Du scheinst Angst zu haben.«

»Keine Angst, nein. Ich versuche nur zu verstehen. Aber ich spüre keine Gefahr. Nach Wachsamkeit – Beobachtung – dieser mächtige Verstand wacht über uns ...«

»Vielleicht übermittelt er den Gestaltveränderern Meldungen über uns.«

»Das wäre möglich.«

»Wenn sich die Drachen und die Gestaltveränderer gegen uns verbündet haben ...«

»Das vermutet Deliamber aufgrund der Beweise von jemandem, der uns nicht mehr zur Verfügung steht. Ich glaube, daß es komplexer ist. Ich glaube, es wird lange dauern zu begreifen, was die Meeresdrachen und die Gestaltveränderer verbindet. Aber ich sage dir, ich spüre keine Gefahr.«

Sie schwieg einen Augenblick und sah ihn an.

»Kannst du wirklich den Geist des Drachen lesen?«

»Nein. Nein. Ich *spüre* den Geist des Drachen. Seine Präsenz. Ich kann nichts lesen. Der Drache ist ein Geheimnis für mich, Carabella. Je mehr ich mich bemühe, desto müheloser wehrt er mich ab.«

»Er dreht um. Er schwimmt von uns weg.«

»Ja. Ich kann spüren, wie er den Geist vor mir verschließt – wie er sich zurückzieht und mich ausschließt.«

»Was wollte er, Valentine? Was hat er erfahren?«

»Wenn ich das wüßte«, sagte Valentine.

Ausgelaugt und zitternd klammerte er sich an der Reling fest. Carabella legte einen Augenblick die Hand über seine und drückte sie; dann zog sie sie zurück, worauf sie wieder schwiegen.

Er verstand nicht. Er verstand so wenig. Und er wußte, es war lebenswichtig, daß er verstand. Er war derjenige, der das Ungemach in der Welt beseitigen und die Wiedervereinigung bewerkstelligen konnte: dessen war er sicher. Er, nur er, konnte die aus den Fugen geratenen Kräfte wieder bändigen. Aber wie? Wie?

Als vor Jahren der unerwartete Tod seines Bruders ihn zum König gemacht hatte, hatte er die Bürde ohne Widerspruch auf sich genommen, wenngleich er die Königswürde manchmal wie eine Karosse empfand, die ihn gnadenlos mit sich zog. Aber wenigstens hatte er eine Ausbildung, wie sie ein König haben mußte. Nun, so schien es, verlangte Majipoor von ihm, daß er ein Gott wurde; und dafür hatte er keine Ausbildung.

Er spürte den Drachen immer noch, irgendwo, nicht weit entfernt. Aber er konnte keinen echten Kontakt herstellen; und nach einerWeile gab er den Versuch auf. Er blieb bis zum Einbruch der Dämmerung stehen und starrte nach Norden, als erwartete er, die Insel der Lady als Leuchtsignal in der Dunkelheit zu sehen.

Aber die Insel war noch einige Tagesreisen entfernt. Sie passierten den Längengrad der großen, als Stoienzar bekannten Halbinsel. Die Route von Tolaghai zur Insel durchschnitt das Innere Meer scharf bis fast nach Alhanroel – praktisch bis zur Spitze von Stoienzar – und führte dann am Rodemaunt-Archipel vorbei nach Numinor. Diese Route zog vollen Nutzen aus dem ständig aus Süden wehenden Wind sowie der starken Strömung von Rodamaunt: es ging wesentlich schneller, von Suvrael zur Insel zu segeln, als von derInsel nach Suvrael.

An diesem Abend wurde viel über den Drachen diskutiert. Im Winter wimmelte es in diesen Gewässern normalerweise von ihnen, denn die Drachen, die die Jagdzeit im Herbst überlebt hatten, vollzogen die Rückreise zum Großen Meer, nach Osten, gewöhnlich entlang der Küste von Stoienzar. Aber es war nicht Winter; und die Drachen hatten in diesem Jahr einen seltsamen Weg eingeschlagen, wie Valentine und seine Begleiter schon hatten feststellen können, denn sie strömten an der Westküste der Insel vorbei nordwärts, einem geheimnisvollen Treffpunkt im Polarmeer zu. Aber heutzutage schien es überall im Meer Drachen zu geben, und wer wußte warum? Ich nicht, dachte Valentine. Ich sicher nicht.

Er saß still inmitten seiner Freunde, sagte wenig, sammelte seine Kräfte und erholte sich.

In der Nacht lag er an Carabellas Seite wach und lauschte den Stimmen von Majipoor. Er hörte sie in Khyntor vor Hunger schreien und in Pidruid aus Angst wimmern; er hörte die wütenden Rufe der Vigilantenbanden, die durch Velathys streiften, und die gebellten Predigten der Prediger in Alaisor. Er hörte, wie sein Name fünfzig Millionen Male gerufen wurde. Er hörte die Metamorphen im Dschungel den Triumph feiern, der kurz bevorstand, und er hörte die Drachen, die einander auf dem Grund des Meeres mit lauten, feierlichen Stimmen riefen.

Und er spürte die kühle Berührung der Hand seiner Mutter auf der Stirn, und die Lady sagte: »Du wirst bald bei mir sein, Valentine, und ich werde dir Trost spenden!« Und dann war der König der Träume bei ihm und versprach: »In dieser Nacht werde ich die Welt nach Euren Feinden durchstreifen, Freund Coronal, und wenn ich sie auf die Knie zwingen kann, dann werde ich es tun.«

Was ihm ein wenig Ruhe gewährte, bis die Rufe von Mißbehagen und Schmerz erneut begannen, und dann das Singen der Meeresdrachen, und dann das Flüstern der Gestaltveränderer; und so wurde die Nacht zum Morgen, und er stand erschöpfter vom Bett auf, als er sich hingelegt hatte.

Aber als die Schiffe die Spitze von Stoienzar passiert hatten und sich in den Gewässern zwischen Alhanroel und der Insel bewegten, ließ Valentines Unwohlsein nach. Das Bombardement des Leids aus allen Teilen der Welt ließ nicht nach; aber hier war der Einfluß der Lady vorherrschend, der ständig stärker wurde, und Valentine fühlte sie bei sich in seinen Gedanken, beratend, tröstend, beruhigend. In Suvrael, wo er mit dem Pessimismus des Königs der Träume konfrontiert worden war, hatte er nachdrücklich von seiner Überzeugung gesprochen, daß die Welt wieder vereint werden konnte. »Es gibt keine Hoffnung«, sagte Minax Barjazid. Worauf Valentine antwortete: »Es gibt sie, wenn wir sie nur nutzen. Ich kenne einen Weg.« Und der Barjazid sagte: »Es gibt keinen Weg, und alles ist verloren.« Worauf Valentine wieder antwortete: »Folge mir nur, ich werde dir den Weg zeigen.«

Und schließlich hatte er Minax' Niedergeschlagenheit vertreiben und seine Unterstützung gewinnen können. Dieser Funke der Hoffnung, der in Valentine geleuchtet hatte, war irgendwie während der Fahrt nach Norden erloschen; aber nun begann er wieder zu leuchten.

Nun war die Insel sehr nahe. Jeden Tag ragte sie höher am Horizont empor, und jeden Morgen, wenn die aufgehende Sonne die östliche Seite beleuchtete, boten die Kreidefelsen ein farbenprächtiges Schauspiel, hellrosa im ersten Licht, dann ein leuchtendes Scharlachrot, das kaum wahrnehmbar zu Gold wurde, und dann schließlich, wenn die Sonne ganz am Himmel stand, das reine, grelle Weiß, das wie der Klang von Beckenschlägen und der Auftakt einer überwältigenden Melodie über das Wasser hallte.

Im Hafen von Numinor wartete die Lady in dem als Sieben Wände bekannten Haus auf ihn. Wieder führte ihn die Hierarchin Talinot Esulde in den Smaragdraum; wieder stand sie zwischen den eingetopften Tanigalebäumen, lächelte und streckte ihm die Arme entgegen.

Aber seit dem letzten Treffen, vor einem Jahr, waren erschreckende und erschütternde Veränderungen mit ihr vorgegangen, sah er. Ihr dunkles Haar war inzwischen mit weißen Strähnen durchzogen; das warme Leuchten ihrer Augen war erloschen, sie waren fast trübe geworden; die Zeit hinterließ deutliche Spuren an ihrem Körper, die Schultern hingen herab, ihr Kopf war gebeugt und nach vorne geneigt. Einst war sie ihm wie eine Göttin erschienen, nun erinnerte sie an eine Göttin, die sich allmählich in eine sterbende alte Frau verwandelte.

Sie umarmten sich. Sie schien so leicht geworden zu sein, daß der leiseste Windhauch sie forttragen konnte. Sie tranken kühlen, goldenen Wein zusammen, und er erzählte ihr von seinen Wanderungen nach Piurifayne, von seiner Reise nach Suvrael, der Begegnung mit Dominin Barjazid und der Freude, die es ihm bereitet hatte, den alten Feind wieder bei bester Gesundheit und als Verbündeten zu sehen.

»Und der König der Träume?« fragte sie. »War er herzlich?«

»Über alle Maßen. Eine große Wärme herrschte zwischen uns, die mich überraschte.«

»Die Barjazids sind selten liebenswürdig. Ich nehme an, das verhindert die Natur ihres Lebens in diesem Land sowie ihre Aufgabe. Aber sie sind nicht die Monster, für die der allgemeine Glauben sie hält. Dieser Minax ist ein grimmiger Mann – das spüre ich in seiner Seele, wenn unsere Gedanken sich begegnen, was nicht häufig geschieht –, aber ein starker und wertvoller.«

»Er sieht düster in die Zukunft, hat mir aber jede Unterstützung zugesichert. In diesem Augenblick geißelt er die

Welt mit seinen schrecklichsten Sendungen, um die Menschen wieder zur Vernunft zu bringen.«

»Ich bin mir dessen bewußt«, sagte die Lady. »In den vergangenen Wochen spürte ich seine Macht so stark wie niemals zuvor aus Suvrael ausströmen. Er unternimmt große Anstrengungen. Wie ich auch, auf meine leisere Weise. Aber das wird nicht genügen. Die Welt ist verrückt geworden, Valentine. Der Stern unseres Feindes steigt, unserer sinkt, Hunger und Angst regieren die Welt, nicht Pontifex und Coronal. Das weißt du. Du spürst den Wahnsinn, der dich umgibt, der dich bedrängt und droht, alles mit sich zu reißen.«

»Dann werden wir untergehen, Mutter? Ist es das, was du sagen willst? Du, die Quelle der Hoffnung, die Trösterin?«

Etwas von dem alten, stählernen Glanz kehrte in ihre Augen zurück. »Ich habe nichts von Untergang gehört. Ich sagte nur, daß der König der Träume und die Lady der Insel allein nicht imstande sind, die Flut des Irrsinns aufzuhalten.«

»Es gibt eine dritte Macht, Mutter. Oder glaubst du, ich wäre unfähig, diesen Krieg zu führen?«

»Du kannst alles erreichen, wenn du willst, Valentine. Aber nicht einmal drei Mächte sind genug. Eine lahme Regierung kann nicht mit einer Krise fertig werden, wie sie uns bedroht.«

»Lahm?«

»Sie steht auf drei Beinen. Vier müßten es sein. Es wird Zeit, daß der alte Tyeveras schlafen kann.«

»Mutter ...«

»Wie lange willst du dich deiner Verantwortung noch entziehen?«

»Ich entziehe mich ihr nicht, Mutter! Aber wenn ich mich im Labyrinth begraben lasse, was soll das für einen Sinn haben?«

»Glaubst du, ein Pontifex ist sinnlos? Was für ein seltsames Bild von unserer Staatsform mußt du haben, wenn du das glaubst.«

»Ich begreife den Wert des Pontifex.«

»Und doch hast du während deiner ganzen Herrschaft ohne ihn regiert.«

»Es war nicht meine Schuld, daß Tyeveras senil war, als ich den Thron bestieg. Was sollte ich tun, gleich nachdem ich Coronal geworden war, ins Labyrinth ziehen? Ich hatte keinen Pontifex, weil mir keiner gegeben wurde. Und die Zeit war nicht gekommen, daß ich Tyeveras' Platz einnehmen sollte. Ich mußte dringendere Aufgaben erledigen. Das muß ich noch.«

»Du schuldest Majipoor einen Pontifex, Valentine.«

»Noch nicht. Noch nicht.«

»Wie lange wirst du das noch sagen?«

»Ich muß auf der Bühne bleiben. Ich muß irgendwie mit der Danipur Kontakt herstellen, Mutter, und sie zu einer Allianz gegen diesen Faraataa bewegen, den Feind, der die ganze Welt vernichten will, um sie seinem Volk zurückzugewinnen. Wenn ich im Labyrinth bin, wie kann ich ...«

»Soll das heißen, du möchtest ein zweites Mal nach Piurifayne?«

»Das wäre auch beim zweitenmal zum Scheitern verurteilt. Dennoch sehe ich es als lebenswichtig an, mit den Metamorphen zu verhandeln. Die Danipur muß verstehen, daß ich nicht wie die Könige der Vergangenheit bin, daß ich neue Wahrheiten erkenne. Daß ich glaube, wir können das Metamorphen-Element in der Seele Majipoors nicht mehr unterdrücken, sondern müssen es anerkennen, es in unsere Mitte aufnehmen, es in uns alle inkorporieren.«

»Und das kannst du nur als Coronal erreichen?«

»Davon bin ich überzeugt, Mutter.«

»Dann überdenke deine Überzeugungen nochmals«, sagte die Lady mit eisiger Stimme. »Ob es tatsächlich deine Überzeugungen sind und nicht nur der Abscheu vor dem Labyrinth.«

»Ich hasse das Labyrinth, daraus mache ich kein Geheimnis. Aber ich werde hingehen, gehorsam, aber nicht freudig, wenn die Zeit gekommen ist. Ich sage, die Zeit ist noch nicht gekommen. Sie mag nahe sein, aber da ist sie noch nicht.«

»Dann möge es nicht mehr lange dauern. Laß Tyeveras endlich schlafen, Valentine. Und laß es bald geschehen.«

KAPITEL 5

Es war ein kleiner Triumph, dachte Faraataa, aber einer, den man getrost genießen konnte, diese Audienz bei der Danipur. So viele Jahre ein Gesetzloser, der im Dschungel ein karges Dasein fristete, so viele Jahre, in denen er verspottet worden war, wenn man ihn nicht ganz und gar ignorierte; und nun hatte ihn die Danipur mit ausgesuchter Höflichkeit in ihr Haus des Staates in Ilirivoyne eingeladen.

Anfangs hatte er daran gedacht, die Einladung umzukehren und die Danipur herausfordernd einzuladen, *ihn* in Neu-Velalisier zu besuchen. Schließlich war sie nur eine Stammesfunktionärin, deren Titel keinen Stellenwert nach den vor der Verbannung geltenden Maßstäben hatte, und er war, durch Entscheidung der Mehrzeit, der Kommende Prinz und der Seiende König, der täglich mit den Wasserkönigen sprach und Loyalität genoß, die die der Danipur bezeugten um ein Veilfaches überstieg. Aber dann überlegte er sich, daß es ungleich effektvoller wäre, wenn er an der Spitze seiner Anhänger in Ilirivoyne einmarschierte, damit die Danipur und ihre Untergebenen sehen konnten, über welche Macht er verfügte! So sollte es geschehen, dachte er. Er willigte ein, nach Ilirivoyne zu gehen.

Die Hauptstadt hatte an ihrer neuesten Stelle immer noch ein unfertiges Aussehen. Sie hatten wie immer einen offenen Platz im Wald dafür gewählt, in dessen Nähe ein kleiner Bach floß. Aber die Straßen waren kaum mehr als Staub-Pfade, die Häuser waren schmucklos, die Dächer sahen hastig geflochten aus, und die Plaza vor dem Haus des Staates war nun unvollkommen abgeholzt; immer noch rankten sich überall Reben und Lianen. Nur das Haus des Staates selbst erinnerte ein wenig an das frühere Ilirivoyne. Wie es Brauch war, hatten sie das Bauwerk von seinem alten Standort mitgebracht und hier neu aufgebaut, im Zentrum der Stadt, wo es alles überschaute: drei Stockwerke hoch, aus glänzenden Bannikopstämmen erbaut, die Fassade aus polierten Sumpfmahagoniplanken, ragte es wie ein Palast über die rustikalen Hütten der Piurivar von Ilirivoyne hinaus. Aber wenn wir das Meer überqueren und Velalisieur neu aufbauen, dann werden wir einen echten Palast haben, dachte Faraataa, einen aus Schiefer und Marmor, der ein neues Weltwunder werden wird, und wir werden ihn mit Kunstwerken schmücken, die wir aus Lord Valentines Burg erbeuten. Und dann muß sich die Danipur vor mir erniedrigen!

Vorerst aber mußte er das Protokoll einhalten. Er nahm vor dem Haus des Staates Aufstellung und führte nacheinander die fünf Wandlungen des Gehorsams durch: Wind, Sand, Klinge, Fluß, Flamme. In der fünften Gestalt verweilte er, bis die Danipur kam. Einen kurzen Augenblick schien sie von der Zahl der Gefolgschaft überrascht, die ihn in die Hauptstadt begleitet hatte: sie füllte die Plaza aus und erstreckte sich bis über die Stadtgrenze. Aber sie erlangte rasch die Fassung wieder und hieß ihn mit den drei Wandlungen des Akzeptierens willkommen: Stern, Mond, Komet. Nach der letzten Wandlung nahm Faraataa seine eigene Gestalt wieder an und folgte ihr rasch in den Palast. Noch niemals zuvor hatte er das Haus des Staates betreten.

Die Danipur war kühl, distanziert, formell. Faraataa verspürte einen Hauch von Ehrfurcht – schließlich hatte sie ihr Amt schon seit er auf der Welt war inne –, aber er unterdrückte ihn rasch. Ihr überhebliches Gebaren, ihre meisterliche Selbstsicherheit, sie waren, das wußte er, lediglich Mechanismen der Selbstverteidigung.

Sie bot ihm eine Mahlzeit aus Calimbots und Ghumba an,

dazu einen leichten lavendelfarbenen Wein, was er mißbilligend zur Kenntnis nahm, denn Wein gehört nicht zu den Dingen, die die Piurivar in alter Zeit gekannt hatten. Er trank ihn nicht, hob nicht eimal das Glas zum Salut, was nicht unbemerkt blieb.

Nachdem die Formalitäten erledigt waren, sagte die Danipur ohne Umschweife zu ihm: »Ich liebe die Unveränderlichen nicht mehr als du, Faraataa. Aber was du vorhast, ist undurchführbar.«

»Und was habe ich vor?«

»Die Welt von ihnen zu befreien.«

»Du glaubst, das wäre unerreichbar?« fragte er mit einem leichten Unterton der Neugier in der Stimme. »Warum das?«

»Es gibt zwanzig Milliarden von ihnen. Wohin sollen sie gehen?«

»Gibt es keine anderen Welten im Universum? Sie kamen von ihnen: sollen sie dorthin zurückkehren.«

Sie berührte das Kinn mit der Fingerspitze: eine verneinende Geste mit einem Unterton von Belustigung und Mißbilligung angesichts seiner Worte. Faraataa beschloß, sich nicht provozieren zu lassen.

»Als sie kamen«, sagte die Danipur, »waren sie wenige. Heute sind es viele, und es besteht kaum noch Verkehr zwischen Majipoor und den anderen Welten. Ist dir klar, wie lange es dauern würde, zwanzig Milliarden Menschen von diesem Planeten abzutransportieren? Wenn stündlich ein Schiff mit zehntausend von ihnen an Bord starten würde, würden wir sie dennoch nie loswerden, da sie sich schneller vermehren, als die Schiffe sie wegbringen könnten.«

»Dann sollen sie hierbleiben, und wir führen weiter Krieg mit ihnen. Sie werden einander umbringen, um Essen zu bekommen, und nach einer Weile wird es kein Essen mehr geben, und die, die noch übrig sind, werden verhungern, und ihre Städte werden zu Geisterstädten werden. Und dann werden wir sie für immer los sein.«

Wieder berührte der Finger das Kinn. »Zwanzig Milliarden Leichen? Faraataa, Faraataa, sei vernünftig! Kannst du dir nicht vorstellen, was das bedeutet? Allein in Ni-moya sind mehr Menschen als in ganz Piurifayne – und wie viele Städte haben sie? Denk nur an den Gestank all dieser Leichen! Denk an die Krankheiten, die so viel verfaulendes Fleisch hervorbringen kann!«

»Es wird nur sehr wenig Fleisch geben. Wenn sie alle verhungert sind, haben sie kaum Fleisch.«

»Du sprichst zu frivol, Faraataa.«

»Wirklich? Nun denn, spreche ich eben frivol. Auf meine frivole Weise habe ich einen Unterdrücker zerschmettert, unter dessen Knute wir vierzehntausend Jahre zu leiden hatten. Ich habe sie frivol ins Chaos gestürzt. Ich habe sie frivol ...«

»Faraataa!«

»Auf meine frivole Weise habe ich viel erreicht, Danipur. Nicht nur ohne Hilfe von dir, sondern meist mit Opposition von deiner Seite. Und jetzt ...«

»Hör mir zu, Faraataa! Du hast gewaltige Kräfte freigesetzt, ja, und du hast die Unveränderlichen in einer Weise erschüttert, wie ich es nie für möglich gehalten hätte. Aber nun ist es an der Zeit, daß du innehältst und über die letztendlichen Konsequenzen deines Tuns nachdenkst.«

»Das habe ich«, antwortete er. »Wir werden die Welt zurückerobern.«

»Vielleicht. Aber um welchen Preis! Du hast Seuchen in ihr Land gebracht – was meinst du, lassen diese Seuchen sich mühelos zurückrufen? Du hast monströse und angsteinflößende neue Tiere ersonnen und freigelassen. Und nun schlägst du vor, daß die Welt von Milliarden Leichen erstickt werden soll? Möchtest du unsere Welt retten, Faraataa, oder vernichten?«

»Die Seuchen werden mit dem Getreide verschwinden, das sie befallen haben, welches für uns praktisch von keinerlei Nutzen ist. Die Zahl der neuen Tiere ist gering, und die Welt ist groß. Die Wissenschaftler haben mir versichert, daß sich die Tiere nicht vermehren können, daher werden wir sie bald vom Hals haben, wenn ihre Aufgabe erfüllt ist. Und vor den verwesenden Leichen habe ich weniger Angst als du. Die aasfressenden Vögel werden sich satt essen können wie nie zuvor, und wir werden aus den verbleibenden Knochenbergen Tempel erbauen. Der Sieg ist unser, Danipur. Wir haben die Welt zurückerobert.«

»Du bist zu siegessicher. Sie haben noch nicht begonnen, gegen uns zurückzuschlagen – aber was wird, wenn sie es tun, Faraataa, was wird dann? Ich bitte dich, vergiß nicht, Faraataa, was Lord Stiamot mit uns gemacht hat.«

»Lord Stiamot brauchte dreißig Jahre, bis er die Eroberung bewerkstelligt hatte.«

»Ja«, sagte die Danipur, »aber seine Armee war klein. Inzwischen sind uns die Unveränderlichen zahlenmäßig gewaltig überlegen.«

»Und nun beherrschen wir die Kunst, Seuchen und Monster gegen sie ins Feld zu schicken, was wir zu Lord Stiamots Zeiten nicht konnten. Ihre große Zahl wird sich gegen sie wenden, wenn ihre Nahrungsmittelvorräte zu Ende gehen. Wie können sie uns dreißig Tage bekämpfen, geschweige denn dreißig Jahre, wenn der Hunger ihre Zivilisation verwüstet?«

»Hungrige Krieger kämpfen vielleicht weitaus verbissener als satte.«

Faraataa lachte. »Krieger? Was für Krieger? Deine Worte sind absurd, Danipur. Diese Menschen sind weich.«

»In Lord Stiamots Zeit ...«

»Lord Stiamots Zeit war vor achttausend Jahren. Seither war das Leben sehr einfach für sie, und sie sind zu einer Rasse von Einfaltspinseln und Feiglingen geworden. Und der größte Einfaltspinsel ist ihr Lord Valentine, der heilige Narr, mit seiner Verachtung der Gewalt. Was haben wir von einem König zu fürchten, der keinen Mut für den Krieg aufbringt?«

»Zugegeben. Von ihm haben wir nichts zu befürchten. Aber wir können ihn nützen, Faraataa. Und das habe ich vor.«

»In welcher Weise?«

»Du weißt, es ist sein Traum, sich mit uns zu einigen.«

»Ich weiß«, sagte Faraataa. »Er kam närrischerweise nach Piurifayne, um mit dir zu reden, und du warst weise genug, ihm aus dem Weg zu gehen.«

»Er kam und suchte Freundschaft, ja. Und ja, ich ging ihm aus dem Weg. Ich mußte erst mehr über deine Absichten herausfinden, bevor ich mich auf Abkommen mit ihm einlassen konnte.«

»Jetzt kennst du meine Absichten.«

»Richtig. Und ich bitte dich, keine Seuchen mehr zu verbreiten und mir deine Unterstützung zuzusichern, wenn ich mich mit dem Coronal treffe. Deine Unternehmen gefährden mein Ziel.«

»Und das wäre?«

»Lord Valentine ist anders als die anderen Coronals, die ich kennengerlernt habe. Wie du sagtest, er ist ein heiliger Narr: ein sanfter Mann, der für Gewalt nichts übrig hat. Sein Abscheu vor der Kriegsführung macht ihn weich und manipulierbar. Ich möchte von ihm Konzessionen, wie sie vor ihm kein anderer Coronal gemacht hätte. Das Recht, uns wieder in Alhanroel anzusiedeln – die Wiedererlangung der heiligen Stadt Velalisier – eine Stimme in der Regierung – kurz gesagt, völlige Gleichheit innerhalb des gesellschaftlichen Lebens von Majipoor.«

»Ich halte es für besser, das gesellschaftliche Leben völlig zu vernichten und sich hinterher dort niederzulassen, wo man möchte, ohne erst um Erlaubnis fragen zu müssen.«

»Aber du mußt einsehen, daß das unmöglich ist. Du kannst die zwanzig Milliarden Menschen nicht von unserem Planeten vertreiben und auch nicht auslöschen. Aber du *kannst* Frieden mit ihnen schließen. Und bei Valentine liegt die Gelegenheit für diesen Frieden, Faraataa.«

»Frieden! Was für ein erbärmliches, verlogenes Wort das doch ist! *Frieden!* O nein, Danipur, ich will keinen Frieden! Ich bin nicht am Frieden interessiert, sondern am Sieg. Und der Sieg ist unser.«

»Der Sieg, den du anstrebst, wird unser aller Untergang sein«, antwortete die Danipur.

»Ich glaube nicht. Und ich glaube, deine Verhandlungen mit dem Coronal werden ergebnislos verlaufen. Wenn er die Konzessionen macht, die du verlangst, dann werden seine eigenen Prinzen und Herzöge ihn stürzen und durch einen ruchlosen Mann ersetzen, und was haben wir dannn gewonnen? Nein, Danipur, ich muß meinen Krieg weiterführen, bis alle Unveränderlichen von der Welt verschwunden sind. Alles andere bedeutet unsere dauernde Versklavung.«

»Ich verbiete es.«

»Verbieten?«

»Ich bin die Danipur!«

»Das bist du. Aber was ist das? Ich bin der Seiende König, von dem die Prophezeiungen sprechen. Wie kannst du mir etwas verbieten? Die Unveränderlichen selbst zittern vor mir. Ich werde sie vernichten, Danipur. Und wenn du dich mir in den Weg stellst, werde ich auch dich vernichten.« Er stand auf und schleuderte mit einer raschen Handbewegung das unberührte Weinglas beiseite, dessen Inhalt sich über den Tisch ergoß. Vor der Tür blieb er stehen und sah zurück, und er ließ seine Gestalt kurz flackern und die als Der Fluß bekannte Gestalt annehmen, die Trotz und Verachtung ausdrücken sollte. Dann nahm er seine eigene Gestalt wieder an. »Der Krieg wird weitergehen«, sagte er. »Vorerst erlaube ich dir, dein Amt weiter wahrzunehmen, aber ich warne dich davor, dich in verräterischer Weise dem Feind zu nähern. Und was den heiligen Lord Valentine anbelangt, sein Leben gehört mir. Sein Blut wird am Tag der Rückkehr die Tische der Götter in Velalisier reinigen. Gib acht, Danipur, denn sonst werde ich deines für denselben Zweck benützen.«

KAPITEL
6

»Der Coronal Lord Valentine ist bei seiner Mutter, der Lady, im Inneren Tempel«, sagte die Hierarchin Talinot Esulde. »Er bittet Euch, die Nacht hier im königlichen Quartier in Numinor zu verbringen, Prinz Hissune, und morgen mit der Reise nach Innen anzufangen.«

»Wie der Coronal wünscht«, sagte Hissune.

Er sah an der Hierarchin vorbei und betrachtete die weiße Wand der Ersten Klippe, die sich über Numinor erhob. Ihre grelle Helligkeit war verwirrend und fast schmerzhaft, beinahe so hell wie die Sonne elbst. Als die Insel einige Tage zuvor während der Herfahrt von Alhanroel sichtbar geworden war, hatte er die Augen gegen den grellen Schimmer beschattet und den Blick sogar ganz abwenden wollen, und Elsinome, die neben ihm stand, hatte sich voller Entsetzen weggedreht und gerufen: »Ich habe noch nie in meinem Leben etwas so Helles gesehen! Werden wir erblinden, wenn wir weiter hinsehen?« Aber nun, aus der Nähe, war der weiße Stein weniger erschreckend: sein Licht schien rein und besänftigend, einem Mond ähnlicher als der Sonne.

Eine kühle, sanfte Brise wehte vom Meer herein, dieselbe Brise, die ihn so rasch hierhergetragen hatte, von Alaisor zur Insel – aber längst nicht schnell genug, um die Ungeduld zu stillen, die sich Tag für Tag in ihm aufbaute. Diese Ungeduld erfüllte ihn immer noch, nachdem er nun den Sitz der Lady erreicht hatte. Doch er wußte, er mußte geduldig sein und sich an die beschauliche Art der Insel und ihrer Beherrscherin gewöhnen, sonst würde er vielleicht nie erreichen können, was zu erreichen er sich vorgenommen hatte.

Tatsächlich spürte er, wie er sich an den gemächlichen Rhythmus gewöhnte, während er von den Hierarchinnen durch die kleine, ruhige Hafenstadt zur königlichen Unterkunft geführt wurde, die als Sieben Wände bekannt war. Der Bann der Insel, dachte er, war unwiderstehlich: sie war so ein durchgeistigter Ort, ernst, friedlich; und sie verriet in jeder Einzelheit die Gegenwart der Lady. Hier schien der Aufruhr unwirklich, der Majipoor heimsuchte.

Dennoch fiel es Hissune in dieser Nacht schwer, Schlaf zu finden. Er lag in einem prunkvollen Gemach, das mit üppigen antiken Gobelins geschmückt war, wo, nach allem, was er wußte, vor ihm schon der große Lord Confalume geschlafen haben mochte, oder Prestimion, oder Stiamot selbst; und er hatte den Eindruck, als würden diese uralten Könige immer noch in der Nähe verweilen und sich leise flüsternd miteinander unterhalten, und was sie sagten, waren Verspottungen seiner Person: *Emporkömmling, Lumpenprinz, Pfau.* Es ist nur das Tosen der Brandung gegen die Felsenklippen unten, sagte er sich ärgerlich. Dennoch kam der Schlaf nicht, und je eifriger er sich darum bemühte, desto mehr floh er ihn. Er stand auf und ging von Zimmer zu Zimmer, hinaus in den Hof; er dachte daran, einen Diener zu wecken und sich Wein geben zu lassen; aber er fand niemanden, und so kehrte er nach einiger Zeit wieder in sein Gemach zurück und schloß erneut die Augen. Dieses Mal glaubte er fast auf der Stelle zu spüren, wie die Lady sanft seine Seele streifte: keine Sendung, nichts dergleichen, lediglich ein Kontakt, so zart wie ein Hauch auf seiner Seele, ein leises *Hissune, Hissune, Hissune,* das ihn in leichten Schlaf vesetzte, und schließlich in einen Tiefschlag, der jenseits der Traumgrenze lag.

Am Morgen wurden er und Elsinome von der schlanken und imposanten Hierarchin Talinot Esulde abgeholt, die sie zum Fuß der großen Klippe führte, wo Schweber warteten, um sie zu den höheren Terrassen der Insel zu bringen.

Der Aufstieg über das vertikale Antlitz der Ersten Klippe war ehrfurchtgebietend: hoch und höher, wie in einem Traum. Hissune wagte erst die Augen zu öffnen, als der Schweber am Halteplatz angekommen war. Dann schaute er sich um und sah das unter der Sonne glitzernde Meer, das sich bis zum fernen Alhanroel erstreckte, und direkt unter ihm den zweifachen, gekrümmten Arm des Wellenbrechers von Numinor, der sich in die See hinaus erstreckte. Ein Schwebewagen brachte sie durch das dicht bewaldete Plateau zum Fuß der Zweiten Klippe, die sich so steil erhob, daß sie den ganzen Himmel auszufüllen schien; und dort rasteten sie in der Nacht in einer Blockhütte an einem Ort namens Terrasse der Spiegel, wo massive Säulen aus poliertem schwarzen Stein sich wie geheimnisvolle, uralte Götzen über den Boden erhoben.

Dann ging es wieder in dem Schweber weiter zur höchsten und innersten Klippe, die Tausende Fuß über dem Meeresspiegel lag und das Reich der Lady bildete. Auf der Dritten Klippe war die Luft überraschend klar, so daß viele tausend Meilen entfernte Gegenstände deutlich wie durch ein Fernglas zu erkennen waren. Große Vögel von einer Art, die Hissune unbekannt war, mit plumpen roten Leibern und gewaltigen schwarzen Flügeln, kreisten in lässigen Spiralen über ihm. Wieder reisten Hissune und Elsinome einwärts über das flache Plateau der Insel, über eine Terrasse nach der anderen, bis sie schließlich an einem Platz hielten, wo Gebäude aus weiß gebleichtem Stein scheinbar wahllos inmitten von Gärten von außerordentlicher Schönheit verteilt waren.

»Dies ist die Terrasse der Anbetung«, sagte Talinot Esulde. »Die Pforte zum Inneren Tempel.«

In dieser Nacht schliefen sie in einer ruhigen, abgeschiedenen Hütte, die schlicht und unprätentiös gestaltet war, einen eigenen, schimmernden See besaß und einen stillen, verborgenen Garten, umgeben von Reben, deren Ranken zu einem dichten, undurchdringlichen Zaun verflochten waren. Bei Einbruch der Dämmerung brachten Diener ihnen gekühlte Früchte und gegrillten Fisch; und kurz nachdem sie gegessen hatten, kam Talinot Esulde. Bei ihr war eine zweite Hierarchin, eine außergewöhnliche weißhaarige Frau mit stechendem Blick. Sie begrüßte sie beide auf unterschiedliche Art: Hissune mit dem Salut, der einem Prinzen vom Burgberg zustand, aber in einer seltsam achtlosen, beiläufigen Weise, und dann wandte sie sich an Elsinome und nahm beide Hände in ihre, hielt sie einen langen Moment und sah ihr voller Wärme in die Augen. Als sie Elsinome schließlich wieder losließ, sagte sie: »Ich heißte euch beide auf der Dritten Klippe willkommen. Ich bin Lorvade. Die Lady und ihr Sohn erwarten euch.«

Der Morgen war kühl und neblig, nur eine Andeutung von Sonnenlicht fiel durch die tiefhängenden Wolken. In einer Reihe, wobei Lorivade führte und Talinot Esulde den Schluß machte, gingen sie, ohne ein Wort zu sprechen, durch einen Garten, wo Tautröpfchen auf jedem Blatt glitzerten, und überquerten eine Brücke aus weißem Stein, die so anmutig geschwungen war, daß es den Eindruck erweckte, sie würde beim leisesten Auftreten zerschellen, schließlich über ein breites Rasenfeld, an dessen gegenüberliegendem Ende der Innere Tempel lag.

Hissune hatte noch nie ein hübscheres Gebäude gesehen. Es war aus demselben durchscheinenden Stein wie die Brücke erbaut. In seinem Herz befand sich ein Rundbau mit Flachdach, von dem acht lange, schlanke, gleichförmige Flügel wie Sternenstrahlen abstanden. Verzierungen gab es keine: alles war sauber, schlicht, anmutig, makellos.

Im Inneren des Rundbaus, in einem achtseitigen Zimmer mit achteckigem Brunnen, warteten Lord Valentine und eine Frau, die sicher seine Mutter war, auf sie.

Hissune blieb auf der Schwelle stehen, erstarrt, von Verlegenheit überkommen. Er sah verwirrt von einem zum anderen und wußte nicht, wem von beiden er zuerst seine Hochachtung zollen sollte. Die Lady, entschied er, war vordringlich. Aber in welcher Form sollte er ihr die Ehre erweisen? Selbstverständlich kannte er das Zeichen der Lady, aber machte man dieses Zeichen auch vor der Lady selbst, wie die Sternenfächer-Geste vor dem Coronal, oder war das ein hoffnungsloser Affront? Hissune hatte keine Ahnung. Nichts in seiner Ausbildung hatte ihn auf eine Begegnung mit der Lady der Insel vorbereitet.

Dennoch wandte er sich ihr zu. Sie war viel älter, als er erwartet hatte, ihr Gesicht voll tiefer Falten, das Haar mit weißen Strähnen, die tensiv und warm und strahlend wie die Mittagssonne, kündete deutlich von der Lebenskraft, die sie noch in sich hatte: in diesem erstaunlichen Strahlen schmolzen Hissunes Zweifel und Befürchtungen rasch dahin.

Er wäre vor ihr niedergekniet, aber sie schien zu spüren, was er vorhatte, bevor er die Geste ausführen konnte, und sie hielt ihn mit einem raschen Kopfschütteln davon ab. Statt dessen streckte ihm die Lady die Hand hin. Hissune, der irgendwie spürte, was von ihm erwartet wurde, berührte einen Augenblick sanft ihre Fingerspitzen mit seinen und empfing einen erstaunlichen, kribbelnden Energiestoß von ihr, der ihn möglicherweise veranlaßt hätte, zurückzuspringen, hätte er sich nicht unter so eiserner Kontrolle gehabt. Aber von diesem unerwarteten Stromstoß hatte er neue Zuversicht, Kraft und Mut erhalten.

Dann wandte er sich an den Coronal.

»Mein Lord«, flüsterte er.

Hissune war verblüfft und besorgt angesichts der Veränderungen von Lord Valentines Aussehen, seit er den Coronal zuletzt im Labyrinth gesehen hatte, vor so langer Zeit, am Anfang seiner unglücklichen großen Prozession. Damals war Lord Valentine im Griff einer schrecklichen Müdigkeit gewesen, aber dennoch hatten seine Züge ein inneres Licht verströmt, eine gewisse ununterdrückbare Freude, die keine noch so große Müdigkeit verbergen konnte. Jetzt nicht mehr. Die grausame Sonne Suvraels hatte seine Haut gefärbt und das Haar gebleicht, was ihm ein seltsam grimmiges, fast barbarisches Aussehen verlieh. Seine Augen lagen tief in den Höhlen, sein Gesicht war hager und zerfurcht, keine Spur mehr von der liebenswürdigen Heiterkeit, die zu seinen hervorstehendsten Charaktermerkmalen gehört hatte. Er schien völlig fremd zu sein: ernst, nervös, abwesend.

Hissune wollte den Sternenfächer machen. Aber Lord Valentine winkte ungeduldig ab, ergriff Hissunes Hand und drückte sie einen Augenblick. Auch das war ungewöhnlich.

Einem Coronal schüttelte man nicht die Hand. Und als ihre Hände sich berührten, spürte Hissune wieder einen Strom fließen: aber diese Energie, anders als die der Lady, machte ihn unbehaglich, aufgeregt und ernüchtert.

Als der Coronal ihn freigegeben hatte, trat Hissune zurück und winkte Elsinome heran, die immer noch auf der Schwelle stand, als wäre sie beim Anblick gleich zwei der Mächtigen von Majipoor zur Salzsäure erstarrt. Mit belegter, heiserer Stimme sagte er: »Mein Lord – gute Lady – ich möchte meine Mutter vorstellen, die Lady Elsinome ...«

»Eine gute Mutter für einen guten Sohn«, sagte die Lady. Die ersten Worte, die sie gesprochen hatte, und ihre Stimme schien für Hissune die angenehmste der Welt zu sein: voll, ruhig, musikalisch. »Komm zu mir, Elsinome.«

Elsinome erwachte aus ihrer tranceähnlichen Starre und ging über den glatten Marmorboden, und die Lady ihrerseits kam ihr entgegen, so daß sie einander bei dem achteckigen Brunnen in der Mitte trafen. Dort nahm die Lady Elsinome in den Arm und drückte sie voll Herzlichkeit an sich; und als sie sich nach längerer Zeit wieder voneinander lösten, schien Elsinome wie eine Frau, die lange Zeit in der Dunkelheit gewesen ist und nun in den vollen Glanz der Sonne heraustrat. Ihre Augen leuchteten, ihr Gesicht war gerötet, sie zeigte keinerlei Anzeichen von Schüchternheit oder Ehrfurcht mehr.

Sie sah dann zu Lord Valentine und begann den Sternenfächer, doch der Coronal hielt sie, wie schon Hissune, davon ab, indem er die Handfläche hochhielt und sagte: »Das ist nicht notwendig, gute Lady Elsinome.«

»Mein Lord, es ist meine Pflicht!« antwortete sie mit fester Stimme.

»Nein. Nicht mehr.« Der Coronal lächelte zum ersten Mal an diesem Morgen. »Diese Geste und dergleichen sind nur für die Öffentlichkeit bestimmt. Hier besteht keine Notwendigkeit zu derlei Pomp.«

Zu Hissune sagte er dann: »Ich hätte dich, glaube ich, nicht erkannt, hätte ich nicht gewußt, wer mich heute morgen besuchen kommt. Wir waren so lange voneinander getrennt, daß wir Fremde geworden sind. So jedenfalls kommt es mir vor.«

»Mehrere Jahre, mein Lord, und keine leichten Jahre«, antwortete Hissune. »Die Zeit bewirkt immer Veränderungen, und Zeiten wie diese bewirken große Veränderungen.«

»So ist es.« Lord Valentine beugte sich nach vorne und studierte Hissune mit einer Intensität, die dieser unbehaglich fand. Schließlich sagte der Coronal: »Einst dachte ich, ich würde dich gut kennen. Aber der Hissune, den ich kannte, war ein Junge, der Schüchternheit hinter Schlauheit verbarg. Derjenige, der vor mir steht, ist ein Mann geworden – sogar ein Prinz –, und es ist immer noch ein wenig Schüchternheit in ihm, aber nicht mehr viel, und die Schlauheit, denke ich, hat sich in etwas Tiefes verwandelt, vielleicht Begabung. Oder sogar in dasZeug zum Staatsmann, wenn die Berichte stimmen, die mir vorliegen, und davon möchte ich ausgehen. Ich glaube, ich kann irgendwo in dir immer noch den Jungen sehen, der du einst warst. Aber ihn zu erkennen, das fällt mir nicht leicht.«

»Und mir fällt es schwer, mein Lord, in Euch den Mann zu erkennen, der mich einst im Labyrinth angeheuert hat.«

»Habe ich mich so verändert, Hissune?«

»Ja, mein Lord. Ich fürchte um Euch.«

»Fürchte um Majipoor, wenn du fürchten mußt. Vergeude keine Furcht an mich.«

»Ich fürchte für Majipoor, sogar sehr. Aber wie könnt Ihr von mir verlangen, mich nicht um Euch zu fürchten? Ihr seid meine Wohltäter, mein Lord. Was ich bin, das verdanke ich Euch allein. Und wenn ich sehe, wie niedergeschlagen Ihr seid, wie eisig kalt ...«

»Es sind eisige Zeiten, Hissune. Das Wetter der Welt spiegelt sich in meinem Gesicht. Aber vielleicht steht uns allen der Frühling bevor. Sag mir: Was gibt es Neues auf dem Burgberg? Ich weiß, die Lords und Prinzen haben dort große Pläne ausgearbeitet.«

»Wahrhaftig, mein Lord.«

»Dann sprich!«

»Ihr müßt wissen, mein Lord, daß diese Pläne letztendlich Eurer Zustimmung bedürfen, daß der Regierungsrat sich niemals anmaßen würde ...«

»Das weiß ich, Hissune. Sag mir, was der Rat vorschlägt.«

Hissune atmete tief ein. »Erstens«, sagte er, »möchten wir eine Armee aufstellen, die ganz Piurifayne umstellt, damit wir die Metamorphen davon abhalten können, weitere Seuchen und Schrecknisse in die Welt zu bringen.«

»Um Piurifayne zu umstellen, sagtest du, oder es zu besetzen?«

»Primär, um es zu umstellen, mein Lord.«

»Primär?«

»Sobald wir die Grenzen kontrollieren, sieht der Plan vor, nach Piurifayne einzudringen, um den Rebellen Faraataa und seine Anhänger zu suchen.«

»Ah. Um Faraataa und seine Anhänger zu fangen! Und was wird mit ihnen geschehen, wenn sie gefaßt sind, woran ich stark zweifle, wenn ich an meine eigenen Abenteuer im Dschungel denke, was wird dann mit ihnen geschehen?«

»Sie werden eingesperrt.«

»Nichts weiter? Keine Hinrichtung der Anführer?«

»Mein Lord, wir sind keine Wilden!«

»Natürlich. Natürlich. Und Ziel des Unternehmens wird nur Faraataa sein?«

»Kein anderer, mein Lord.«

»Kein Versuch, die Danipur zu stürzen? Keine Kampagne zur generellen Ausrottung der Metamorphen?«

»Solche Vorschläge wurde nie auch nur in Erwägung gezogen!«

»Ich verstehe.« Seine Stimme war seltsam beherrscht, fast spöttisch: Hissune hatte ihn noch nie so reden hören. »Und welche Vorschläge hat der Rat noch zu machen«

»Aufstellung einer Friedenstruppe, um Piliplok zu besetzen – ohne Blutvergießen, wenn es sich vermeiden läßt –, sowie um alle anderen Städte und Provinzen zu besetzen, die sich von der Zentralregierung losgesagt haben. Des weiteren Neutralisierung der verschiedenen Privatarmeen, welche von den falschen Coronals erstellt wurden, die inzwischen an vielerlei Orten aufgetaucht sind, sowie, wenn möglich, Verwendung dieser Armeen für Regierungszwecke. Schließlich noch militärische Besetzung aller Provinzen, die sich weigern, an einem neuen Programm zur Verteilung von Nahrungsmitteln teilzuhaben, das den bedrängten Provinzen helfen soll.«

»Ein vernünftiger Plan«, sagte Lord Valentine mit derselben gelösten Stimme. »Und wer soll diese Armeen befehligen?«

»Der Rat hat vorgeschlagen, die Befehlsgewalt zwischen Lord Divvis, Lord Tunigorn und mir selbst aufzuteilen«, antwortete Hissune.

»Und ich?«

»Ihr werdet selbstverständlich den Oberfehl über alle Streitkräfte haben, mein Lord.«

»Natürlich. Natürlich.« Valentines Blick kehrte sich nach innen, und er schwieg lange Zeit, während er über alles nachzudenken schien, was Hissune gesagt hatte. Hissune beobachtete ihn eindringlich. Die Art von Lord Valentines Verhalten hatte etwas zutiefst Beunruhigendes: Es schien eindeutig, daß Lord Valentien genau wußte, worauf die Unterhaltung letztendlich hinauslief, und Hissune fürchtete den Augenblick, an dem das Thema zur Sprache kommen mußte. Aber dieser Augenblick, erkannte er, war bereits gekommen. Der Blick des Coronals hellte sich deutlich auf, als er sich wieder Hissune zuwandte, und er sagte: »Hat der Regierungsrat sonst noch etwas vorgeschlagen?«

»Eines noch, mein Lord.«

»Und das wäre?«

»Daß der Befehlshaber der Armeen, die Piliplok und die anderen rebellischen Städte besetzen, den Titel Coronal tragen kann.«

»Der Coronal, hast du eben gesagt, wird der Oberbefehlshaber sein.«

»Nein, mein Lord. Der *Pontifex* wird der Oberbefehlshaber sein.«

Die darauf folgende Stille schien tausend Jahre zu dauern. Lord Valentien stand fast bewegungslos; er hätte eine Statue sein können, wäre nicht das Flackern der Lider und das gelegentliche Zucken eines Wangenmuskels gewesen. Hissune wartete gespannt und wagte nicht zu sprechen. Nun, da er es getan hatte, bekam er fast Angst vor de Kühnheit, dem Coronal ein solches Ultimatum zu überbringen. Aber es war geschehen. Es konnte nicht mehr rückgängig gemacht werden. Wenn Lord Valentine ihm in seinem Zorn den Rang absprechen und ihn ins Labyrinth zurückschicken wollte, dann sollte er: Es war gesagt, es gab kein Zurück mehr.

Der Coronal begann zu lachen.

Es war ein Lachen, das irgendwie tief in ihm begann und wie ein Geysir von der Brust zu den Lippen emporstieg: ein lautes, brüllendes, dröhnendes Lachen, einer Riesin wie Lisamon Hultin oder einem Zalzan Gibor würdiger als dem sanften Valentine, von dem man so etwas nicht erwartet hätte. Er hörte nicht mehr auf, bis Hissune zu fürchten begann, der Coronal habe den Verstand verloren; aber dann hörte er unvermittelt und urplötzlich wieder auf, und nichts blieb von der bizarrren Heiterkeit, außer einem feinen Lächeln.

»Ausgezeichnet!« rief er. »Ausgezeichnet, Hissune, ausgezeichnet!«

»Mein Lord?«

»Nun sage mir, wer der neue Coronal sein soll?«

»Mein Lord, Ihr müßt verstehen, daß dies nur Vorschläge sind ... zum besseren Funktionieren der Regierung in dieser schweren Krisenzeit ...«

»Ja. Gewiß. Und wer, frage ich dich nochmals, soll im Namen des besseren Funktionierens genannt werden?«

»Mein Lord, die Wahl des Nachfolgers bleibt stets dem früheren Coronal vorbehalten.«

»Das stimmt. Aber die Kandidaten – werden sie nicht von den Hohen Kanzlern und Prinzen vorgeschlagen? Elidath war der aussichtsreichste Kandidat – aber Elidath, das müßte bekannt sein, ist tot. Also dann – wer soll es sein, Hissune?«

»Mehrere Namen waren im Gespräch«, sagte Hissune sanft. Er konnte es kaum über sich bringen, Lord Valentine anzusehen. »Wenn dies beleidigend für Euch ist, mein Lord ...«

»Mehrere Namen. Wessen?«

»Lord Stasilaine, zunächst. Aber er erklärte auf der Stelle, daß er nicht Coronal werden wollte. Dann Lord Divvis ...«

»Divvis darf niemals Coronal werden!« sagte Valentine scharf und blickte zur Lady. »Er besitzt alle Nachteile meines Bruders Voriax, aber keinen seiner Vorteile. Abgesehen von Tapferkeit und etwas Durchsetzungsvermögen. Was unzureichend ist.«

»Es bleibt ein Name, mein Lord.«

»Deiner, Hissune?«

»Ja, mein Lord«, sagte Hissune, abe er brachte die Worte nur als ersticktes Flüstern über die Lippen. »Meiner.«

Lord Valentine lächelte. »Und wärst du bereit zu dienen?«

»Wenn man ich fragt, mein Lord, ja. Ja.«

Der Blick des Coronals bohrte sich tief in den Hissunes, der der grimmigen Begutachtung ohne Zaudern standhielt.

»Nun, dann gibt es kein Problem, nicht? Meine Mutter möchte, daß ich ins Labyrinth gehe. Der Regierungsrat möchte es. Der alte Tyeveras möchte es sicher auch.«

»Valentine ...«, sagte die Lady stirnrunzelnd.

»Nein. Alles in Ordnung, Mutter. Mir ist klar, was getan werden muß. Ich kann nicht länger zögern, nicht? Daher akzeptiere ich mein Schicksal. Wir werden Hornkast eine Mitteilung zukommen lassen, daß der alte Tyeveras endlich die Brücke des Abschieds überqueren darf. Du, Mutter, magst endlich deine Bürde ablegen, was, wie ich weiß, dein Wunsch ist, und das behagliche Leben einer früheren Lady führen. Was Euch betrifft, Elsinome, Eure Aufgabe beginnt erst. Und deine, Hissune. Und nun ist es vollbracht. Wie ich geplant hatte, nur früher, als ich erwartete.« Hissune, der den Coronal verblüfft und erstaunt betrachtete, sah, wie sich sein Gesichtsausdruck veärnderte: Die grimmige, ernste Miene verschwand, seine Augen bekamen wieder den sanften und warmen Blick des Valentine, der er einst gewesen war, und das starre, verkrampfte, harte Lächeln, das so sehr an das eines Verrückten erinnerte, wich dem alten, zärtlichen, liebenden Valentine-Lächeln. »Es ist vollbracht«, sagte Valentine leise. Er hob die Hände und machte die Sternenfächergeste, wobei er rief: »Lang lebe der Coronal! Lang lebe Lord Hissune!«

KAPITEL 7

Drei der fünf hohen Minister des Pontifikats waren bereits im Ratszimmer versammelt, als Hornkast eintrat. Wie gewöhnlich saß der Ghayrog Shinaam, der Minister für Auswärtige Angelegenheiten, in der Mitte, und seine Zunge schnellte nervös hin und her, als glaubte er, daß ein Todesurteil nicht über das uralte Wesen, dem er so lange gedient hatte, sondern über ihn selbst gesprochen würde. Neben ihm war der leere Sessel des Leibarztes Sepulthrove, und rechts von ihm saß Dilifon, der runzlige alte Mann, der zusammengesunken in dem thronähnlichen Sessel saß und die Armlehnen als Stützen umklammerte; aber in seinen Augen brannte ein Feuer, wie Hornkast es seit Jahren nicht mehr gesehen hatte. An der anderen Seite des Raumes saß die Traumsprecherin Narrameer, die dunkle Morbidität und Entsetzen hinter der durch Zauberei entstandenen Schönheit ausstrahlte, mit der sie ihren uralten Körper verhüllte. Wie lange, fragte sich Hornkast, hatten die drei auf diesen Tag gewartet? Und wie reagieren ihre Seelen nun, nachdem er gekommen war?

»Wo ist Sepulthrove?« wollte Hornkast wissen.

»Beim Pontifex«, sagte Dilifon. »Er wurde vor einer Stunde in den Thronsaal gerufen. Der Pontifex hat wieder zu sprechen begonnen, wurde uns mitgeteilt.«

»Seltsam, daß man mich nicht benachrichtigt hat«, sagte Hornkast.

»Wir wußten, daß du eine Nachricht vom Coronal erhieltest«, sagte Shinaam. »Wir hielten es für das beste, nicht zu stören.«

»Heute ist der Tag, nicht wahr?« fragte Narrameer, die sich nervös nach vorne beugte und mit den Fingern durch ihr dichtes, schwarzes Lockenhaar strich.

Hornkast nickte. »Heute ist der Tag.«

»Man kann es kaum glauben«, sagte Dilifon. »Diese Farce dauert bereits so lange, daß man glauben könnte, sie würde ewig währen.«

»Sie endet heute«, sagte Hornkast. »Hier ist das Dekret. Sehr elegant abgefaßt, um die Wahrheit zu sagen.«

Mit einem dünnen, rasselnden Lachen sagte Shinamar: »Ich wüßte gerne, mit welchen Phrasen man einen regierenden Pontifex zum Tode verurteilt. Ich glaube, dies ist ein Dokument, dem zukünftige Generationen viel Aufmerksamkeit schenken werden.«

»Das Dekret verurteilt niemanden zum Tode«, sagte Hornkast. »Es gibt keine Anweisungen. Es ist lediglich die Verkündigung der Trauer, die Lord Valentine angesichts des Verlusts seines Vaters, des Vaters von uns allen empfindet, des großen Pontifex Lord Tyeveras.«

»Ah, er ist schlauer, als ich gedacht habe!« sagte Dilifon. »Seine Hände bleiben sauber.«

»Das ist doch immer so«, sagte Narrameer. »Sage mir, Hornkast: wer ist der neue Coronal?«

»Hissune, der Sohn von Elsinome, wurde ausgewählt.«

»Der junge Prinz aus dem Labyrinth?«

»Derselbe.«

»Erstaunlich. Demnach wird es auch eine neue Lady geben?«

»Elsinome«, sagte Hornkast.

»Das ist eine Revolution!« rief Shinaam. »Valentine hat den Burgberg mit einem einzigen Stoß umgeworfen! Wer kann das glauben? Lord Hissune? Kann das sein? Wie haben die Prinzen des Burgbergs darauf reagiert?«

»Ich glaube, sie hatten keine andere Wahl«, sagte Hornkast. »Aber wir wollen uns die Köpfe nicht wegen der Prinzen des Burgbergs zerbrechen. Wir haben eigene Aufgaben zu erledigen, dies es an diesem letzten Tag unserer Macht zu tun gibt.«

»Wofür ich dem Göttlichen danken möchte«, sagte Dilifon.

Der Ghayrog sah ihn böse an. »Dann sprichst du nur für dich!«

»Vielleicht. Aber ich spreche auch für den Pontifex Tyeveras.«

»Wer scheint an diesem Tag für sich selbst zu sprechen, hm?« sagte Hornkast. Er betrachtete das Dokument in seiner Hand. »Es sind einige seltsame Probleme aufgetaucht, die ich zu eurer Aufmerksamkeit bringen muß. Zum Beispiel war mein Stab bisher außerstande, eine Beschreibung der angemessenen Prozedur zur Verkündigung des Todes eines Pontifex und der Berufung eines neuen zu finden, da es so lange her ist, seit dieses Ereignis zum letzten Mal eintrat.«

»Sehr wahrscheinlich hat kein lebender Mensch je daran teilgehabt«, sagte Dilifon. »Abgesehen vom Pontifex Tyeveras selbst.«

»Ich bezweifle, daß er uns in dieser Frage dienlich sein wird«, sagte Hornkast. »Wir suchen bereits in den Archiven nach den Einzelheiten der Verkündigung des Todes von Ossier und der Ernennung von Tyeveras, aber wenn wir nichts finden können, müssen wir unsere eigene Zeremonie erfinden.«

Narrameer schloß die Augen und sagte mit leiser, weit entfernt klingender Stimme: »Ihr vergeßt etwas. Hier ist eine Person, die bei der Ernennung von Tyeveras dabei war.«

Hornkast sah sie erstaunt an. Daß sie uralt war, das wußte jeder; aber niemand wußte *wie* alt, nur, daß sie die kaiserliche Traumsprecherin gewesen war, soweit jeder zurückdenken konnte. Aber wenn sie selbst noch die Regentschaft von Tyeveras als Coronal erlebt hatte, dann war sie sogar älter, als er vermutet hatte; und er spürte einen Schauer über den Rücken laufen, er, der geglaubt hatte, das Alter längst hinter sich zu haben, wo ihn noch etwas überraschen konnte.

»Erinnerst du dich daran?« fragte er.

»Ich sehe es durch einen Nebel. Es wird zuerst im Hof der Säulen verkündet. Dann im Hof der Kugeln, und dann am Platz der Masken; hinterher verkündet man es im Saal der Winde und demHof der Pyramiden. Schließlich wird es ein letztes Mal am Eingang der Klingen bekanntgegeben. Und wenn der neue Pontifex im Labyrinth ankommt, dann muß er es durch den Eingang der Klingen betreten und zu Fuß durch alle Ebenen gehen. Ich erinnere mich: Tyeveras schritt voller Freude durch die gewaltige Menge, die seinen Namen rief, und er ging so schnell, daß niemand mit ihm Schritt halten konnte, und er blieb erst stehen, als er das ganze Labyrinth bis zur untersten Ebene durchschritten hatte. Ich frage mich, ob der Pontifex Valentine eine ähnliche Energie an den Tag legen wird!«

»Das ist die zweite Besonderheit«, sagte Hornkast. »Der Pontifex Valentine hat keine unmittelbaren Pläne, seine Residenz im Labyrinth zu beziehen.«

»Was?« stieß Dilifon hervor.

»Er befindet sich derzeit auf der Insel, in Gesellschaft der alten Lady, des neuen Coronals und der neuen Lady. Der Pontifex informierte mich, daß er zunächst nach Zimroel reisen wird, um die rebellischen Provinzen unter Kontrolle zu bringen. Er geht davon aus, daß dieses Unternehmen länger dauern wird, und er bittet mich, die Feier seines Einzugs zu verschieben.«

»Für wie lange?« fragte Shinaam.

»Unbestimmt«, sagte Hornkast. »Wer weiß, wie lange

diese Krise noch dauern wird? Und solange sie andauert, wird er in der Oberwelt bleiben.«

»In diesem Fall«, sagte Narrameer, »können wir damit rechnen, daß die Krise bis an Valentines Lebensende dauern wird.«

Hornkast sah sie an und lächelte. »Du verstehst ihn ausgezeichnet. Er verabscheut das Labyrinth, und ich glaube, er wird jeden Vorwand nutzen, ihm fernzubleiben.«

Dilifon schüttelte langsam den Kopf. »Aber wie kann das sein? Der Pontifex *muß* im Labyrinth sein! Das ist Tradition! Noch niemals seit zehntausend Jahren hat der Pontifex in der Oberwelt gelebt!«

»Es war auch noch nie ein Valentine Pontifex«, sagte Hornkast. »Ich glaube, in seiner Regentschaft werden viele Veränderungen kommen, wenn die Welt den Krieg der Gestaltveränderer überleben sollte. Ich möchte nur eines sagen: Mir ist es einerlei, ob er im Labyrinth oder in Suvrael oder auf dem Burgberg lebt. Meine Zeit ist vorbei, wie deine auch, guter Dilifon, und deine, Shinaam, und wahrscheinlich sogar deine, gute Lady Narrameer. Die kommenden Veränderungen sind von geringerem Interesse für mich.«

»Er *muß* hier leben!« sagte Dilifon nochmals. »Wie kann der neue Coronal seine Macht festigen, wenn der Pontifex ebenfalls als Bewohner der Oberwelt auf der Bildfläche erscheint?«

»Vielleicht entspricht das Valentines Plan«, schlug Shinaam vor. »Er macht sich zum Pontifex, weil er es nicht mehr länger hinausschieben kann, aber indem er oben bleibt, behält er die aktive Rolle des Coronals und verweist diesen Lord Hissune in die Position seines Untergebenen. Bei der Lady, ich hätte ihn nie für so gerissen gehalten!«

»Ich auch nicht«, sagte Dilifon.

Hornkast sagte achselzuckend: »Wir haben keine Ahnung, was seine Absichten sein mögen, davon abgesehen, daß er nicht hierherkommen möchte, solange der Krieg noch andauert. Und sein Hof wird ihm folgen; denn wir alle sind im Augenblick der Nachfolge unserer Ämter enthoben.«

Er sah sich langsam im Raum um. »Und ich möchte daran erinnern, daß wir von Valentine als Pontifex sprechen, wenngleich die Nachfolge noch nicht eingetreten ist. Das wird unsere letzte Verantwortung sein.«

»Unsere?« fragte Shinaam.

»Möchtest du ihr ausweichen?« fragte Hornkast. »Dann geh. Geh in dein Bett, alter Mann, und wir werden unsere Aufgabe ohne dich erledigen. Denn wir müssen nun in den Thronsaal ziehen und unsere Pflicht tun. Dilifon? Narrameer?«

»Ich werde mitkommen«, sagte Shinaam bedrückt.

Hornkast übernahm die Führung. Es war eine langsame Prozession, eine Parade der Ältesten. Mehrere Male war es nötig stehenzubleiben, während sich Dilifon schweratmend auf zwei ihn begleitende Wachmänner stütze. Aber schließlich standen sie vor der großen Tür des kaiserlichen Gemachs. Noch einmal schob Hornkast die Hand in den Erkennungsschlitz und berührte den Mechanismus, der die Tür öffnete, einen Handgriff, den er nicht mehr ausführen würde, das wußte er.

Sepulthrove stand neben dem komplizierten Lebenserhaltungsmechanismus, in dessen Kugel der Pontifex saß.

»Es ist sehr seltsam«, sagte der Arzt. »Nach diesem langen Schweigen spricht er wieder. Hört zu, er regt sich erneut.«

Aus der blauen Glaskugel erklangen die pfeifenden, gurgelnden Laute von Tyeveras; und dann sagte er, deutlich wie früher: *»Komm. Stehe auf. Wandle.«*

»Dieselben Worte«, sagte Sepulthrove.

»Leben! Schmerz! Tod!«

»Ich glaube, er weiß es«, sagte Hornkast. »Er weiß es.«

Sepulthrove runzelte die Stirn. »Weiß was?«

Hornkast deutete auf das Dekret. »Dies ist Lord Valentines Beileidsbezeugung angesichts des Todes des großen Kaisers von Majipoor.«

»Ich verstehe«, sagte der Leibarzt, und das einströmende

Blut färbte sein raubvogelähnliches Gesicht dunkel. »So mußte es einmal kommen.«

»Richtig.«

»Jetzt?« fragte Sepulthrove. Seine Hände zitterten. Er hielt sie über den Kontrollen.

Vom Pontifex kamen die letzen Worte:

»Leben. Majestät. Tod. Valentine Pontifex von Majipoor!«

Das nachfolgende Schweigen war schrecklich.

»Jetzt«, sagte Hornkast.

KAPITEL 8

Endlos hin und her über das Meer, nun wieder von der Insel zurück nach Zimroel. Valentine gewann langsam den Eindruck, als wäre er in einem früheren Leben der legendären Kapitän Sinnabor Lavon gewesen, der sich an die erste Überquerung des Großen Meeres gemacht und die Reise nach fünf Jahren aufgegeben hatte und der deswegen vielleicht dazu verurteilt war, ohne Rast und Ruhe von Land zu Land zu segeln. Aber Valentine verspürte keine Mattigkeit mehr und keinen Wunsch, sein Wanderleben aufzugeben, das er begonnen hatte. In gewisser Weise – einer seltsamen und unerwarteten Weise – unternahm er immer noch die große Prozession.

Die Flotte, von günstigen Winden rasch nach Westen getrieben, näherte sich Piliplok. Diesmal waren keine Drachen zu sehen gewesen, die die Reise gefährdet oder verzögert hätten, daher war die Überfahrt schnell vonstatten gegangen.

Von den Masten standen die Flaggen gerade in Richtung Zimroel: Nicht mehr das Grün und Gold des Coronals, denn unter diesen Farben segelte nun Lord Hissune, der die Überfahrt nach Zimroel selbständig unternahm. Valentines Schiff trug das Rot und Schwarz des Pontifex, auf dem das Symbol des Labyrinths prangte.

Er hatte sich noch nicht an diese Farben gewöhnt, und auch an das Symbol noch nicht, ebensowenig wie an die Veränderungen, die eingetreten waren. Sie machten nicht mehr den Sternenfächer, wenn sie sich ihm näherten. Nun denn, sei's drum, diesen Salut hatte er stets für etwas Närrisches gehalten. Sie sprachen ihn nicht mehr mit »mein Lord« an, wenn sie sich an ihn wandten, denn der Pontifex mußte »Eure Majestät« genannt werden. Was Valentine ebenfalls einerlei war, nur hatte sein Ohr sich an das häufig wiederholte »mein Lord« als eine Art Betonung des Satzrhythmus gewöhnt, und es war seltsam, es nun nicht mehr zu hören. Es fiel ihm sichtlich schwer, die Leute überhaupt dazu zu bringen, ihn anzusprechen, denn seit uralten Zeiten war es Brauch, stets den Hohen Sprecher anzureden, niemals den Pontifex selbst, auch wenn der Pontifex selbst zugegen war und alles mit anhören konnte. Und wenn der Pontifex antwortete, dann hatte das ebenfalls indirekt zu geschehen, durch den Hohen Sprecher. Das war der erste pontifikale Brauch, den Valentine abgeschafft hatte; aber es war nicht einfach, andere dazu zu bringen, die Veränderung zu akzeptieren. Er ernannte Sleet zu seinem Hohen Sprecher – diese Wahl schien nur natürlich zu sein –, aber er untersagte ihm ausdrücklich, sich den überkommenen Unfug anzugewöhnen und so zu tun, als wäre er das Ohr des Pontifex.

Des weiteren konnte niemand begreifen, weshalb der Pontifex an Bord eines Schiffes weilte, dem stürmischen Wind und dem grellen Sonnenlicht ungeschützt ausgesetzt. Der Pontifex war ein von Geheimnissen umgebener Kaiser. Den Pontifex durfte man nicht sehen. Der Pontifex, das wußte jeder, sollte im Labyrinth sein.

Ich werde nicht gehen, dachte Valentine.

Ich habe meine Krone abgegeben, und ein anderer genießt nun das Privileg, seinem Namen das »Lord« voranstellen zu dürfen, und die Burg wird nun Lord Hissunes Burg sein, wenn er je Gelegenheit bekommt, dorthin zurückzukehren. Aber ich werde mich nicht unter der Erde begraben.

Carabella kam an Deck und sagte: »Asenhart bittet mich auszurichten, daß wir Piliplok in etwa zwölf Stunden sehen können, wenn der Wind günstig bleibt.«

»Nicht, ›mein Lord‹, sagte Valentine.

Sie grinste. »Es fällt mir schwer, mich an das *Eure Majestät* zu gewöhnen.«

»Mir ebenfalls. Aber die Veränderung wurde vollzogen.«

»Darf ich dich nicht einmal, wen wir unter uns sind, ›mein Lord‹ nennen? Denn das bist du für mich, ›mein Lord‹.«

»Bin ich das? Kommandiere ich dich herum, lasse ich mir Wein einschenken und mir die Pantoffeln von dir holen, als wärst du eine Dienerin?«

»Du weißt, daß ich es anders meinte, Valentine.«

»Dann nenne mich Valentine, und nicht ›mein Lord‹. Ich war dein König, und nun bin ich dein Kaiser, aber ich bin nicht dein Herr und Meister. Ich dachte, diesbezüglich hätte stets Klarheit zwischen uns geherrscht.«

»Das denke ich auch – Eure Majestät.«

Sie lachte, und er lachte ebenfalls und zog sie an sich und hielt sie eng umschlungen. Nach diesem Augenblick sagte er: »Ich habe dir oft gesagt, wie sehr ich es bedaure, daß ich dich vom einfachen, freien Leben einer Jongleurin fortgenommen habe. Und du hast ebensooft geantwortet: Nein, nein. Unsinn, da gibt es nichts zu bedauern, ich kam aus freien Stücken an deine Seite.«

»Das ist die Wahrheit, mein Lord.«

»Aber jetzt bin ich Pontifex – bei der Lady, ich spreche diese Worte aus, und in meinem Mund klingen sie wie eine andere Sprache! –, ich bin Pontifex, ich bin wirklich Pontifex, und wieder habe ich das Gefühl, daß ich dir die Freuden des Lebens nehmen muß.«

»Warum, Valentine? Muß denn ein Pontifex seine Frau aufgeben? Mir ist nichts von einem derartigen Brauch bekannt.«

»Ein Pontifex muß im Labyrinth leben, Carabella.«

»Fängst du schon wieder davon an?«

»Ich muß immer daran denken. Und wenn ich im Labyrinth leben muß, dann mußt du es ebenfalls, und wie kann ich das von dir verlangen?«

»Verlangst du es denn von mir?«

»Du weißt, daß ich mich nicht von dir trennen möchte.«

»Ich mich auch nicht von dir, mein Lord. Aber wir sind nicht im Labyrinth, und ich dachte, du hättest nicht die Absicht, dorthin zu gehen.«

»Und was, wenn ich muß, Carabella?«

»Wer kann dem Pontifex befehlen?«

Er schüttelte den Kopf. »Und wenn ich muß? Du weißt so gut wie ich, wie wenig Liebe ich für diesen Ort aufbringe. Aber wenn ich muß – und sei es nur aus Staatsgründen –, wenn mir die absolute Notwendigkeit aufgezwungen wird, was, dafür bete ich zum Göttlichen, nicht geschehen wird, aber wenn tatsächlich eine Zeit kommt, da mich das System der Regierung zwingt, in diesen Irrgarten hinabzusteigen ...«

»Dann kome ich mit dir, mein Lord.«

»Und verzichtest auf den Wind, die sonnigen Tage und das Meer und den Wald und die Berge?«

»Sicher würdest du einen Weg finden, hin und wieder herauszukommen, selbst wenn du hinunter müßtest.«

»Und wenn nicht?«

»Du überdenkst Probleme, die viel zu weit entfernt sind, mein Lord. Die Welt ist in Gefahr; große Aufgaben erwarten dich, und niemand wird dich ins Labyrinth abschieben, solange sie nicht gelöst sind. Wir haben später noch Zeit, uns darüber den Kopf zu zerbrechen, wie wir leben werden und wie es uns gefallen wird. Ist es nicht so, mein Lord?«

Valentine nickte. »So ist es. Ich vergrößere närrisch meine eigene Bürde.«

»Ich werde dir eines sagen, und dann wollen wir nicht mehr davon sprechen: Wenn du einen respektablen Weg findest, dem Labyrinth für immer den Rücken zu kehren, dann werde ich mich freuen, aber wenn du hinabgehen mußt, dann werde ich dich begleiten und nicht mehr daran denken. Als du mich als Lord Valentine zu deiner Gefährtin wähltest, glaubst du denn, da hätte ich nicht daran gedacht, daß dieser Lord Valentine eines Tages Pontifex werden muß? Als ich dich akzeptierte, da akzeptierte ich auch das Labyrinth, genau wie du, mein Lord, das Labyrinth akzeptiert hast, als du die Krone nahmst, die dein Bruder getragen hatte. Also laß uns nicht mehr über dieses Thema sprechen, mein Lord.«

»Eure Majestät«, sagte Valentine. Er legte ihr den Arm um die Schultern und preßte sanft die Lippen auf ihre. »Ich verspreche dir, daß ich nicht mehr über das Labyrinth nachdenke. Und du mußt mir versprechen, mich mit dem angemessenen Titel anzureden.«

»Ja, Eure Majestät. Ja, Eure Majestät. Ja, Eure Majestät.«

Und sie machte einen seltsamen Salut, eine ausladende Geste, bei der sie mit beiden Armen eine übermütige Karikatur des Labyrinthsymbols vollführte.

Nach einiger Zeit ging Carabella nach unten. Valentine blieb an Deck und betrachtete die Welt durch ein Fernrohr.

Was für einen Empfang, fragte er sich, wird man mir in der freien Republik Piliplok bereiten?

Es gab kaum jemanden, der keine Einwände gegen seine Entscheidung vorgebracht hätte, dorthin zu gehen. Sleet, Tunigorn, Carabella, Hissune – sie alle redeten vom Risiko, von der Unsicherheit. Piliplok konnte in seinem Wahn alles tun – ihn festnehmen, ihn sogar als Geisel behalten, um seine Unabhängigkeit zu garantieren. »Wer immer nach Piliplok geht«, sagte Carabella, wie schon Monate zuvor in Piurifayne, »muß dies an der Spitze einer Armee tun, und du hast keine Armee, mein Lord.«

Hissune hatte dasselbe Argument geäußert. »Auf dem Burgberg war man sich darüber einig«, sagte er, »daß der Coronal die Truppen befehligen sollte, wenn eine neue Armee zusammengestellt wird – während der Pontifex aus sicherer Entfernung die Strategie überwacht.«

»Es wird nicht nötig sei, Truppen nach Piliplok zu führen«, sagte Valentine.

»Eure Majestät?«

Valentine sagte: »Während meines Krieges um die Krone hatte ich ausreichend Gelegenheit zu lernen, wie man Rebellen ohne Blutvergießen befriedet. Wen du nach Piliplok gehen würdest – ein neuer Coronal, unbekannt, kaum einzuschätzen –, dann würden sie sicher bewaffneten Widerstand leisten. Aber wenn der Pontifex selbst erscheint – wer kann sich an eine Zeit erinnern, da ein Pontifex in Piliplok gesehen wurde? –, werden sie ehrfürchtig und eingeschüchtert sein, und niemand wird es wagen, die Hand gegen ihn zu erheben, selbst wenn er die Stadt alleine betritt.«

Wenngleich Hissune weiterhin starke Zweifel geäußert hatte, hatte Valentine ihn am Ende überstimmt. Valentine wußte, daß es nicht anders hatte kommen können: so früh in seinem Pontifikat, nachdem er die zeitlich begrenzte Macht des Coronals gerade an den jüngeren Mann abgegeben hatte, konnte er sich noch nicht der Rolle der Aushängefigur beugen, die von einem Pontifex erwartet wurde. Macht, erkannte Valentine, wurde nur ungern abgegeben, nicht einmal von denjenigen, die einst geglaubt hatten, sie würden wenig Liebe für sie empfinden.

Aber es ging nicht nur darum, die Macht zu behalten, wurde Valentine klar. Es ging auch darum, Blutvergießen zu verhindern, wo Blutvergießen unnötig waar. Hissune glaubte eindeutig nicht, daß Piliplok friedlich zurückgewonnen werden konnte; Valentine wollte ihm das Gegenteil beweisen. Man konnte es als Teil der Ausbildung in den Regierungskünsten des neuen Coronals betrachten, dachte Valentine. Und wenn es dennoch nicht klappen sollte, dachte er – nun, dann ist es meine Schuld.

Am Morgen, als Piliplok hoch über dem dunklen Schlund des Flusses Zimr in Sicht kam, befahl Valentine seiner Flotte, zwei Flügel zu bilden, in deren Apex sich sein Flaggschiff befand, die *Lady Thiin*. Und sich selbst plazierte er in den prunkvollen Gewändern des Pontifex in Scharlachrot und Schwarz, die er vor seiner Abreise von der Insel für sich machen ließ, am Bug dieses Schiffes, damit ganz Piliplok ihn deutlich sehen konnte, während die königliche Flotte näher kam.

»Wieder schicken sie uns Drachenschiffe entgegen«, sagte Sleet.

Ja. Wie beim letztenmal, als Valentine als Coronal nach Piliplok gekommen war, um seine große Prozession durch Zimroel zu beginnen, kam die große Flotte der Drachenschiffe auf sie zugesegelt. Aber beim letztenmal hatten sie die grün-goldenen Farben des Coronals am Mast flattern gehabt, und sie haten ihn mit dem schmetternden Klang von Fanfaren und Pauken begrüßt. Nun sah Valentine, daß die Drachenschiffe eine andere Flagge führten, gelb mit einem breiten scharlachroten Streifen, die so ernst aussah wie die großen, stachelbewehrten Schiffe selbst. Das war sicher die Flagge der freien Republik, die Piliplok nun geworden war, und die Flotte war auch nicht gekommen, um ihn freundschaftlich zu begrüßen.

Großadmiral Asenhart sah unbehaglich zu Valentine. Er deutete auf das Sprachrohr, das er hielt, und sagte: »Soll ich ihnen den Befehl geben, zu weichen und uns friedlich in den Hafen zu geleiten, Majestät?« Aber der Pontifex lächelte nur und bedeutete ihm, ruhig zu bleiben.

Nun scherte das mächtigste Schiff von Piliplok aus, ein monströses Ding mit einer gräßlichen, zahnbewehrten Galionsfigur und bizarr verzierten Masten, und bezog direkt neben der *Lady Thiin* Stellung. Valentine erkannte es als das Schiff der alten Guidrag, der ältesten Drachenkapitänin, und tatsächlich stand sie an Deck, die grimmige Skandarfrau persönlich, und rief ihnen durch ein Sprachrohr zu: »Im Namen der freien Republik Piliplok, weisen Sie sich aus!«

»Geben Sie mir das Rohr«, sagte Valentine zu Asenhart. Er hob es an die Lippen und rief: »Dies ist die *Lady Thiin*, und ich bin Valentine. Komm an Bord und sprich mit mir, Guidrag.«

»Das darf ich nicht, mein Lord.«

»Ich sagte nicht *Lord* Valentine, sondern Valentine«, antwortete er.

»Begreifst du das? Und wenn du nicht zu mir kommen kannst, dann komme ich eben zu dir. Mach dich bereit, mich an Bord zu nehmen.«

»Majestät!« sagte Sleet entsetzt.

Valentine wandte sich an Asenhart. »Macht einen Schweberkorb für uns fertig. Sleet, du bist der Hohe Sprecher, du wirst mich begleiten. Und du, Deliamber.«

Carabella sagte drängend: »Mein Lord, ich bitte Euch ...«

»Wenn sie uns festnehmen wollen, dann werden sie es tun, ob ich nun an Bord ihres oder meines Schiffes bin. Auf jedes unserer Schiffe kommen zwanzig von ihnen, und gut bewaffnete obendrein. Kommt, Sleet ... Deliamber ...«

»Majestät«, sagte Lisamon Hultin ernst. »Ihr dürft nur gehen, wenn ich Euch begleite.«

Lächelnd sagte Valentine: »Ah, ausgezeichnet! Du gibst dem Pontifex Befehle! Ich bewundere deine Treue, aber nein: ich werde dieses Mal keine Leibwächter mitnehmen, keine Waffen und keinen Schutz irgendwelcher Art, abgesehen von diesen Roben. Ist der Schweber bereit, Asenhart?«

Der Korb war bereit und am Vormast vertäut. Valentine kletterte hinein und winkte dem grimmig erbost dreinschauenden Sleet sowie dem Vroon. Er betrachtete die anderen, die sich an Deck des Flaggschiffs versammelt hatten: Carabella, Tunigorn, Asenhart, Zalzan Gibor, Lisamon, Shanamir, die ihn alle anstarrten, als habe er nun vollkommen den Verstand verloren. »Mittlerweile solltet ihr mich besser kennen«, sagte er leise und befahl, den Korb über die Reling zu hieven.

Er schwebte über das Wasser, schaukelte sanft auf den Wogen und verharrte dann an der Seite des Drachenschiffs, bis er von dem Haken erfaßt wurde, den Guidrag herabsenken ließ. Einen Augenblick später trat Valentine auf das

Deck des anderen Schiffes, dessen Planken Flecken vom unauslöschlichen Blut der Meeresdrachen aufwiesen. Ein Dutzend hünenhafter Skandars, von denen der kleinste eineinhalbmal so groß war wie Valentine, standen ihm gegenüber, und an der Spitze stand Guidrag, die noch weniger Zähne als vorher hatte, deren dichter Pelz noch verblichener als früher war. Ihre gelben Augen strahlten Autorität und Macht aus, aber Valentine konnte auch eine Spur Unsicherheit entdecken.

Er sagte: »Was soll das, Guidrag, daß du mir ein so unfreundliches Willkommen bei meinem Besuch bereitest?«

»Mein Lord, ich hatte keine Ahnung, daß Ihr es wart, der zu uns zurückkehrt.«

»Dennoch scheint es, als wäre ich nochmals wiedergekommen. Steht es mir nicht zu, freundlicher empfangen zu werden?«

»Mein Lord – die Dinge haben sich hier geändert«, sagte sie und wurde ein wenig verlegen.

»Geändert? Die freie Republik?« Er sah über das Deck und zur Formation der anderen Drachenschiffe. »Was für eine freie Republik, Guidrag? Den Ausdruck habe ich vorher noch nie gehört. Ich frage dich: Was bedeutet das?«

»Ich bin nur Drachen-Kapitän, mein Lord. Diese politischen Dinge, davon kann ich nichts erzählen ...«

»Dann vergib mir. Aber sag mir wenigstens eines: Warum wurdest du meiner Flotte entgegengeschickt, wenn nicht, um mich zu empfangen und in den Hafen zu geleiten?«

Guidrag sagte: »Ich wurde geschickt, um Euch willkommen zu heißen und fortzuschicken. Wenngleich ich nochmals betonen muß, wir hatten keine Ahnung, daß es sich um Euch handelt, mein Lord ... wir wußten nur, es war eine Flotte imperialer Schiffe ...«

»Und imperiale Schiffe sind in Piliplok nicht mehr willkommen?«

Es folgte eine längere Pause.

»Nein, mein Lord«, sagte die Skandarfrau ohne Enthusiasmus. »Das sind sie nicht, mein Lord. Wir haben uns –

wie soll ich es ausdrücken – aus dem Bund zurückgezogen, mein Lord. Das ist eine freie Republik. Ein Gebiet, das sich selbst regiert, das nicht von außerhalb verwaltet wird.«

Valentine zog die Braue etwas in die Höhe. »Aha. Und warum das? Ist die Herrschaft des gesamten Reiches eine so große Bürde, was meinst du?«

»Ihr spielt mit mir, mein Lord. Diese Fragen entziehen sich meinem Verständnis. Ich weiß nur, daß wir in schwierigen Zeiten leben, daß Veränderungen gemacht wurden, daß Piliplok sich entschlossen hat, sein Schicksal selbst in die Hand zu nehmen.«

»Weil Piliplok immer noch Nahrungsmittel hat, und andere Städte nicht, und weil die Bürde, die Hungrigen zu ernähren, zu schwer für Piliplok ist? Ist es das, Guidrag?«

»Mein Lord ...«

»Du mußt aufhören, mich ›mein Lord‹ zu nennen«, sagte Valentine. »Von nun an mußt du ›Eure Majestät‹ zu mir sagen.«

Die Drachenkapitänin, die besorgter denn je aussah, erwiderte: »Aber seid Ihr denn nicht mehr Coronal, mein Lord ... Eure Majestät?«

»Die Veränderungen in Piliplok sind nicht die einzigen«, sagte er. »Ich werde es dir zeigen, Guidrag. Und dann werde ich auf mein Schiff zurückkehren, und du wirst mich in den Hafen führen, und ich werde mit den Herren der freien Republik sprechen, damit sie mir alles gründlicher erklären können. Ja, Guidrag? Laß mich dir zeigen, wer ich bin.«

Und er nahm Sleets Hand in seine und einen Tentakel des Vroon in die andere und versetzte sich mühelos und einfach in den wachen Schlaf, das Trance-Stadium, das es ihm ermöglichte, von Verstand zu Verstand zu sprechen, als würde er Sendungen ausschicken. Und von seiner Seele floß ein Strom der Vitalität und Macht in die Guidrags, der so mächtig war, daß er die Luft zwischen ihnen zum Leuchten brachte; denn er bezog nicht nur die Kraft, die in dieser Zeit der Prüfungen und des Aufruhrs in ihm gewachsen war, sondern auch die, die Sleet und der Vroon ihm liehen, und auch seine Kameraden an Bord der *Lady Thiin* sowie Lord Hissune und Hissunes Mutter, die Lady, und seine eigene Mutter, die frühere Lady, und alle anderen, die Majipoor so liebten, wie es gewesen war, und die es wieder so sehen wollten. Und er tastete gedanklich nach Guidrag und dann zu den Drachenkapitänen, die sie begleiteten, und dann zu den Mannschaften der anderen Schiffe und dann zu den Bürgern der freien Republik Piliplok jenseits des Wasser; und die Botschaft, die er ihnen zukommen ließ, war einfach, daß er zu ihnen gekommen war, um ihnen ihre Irrtümer zu vergeben, und sich ihre neue Loyalität gegenüber dem großen Commonwealth bestätigen zu lassen, aus dem Majipoor bestand. Und er sagte ihnen auch, daß Majipoor unteilbar war und die Starken die Schwachen schützen mußten, sonst würden alle untergehen, denn die Welt stand am Rand der Vernichtung, und nichts außer einer gewaltigen gemeinsamen Anstrengung konnte sie retten. Und zuletzt sagte er ihnen, daß der Anfang vom Ende der Zeit des Chaos gekommen war, denn Pontifex und Coronal und Lady und König der Träume bemühten sich gemeinsam, die Dinge wieder ins Lot zu bringen, und alles würde wieder gut werden, wenn sie nur auf den Göttlichen vertrauten, in dessen Namen er nun als oberster Monarch regierte.

Er öffnete dieAugen. Er sah Guidrag benommen schwanken und langsam auf dem Deck auf die Knie sinken, und die anderen Skandars an ihrer Seite taten dasselbe. Dann legte sie die Hände vor die Augen, wie um sie vor einem schrecklichen Licht zu schützen, und sie murmelte in ehrfürchtigem, überwältigendem Tonfall: »Mein Lord ... Eure Majestät ... Eure Majestät ...«

»Valentine!« rief jemand weiter hinten an Deck. »Valentine Pontifex!« Und eine nach der anderen nahm den Ruf auf: »Valentine Pontifex! Valentine Pontifex!« bis er von Schiff zu Schiff hallte, weit über das Wasser und selbst im fernen Piliplok:

»Valentine Pontifex! Valentine Pontifex!«

BUCH FÜNF

Das Buch der Wiedervereinigung

KAPITEL

1

Als sich die königliche Erkundungstruppe noch einige Stunden flußabwärts von Ni-moya befand, rief Lord Hissune Alsimir zu sich und sagte: »Finde heraus, ob das große Haus, das als Nissimorn-Prospekt bekannt ist, immer noch existiert. Wenn ja, dann werde ich es als mein Hauptquartier benützen, solange ich in Ni-moya bin.«

Hissune erinnerte sich an das Haus – er erinnerte sich an alles in Nimoya, an die weißen Türme und erleuchteten Arkaden – so lebhaft, als hätte er sein halbes Leben dort verbracht. Aber vor dieser Reise hatte er niemals den Fuß auf den Kontinent Zimroel gesetzt. Er hatte Ni-moya durch die Augen einer anderen gesehen. Nun versetzte er seinen Geist zurück in die Zeit, als er noch ein Junge gewesen war, der dreist in den Erinnerungsaufzeichnungen im Seelenregister in den Tiefen des Labyrinths spioniert hatte. Wie war ihr Name gewesen, der der kleinen Ladenbesitzerin aus Velathys, die den Bruder des Herzogs geheiratet und Nissimorn-Prospekt geerbt hatte? Inyanna, dachte er. Inyanna Forlana. Die Diebin im Großen Basar gewesen war, bis sich ihr Leben so entscheidend gewandelt hatte.

Das alles war gegen Ende der Herrschaft von Lord Malibor geschehen – erst vor zwanzig oder fünfundzwanzig Jahren. Wahrscheinlich lebte sie noch, dachte Hissune. Immer noch in ihrem wunderbaren Haus, das den Fluß überblickte. Und dann werde ich zu ihr gehen und sagen: »Ich kenne dich, Inyanna Forlana. Ich kenne dich so gut wie mich selbst. Wir sind von derselben Art, du und ich: Günstlinge des Glücks. Und wir wissen, daß die wahren Günstlinge des Glücks diejenigen sind, die das Beste aus ihrem eigenen Glück machen können.«

Nissimorn-Prospekt stand immer noch, es erhob sich anmutig über das felsige Land über dem Hafen, die Balkone und Portikos schwebten traumartig in der flimmernden Luft. Aber Inyanna Forlane lebte nicht mehr dort. Das große Haus wurde von einer üblen Horde von Hausbesetzern bewohnt, die zu fünft oder sechst in einem Raum zusammengepfercht waren, die ihre Namen auf die Glasscheibe des Saals der Fenster gekritzelt, schwelende Lagerfeuer auf der Veranda zum Garten entzündet und fertige Fingerabdrücke auf den weißen Wänden hinterlassen hatten. Die meisten von ihnen flohen wie Morgennebel, als die Streitkräfte des Coronals durch das Tor marschierten; aber einige blieben und glotzten Hissune verständnislos an, als wäre er ein Eindringling von einer anderen Welt.

»Soll ich diesen Pöbel hinauswerfen lassen, mein Lord?« fragte Stimion.

Hissune nickte. »Aber gib ihnen zuerst etwas zu essen und zu trinken und sage ihnen, daß der Coronal es bedauert, ihnen ihr Quartier beschlagnahmen zu müssen. Und frage sie, ob sie die Lady Inyanna kennen, deren Haus dies einst gewesen ist.«

Grimmig ging er von einem Raum zum anderen und verglich das, was er sah, mit den strahlenden Erinnerungen an diesen Ort, die er aus Inyanna Forlanes Gedankenaufzeichnung hatte. Die Veränderungen waren traurig. Es gab keinen Teil des Hauses, der nicht in irgendeiner Form beschmutzt, besudelt, verwüstet oder verwahrlost war. Eine Armee von Handwerkern würde Jahre brauchen, alles zu restaurieren, dachte Hissune.

Und was für den Nissimorn-Prospekt zutraf, galt für ganz Ni-moya. Hissune wanderte aufgewühlt durch den Saal der Fenster mit dem Rundblick über alle Teile der Stadt und konnte eine Szenerie schrecklicher Verwüstungen sehen. Dies war die reichste und wohlhabendste Stadt Zimroels gewesen, die keinen Vergleich mit einer der Städte des Burgbergs zu scheuen brauchte. Die weißen Türme, die dreißig Millionen Menschen ein Heim geboten hatten, waren schwarz vom Ruß zahlloser Lagerfeuer. Der Palast des Herzogs war eine zerschmetterte Ruine auf ihrer bergigen

Erhebung. Die Gossamer Galerie, ein eine Meile langes, an Stahlseilen aufgehängtes Gebäude, das die erlesensten Geschäfte der Stadt beherbergt hatte, hing, da man die Trageseile an einer Seite durchgetrennt hatte, wie ein abgelegter Mantel auf der Straße. Die Glaskuppeln des Museums der Welten waren zerschmettert, und Hissune wagte sich gar nicht vorzustellen, was aus den Schätzen geworden sein mochte. Die kreisenden Reflektoren des Kristall-Boulevards waren dunkel. Er schaute zum Hafen und sah die Überbleibsel der schwebenden Restaurants, wo es einst möglich gewesen war, in elegantem Rahmen die seltensten Köstlichkeiten aus Narabal oder Stee oder Pidruid oder anderen fernen Städten zu essen. Sie lagen umgestürzt oder halb versunken im Wasser.

Er fühlte sich betrogen. So lange war es sein Traum gewesen, Ni-moya zu sehen, und nun warer endlich hier und fand es so vor, möglicherweise mit Schäden, die nicht mehr gutzumachen waren.

Wie hatte das geschehen können? fragte er sich. Warum hatten sich die Bewohner von Ni-moya, in ihrem Hunger, ihrer Panik, ihrem Wahnsinn, gegen ihre eigene Stadt gewendet? Und sah es überall im Herzen von Zimroel so aus, all die Schönheit, die zu schaffen Jahrtausende erfordert hatte, innerhalb eines kurzen Augenblicks des Wahnsinns für immer vernichtet? Wir haben einen hohen Preis für all die selbstgefälligen, zufriedenen Jahre bezahlen müssen, dachte Hissune.

Stimion kam zurück und brachte die Meldung über das Schicksal der Lady Inyanna, das er von einem der Besetzer erfahren hatte: Sie war vor mehr als einem Jahr aus Ni-moya geflohen, als einer der falschen Coronals ihren Palast als seine Wohnstätte gefordert hatte. Wohin sie gegangen war und ob sie noch lebte, das wußte niemand. Der Herzog von Ni-moya und seine Familie selbst waren noch früher geflohen und auch die meisten anderen Adligen.

»Und der falsche Coronal?« fragte Hissune.

»Ebenfalls fort, mein Lord. Sie alle, denn gegen Ende

waren es mehr als einer, etwa zehn oder zwölf, die sich untereinander zerstritten hatten. Aber sie flohen wie verschreckte Bilantoons, als der Pontifex Valentine letzten Monat die Stadt erreichte. Heute ist nur ein Coronal in Ni-moya, mein Lord, und sein Name ist Hissune.«

Hissune lächelte dünn. »Ist dies also meine große Prozession? Wo sind die Musiker, wo die Paraden? Warum nur überall Schmutz und Zerstörung? So hatte ich mir meinen ersten Besuch in Ni-moya nicht vorgestellt, Stimion.«

»Ihr werdet in einer glücklicheren Zeit wiederkehren, mein Lord, und dann wird alles wie früher sein.«

»Glaubst du? Glaubst du das wirklich? Ah, ich bete, daß du recht hast, mein Freund!«

Alsimir erschien. »Mein Lord, der Bürgermeister dieser Stadt entbietet Euch seinen Willkommensgruß und fragt, ob er diesen Nachmittag mit Euch sprechen kann.«

»Sag ihm, er soll am Abend kommen. Wir haben im Augenblick dringendere Dinge zu erledigen, als mit lokalen Bürgermeistern zu sprechen.«

»Ich werde es ihm bestellen, mein Lord. Ich glaube, der Bürgermeister hat Bedenken wegen der Größe der Armee, die Ihr hier einquartieren wollt. Er sagte etwas von den Schwierigkeiten, Nachschub herbeizuschaffen, sowie von gewissen sanitären Problemen, die er ...«

»Er wird den benötigten Nachschub herbeischaffen, Alsimir, sonst werden wir uns nach einem geeigneteren Bürgermeister umsehen müssen, Alsimir«, sagte Hissune. »Sag ihm das auch. Und du kannst ihm des weiteren ausrichten, daß in Kürze Lord Divvis mit einer Armee hier eintreffen wird, die ebensogroß wie meine ist, vielleicht größer, und auch mein Lord Tunigorn wird folgen, und daher kann er seine derzeitigen Bemühungen lediglich als Probe für die wahre Bürde ansehen, die ihm in kurzer Zeit auferlegt werden wird. Aber laß ihn auch wissen, daß der Nahrungsmittelbedarf von Ni-moya geringer werden wird, wenn ich weiterziehe, denn dann werde ich mehrere Millionen seiner Bürger als Teil der Armee mitnehmen, die Piurifayne besetzen soll, und frage ihn gleich nach der besten Methode, die Freiwilligen dafür zu rekrutieren. Und wenn er sich über etwas beschwert, Alsimir, dann mache ihm klar, daß wir nicht hergekommen sind, um ihn zu ärgern, sondern um seine Provinz vor dem Chaos zu retten, wenngleich wir es derzeit vorziehen würden, auf dem Burgberg zu feiern. Wenn du glaubst, daß sein Verhalten unangemessen ist, nachdem du das alles gesagt hast, dann leg ihn in Ketten, und sieh zu, ob es einen anderen Bürgermeister gibt, der kooperativer ist, und wenn nicht, dann such dir einen.« Hissune grinste. »Soviel zum Bürgermeister von Ni-moya. Gibt es schon Neuigkeiten von Lord Divvis?«

»Einige, mein Lord. Er hat Piliplok verlassen und folgt uns so schnell er kann den Zimr entlang, wobei er unterwegs seine Armee rekrutiert. Wir haben Nachrichten von ihm aus Port Saikforge, Stenwamp, Orgeliuse, Impemonade und Obliorn Vale, und als letztes wurde gemeldet, daß er sich Larnimisculus nähert.«

»Was, wenn ich mich recht entsinne, immer noch Tausende Meilen östlich von hier ist, nicht?« sagte Hissune. »Also werden wir noch eine Weile auf ihn warten müssen. Nun, wenn er hier ist, dann ist er hier, das kann man nicht beschleunigen, und ich halte es für unklug, nach Piurifayne aufzubrechen, wenn ich nicht zuvor mit ihm gesprochen habe.« Er lächelte leutselig. »Unsere Aufgabe wäre dreimal so einfach, wennn die Welt nur halb so groß wäre. Alsimir, laß Divvis in Larnimisculus unsere größte Bewunderung übermitteln, und vielleicht auch in Belka und Clarischanz und einigen anderen Orten auf dem Weg, damit er sieht, wie sehr wir uns darauf freuen, ihn wiederzusehen.«

»Und ist das so, mein Lord?« fragte Alsimir.

Hissune sah ihn eindringlich an. »Das ist so, Alsimir«, sagte er. »Das ist ganz bestimmt so, Alsimir!«

Als sein Hauptquartier wählte er das große Arbeitszimmer im dritten Stock des Gebäudes. Vor langer Zeit, als dies das Haus von Calain gewesen war, dem Bruder des Herzogs von Ni-moya – so erinnerte sich Hissune aus seiner angeeigneten Kenntnis des Hauses –, hatten sich hier Calains Bibliothek alte, in das Leder gewöhnlicher Tiere gebundene Bücher befunden. Aber die Bücher waren fort, das Arbeitszimmer war ein großer, leerer Raum mit einem übel zerkratzten Schreibtisch in der Mitte. Dort breitete er seine Karten aus und überdachte das Unternehmen, das vor ihm lag.

Es hatte Hissune nicht gefallen, auf der Insel des Schlafes zurückbleiben zu müssen, als Valentine nach Piliplok aufgebrochen war. Er hatte die Befriedung von Piliplok selbst durchführen wollen, mit Waffengewalt; aber Valentine hatte andere Pläne gehabt, und Valentine hatte sich durchgesetzt. Nun war Hissune zwar Coronal, ja; aber zum Zeitpunkt dieser Entscheidung war klar geworden, daß die Situation noch eine Weile anomal bleiben würde, denn er würde sich mit der Existenz eines tatkräftigen, aktiven und höchst sichtbaren Pontifex abfinden müssen, der ganz und gar nicht die Absicht hatte, ins Labyrinth zu gehen. Hissunes historische Studien lieferten ihm dafür keinen Präzedenzfall. Selbst die mächtigsten und ambitioniertesten Coronals – Lord Confalume, Lord Prestimion, Lord Dekkeret, Lord Kinniken – hatten ihren Platz geräumt und waren ins Labyrinth gezogen, als ihre Zeit in der Burg vorüber war.

Aber hierfür gab es keinen Präzedenzfall, stellte Hissune fest, für nichts von dem, was derzeit geschah. Und er konnte nicht abstreiten, daß Valentines Reise nach Piliplok – die Hissune selbst für die letzte Stufe von Irrsinn gehalten hatte – ein brillanter strategischer Streich gewesen war.

Man mußte es sich vorstellen: die rebellische Stadt holte unterwürfig die Flaggen ein und ergab sich ohne Widerrede dem Pontifex, genau wie Valentine vorhergesagt hatte! Welche Zauberkraft besaß er, fragte sich Hissune, die es ihm ermöglichte, ein so kühnes Unternehmen mit solcher Selbstsicherheit durchzuführen? Aber mit derselben Taktik hatte er auch seinen Thron zurückerobert, oder nicht? Seine Milde, sein Sanftmut – sie verbargen einen unglaublich starken Willen und nachdrückliche Entschlossenheit. Und doch, überlegte Hissune, war sie auch keine reine Tarnung, diese Sanftheit Valentines: Es war die essentielle Natur seines Charakters, sein aufrichtigster und wahrster Teil. Ein ungewöhnliches Wesen – in seiner Art ein großer König ...

Und nun reiste der Pontifex auf dem Zimr westwärts, in Begleitung seines kleinen Gefolges von einem gebrochenen Land zum anderen, und brachte es sanftmütig auf den normalen Weg zurück. Von Piliplok war er nach Ni-moya gereist, wo er einige Wochen vor Hissune angekommen war. Falsche Coronals waren bei seinem Eintreffen geflohen; Vandalen und Banditen hatten ihr Plündern eingestellt; die eingeschüchterten und verarmten Bürger der Stadt waren, so erzählt man, zu Millionen auf die Straßen gekommen, um ihren neuen Pontifex zu begrüßen, als könnte er mit einer Handbewegung die Welt wieder heil machen. Was die Sache für Hissune, der in Valentines Kielwasser folgte, viel einfacher machte, denn er mußte keine Zeit aufwenden, um Ni-moya zu säubern und einzunehmen, sondern fand statt dessen eine ruhige und friedliche Stadt vor, die bereitwillig das auf sich nahm, was getan werden mußte.

Hissune strich den Weg auf der Karte mit dem Finger nach. Valentine war nach Khyntor aufgebrochen. Keine leichte Aufgabe, denn dies war die Festung des falschen Coronals Sempeturn und seiner Privatarmee, der Ritter Dekkerets. Hissune fürchtete dort um den Pontifex. Und doch konnte er nichts unternehmen, ihn zu beschützen: davon wollte Valentine nichts hören. »Ich werde keine Armeen in die Städte von Majipoor führen«, sagte er, als sie sich auf der Insel über dieses Thema unterhielten. Und Hissune hatte keine andere Wahl, als sich seinem Willen zu beugen. Die Autorität des Pontifex war stets höher.

Und wohin wollte Valentine nach Khyntor gehen? Wahrscheinlich zu den Städten im Graben, vermutete Hissune. Und dann zu den Städten am Meer, Pidruid, Til-omon, Narabal. Niemand wutße, was an der fernen Küste geschah, wohin so viele Flüchtlinge aus dem von Unruhen heimgesuchten Kernland von Zimroel geflohen waren. Aber vor seinem geistigen Auge konnte Hissune Valentine sehen, der unverdrossen weiterzog und Chaos in Ordnung verwandelte – allein durch die glühende Kraft seiner Seele. Es war, in gewisser Weise, eine absonderliche Art großer Prozession für den Pontifex. Aber der Pontifex, dachte Hissune unbehaglich, ist nicht derjenige, der große Prozessionen zu machen hat.

Er wandte sein Denken von Valentine ab und seiner eigenen Verantwortung zu. Zuerst mußte er warten, bis Divvis angekommen war. Das würde eine schwierige Aufgabe sein. Hissune wußte, daß der ganze künftige Erfolg seiner Herrschaft davon abhing, wie er mit diesem düsteren und eifersüchtigen Mann zurechtkam. Man mußte ihm große Machtbefugnis einräumen, klar; ihm verdeutlichen, daß er von den Generalen dieses Krieges als zweiter nach dem Coronal kam. Ihn aber gleichzeitig im Auge behalten, kontrollieren. Wenn es möglich war.

Hissune zeichnete rasch Linien auf der Karte. Eine Armee unter Divvis sollte nach Westen bis Khyntor oder Mazadone ausschwärmen und sicherstellen, daß Valentine dort die Ordnung wiederhergestellt hatte, und um Truppen dort zu postieren. Dann in einer Schleife zurück nach Süden und Osten, um Stellung entlang der oberen Grenze der Metamorphenprovinz zu beziehen. Die andere große Armee, unter Hissunes eigenem Befehl, würde von Ni-moya am Ufer des Steiche entlangmarschieren, um die östliche Grenze von Piurifayne abzuriegeln. Die Scheren-Formation: dann einwärts nach Piurifayne, bis die Rebellen gefaßt werden.

Und was werden diese Soldaten essen, fragte sich Hissune, in einer Welt, die langsam verhungert? Konnte man eine Millionen-Armee mit Gräsern und Nüssen und Wurzeln ernähren? Er schüttelte den Kopf. Wir werden Steine und Lehm essen. Wir werden die teuflischen Bestien essen, die der Feind gegen uns einsetzt. Wir werden unsere eigenen Toten essen, wenn es nötig sein sollte. Und wir werden siegen. Und dann wird der Wahnsinn ein Ende haben.

Er stand auf und trat ans Fenster und sah über das verwüstete Ni-moya, das nun etwas schöner wirkte, da sich die Dämmerung herabsenkte und die häßlichsten Narben verbarg. Er sah sein eigenes Spiegelbild im Glas. Spöttisch verbeugte er sich davor. *Guten Abend, mein Lord! Möge der Göttliche mit Euch sein, mein Lord!* Lord Hissune: wie seltsam das klang. *Ja, mein Lord; nein, mein Lord; ich werde es unverzüglich erledigen, mein Lord.* Sie machten den Sternenfächer vor ihm. Sie wichen ehrfürchtig zurück. Sie behandelten ihn alle so, als wäre er *wirklich* Coronal. Vielleicht würde er sich bald daran gewöhnen. Es war zwar nicht so, als ob das alles für ihn überraschend gekommen wäre. Und dennoch kam es ihm immer noch unwirklich vor. Vielleicht deshalb, weil er bis jetzt die ganze Zeit seiner Herrschaft mit improvisierten Reisen durch Zimroel verbracht hatte. Es würde erst wirklich erscheinen, erkannte Hissune, wenn er wieder zum Burgberg zurückkehrte – in Lord Hissunes Burg! – und sein Leben mit dem Unterzeichnen von Dekreten und mit Terminen und großen Zeremonien verbrachte, die seiner Meinung nach die wahren Aufgaben eines Coronals in Friedenszeiten waren. Aber würde dieser Tag jemals kommen? Er zuckte die Achseln. Eine närrische Frage, wie die meisten Fragen. Der Tag würde dann kommen, wenn er eben kam; in der Zwischenzeit gab es viel zu arbeiten. Hissune kehrte an seinen Schreibtisch zurück und verbrachte eine weitere Stunde über den Karten.

Nach einiger Zeit kam Alsimir zurück. »Ich habe mit dem Bürgermeister gesprochen, mein Lord. Er sichert nun vollkommene Kooperation zu. Er wartet unten, in der Hoffnung, daß Ihr ihm erlaubt, Euch zu sagen, wie sehr kooperativ er zu sein vorhat.«

Hissune lächelte. »Schick ihn zu mir«, sagte er.

KAPITEL
2

Als er endlich Khyntor erreichte, befahl Valentine Asenhart, nicht in der Stadt anzulegen, sondern auf der anderen Seite des Flusses, im südlichen Vorort Heiß-Khyntor, wo sich die geothermischen Wunder befanden, die Geysire und heißen Quellen und kochenden Seen. Er wollte sich viel Zeit lassen beim Einzug in die Stadt, um den sogenannten ›Coronal‹, der hier herrschte, deutlich vorzuwarnen.

Nicht, daß sein Erscheinen für den selbsternannten Coronal Sempeturn eine Überraschung sein konnte. Während seiner Reise von Ni-moya den Zimr hinauf hatte Valentine kein Geheimnis aus seiner Identität gemacht, und auch nicht aus seinem Ziel. Unterwegs hatte er in fast allen größeren Städten am Fluß haltgemacht und sich mit den lokalen Führern getroffen, die dort noch herrschten, und er hatte für die Armeen geworben, die rekrutiert wurden, um sich der Bedrohung durch die Metamorphen entgegenzustellen. Und den ganzen Fluß entlang, selbst in den Städten, wo er nicht haltmachte, versammelte sich die Bevölkerung, um die kaiserliche Flotte auf ihrem Weg nach Khyntor vorbeiziehen zu sehen, und um zu winken und zu rufen: »Valentine Pontifex! Valentine Pontifex!«

Eine niederschmetternde Reise war es gewesen, denn selbst vom Fluß konnte man sehen, daß die Städte, die einst so blühend und voller Leben gewesen waren, nun nur noch Geister ihrer selbst waren, die Lagerhäuser an den Docks leer und fensterlos, die Basare verlassen, die Promenaden am Fluß von Unkraut überwuchert. Und überall, wo er an Land kam, sah er, daß die Menschen, die hiergeblieben waren, trotz ihres Jubelns und Rufens völlig ohne Hoffnung waren: Ihre Augen waren trüb und niedergeschlagen, die Schultern hängend, die Gesichter leer.

Als er an diesem phantastischen Ort sprudelnder Geysire

und zischender, gurgelnder Thermalseen und kochender Wolken hellgrünen Glases, der Heiß-Khyntor genannt wurde, landete, sah Valentine noch etwas anderes in den Gesichtern der Menge, die sich am Kai versammelt hatte: einen aufmerksamen, gespannten, neugierigen Blick, als erwarteten sie eine Art sportlichen Wettkampf.

Sie wartete ab, wußte Valentine, welchen Empfang ihm Lord Sempeturn bereiten würde.

»In ein paar Minuten werden wir gehen können, Eure Majestät«, rief Shanamir. »Die Schweber kommen gerade von der Rampe herunter.«

»Keine Schweber«, sagte Valentine. »Wir werden zu Fuß in Khyntor Einzug halten.«

Er hörte Sleets bekanntes Aufstöhnen, sah Sleets bekannten ergebenden flehenden Blick. Lisamon Hultins Gesicht war rot vor Zorn, Zalzan Gibor runzelte düster die Stirn; auch Carabella war alarmiert. Aber keiner wagte, ihm zu widersprechen. Schon seit einiger Zeit hatte das niemand mehr getan. Es lag nicht so sehr daran, daß er nun Pontifex war, das Austauschen eines Titels durch einen anderen war eine Belanglosigkeit. Es war, als dachten sie, er würde sich Tag für Tag tiefer auf ein Gebiet vorwagen, wohin sie ihm nicht folgen konnten. Er wurde ihnen unverständlich. Und was ihn selbst anbelangte, er war jenseits aller Sorge um seine Sicherheit und fühlte sich unverwundbar und unbesiegbar.

Deliamber sagte: »Welche Brücke sollen wir nehmen, Eure Majestät?«

Vier waren zu sehen: eine aus Ziegelsteinen, eine aus Steinbögen, eine, die glänzend und schlank und transparent war, und die nächste, ein ätherisches Ding aus leicht schwankenden Kabeln. Valentine sah von einer zur anderen, dann zu den fernen Türmen von Khyntor jenseits des Flusses. Die Brücke der Steinbögen schien in der Mitte geborsten zu sein, stellte er fest. Noch eine Aufgabe für den Pontifex, dachte er, denn ihm fiel ein, daß der Titel in grauer Vorzeit ›Brückenbauer‹ bedeutet hatte.

Er sagte: »Ich kannte die Namen dieser Brücken einst, aber ich habe sie vergessen, guter Deliamber. Sag sie mir noch einmal.«

»Diese, zu unserer Rechten, ist die Brücke der Träume. Uns näher gelegen ist die Brücke des Pontifex, daneben die Khyntor-Brücke, die ungangbar zerstört zu sein scheint. Die weiter oben ist die Brücke des Coronals.«

»Nun, dann laßt uns die Brücke des Pontifex nehmen!« sagte Valentine.

Zalzan Gibor und mehrere seiner Skandars gingen voraus. Hinter ihnen stapfte Lisamon Hultin; dann Valentine, ruhigen Schrittes, Carabella an seiner Seite; Deliamber und Sleet und Tisana gingen gleich hinter ihnen, der Rest der kleinen Gruppe machte den Schluß. Die Menge, die ständig größer wurde, folgte ihnen hinterher, blieb aber etwas zurück.

Als Valentine sich der Schwelle der Brücke näherte, löste sich eine alte, magere Frau in abgetragenem, orangefarbenem Kleid aus der Menge, eilte auf ihn zu und rief: »Majestät! Majestät!« Sie konnte ihm bis auf wenige Schritte nahe kommen, bevor Lisamon Hultin sie an einem Arm packte und hochriß, als wäre sie eine Spielzeugpuppe. »Nein ... warte ...«, murmelte die alte Frau, als Lisamon sie in die Menge zurückstoßen wollte. »Ich will ihm nichts tun ... ich habe ein Geschenk für den Pontifex ...«

»Laß sie runter, Lisamon«, sagte Valentine ruhig.

Mit argwöhnischem Stirnrunzeln stellte Lisamon sie auf den Boden, blieb aber dicht neben dem Pontifex, aufs äußerste gespannt. Die Frau zitterte so sehr, daß sie kaum stehen konnte. Ihre Lippen bewegten sich, aber einen Augenblick sprach sie nicht. Dann sagte sie: »Seid Ihr wirklich Lord Valentine?«

»Ich war Lord Valentine, ja. Nun bin ich Valentine Pontifex.«

»Gewiß. Gewiß. Das wußte ich. Sie sagten, Ihr wärt tot, aber das habe ich nie geglaubt, niemals!« Sie verbeugte sich. »Eure Majestät!« Sie zitterte immer noch. Sie schien noch nicht so alt zu sein, aber es war schwer zu sagen, denn Hunger und Härte hatten tiefe Furchen in ihr Gesicht gegraben, und ihre Haut war noch blasser als die Sleets. Sie streckte die Hand aus. »Ich bin Millilain«, sagte sie. »Ich wollte Euch dies geben.«

In ihrer Hand lag etwas, das wie ein Dolch aus Knochen aussah, der spitz zugefeilt war.

»Seht Ihr, eine Mörderin!« brüllte Lisamon und traf Anstalten, sie wieder wegzustoßen.

Valentine hielt die Hand hoch. »Warte«, sagte er. »Was hast du da, Millilain?«

»Einen Zahn – einen heiligen Zahn – einen Zahn des Wasserkönigs Maazmorn ...«%

»Aha.«

»Um Euch zu beschützen. Um Euch zu leiten. Er ist der größte der Wasserkönige. Dieser Zahn ist wertvoll, Majestät.« Sie bebte jetzt. »Zuerst hielt ich es für falsch, sie zu verehren, für Blasphemie, für ein Verbrechen. Aber dann kehrte ich zurück, ich hörte zu, ich lernte. Sie sind nicht böse, die Wasserkönige, Euer Majestät! Sie sind die wahren Herren! Wir gehören ihnen, wir und alles, was auf Majipoor lebt. Und ich bringe Euch den Zahn von Maazmorn, Euer Majestät, der größte von ihnen, der Mächtige ...«

Leise sagte Carabella: »Wir sollten weiterziehen, Valentine ...«

»Ja«, sagte er. Er streckte die Hand aus und nahm den Zahn von der Frau entgegen. Er war vielleicht zehn Zoll lang, seltsam kalt und schien mit einem inneren Feuer zu glühen. Als er die Hand darum schloß, glaubte er einen Augenblick, fernes Glockenläuten zu hören, jedenfalls klang es so ähnlich wie Glocken, wenngleich die Melodie keiner glich, die er je gehört hatte. Er sagte ernst: »Vielen Dank, Millilain. Ich werde ihn in hohen Ehren halten.«

»Euer Majestät«, flüsterte sie und zog sich in die Menge zurück.

Er ging langsam weiter und überquerte die Brücke nach Khyntor.

Das Überqueren dauerte eine Stunde oder mehr. Lange

bevor er die andere Seite erreichte, konnte Valentine eine Menge sehen, die sich dort versammelt hatte und ihn erwartete: Es war mehr als nur ein Mob, wurde ihm klar, denn die, die in vorderster Reihe standen, waren alle einheitlich gekleidet, in grüne und goldene Uniformen, die Farben des Coronals. Dann war das eine Armee – die Armee des Coronals Lord Sempeturn.

Zalzan Gibor sah sich stirnrunzelnd um. »Euer Majestät?« sagte er.

»Immer weiter«, sagte Valentine. »Wenn wir sie erreicht haben, dann tretet zurück und laßt mich durch, bleibt aber an meiner Seite.«

Er spürte Carabellas Hand, die sich ängstlich um sein Handgelenk schloß.

»Erinnerst du dich«, sagte er, »früher im Krieg um die Krone, als wir nach Pendiwane kamen und zehntausend Soldaten uns erwarteten, wogegen wir nur ein paar Dutzend waren?«

»Dies ist nicht Pendiwane. Pendiwane hatte nicht gegen dich rebelliert. Kein faischer Coronal wartete am Stadttor auf dich, sondern nur ein dicker, vor Angst schlotternder Provinzbürgermeister.«

»Das ist ein und dasselbe«, antwortete er.

Er kam zum Ende der Brücke. Dort wurde ihm der Weg von den Soldaten in Grün und Gold versperrt. Ein Offizier in der ersten Reihe, in dessen Augen die Angst zu lesen stand, rief heiser: »Wer bist du, daß du die Stadt ohne Erlaubnis des Coronals Lord Sempeturn betreten willst?«

»Ich bin der Pontifex Valentine, und ich brauche keine Erlaubnis, um eine Stadt Majipoors zu betreten.«

»Der Coronal Lord Sempeturn wünscht nicht, daß du auf dieser Brücke weitergehst, Fremder.«

Valentine lächelte. »Wie kann der Coronal, wenn er einer ist, dem Pontifex befehlen? Komm, tritt beiseite!«

»Das werde ich nicht tun. Denn du bist so wenig Pontifex wie ich!«

»Du verleugnest mich? Ich denke, das muß euer Coronal selbst tun«, sagte Valentine leise.

Er begann weiterzugehen, flankiert von Zalzan Gibor und Lisamon Hultin. Der Offizier, der mit ihm gesprochen hatte, warf den Soldaten rechts und links von ihm in der Reihe unsichere Blicke zu, dann richtete er sich stramm auf, und die Soldaten folgten seinem Beispiel; ihre Hände griffen vielsagend nach den Waffen, die sie bei sich trugen. Valentine ging weiter. Sie wichen einen halben Schritt zurück, dann noch einen, während sie ihn weiterhin entschlossen ansahen. Valentine blieb nicht stehen. Die erste Reihe wich nach rechts und links aus, während er unaufhörlich weiter voranschritt.

Dann öffneten sich die Reihen, und ein kleiner, untersetzter Mann mit derben roten Wangen stellte sich Valentine entgegen. Er trug die weiße Robe eines Coronals über grünen Beinkleidern, und er trug die Sternenfächer-Krone, oder wenigstens eine hinreichende Nachahmung, auf seinem wilden schwarzen Haarschopf.

Er hielt beide Hände mit nach außen gekehrten Handflächen hoch und rief: »Genug! Nicht weiter, Eindringling!«

»Und aufgrund wessen Befehls erteilst du derlei Warnungen?« fragte Valentine liebenswürdig.

»Auf meinen eigenen, denn ich bin der Coronal Lord Sempeturn!«

»Aha, du bist der Coronal und ich der Eindringling? Das hatte ich nicht verstanden. Und durch wessen Willen seid Ihr Coronal, Lord Sempeturn?«

»Durch den Willen des Göttlichen, der mich berufen hat, in dieser führerlosen Stunde auf dem Burgberg zu regieren!«

»Ich verstehe«, sagte Valentine. »Aber ich weiß nichts von Führerlosigkeit. Es gibt einen Coronal, Lord Hissune ist sein Name, der dieses Amt rechtmäßig erworben hat.«

»Ein Eindringling kann nichts rechtmäßig erwerben«, gab Sempeturn zurück.

»Aber ich bin Valentine, der vor ihm Coronal war und der

nun Pontifex ist – durch den Willen des Göttlichen, wie allgemein geglaubt wird.«

Sempeturn grinste dunkel. »Ihr wart ein Eindringling, als Ihr behauptet habt, Coronal zu sein, und Ihr seid auch jetzt wieder ein Eindringling!«

»Kann das sein? So wurde ich fälschlicherweise von all den Prinzen und Herzögen auf dem Burgberg anerkannt, und auch vom Pontifex Tyeveras, möge er auf ewig bei der Quelle ruhen, und selbst von meiner eigenen Mutter, der Lady?«

»Ich sage, Ihr habt sie alle getäuscht, und der Fluch, der über Majipoor gekommen ist, ist der beste Beweis dafür. Denn der Valentine, der zum Coronal gemacht wurde, war ein dunkelhaariger Mann, und seht Euch an – Euer Haar ist goldfarben!«

Valentine lachte. »Aber das ist eine alte Geschichte, mein Freund! Sicher weißt du doch von dem Zauber, der mich meines Körpers beraubte und mich in diesen versetzte?«

»Das sagtet Ihr.«

»Und die Mächtigen stimmten mir zu.«

»Dann seid Ihr ein Meister der Täuschung«, sagte Sempeturn. »Aber ich werde keine Zeit mehr mit Euch vergeuden, denn es warten dringende Aufgaben auf mich. Geht. Geht zurück nach Heiß-Khyntor, an Bord Eures Schiffes, und segelt den Fluß hinab. Trifft man Euch morgen um diese Zeit noch in dieser Provinz an, werdet Ihr es sehr bedauern.«

»Ich werde früh genug gehen, Lord Sempeturn. Aber zuerst muß ich einen Dienst von Euch verlangen. Diese Eure Soldaten – Ritter Dekkerets, ist das richtig? –, die können wir im Osten brauchen, an der Grenze von Piurifayne, wo der Coronal Lord Hissune eine Armee zusammengestellt. Geht zu ihm, Lord Sempeturn, unterstellt Euch seinem Befehl. Tut das, was er von Euch verlangt. Wir wissen, was Ihr mit der Aufstellung dieser Truppen erreicht habt, und wir wollen Euch nicht den Befehl über sie entziehen. Aber Ihr müßt in den Dienst der größeren Sache treten.«

»Ihr müßt ein Verrückter sein«, sagte Sempeturn.

»Das glaube ich nicht.«

»Meine Stadt unbewacht lassen? Tausende von Meilen marschieren, um meine Macht einem Usurpator abzutreten?«

»Es ist notwendig, Lord Sempeturn.«

»In Khyntor entscheide nur ich, was notwendig ist.«

»Das muß sich ändern«, sagte Valentine. Er glitt mühelos in die wache Trance und sandte nur einen Fühler seines Geistes zu Sempeturn aus und spielte mit ihm, und der Mann mit dem roten Gesicht runzelte verwirrt die Stirn. Er übertrug das Bild von Dominin Barjazid in den Geist von Sempeturn, der heute seinen ehemaligen Körper besaß, und sagte: »Erkennt Ihr diesen Mann, Lord Sempeturn?«

»Er ... er ... er ist der frühere Lord Valentine!«

»Nein«, sagte Valentine und stieß die geballte Wucht seiner Geisteskraft nach dem falschen Coronal von Khyntor.

Sempeturn strauchelte und stürzte fast, er klammerte sich an den Männern in Grün und Gold fest, die Farbe seiner Wangen wurde noch dunkler, bis sie der purpurner Trauben ähnelte.

»Wer ist dieser Mann?« fragte Valentine.

»Er ist der Bruder des Königs der Träume«, flüsterte Sempeturn.

»Und warum hat er dann das Aussehen des früheren Lord Valentine?«

»Eil ... weil ...«

»Sagt es mir.«

Sempeturn sackte in sich zusammen, bis seine Knie gebeugt waren und seine zitternden Hände fast den Boden berührten.

»Weil er während der Zeit der Usurpation den Körper des Coronals gestohlen hatte und ihn heute noch trägt – durch die Gnade des Mannes, den er stürzen wollte ...«

»Aha. Und wer bin dann ich?«

»Ihr seid Lord Valentine«, sagte Sempeturn kläglich.

»Falsch. Wer bin ich, Sempeturn?«

»Valentine ... Pontifex ... Pontifex von Majipoor ...«

»Richtig. Endlich. Und wenn ich Pontifex bin, wer ist dann Coronal?«

»Wer immer ... Ihr sagt, Majestät.«

»Ich sage, es ist Lord Hissune, der in Ni-moya auf dich wartet, Sempeturn. Geh. Nimm deine Ritter, zieht nach Osten, dient eurem Coronal so, wie er es befiehlt. Geh, Sempeturn! *Geh!*«

Er schickte einen letzten Strahl gedanklicher Kraft gegen Sempeturn, der wankte und strauchelte und beinahe umkippte, bevor er auf die Knie sank. »Majestät ... Majestät ... verzeiht mir ...«

»Ich werde eine oder zwei Nächte in Khyntor verbringen«, sagte Valentine, »und darauf achten, daß alles ins rechte Lot gebracht wird. Und dann muß ich nach Westen weiterziehen, wo weitere Arbeit auf mich wartet.« Er drehte sich um und sah Carabella, die ihn ansah, als wären ihm Flügel oder Hörner gewachsen. Er lächelte ihr zu und hauchte einen Kuß. Diese Arbeit macht durstig, dachte er. Jetzt ein gutes Glas Wein oder zwei, wenn sie in Khyntor noch welchen haben, was?

Er sah sich den Drachenzahn an, den er die ganze Zeit über in der Hand gehabt hatte, und strich sanft mit dem Finger darüber, und wieder hörte er den Klang von Glocken und glaubte, den Schlag schwerer Flügel in seiner Seele zu spüren. Sorgfältig wickelte er den Zahn in ein Stück bunter Seide, das er von Carabella erhielt, und reichte ihn ihr mit den Worten: »Gib gut darauf acht, meine Lady, bis ich dich wieder darum bitte. Ich glaube, ich werde noch Großes damit vollbringen.« Er blickte in die Menge und sah die Frau Millialain, die ihm den Zahn gegeben hatte. Ihre Augen blickten in seine, als betrachtete sie voll Ehrfurcht und Bewunderung ein gottähnliches Wesen.

KAPITEL

3

Direkt vor der Tür seines Schlafgemachs schien ein lauter Streit stattzufinden, stellte Hissune fest. Er richtete sich auf, runzelte die Stirn und blinzelte benommen. Durch das große Fenster zur Linken sah er den roten Schein der frühmorgendlichen Sonne am östlichen Horizont. Er war bis spät in die Nacht wach gewesen und hatte sich auf die Ankunft von Lord Divvis vorbereitet, und er war nicht angetan, so kurz nach Sonnenaufgang aus dem Schlaf gerissen zu werden.

»Wer ist dort draußen?« fragte er. »Was, im Namen des Göttlichen, soll dieser Lärm?«

»Mein Lord, ich muß Euch auf der Stelle sehen!« hörte er Alsimirs Stimme. »Eure Wachen sagen, Ihr dürft unter gar keinen Umständen aufgeweckt werden, aber ich muß unbedingt mit Euch sprechen!«

Hissune seufzte. »Ich scheine wach zu sein«, sagte er. »Jetzt kannst du hereinkommen.«

Er hörte, wie die Tür geöffnet wurde. Nach einem Augenblick kam der aufs äußerte erregte Alsimir herein.

»Mein Lord ...«

»Was ist los?«

»Die Stadt wird angegriffen, mein Lord!«

Plötzlich war Hissune hellwach. »Angegriffen? Von wem?«

»Von seltsamen, monströsen Vögeln«, sagte Alsimir. »Mit Flügeln wie die der Meeresdrachen, mit Schnäbeln wie Skythen und Krallen, von denen das Gift tropft.«

»Solche Vögel gibt es nicht!«

»Es müssen neue böse Kreaturen der Gestaltveränderer sein, die kurz vor Einbruch der Dämmerung von Süden her in Ni-moya einfielen, ein großer, bösartiger Schwarm, Hunderte von ihnen, vielleicht Tausende. Sie haben bereits fünfzig Leben oder mehr genommen, und es wird noch wesentlich schlimmer werden, wenn es tagt.« Alsimir trat ans Fenster. »Seht, mein Lord, dort kreisen gerade einige über dem Palast des Herzogs ...«

Hissune sah hinauf. Ein Schwarm abscheulicher Geschöpfe schwebte in der klaren Morgenluft: riesige Vögel, größer als Gihornas, sogar größer als Miluftas und weitaus häßlicher. Ihre Flügel glichen nicht Vogelschwingen, sondern waren ledrige Hautlappen, die sich über ausgestreckte, fingerähnliche Knochen spannten, wie die Meeresdrachen sie hatten. Ihre Schnäbel, teuflisch scharf und gekrümmt, waren flammend rot, und ihre langen, ausgestreckten Krallen waren hellgrün. Auf der Suche nach Beute stießen sie schnell herab, kamen im Sturzflug heran, schnappten und stießen wieder herab, während unten in den Straßen die Menschen verzweifelt Schutz suchten. Hissune sah einen unvorsichtigen Jungen, etwa zwölf Jahre alt, mit Schulbüchern unter dem Arm, der aus einem Gebäude kam und direkt in die Flugbahn eines dieser Wesen stieß: Sofort kam es herab, bis es nur noch etwa zehn Fuß über dem Boden war, die Klauen holten zu einem raschen Hieb aus, der seine Kleidung durchtrennte und eine blutende Spur auf dem Rücken hinterließ. Als der Vogel rasch wieder in die Höhe schoß, fiel der Junge mit konvulsivisch zuckenden Armen und Beinen zu Boden, wo er wenig später still liegenblieb. Sofort fielen drei oder vier der Vögel wie Steine vom Himmel und fingen an, ihn aufzufressen.

Hissune stieß einen Fluch aus. »Du hast gut daran getan, mich zu wecken. Sind bereits Gegenmaßnahmen eingeleitet worden?«

»Fünfhundert Bogenschützen sind bereits zu den Dächern unterwegs, mein Lord. Wir mobilisieren die weitreichenden Engiewerfer so schnell wir können.«

»Das genügt nicht. Bei weitem nicht. Wir müssen eine allgemeine Panik in der Stadt vermeiden – sonst laufen zwanzig Millionen Bürger herum und trampeln einander zu Tode. Es ist ungemein wichtig ihnen zu zeigen, daß wir die Situation unter Kontrolle bringen. Plaziert fünftausend Schützen auf den Dächern. Zehntausend, wenn wir sie haben. Ich möchte, daß jeder, der einen Bogen halten kann, hieran teilnimmt – überall in der Stadt, gut sichtbar und beruhigend.«

»Ja, mein Lord.«

»Und gebt einen allgemeinen Befehl an die Bürger aus, in den Häusern zu bleiben, bis weitere Anweisungen folgen. Niemand darf hinaus, niemand, so dringend seine Geschäfte auch sein mögen, solange die Vögel noch eine Bedrohung sind. Des weiteren soll man Divvis einen Boten entgegenschicken, daß wir hier einige Schwierigkeiten haben und es besser ist, er ist auf der Hut, wenn er heute noch in die Stadt einmarschieren will. Ich möchte auch, daß der alte Mann geholt wird, der den Zoo seltener Tiere leitet, mit dem ich letzte Woche gesprochen haben – Ghitain, Khitain, so etwas. Sagt ihm, was heute morgen vorgefallen ist, wenn er es nicht bereits weiß, und bringt ihn mit sicherer Bewachung hierher. Außerdem soll man ein paar der toten Vögel einsammeln und herbringen, damit er sie ansehen kann.« Hissune wandte sich wieder düster dem Fenster zu. Der Leichnam des Jungen war inzwischen völlig von den Vögeln verborgen, neun oder zehn waren es, die gierig um ihn herumflatterten. Seine Schulbücher lagen pathetisch verstreut um ihn herum. »Gestaltveränderer!« rief er bitter aus, »die Monster aussenden, um Krieg gegen Kinder zu führen! Ah, aber sie werden ausreichend für dies alles bezahlen müssen. Alsimir! Wir werden Faraataa seinen eigenen Vögeln füttern, was? Geh jetzt: Es gibt viel zu tun.«

Weitere detaillierte Berichte trafen ein, während Hissune sein hastiges Frühstück einnahm. Mehr als hundert Todesfälle gingen bereits auf das Konto des Luftangriffs, und die Zahl stieg rasch weiter. Mindestens zwei weitere Schwärme der Vögel waren über die Stadt hergefallen, was nach ersten Schätzungen auf etwa fünfzehnhundert der Tiere hinauslief.

Aber der Gegenangriff von den Dächern zeigte ebenfalls bereits Wirkung. Aufgrund ihrer Größe waren die Vögel langsame und ungeschickte Flieger und boten den Bogenschützen ausgezeichnete Ziele – vor denen sie keine Angst zeigten. Daher wurden sie vergleichsweise problemlos ausgerottet, und es schien nur eine Frage der Zeit zu sein, bis sie eliminiert waren, selbst wenn weitere Schwärme von Piurifayne unterwegs waren. Die Straßen der Stadt waren weitgehend von Zivilisten geräumt worden, denn mittlerweile hatte sich die Kunde von dem Angriff sowie der Befehl des Coronals, in den Häusern zu bleiben, bis in die entlegensten Stadtteile herumgesprochen. Die Vögel kreisten bedrohlich über einem stillen, verlassenen Ni-moya.

Am späten Vormittag wurde gemeldet, daß Yarmuz Khitain, der Kurator des Tierparks, zum Nissimorn-Prospekt gebracht worden war und derzeit im Hof dabei war, einen der toten Vögel zu sezieren. Hissune hatte ihn vor einigen Tagen kennengelernt, denn in Ni-moya trieben sich allerlei tödliche Geschöpfe herum, die von den Rebellen der Metamorphen verbreitet worden waren, und die Zoologen hatten wertvolle Ratschläge erteilen können, wie man mit ihnen fertig werden konnte. Als Hissune hinunterging, fand er Khitain, einen Mann mit ernsten Augen und schmaler Brust, in mittleren Jahren, auf dem Hof bei den Überresten eines Vogels, der so groß war, daß Hissune anfangs glaubte, es müßte sich um mehrere nebeneinanderliegende Vögel handeln.

»Haben Sie schon jemals so etwas gesehen?« fragte Hissune.

Khitain sah auf. Er war bleich, übernächtigt, nervös. »Niemals, mein Lord. Das sind Geschöpfte aus einem Alptraum.«

»Einem Metamorphen-Alptraum, was meinen Sie?«

»Ohne Zweifel, mein Lord. Es handelt sich eindeutig nicht um einen natürlichen Vogel.«

»Sie meinen, um eine Art synthetisches Geschöpf?«

Khitain schüttelte den Kopf. »Nicht ganz, mein Lord. Ich glaube, diese wurden durch genetische Manipulation aus existierenden Lebensformen gezüchtet. Die Grundgestalt ist die eines Milufta, soviel scheint klar zu sein – kennen Sie ihn? Der größte pflanzenfressende Vogel Zimroels. Aber sie haben ihn noch größer gemacht und in einen Raubvogel verwandelt, einen Fleischfresser. Die Giftdrüsen in den Krallen – so etwas hat kein Vogel von Majipoor, aber in Piurifayne gibt es Reptilien namens Ammazoars, die damit ausgestattet sind, und nach ihrem Vorbild scheinen sie sie gestaltet zu haben.«

»Und die Flügel?« fragte Hissune. »Sind von den Meeresdrachen geborgt, nicht?«

»Von ähnlichem Design. Das heißt, es sind keine typischen Vogelschwingen, sondern mehr eine Art vergrößerter Fingerhäute, die Säugetiere manchmal entwickeln – Dhiims, zum Beispiel, oder Fledermäuse oder Meeresdrachen. Die Meeresdrachen, mein Lord, sind nämlich Säugetiere, müßt Ihr wissen.«

»Das weiß ich«, antwortete Hissune trocken. »Aber die Drachen benützen ihre Flügel nicht zum Fliegen. Welchem Zweck könnte es dienen, einen Vogel mit Drachenschwingen auszurüsten?«

Khitain zuckte die Achseln. »Keinem aerodynamischen Zweck, soweit ich erkennen kann. Es könnte nur deshalb gemacht worden sein, damit die Vögel noch furchteinflößender aussehen. Wenn man eine Lebensform entwirft, um sie als Kriegsinstrument einzusetzen ...«

»Ja. Ja. Es ist also Ihre feste Überzeugung, daß diese Vögel eine weitere Waffe der Metamorphen sind?«

»Zweifellos, mein Lord. Wie ich sagte, dies ist keine natürliche Lebensform von Majipoor, nichts, das jemals in freier Wildbahn existiert hat. Ein so großes und gefährliches Geschöpf hätte sicher nicht vierzehntausend Jahre unentdeckt bleiben können.«

»Dann ist dies ein weiteres Verbrechen, das wir ihnen zuschreiben müssen. Wer hätte vermuten können, Khitain, daß die Gestaltveränderer so hervorragende Wissenschaftler sind?«

»Sie sind eine sehr alte Rasse, mein Lord. Sie könnten viele solcher Geheimnisse haben.«

»Wollen wir nur hoffen«, sagte Hissune erschauernd, »daß sie nichts Schlimmeres als dies gegen uns einsetzen können.«

Am frühen Nachmittag schien der Angriff vorüber zu sein. Hunderte der Vögel waren abgeschossen worden – die Kadaver, die man finden konnte, wurden auf dem Hauptplatz zu einem großen, stinkenden Haufen aufgetürmt –, und die, die überlebt hatten, begriffen endlich, daß in Nimoya nichts weiter als Pfeile auf sie warteten, zogen sich größtenteils in die Hügel im Norden zurück und hinterließen nur ein paar versprengte Exemplare in der Stadt. Fünf Bogenschützen waren bei der Verteidigung Ni-moyas ums Leben gekommen – von hinten angegriffen, als sie den Himmel nach den Vögeln absuchten. Ein hoher Preis, dachte er; aber er wußte, es war notwendig gewesen. Die größte Stadt von Majipoor durfte nicht von einem Schwarm Vögel belagert werden.

Hissune fuhr eine Stunde mit dem Schweber durch Nimoya und vergewisserte sich, daß es sicher war, die Ausgangsbeschränkungen aufzuheben. Dann kehrte er zum Nissimorn-Prospekt zurück, wo er von Stimion erfuhr, daß Divvis' Streitkräfte begonnen hatten, an den Docks von Strand Vista anzulegen.

In all den Monaten, seit Valentine ihm im Inneren Tempel die Krone überreicht hatte, hatte Hissune sich auf das Treffen mit dem Mann vorbereitet, den er beim Ringen um das Amt geschlagen hatte. Wenn er ein Zeichen von Schwäche zeigte, das wußte er, dann würde Divvis das als Einladung sehen, ihn beiseite zu schieben, wenn dieser Krieg gewonnen war, und ihm den Thron wegzunehmen. Wenngleich Hissune niemals Andeutungen eines solchen Verrats bei Divvis festgestellt hatte, hatte er doch auch keinen Grund, auf seinen guten Willen zu vertrauen.

Als er zum Strand hinabging, um den älteren Prinzen zu begrüßen, kam eine seltsame Ruhe über Hissune. Schließlich war er rechtmäßig Coronal geworden durch die Entscheidung des Mannes, der nun Pontifex war: ob es ihm gefiel oder nicht, das mußte Divvis akzeptieren, und er würde es akzeptieren.

Als er das Flußufer bei Strand Vista erreichte, war Hissune erstaunt über die Größe der Armada, die Divvis rekrutiert hatte. Er schien jedes Flußschiff zwischen Piliplok und Nimoya rekrutiert zu haben, und der Zimr war, so weit Hissune sehen konnte, voller Schiffe, eine gewaltige Flotte, die sich bis zur fernen Konfluenz erstreckte – einem großen Frischwassersee –, wo sich der Fluß Steiche nach Süden vom Zimr trennte.

Bisher hatte nur ein Schiff angelegt, hatte Stimion berichtet, und das war Divvis' Flaggschiff. Und Divvis selbst wartete an Bord auf Lord Hissunes Ankunft.

»Soll ich ihm sagen, er soll an Land kommen und Euch hier begrüßen, mein Lord?« fragte Stimion.

Hissune lächelte. »Ich werde zu ihm gehen«, sagte er.

Er stieg aus dem Schweber aus und schritt feierlich auf die Arkade am Ende des Passagierterminals zu, dann hinaus auf das Pier selbst. Er trug die komplette offizielle Uniform, und auch seine Kanzler waren formell gekleidet, wie die Wachen: ein Dutzend Bogenschützen flankierte ihn auf beiden Seiten, falls die tödlichen Vögel sich diesen Augenblick für ihre Rückkehr aussuchen sollten. Wenngleich Hissune es vorzog, zu Divvis zu gehen, was einen Bruch des Protokolls darstellte, wußte er doch, daß sein Äußeres eines Lords würdig war, das eines Königs, der einem Untergebenen eine ungewöhnliche Ehre zuteil werden läßt.

Divvis stand an der Planke seines Schiffes. Auch er hatte darauf geachtet, majestätisch auszusehen, denn er war – ungeachtet der Hitze des Tages – in eine schwarze Robe aus feinstem Haigusleder gekleidet, dazu trug er einen reich verzierten Helm, der fast eine Krone zu sein schien. Als Hissune das Deck entlangschritt, ragte Divvis fast wie ein Riese über ihm auf.

Schließlich standen sie einander gegenüber, und wenngleich Divvis der größere Mann war, betrachtete Hissune ihn mit einem gelassenen, kühlen Blick, der den Größenunterschied wieder wettmachte. Einen langen Augenblick sagte keiner etwas.

Dann machte Divvis den Sternenfächer – was er, wie Hissune wußte, tun mußte, sonst wäre sein Trotz offensichtlich gewesen – und sank vor dem neuen Coronal auf ein Knie, um ihm seinen ersten Tribut zu zollen.

»Hissune! Lord Hissune! Lang lebe Lord Hissune!«

»Und auch dir ein langes Leben, Divvis – denn wir werden deine Tapferkeit in dem Kampf brauchen, der vor uns liegt. Steh auf, Mann. Steh auf!«

Divvis erhob sich. Sein Blick begegnete dem Hissunes ohne Zögern, und über seine Züge huschten so rasch die Gefühle, daß Hissune sie nicht alle interpretieren konnte, wenngleich er den Eindruck hatte, daß er Neid sah, und Zorn und Bitterkeit – aber auch einen gewissen Respekt, sogar unterdrückte Bewunderung, und sogar so etwas wie den Hauch der Belustigung, als könnte Divvis nicht anders und über den seltsamen Lauf des Schicksals lächeln, der sie in so veränderten Positionen hier zusammenführte.

Indem er mit einer Hand zum Fluß hinter sich winkte, fragte er: »Habe ich genügend Truppen mitgebracht, mein Lord?«

»Eine gewaltige Streitmacht, ja. Eine brillante Leistung, eine Armee von dieser Größe zu rekrutieren. Aber wer weiß, was genügend ist, Divvis, wenn man gegen eine Armee von Phantomen kämpfen muß? Die Gestaltveränderer haben noch viele häßliche Überraschungen für uns parat.«

Mit hellem Lachen sagte Divvis: »Ich habe, mein Lord, von den Vögeln gehört, die sie Euch heute morgen geschickt haben.«

»Kein Grund zu lachen, mein Lord Divvis. Es waren scheußliche Monster der schlimmsten Sorte, die die Menschen in den Straßen angriffen und ihr Fleisch fraßen, noch bevor sie kalt waren. Aus dem Fenster meines Schlafzimmers mußte ich selbst mit ansehen, wie sie über ein Kind herfielen. Aber ich glaube, wir haben sie geschlagen, fast alle, und mit der Zeit werden wir auch ihre Schöpfer schlagen.«

»Es überrascht mich, Euch so rachedürstend sprechen zu hören, mein Lord.«

»Bin ich rachedürstend?« sagte Hissune. »Nun, wenn du es sagst, muß es wohl so sein. Vielleicht wird man rachedürstend, wenn man wochenlang in einer zerstörten Stadt leben muß. Wenn man sieht, wie blutgierige Monster auf unschuldige Menschen losgelassen werden, auch das macht einen rachedürstend. Piurifayne ist wie ein häßliches Geschwür, aus dem sich alle Arten von Übel in die zivilisierte Welt ergießen. Ich habe vor, dieses Geschwür vollständig auszubrennen. Und ich sage dir eines, Divvis: mit deiner Hilfe werde ich eine schreckliche Rache über die bringen, die uns in diesen Krieg verwickelt haben.«

»Ihr klingt wenig wie Lord Valentine, mein Lord, wenn Ihr solche Worte sprecht. Ich glaube, ich hörte ihn niemals das Wort Rache benützen.«

»Gibt es einen Grund, weshalb ich wie Lord Valentine klingen sollte, Divvis? Ich bin Hissune.«

»Ihr seid sein ernannter Nachfolger.«

»Ja, und durch eben diese Entscheidung ist Valentine nicht mehr Coronal. Es könnte sein, daß mein Vorgehen gegen den Feind sich deutlich von dem Lord Valentines unterscheidet.«

»Dann müßt Ihr mir sagen, wie Euer Vorgehen aussieht.«

»Ich glaube, du weißt bereits, was ich vorhabe. Ich werde am Steiche entlang nach Piurifayne marschieren, während du dich von der Westseite näherst, und wir werden diese Rebellen zwischen uns aufreiben und diesen Faraataa ergreifen und verhindern, daß er weiter Monster und Seuchen gegen uns einsetzt. Und hinterher kann der Pontifex die verbleibenden Rebellen sammeln und in seiner verständnisvolleren Weise versuchen, zu einer Einigung mit den Gestaltveränderern zu kommen. Aber ich glaube, zuerst müssen wir Macht demonstrieren. Und wenn wir das Blut derer vergießen, dann werden wir es tun. Was sagst du dazu, Divvis?«

»Ich sage, das sind die vernünftigsten Worte, die ich seit

der Regierungszeit meines Vaters von einem Coronal gehört habe. Aber ich glaube, der Pontifex wäre anderer Meinung, könnte er Euch so reden hören. Weiß er von Euren Plänen?«

»Wir haben uns noch nicht in allen Einzelheiten darüber unterhalten.«

»Und werdet Ihr es tun?«

»Der Pontifex ist derzeit in Khyntor oder westlich davon«, sagte Hissune. »Seine Arbeit wird ihn einige Zeit dort festhalten, und dann wird es sehr lange dauern, bis er wieder so weit nach Osten gelangen kann, und zu diesem Zeitpunkt, glaube ich, werde ich tief in Piurifayne sein, und wir werden wenig Gelegenheit für eine Konsultation haben.«

Divvis' Blick drückte eine gewisse Verschlagenheit aus. »Ah, ich sehe, wie Ihr mit Eurem Problem fertig werdet, mein Lord.«

»Mit welchem Problem?«

»Coronal zu sein, während Euer Pontifex auf der Bildfläche bleibt und durch das Land zieht, anstatt sich dezent im Labyrinth zu verbergen. Ich glaube, das könne für einen jungen Coronal eine große Peinlichkeit sein, und mir selbst würde es wenig gefallen, befände ich mich in einer solchen Situation. Aber wenn es Euch gelingt, eine große Entfernung zwischen Euch und dem Pontifex zu wahren, und Ihr Unterschiede in der Politik der großen Entfernung zuschreiben könnt, dann könntet Ihr fast handeln, als hättet Ihr völlig freie Hand, was, mein Lord?«

»Ich glaube, wir bewegen uns hier auf gefährlichem Boden, Divvis.«

»Aha. Ist das so?«

»Es ist so. Und du überschätzt den Unterschied zwischen Valentines Blickwinkel und meinem. Er ist kein Mann des Krieges, wie wir alle genau wissen; aber vielleicht hat er deshalb zu meinen Gunssten auf den Confalume-Thron verzichtet. Ich glaube, wir verstehen einander, der Pontifex und ich, und daher wollen wir das Gespräch nicht mehr in dieser Richtung fortführen. Komm jetzt, Divvis, es wäre angemessen, denke ich, wenn du mich zu einem Glas Wein in deine

Kabine einladen würdest, und dann mußt du auf ein weiteres zu mir zum Nissimorn-Prospekt kommen. Und dann werden wir gemeinsam unsere Kriegsführung planen. Was sagst du dazu, mein Lord Divvis? Was sagst du dazu?«

KAPITEL 4

Es fing wieder an zu regnen, und der Regen wusch die Umrisse der Karte weg, die Faraataa in den feuchten Schlamm am Flußufer gezeichnet hatte. Ihm machte das wenig aus. Er hatte den ganzen Tag damit verbracht, diese Karte immer wieder neu zu zeichnen, und nun bestand keine Notwendigkeit mehr dazu, denn jede Einzelheit hatte sich ihm fest in die Erinnerung eingegraben. Ilirivoyne hier, Avendroyne hier, Neu-Velalisier dort drüben. Die Flüsse. Die Berge. Die Positionen der beiden angreifenden Armeen.

Die Positionen der beiden angreifenden Armeen ...

Damit hatte Faraataa nicht gerechnet. Das war der große Fehler in seiner Planung, daß die Unveränderlichen eine Invasion von Piurifayne begonnen hatten. Der feige Schwächling Lord Valentine hätte so etwas niemals getan; nein, Valentine wäre lieber mit der Nase im Schlamm vor der Danipur gekrochen und hätte unterwürfig um Frieden gebettelt. Aber Valentine war nicht mehr König – oder, besser gesagt, er war zu dem anderen König geworden, der mit dem höheren Rang, aber weniger Macht – wie konnte jemand die verrückten Zustände bei den Unveränderlichen begreifen? –, und nun gab es einen neuen König, einen jüngeren, Lord Hissune, der ein ganz anderer Mann zu sein schien ...

»Aarisiim!« rief Faraataa. »Was gibt es Neues?«

»Sehr wenig, o Seiender König. Wir erwarten Meldungen von der Westfront, aber das wird noch eine Weile dauern.«

»Und von der Schlacht am Steiche?«

»Man sagte mir, daß die Waldkrieger immer noch unkooperativ sind, aber wir konnten wenigstens ihre Unterstützung beim Auswerfen der Vogelnetzreben erlangen.«

»Gut. Gut. Aber werden sie noch rechtzeitig ausgelegt sein, um Lord Hissunes Vordringen zu stoppen?«

»Das ist sehr wahrscheinlich, o Seiender König.«

»Und sagst du das«, wollte Faraataa wissen, »weil es stimmt oder weil du glaubst, daß ich es lieber höre?«

Aarisiim sah ihn an, schluckte, und seine Gestalt begann sich angesichts der ungeheuerlichen Unterstellung zu verändern, so daß er einen Augenblick zu einer ätherischen Struktur von Seilen wurde, die in der Luft wehten, dann zu einer verschlungenen Gruppe der beiden Enden geschwollener Stangen; und dann war er wieder Aarisiim. Mit leiser Stimme sagte er: »Du tust mir großes Unrecht, Faraataa.«

»Vielleicht.«

»Ich sage keine Unwahrheiten.«

»Wenn das stimmt, dann stimmt alles andere auch, und ich werde es akzeptieren.« Oben wurde der Regen heftiger und prasselte auf die Blätter des Dschungeldachs. »Geh, und komm zurück, wenn du Nachrichten aus dem Westen hast.«

Aarisiim verschwand unter den Bäumen in der Dunkelheit. Der rastlose, finster blickende Faraataa begann erneut, die Karte zu zeichnen.

Im Westen war eine Armee, zweifellos zahllose Millionen der Unveränderlichen, die von dem Lord mit dem haarigen Gesicht angeführt wurde, der Divvis hieß, Sohn des früheren Coronals Lord Voriax. *Wir töteten deinen Vater, während er im Wald jagte, hast du das gewußt, Divvis? Der Jäger, der den fatalen Schuß abgab, war ein Piurivar, auch wenn er das Gesicht eines Lords der Burg trug. Sieh, die bemitleidenswerten Gestaltveränderer können einen Coronal töten! Wir können dich auch töten, Divvis. Wir* werden *dich töten, wenn du unachtsam wie dein Vater bist.*

Aber Divvis – der sicher keine Ahnung hatte, wie sein

Vater gestorben war; es gab kein besser gehütetes Geheimnis im Volk der Piurivar – war ganz und gar nicht unachtsam, dachte Faraataa düster. Sein Hauptquartier wurde von treuen Rittern bestens bewacht, und es gab keine Möglichkeit, einen Attentäter durch die Reihen zu schmuggeln, so listig er auch verkleidet sein mochte. Mit wütenden Bewegungen seines Holzstabs strich Faraataa die Linie von Lord Divvis' Vordringen tiefer und tiefer ins Flußufer. Er kam von Khyntor herab, entlang der Innenseite der großen Bäume im Westen, und schuf Straßen, wo es seit Anbeginn der Zeit keine Straßen gegeben hatte – walzte alles vor sich nieder, bedrängte Piurifayne mit seinen zahllosen Soldaten, riegelte das Land hermetisch ab, beschmutzte die heiligen Flüsse, trampelte die heiligen Haine nieder ...

Gegen seinen Ansturm hatte Faraataa seine Armee von Pilligrigorms freisetzen müssen. Das bedauerte er, denn sie waren eindeutig seine übelste biologische Waffe, und er hatte sie in einer späteren Phase des Krieges gegen Khyntor oder Ni-moya einsetzen wollen: sie waren landlebende Krustentiere von der Größe einer Fingerspitze, deren Panzer man nicht mit einem Hammer zerstören konnte, und einer Vielzahl schnellster Beine, die Faraataas Genetiker so verändert hatten, daß sie scharf wie Messer waren. Der Appetit der Pilligrigorm war grenzenlos und unersättlich – sie fraßen jeden Tag das Fünfzigfache ihres eigenen Körpergewichts an Fleisch –, und ihre Methode, diesen Appetit zu stillen, bestand darin, Öffnungen in alle Arten von warmblütigen Tieren zu beißen, die ihnen in den Weg kamen, und das Fleisch von innen heraus aufzufressen.

Fünfzigtausend von ihnen, hatte Faraataa gedacht, konnten eine Stadt wie Khyntor innerhalb von fünf Tagen ins totale Chaos stürzen. Aber nun hatte er, weil die Unveränderlichen mit ihren Invasionsarmeen kamen, die Pilligrigorms auf dem Boden von Piurifayne freisetzen müssen, und nicht innerhalb einer Stadt, damit sie Divvis' gewaltige Armee in Verwirrung stürzen und zum Rückzug zwingen sollten. Bisher waren noch keine Meldungen über einen Erfolg dieser Taktik eingetroffen.

Auf der anderen Seite des Dschungels, wo der Coronal Lord Hissune eine zweite Armee entlang einer ebenfalls unmöglichen Route am Westufer des Flusses Steich entlangführte, war es Faraataas Plan, Hunderte Meilen lang ein undurchdringliches Netz feiner, unzerstörbarer Vogelnetzreben spannen zu lassen, damit sie weitere und immer weitere Umwege machen mußten, bis sie sich hoffnungslos verirrt hatten. Die Schwierigkeit beim Auslegen der Vogelnetze bestand darin, daß niemand effektiv damit umzugehen wußte, außer den Waldbrethren, diesen verrückten kleinen Affen, die mit ihrem Schweiß ein Enzym ausschieden, das sie immun gegen die klebrige Konsistenz der Netze machte. Aber die Waldbrethren hatten wenig Grund, die Piurivar zu lieben, die sie jahrhundertelang wegen des köstlichen Geschmacks ihres Fleisches gejagt hatten, und ihre Unterstützung bei diesem Unternehmen zu gewinnen war eindeutig nicht leicht.

Faraataa spürte, wie sich Wut in ihm aufstaute und überkochte.

Anfangs war alles so gutgegangen. Seuchen und Krankheiten in den landwirtschaftlichen Provinzen – was die Landwirtschaft in weiten Teilen zusammenbrechen ließ –, die Hungersnöte, die Panik, die Massenwanderungen – ja, alles genau nach Plan. Und auch der Einsatz der speziell gezüchteten Tiere hatte bestens geklappt, wenn auch auf einer kleineren Skala. Er hatte die Furcht der Bevölkerung gesteigert und das Leben der Stadtbewohner noch komplizierter gemacht.

Aber die Wirkung war nicht so nachdrücklich gewesen, wie Faraataa gehofft hatte. Er hatte sich vorgestellt, daß die blutgierigen, hungrigen Miluftas Ni-moya terrorisieren würden, wo ohnedies bereits Chaos herrschte – aber er hatte nicht damit gerechnet, daß Lord Hissunes Armee schon dasein würde, wenn die Miluftas über der Stadt auftauchten, und daß seine Bogenschützen sich der tödlichen

Vögel so mühelos entledigen würden. Und nun hatte Faraataa keine Miluftas mehr, und es würde fünf Jahre dauern, genügend zu züchten, um eine Wirkung zu erzielen ...

Blieben immer noch die Pilligrigorms. In den Lagern warteten Millionen Gannigogs auf ihre Freilassung. Er hatte Quexes; er hatte Vrigigs; er hatte Zambinaxes; er hatte Malamolas. Er hatte auch neue Seuchen: eine Wolke roten Staubes, der über einer Stadt verteilt werden konnte und ihre Wasservorräte wochenlang vergiftete; er hatte eine Spore, aus der sich eine Made entwickelte, die alle grasenden Tiere angriff, und noch Schlimmeres. Faraataa hatte bisher gezögert, sie freizulassen, denn seine Wissenschaftler hatten ihm gesagt, es könnte nach dem Sieg über die Unveränderlichen vielleicht nicht so leicht werden, sie wieder loszuwerden. Aber wenn sich der Krieg plötzlich gegen sein Volk richtete, wenn es scheinbar keine Hoffnung mehr gab, dann würde Faraataa nicht zögern, alles freizulassen, was dem Feind schaden konnte, wie hoch der Preis auch sein mochte.

Aarisiim kam zurück und näherte sich ihm schüchtern.

»Es gibt Neuigkeiten, o Seiender König!«

»Von welcher Front?«

»Von beiden, o König.«

Faraataa sah ihn an. »Wie schlimm steht es?«

Arisiim zögerte. »Im Westen vernichten sie die Pilligrigorms. Sie haben eine Art Feuer, das sie aus Metallröhren werfen, das die Schalen der Tiere schmelzen läßt. Der Feind kommt in den Gebieten, wo wir die Pilligrigorms aussetzten, rasch voran.«

»Und im Osten?« fragte Faraataa steinern.

»Sie haben den Wald durchbrochen, und wir waren außerstande, die Netze rechtzeitig auswerfen zu lassen. Sie suchen nach Ilirivoyne, haben unsere Kundschafter gemeldet.«

»Um die Danipur zu finden. Um eine Allianz gegen uns mit ihr zu schließen.« Faraataas Augen blitzten. »Das ist schlimm, Aarisiim, aber nicht hoffnungslos! Ruf Benuuiab herbei, und Siimii, und ein paar der anderen. Wir werden selbst nach Ilirivoyne gehen und die Danipur festnehmen, bevor sie sie erreichen können. Und wir werden sie töten, wenn es sein muß, denn mit wem sollen sie dann ihren Bund schließen? Wenn sie einen Piurivar mit Regierungsmacht suchen, dann wird nur Faraataa dasein, und Faraataa wird keine Verträge mit den Unveränderlichen unterschreiben.«

»Die Danipur festnehmen?« fragte Aasimiir zweifelnd. »Die Danipur zum Tod verurteilen?«

»Wenn ich muß«, sagte Faraataa. »Ich werde lieber die ganze Welt vernichten, als sie ihnen zu überlassen!«

KAPITEL 5

Am frühen Nachmittag rasteten sie an einem Ort östlichen Graben, der Prestimion-Tal genannt wurde und der, wie Valentine wußte, einst ein bedeutendes landwirtschaftliches Anbaugebiet gewesen war. Seine Reise durch das geplagte Zimroel hatte ihm Szenen von fast unglaublicher Härte gezeigt – verlassene Farmen, entvölkerte Städte, Spuren schrecklichster Überlebenskämpfe –, aber das Prestimion-Tal war sicher einer der erschütterndsten Orte.

Die Felder waren verbrannt und leblos, die Menschen stumm, stoisch, niedergeschlagen. »Wir bauten hier Lusavender und Reis an«, sagte Valentines Gastgeber, ein Pflanzer namens Nitikkimal, der der Bürgermeister des Bezirks zu sein schien. »Dann kam die Lusaverderpest, und alles starb, und wir mußten die Felder niederbrennen. Und es werden noch mindestens zwei Jahre vergehen, ehe es wieder sicher ist, etwas anzubauen. Aber wir sind geblieben. Kein einziger aus dem Prestimion-Tal ist geflohen, Euer Majestät. Wir haben wenig zu essen – und wir Ghayrogs brauchen wenig, müßt Ihr wissen, aber dennoch reicht es kaum aus –, und wir haben keine Arbeit, was uns ruhelos und gereizt macht, und es schmerzt uns, das zu Asche verbrannte Land anzusehen. Dennoch ist es *unser* Land, und daher bleiben wir. Werden wir jemals wieder hier pflanzen, Euer Majestät?«

»Das weiß ich ganz sicher«, sagte Valentine. Und er fragte sich, ob er diesen Leuten falsche Hoffnungen machte.

Nitikkimals Haus war ein großes Anwesen am Kopf des Tals, mit hohen Balken aus schwarzem Channinmorholz und einem Dach aus grünem Schiefer. Aber im Innern war es klamm und zugig, als habe der Pflanzer keine Energie mehr, Reparaturen zu machen, wenn sie, bedingt durch das regnerische und feuchte Klima im Prestimion-Tal, notwendig wurden.

An diesem Nachmittag ruhte Valentine sich eine Weile in der großen Herren-Suite aus, die Nitikkimal ihm überlassen hatte, bevor er zur Stadthalle ging, um zu den versammelten Bürgern zu sprechen. Ein dickes Paket Meldungen aus dem Osten hatte ihn hier eingeholt. Hissune, hatte er erfahren, war tief ins Gelände der Metamorphen vorgedrungen, irgendwo in der Gegend des Steiche, auf der Suche nach Neu-Velaliesier, wie die Hauptstadt der Rebellen genannt wurde. Valentine fragte sich, ob Hissune mehr Glück haben würde als er selbst während der Suche nach der wandernden Stadt Ilirivoyne. Und Divvis hatte eine zweite, noch größere Armee aufgestellt, die von der anderen Seite nach Piurifayne vordrang. Der Gedanke, daß sich ein so kriegerischer Mann wie Divvis im Land der Piurianer befand, beunruhigte Valentine. Dies hatte er nicht beabsichtigt, dachte er – Armeen nach Piurifayne zu schicken. Das hatte er zu vermeiden gehofft. Aber er wußte, daß es unvermeidlich geworden war. Diese Zeiten erforderten Divvis' und Hissunes, keine Valentines: er würde seine Rolle spielen und sie ihre, und so würden – wenn der Göttliche einverstanden war – die Wunden der Welt heilen.

Er sah die anderen Meldungen durch. Neuigkeiten vom Burgberg: Stasilaine war jetzt Regent und erledigte die Routineangelegenheiten des Regierens. Valentine bedauerte ihn. Stasilaine, der Ruhmreiche, Stasilaine, der Agile, und nun saß er an einem Schreibtisch und kritzelte seinen Namen unter Dokumente. Was die Zeit uns allen für Streiche spielt, dachte Valentine. Wir, die wir glaubten, das Leben auf dem Burgberg bestünde nur aus Vergnügen, Jagen und Spaß, beugen uns nun unter der Verantwortung und stützen die arme, bebende Welt mit unseren Rücken. Wie weit entfernt die Burg schien, wie fern die Freuden der Zeit, als die Welt sich von selbst zu regieren schien und es das ganze Jahr über Frühling war!

Auch von Tunigorn waren Meldungen eingetroffen – er reiste nicht weit hinter Valentine durch Zimroel und erledigte die tagtäglich anfallenden Aufgaben der Logistik: die Verteilung von Lebensmitteln, den Transport vorhandener Güter, das Begraben der Toten sowie alle anderen Maßnahmen, die vordringlich zur Eindämmung der Hungersnöte und der Seuchen dienten. Tunigorn, der Bogenschütze, Tunigorn, der überragende Sportler und Spieler – nun kam der Ausgleich – wie für uns alle, dachte Valentine – für die unbeschwerte Jugendzeit auf dem Berg.

Er schob die Meldungen weg. Aus dem Kästchen, in dem er ihn aufbewahrte, holte Valentine nun den Drachenzahn heraus, den ihm die Frau Millilain unter so seltsamen Umständen in die Hand gedrückt hatte, als er Khyntor betreten hatte. Schon nach der ersten Berührung hatte er gespürt, daß dies mehr war als ein bizarres Andenken, ein Amulett für die naiv Abergläubischen. Aber erst im Lauf der Tage, als er Zeit darauf verwendete, ihn zu verstehen – insgeheim, immer insgeheim, nicht einmal Carabella ließ er wissen, was er tat –, begriff Valentine allmählich, was genau es war, das Millilain ihm da gegeben hatte.

Er berührte die glatte Oberfläche sanft. Es war ein zerbrechlich aussehender Gegenstand, so dünn, daß er fast durchscheinend war. Aber er war so hart wie der härteste Stein, und die Kanten waren so scharf wie geschmiedeter

Stahl. Er lag kühl in seiner Hand, dennoch hatte er den Eindruck, als besäße er einen Kern aus Feuer.

Die Musik der Glocken begann in seinem Geist zu erklingen.

Ein langsames Dröhnen, fast wie ein Trauerläuten, und dann eine schnellere Klangkaskade, ein Beschleunigen des Rhythmus, aus dem rasch eine atemlose Mischung von Melodien wurde, wobei eine so schnell erklang, daß ihre letzten Töne die ersten der nachfolgenden übertönten, und schließlich erklangen alle Melodien gleichzeitig, eine komplexe, den Verstand verwirrende Symphonie der Veränderung: ja, er kannte diese Musik jetzt, es war die Musik des Wasserkönigs Maazmoorn, des Geschöpfs, das Landbewohner als Lord Kinnikens Drachen kannten, der größte aller Bewohner dieses riesigen Planeten.

Es hatte eine Weile gedauert, bis Valentine klargeworden war, daß er die Musik von Maazmoorn, schon lange bevor er diesen Talisman erhielt, schon einmal vernommen hatte. Er lag, vor vielen Reisen, an Bord der *Lady Thiin* und schlief, während der ersten Überfahrt von Alhanroel zur Insel des Schlafs, und er hatte einen Traum von einer Pilgerreise gehabt, bei der weißgekleidete Anbeter zum Meer strömten, und er war unter ihnen gewesen, und im Meer hatte der große Drachen, der als Lord Kinnikens Drache bekannt war, gewartet, sein Maul war weit offen gewesen, so daß es die Pilger verschlingen konnte, die auf ihn zuströmten. Und von diesem Drachen, der sich langsam an Land gewälzt hatte, war ein Dröhnen schrecklicher Glocken ausgegangen, ein so schwerer Klang, daß er die Luft selbst zu zerschmettern schien.

Aus diesem Zahn erklangen dieselben Glocken. Und mit diesem Zahn konnte er sich, wenn er sich im Zentrum seiner Seele konzentrierte und in die Welt hinaus verströmen ließ, Kontakt mit dem ehrfurchtgebietenden Geist des Wasserkönigs Maazmoorn aufnehmen, von den Unwissenden Lord Kinnikens Drache genannt. Das war Millilains Geschenk für ihn. Woher hatte sie gewußt, welchen Nutzen nur er allein daraus ziehen konnte? Hatte sie es überhaupt gewußt? Vielleicht hatte sie ihn ihm nur gegeben, weil er für sie heilig war – vielleicht hatte sie gar nicht gewußt, daß er es auf besondere Weise verwenden konnte, als Fokus seiner Konzentration …

Maazmoorn. Maazmoorn.

Er suchte. Er sondierte. Er rief. Tag um Tag war er einer wirklichen Kommunikation mit dem Wasserkönig nähergekommen, einer echten Unterhaltung, einem Zusammentreffen individueller Identitäten. Jetzt hatte er es fast geschafft. Vielleicht heute nacht, vielleicht morgen, vielleicht übermorgen …

Antworte mir, Maazmoorn. Valentine Pontifex ist es, der dich jetzt ruft.

Er hatte keine Furcht mehr vor diesem unermeßlichen, angsteinflößenden Verstand. Während der geheimen Reisen seiner Seele fing er an zu lernen, wie sehr die Landbewohner von Majipoor diese riesigen Meeresbewohner mißverstanden hatten. Die Wasserkönige waren furchteinflößend, ja; aber man mußte sie nicht fürchten.

Maazmoorn. Maazmoorn.

Fast, dachte er.

»Valentine?«

Carabellas Stimme vor der Tür. Verblüfft schnellte er mit einem Ruck, der ihn fast aus dem Sessel warf, aus seiner Trance. Dann erlangte er die Beherrschung wieder, legte den Zahn in sein Kästchen, beruhigte sich und ging zu ihr.

»Wir müssen zur Stadthalle gehen«, sagte sie.

»Ja. Gewiß. Gewiß.«

Der Klang dieser geheimnisvollen Glocken hallte immer noch in seinem Verstand.

Aber nun hatte er andere Verantwortlichkeiten. Der Zahn von Maazmoorn mußte noch eine Weile warten.

Eine Stunde später saß Valentine auf der Bühne der Stadthalle, und die Farmer standen in einer langen Reihe vor ihm, bezeugten ihre Ehrerbietung und brachten ihre Werkzeuge zum Segnen – Sicheln, Sensen, derlei Gerätschaft –, als könnte der Pontifex allein durch Handauflegen den Wohlstand wiederherstellen, den dieses einst blühende Tal vor der Katastrophe gekannt hatte. Er fragte sich, ob das ein uralter Glaube dieser Leute sein konnte, bei denen es sich fast ausnahmslos um Ghayrogs handelte. Wahrscheinlich nicht, überlegte er. Kein regierender Pontifex hatte jemals das Prestimion-Tal oder einen anderen Teil von Zimroel besucht, und es gab keinen Grund, weshalb jemand damit gerechnet haben sollte. Wahrscheinlich war dies eine Tradition, die die Bewohner in der Not des Augenblicks erfunden hatten, als sie erfuhren, daß er bei ihnen vorbeikommen würde.

Das bereitete ihm jedoch keine Sorge. Sie brachten ihm ihre Werkzeuge, und er legte die Hand auf diesen Stiel oder jene Schneide oder jenen Schaft, und er lächelte sein wärmstes Lächeln und sagte ihnen ergreifende Worte der Hoffnung, so daß sie mit glänzenden Augen weitergingen.

Gegen Ende des Abends kam es zu Unruhe im Saal, und Valentine, der aufsah, erblickte eine seltsame Prozession, die auf ihn zukam. Eine Ghayrogfrau, die, ihren fast farblosen Schuppen und dem herabhängenden Haar nach zu urteilen, bereits extrem alt sein mußte, kam langsam zwischen zwei jüngeren Frauen den Mittelgang herab. Sie schien blind und sehr schwach zu sein, dennoch stand sie hoch aufgerichtet und kam Schritt für Schritt näher, als müßte sie sich ihren Weg durch Steinmauern schneiden.

»Das ist Aximaan Threysz!« flüsterte der Pflanzer Nitikkimal. »Kennt Ihr sie, Euer Majestät?«

»Leider nein.«

»Sie ist die berühmteste Lusavenderanbauerin von allen – ein Quell des Wissens, eine Frau höchster Weisheit. Dem Tode nahe, sagt man, aber sie bestand darauf, Euch heute nacht zu sehen.«

»Lord Valentine!« rief sie mit klarer, klingender Stimme.

»Nicht mehr Lord Valentine«, antwortete er, »sondern Valentine Pontifex. Du erweist mir mit deinem Besuch eine große Ehre, Aximaan Threysz. Dein Ruhm ist dir vorausgeeilt.«

»Valentine … Pontifex …«

»Komm, gib mir deine Hand«, sagte Valentine.

Er nahm ihre runzlige, alte Klaue in seine und hielt sie fest. Ihre Augen begegneten seinen und blickten direkt in sie hinein, aber die Helligkeit der Pupillen verriet ihm, daß sie nichts sah.

»Sie sagten, Ihr wärt ein Usurpator«, erklärte sie. »Ein kleiner Mann mit rotem Gesicht kam hierher und erzählte uns, Ihr wärt nicht der rechtmäßige Coronal. Aber ich hörte ihm nicht zu und ging weg von hier. Ich wußte nicht, ob Ihr echt oder falsch wart, aber ich war der Meinung, er wäre nicht derjenige, der sich zum Richter machen durfte, der Mann mit dem roten Gesicht.«

»Sempeturn, ja«, sagte Valentine. »Ich bin ihm begegnet. Er glaubt jetzt, daß ich der echte Coronal war und jetzt der echte Pontifex bin.«

»Und werdet Ihr die Welt wieder heilen, echter Pontifex?« fragte Aximaan Threysz mit einer erstaunlich klaren und lebhaften Stimme.

»Wir alle zusammen werden sie wieder heilen, Aximaan Threysz.«

»Nein. Ich nicht, Pontifex Valentine. Ich werde sterben, nächste Woche, übernächste Woche, in nicht allzu ferner Zeit. Aber ich möchte das Versprechen von Euch, daß die Welt wieder so sein wird, wie sie früher war: für meine Kinder und Kindeskinder. Und wenn Ihr mir das versprecht, werde ich vor Euch auf die Knie gehen, und wenn es ein falsches Versprechen ist, dann möge der Göttliche Euch so geißeln, wie er uns gegeißelt hat, Pontifex Valentine!«

»Ich verspreche dir, Aximaan Threysz, daß die Welt wieder vollkommen hergestellt werden wird, noch schöner als vorher, und ich sage dir, daß dies kein falsches Versprechen ist. Aber ich werde nicht zulassen, daß du auf die Knie sinkst.«

»Ich habe es gesagt, und ich werde es tun!« Und mit einer

erstaunlich raschen Bewegung stieß sie die beiden jungen Frauen von sich und kniete nieder in tiefer Verehrung, wenngleich ihr Körper so steif zu sein schien wie ein Stück Leder, das man hundert Jahre in der Sonne trocknen ließ. Valentine griff nach ihr und wollte sie hochziehen, aber eine der Frauen – ihre Tochter, eindeutig ihre Tochter – ergriff seine Hand und zog sie zurück, und dann starrte sie ihre eigene Hand voller Entsetzen an, weil sie es gewagt hatte, einen Pontifex zu berühren. Langsam, aber ohne fremde Unterstützung, stand sie wieder auf und sagte: »Wißt Ihr, wie alt ich bin? Ich bin geboren, als Ossier Pontifex war. Ich glaube, ich bin die älteste Person auf der Welt. Und ich werde sterben, während Valentine Pontifex ist. Und Ihr werdet die Welt wieder heilen.«

Wahrscheinlich war es als Prophezeiung gemeint, dachte Valentine. Aber es hörte sich mehr wie ein Befehl an.

Er sagte: »So wird es geschehen, Aximaan Threysz, und du wirst es noch erleben.«

»Nein. Nein. Das zweite Sehen bekommen wir, wenn das erste verschwunden ist. Mein Leben ist fast beendet. Aber Eures sehe ich in aller Klarheit. Ihr werdet uns retten, indem Ihr das vollbringt, was Euch unmöglich erscheint. Und dann werdet Ihr Eure Tat besiegeln, indem Ihr das tut, was Ihr am wenigsten tun wollt. Und indem Ihr das Unmögliche vollbringt und das Unerwünschte tut, werdet Ihr wissen, daß Ihr recht getan habt, und Ihr werdet es genießen, Pontifex Valentine. Geht jetzt, Pontifex, und heilt uns.« Ihre Zunge schnellte mit gewaltiger Energie hin und her. »Heilt uns, Pontifex Valentine! Heilt uns!«

Sie wandte sich um und schritt langsam zurück, woher sie gekommen war, wobei sie die Hilfe der beiden jungen Frauen ablehnte.

Es dauerte noch über eine Stunde, bis Valentine sich von den Bewohnern des Prestimion-Tals verabschieden konnte – sie drängten sich in pathetischer Hoffnung um ihn, als könnte die Austrahlung des Pontifex allein genügen, ihr Leben zu verändern und auf magische Weise in den Zustand vor Beginn der Lusavenderpest zurückzuversetzen –, aber schließlich gelang es Carabella, die an seiner Stelle Müdigkeit vorschützte, sie hinauszubringen. Das Bild von Aximaan Threysz glühte immer noch in seinem Verstand, während sie zu Nitikkimals Gut zurückfuhren. Das trockene Zischen ihrer Stimme hallte noch in seinem Geist. *Ihr werdet uns retten, indem Ihr das vollbringt, was Euch unmöglich erscheint. Und dann werdet Ihr Eure Tat besiegeln, indem Ihr das tut, was Ihr am wenigsten tun wollt. Geht jetzt, Pontifex, und heilt uns.* Ja. Ja. *Heilt uns, Pontifex Valentine! Heilt uns*!

Aber gleichzeitig erklang die Musik des Wasserkönigs Maazmoorn in ihm. Diesesmal war er ihm so nahe gewesen, dem endgültigen Durchbruch, dem echten Kontakt mit diesem unvorstellbar großen Lebewesen des Meeres. Jetzt ... heute nacht ...

Carabella blieb noch eine Weile wach und redete. Auch sie konnte die alte Ghayrogfrau nicht vergessen, und sie verweilte fast besessen bei dem Eindruck, den Aximaan Threysz' Worte hinterlassen hatten, der unheimlichen Macht ihrer blinden Augen, dem Geheimnis ihrer Prophezeiung. Schließlich küßte sie Valentine sanft auf die Lippen und wühlte sich in die dunklen Tiefen des gewaltigen Bettes, das man ihnen gegeben hatte.

Er wartete endlose Minuten. Dann nahm er den Zahn des Meeresdrachen zur Hand.

-Maazmoorn?

Er hielt den Zahn so fest umklammert, daß sich seine Kanten tief ins Fleisch seiner Hand eingruben. Drängend konzentrierte er seine ganze Geisteskraft darauf, die Kluft von Tausenden von Meilen zwischen dem Prestimion-Tal und dem Meer zu überbrücken – aber wo genau? Bei den Polen? –, wo sich der König des Meeres verborgen hielt.

-Maazmoorn?

-Ich höre dich, Land-Bruder, Valentine-Bruder, König-Bruder.

Endlich!

-Weißt du, wer ich bin?

-Ich weiß es. Ich kannte auch deinen Vater. Ich kannte viele vor dir.

-Hast du mit ihnen gesprochen?

-Nein. Du bist der erste. Aber ich kannte sie. Sie kannten mich nicht, aber ich kannte sie. Ich lebe schon seit vielen Umrundungen des Ozeans, Valentine-Bruder. Und ich habe alles beobachtet, was an Land geschah.

-Dann weißt du, was derzeit geschieht?

-Ich weiß es.

-Wir werden vernichtet. Und ihr seid Teil dieser Vernichtung.

-Nein.

-Ihr unterstützt die Rebellen der Piurivar im Kampf gegen uns. Das wissen wir. Sie beten euch als Götter an, und ihr bringt ihnen bei, wie sie uns ausrotten können.

-Nein, Valentine-Bruder.

-Ich weiß, daß sie euch verehren.

-Ja, das tun sie, denn wir sind Götter. Aber wir unterstützen sie nicht bei ihrer Rebellion. Wir geben ihnen nur das, was wir jedem geben würden, der uns um unsere Unterstützung bittet, aber es ist nicht unsere Absicht, euch von dieser Welt zu vertreiben.

-Aber ihr müßt uns doch hassen!

-Nein, Valentine-Bruder.

-Wir jagen euch. Wir töten euch. Wir essen euer Fleisch, trinken euer Blut und machen Amulette aus euren Knochen.

-Ja, das stimmt. Aber weshalb sollten wir euch dafür hassen, Valentine-Bruder? Warum?

Valentine antwortete einen Augenblick nicht. Er lag kalt und vor Ehrfurcht zitternd neben der schlafenden Carabella und überdachte alles, was er gehört hatte, das ruhige Eingeständnis des Wasserkönigs, daß die Drachen Götter waren – was konnte das bedeuten? –, sowie das Abstreiten einer Komplizenschaft mit den Rebellen, und nun das erstaunliche Beharren, daß die Drachen das Volk von Majipoor trotz aller Verbrechen an ihnen nicht haßten. Das alles war zuviel auf einmal, ein turbulenter Zustrom von Wissen, wo bisher nur der Klang von Glocken und die ferne Ahnung einer Präsenz gewesen waren.

-Also seid ihr unfähig zu hassen, Maazmoorn?

-Wir kennen Haß.

-Aber ihr empfindet keinen?

-Haß tut nichts zur Sache, Valentine-Bruder. Was eure Jäger uns antun, ist eine natürliche Sache. Ein Teil des Lebens, ein Aspekt des Seienden. So wie ich, so wie du. Wir preisen das Seiende in all seinen Manifestationen. Ihr tötet uns, wenn wir die Küste des Landes passieren, das ihr Zimroel nennt; und damit benützt ihr uns; manchmal töten wir euch in euren Schiffen, wenn es das zu sein scheint, was gerade getan werden muß, und das alles gehört zum Seienden. Einst töteten die Piurivar einige von uns in ihrer inzwischen verlassenen Steinstadt, und sie glaubten, sie hätten ein monströses Verbrechen begangen, und um für dieses Verbrechen zu sühnen, zerstörten sie ihre eigene Stadt. Aber sie verstanden nicht. Keines von euch Land-Kindern versteht. Das alles ist lediglich das Seiende.

-Und wenn wir nun Widerstand leisten, während das Volk der Piurivar Chaos über uns bringt? Ist es falsch, Widerstand zu leisten? Müssen wir unseren Untergang ruhig akzeptieren, weil er ebenfalls zum Seienden gehört?

-Auch euer Widerstand gehört zum Seienden, Valentine-Bruder.

-Dann kann ich eure Philosophie nicht begreifen, Maazmoorn.

-Das mußt du auch nicht, Valentine-Bruder. Aber auch das ist Teil des Seienden.

Valentine schwieg wieder eine Weile, noch länger als zuvor, aber er achtete sorgfältig darauf, den Kontakt nicht zu verlieren. Dann sagte er:

-Ich möchte, daß diese Zerstörung ein Ende hat. Ich möchte das bewahren, das wir auf Majipoor als das Seiende verstanden haben.

-Gewiß möchtest du das.

-Und ich möchte, daß du mir hilfst.

KAPITEL 6

»Wir haben einen Gestaltveränderer gefangen, mein Lord«, sagte Alsimir, »der behauptet, eine dringende Botschaft für Euch zu haben, aber nur für Euch.«

Hissune runzelte die Stirn. »Was meinst du, ein Spion?«

»Sehr wahrscheinlich, mein Lord.«

»Vielleicht sogar ein Attentäter.«

»Selbstverständlich darf man diese Möglichkeit niemals außer acht lassen. Aber ich glaube nicht, daß er deswegen hier ist. Ich weiß, daß er ein Gestaltveränderer ist, mein Lord, und unsere Einschätzungen können trügerisch sein, aber dennoch: ich war bei denen, die ihn verhört haben. Er scheint ehrlich zu sein. *Scheint*.«

»Ein ehrlicher Gestaltveränderer!« sagte Hissune lachend. »Sie haben eine Spion geschickt, der in Lord Valentines Gefolge reiste, oder etwa nicht?«

»Das sagte man mir. Was soll ich mit ihm tun?«

»Bring ihn zu mir.«

»Und wenn er einen Trick der Gestaltveränderer plant?«

»Dann werden wir schneller sein müssen als er, Alsimir. Bring ihn dennoch her.«

Hissune wußte, daß er Risiken einging. Aber man konnte nicht einfach jemanden abweisen, der behauptete, ein Bote des Feindes zu sein, oder ihn einzig wegen des Verdachts auf Verrat zum Tode verurteilen. Und sich selbst gestand er ein, daß es eine interessante Abwechslung war, endlich einen Metamorphen zu sehen, nachdem sie schon wochenlang durch diesen feuchten Dschungel marschierten. In dieser ganzen Zeit hatten sie noch keinen gesehen, keinen *einzigen*.

Das Lager befand sich am Rand eines Hains von Dwikka-Bäumen irgendwo an der Ostgrenze von Piurifayne, nicht weit vom Fluß Steiche entfernt. Die Diwkkas waren wirklich eindrucksvoll – große, erstaunliche Gewächse, deren Stämme so breit wie ein Haus sein konnten, und einer Rinde von grellroter Farbe, die von gewaltigen Sprüngen durchzogen war, und die Blätter waren so breit, daß bei einem Regenschauer zwanzig Mann darunter Schutz finden konnten, ihre kolossalen runden Früchte waren so groß wie ein Schweber und enthielten ein berauschendes Fruchtfleisch. Aber die Wunder der Natur waren die einzige Abwechslung dieses Vormarschs in den Regenwald der Metamorphen. Es regnete dauernd; Verfall und Fäulnis ergriff rasch von allem Besitz, sogar, dachte Hissune manchmal, vom eigenen Gehirn; und wenngleich die Armee nun eine Kette von fast hundert Meilen Länge bildete, und die zweite Stadt der Metamorphen, Avendroyne, sich angeblich in der Nähe dieser Linie befinden sollte, hatten sie bisher noch keine Städte gesehen, keine Reste früherer Städte, keine Spur von Wegen oder Straßen, und schon gar keine Metamorphen. Es war, als wären sie mythologische Wesen und dieser Dschungel selbst unbewohnt.

Divvis, das wußte Hussine, hatte auf der anderen Seite von Piurifayne mit denselben Problemen zu kämpfen. Die Zahl der Metamorphen war nicht groß, und ihre Städte schienen transportabel zu sein. Sie schienen wie die geflügelten Insekten der Nacht von einem Ort zum anderen zu springen. Oder sie verkleideten sich selbst als Büsche und Bäume und standen, ihr Gelächter unterdrückend, in der Nähe, während die Armeen des Coronals an ihnen vorbeimarschierten. Nach allem, was er wußte, hätte es sich bei den großen Dwikkas um Kundschafter der Metamorphen handeln können. Er mußte mit dem Boten oder Spion oder Meuchelmörder sprechen: vielleicht konnte er etwas von ihm erfahren, wenigstens aber konnte er für ein wenig Abwechslung sorgen.

Nach wenigen Augenblicken kehrte Alsimir mit dem Gefangenen zurück, der unter schwerer Bewachung stand.

Er war, wie die Piurivar, die Hissune früher gesehen hatte, ein seltsam beängstigend aussehendes Wesen, extrem groß, schlank fast bis zur Ausgezehrtheit, abgesehen von einem Lendenschurz nackt. Seine Haut und die dünnen, gummiartigen Strähnen seines Haars waren von hellgrüner Farbe, das Gesicht fast ohne Konturen, die Lippen lediglich Schlitze, die Nase nur eine Art Beule, die Augen schräggestellt und unter den Lidern kaum erkennbar. Er schien sich unwohl zu fühlen und nicht besonders gefährlich zu sein. Dennoch wünschte sich Hissune, er hätte jetzt jemanden mit der Gabe des Gedankenlesens bei sich gehabt, einen Deliamber oder eine Tisana oder einen Valentine selbst, für den die Geheimnisse anderer häufig gar keine Geheimnisse zu sein schienen. Dieser Metamorph hatte vielleicht doch noch eine unangenehme Überraschung parat.

»Wer bist du?« fragte Hissune.

»Mein Name ist Aarisiim. Ich diene dem Seienden König, den ihr als Faraataa kennt.«

»Hat er dich zu mir geschickt?«

»Nein, Lord Hissune. Er weiß nicht, daß ich hier bin.«

Der Metamorph erbebte plötzlich, er zitterte auf seltsam konvulsivische Weise, und einen Augenblick schien sich die Gestalt seines Körpers zu verändern und zu zerfließen. Sofort kamen die Wachen des Coronals auf ihn zu und stellten sich zwischen Hissune und den Metamorphen, falls diese Veränderungen den Beginn eines Angriffs bedeuten sollten, aber nach einem Augenblick hatte sich Aarisiim wieder unter Kontrolle und stellte die ursprüngliche Gestalt wieder her. Mit leiser Stimme sagte er: »Ich bin hierhergekommen, um Faraataa zu verraten.«

Verblüfft sagte Hissune: »Soll das heißen, daß du uns zu seinem Versteck führen wirst?«

»Das werde ich tun, ja.«

Das ist zu schön, um wahr zu sein, dachte Hissune und sah in die Runde, zu Alsimir, zu Stimion, zu seinen anderen engsten Ratgebern. Offenbar empfanden sie so wie er: sie sahen skeptisch, verschlossen, ablehnend, wachsam drein.

Er sagte: »Warum möchtest du das tun?«

»Weil er etwas Ungesetzliches getan hat.«

»Und das fällt dir erst jetzt ein, nachdem die Rebellion schon seit ...«

»Ich meinte, mein Lord, ungesetzlich nach unserem Glauben, nicht nach eurem.«

»Ah. Und was war das?«

Aarisiim sagte: »Er ist nach Ilirivoyne gegangen, hat die Danipur gefangengenommen und möchte sie hinrichten. Es ist gegen das Gesetz, die Person der Danipur anzutasten. Es ist gegen das Gesetz, ihr das Leben zu nehmen. Er wollte auf keinen hören. Er hat sie gefangengenommen. Zu meiner Schande war ich unter denen, die bei ihm waren. Ich glaubte, er wollte sie nur als Gefangene haben, damit sie keine Allianz mit euch Unveränderlichen gegen uns eingehen konnte. Das hat er gesagt, er würde sie nicht töten, solange er den Krieg nicht für völlig verloren hielte.«

»Und glaubt er das jetzt?« fragte Hissune.

»Nein, Lord Hissune. Er glaubt, daß der Krieg weit davon entfernt ist, verloren zu sein: er möchte neue Geschöpfe freilassen und neue Seuchen über euch bringen, und er glaubt, daß er an der Schwelle zum Sieg steht.«

»Warum will er dann die Danipur töten?«

»Um seinen Sieg sicherzustellen.«

»Wahnsinn!«

»Das glaube ich auch, mein Lord.« Nun hatte Aarisiim die Augen weit aufgerissen, sie brannten mit einem harten Glanz. »Er sieht sie selbstverständlich als gefährliche Rivalin an, deren Bestrebungen mehr auf Frieden als auf Krieg gerichtet sind. Wenn sie nicht mehr ist, ist dieses Risiko für seine Macht auch dahin. Aber da ist noch mehr. Er möchte sie auf dem Altar opfern – um den Wasserkönigen ihr Blut zu schenken, damit sie ihn weiterhin unterstützen. Er hat einen Tempel nach dem Ebenbild dessen errichten lassen, der in Alt-Velalisier stand, und er wird sie selbst auf den Opferstein legen und ihr eigenhändig das Leben nehmen.«

»Und wann soll das geschehen?«

»Heute nacht, mein Lord. Zur Stunde des Haigus.«

»*Heute nacht*?«

»Ja, mein Lord. Ich kam so schnell ich konnte, aber Eure

Armee war so groß, und ich befürchtete, getötet zu werden, wenn ich nicht Euch oder Eure persönlichen Wachen finden konnte, ehe Eure Soldaten mich fanden – ich wäre gestern zu Euch gekommen, oder vorgestern, aber es war unmöglich, ich konnte es nicht tun ...«

»Und wie viele Tagesreisen ist Neu-Velalisier von hier entfernt?«

»Vielleicht vier. Vielleicht drei, wenn wir schnell sind.«

»Dann ist die Danipur verloren!« rief Hissune wütend.

»Wenn er sie nicht heute nacht opfert ...«

»Du sagtest, daß es heute nacht geschehen wird.«

»Ja, die Monde stehen richtig, die Sterne stehen richtig – aber wenn er seine Entschlossenheit verliert, wenn er im letzten Augenblick seine Meinung ändert ...«

»Verliert Faraataa häufig seine Entschlossenheit?« fragte Hissune.

»Niemals, mein Lord.«

»Dann können wir nicht mehr rechtzeitig dort sein.«

»Nein, mein Lord«, sagte Aarisiim düster.

Hissune sah stirnrunzelnd zum Dwikkahain. Die Danipur tot? Damit bleibt keinerlei Hoffnung, zu einer Einigung mit den Gestaltveränderern zu kommen; sie allein, dachte er, hätte die Wut der Rebellen besänftigen und eine Art Kompromiß anstreben können. Ohne sie mußte der Kampf bis zum Ende ausgetragen werden.

Zu Alsimir sagte er: »Wo ist der Pontifex heute?«

»Er ist westlich von Khyntor, vielleicht bereits in Dulorn, aber auf jeden Fall irgendwo im Graben.«

»Können wir ihm eine Nachricht überbringen?«

»Die Kommunikationskanäle, die uns mit dieser Region verbinden, sind sehr unsicher, mein Lord.«

»Das weiß ich. Ich möchte, daß ihm diese Neuigkeit irgendwie binnen der nächsten beiden Stunden überbracht wird. Versucht alles, das funktionieren könnte. Zauberei, Gebete. Informiert die Lady und laßt sie Träume schicken. Jeder denkbare Kanal muß ausprobiert werden, Alsimir, ist dir das klar? Er muß erfahren, daß Faraataa heute nacht die Danipur ermorden will. Überbringt ihm diese Information. Irgendwie. Irgendwie. Und macht ihm klar, daß nur er allein sie retten kann. Irgendwie.«

KAPITEL 7

Hierfür, dachte Valentine, würde er das Stirnband der Lady und den Zahn von Maazmoorn brauchen. Es durfte kein Versagen der Übertragung geben, nichts durfte die Botschaft stören: Er würde alle Kapazitäten ausnützen, die ihm zur Verfügung standen.

»Stellt euch dicht neben mich«, sagte er zu Carabella. Und zu Deliamber, zu Tisana, zu Sleet, sagte er dasselbe. »Umringt mich. Wenn ich die Arme nach euch ausstrecke, ergreift meine Hände. Sagt nichts. Ergreift sie nur.«

Der Tag war hell und klar. Die Morgenluft war kühl, frisch, süß wie Alabandinanektar. Aber in Piurifayne, weit im Osten, senkte sich bereits die Nacht herab.

Er legte das Stirnband an. Er umklammerte den Zahn des Wasserkönigs. Er sog die frische, milde Luft in die Lungen, bis ihm ganz benommen davon wurde.

-Maazmoorn?

Der Ruf ging mit solcher Macht von Valentine aus, daß die, die um ihn herumstanden, den Nachhall spüren mußten: Sleet krümmte sich, Carabella preßte die Hände gegen die Ohren, Deliambers Tentakel wanden sich plötzlich hektisch.

-Maazmoorn? Maazmoorn?

Das Dröhnen der Glocken. Das langsame Umherwälzen eines gigantischen Körpers, der in den kalten nördlichen Gewässern ausruhte. Das leise Rauschen großer schwarzer Schwingen.

-Ich höre, Valentine-Bruder.

-Helfen? Wie kann ich dir helfen?

-Laß mich auf deinem Geist um die Welt reiten.

-Dann komm zu mir, König-Bruder, Valentine-Bruder.

Es ging überraschend einfach. Er spürte, wie er leicht wurde, in die Höhe glitt und schwebte, beschleunigte und flog. Unter ihm lag die gekrümmte Kugel des Planeten, der östlich in der Nacht verschwand. Der Wasserkönig trug ihn mühelos und bedächtig, wie ein Riese ein junges Kätzchen auf der Handfläche tragen mochte. Weiter, immer weiter über die Welt, die völlig offen vor ihm lag, während er darüber hinaus kreiste. Er spürte, daß er und der Planet eins waren, daß er die zwanzig Milliarden Bewohner Majipoors in sich vereinigte, Menschen und Skandars und Hijorts und Metamorphen und alle anderen, die sich wie die Blutkörperchen in seinen Armen mit ihm bewegten. Er war überall zugleich; er war alle Sorgen der Welt, alle Freuden, alles Sehnen, alle Bedürfnisse. Er war alles. Er war ein kochendes Universum der Widersprüche und Konflikte. Er spürte die Hitze der Wüste und die warmen Regen der Tropen und die Kälte der hohen Berggipfel. Er lachte und weinte und starb und liebte und aß und trank und tanzte und kämpfte und ritt wild durch unbekannte Berge und wanderte in den Felsen und schnitt sich einen Pfad durch dicht verwucherte Dschungel. Im Meer seiner Seele brachen gewaltige Meeresdrachen an die Oberfläche und stießen lautes Brüllen aus und tauchten wieder unter in die tiefsten Tiefen. Er sah hinab und erblickte die geborstenen Stätten der Welt, die verwundeten und zerschmetterten Orte, wo sich das Land gewölbt hatte und an sich selbst zerschmettert war, und er sah, wie alles geheilt werden konnte, wie er alles wieder ganz und unversehrt machen konnte. Denn alles neigt dazu, zur Unversehrtheit zurückzukehren. Alles entwickelte sich im Seienden. Alles war Teil einer umfassenden, nahtlosen Harmonie.

Aber in der großen Harmonie spürte er eine einzige Dissonanz.

Sie kreischte und schrie und brüllte. Sie schnitt wie ein Messer durch den Stoff der Welt und hinterließ eine blutige Spur. Sie riß die Ganzheit auseinander.

Doch selbst diese Dissonanz, wußte Valentine, war Teil des Seienden. Und doch war sie – weit über die Welt verstreut, aufbegehrend und tobend und voll Wahnsinn brüllend – der eine Aspekt des Seienden, der an sich das Seiende nicht akzeptieren wollte. Es war eine Kraft, die ein mächtiges *Nein*! zu allem anderen rief. Sie erhob sich gegen alle, die die Harmonie wiederherstellen wollten, die den Stoff reparieren und die Ganzheit wieder erschaffen wollten.

-Faraataa?

-Wer bist du?

-Ich bin Valentine der Pontifex.

-Valentine der Narr. Valentine das Kind.

-Nein, Faraataa. Valentine der Pontifex.

-Das ist bedeutungslos für mich. Ich bin der Seiende König.

Valentine lachte, und sein Lachen regnete wie ein Schauer goldener Honigtropfen über die Welt. Von den Schwingen des großen Drachenkönigs getragen, schwang er sich fast bis zur Grenze des Himmels empor, wo er durch die Dunkelheit sehen und den Gipfel des Burgbergs erkennen konnte, der auf der anderen Seite der Welt den Himmel durchbohrte, und dahinter das Große Meer. Und er sah hinab in den wütenden Faraataa, der sich unter diesem Gelächter wand und sträubte.

-Faraataa?

-Was willst du?

-Du darfst sie nicht töten, Faraataa.

-Wer bist du, mir zu sagen, was ich nicht tun darf?

-Ich bin Majipoor.

-Du bist der Narr Valentine. Und ich bin der Seiende König!

-Nein. Faraataa.

-Nein?

-Ich kann die alte Geschichte in deinem Verstand sehen. Der Kommende Prinz, der Seiende König. Wie kannst du diesen

Anspruch für dich geltend machen? Du bist nicht der Prinz. Du kannst niemals dieser König sein.

-Du lenkst meinen Verstand mit diesem Unsinn ab. Laß mich in Ruhe, sonst werde ich dich hinausdrängen.

Valentine spürte den Schub, das Drängen. Er wehrte es ab.

-Der Kommende Prinz ist ein Wesen, das völlig frei von Haß ist. Kannst du das bestreiten, Faraataa? Das ist Teil der Legende deines Volkes. Er ist ohne Rachedurst. Er ist ohne Zerstörungswut. Und du selbst kennst nichts anderes als Rachedurst, Haß und Zerstörungswut, Faraataa. Würde man diese Eigenschaften von dir nehmen, dann wärst du eine leere Hülle, ein Nichts.

-Narr.

-Deine Behauptung ist falsch.

-Narr.

-Laß mich Haß und Wut von dir nehmen, Faraataa, wenn du der König sein willst, der zu sein du vorgibst.

-Deine Rede ist närrisch.

-Nein, Faraataa.

-Schau!

Die ineinander verfilzten Baumkronen des Dschungels teilten sich, und im Licht von Fackeln konnte Valentine Neu-Velalisier sehen. Die Tempel aus ineinandergeschichteten Balken, die Flaggen, den Altar, den bereits brennenden Scheiterhaufen. Die Metamorphin, stumm, würdevoll, an einen Steinblock gekettet. Die sie umgebenden Gesichter, leer, fremd. Die Nacht, die Bäume, der Lärm, der Geruch. Die Musik. Das Singen.

-Gib sie frei, Faraataa. Und dann kommt zu mir, du und sie gemeinsam, und laßt uns errichten, was errichtet werden muß.

-Niemals. Ich werde sie mit eigenen Händen dem Gott opfern. Und mit diesem Opfer wird das Verbrechen gesühnt sein, als wir unsere Götter erschlugen und euch als Strafe erhielten.

-Selbst damit irrst du dich, Faraataa.

-Was?

-Die Götter opferten sich freiwillig, an jenem Tag in Velalisier. Es war ihr Opfer, das ihr mißverstanden habt. Ihr habt einen Mythos

der Entweihung erfunden, aber das ist ein falscher Mythos. Faraataa, er ist ein Fehler, ein gräßlicher Irrtum. Der Wasserkönig Niznorn und der Wasserkönig Domsitor gaben sich an jenem längst vergangenen Tag freiwillig, ebenso wie sich die Wasserkönige den Jägern geben, wenn sie an der Küste von Zimroel entlangschwimmen. Und du verstehst nicht. Du verstehst überhaupt nichts.

-Narretei. Wahnsinn.

-Laß sie frei, Faraataa. Opfere deinen Haß, so wie die Wasserkönige sich selbst geopfert haben.

-Ich werde sie mit eigenen Händen töten.

-Das darfst du nicht, Faraataa. Laß sie frei.

-Nein.

Die schreckliche Gewalt dieses *Nein* kam unerwartet: Es erhob sich wie das Meer in seinem größten Zorn und wogte Valentine entgegen und erfaßte ihn mit unerbitterlicher Wucht, wirbelte ihn durcheinander und stürzte ihn einen Augenblick ins Chaos. Während er sich bemühte, sich wieder zu fassen, schleuderte Faraataa ihm einen zweiten solchen Hieb entgegen, und einen dritten und einen vierten, und sie trafen ihn mit derselben Wucht wie Hammerschläge. Aber dann spürte Valentine die Macht des Wasserkönigs, die seine unterstützte, und er atmete tief durch, fand sein Gleichgewicht wieder, spürte seine Stärke zurückkehren.

Er tastete nach dem Anführer der Rebellen.

Er erinnerte sich, wie es vor Jahren gewesen war, in den letzten Stunden des Krieges um die Krone, als er allein in den Gerichtssaal der Burg gegangen und Dominin Barjazid dort kochend vor Wut vorgefunden hatte. Und Valentine hatte ihm Liebe gesandt, Freundschaft, Trauer für all das, was zwischen sie getreten war. Er hatte die Hoffnung auf eine gütliche Bereinigung der Differenzen übermittelt, auf Vergebung der Sünden und freies Geleit aus der Burg. Worauf der Barjazid mit Trotz, Wut, Zorn, Verachtung, Abscheu und der Erklärung eines ewigen Krieges geantwortet hatte. Das alles hatte Valentine nicht vergessen. Und nun hatte er es wieder mit derselben Situation zu tun, der verzweifelte, haßerfüllte Gegner, der erbitterte Widerstand, die bittere Weigerung, vom Pfad der Zerstörung und des Todes, des Hasses und der Geringschätzung, der Wut und Verachtung abzuweichen.

Er erwartete von Faraataa nicht mehr als von Dominin Barjazid. Aber er war immer noch Valentine, und er glaubte immer noch an die Möglichkeit eines Triumphs der Liebe.

-Faraataa?

-Du bist ein Kind, Valentine.

-Ergib dich mir in Frieden. Laß deinen Haß ruhen, wenn du der bist, der du zu sein behauptest.

-Laß mich, Valentine.

-Ich komme zu dir.

-Nein. Nein. Nein. Nein.

Diesmal war Valentine auf das donnernde Nein vorbereitet, das wie eine Lawine über ihn hereinbrach. Er nahm die geballte Wucht von Faraataas Haß in sich auf, absorbierte ihn und bot statt dessen Liebe, Vertrauen, Glauben, und als Erwiderung bekam er noch mehr Haß, unerschütterlich, unveränderlich, unerbittlich.

-Du läßt mir keine andere Wahl, Faraataa.

Achselzuckend trat Faraataa an den Altar, auf dem die Königin der Metamorphen gefesselt lag. Er hielt den Dolch aus poliertem Holz empor.

»Deliamber?« sagte Valentine. »Carabella? Tisana? Sleet?

Sie ergriffen ihn, hielten seine Hände, seine Arme, seine Schultern. Er spürte, wie ihre Kraft in ihn einströmte. Aber selbst das war nicht genug. Er ließ seinen Ruf über die Welt erschallen und fand die Lady auf ihrer Insel, die neue Lady, die Mutter von Hissune, und bezog Kraft von ihr, und auch von seiner eigenen Mutter, der früheren Lady. Nicht einmal das war ausreichend. Aber noch im selben Augenblick begab er sich anderswohin. »Tunigorn! Stasilaine! Helft mir!« Sie vereinigten sich mit ihm. Er fand Zalzan Gibor. Er fand Asenhart. Er fand Ermanar. Er fand Lisamon. Nicht genug. Nicht genug. Noch einen: »Hissune? Komm auch du, Hissune. Gib mir deine Stärke, gib mir deine Kühnheit.«

-Ich bin hier, Euer Majestät.

Ja. Ja. Jetzt war es möglich. Noch einmal hörte er die Worte der alten Aximaan Threysz: *Ihr werdet uns retten, indem Ihr das vollbringt, was Euch unmöglich erscheint.* Ja. Jetzt war es möglich.

-Faraataa.

Ein einziger Stoß wie der Klang einer mächtigen Fanfare ging von Valentine aus über die Welt hinweg nach Piurifayne. Er machte die Reise im Bruchteil eines Augenblicks und fand sein Ziel, das nicht Faraataa war, sondern der Haß in Faraataa, der blinde, gnadenlose, unerbittliche Zwang zu rächen, zerstören, vernichten, auslöschen. Er fand ihn und ließ ihn in einem einzigen Zug aus Faraataa ausströmen. Valentine selbst trank all diesen verzehrenden Haß und absorbierte ihn, nahm ihm die Kraft und gab ihn frei. Und Faraataa blieb leer zurück.

Einen Augenblick verweilte sein Arm noch über dem Kopf,die Muskeln immer noch angespannt, die Waffe auf das Herz der Danipur gerichtet. Dann erklang ein lautloser Schrei von Faraataa, ein Klang ohne Substanz, eine Leere, eine Einsamkeit. Immer noch stand er aufrecht und bewegungslos, erstarrt. Aber er war leer: eine Hülle, ein Nichts. Der Dolch entglitt seinen leblosen Fingern.

-Geh, sagte Valentine. Im Namen des Göttlichen, geh. Geh! Und Faraataa stürzte vornüber und rührte sich nicht mehr.

Alles war stumm. Die Welt war schrecklich stumm. *Ihr werdet uns retten,* sagte Aximaan Threysz, *indem Ihr das vollbringt, was Euch unmöglich erscheint.* Und er hatte nicht gezögert.

Die Stimme des Wasserkönigs Maazmoorn kam aus weiter Ferne zu ihm:

-Hast du deine Reise beendet, Valentine-Bruder?

-Ja. Jetzt habe ich meine Reise beendet.

Valentine öffnete die Augen. Er legte den Zahn weg, er nahm das Band von der Stirn. Er sah sich um und erblickte die seltsam bleichen Gesichter, die furchtsamen Augen: Sleet, Carabella, Deliamber, Tisana.

»Er ist vorüber«, sagte er leise. »Die Danipur wird nicht getötet werden. Keine neuen Monster werden sich auf uns stürzen.«

»Valentine ...«

Er sah zu Carabella. »Was ist, Liebes?«

»Alles in Ordnung?«

»Ja«, sagte er. »Alles in Ordnung.« Er fühlte sich sehr müde und sehr seltsam. Aber ... ja, das machte nichts. Er hatte getan, was getan werden mußte. Es hatte keine andere Wahl gegeben. Und nun war es vollbracht.

Zu Sleet sagte er: »Wir sind hier fertig. Verabschiede dich in meinem Namen bei Nitikkimal und auch von allen anderen hier, und sag ihnen, daß alles gut werden wird, daß ich es feierlichst verspreche. Und dann machen wir uns auf den Weg.«

»Weiter nach Dulorn?« fragte Sleet.

Der Pontifex schüttelte lächelnd den Kopf. »Nein. Ostwärts. Zuerst nach Piurifayne, wo wir mit der Danipur und Lord Hissune zusammentreffen werden, um die neue Weltordnung zu verkünden, da nun der Haß aus ihr verschwunden ist. Und dann wird es Zeit, nach Hause zu gehen, Sleet. Es wird Zeit, nach Hause zu gehen!«

KAPITEL 8

Sie hielten die Krönungszeremonie im Freien ab, im großen grasbewachsenen Hof von Vildivar Close, von wo man die neunundneunzig Stufen und die obersten Bereiche der Burg sehen konnte. Es war nicht üblich, die Zeremonie anderswo als im Confalume-Thronsaal abzuhalten, aber es war lange her, seit sich jemand Gedanken darüber gemacht hatte, was üblich war; und der Pontifex Valentine hatte darauf bestanden, daß die Krönung unter freiem Himmel stattfand, und wer konnte sich schon dem Willen eines Pontifex widersetzen?

Und so versammelten sie sich alle, gemäß dem ausdrücklichen Wunsch des Pontifex, unter dem milden Frühlingshimmel des Burgbergs. Der Hof war üppig mit blühenden Blumen geschmückt – die Gärtner hatten blühende Halatingabäume gebracht, die sie auf wundersame Weise in große Töpfe gepflanzt hatten, ohne ihre Blüte zu beeinträchtigen, und zu beiden Seiten des Hofes warfen die großen scharlachroten und goldenen Blüten nun einen fast lumineszierenden Schein. Des weiteren gab es Tanigales und Alabandinas, Caramangs und Sefitongals, Eldirons, Pinninas, und Dutzende weiterer Blumen, alle in voller Blüte, Valentine hatte befohlen, daß überall Blumen sein sollten, und so waren überall Blumen.

Bei Krönungszeremonien war es üblich, alle Mächtigen der Welt zu einem diamantförmigen Muster anzuordnen, wenn sie alle vier der Zeremonie beiwohnen konnten: der neue Coronal am Kopf des Diamanten, der Pontifex ihm gegenüber, die Lady der Insel und der König der Träume an den Seiten. Aber diese Krönung unterschied sich von allen Krönungen, die Majipoor bisher erlebt hatte, denn diesmal waren fünf Mächtige anwesend, und so hatte eine neue Konfiguration erdacht werden müssen.

So war es. Pontifex und Coronal standen an einer Seite. Rechts von Lord Hissune stand, in einiger Entfernung, seine Mutter Elsinome, die Lady der Insel. Zur Linken des Pontifex Valentine stand, in derselben Entfernung, Minax Barjazid, der König der Träume. Und am äußersten Ende der Gruppe, gegenüber den anderen vier, stand die fünfte und jüngste Macht von Majipoor, die Danipur von Piurifayne.

Ringsumher standen die engsten Kanzler und Ratgeber, der Hohe Sprecher Sleet an einer Seite des Pontifex, die Lady Carabella an der anderen, und Alsimir und Stimion flankierten den Coronal, während sich um die Lady herum eine kleine Gruppe von Hierarchinnen versammelt hatte, Lorivade und Talinot Esulde nebst einigen anderen. Der König der Träume hatte seine Brüder Christoph und Dominin mitgebracht, und die Danipur war von einem Dutzend Piurivar in glänzenden Seidengewändern umgeben, die sich dicht beieinander hielten, als könnten sie noch nicht recht glauben, daß sie Ehrengäste einer Zeremonie auf dem Burgberg waren.

Weiter außen stand die Gruppe der Prinzen und Herzöge, Tunigorn und Stasilaine und Divvis, Mirigant und Elzandir und der Rest, und Delegierte aus den fernen Ländern, aus Alaisor und Stoien und Piliplok und Ni-moya und Pidruid. Und bestimmte Ehrengäste, Nitikkimal aus dem Prestimion-Tal und Millilain aus Khyntor und anderen, deren Leben in dem des Pontifex während seiner Reise um die Welt eine Rolle gespielt hatten; und selbst der kleine Mann mit dem roten Gesicht, Sempeturn, dem man seinen Verrat verziehen hatte, da er von großem Wert im Feldzug nach Piurifayne gewesen war, war da und sah sich ehrfürchtig um und machte wieder und wieder den Sternenfächer zu Lord Hissune und das Zeichen des Pontifex zu Valentine, Gesten der Ehrerbietung, die unkontrollierbar zu sein schienen. Zudem waren einige Leute aus dem Labyrinth anwesend, Freunde aus Kindertagen des neuen Coronals, zum Beispiel Vanimoon, der in der Kindheit wie ein Bruder des Coronals gewesen war, und seine schlanke, mandeläugige Schwester Shulaire, und Heulan und Heulans drei Brüder, und einige andere, die steif und mit aufgesperrten Mündern dastanden.

Die üblichen Pokale mit Wein wurden herumgereicht. Die üblichen Gebete wurden gesprochen. Die üblichen Hymnen gesungen. Die traditionellen Reden gehalten. Die Zeremonie war noch nicht zur Hälfte fortgeschritten, als der Pontifex Valentine die Hand hob und andeutete, daß er sprechen wollte.

»Freunde …«, begann er.

Auf der Stelle wurde erstauntes Flüstern laut. Ein Pontifex, der andere – selbst Mächtige, selbst Prinzen – als »Freunde« ansprach? Wie seltsam … wie Valentine-haft …

»Freunde«, sagte er nochmals. »Ich möchte nur ein paar Worte sagen, und danach wird man kaum mehr etwas von mir hören, denn dies ist Lord Hissunes Zeit, und dies ist Lord Hissunes Burg, und nach dem heutigen Tag habe ich hier nichts mehr zu suchen. Ich möchte mich bei allen bedanken, daß sie am heutigen Tag bei uns sind« – erneutes Flüsern: Bedankte sich ein Pontifex –, »und ich möchte euch bitten, voll Freude die Zeit des neuen Friedens zu genießen, die vor uns liegt. An diesem Tag ernennen wir einen Coronal, der weise und gütig regieren wird, während der Wiederaufbau der Welt in den kommenden Jahren vonstatten geht, und wir feiern als neue Mächtige eine Monarchin, die jüngst noch unser Feind war, aber nie mehr unser Feind sein wird, wenn es der Göttliche will, denn nun sind sie und ihr Volk willkommen, am Leben von Majipoor teilzuhaben, und zwar als gleichwertige Partner. Mit gutem Willen von allen Seiten können vielleicht alte Fehler gesühnt werden und eine Zeit der Aussöhnung beginnen.«

Er verstummte, nahm einen Kelch voll mit funkelndem Wein, und hielt ihn in die Höhe.

»Ich bin fast fertig. Bleibt nur noch zu bitten, daß der Göttliche dieses Fest segnen möge – und auch, den Segen unserer großen Brüder im Meer zu erbitten, mit denen wir diese Welt teilen, auf deren Kosten wir einen kleinen Teil dieser Welt bewohnen, und mit denen wir endlich Verbindung aufnehmen konnten. In dieser Zeit, in der wir uns um Frieden bemühten und die Wunden zu heilen versuchten, waren sie unser Segen, und sie werden in kommenden Zeiten, so wollen wir hoffen, unsere Führer sein.

Und nun – Freunde – nähern wir uns dem Augenblick der Krönungszeremonie, wenn der neuernannte Coronal die Sternenfächerkrone erhält und den Confalume-Thron besteigt. Aber natürlich befinden wir uns jetzt nicht im Thronsaal. Auf meine Bitte hin, durch meinen Befehl. Denn ich wünsche mir, an diesem Nachmittag noch einmal die süße Luft des Burgbergs atmen zu können und die Wärme der Sonne auf der Haut zu spüren. Ich werde diesen Ort noch heute nacht verlassen – und mit mir die Lady Carabella und all die lieben Gefährten, die mir so lange und durch so seltsame Abenteuer zur Seite standen –, wir brechen zum Labyrinth auf, wo mein Zuhause ist. Eine weise alte Frau, die inzwischen gestorben ist, sagte mir, als ich mich an einem fernen Ort namens Prestimion-Tal aufhielt, daß ich etwas tun muß, was mir unmöglich erscheint, wenn wir gerettet werden wollen – und ich tat es, weil es nötig war, daß ich es tat –, und danach müßte ich das tun, was ich am wenigsten zu tun wünsche. Und was ist es, das ich am wenigsten zu tun wünsche? Nun, ich nehme an, diesen Ort hier zu verlassen und ins Labyrinth hinabzusteigen, wo sich der Pontifex aufhalten muß. Aber ich werde es tun, und ich werde es gerne tun, denn ich bin Pontifex, und dies ist nicht mehr länger meine Burg, und daher werde ich sie verlassen, wie es dem Willen des Göttlichen entspricht.«

Der Pontifex lächelte und erhob den Pokal zum Coronal, dann zur Lady und dem König der Träume und zur Danipur. Und trank von dem Wein und reichte ihn der Lady Carabella zum Trinken.

Und sagte: »Dort sind die neunundneunzig Stufen. Dahinter liegen die innersten Sektionen der Burg, wo wir die Riten des heutigen Tages beenden müssen; dann werden wir ein Fest feiern, und dann werden meine Leute und ich aufbrechen, denn die Reise ins Labyrinth dauert lang, und ich brenne darauf, endlich mein Zuhause zu erreichen. Lord Hissune, führt Ihr uns bitte hinein? Führt Ihr uns hinein, Lord Hissune?«

ENDE

Band 24 193
Robert Silverberg
Lord Valentine

Valentine ist ein Vagabund, der ruhelos durch die Welt von Majipoor zieht. Weil er nicht weiß, woher er kommt und wohin er gehen soll, schließt er sich einer fahrenden Artistentruppe an. Sein Leben verläuft ohne Aufregungen – doch des Nachts quälen ihn seltsame Träume. In ihnen ist er Lord Valentine, Coronal und Herrscher von Majipoor. Zusammen mit seinen Gefährten versucht er, hinter das Geheimnis seiner Träume zu kommen. Und Valentine erkennt das Unfaßbare: Der vorgebliche Herrscher von Majipoor ist ein Betrüger.

BASTEI LÜBBE

Sie erhalten diesen Band im Buchhandel, bei Ihrem Zeitschriftenhändler sowie im Bahnhofsbuchhandel.

Band 24 199

Robert Silverberg

Das Seelenregister

Nie gab es eine Welt, die reicher an Abenteuern und Wundern war als das sagenumwobene Majipoor. In dem ›Haus der Aufzeichnungen‹ existiert ein Raum, wo alles Leben dieses wundersamen Planeten aufbewahrt wird: das Seelenregister. Der Schreiber Hissune wird zum Chronisten von Majipoor. Er erzählt von den Ursprüngen und von der aufregenden Geschichte dieser einzigartigen Welt.

ROBERT SILVERBERG gehört zu den wichtigsten Autoren der modernen Science Fiction. Mit seinem grandiosen Roman *Lord Valentine* begann er ein faszinierendes Epos um den Planeten Majipoor, das mit diesem Band seine Fortsetzung findet.